【「新青年」版】

# 黒死館殺人事件

小栗虫太郎

松野一夫［挿絵］

山口雄也［註・校異・解題］

新保博久［解説］

作品社

【「新青年」版】

# 黒死館殺人事件

## 目次

【凡例】

・本書は、雑誌「新青年」（一九三四年四月号〜十二月号）掲載の『黒死館殺人事件』を底本とした。ただし、底本の旧漢字・歴史的仮名遣いについては新漢字・現代仮名遣いに改めた。

・明らかな誤植や固有名詞表記の不統一などについては、新潮社より刊行された単行本（一九三五年五月）や、それ以降の版を参照して修正した箇所がある。

・松野一夫による挿絵も、すべて「新青年」初出時のものである。

・「資料」として収録した二篇のエッセイは、『黒死館殺人事件』連載開始翌月の「新青年」一九三四年五月号に掲載されたものである。

・「校異」、「解題」、「解説」は、本書のための書き下ろしである。

# 黒死館殺人事件

小栗虫太郎作

●新連載●

松野一夫画

# 序篇　降矢木一族釈義

聖《セント》アレキセイ寺院の殺人事件▼1に法水《のりみず》が解決を公表しなかったので、そろそろ迷宮入りの噂が立ち始めた十日目のこと、その日から捜査関係の主脳部は、ラザレフ殺害者の追求を放棄しなければならなくなった。と云うのは、四百年の昔から纏綿《てんめん》としていて、臼杵《うすき》耶蘇会《ジェスイット》神学林《セミナリオ》▼2以来の神聖家族と云われる降矢木《ふりやぎ》の館に、突如真黒い風みたいな毒殺者の彷徨《ほうこう》が始まったからであった。その、通称黒死館と呼ばれる降矢木の館には、何時《いつ》か必ずこう云う不思議な恐怖が起らずにはいまい、と噂されていた。勿論《もちろん》そう云う憶測を生むに就《つ》いては、ボスフォラス▼3以東に唯一つしかないと云われる降矢木家の建物が、明らかに重大な理由の一つとなっているのだった。その豪壮なケルト・ルネサンス式▼4の城館《シャトウ》を見慣れた今日でさえも、尖塔や櫓楼▼5の量線から来る奇異《ふしぎ》な感覚——まるでマッケイ▼6の古めかしい地理本の挿画《さしえ》でも見るような感じは、何日《いつ》になっても変らないのである。けれども、明治十八年建設当初に、河《かわ》鍋暁斎《なべきょうさい》▼7や落合芳幾《よしいく》▼8をしてこの館の▼9点睛に竜宮の乙姫を描かせた程の綺《きら》びやかな眩《げん》惑《わく》は、その後星の移ると共に薄らいでしまった。今日では、建物も人も、そう云う幼稚な空想の断片ではなくなっているのだ。恰度《ちょうど》天然の変色が、荒れ寂びた斑《まだら》を作りながら石面を蝕んで行くように、何時とはなく、この館を包み始めた沙霧《さぎり》のようなものがあった。そうして、やがては館全体を朧気《おぼろげ》な秘密の塊《かたま》りとしか見せなくなったのであるが、その妖気のようなものが、実は、館の内部で積り重なって行く謎にあったので、勿論あのプロヴァンス▼10城壁を模したと云われる、周囲の壁廓ではなかったのだ。事実、建設以来三度に渉《わた》って、怪奇な死の連鎖を思わせる動機不明の変死事件があり、それに加えて、当主旗太郎《はたたろう》以外の家族の中に、門外不出の絃楽《ストリン》

---

▼1　聖アレキセイ寺院の殺人事件
法水が担当した直前の事件「聖アレキセイ寺院の惨劇」、『新青年』昭和八年十一月号に掲載。堂守ラザレフ殺害が事件の皮切りとなる。

▼2　臼杵耶蘇会神学林　Jesuit seminario
不正確な使われ方で、臼杵に造られたのは、カトリックの聖職者を養成する修練院ノビシアード。初心者向けの神学校セミナリオやコレジオが建立されたのは、安土・有馬の二箇所だった。耶蘇会に振られたルビ、ジェスイットは英語読みである。またイエズス会は、スペイン・ポルトガルの若者を中心に結成された海外への布教を旨とする修道会。

▼3　ボスフォラス　Bosphorus
トルコ、イスタンブールにある海峡の名。ヨーロッパとアジアの境界。

▼4　ケルト・ルネサンス式
Celt Renaissance
虫太郎の造語。解題で後述。

▼5　櫓楼
西洋城郭に付属して建つ物見の塔。

▼6　マッケイ
Mackay, Alexander 生没年不詳
スコットランドの地理研究者。彼の記述を基礎として明治期初の地理書『輿地史略』が編纂された。作中の言及は同書のこと。挿画は、日本独自のものが付されている。

▼7　河鍋暁斎　1831-1889
幕末から明治にかけて活躍した日本画家・浮世絵師。

▼8　落合芳幾　1833-1904
幕末から明治にかけて活躍した浮世絵師。

四重奏団《グ・カルテット》▼11を形成している四人の異国人がいて、その人達が揺籃《ようらん》の頃から四十年もの永い間、館から外へは一歩も出ずにいると云ったら……、そう云う伝え聞きの尾に鰭《ひれ》が附いて、それが、黒死館の本体の前で、鉛色をした蒸気の壁のように立ちはだかってしまうのだった。全く、人も建物も腐朽《ふきゆう》し切っていて、それが大きな癌《がん》のような形で覗かれたのかも知れない。それであるからして、その史学上珍重すべき家系を遺伝学の見地から見れば、奇妙な形をした蕈《きのこ》のように見えもするし、また、故人降矢木算哲《さんてつ》博士の神秘的な性格から推して、現在の異様な家族関係を考えると、それが、不気味な廃寺のようにも思われるのだった。勿論それ等のどの一つも、臆測が生んだ幻視に過ぎないのであろうが、その中に唯一つだけ、今にも秘密の調和を破るものがありそうな、妙に不安定な空気がある事だけは確かだった。その悪疫のような空気は、明治三十五年に第二の変死事件が起った折から、萌《きざ》し始めたもので、それが、十月程前に算哲博士が奇怪な自殺を遂げてからと云うものは、後継者旗太郎が十七の年少なのとまた一つには、支柱を失ったと云う観念も手伝って、一層大きな亀裂になったかのように思われて来た。そして、もし人間の心の中《うち》に悪魔が住んでいるものとしたら、その亀裂の中から、残った人達を犯罪の底に引き摺り込んで行きそうな、思いも付かぬ自壊作用が起りそうな怖《おそれ》を、世の人達は次第に濃く感じ始めて来た。けれども、予期に反して、降矢木一族の表面には沼気程の泡一つ立たなかったのだが。それと云うのは、その空気が未だ飽和点に達しなかったためであろうか。否、その時既に水底《すいてい》では、静穏な水面とは反対に、暗黒の地下流に注ぐ大きな瀑布▼12が始《はじま》っていたのだ。そして、その間に鬱積して行ったものが、突如凄まじく吹きしく嵐と化して、聖家族の一人一人に血行を停めて行こうとした。しかも、その事件には驚くべき深さと神秘があって、法水麟太郎《りんたろう》は、それがために狡智極まる犯人以外にも、既に生存の世界から去っている人々とも闘わねばならなか

---

▼9　点睛
瞳を描くことが絵画制作の仕上げになる。転じて仕上げのアクセント。

▼10　プロヴァンス　Provence
南フランスの地方。古くはプロウィンキア・ロマーナProvincia Romana（ローマの属州）と呼ばれた。

▼11　絃楽四重奏団　string quartette
主に二本のヴァイオリン、一本ずつのヴィオラ、チェロによって構成される楽団。

▼12　瀑布
高い所から白い布を垂らしたように直下する水の流れ。滝。

ったのである。所で、事件の開幕に当って、筆者は、法水の手許《てもと》に集められている、黒死館に就いての驚くべき調査資料の事を記さねばならない。それは、中世楽器や福音書写本▼13それに古代時計に関する彼の偏奇な趣味が端緒となったものであるが、恐らく外部で手を尽し得る限りと思われる集成には、支倉《はぜくら》検事が思わず唖然となったものだ。しかも法水自身が、既に水底の轟《とどろき》に耳を傾けていた一人である事は、その痩身的努力を見ても明らかであると思う。

その日——一月二十八日の朝。生来余り健康でない法水は、あの霙《みぞれ》の払暁に起った事件の疲労から、全然恢復《かいふく》するまでになっていなかった。それなので、訪れた支倉検事から殺人と云う話を聴くと、ああまたか——と云う風な厭《いや》な顔をしたが、

『所が法水君、降矢木家なんだよ。それも、第一提琴《ヴァイオリン》奏者のグレーテ・ダンネベルグ夫人が毒殺されたのだ。』と云った後の、検事の瞳に映った法水の顔には、俄《にわ》かに満更《まんざら》でもなさそうな輝きが現われていた。然《しか》し、法水はそう聴くと不意に立って書斎に入ったが、間もなく一抱えの書物を運んで来て、どかっと尻を据えた。

『悠《ゆ》っくりしよう支倉君、あの日本で一番不思議な一族に殺人事件が起ったのなら、どうせ一二時間は、予備知識に費《かか》るものと思わなけりゃならんよ。大体、支那古代陶器が装飾物に過ぎないケンネル殺人事件▼14と異《ちが》って、算哲博士が死蔵しているカロリング朝▼15以来の工芸品の中に、或《あるい》はボルジア▼16の壺がないとは云われまい。然し、福音書の写本以外は一見して判るものじゃないから、』と云って、「一四一四年聖《サン》ガル寺▼17発掘記」の他二冊を脇に取り除け、綸子《りんず》▼18と尚武革《しょうぶがわ》▼19を斜めに貼り混ぜた美々しい装幀の一冊を突き出すと、

『紋章学!?』と検事は呆れたように叫んだ。

『ウン、寺門義道《てらかどよしみち》の「紋章学秘録」さ、もう稀覯本《きこうぼん》になっているんだが、所で君は、こう云う奇体な紋章を今迄《いままで》に見た事があるかね。』と法水が指先で突いたのは、D

---

▼13　福音書写本
古代から活字印刷が発明されるまで使用された、キリスト教の教義「福音書」が手で書き写された書物。

▼14　ケンネル殺人事件
*The Kennel Murder Case* 1931
ヴァン・ダインの探偵小説、本邦初訳は『新青年』昭和八年一月～五月号掲載、延原謙訳。

▼15　カロリング朝　Carolingians
フランク王国第二の王朝。751ピピンに始まり、シャルルマーニュ治世に版図を今のドイツ・フランス・オランダ・北イタリアなどへ拡げた。古代ローマ文化の継承から、中世ロマネスク芸術を作り出した。

▼16　ボルジア　Borgia
ルネサンス期。ローマを席巻したスペイン出身貴族の家門。

▼17　聖ガル寺　St. Gallen
アイルランド出身の伝道士コルンバヌスに同行したガルス Gallus ?-627が、スイス山中に建設した僧院（現ザンクト・ガレン）613。書名は不詳。

▼18　綸子
生糸でできた地紋を織り込んだ薄手の生地。生地の裏表が交互に織られ光沢がある。

▼19　尚武革
藍地に白く菖蒲の葉や花の模様を染め出した鹿のなめし革、菖蒲革。「尚武」、「勝負」と音が通ずることから、縁起がよいとして武具に用いたという。

▼20　DFCO
大友宗麟の洗礼名ドン・フランシスコ Don

ＦＣＯ[20]の四字を二十八葉橄欖冠《かんらんかん》[21]で包んである、不思議な図案だった。
『これが、天正遣欧使[22]の一人である千々石《ちぢわ》清左衛門直員《なおかず》[23]から始まっている、降矢木の紋章なんだよ。何故《なぜ》、豊後王普蘭師司怙《フランシスコ》・休庵《シヴアン》[24]（大友宗麟）の花押[25]を中にして、それをフィレンツェ大公国[26]の市表章旗の一部が包んでいるのだろう。とにかく下の註釈を読んで見給え。』

――「クラウジオ・アクワビバ[27]（耶蘇会会長《ジエスイット》）回想録」中の、ドン・ミカエル[28]（千々石の事）よりジェンナロ・コルバルタ（ヴェニスの玻璃工《ガラス》）に送れる文。（前略）その日バタリア僧院[29]の神父ヴェレリオは余を聖餐式《エウスカリヤ》[30]に招きたれど、姿を現わさざれば不審に思いいたる折柄《おりから》、扉を排して丈《せい》高き騎士現われたり、見るに、バロッサ寺領騎士[31]の印章を佩《つ》け、雷《らい》の如《ごと》き眼を睜《は》りて云う。フランチェスコ大公妃カペルロ・ビアンカ殿[32]は、ピサ・メディチ家[33]に於《おい》て貴下の胤《たね》を秘かに生めり。その女児に黒奴《ムール》[34]の乳母をつけ、苅込垣《かりこみがき》[35]の外に待たせ置きたれば受け取られよ――と。余は、駭《おどろ》けるも心中覚えある事なれば、その旨を承じて騎士を去らしむ。それより、悔改《コンチリサン》[36]をなし贖罪符《しょくざいふ》[37]をうけて、僧院を去れるも帰途船中黒奴《ムール》[38]はゴアにて死し、嬰児はすぐせと名付けて降矢木の家を創《おこ》しぬ。されど、帰国後吾《わ》が心には妄想散乱し、天主《デウス》、吾れを責むる誘惑《テンタサン》[39]の障礙[40]を滅し給えりとも覚えず。（以下略）
『つまり、降矢木の血系《ちすじ》が、カテリナ・ディ・メディチ[41]の隠し子と云われるカペルロ・ビアンカから始まっていると云う事なんだが、その母子《おやこ》が揃って、怖ろしい惨虐性犯罪者と来ている。カテリナは有名な近親殺害者[42]で、おまけに聖《セント》バルトロメオ斎日の虐殺[43]を指導した発頭人だし、娘の方は、毒のルクレチア・ボルジア[44]から百年後に現われて、長剣の暗殺者と謳われたものだ。だが、その十三世目に現われた異様な人物と云うのが、算哲博士なんだよ。』と法水は、更にその本の末尾に挟《はさ》んである、一葉の写真と外紙の切抜を取り出したが、検事は何度も時計を出し入れしな

---

Francisco の略号ＦＲＣＯに由来。宗麟は朱印に使用している。

▼21　二十八葉橄欖冠
ルネサンス期フィレンツェで使用された旗章を囲むオリーヴの葉模様。

▼22　天正遣欧使
イエズス会のアジア方面巡察師ヴァリニャーノによって組織された、九州キリシタン大名の名代としての四人の少年使節1582。正使は伊東マンショ・千々石ミゲル、副使は中浦ジュリアン・原マルチノ。

▼23　千々石清左衛門直員　生没年不詳
千々石ミゲル、通称清左衛門。キリシタン信徒、肥前有馬晴信の一族。天正遣欧使節として1582渡欧、1590帰国、のち棄教した。近年墓所が発見された。

▼24　豊後王普蘭師司怙休庵
大友宗麟1530-1587。九州大分の領主、キリスト教に帰依し、通説では天正遣欧使節の発案者といわれる。

▼25　花押
貴族や武家が公文書に使用する手書きの署名。前出第一回註20の通りＤＦＣＯは花押ではない。

▼26　フィレンツェ大公国
Ducato di Firenze
イタリア半島中央部、トスカーナの都市国家。イタリアルネサンスの発祥地。

▼27　クラウジオ・アクワビバ
Aquaviva, Claudio 1543頃-1615
アクワヴィヴァ。イエズス会総督に選任され少年使節のローマでの世話人となった。ローマでヴァリニャーノと同期であった。

がら、
『お蔭で、天正遣欧使の事は大分明るくなったがね。然し、四百年後の殺人事件と祖先の血との間にどう云う関係があるのだい。成程《なるほど》不道徳な点では、史学も法医学や遺伝学と共通してはいるが。』
『成程、とかく法律家は詩に箇条を附けたがるからね。』▼45法水は検事の皮肉に苦笑したが、『だが、例証ならない事もないさ。シャルコーの随想の中に、ケルン▼46で、兄が弟に祖先は悪竜を退治した聖《サン》ゲオルグ▼47だと戯談《じょうだん》を云ったばかりに、尼僧の蔭口をきいた下女をその弟が殺してしまった記録が載っている。また、フィリップ三▼48世が巴里《パリー》中の癩患者を焚殺《ふんさつ》したと云う事蹟を聞いて、六代後の落魄《らくはく》した▼49ベルトラン▼50が、今度は花柳病者▼51に同じ事をやろうとしたそうだ。これを、血系意識から起る帝王性妄想▼52と、シャルコーは定義を附けているよ。』と云って、眼で眼前のものを見よとばかりに、検事を促した。

写真は、自殺記事に挿入されたものらしい算哲博士で、胸衣《チョツキ》の一番下の釦《ぼたん》を隠《かく》す程に長い白髯《はくぜん》を垂れ、心の底で魂の苦患《くげん》が燃え燻《くすぶ》っているかのような、幽鬱《ゆううつ》そうな顔付の老人であるが、検事の視線は、最初からもう一枚の外紙の方に奪われていた。それは、一八五二年六月四日発行の「マンチェスター郵報《クウリア》▼53」紙で、日本医学生聖《セント》リュック療養所▼54より追放さる――と云う標題の下に、ヨーク駐在員▼55発の小記事に過ぎなかったが、その内容は思わず検事に眼を瞠《みは》らせた。

――ブラウンシュワイク普通医学校▼56より受托の日本医学生降矢木鯉吉《こいきち》（算哲の前名）は、予《かね》てよりリチャード・バートン▼57輩と交わりて注目を惹ける折柄、エクスター▼58教区監督を誹謗し、目下狂否の論争中なる、法術士ロナルド・クインシイと懇《ねんご》ろにせしため、本日原籍校に差し戻されたり、然るに、クインシイは不審にも巨額の金貨を所持し、それを追及されたる結果、彼の秘蔵に係わる、ブーレ手写のウイチ

---

▼28　ドン・ミカエル
前出、千々石清左衛門の洗礼名。正式にはポルトガル名Miguelである。

▼29　バタリア僧院　Bathalha
スペイン南部、サンタ・マリヤ・ダ・ヴィクトリヤ僧院Santa Maria da Victoria。1566天正使節一行滞在。cf.『天正遣欧使節記』浜田青陵、岩波書店、1931

▼30　聖餐式　eucharistia
ユウカリスチヤ。パンと葡萄酒を会衆に分けるキリスト教の儀式、聖体拝領。

▼31　バロッサ寺領　La Barrosa
スペイン南部カディス付近の避暑地。

▼32　カペルロ・ビアンカ
Capello, Bianca 1548-1587
ビアンカ・カペルロ。少年使節ピサ滞在時に接待したメディチ家の公妃。公式記録に、晩餐後の舞踏会で彼らに接吻を与えたとある。cf.『天正遣欧使節記』

▼33　ピサ・メディチ　Pisa Medici
十五世紀初頭ピサはフィレンツェに敗れメディチ家の統治下に入り、後にトスカーナ大公国となった1569。

▼34　黒奴　Moor
ムーア人、アフリカイスラム教徒の呼称。モール、モーロともいう。

▼35　苅込垣
苅り込み整形した生け垣。

▼36　悔改　contriçan
罪を悔いること。痛悔、悔心。

▼37　贖罪符
教会が発行する罪の償いを軽減する証明書。贖

グス呪法典、ヴァルデマール一世触療呪文集、希伯来《ヘブライ》語手写本猶太秘釈義法《ユダヤカバラ》（神秘《ゲマ》数理術《トリア》としてノタリク、テムツの諸法を含む）、ヘンリー・クラムメルの神霊手書《ニューマトグラ》法《フィー》、編者不明の拉典《ラテン》語手写本加勒底亜《カルデア》五芒星招妖術、並びに栄光の手《ハンド・オブ・グローリー》（絞首人の掌《てのひら》を酢漬けにし乾燥したるもの）を、降矢木に譲渡《ゆずりわた》したる旨《むね》を告白せり。

読み終った検事に、法水は亢奮《こうふん》した口調を投げた。

『すると、僕だけと云う事になる。これを手に入れたばかりに、算哲博士と古代呪法との因縁を知っているのは。いや、真実怖しい事なんだよ。もし、ウイチグス呪法書が黒死館の何処《どこ》かに残されているとしたら、犯人の外《ほか》に、もう一人僕等の敵が殖《ふ》えてしまうのだからね。』

『そりゃ何故だい。魔法本と降矢木に何が？』

『ウイチグス呪法典は所謂《いわゆる》技巧呪術《アート・マジック》で、今日の正確科学を、呪咀と邪悪の衣で包んだものと云われているからだよ。元来ウイチグスと云う人は、亜刺比亜《アラブ》・希臘《ヘレニック》の科学を呼称したシルヴェスター二世十三使徒の一人なんだ。所が、その一派は無暴にも羅馬《ローマ》教会に大啓蒙運動を起して、結局異端者として十三人は刑死してしまったのだが、ウイチグスのみは遁《のが》れて、秘かにこの大技巧呪術書を完成したと伝えられている。それが後年になって、ボッカネグロの築城術やヴォーバンの攻城法、また、デイやクロウサアの魔鏡術やカリオストロの煉金術《れんきんじゅつ》、それにボッチゲルの磁器製造法からホーヘンハイムやグラハムの治療医学にまで素因をなしていると云われるのだから、実に驚くべきじゃないか。また、猶太秘釈義法《ユダヤカバラ》からは、四百二十の暗号が作れると云うけれども、それ以外のものは所謂《いわゆる》純正呪術で、荒唐無稽も極《きわま》った代物ばかりだ。だから支倉君、僕等が真実怖れていいのは、ウイチグス呪法典のみと云っていいのさ。』

果して、この予測は後段に事実となって現われたけれども、その時はまだ、検事

---

宥状（しょくゆうじょう）、免罪符ともいう。乱発が宗教改革につながった。

▼38　ゴア　Goa
インドの西海岸、ポルトガルの植民地。ザビエルの墓がある。安土桃山時代には日本との交通があった。

▼39　誘惑　tentação
ポルトガル語。キリシタン用語。

▼40　障礙
しょうがい。この場合は精神の平安をさまたげることがら。

▼41　カテリナ・ディ・メディチ
Medicis, Catherine de 1519-1589
カトリーヌ・ド・メディシス。イタリア、フィレンツェ生まれ。フランス王アンリ二世の王妃。プロテスタントの大量虐殺の首謀者として伝えられる。史実では、カテリナとビアンカに血縁関係はない。

▼42　有名な近親殺害者
宗教戦争と権力争いの中で生き抜いたカテリナは「敵を皆殺しにした狡猾なイタリア人」と後に呼ばれた。

▼43　聖バルトロメオ斎日の虐殺
Massacre de la Saint-Barthélemy
サン・バルテルミーの虐殺。フランスのカトリック勢力が新教徒ユグノーを大量虐殺した事件1572。

▼44　ルクレチア・ボルジア
Borgia, Lucrezia 1480-1519
教皇アレクサンドロ六世ロドリゴの娘。フェラーラ公アルフォンソ一世に嫁す。父ロドリゴは「ヴェネヌム・アテルミナトゥム」と称する時

の神経に深く触れたものはなく、法水が着換えに隣室へ立った間に、次の一冊を取り上げて折った個所のある頁《ページ》を開いた。それは、明治十九年二月九日発行の東京新誌▼76第四一三号で、「当世零保久礼《ちよぼくれ》博士」と題した田島象二《しようじ》▼77（酔多《すいた》道士）の戯文だった。

――扨《さて》も此度《このたび》転沛逆手行《かんぼのかえり》、聞いてもくんねえ（と定句《きまりく》十数列の後に、次の漢文が挿入されている。）近来大山街道▼78に見物客糸を引くは神奈川県高座郡葭苅《よしかり》▼79の在に、竜宮の如き西洋城廓出現せるがためなり。そは長崎の大分限《だいぶげん》▼80降矢木鯉吉の建造に係るものにして、いざその由来を説かん。先に鯉吉は、小島郷療養所▼81に於いて和蘭《オランダ》軍医メールデルフォルト▼82の指導をうけ、明治三年一家東京に移るや、渡独して、まずブラウンシュワイク普通医学校に学べり。その後伯林《ベルリン》大学に転じて、研鑽八ケ年の後《のち》二つの学位をうけ、本年初頭帰朝の予定となりしも、それに先《さ》き立ち、二年前英人技師クロード・ディグスビイを派遣して、既記の地に本邦未曾有とも云う大西洋建築を起工せるは、一つに、彼地《かのち》にて娶《めと》りし仏蘭西《フランス》ブザンソン▼83の人テレーズ・シニョレに餞《はなむ》ける引手箱なりと云う。即ち、地域はサヴルーズ谷《こく》▼84を模し、本館はテレーズの生家トレヴィーユ荘の城館を写し、以《も》って懐郷の念を絶たんがためなりとぞ。さるにしても、此程《このほど》帰国の船中蘭貢《ラングーン》▼85に於いて、テレーズが再帰熱▼86にて死去したるは哀れとも云うべく、また、皮肉家大島文学博士が、中世堡楼《ほろう》▼87の屋根までも剝いで黒《ペ》死病《スト》▼88死者を詰め込みしと伝えらる、プロヴィンシア繞壁《ざようへき》▼89模倣を種に、この館を黒死館と嘲《あざ》けりしこそ、可笑《おか》しと云うべし――。

検事が読み終った時、法水は外出着に着換えて再び現われたが、またも椅子に深く腰を埋《うず》めて、折から執拗に鳴り続ける電話の鈴《ベル》に眉を顰《ひそ》めながら、

『あれは多分熊城《くましろ》の督促だろうがね。屍体《したい》は逃げっこないのだから、まず悠《ゆっ》くりするとしてだ。そこで、その後に起った三つの変死事件と、未だに解し難い謎とされ

---

限効果毒薬を頻繁に使用して暗殺を繰り返したが、ルクレチアは父や兄の政略で結婚させられたにすぎない。

▼45　シャルコー
Charcot, Jean Martin 1825-1893
フランスの神経病学者。

▼46　ケルン　Köln
ドイツ、ライン湖畔の古都。以下のエピソードは不明。ケルンの守護聖者は聖ウルスラである。

▼47　聖ゲオルグ　Saint Georges
三世紀頃の殉教聖者、カッパドキア地方に現れる竜を退治したと伝えられる。

▼48　フィリップ三世
Philippe III 1245-1285
フランス、カペー朝の王。十字軍に参加して殉死したため聖王と呼ばれる、ルイ九世の次男。

▼49　落魄
後代に落ちぶれた状態。

▼50　ベルトラン　Bertrand
カペー家直系にはベルトランの名称は見当たらない。

▼51　花柳病者
娼家などでの性行為によって感染する性病患者。

▼52　帝王性妄想
高貴な出自の末孫が病的に抱く、誇大妄想のことか。パラノイア。

▼53　マンチェスター郵報
Manchester Courier
1825英国マンチェスターで創刊された日刊新聞。初期は週刊だった。1916休刊。

▼54　聖リューク療養所
St. Luke's Hospital for the Clergy

ている算哲博士の行状を、君に話すとしよう。帰国後の算哲博士は、日本の大学からも神経病学と薬理学とで二つの学位をうけたのだが、教授生活には入らず、黙々として隠遁的な独身生活を初めたものだ。此処《ここ》で、僕等が何より注目しなければならないのは、博士が唯の一日も黒死館に住まなかったばかりか、明治二十三年に僅か五年しか経たない館の内部に大改修を施した事で、つまり、ディグスビイの設計を根本から修正してしまったのだ。然《そう》して、自分は寛永寺裏▼90に邸宅を構えて、黒死館には弟の伝次郎夫妻を住《すま》わせたのだが、その後の博士は、自殺する迄の四十余年を殆んど無風のうちに過したと云ってよかった。著述ですらが、「テュードル家徽《ばい》毒《どく》並びに犯罪に関する考察」▼91一篇のみで、学界に於ける存在と云ったらまずその全部が、あの有名な八木沢医学博士との論争に尽きると云っても過言ではないだろう。それはこうなのだ。明治二十一年に頭蓋鱗様《りんよう》部及顳顬窩《およびせつじゅか》畸形者の犯罪素質遺伝説▼92を八木沢博士が唱えると、其《それ》に算哲博士が駁説《ばくせつ》を挙げて、その後一年に渉る大論争を引き起したのだが、結局人間を栽培する実験遺伝学と云う極端な結論に行き着いてしまって、その成行《なりゆき》に片唾《かたず》を嚥《の》ませた矢先だった。不思議な事には、二人の間にまるで黙契《もくけい》でも成り立ったかのように、その対立が突然不自然極まる消失を遂げてしまったのだよ。所が、この論争とは聯関のない事だが、算哲博士のいない黒死館には、相次いで奇怪な変死事件が起ったのだ。最初は明治二十九年の事で、正妻の入院中愛妾の神鳥《かみとり》みさほを引き入れた最初の夜に、伝次郎はみさほのために紙切刀で頸動脈を切断され、みさほもその現場《げんじょう》で自殺を遂げてしまったのだ。それから、次は六年後の明治三十五年で、未亡人になった博士とは従妹《いとこ》に当る筆子《ふでこ》夫人が、寵愛の嵐鯛十郎《あらしたいじゅうろう》と云う上方役者のためにやはり絞殺されて、鯛十郎もその場去らずに縊死《いし》▼93を遂げてしまった。そしてこの二つの他殺事件には動機と目されるものがなく、いや却《かえ》って反対の見解のみが集まる始末なので、止《や》むなく、衝動性の犯罪とし

---

1892ロンドンに創設された宗教者のための病院。聖ルカは、福音書家の一人で医業の守護聖人。東京にも聖路加病院がある。

**▼55　ヨーク　York**
英国北部ヨークシャーの都市。

**▼56　ブラウンシュワイク普通医学校　Brunschweig**
ドイツの都市。医学校については不詳。

**▼57　リチャード・バートン　Burton, Sir Richard Francis 1821-1890**
『千夜一夜物語』の英訳者バートンと同一人物かもしれない。バートンは、催眠術師として、超能力を現すＥＳＰの観念も生み出した一面も併せ持ち、また探検家としても知られていた。

**▼58　エクスター教区　Exeter**
エクゼター。英国コーンウォール地方デヴォン州の都市。教区parishは英国国教会における組織の最小単位。

**▼59　ウイチグス**
数名の候補があるが不詳。

**▼60　ヴァルデマール一世触療呪文集**
ヴァルデマール一世Valdemar I 1131-1182はデンマーク王。グランテ・ヘーゼの戦いの後、デンマークの内乱を鎮静化。触療とは、神の力を代替して王が親しく触れる治療法で、Royal touch, King's Evilという。中世期の英仏で特に瘰癧（るいれき、結核性の頸部リンパ節炎）の治療に用いられた。ヴァルデマール王との関係は不詳。

**▼61　猶太秘釈義法　Kabbala**
イスラエル民族の秘密伝承を古来から記録した書物。神秘数理術Gematriaはカバラの一部で、

て有耶無耶《うやむや》に葬られてしまったのだよ。所で、主人を失った黒死館では、一時算哲とは異母姪《いぼてつ》に当る津多子《つたこ》――君も知っての通り、現在では東京神恵病院長▼94押鐘《おしかね》博士の夫人になっているが、曾《か》つては大正末期の新劇大女優さ――当時三歳に過ぎなかったその人を主《あるじ》にしているうちに、大正四年になると、思いがけなかった男の子が、算哲の愛妾岩間富枝《いわまとみえ》に胎《みご》もったものだ。それが即ち、現在の当主旗太郎なんだよ。そうして、無風のうちに三十何年か過ぎた去年の三月に、三度動機不明の変死事件が起って、今度は算哲博士が自殺を遂げてしまったのだ。』と、云って、側の書類《ファイル》綴《ブック》りを手繰《たぐ》り寄せ、著名な事件毎《ごと》に当局から送って来る検屍調書類の中から、博士の自殺に関する記録を探し出した。

『いいかね――』

――創《きず》は左第五第六肋骨間を貫き左心室に突入せる、正規の創形を有する短剣刺傷にして、算哲は室《へや》の中央にてその束《つか》を固く握り締め、扉を足に頭を奥の帷幕《たれまく》に向けて、仰臥《ぎょうが》の姿勢にて横《よこた》われり。相貌には、稍々《やや》悲痛味を帯ぶと思われる痴呆状の弛緩を呈し、現場は鎧扉《よろいど》▼95を閉ざせる薄明《うすあかり》の室《へや》にして、家人は物音を聴かずと云い、事物にも取り乱されたる形跡なし、尚《なお》、上述のもの以外には外傷はなく、しかも、同人が西洋婦人人形を抱きてその室《へや》に入りてより、僅々《きんきん》十分足らずのうちに起れる事実なりと云う。その人形と云うは路易《ルイ》朝末期▼96の格檣《トレリス》襞服▼97をつけたる等身人形にして、帷幕《たれまく》の蔭にある寝台上にあり、用いたる自殺用短剣は、その護符刀▼98ならんと推定さる。のみならず、算哲の身辺事情中には、全然動機の所在不明にして、天寿の終りに近き篤学者が、如何《いか》にしてかかる愚挙を演じたるものや、その点頗《すこぶ》る判断に苦しむ所と云うべし――。

『どうだね支倉君、第二回の変死事件から三十余年を隔てていても、死因の推定が明瞭であっても動因がない――と云う点は共通している。だから、そこに潜んでい

---

ヘブライ語で表された聖書の言葉に隠された意味を文字や数値を当てはめて読み解く技法。ノタリクNotarikon、テムラThemurahともいう。

▼62　神霊手書法　pneumatography
霊媒を用いず直接霊魂の伝達を手書きすること。ヘンリー・クラムメルについては不詳。

▼63　拉典語手写本加勒底亜五芒星招妖術
カルデア人Chaldeanは、古代バビロニア地方の民族。天文占星術に長けていたが中世以降の偏見で、魔術師と同一視された。最古の五芒星pentagramの用法は、BC3000頃のメソポタミアの書物にある。シュメール人はこれをＵＢ（ウブ）と呼んだ。バビロニアでは、五芒星形の各頂点に前後左右と上の各方向を割り当て、それぞれ木星・水星・火星・土星、特に上部頂点に地母神イシュタルの現れとされた金星を対応させた。招妖術については不詳。

▼64　栄光の手　Hand of Glory
絞首刑にされた人間の手を屍衣の断片に包み、強く引き絞って残っている血を搾り出し、その手を塩・硝石・長胡椒と共に陶器の器に入れて塩漬けにする。二週間後、手を取り出して天日に干すか、熊葛（くまつづら）および羊歯（しだ）と共に竈（かまど）に入れて乾燥させるとできあがる。盗人は栄光の手の指に灯をともして、家人を眠らせるという。

▼65　亜剌比亜・希蠟の科学
ギリシャ科学の中世ヨーロッパへの伝播は、ローマ文明崩壊後アラビアを経由しており、中世キリスト教徒はそれを魔法と呼んでいた。

▼66　シルヴェスター二世
Sylvester II Gerbert d'Auliac 940頃-1003

る眼に見えないものが、今度ダンネベルグ夫人に現われたとは思えないかね。』

『ちと空論だろう。』検事はやり込めるような語気で、『二回目の事件で、前後の聯関が完全に中断されている。何とか云う上方役者は降矢木以外の人間じゃないか。』

『そうなるかね。何処まで君には手数が掛《かか》るんだろう。』法水は眼で大袈裟な表情をしたが、『所で支倉君、最近現われた探偵小説家に、小城魚太郎《こしろうおたろう》▼99と云う変り種がいるんだが、その人の近著に「近世迷宮事件考察」▼100と云うのがあって、その中で有名なキューダビイ壊崩録を論じている。ヴィクトリア朝末期に栄えたキューダビイの家も、恰度降矢木の三事件と同じ形で絶滅されてしまったのだ。その最初のものは、宮廷詩文正朗読師の主《あるじ》キューダビイが、出仕しようとした朝だった。当時不貞の噂が高かった妻のアンが送り出しの接吻をしようとして腕を相手の肩に繞《めぐ》らすと、矢庭に主は短剣を引き抜いて、背後の垂幕に突き立てたのだ。所が、紅《あけ》に染んで斃《たお》れたのは、長子のウォルターだったので、驚駭した主は、返す一撃で自分の心臓を貫いてしまった。次はそれから七年後で、次男ケントの自殺だった。友人から右頬に盃《グラス》を投げられて決闘を挑まれたにも拘《かかわ》らず、不関気《しらぬげ》な顔をしたと云うので、それが嘲笑の的となり世評を恥じた結果だと云われている。然し、同じ運命はその二年後にも、一人取り残された娘のジョージアに廻《めぐ》って来た。許婚者《いいなずけ》との初夜にどうした事か、相手を罵《ののし》ったので、逆上されて新床の上で絞殺されてしまったのだ。それが、キューダビイの最後だったのだよ。所が、運命説しか通用されまいと思われるその三事件に、小城魚太郎は科学的な系統を発見して、こう云う断定を下している。結論は、閃光的に顔面右半側《うはんそく》に起る、グブラー麻痺▼101の遺伝に過ぎないと云う。即ち主の長子刺殺は、妻の手が右頬に触れても感覚がないので、その手が背後の帷幕の蔭にいる密夫に伸べられたのでないかと誤信した結果で、そうなると、次男の自殺は論ずる迄もなく、娘もやはりグブラー麻痺のために、愛撫の不満を訴えたためで

---

フランス出身の学僧で、一般的にはジェルベールと呼ばれる。ローマ法王在位999-1003、スペインで学んだ科学や技術に関する卓越した知識のため、当時の人々からは魔術使いと呼ばれることもあった。ゲルベルトはドイツ語読み。

▼67　十三使徒
シルヴェスター二世は、欧州各地に自然科学・数学・哲学などに傑出した多数の弟子があった。神聖ローマ帝国の若き帝王オットー三世も弟子の一人。

▼68　羅馬教会　Roman Catholic Church
ローマに首座を持つ法王を中心とした、キリスト教最大の会派。キリスト教の西欧における組織を、東方のギリシャ正教に対して正統を意味するカトリックと呼ぶ。

▼69　ボッカネグロ
Boccanegra, Simone ?-1363
ボッカネグラ。イタリア、ジェノバ共和国初代王。Castello San Giorgioを改築、街全体を牆壁で覆い、要塞化した。

▼70　ヴォーバン　Vauban, Sebastian Le Prestre, Marqui de 1633-1707
フランスの軍人（技術将校）・建設技術者・建築家。ルイ十四世に仕え、西欧各地に残る星型要塞を考案した。

▼71　デイやクロウサア
ジョン・ディーDee, John 1527-1608はエリザベス朝の魔術師。数学や科学に造詣が深かった。クロウサアについては不詳。

▼72　カリオストロ
Cagliostro, Alessandro di 1743-1795
十八世紀ヨーロッパ各地で医師・錬金術師・オ

はないかと推断しているのだ。勿論探偵作家に有り勝ちの得手勝手な空想だが、少なくとも降矢木の三つ事件に聯鎖《れんさ》を暗示して、それに小さな窓を切り拓《ひら》いてくれた事だけは確かだよ。然し、遺伝学と云うのみの狭い領域だけじゃない。あの磅礴《ほうはく》▼102としたものの中には、必ず想像も附かぬ怖しいものがあるに違いないのだ。』

『フム、相続者が殺されたのなら話になるがダンネベルグじゃ、』と検事は小首を傾げたが、『所で、今の調書にある人形と云うのは。』

『それが、博士のテレーズ夫人思慕が募って、コペツキイ一家▼103（ボヘミアの名操人《マリオネ》形工《ツト》▼104）に作らせたと云う等身の自働人形だそうだ。然し、何より不可解なのは、四《カル》重奏団《テツト》の四人だよ。算哲博士が乳呑児《ちのみご》のうちに海外から連れて来て、四十余年の間館から外の空気を吸わせた事がないと云うのだからね。』

『ウン、少数の批評家だけが、年一回の演奏会で顔を見ると云うじゃないか。』

『そうなんだ。屹度《きつと》薄気味悪い蠟色の皮膚をしているだろう。』法水も眼を据えて、『然し、博士が何故あの四人に奇怪な生活を送らせたのか、また、四人がどうしてそれに黙従していたのだろう。所がね、日本の内地では唯それを不思議がるのみで、一向突込んだ調査をした者がなかったのだが、偶然四人の出生地から身分まで調べ上げた好事家を、僕は合衆国で発見したんだ。恐らくこれが、あの四人に関する唯一の資料と云っていいだろう。』そして取り上げたのは、一九〇一年二月号の「ハートフォード福音伝導者《エヴァンジエリスト》」誌▼105で、それが卓上に残った最後だった。『読んでみよう。著者はファロウと云う人で、教会音楽の部にある記述なんだが。』

——所もあろうに日本に於て、純中世風の神秘楽人が現存しつつある事は、恐らく稀中の奇と云うべきであろう。音楽史を辿ってさえも、その昔シュウッツィンゲンの城苑▼106に於て、マンハイム選挙侯カール・テオドル▼107が仮面をつけた六人の楽師を養成したと云う一事に尽きている。此処に於いて予はその興味ある風説に心惹かれ、

---

カルト専門家などさまざまな肩書きを使っていた詐欺師。本名Balsamo, Giuseppe。

▼73　ボッチゲル
Böttiger, Johan Friedrich 1682-1719
ベッティガー。ザクセン侯アウグスト二世のもとで錬金術の作業を行っていたが、王の命令でヨーロッパ初の磁器製造に成功した。

▼74　ホーヘンハイム
Hohenheim, Theophrastus von 1493-1541
パラケルススParacelsus、ルネサンスの医学者・自然科学者・錬金術師。ヨーロッパ各地を遍歴した。

▼75　グラハム
Graham, James 1745-1794
イギリスの医師。ロンドンで健康院Temple of Healthと称する施設を開き、不妊に悩む夫婦のカウンセリング治療を行った。治療の一環として、天国の寝台Celestial Bed（別名カリオストロの寝台）を用いた。夫婦が一緒に横たわるとベッドポストに付いている天使の像から、媚薬が噴き出すというもの。

▼76　東京新誌
服部撫松（はっとりぶしょう）により発刊。全三百九号（明治九年四月〜十五年七月）、九春社。虫太郎は、あえて廃刊後の明治十九年という架空の発行年、巻号を選んでいる。

▼77　田島象二　1852-1909
明治期のジャーナリスト。狂文と狂画を発表して名声を博す。号は任天居士、酔多道士、粋多道士。

▼78　大山街道
関東にいくつかあった大山参詣のための道路。

種々策を廻らして調査を試みた結果、漸《ようや》く四人の身分のみを知る事が出来た。即ち、第一提琴奏者《ヴァイオリン》のグレーテ・ダンネベルグは、墺太利《オーストリー》チロル県マリエンベルグ村▼108狩猟区監長ウルリッヒの三女。第二提琴奏者《ヴァイオリン》ガリバルダ・セレナは伊太利《イタリー》ブリンデッシ市▼109鋳金家ガリカリニの六女。ヴィオラ奏者オリガ・クリヴォフは露西亜《ロシア》カウカサス州タガンツシースク村▼110地主ムルゴチの四女。チェロ奏者オットカール・レヴェズは洪牙利《ハンガリー》コンタルツァ町▼111医師ハドナックの二男。何《いず》れも各地名門の出である。然し、その楽団の所有者降矢木算哲博士が果してカール・テオドルの豪奢なロココ趣味▼112を学んだものであるかどうか、その点は全然不明であると云わねばならない——。

法水の降矢木家に関する資料は、これで尽きているのだが、その複雑極まる内容は、却って検事の頭脳を錯乱せしむるのみの事で、ただ、法水が恐怖の色を泛《うか》べたウイチグス呪法典と云う一語のみが、恰度夢の中で見た白い花のように、何時までもジインと網膜に留《とま》っていた。また、一方法水も、彼の行手《ゆくて》に当って、殺人史上空前とも云う異様な屍体が横《よこた》わっていようとは、その時どうして予知する事が出来たであろうか。

# 第一篇　屍体と二つの扉を繞って

## 一、栄光の奇蹟

私鉄T線▼113も終点になると、其処《そこ》はもう神奈川県になっている。そして、黒死館を

---

ここでは、東京三宅坂を起点に多摩川を渡り、横浜の北部を経由して神奈川県の中心部を結ぶ道を指す。現・国道二四六号線。

▼79　**神奈川県高座郡葭苅**
高座郡は神奈川県の中心部に実在だが葭苅は架空の地名。詳細は解題で後述。

▼80　**大分限**
大金持ちのことだが、降矢木一族の出自からして、どうやって代々財産を築いたかは疑問。

▼81　**小島郷療養所**
開所1861。オランダ海軍伝習所の付属施設から、後に独立した医療施設となる。長崎大学医学部の前身。

▼82　**和蘭軍医メールデルフォルト**
Pompe van Meerdervoort, Jonkeer Johannes Lydius Catharinus 1829-1908
通称ポンペ。長崎海軍伝習所に1857赴任。教育者としても活動。

▼83　**ブザンソン　Besançon**
フランス東部、ジュラ山地の北縁部に位置するローマ時代以来の古都。

▼83　**サヴルーズ谷**
la vallée de la Savoureuse
ジュラ山地の周辺、ベルフォール近郊の渓谷。

▼85　**蘭貢　Rangoon**
ビルマ（現ミャンマー連邦）の首都ヤンゴン。インド洋に面し、貿易港として繁栄。

▼86　**再帰熱**
アジア・アフリカなど熱帯地方の風土病で、ダニやシラミを介して発症する伝染病。高熱を発し、黄疸症状を伴う。回帰熱。

▼87　**堡楼**

展望する丘陵までの間は、樫《かし》の防風林や竹林が続いていて、とにかく其処までは、他奇《たき》のない▼114北相模▼115の風物であるけれども、一端丘の上に来てしまうと、俯瞰した風景が全然風趣を異にしてしまうのだ。恰度、マクベス▼116の所領クォーダー▼117のある――あの北部蘇古蘭《スコットランド》そっくりだと云えよう。そこには木も草もなく、そこまで来るうちには、海の潮風にも水分が尽きてしまって、湿り気のない土の表面が灰色に風化していて、それが岩塩のように見え、凸凹《でこぼこ》した緩斜の底に真黒な湖水《みずうみ》があろうと云う――そう云う荒涼たる風物が、擂鉢《すりばち》の底にある墻壁《しょうへき》▼118まで続いている。その赭土褐《しゃくどかつ》砂《さ》の因《もと》をなしたと云うのは、建設当時移植したと云われる高緯度の植物が、瞬く間に死滅してしまったからであった。けれども、正門までは手入れの行届《ゆきとど》いた自動車路が作られていて、破墻挺崩《はしょうてい》▼119しと云われる切り取り壁▼120が出張った主楼の下に、薊《あざみ》と葡萄《ぶどう》の葉文が鉄扉を作っていた。その日は前夜の凍雨の後をうけて、厚い層をした雲が低く垂れ下り、それに、気圧の変調からであろうか、妙に人肌めいた生暖かさで、時折微《かす》かに電光《いなずま》が瞬き、口小言のような雷鳴が鈍く物懶《ものうげ》気に轟《とどろ》いて来る。そう云う暗澹たる空模様の中に黒死館の巨大な二層楼が、殊《こと》に中央にある礼拝堂の尖塔や左右の塔櫓は、一刷毛《はけ》刷いた薄墨色の中に塗抹されていて、全体が樹脂《やに》っぽい単色画《モノクローム》▼121を作っていた。法水は正門際で車を停めて、そこから前庭の中を歩き始めた。壁廓の背後には、薔薇《ばら》を纏《まとわ》らせた低い赤格子の塀があって、その後が幾何学的な構図で配置されたル・ノートル式の花苑《かえん》▼122だった。花苑を縦横に貫いている散歩路の所々には列柱式の小亭や水神やサイキ▼123或は滑稽な動物の像が置かれてあって、赤煉瓦を斜《はす》かいに並べた中央の大路を、碧色《みどりいろ》の釉瓦《くすりがわら》で縁取りしている所は、所謂《いわゆる》矢筈敷《ヘリング・ボーン》▼124と云うのであろう。そして、本館は水松《いちい》▼125の苅込垣《かりこみがき》で繞らされ、壁廓の四周《まわり》には、様々の動物の形や頭文字を籬状《まがきがた》▼126に苅り込んだ栂《つげ》▼127や糸杉の象徴樹《トピアリー》▼128が並んでいた。尚、苅込垣の前方には、パルナス群像▼129の噴泉があって、法水が近附くと、突如奇様

---

堡廓。城壁の上部に作る、平時の見張りや戦闘時の砲撃に使用する通路。

▼88　**黒死病　pest**
ペスト菌の感染によって発生する急性伝染病。高熱・頭痛などの症状を起こし、皮膚は乾燥して紫黒色を呈する。腺ペスト・ペスト敗血症・肺ペストなどの病型があり死亡率が高い。

▼89　**プロヴィンシア繞壁　Provincia**
フランス南部のプロヴァンスは、地中海に面していたため貿易船による感染菌の持ち込みで、数度の黒死病流行を見た。特に1720-1722には、三万八千人が死亡。その際に感染拡大を防ぐため築造されたのが前出のプロヴァンス城壁であり、プロヴィンシア繞壁である。

▼90　**寛永寺裏**
東京、上野寛永寺は徳川の菩提寺で、その北にある根岸周辺をいう。江戸後期には、町の大商人が隠居したり、妾宅を持っていた一画。

▼91　**テュードル家黴毒並びに犯罪に関する考察**
チューダー朝Tudor dynastyは薔薇戦争のあと、イングランド王国1485-1603を統治した。ヘンリー八世、その子エリザベス一世の時代に全盛となるが、未婚のエリザベスが死亡して途絶えた。表記の黴毒（梅毒）については不詳だが、ヘンリー八世の六度の結婚をはじめとして、同家の不祥事は始祖以来多々あった。

▼92　**頭蓋鱗様部及顳顬窩畸形者の犯罪素質遺伝説**
頭蓋骨部位のうち、頭頂骨の側部にある接合部分を鱗状縫合という。顳顬窩はこめかみのくぼみ。鱗状縫合はゆっくりと固定化するが、奇形

な音響を発して水煙を上げ始めた。

『これが驚駭噴泉《ウオーター・サープライズ》▼130と云うのだよ。あの音も弾丸《たま》のように水を浴びせるのも、みんな水圧を利用しているのだ。』法水は飛沫《しぶき》を避けながら、何気なく云ったが、検事はこのバロック風▼131の弄技物《ろうぎぶつ》▼132から、何とはなしに薄気味悪い予感を覚えずにいられなかった。

それから法水は、苅込垣の前に立って本館を眺め始めた。長い矩形《くけい》に作られている本館の中央は、半円形に突出していて、左右に二条《ふたすじ》の張出間《アプス》▼133があり、その部分の外壁だけは、薔薇色の小さな切石《きりいし》を泥膠《モルタル》▼134で固め、九世紀風の粗朴《そぼく》な前羅馬《ローマ》様式▼135をなしていた。勿論その部分は礼拝堂に違いなかった。けれども、張出間《アプス》の窓には、薔薇形窓がアーチ形の格《こう》の中に嵌《は》まっているし、中央の壁面にも、十二宮を描いた彩色硝子《ステインド・グラス》▼136の円華窓《えんげまど》▼137がある所を見ると、この様式の矛盾が、恐らく法水の興味を惹いた事と思われた。然《しか》し、それ以外の部分は、玄武岩▼138の切石積《きりいしづみ》▼139で、窓は高さ十尺もあろうと云う二段鎧扉になっていた。玄関は礼拝堂の左手にあって、その打戸環《うちどかん》▼140の附いた大扉《おおと》の際に私服さえ見なければ、法水の夢のような考証癖は何時までも醒めなかったに違いない。けれども、その間でも、検事が絶えず法水の神経をピリピリ感じていたと云うのは、鐘楼▼141らしい中央の高塔から始めて、奇妙な形の屋窓や煙突が林立している辺りから、左右の塔櫓にかけて、急峻な屋根を一渉《ひとわた》り観察した後に、その視線を下げて、今度は壁面に向けた顔を何度となく顎《あご》を上下させ、そう云う態度を数回に渉って繰り返したからであって、その様子が何となく、算数的に比較検討しているもののように思われたからだった。果せる哉《かな》、この予測は的中して、最初から屍体を見ぬにも拘らず、法水はこの館の雰囲気の中から、結晶のようなものを摘出して行ったものである。

玄関の突当りが広間になっていて、其処に控えていた老人の召使《バトラー》が先に立ち、右

---

的に接合が早いと頭蓋が長頭化する。長頭と犯罪の関係については次の文献に書かれている。cf.『犯罪と遺伝　個性の教育』ロムブロゾー、三浦関造訳、隆文館図書、1916

▼93　**縊死**
首をくくって死ぬこと。

▼94　**東京神恵病院長**
シンケイという語感から、神経病研究の中心でシャルコーも所属した、パリのサルペトリエール精神病院 Hôpital de la Salpêtrière のイメージがある。また大正期に開院した都立松沢病院のイメージもあったか。

▼95　**鎧扉**
防火用の金属板をつけた戸。がらり戸、しころ戸。

▼96　**路易朝末期**　dynastie des Bourbons
十六世紀末から始まった、ブルボン朝 1589-1790, 1814-1830。歴代ルイ Louis 名の王が続いたことからルイ朝ともいう。末期とは、十八世紀革命直前のルイ十六世時代。また十九世紀にナポレオンの失政で一度ルイ・フィリップによる王政復古があったが、短期に終わった。

▼97　**格檣襞服**　trellis
ルネサンス期イタリアで発祥した格子様の襞を持つ裾の膨らんだドレス。フランスにはカトリーヌ・ド・メディシスが持ち込んだ。

▼98　**護符刀**　talismann
お守り、魔よけの刀。災いを避け、福をもたらすために文字や像を刻んだ。

▼99　**小城魚太郎**
虫太郎の分身的人物。「白蟻」にも登場。

▼100　ヴィクトリア朝　Victorian age

手の大階段室に導いた。そこの床には、リラと暗紅色の七宝▼142模様が切嵌《モザイク》▼143を作り、それと天井に近い円廊を廻っている壁画との対照が、中間に無装飾の壁があるだけに一層引き立って、まさに形容を絶した色彩を作っていた。馬蹄形に両肢《りょうあし》を張った階段を上り切ると、そこは所謂《いわゆる》階段廊になっていて、そこから、今来た上空にもう一つ短い階段が伸びて、階上に達していた。階段廊の三方の壁には、壁面の遥か上方に、中央のガブリエル・マックス作▼144「腑分図《ふわけず》」を挟んで、左手の壁にジェラール・ダビッド▼145の「シサムネス皮剝《かわはぎ》死刑の図」、右手の壁面には、ド・トリー▼146の「一七二〇年マルセーユの黒死病《ペスト》」が、掲げられてあった。何れも、縦七尺幅十尺以上に拡大模写した複製画で、何故斯《か》かる陰惨なもののみを選んだものか、頗る疑問に思われるのだった。然し、法水の眼が素早く飛んだのは「腑分図」の前方に正面を張って並んでいる、二基の中世甲冑武者だった。何れも手に旌旗《せいき》▼147の旗棒《きぼう》を握っていて、尖頭《せんとう》から垂れている二様の綴織《ツルネー》▼148が、画面の上方で密着していた。その右手のものは、クエーカー宗徒▼149の服装をした英蘭《イングランド》土地主が所領地図を拡げ、手に図面用の英《エー》町尺《カーざし》▼150を持っている構図で、左手のものには、羅馬《ローマ》教会の弥撒《ミサ》▼151が描かれてあった。二つとも、上流家庭にはありきたりの富貴と信仰の表徴《シムボル》なので、法水は看過すると思いの外《ほか》、却《かえ》って、召使《バトラー》を招き寄せて訊ねた。

『この甲冑武者は、いつも此処にあるのかね。』

『どう致しまして、昨夜からで御座います。七時前には階段の両裾に置いてありましたものが、八時過ぎには此処まで飛び上って居りました。一体、誰が致しましたものか？』

『そうだろう。モンテパン侯爵夫人▼152のクラーニイ荘▼153を見れば判る。階段の両裾に置くのが定法だからね。』法水はアッサリ頷いて検事に、『支倉君、持ち上げて見給え。どうだね、割合軽いだろう。無論実用になるものじゃない。甲冑も、十六世紀以来

---

ヴィクトリア女王がイギリスを統治していた時代1837-1901。英国史上最盛期を迎えた。

▼101　グブラー麻痺
ミヤール＝ギュブレル症候群 Millard Gubler's syndrome 下交代性片麻痺、病変側の顔面神経麻痺と反対側の上下肢麻痺が起こること。椎骨脳底動脈系の閉塞では、視力障害・小脳性の運動失調・不随意運動などの脳神経障害を生ずる。

▼102　磅礴
混じり合って一つになること。満ちふさがること。

▼103　コペツキイ一家
マチェイ・コペツキー Kopecký, Matej 1775-1847 旅回りの役者の子。天才的人形使いであったと同時に人形劇作家として、統治していたハプスブルグ帝国に禁止されていたチェコ語による台本を書き、国民的な人気者カシュパレークを作り出した。

▼104　操人形　marionnette
人形劇で使われる操り人形の一つであり、特に糸で操るものを指す。

▼105　ハートフォード福音伝導者誌　Hertford evangelist
ハートフォードはアメリカ合衆国コネティカット州の州都。
evangelistは福音書記者。マタイ・マルコ・ルカ・ヨハネの四人を四大福音書記者という。福音伝道とは非キリスト教徒に対して神の国の存在と永遠の救いを示すこと。転じて、宗教色の強い報道機関の誌、紙名に使われることが多い。

▼106　シュウッツィンゲンの城苑　Schwetzingen
シュヴェッツィンゲン宮殿。歴代プファルツ選

のものは全然装飾物なんだよ、それも、路易朝《ルイちょう》に入ると、肉彫《にくぼり》の技巧が繊細になって行くに従って厚みが要求され、終いには、着ては歩けない程の重さになってしまったものだ。だから、重量を考えると、無論ドナテルロ▼154以前、サア、マッサグリア▼155かサンソヴィノ▼156辺りの作品かな。』

『オヤオヤ、君は何時ファイロ・ヴァンス▼157になったのだね。一口で云えるだろう――抱えて上れぬ程の重量ではないって。』と検事は痛烈な皮肉を浴せてから、『然し、この甲冑武者が、階下にあってはならなかったのか。それとも、階上に必要だったのだろうか?』

『無論、此処に必要だったのさ。とにかく、三つの画《え》を見給え。疫病・刑罰・解剖だろう。それに、犯人がもう一つ加えたものがある――殺人だよ。』

『冗談じゃない。』検事が眼を瞠《みは》ると、法水も稍々亢奮《ややこうふん》を交えた声で云った。

『これが、今度の降矢木事件の象徴《シムボル》なんだよ。犯人はこの大旆《たいはい》▼158を掲げて、陰微のうちに殺戮を宣言している。或は、僕等に対する、挑戦の意志かも知れないよ。大体支倉君、二つの甲冑武者が、右のは右手に、左のは左手に旌旗の柄《つか》を握っているだろう。然し、階段の裾にある時を考えると、右の方は左手に、左の方は右手に持って、構図から均斉を失わないのが定法じゃないか。そうすると、現在の形は、左右を入れ違えて置いた事になるだろう。つまり、左の方から、富貴の英町《エーカー》旗――信仰の弥撒《ミサ》旗となっていたのが、逆になったものだから、支倉君、そこに怖しい犯人の意志が現われて来るんだ。』

『何が?』

『Mass(弥撒《ミサ》)とacre(英町《エーカー》)だよ。続けて読んで見給え。信仰と富貴が、Massacre《マッサカー》――虐殺に化けてしまうぜ。』と法水は検事が唖然としたのを見て、『だが、恐らくそれだけの意味じゃあるまい。何れ僕は、この甲冑武者の位置から、も

---

帝侯の夏の宮殿。1752創設のロココ劇場と、バロック式と英国式が融合した庭園が有名。

▼107　マンハイム選挙侯カール・テオドル　Karl Theodor, Kurfürst von der Pfalz 1724-1799
マンハイム Mannheim はライン川沿いの町。十八世紀中頃には、ファルツ選帝侯であったカール・テオドルの施策によって、ヨーロッパ屈指の音楽都市として栄えていた。

▼108　墺太利チロル県マリエンベルグ村　Tirol Marienberg
オーストリアとイタリアにまたがるアルプス山脈東部の地域。十九世紀から二十世紀にかけて領有の移動があった。村名不詳。

▼109　伊太利ブリンデッシ市　Brindisi
イタリア南部プーリア州の市。

▼110　露西亜カウカサス州タガンツシースク村
コーカサス Caucasus は黒海とカスピ海に挟まれた、ロシア南部コーカサス山脈の麓。多数の民族と入り組んだ宗教を持つ。村名不詳。

▼111　洪牙利コンタルツア町　Contalza
Hungary はヨーロッパ東部、アジア系のマジャール族が作った国。十九世紀中頃にはオーストリア・ハンガリー帝国の一部となった。町名不詳。

▼112　ロココ趣味　Rococo
十八世紀後半、フランス革命前の宮廷で発生した美術様式。優雅な趣味はその後ヨーロッパ各地に広まった。

▼113　私鉄T線
虫太郎の造語。解題で後述。

▼114　他奇のない

っと形に現われたものを発見《みつ》け出す積《つも》りだよ。』と云ってから、今度は召使《バトラー》に、『所で、昨夜七時から八時までの間に、この甲冑武者に就いて目撃したものはないかね。』

『御座いません。生憎《あいに》くとその一時間が、私共の食事に当って居りますので。』

それから法水は、甲冑武者を一基一基解体し、周囲は、画図と画図との間にある龕形《がんけい》▼159の壁灯《かべひ》から、旌旗の蔭になっている「腑分図」の上方まで調べたが、一向に得る所はなく、画面のその部分も背景の外れ近くで、様々な色の縞《しま》が雑然と配列していたに過ぎなかった。そして階段廊を離れ、上層の階段を上って行ったが、その時何を思い付いたのか、法水は突然奇異《ふしぎ》な動作を始めた。彼は中途まで来たのを再び引き返して、もと来た大階段の頂辺《てっぺん》に立った。そして、衣袋《かくし》▼160から格子紙《セクション》の手帳を取り出して、階段の段数を数え、それに、何やら電光形《いなずまがた》▼161の線条らしいものを記入したらしかった。これには、検事も引き返さずにはいられなかった。

『なあに、鳥渡《ちょっと》した心理考察をやったまでの話さ。』階上の召使《バトラー》を憚《はばか》りながら、法水は小声で検事の問いに答えた。『いずれ、僕に確信が付いたら話す事にするが、とにかく現在の所では、それで解釈する材料がないのだから、単にこれだけの事しか云えないと思うよ。先刻階段を上って来る時に、警察自動車らしいエンジンの爆音が玄関の方でしたじゃないか。するとその時、あの召使《バトラー》は、そのけたたましい音響に当然消されねばならない、或る微かな音を聴く事が出来たのだ。いいかね、支倉君、普通の状態では到底聴く事の出来ない音をだよ。』

そう云う甚《はなは》だしく矛盾した現象を、法水は如何にして知る事が出来たのだろうか？　然し、彼はそれに付け加えて、そうは云うものの、あの召使には毫末《ごうまつ》▼162の嫌疑もない——といって、姓名さえ聞こうとしないのだから結論の見当が茫漠としてしまって、この一事は、彼が提出した謎となって残されてしまった。

---

これと言って珍しいところもない。

▼115　北相模
神奈川県の中心部。前出の大山街道が横断する、明治時代には高座郡が大部分を占めた。

▼116　マクベス　*Macbeth* 1606頃
シェークスピアの悲劇。スコットランドに実在した小国の王。魔女の唆しで王国奪取の野望を妻とともに抱くが、暗殺した王の子に討ち取られる。

▼117　クォーダー　Cawder
コーダー。スコットランド、ハイランド州インヴァネス近郊の村。『マクベス』の舞台。

▼118　墻壁
防御の目的で建造物を囲う障壁。

▼119　破墻挺
古代、中世の西洋で城攻めに使われた、バリスタ ballistaという大型兵器。バネ仕掛けで、石の弾や複数の矢を打ち込む。

▼120　切り取り壁
城壁の角などに建てた屋上張り出し小塔。

▼121　単色画　monochrome
単彩画。白黒の写真や映画。モノクロ。

▼122　ル・ノートル式の花苑
Le Notre, Andre 1613-1700
ル・ノートルはフランスの庭園設計家。彼の考案した幾何学庭園はヨーロッパを席巻した。ヴェルサイユ庭園が代表作。

▼123　サイキ　psyche
プシュケー。ギリシャ神話の精霊、キューピッドが愛した美少女で霊魂の化身。

▼124　矢筈敷　herringbone
杉綾織、「ニシンの骨」の意。元来は布地の織

　階段を上り切った正面には、廊下を置いて、厳丈《がんじょう》な防塞を施した一つの室《へや》があった。鉄柵扉《と》の後方に数段の石階《いしだん》があって、その奥には、金庫扉《と》らしい黒漆《こくしつ》がキラキラ光っている。その室《へや》が古代時計室だと云う事を知ると、収蔵品の驚くべき価値を知る法水には、一見莫迦気《ばかげ》て見える蒐集家の神経を頷く事が出来た。廊下はそこを基点に左右へ伸びていた。一劃《いつかく》毎に扉が附いているので、その間は隧道《トンネル》のような暗さで、昼間でも龕の電灯が点っている。左右の壁面には、泥焼《テラルコッタ》▼163の朱線が彩っているのみで、それが唯一の装飾だった。やがて、右手にとった突当りを左折し、それから、今来た廊下の向う側に出ると、法水の横手には短い拱廊《そでろうか》▼164が現われ、その列柱の蔭に並んでいるのが、和式の具足類▼165だった。拱廊《そでろうか》の入口は、大階段室の円天井の下にある円廊に開かれていて、その突き当りには、新しい廊下が見えた。入口の左右にある六弁形の壁灯《かべひ》を見やりながら、法水が拱廊《そでろうか》の中に入ろうとした時、何を見たのか愕然《ぎょっ》としたように立ち止った。

『此処にもある。』と云って、左側の据具足（鎧櫃《よろいびつ》▼166の上に据えたもの）の一列のうちで、一番手前にあるのを指差した。その黒毛三枚鹿角立《しかつのだて》▼167の兜を頂いた緋縅《ひおどし》錣《しころ》▼168の鎧に、何の奇異《ふしぎ》があろうか。検事は半ば呆れ顔に反問した。

『兜が取り換えられているんだ。』法水は事務的な口調で、『向う側にあるのは全部吊具足▼169（宙吊りにしたもの）だが、二番目の洗革胴《なめしがわどう》▼170の安鎧に載っているのは、錣を見れば判るが、位置の高い若武者が冠《かぶ》る獅子嚙台星前立脇細鍬《ししがみだいほしまえたてわきほそくわ》▼171という兜だ。また、此方《こっち》の方は、黒毛の鹿角立と云う猛悪なものが、優雅な緋縅の上に載っている。ねえ支倉君、すべて不調和なものには、邪悪が潜《うか》んでいると云うぜ。』と云ってから、召使《バトラー》にこの事を確めると、流石《さすが》に驚嘆の色を泛べて、

『ハイ、左様で御座います。昨夕までは仰言《おっしゃ》った通りで御座いましたが。』と躊躇せずに答えた。

り方だが、ここでは路面舗装に使用する煉瓦の組み方。

▼125　水松
常緑高木。わが国では笏（しゃく）の材料としたので一位に因んで名付けられた。庭樹・生垣などにも利用。欧州では、しばしば墓地に植えられ、死者を連想させる。

▼126　籬
竹・柴などを編んでつくった垣。ませがき。虫太郎は刈込垣と混同している。

▼127　栂
高さ三十メートルを超す常緑高木。葉は線形で枝に羽状につく。

▼128　象徴樹　topiary
樹木や低木を刈り込んで動物や立体的な幾何学模様に仕上げたもの。虫太郎独自の訳語。

▼129　パルナス群像　Parnassos
パルナソス。ギリシア中部の山。デルフォイの北にあり、ギリシア神話のアポロンやミューズの住地であった。それら神々の集団の像。ラファエロやプッサンなどの画題で残る。

▼130　驚駭噴泉
驚愕噴泉surprise fountain、またはウォーター・マジックwater magic。イタリアの庭園噴水の仕掛けで、水流を演出するもの。中には、歩行者やベンチに座った人に水を噴きかけるような悪趣味な仕掛けもあった。

▼131　バロック風　Baroque
イタリアのカトリック教会から起き、十六世紀末〜十八世紀中葉、王権の隆盛とともに全ヨーロッパを風靡した絢爛勇壮な芸術様式。

▼132　弄技物

それから、左右に幾つとなく並んでいる具足の間を通り抜けて、向うの廊下に出ると、そこは袋廊下の行き詰りになっていて、左は、本館の横手にある旋廻階段のテラス▼172に出る扉。右へ数えて五つ目が現場の室《へや》だった。部厚《ぶあつ》な扉の両面には、古拙な野性的な構図で、基督《キリスト》が佝僂《せむし》▼173を癒やしている聖画が浮彫《うきぼ》りになっていた。その一重の奥に、グレーテ・ダンネベルグが屍体《したい》となって横《よこた》わっているのだ。

扉が開くと、後向きになった二十三四がらみの婦人を前に、捜査局長の熊城が苦り切って鉛筆の護謨《ごむ》を噛んでいた。二人の顔を見ると、遅着を咎《とが》めるように、眦《まなじり》を尖らせたが、

『屍体は帷幕《とばり》の蔭だよ。』と無愛想に云い放って、その婦人に対する訊問も止《や》めてしまった。然し、法水の到着と同時に、早くも熊城が自分の仕事を放棄してしまったのと云い、時折彼の表情の中に往来する、放心とでも云うような鈍い弛緩の影があるのを見ても、帷幕《とばり》の蔭にある屍体が彼にどれ程の衝撃を与えたものか、充分推察されるのだった。

法水は、まず其処にいる婦人に注目を向けた。愛くるしい二重顎のついた丸顔で、大して美人と云う程ではないが、円《つぶ》らな瞳と青磁に透いて見える眼隈と、それから張ち切れそうな小麦色の地肌とが、素晴らしく魅力的だった。葡萄色《ぶどういろ》のアフタヌーン▼174を着て、自分の方から故算哲博士の秘書紙谷伸子《かみたにのぶこ》と名乗って挨拶したが、その美しい声音に引きかえ、顔は恐怖に充ち土器色に変っていた。彼女が出て行ってしまうと、法水は黙々と室内を歩き始めた。その室《へや》は広々とした割合に薄暗く、おまけに調度が少《すくな》いので、ガランとして淋しかった。床の中央には、大魚の腹中にある約《ヨ》拿《ナ》▼175を図案化したコプト織▼176の敷物が敷かれ、その部分の床は、色大理石と櫨《はぜ》▼177の木片を交互に組んだ車輪模様の切嵌《モザイク》。其処を挟んだ両辺の床から壁にかけては、所々象眼を鏤《は》めた胡桃《くるみ》と檞《かし》の排列とで、渋い中世風の色沢が放たれていた。そして、高い天

---

いたずらっぽいおもちゃ。玩具。

▼133 **張出間** apse
後陣。教会堂の一端、多くは東端にある半円形の出張り。のちに建物や部屋から張り出した部分をいう。

▼134 **泥膠** mortar
セメントと砂とを水で練ったもの。煉瓦積みおよび壁・天井・床などの仕上げに用いる。

▼135 **前羅馬様式**
プレ・ロマネスク。中世初期、ロマネスク以前の金属細工や写本飾絵、建築などの芸術形式。

▼136 **彩色硝子** stained glass
着色した板ガラスを鉛で縁取り、模様や絵を成型。教会や住宅などの窓に使用される。

▼137 **円華窓** rose window
ゴシック教会建築において、ステンドグラスで作られた円形の窓。薔薇窓。

▼138 **玄武岩**
火山岩の一種。地表に多く存在し、比較的切り出しやすく、古代エジプト以降建築に使用されてきた。

▼139 **切石積**
大きさを揃えて、切り出した石を積み上げる工法。

▼140 **打戸環**
扉につけた叩き金、ノッカー。

▼141 **鐘楼**
教会・寺院などに付属する鐘撞き堂。

▼142 **七宝**
金属などにガラス質の釉薬を焼きつける技法。七つの宝石をちりばめたように美しいという意味。

井からは、木質も判らぬ程に時代の汚斑《おはん》が黒く滲み出ていて、その辺から鬼気とでも云いたい陰惨な空気が、静かに澱《よど》み下って来る。扉口《とぐち》は今入ったのが、一つしかなく、左手には、横庭に開いた二段鎧窓が二つ、右手の壁には、降矢木家の紋章を中央に刻み込んである、十数個の石材で畳《たた》み上げた、大きな壁炉が切ってあって、正面には、黒い天鵞絨《びろうど》の帷幕《とばり》が鉛のように重く垂れていた。尚、扉から煖炉に寄った方の壁側には、三尺程の台上に、裸体の佝僂《せむし》と有名な立法者《スクライブ》▼178（埃及《エジプト》彫像）の跏像《かぞう》▼179とが背中合せをしていて、窓際寄りの一劃は高い衝立《ついたて》で仕切られ、その内側に長椅子と二三脚の椅子卓子《テーブル》が置かれてあった。隅の方へ行って人群から遠ざかると、古くさい黴《かび》の匂《におい》がプーンと鼻孔を衝《つ》いて来る。煖炉棚《マントル・ピース》▼180の上には埃《ほこり》が五分も積っていて、帷幕《とばり》に触れると、烟《む》せっぽい銀色の微粉が天鵞絨《びろうど》の織り目から飛び出して来て、それが飛沫《しぶき》のように降り下って来るのだ。一見して、この室《へや》が永年の間使われていない事が判った。やがて、法水は帷幕《とばり》を掻分《かきわ》けて内部を覗き込んだが、その瞬間凡《あら》ゆる表情が静止してしまって、これも背後から反射的に彼の肩を摑んだ検事の手があったのも知らず、またそれから波打つような顫動《せんどう》が伝わって来るのも感ぜずに、ひたすら耳が鳴り顔が火の様に熾《ほて》って、彼の眼前にある驚くべきもの以外の世界が、すうっと何処かへ飛び去って行くかのように思われた。

見よ！　そこに横《よこた》わっているダンネベルグ夫人の屍体からは、聖らかな栄光が燦《さん》然《ぜん》と放たれているのだ。恰度光の霧に包まれたように、表面から一寸許《ばか》りの空間に、澄んだ青白い光が流れ、それが全身をしっくり包んで、陰闇《いんあん》の中から朦朧《もうろう》と浮き出させているのだ。その光には、冷たい清冽《せいれつ》な敬虔な気品があって、また、それに暈《ぼ》っとした乳白《ミルク》色の濁りがある所は、奥底知れない神性の啓示であろうか。醜い死面の陰影は、それがために端正な相に軟らげられ、実に何とも云えない静穏なムードが全身を覆うているのだ。その夢幻的な、荘厳なもののなかからは、天使の吹く

---

▼143　切嵌　mosaic
ガラスや石・木の破片をちりばめて、図案・絵画などを表す。小さいものは装身具、大きなものは建造物の床や壁面に使用される。

▼144　ガブリエル・マックス
Max, Gabriel Cornelius von 1840-1915
チェコ、プラハ生まれのオーストリアの画家。ドイツで活躍した。進化論・心霊主義を発想の基礎に持っていた。「腑分図」Der anatom 1869 暗い背景の中、横たわる女性の死体を前に沈思する解剖学者を描いた作品。

▼145　ジェラール・ダビッド
David, Gerard 1460-1523
オランダ、ルネサンス期の画家。別名Gheerardt, Geeraert。「シサムネス皮剝死刑の図」Flaying of Sisamnes 1498 ヘロドトス『歴史』に登場するエピソード「カンビュセスの裁き」に由来。ペルシャのカンビュセス二世は、汚職裁判官シサムネスを皮剝ぎの刑で処刑し、剝ぎ取った皮で椅子を作った。cf.『世界美術全集』1929-1932、平凡社

▼146　ド・トリー
Troy, Jean Francois de 1679-1752
小J・F・ド・トリー。フランス、ロココ時代の宮廷画家。「一七二〇年マルセーユの黒死病」La Peste dans la ville de marseilleesen 1720, 1727 ド・トリーが描いた風俗画の一枚。原画は失われたが、シモン・トマッサンによる銅版画複製が残る。作品の題材はペストの死者を堀に埋めるという、黒死館命名の逸話、大鳥文学博士の説の通り。

▼147　旌旗

喇叭《らっぱ》の音が聴えて来るかも知れない。今にも、聖鐘の殷々《いんいん》たる響《ひびき》が轟《とどろ》き始め、その神々しい光が今度は金線と化して放射されるのではないかと思われるのだった。ああ、ダンネベルグ夫人は讃えらるべき聖女▼181なのであろうか!? 然し、その光は、其処に立ち列《なら》んでいる阿呆のような三つの顔も照していた。法水も漸く吾《われ》に返って調査を始めたが、鎧窓を開くと、その光は薄らいで殆んど見えなかった。屍体の全身はコチコチに強直《きょうちょく》していて、既に死後十時間は充分経過しているものと思われたが、流石《さすが》法水は動ぜずに、飽《あ》く迄科学的批判を忘れなかった。彼は口腔内にも光があるのを確めてから、屍体を俯向《あおむ》けて、脊《せ》に現われている鮮紅色の屍斑を目がけ、グサリと小刀《ナイフ》の刃を入れた。そして、屍体を稍々《やや》斜めにすると、ドロリと重た気に流れ出した血液で、忽《たちま》ち屍光に暈《ぼっ》と赤らんだ壁が作られ、それがまるで割れた霧のように二つに隔てられて、その隙間にノタリノタリと血が蜿《のた》くって行く影が印されて行った。検事も熊城も、到底この凄惨な光景を直視する事は出来なかった。

『血液には光はない。』法水は屍体から手を離すと、憮然として呟《つぶや》いた。『今の所では、何と云っても奇蹟と云う外《ほか》にないだろう。外部から放たれたものでない事は明らかだし、燐《りん》の臭気はないし、ラジウム化合物▼182なら皮膚に壊疽《えそ》▼183が出来るし、着衣にもそんな跡はない。正《まさ》しく皮膚から放たれているんだ。そしてこの光は熱も匂もない。所謂《いわゆる》冷光▼184なんだよ。』

『すると、これでも毒殺と云えるのか?』検事が法水に云うのを、熊城が受けて、

『ウン、血の色や屍斑を見れば判るぜ。明白な青酸▼185中毒なんだ。だが法水君、この奇妙な文身《いれずみ》の様な創紋はどうして作られたのだろうか? これこそ、君の領域じゃないか。』と自らを嘲けるような苦笑を洩らすのだった。

実に、怪奇な栄光に続いて、法水を瞠目せしめた屍体現象がもう一つあったのだ。ダンネベルグ夫人が横わっている寝台は、帷幕《とばり》のすぐ内側にあって、それは、象棋《しょうぎ》

---

はた。

▼148 綴織 tournei
綴れ錦、エジプトのコプト織、フランスのゴブラン織などがある。ベルギー南部の都市ツルネは十五世紀から絨毯（じゅうたん）の製造が盛んで、厚手の毛織物の別名となった。

▼149 クエーカー宗徒 Quaker
名前は宗教的感動のあまり体を震わせることに由来。信徒自身は、キリスト友会Religious Society of Friendsと呼ぶ。絶対平和主義の立場をとる。

▼150 英町尺 acre
ヤード・ポンド法単位の物差し。

▼151 羅馬教会の弥撒 Missa, Mass
カトリック教会において、聖別されたパンと葡萄酒を信者に与える祭儀。

▼152 モンテパン侯爵夫人 marquise de Montespan 1640-1707
モンテスパン夫人。フランス王ルイ十四世の寵姫、公妾。本名Mortemart, Françoise Athénaïs de。

▼153 クラーニイ荘 Château de Clagny
ルイ十四世がモンテスパン夫人のためにヴェルサイユ近郊に建てた城館。設計はMansart, Jules Hardouinとその息子。

▼154 ドナテルロ Donatello 1386頃-1466
イタリアの彫刻家、金工家。本名Donato di Niccol di Betto Bardi。

▼155 マッサグリア Missaglias
ミッサリア。イタリア、ミラノの金工工房。

▼156 サンソヴィノ
候補としては以下の二人。Sansovino, Andrea

▼186の棋人《こま》を頭 飾《あたまかざり》にした柱の上にレースの天蓋《てんがい》をつけた路易《ルイ》朝風の桃花木《マホガニー》作り▼187だった。屍体は、その殆んど右外れに俯臥《うつむけ》の姿勢で横《よこた》わり、右手は、脊《せ》の方へ捻じ曲げたように甲を臀《しり》の上に置き、左手は寝台から垂れ下っていた。銀色の髪毛を無雑作に束ねて、黒い綾織《あやおり》の一重服を纏《まと》い、鼻先が上唇まで垂れ下って猶太《ユダヤ》式の人相をしているこの婦人は、顔をSの字なりに引ん歪《ゆが》め、実に滑稽な顔をして死んでいた。然し不思議と云うのは、両側の顳顬《こめかみ》に現われている、紋様状の切り創《きず》だった。それが、恰度文身《いれずみ》の型取りみたいに、細い尖鋭な針先でスウッと引いたような表皮だけを巧妙にそいだ擦切創《さつせつそう》とでも云う浅い傷で、両側とも略々《ほぼ》直径一寸程の円形を作っていて、その円の周囲に、百足《むかで》の足のような形で、短い線条が群生している。創口《きずぐち》には、黄ばんだ血清が滲み出ているのみであるが、そう云う更年期婦人の荒れ果てた皮膚に這っているものは、凄美などと云う感じよりかも、寧《むし》ろ、乾燥《ひから》びた蟯 虫《ぎょうちゅう》▼188の屍体のようでもあり、また、不気味な鞭毛 虫《べんもうちゅう》▼189が排泄する、長い糞便のようにも思われるのだった。そして、その生因が果して内部にあるのか外部にあるのか。その推定すら困難な程に難解を極めたものだった。然し、その凄惨な顕微鏡《ミクロ》模様から離れた法水の眼は、期せずして検事の視線と合した。そして、暗黙の裡《うち》に、或る慄然としたものを語り合わねばならなかった。何となれば、その創の形が、まさしく降矢木家の紋章の一部を作っている、フィレンツェ市章の二十八葉橄欖冠に外ならないからであった。

## 二、テレーズ吾を殺せり

『どう見ても、僕にはそうとしか思えない。』と検事は何度も吃《ども》りながら、熊城に降矢木家の紋章を説明した後に、『何故犯人は息の根を止めただけで足らずに、こ

---

本名Contucci, Andrea 1460-1529 イタリアの彫刻家・建築家。ポライウォーロの弟子。Sansovino, Jacopo 本名Tatti,Jacopo 1486-1570 イタリアの彫刻家・建築家。アンドレア・サンソヴィーノおよびブラマンテの弟子。

▼157 ファイロ・ヴァンス Vance, Philo 該博な知識を披瀝する高踏的な素人探偵、『グリーン家殺人事件』、『僧正殺人事件』などヴァン・ダインの作品に登場。ニューヨークの高級マンションに住み、叔母から相続した莫大な遺産があるため悠々自適な生活を送る、三十五歳の独身伊達男。法水のイメージにかなり重なる部分がある。

▼158 大旆 大きな旗。犯人の意志・決意を表す。

▼159 龕 仏像を納める厨子。古くは岩を削って仏像を納めたくぼみのこと。またその形の壁の装飾。

▼160 衣袋 衣服についた物入れ。ポケット。

▼161 電光形 Z字状に直線が何度も折れ曲がっている形。

▼162 毫末 ほんの少しの。細い毛の先ほどの。

▼163 泥焼 terra cotta テラコッタ。粘土で造形した、素焼きの器物・塑像・瓦などの総称。

▼164 拱廊 きょうろう。カトリック教会建築で祭壇に面した広い部分を主廊とし、その脇に小さなアーチを連ねた形で設けた細い廊下を拱廊という。アーケード。

んな得体の判らない所作《しぐさ》をしたのだろう？』
『所がねえ支倉君。』法水は始めて莨《たばこ》を口に銜《くわ》えて、『それより、僕はいま自分の発見に愕然《がくぜん》としてしまった所さ。この屍体は、彫り上げた数秒後に絶命しているのだよ。つまり、死後でもなく、また、服毒以前でもないのだがね。』
『冗談じゃないぜ。』熊城は思わず呆れ顔になって、『屍体の顔を見給え。これが即死でないなら、一つ君の説明を承わりたいものだよ。』といきり立つのを、法水は駄々児《だだっこ》を諭すような調子で、
『ウン、如何にも神速で、陰剣で、兇悪極りないよ。然し、僕の云う理由は頗る簡単なんだ。大体君が、強度の青酸《シャン》中毒と云うものを余り誇張して考えているからだよ。呼吸筋は恐らく瞬間に麻痺してしまうだろうが、心臓が全く停止してしまう迄には、少なくとも、それから二分足らずの時間があると見て差支《さしつか》えない。所が、皮膚の表面に現われる屍体現象と云うものは、心臓の機能が衰えると同時に現われるものなんだがね。』そこで鳥渡《ちょっと》言葉を切って、まじまじと相手を瞶《みつ》めていたが、『それが判れば、僕の説に恐らく異議はないと思うね。所で、この創は巧妙に表皮のみを切り割っている。それは、血清だけが滲《し》み出ているのを見ても、明白な事実なんだが、通例生体にされた場合だと、皮下に溢血《いっけつ》▼190が起って創の両側が腫起して来なければならない――如何にも、この創口にはその歴然としたものがあるのだ。所が、剝《そ》がれた割れ口を見ると、それに痂皮《かひ》▼191が出来ていない。まるで透明な雁皮《がんぴ》としか思われないだろう。が、この方は明らかな屍体現象なんだよ。然しそうなると、その二つの現象が大変な矛盾を引き起してしまって、創が附けられた時の生理状態に説明が附かなくなってしまうだろう。だから、その結論の持って行き場は、爪や表皮がどう云う時期に死んでしまうものか、考えればいい訳じゃないか。』

---

▼165　**具足類**
武士等が戦闘時に身につける防御具一式。甲冑。

▼166　**鎧櫃**
甲冑、武具一式を納め、運搬・展示に供する箱。

▼167　**黒毛三枚鹿角立**
兜の額部につける飾り物。普通は金属製だが、代わりに鹿の角を使う。

▼168　**緋縅錣**
紅で染めた紐・革緒などで鎧を繋ぎ合わせる細工。

▼169　**吊具足**
甲冑の展示法。甲冑の一式を上から組んだ状態で吊す。

▼170　**洗革胴**
洗革とは毛皮の毛を去り、洗いなめした革。あらかわ。また、動物の皮を薬品で処理したものをなめし革という。つくりがわ。

▼171　**獅子噛台星前立脇細鍬**
獅子の口をあしらった勇猛な意匠の兜。

▼172　**テラス　terrace, terrasse**
屋根をつけず庭園や街路に張り出した場所。露台。

▼173　**佝僂**
ビタミンD不足による小児の骨の形成異常。脊柱・四肢などの発育不全、彎曲を生ずる。日照の少ない欧州に多く、特に英国で多かったのでイギリス病と呼ぶこともあった。結核性の脊椎カリエスで変形する場合は、発見者の医師の名をとって、ポット病Potts diseaseと呼ぶ。

▼174　**アフタヌーン　afternoon dress**
上流階級の女性が、午後の社交に着るワンピースで、長袖、裾丈の長いドレス。

法水の精密な観察が、却って創紋の謎を深めた感があったので、その新しい戦慄のために、検事の声は全く均衡を失っていた。

『万事剖見を待つとしてだ。それにしても、屍光のような超自然現象を起しただけで飽き足らずに、その上降矢木の烙印《やきいん》を押すなんて……。僕には、この清浄な光が非度《ひど》く淫虐的《ザディスチック》▼192に思えて来たよ。』

『いや、見物人は欲しかないんだ。犯人は、君が感じたような心理的な障害を要求している。決して病理的な個性じゃない。実に創造的だが、然し最も淫虐的《ザディスチック》にして独創的《クリエテイヴ》なものを、ハイルブロンネル▼193は小児《こども》だと云っているぜ。』法水は暗く微笑《ほほえ》んだが、『所で熊城君、屍体の発光は何時《いつ》頃からだね。』と事務的な質問を発した。

『最初は卓子灯《スタンド》が点いていたので判らなくなったのだ。所が、十時頃だったが、一通り屍体の検案からこの一劃の調査が終ったので、鎧扉を閉じて卓子灯《スタンド》を消すと……』と熊城はグビッと唾を嚥《の》み込んで、『だから、家人は勿論の事だが、係官の中にも知らないものがあると云う始末だよ。所で、今まで聴取して置いた事実を、君の耳に入れて置こう。』と概略の顛末を語り始めた。

『昨夜家内中である集会を催して、その席上でダンネベルグ夫人が卒倒した——それが恰度九時だったのだ。それからこの室《へや》で介抱する事になって、図書掛りの久我《くが》鎮子《しずこ》と給仕長の川那部易介《かわなべえきすけ》が徹宵《てつしょう》附添っていたのだが、十二時頃被害者が喰《た》べた洋橙《オレンジ》の中に、青酸加里《カリ》が仕込まれてあったのだよ。現に、口腔《くち》の中に残っている果肉の嚙滓《かみかす》からも、多量のものが発見されているし、何より不思議な事には、それが、最初口に入れた一房にあったのだ。だから、犯人は偶然最初の一発で、的の黒星を射当てたと見るより外になかろうと思うね。他の果房《ふさ》はこの通り残っていても、それには薬物の痕跡がないのだ。』

『そうか、洋橙《オレンジ》に!?』法水は天蓋の柱を微かに揺《ゆす》ぶって呟いた。『そうすると、も

---

▼175　大魚の腹中にある約拿　Jona
旧約聖書ヨナ記の懐疑的な主人公。神の命令で向かった国への旅行中、船が沈没して、海中で魚に飲まれる。

▼176　コプト織　Coptic weaving
三世紀から八世紀にかけて、エジプトのキリスト教徒（コプト教徒Copts）が創始、発達させたつづれ織り。麻などを素材とし、聖書中の人物や場面、幾何図形などを模様の主題とする。

▼177　櫨
はぜのき。実からは蠟燭の原料となる蠟がとれる。木材としては艶のある黄色で、工芸品に使用される。

▼178　立法者　scribe
一般的に「書記像」と呼ばれるこの作品は、エジプト第五王朝期に制作された。虫太郎がこれを参照したと思われる平凡社版『世界美術全集』同ページに、矮人クネムヘテプ像（せむし）がある。

▼179　跏像
椅子を使わず、床に両足を組みながら座る形。

▼180　煖炉棚　mantelpiece
居間やホールの壁に造りつけられた暖炉周辺の装飾。またそのような飾りを持つ暖炉全体。

▼181　讃えらるべき聖女
このイメージは、イタリアバロック期の彫刻家ベルニーニBernini, Gian Lorenzo 1598-1680の作品「聖テレジアの法悦」1647-1652からのものである。

▼182　ラジウム化合物　radium
ピッチ・ブレンド中にウランと共存する放射性元素。銀白色の金属。初期には医療などに用い

う一つ謎が殖《ふ》えたよ。犯人は毒物の知識が皆無だと云う事になるぜ。』

『所が、使用人のうちには、これと云う不審な者はいない。久我鎮子も易介も、ダンネベルグ夫人が自分で果物皿の中から撰《えら》んだと云っている。それに、この室《へや》は十一時半頃に鍵を下してしまったのだし、硝子《ガラス》窓も鎧扉《よろいど》も蕈《きのこ》のように銹がこびり付いていて、外部から侵入した形跡は勿論ないのだよ。然し妙な事には、同じ皿の上にあった梨の方が、夫人にとると遥かより以上の嗜好物だそうなんだ。』

『鍵が？』検事はそれと創紋との間に起った矛盾に、愕然とした様子だったが、法水は突慳貪《つっけんどん》に云い放った。

『僕はそんな意味で云っていやしない。青酸に洋橙《オレンジ》と云う痴面《どうけめん》を被せているだけに、それだけ犯人の素晴らしい素質が怖しくなって来るのだ。考えて見給え。あれ程際立った異臭や特異な苦味のある毒物を、驚くじゃないか、致死量の十何倍も用いている。しかもその仮装迷彩《カムフラージュ》▼194に使っているのが、そう云う性能が極めて乏しい洋橙《オレンジ》と来てるんだ。ねえ熊城君、それ程稚拙も甚だしい手段が、どうしてこんな魔法のような効果を収めたのだろう？　何故ダンネベルグ夫人は、その洋橙《オレンジ》のみに手を伸ばしたのだろうか？　つまりその驚くべき撞着と云うのが、毒殺者の崇拝物《トーテム》▼195的な誇りなんだよ。』

　熊城は呆気にとられたが、法水は思い返したように訊ねた。

『それから、絶命時刻は？』

『今朝八時の検屍で死後八時間と云うのだから、絶命時刻も、洋橙《オレンジ》を喰べた刻限《じこく》とピッタリ符合している。発見は暁方《あけがた》の五時半で、それまで附添は二人共に、変事を知らなかったのだ――、また、十一時以後は誰もこの室《へや》に入った者がなかったと云うし、家族の動静も一切不明だ。で、その洋橙《オレンジ》が載っていた果物皿と云うのが、これなんだ。』


---

た。空気中で酸化し、暗所で青白く光る。
▼183　壊疽
火傷や細菌の感染、血行障害などで壊死した組織が腐敗すること。
▼184　冷光　luminescence
熱を伴わない光。ホタルの発光、生物体の腐敗によるリン光など。
▼185　青酸　cyan
シアン化カリウムの別称。金・銀の冶金、金属めっき、殺虫剤などに使用。劇毒性があり、一滴を飲めば忽ち死ぬといわれる。皮膚から吸収しても、心臓・呼吸・神経等の作用を鈍らせ止めることがある。
▼186　象棋　chess
西洋棋。インド発祥のゲームだといわれる。十六世紀に現在のルールがまとまった。縦横九齣の盤上で、六種の駒（棋人）を使って敵のキングを追い詰める競技。これらの装飾は、第八章394頁で松毬形をした頂飾（たてばな）に変更された。
▼187　桃花木　mahogany
熱帯原産の常緑高木。木材としては堅牢で木目が美しいため、家具などに使われる。
▼188　蟯虫
寄生虫の一種、一センチ以内の小型な紡錘形をしている。
▼189　鞭毛虫
原生動物の一種。多くのものは運動器官として一ないし数本の鞭毛を持ち、淡水・海水に生息。ミドリムシ・夜光虫などがこれに属す。
▼190　溢血
身体内部に起きる出血。皮膚直下で起きる場合、

そう云って熊城は、寝台の下から銀製の大皿を取り出した。直径が二尺に近い盞形《さかずきがた》をしたもので、外側には露西亜《ルツソ》ビザンチン[196]特有の生硬な線で、アイヴァソウフスキー[197]の匈奴《フン》族馴鹿《トナカイ》狩の浮彫《うきぼり》[198]が施されていた。皿の底には、空想化された一匹の爬虫類が逆立していて、頭部と前肢《まえあし》が台になり、刺《とげ》の生えた胴体がくの字なりに彎曲して、後肢と尾とで皿を支えている。そして、くの字の反対側に、半円形の把手《にぎり》が附いていた。その上にある梨と洋橙《オレンジ》は全部二つに截ち割られていて、鑑識検査の跡が残されているが、無論毒物は、それ等の中にはなかったものらしい。然し、ダンネベルグ夫人を斃《たお》した一つには、際立った特徴が現われていた。それが他にある洋橙《オレンジ》とは異《こと》って所謂《いわゆる》橙色《だいだいいろ》ではなく、寧ろ熔岩色《ラヴァ》[199]とでも云いたい程に赤味が強く勝った大粒のブラット種[200]だった。しかも、赧黒《あかぐろ》く熟《う》れ過ぎている所はまるで、凝固しかかった血糊のように薄気味悪く思われるのであるが、その色は妙に神経を唆《そそ》るのみで、無論推定の端緒《いとぐち》を引き出すものではなかった。そして、蔕《へた》のない所から推して、そこから泥状の青酸加里が注入されたものと推断された。

法水は果物皿から眼を離して、室内を歩き始めた。帷幕《とばり》で区切られているその一劃は、前方の室《へや》とは著しく趣を異にしていて、壁は一体に灰色の膠泥《モルタル》で塗られ、床には同じ色で無地の絨氈《じゅうたん》が敷かれてあって、窓は前室のよりも稍々《やや》小さく、幾分上方に切られてあるので、内部は遥かに薄暗かった。灰色の壁と床、それに黒い帷幕《とばり》——と云えば、その昔ゴードゥン・クレイグ[201]時代の舞台装置を想い出すけれども、そう云う外見生動に乏しい基調色が、尚一層この室《へや》を沈鬱なものにしていた。此処もやはり、前室と同様荒れるに任せていたらしく、歩くにつれて、壁の上方から層をなして埃が摺り落ちて来る。室内の調度は、寝台の側に大酒甕形の立卓笥《たちキャビネット》があるのみで、その上には、芯の折れた鉛筆をつけたメモと、被害者が臥《ね》る時に取り外したらしい近視二十四度の鼈甲《べっこう》眼鏡、それに、描き絵の絹《きぬ》覆《シエード》をつけた、卓子《スタン》

---

溢血点や溢血斑の形で目視できる。

▼191　痂皮
回復期に、血液やリンパ液などの体液が傷口で固まること。かさぶた。

▼192　淫虐的　sadistic
性的な対象に、精神的・肉体的に苦痛を与えるような行為を仕掛けること。

▼193　ハイルブロンネル
Heilbronner, Karl 1869-1914
ドイツの精神科医。

▼194　仮装迷彩　camouflage
自身の色彩を周囲に溶け込ませることによって敵の眼をあざむく手段。

▼195　崇拝物　totem
原始社会の民族が、崇拝する血縁や禁忌として拝跪する象徴的に造形した動植物や自然物。

▼196　露西亜ビザンチン　Russo-Byzantine
十一世紀から十六世紀ロシアにおける東ローマ帝国からの影響下の建築様式で、この皿の古代様式とはかけ離れている。

▼197　アイヴァソウフスキー
Aivazovsky, Ivan Konstantinovich 1817-1900
アイヴァソウスキー。ロシアの海洋画家。また考古学者として、十九世紀半ばに黒海周辺の遺跡調査に携わり、発掘物はエルミタージュ美術館に所蔵されている。

▼198　匈奴族馴鹿狩の浮彫
これもアイヴァソウスキーの考古学的業績の一部であろう。

▼199　熔岩色　lava
噴火して流動する熔岩の暗い赤色。

灯《ド》とが載っていた。近視鏡もその程度では、ただ輪廓が暈《ぼっ》とするのみで、事物の識別は殆んど明瞭に附く筈であるから、それには一顧する価値もなかった。法水は画廓の両壁を観賞して行くような足取りで、悠《ゆっ》り歩を運んでいたが、その背後から検事が声をかけて、

『やはり法水君、奇蹟は自然の凡ゆる理法の彼方にあり――かね。』

『ウン、判ったのはこれだけだよ。』法水は味のない声を出した。『まるで犯人はテル▼202みたいに、たった一矢で、露《む》き出しより酷《ひど》い青酸を相手の腹の中へ打《ぶ》ち込んでいるだろう。つまり、その最終の結論に達するまでに、光と創紋を現わすものが必要だったと云う事だ。云わばあの二つは、犯行を完成させるための補強作用で、その道程に欠いてはならない深遠な学理だと見て差支えない。』

『冗談じゃない。余り空論も度が過ぎるぜ。』熊城が呆れ返って横槍を入れると、法水は平然と奇説を続けた。

『だって、鍵を下した室内に侵入して来て、一二分のうちに彫らねばならない。そうなると、クライル▼203じゃないが、無理でも不思議な生理を目指すより仕方があるまい。それに、疑問はまだ後へ捻《ねじ》れたような右手の形にも、それから、右肩にある小さな鉤裂《かぎざ》きにもある。』

『そんな事はどうでもいいんだ。』熊城は吐き出すように、『腹ん這《ば》いで洋橙《オレンジ》を噛《の》み込んで、瞬間無抵抗になる――それだけで全部だよ。』

『所がねえ熊城君、アドルフ・ヘンケ▼204の古い法医学書を見ると、一人の淫売婦が、腕を身体《からだ》の下にかって横向きになった姿勢のままで毒を仰いだのだが、瞬間の衝撃《ショック》を喰《くら》うと、却って痺れた方の腕が動いて、瓶《びん》を窓から河の中へ投げ捨てたと云う面白い例が載っているぜ。だから、一応は最初の姿体を再現してみる必要があるだろう。それから屍体の光は、アヴリノの聖僧奇跡集などに……』

---

▼200 ブラッド種　blood orange
果肉の赤いオレンジ。イタリア原産。

▼201 ゴードゥン・クレイグ
Craig, Edward Gordon 1872-1966
ゴードン・クレイグ、イギリスの演出家・舞台美術家・演劇理論家。1900から装置および照明の著しい革新を試みた。虫太郎も大きな影響を受けた。

▼202 テル　William Tell, Wilhelm Tell
スイス独立のきっかけを作った伝説の弓の名手。自分の息子の頭に載ったリンゴを一発で仕留めたというエピソードで知られる。

▼203 クライル　Crile, George 1864-1943
アメリカの外科医。知覚麻痺・知覚脱失の研究者。

▼204 アドルフ・ヘンケ　Henke, Adolph Christian Heinrich 1775-1843
ドイツの薬理学者・内科医。法医学関係に *Abhandlungen aus dem Gebiete der gerichtlichen Medicin* 1815-1834という業績がある。エピソードは不詳。

『成程、坊主なら、人殺しに関係あるだろう。』熊城は露骨に無関心な顔をしたが急に神経的な手附になって、衣袋《かくし》から何やら取り出そうとした。法水は振り向きもせず、背後に声を投げて、

『所で熊城君、指紋は?』

『説明の附くものなら無数にある。それに、昨夜《ゆうべ》この空室に被害者を入れた時だが、その時寝台の掃除と、床だけに真空掃除器を使ったと云うからね。生憎《あいにく》足跡と云っては何もない始末だ。』

『フン、そうか。』そう云って法水が立ち止ったのは、突当りの壁前だった。そこには、恰度常人の顔に当る辺の高さに、最近何か額様のものを取り外したらしい跡が、極めて生々しく印されてあった。所がそこから折り返して旧《もと》の位置に戻ると、法水は卓子灯《スタンド》の中に何を認めたものか、不意《いきなり》検事を振向いて、

『支倉君、窓を閉めてくれ給え。』と云った。

検事はキョトンとしたが、それでも、彼の云う通りにすると、法水は再び屍体の妖光を浴びながら、卓子灯《スタンド》に点火した。そうなって始めて検事に判ったのは、その電球が、昨今は殆んど見られない炭素球《カーボン》▼205だと云う事で、恐らく急場に間に合わせた調度類が、永らく蔵《しま》われていたものであろうと想像された。法水の眼はその赭《あか》っ茶けた光の中で、覆《シエード》の描く半円を暫《しば》く追うていたが、いま額の跡を見付けたばかりの壁から一尺程手前の床に、何やら印を附けると、室《へや》は再び旧《もと》に戻って、窓から乳色の外光が入って来た。検事は窓の方へ溜めていた息をフウッと吐き出して、

『何を思い付いたんだ?』

『なにね、僕の説だってその実グラグラなんだから、試しに眼で見えなかった人間を作り上げようとした所さ。』法水は気紛《きまぐ》れめいた調子で云ったが、その語尾を掬《すく》い上げるような語気と共に、熊城は一枚の紙片を突き出した。

---

▼205　炭素球　carbon bulb
エジソンが発明した、光源に竹の繊維を炭化させたものを使用する白熱灯。

『これで君の謬説が粉砕されてしまうんだ。何も苦《くるし》んで迄もそんな架空なものを作り上げる必要はないさ。見給え。昨夜《ゆうべ》この室《へや》には、事実想像も付かない人物が忍んでいたのだ。それを、洋橙《オレンジ》を口に含んだ瞬間に知って、ダンネベルグ夫人が僕等に報《し》らそうとしたのだよ。』

その紙片の上に書かれてある文字を見て、法水はギュッと心臓を摑まれたような気がした。検事は啞然となって叫んだ。

『テレーズ！　これは自働人形じゃないか。』

『そうだよ。これにあの創紋を結び付けたら、よもや幻覚とは云われんだろう。』熊城も低く声を慄《ふる》わせた。『実は、寝台の下に落ちていたんだが、それをこのメモと引合わせてみて、僕は思わず慄え上ったよ。犯人は正しく人形を使ったに違いないのだ。』

法水は相変らず衝動的な冷笑主義《シニシズム》▼206を発揮して、

『土偶▼207と悪魔学《デモノロジィ》▼208——犯人は人類の潜在批判を狙っている。だが、珍らしく古風な書体だな。半大字形《アイリッシュ》▼209か波斯文字《ネスキー》▼210みたいだ。でも君は、これが被害者の自署だと云う証明を得ているのかい？』

『無論だとも、』熊城は肩を揺《ゆすぶ》って、『実は、君達が来た時にいたあの紙谷伸子と云う婦人が、僕にとると最後の鑑定者だったのだ。で、ダンネベルグ夫人の癖を云うとこうだ。鉛筆の中程を小指と薬指の間に挟んで、それを斜めにしたのを、拇指《おやゆび》と人差指とで摘《はさ》んで書くそうだがね。そう云う訳で、その筆蹟は鳥渡《ちょっと》真似られんそうだよ。それに、この擦《かす》れ具合が、鉛筆の折れた尖《さき》とピッタリ符合している。』

検事はブルッと胴慄いして、

『怖ろしい死者の曝露じゃないか。それでも法水君、君は？』

『ウム、どうしても人形と創紋を不可分に考えなけりゃならんのかな。』と法水も

---

▼206　冷笑主義　cynicism
古代ギリシャ犬儒派の禁欲的な哲学が起源。風潮・事象などを冷ややかに見ること。皮肉癖。

▼207　土偶
土でできた人形。テレーズ人形に対する悪意ある形容。

▼208　悪魔学　demonology
悪魔についての研究、オカルティズムの主要な一部。鬼神学ともいう。

▼209　半大字形　Irish
中世初期のアイルランドで用いられた独特の手書き書体。

▼210　波斯文字　Naskh
ナスフ体、ナスヒーもしくはトルコ語名のネシフと呼ばれ、ペルシャ文字の一つ。書体は美しく簡潔で、現代でも使用されている。

浮かぬ顔で呟いた。『この室《へや》が密室臭いので、出来る事なら幻覚と云いたい所さ。けれども、現実の前には段々とその方へ引かれて行ってしまうよ。いや、却って人形を調べたら、創紋の謎を解くものが、その機械装置からでも摑めるかも知れない。何にしても、こう立て続けに、真暗な中で異妖な鬼火ばかり見せられているのだからね。光なら、どんな微かなものでも欲しい矢先じゃないか。とにかく、家族の訊問は後にして、取り敢えず人形を調べる事にしよう。』

それから人形のある室へ行く事になって、私服に鍵を取りにやると、間もなくその刑事は亢奮して戻って来た。

『鍵が紛失しているそうです、それに薬物室のも。』

『止むを得なけりゃ叩き破るまでの事だ。』法水は決心の色を泛《うか》べて云った。『そうなると、調べる室が二つ出来てしまったよ。』

『薬物室もか、』今度は検事が驚いたように、『大体青酸加里なんてものは、小学生の昆虫採集箱の中にもあるものだぜ。』

法水は関《かま》わず立ち上って扉《ドア》の方へ歩みながら、

『それがね犯人の智能検査なんだよ。つまり、その計画の深さを計るものが、鍵の紛失した薬物室に残されているように思われるんだ。』

テレーズ人形のある室は、大階段の後方に当る位置で、間に廊下を一つ置き、恰度「腑分図」の真後に当る袋廊下の突き当りだった。扉《ドア》の前に来ると、法水は不審な顔をして、眼前の浮彫を瞶《みつ》め出した。

『この扉《ドア》のは、ヘロデ王ベテレヘム嬰児虐殺之図[211]と云うのだがね。これと屍体のある室の佝僂《せむし》治療之図[212]との二枚は、有名なオットー三世[213]福音書の中にある挿画《さしえ》なんだよ。そうなると、そこに何か脈絡があるのかな。』と小首を傾げながら、試みに扉《ドア》を押したが、微動さえしなかった。

---

▼211　ヘロデ王ベテレヘム嬰児虐殺之図　東方三博士から未来の王位継承者の誕生を知らされて、ヘロデ大王が命じたベツレヘムに住む嬰児の虐殺の図を意味する。cf.『マタイ2：1-17』

▼212　佝僂治療之図　キリストが安息日に、腰の曲がった婦人をいやしたというエピソードからとられた福音書の画像。cf.『ルカ13：9-13』

▼213　オットー三世　Otto III 980-1002　三歳でドイツ王（在位983-1002）、その後ローマで皇帝（在位996-1002）となり、恩師ゲルベルトを教皇シルヴェスター二世とした。オットー三世が作らせた手写福音書は中世美術の精華で、前記の二枚の絵も含まれる。

『叩き破る迄の事さ。』熊城が野生的な声を出すと、法水は急に遮《さえぎ》り止めて、

『浮彫を見たので、急に勿体《もったい》なくなったよ。それに、響《ひびき》で跡を消すといかんから、下の方の板をそっと切り破ろうじゃないか。』

やがて、扉《ドア》の下方に空けられた四角の穴から潜り込むと、法水は懐中電灯を点じた。円い光に映るものは壁面と床だけで、何一つ家具らしいものさえ、なかなかに現われて来ない。が、そのうち右辺《みぎばた》からかけて室を一周し終ろうとする際に、思いがけなくも、法水のすぐ横手——扉《ドア》から右寄りの壁に闇が破れて、そこからフウッと吹き出した鬼気と共に、テレーズ・シニョレの横顔が現われたのであった。面の恐怖と云えば誰しも経験する事だが、たとえば、白昼でも古い社の額堂を訪れて、破風の格子扉《こうしど》に掲《かか》っている能面を眺めていると、まるで、全身を逆さに撫で上げられるような無気味な感覚に襲われるものだ。まして、この事件に異妖な雰囲気を醸《かも》し出した当のテレーズが、荒れ煤《すす》けた室の暗闇の中から暈《ぼう》っと浮き出たのであるから、その瞬間三人がハッとして息を窒《つ》めたのも無理ではない事だった。窓に微かな閃光が燦《きら》めいて鎧扉の輪廓が明瞭に浮び上ると、遠く地動のような雷鳴がおどろと這い寄って来る。そう云う凄愴な空気の中で法水は凝然と眼《まなこ》を見据え、眼前の妖しい人型を瞶《みつ》めていた——この死物の人形が森閑とした夜半の廊下を。

開閉器《スイッチ》の所在が判って、室内が明るくなった。テレーズの人形は身長五尺五六寸ばかりの蠟着せ人形▼214で、格檣型《トレリス》の層襞《そうへき》を附けた青藍色のスカートに、これも同じ色の上衣《フロック》▼215を附けていた。像面からうける感じは、愛くるしいと云うよりも寧ろ異端的な美《うつ》くしさだった。半月形をしたルーベンス眉▼216や、唇の両端が釣り上った所謂《いわゆる》覆《ふく》舟口《しゅうこう》▼217などは、元来淫らな形とされているけれども、妙にこの像面では鼻の円みと調和していて、それが、蕩《とろ》け去るような処女の憧憬を現わしていた。そして、精緻な輪廓に包まれ、捲毛《まきげ》の金髪を垂れているのが、トレヴィーユ荘の佳人テレーズ・

---

▼214　蠟着せ人形
骨格を作った人体模型に蠟を被せる技法。蠟人形。

▼215　上衣　frock
婦人用のワンピース。上っ張り。

▼216　ルーベンス眉
ルーベンス Rubens, Peter Paul 1577-1640 は、バロック期のフランドルの画家。彼の描く女性像の特徴に、半月形の眉がある。

▼217　覆舟口
虫太郎の表現通りで、古来美人の喩えとして使われるが、現代の人相学では逆向きのへの字口の悪相とされる。

シニョレの精確な複製だったのである。光をうけた方の面は、今にも血管が透き通って見えそうな、生々しい輝きであったが、巨人のような体軀との不調和はどうであろう。安定を保つために、肩から下が恐ろしく大きく作られていて、足蹠《あしひら》の如きは、普通人の約三倍もあろうと思われる広さだった。法水は考証気味な視線を休めずに、

『まるで騎士埴輪《ゴーレム》[218]か鉄《くろがね》の処女[219]としか思われんよ。これがコペツキーの作品だと云うそうだが、さあプラーグ[220]と云うよりも、体軀の線はバーデンバーデン[221]のハンスヴルスト[222]（独逸の操人形）に近いね。この簡素な線には、他の人形には求められない無量の神秘がある。算哲博士が本格的な人形師に頼まないで、これを大きな操人形《マリオネット》に作ったのは、如何にもあの人らしい趣味だよ。』

『人形の観賞は、何れ悠《ゆっ》くりやって貰う事にして、』熊城は苦々し気に顔を顰《しか》めたが、『それより法水君、鍵が内側から掛っているんだ。』

『ウンウン驚くべきだ。然し、この人形が犯人の意志で遠感的《テレパシック》[223]に動く訳じゃあるまい。』鍵穴に突込まれている飾付の鍵を見て、検事は慄然としたらしかったが、足許から始めて、床の足型を追い始めた。跡方もなく入り乱れている扉口《ドア》から正面の窓際にかけての床には、大きな扁平な足型で、二回往復した四条《よすじ》の跡が印されていて、それ以外には、扉口《とぐち》から現在人形のいる場所に続いている一条《ひとすじ》のみだった。然し、何より驚かされたのは、肝腎の人間のものがない事だった。検事が頓狂な声を上げると、法水は皮肉に笑って、

『どうも頼りないね。最初犯人が人形の歩幅通りに歩いて、その上を後で人形に踏ませる。そうしたら、自分の足跡を消してしまう事が出来るじゃないか。そして、その後の出入は、その足型の上を踏んで歩くのだ。然し、昨夜《ゆうべ》この人形のいた最初の位置が、もし扉口《とぐち》でなかったとしたら、昨夜《ゆうべ》はこの室から一歩も外へは出ていな

---

▼218　騎士埴輪　Golem
本来はヘブライ語で胎児。ユダヤ人が呪文によって作る超自然力を持つと考えた粘土像。騎士埴輪というイメージは、パウル・ウェゲナー監督・主演による映画『巨人ゴーレム』Der Golem 1920のもの。

▼219　鉄の処女　Eiserne Jungfrau
女性形をした、高さ二メートルの人形処刑具。前面は左右に開くようになっており、中の空洞に人間を入れる。扉を閉めると、長い釘が内部に向かって突き出す。背後にも釘が植えられているものもある。別名ニュルンベルクの処女 Virgin of Nuremberg。

▼220　プラーグ　Prague, Praha
チェコの首都プラハの英語名、フランス語名。

▼221　バーデンバーデン　Baden-Baden
ドイツ南西部の都市。

▼222　ハンスヴルスト　Hanswurst
ドイツの伝統的な操り人形のキャラクター。中世の謝肉祭劇から民衆人形劇に移行した。大食らいで酔っぱらいの恐妻家であり、主人公の揚げ足取りにはげむ道化役。虫太郎のいう「無量の神秘」には、ほど遠いキャラクターである。

▼223　遠感的　telepathic
精神感応。ある人の心の内容を、言語・表情・身振りなどによらずに、直接に他の人の心に伝達する能力。

かったと云う事が出来るのだよ。』

『そんな莫迦気《ばかげ》た証跡が、』熊城は癇癪《かんしやく》を抑えるような声を出して、

『一体何処で足跡の前後が証明されるね?』

『それが洪積期▼224の減算《ひきざん》なんだよ。』法水もやり返した。『最初の位置が扉口《ドア》でないとすると、四条《よすじ》の足跡に一貫した説明が附かなくなってしまうからだ。扉口《ドア》から窓際に向っている二条のうちの一つが、一番最後に剰《あま》ってしまうのだよ。で仮りに、最初人形が窓際にあったとして、まず犯人の足跡を踏みながら室を出て行き、そして再び旧《もと》の位置まで戻ったと仮定しよう。そうすると続いてもう一度、今度は扉《ドア》に鍵を下すために歩かなければならない。所が見た通り、それが扉《ドア》の前で現在ある位置の方へ曲っているのだから、残った一条《ひとすじ》が全然余計なものになってしまう。だから、往復の一回を、犯人の足跡を消すためだとすると、其処からどうして、窓の方へもう一度戻さなければならなかったのだろうか。窓際に置かなければ、何故《なにゆえ》人形に鍵を下させる事が出来なかったのだろう。』

『人形が鍵をかける!?』検事は呆れて叫んだ。

『それ以外に誰がするもんか。』知らぬ間に法水は熱を帯びた口調になって、『然し、その方法となると、相変らず新しい趣向《アイデア》ではない。十年一日の如くに犯人は糸を使っているよ。所で、僕の考えている事を実験して見るかな。』

そして、鍵がまず扉《ドア》の内側に突っ込まれた。けれども、彼が一旬日程以前に聖《セント》アレキセイ寺院のジナイーダの室▼225に於いて獲《か》ち得た所の成功が、果して、今回も繰り返されるであろうかどうか。それが頗る危ぶまれた、と云うのは、その古風な柄の長い鍵は、把手《ノッブ》から遥かに突出していて、前回の技巧を再現する事が殆んど望まれないからであった。二人が見守っているうちに、法水は長い糸を用意させて、それを外側から鍵孔《かぎあな》を潜らせ、最初鍵の輪形の左側を巻いてから、続いて下から掬って

---

▼224　洪積期　Diluvium
洪積世。氷河期に地表をおおった氷床の堆積物を、旧約聖書のノアの大洪水の堆積物と誤認して、この名をつけた。いわば、科学史上の大間違い。更新世。

▼225　聖アレキセイ寺院のジナイーダの室
「聖アレキセイ寺院の惨劇」で使われた、鍵と糸のトリックの再現。

右側を絡め、今度は上の方から輪形の左の根元に引っ掛けて、余りを検事の胴に繞らし、その先を再び鍵穴を通して廊下側に垂《たら》した。そうしてから、

『まず支倉君を人形と仮定して、それが窓際から歩いて来たものとしよう。然し、それ以前に犯人は、最初人形を置く位置に就いて、正確な測定を遂げねばならなかった。どうしても扉《ドア》の閾《しきい》の際で、左足が停まるように定める必要があったのだ。何故なら、左足がその位置で停まると、続いて右足が動き出しても、それが中途で閾に逼《つか》えてしまうだろう。だから、後半分の余力が、その足を軸に廻転を起して、人形の左足が次第に後退《あとずさ》りして行く。そして、完全に横向きになると、今度は扉《ドア》と平行に進んで行くのだよ。』

それから、熊城には扉《ドア》の外で二本の糸を引かせ、検事を壁の人形に向けて歩かせているうちに、扉《ドア》の前を過ぎて鍵が後方になると、法水はその方の糸をグイと熊城に引かせた。すると、検事の身体《からだ》が張り切った糸を押して行くので、輪形の右側が引かれて、見る見る鍵が廻転して行く。そして、掛金が下りてしまうと同時に、糸は鍵の側《かたわら》でプツリと切れてしまったのだ。やがて、熊城は二本の糸を手にして現われたが、切なそうな溜息を吐いて、

『君は何と云う不思議な男だろう。』

『けれども、人形が果してこの室から出たかどうかは、それを明白に証明するものがない。あの一回余計の足跡だって、まだまだ僕の考察だけでは足りないと思うよ。』と法水は最後の駄目を押してから、衣裳の背後にあるホックを外して観音開きを開き、体内の機械装置▼226を覗き込んだ。それは、数十個の時計を集めた程に精巧を極めたものだった。幾つとなく大小様々な歯車が並び重なっている間に、数段にも自働的に作用する複雑な方舵機があり、色々な関節を動かす細い真鍮《しんちゅう》棒が後光のような放射線を作っていて、その間に、螺旋《らせん》を巻く突起と制動機とが見えた。続

---

▼226　体内の機械装置
十九世紀にフランスで作られた自動人形の内部構造を借りている。

いて熊城は、人形の全身を嗅ぎ廻ったり、拡大鏡で指紋や指型を探し始めたが、別に触れたものはなかったらしい。法水はそれが済むのを待って、

『とにかく、人形の性能は多寡《たか》の知れたものだよ。歩き、停《とま》り、手を振り、物を握って離す――それだけの事だ。仮令《たとい》この室から出たにしても、あの創紋を彫るなどとは飛んでもない妄想さ。そろそろダンネベルグ夫人の筆跡も幻覚に近くなったかな。』と思う壺らしい結論を云ったが、彼の心中には、薄れ行った人形の影に代って、拭い去る事の出来ない疑問が残されていた。法水は続いて、

『だが熊城君、犯人は何故、人形が鍵を下したように見せなければならなかったのだろうね。尤《もっと》も、事件にグイグイ神秘を重ねて行こうとしたのか、自分の優越を誇りたいためもあるかも知れないよ。然し、人形の神秘を強調するのだとしたら、却ってそんな小細工をやるよりも、いっそ扉《ドア》を開け放しにして、人形の指に洋橙《オレンジ》の汁でも付けて置いた方が効果的じゃないか。ああ何故《どうして》僕に、糸と人形の技巧《トリック》を土産に置いて行ったのだろう？』と暫く懐疑に悶《もだ》えるような表情をしていたが、『とにかく、人形を動かして見よう。』と云って眼の光を消した。

やがて、人形は非常に緩漫な速度で、特有の機械的な無器用な恰好で歩き出した。所が、そのコトリと踏む一歩毎に、リ、リーンリ、リーと、囁《ささや》くような美しい顫音《せんおん》▼227が響いて来たのである。それは正しく金属線の震動音で、人形の何処かにそう云う装置があって、それが体腔の空洞で共鳴されたものに違いなかった。こうして、法水の推理に依って、人形を裁断する機微が紙一枚の際どさに残されたが、今聴いた音響こそは、正しくそれを左右する鍵のように思われた。この重大な発見を最後に、三人は人形の室を出て行ったのであった。

最初は続いて階下の薬物室を調べるような法水の口吻《くちぶり》だったが、彼は俄かに予定を変えて、古式具足の列《なら》んでいる拱廊《そでろうか》の中に入って行った。そして、円廊に開い

---

▼227　顫音　音の上下を激しく反復して鳴らす音。トリル。

ている扉際《ドア》に立ち、じっと前方に瞳を凝らし始めた。円廊の対岸には、二つの驚くほど瀆神的《とくしんてき》な石灰画《フレスコ》▼228が壁面を占めていた。右側のは処女受胎の図▼229で、如何にも貧血的な相をした聖母《マリヤ》▼230が左端に立ち、右方には旧約聖書の聖人達が集っていて、それがみな掌《てのひら》で両眼を覆い、その間に立ったエホバ▼231が、性慾的な眼で凝然《じいっ》と聖母《マリヤ》を瞶《みつ》めている。左側の「カルバリ山の翌朝▼232」とでも云いたい画因のものには、右端に死後強《きょう》直《ちょく》を刻明な線で現わした十字架の耶蘇《やそ》があり、それに向って、怯懦《きょうだ》な卑屈な恰好をした使徒達が、怖る怖る近寄って行く光景が描かれていた。法水は取り出した莨《たばこ》を思い直したように函《ケース》の中に戻して、途方もない質問を発した。

『支倉君、君はボードの法則▼233を知っているかい。海王星▼234以外の惑星の距離を、簡単な倍数公式で現わすのを。もし知っているなら、それを、この拱廊《そでろうか》でどう云う具合に使うね。』

『ボードの法則!?』検事は奇問に驚いて問い返したが、重なる法水の不可解な言動に熊城と苦々しい視線を合わせ、『それでは、あの二つの画《え》に君の空論を批判して貰うんだね。どうだい、あの辛辣な聖書観は。フォリエルバッハ▼235は君みたいな飾弁家じゃないんだ。』

然し、法水は却って検事の言に微笑《ほほえみ》を洩して、それから拱廊《そでろうか》を出て屍体のある室《へや》に戻ると、そこには驚くべき報告が待ち構えていた。給仕長川那部易介が何時の間にか姿を消していると云う事だった。昨夜図書掛りの久我鎮子と共にダンネベルグ夫人に附添っていて、熊城の疑惑が一番深かったのであるが、それだけに、易介の失踪を知ると、彼はさも満足気に両手を揉みながら、

『すると、十時半に僕の訊問が終ったのだから、それから、鑑識課員が掌紋を採りに行ったと云う現在一時までの間だな。そうそう法水君これが、易介を模本《モデル》にしたと云うそうだが、』

---

▼228　石灰画　fresco
漆喰を塗って乾ききらないうちに、水彩絵具で描く西洋壁画の技法。石灰の層の中に絵具が滲みこんで乾いた後が堅牢なため、油彩画の考案以前は教会絵画の主流であった。

▼229　処女受胎の図
聖母マリアが処女のままイエスを受胎したこと。この画題は伝統的に告知天使ガブリエルとマリアの二人が描かれ、小天使ケルビムが見守るという形式。虫太郎のいう、旧約聖書の聖人を含む受胎告知の画題は不詳。

▼230　聖母　Maria
処女受胎によってイエス・キリストの母となった女性。ローマ・カトリックでは、救いの仲立ちとして尊崇の対象であり、多数の画像が残る。

▼231　エホバ　Jehovah
ユダヤ教以来の創造神。キリスト教ではエホバが直接人と接触することはなく、また少数の例外を除いて、画像化されることもない。

▼232　カルバリ山の翌朝　Calvariae locus
カルヴァリオは、されこうべの場所を意味するアラム語のゴルゴタのラテン語訳。画題の場面はキリストの十字架降下の直前のようだが、聖書によればイエスは翌朝まで十字架に架けられていない。この画題も不詳。

▼233　ボードの法則　Bode's law
ボーデの法則。諸惑星と太陽との距離に関する経験的な法則。惑星の中で最内側にある水星までの距離を四とし、以下の惑星の距離を三の一倍から等比級数的に加えていくと、太陽からそれぞれの惑星に至る距離になるというもの。ドイツの天文学者ボーデBode, Johann Elert

と扉の脇にある二人像を指差して、『この事は僕には既に判《とう》っていたのだよ。あの侏儒《こびと》の佝僂《せむし》が、この事件でどう云う役を勤めていたか——。だが、なんて莫迦な奴だろう。彼奴《あいつ》は自分の特徴に気が附かないのだ。』

　法水はその間軽蔑したように相手を見ていたが、

『そうなるかねえ。』と一言反対の見解を仄《ほの》めかしただけで、像の方に歩いて行った。そして、立法者《スクライブ》の跏像《かぞう》と脊中《せなか》を合わせている佝僂《せむし》の前に立つと、

『オヤオヤ、この佝僂は療《なお》っているんだぜ。不思議な暗合じゃないか。扉の浮彫では耶蘇に治療をうけているのが、内部《なか》に入ると、すっかり全快している。そして、多分唖《おし》に違いない。』と最後の一言を極めて強い語気で云ったが、俄かに悪感を覚えたような顔付になって、物腰に神経的なものが現われて来た。

　然し、その像には依然として変りはなく、扁平な大きな頭を持った佝僂が、細い下った眼尻に狡《ず》るそうな笑《えみ》を湛えているに過ぎなかった。その間何やら認《したた》めていた検事は、法水を差招いて、卓上の紙片を示した。それには次のような箇条書で、検事の質問が記されてあった。

　一、大階段の上で、法水は常態では聴えぬ音響を召使が聴いたのを知ったと云う——その結論は？

　二、法水は拱廊《そでろうか》で何を見たのであるか？

　三、法水が卓子灯《スタンド》を点けて、床を計ったのは？

　四、法水はテレーズ人形の室の鍵に、何故《なにゆえ》逆説的な解釈をしようと苦しんでいるのであろうか？

　五、法水は何故家族の訊問を急がないのか？

　読み終ると、法水は莞爾《にこり》として、一・二・五の下に——《ダッシュ》を引いて解答と書き、もし万に一つの幸い吾にあらば犯人を指摘する人物を発見するかも知れず（第二或は

---

1747-1826が発見した。

▼234　海王星
太陽系の第八番惑星。天王星の位置の観測値と計算値の違いから、イギリスのアダムズ、フランスのル＝ヴェリエがこの星の位置を推算、それに基づきドイツのガレが発見した1846。

▼235　フォイエルバッハ
Feuerbach, Ludwig 1804-1872
フォイエルバッハ。ドイツの唯物論哲学者。ヘーゲル哲学を批判し、思弁哲学は神学であり神学の秘密は人間学であるという立場から宗教を批判、マルクス、エンゲルスに多大の影響を与えた。

第三の事件）——と続いて認めた。検事が吃驚《びっくり》して顔を上げると、法水は更に第六の質問と標題を打って、次の一行を書き加えた。——甲冑武者は如何なる目的の下に階段の裾を離れねばならなかったのだろう？

『それは、君がもう、』と検事は眼を瞠《みは》って反問したが、その時扉《ドア》が静かに開いて、最初呼ばれた図書掛りの久我鎮子が入って来た。

## 三、屍光故なくしては

久我鎮子の年齢は、五十を過ぎて二つ三つと思われたが、曾つて見た事のない典雅な風貌を具《そな》えた婦人だった。まるで鑿《のみ》で仕上げたような繊細な顔面の諸線は、容易に求められない儀容▼236と云うの外はなく、それが時折引き締まると、そこにこの老婦人の動じない鉄のような意志が現われて、隠遁的な静かな影の中から、焔《ほのお》のようなものがメラメラ立ち上るような思いがするのだった。法水は、何より先に、久我鎮子の総身から滲み出て来る、精神的な深さと物々しい圧力に打たれざるを得なかった。

『貴方《あなた》は、この室《へや》にどうして調度が少ないのか、お訊きになりたいのでしょう。』

鎮子が最初発した言葉が、こうであった。

『空室では』検事が口を挟むと、

『そう云うより、明けずの間と申した方が。』と無遠慮な訂正をして帯の間から取り出した細巻に火を点じてから、『実は、お聴き及びでも御座いましょうが、あの変死事件——それが三度とも続けてこの室で起ったからで御座います。ですから、算哲様の自殺を最後に永久に閉じてしまう事になりました。この彫像と寝台はそれ以前からある調度だと申されて居りますが。』

---

▼236　儀容
礼儀にあった凜とした仕草、かたち。

『明けずの間に、』法水は複雑な表情を泛《うか》べて、『その明けずの間が、昨夜はどうして開かれたのです？。』

『ダンネベルグ夫人のお命令《いいつけ》でした。あの方の怯《おび》え切ったお心は昨夜最後の避難所を此処へ求めずにはいられなかったのです。』と凄気の罩《こ》もった言葉を冒頭にして、鎮子はまず、館の中へ磅礴と漲《みなぎ》って来た異様な雰囲気を語り始めた。

『算哲様がお没《な》くなりになってから、御家族の誰《たれ》もかも落付《おちつき》を失って参りました。それまでは口争い一つした事のない四人の外人の方も、次第に言葉数が少なくなって、お互いに警戒するような素振りが日増しに募って行きました。そして、今月に入ると、誰方《どなた》も滅多にお室《へや》から出ないようになり、殊にダンネベルグ様の御様子は、殆んど狂的としか思われません。御信頼なさっている私か易介の外には、誰にも食事さえ運ばせなくなりました。』

『その恐怖の原因に、貴女《あなた》は何か解釈がお附きですか。個人的な暗闘なら兎《と》も角《かく》あの四人の方には、遺産と云う問題はない筈です。』

『原因は判らなくても、あの方々が御自身の生命に危険を感じていた事だけは確かで御座いましょう。』

『その空気が、今月に入って酷くなったと云うのは、』

『マア、私がスウェーデンボルク▼237かジョン・ウェスレイ▼238（メソジスト教会の創立者）でもあるのでしたら、』と鎮子は皮肉に云って、『ダンネベルグ様はそう云う悪気のようなものから何とかして遁《のが》れたいと、どれほど心をお砕《くだ》きになったか判りません。そして、その結果があの方の御主導で昨夜の神意審問の会▼239となって現われたので御座います。』

『神意審問』検事には鎮子の黒ずくめの和装がぐいと迫ったように感ぜられた。

『算哲様は、異様なものを残して置きました。マックレンブルグ魔法▼240の一つとかで、絞死体の手首を酢漬けにしたものを乾燥した栄光の手《ハンド・オヴ・グローリー》の一本一本の指の上に、こ

---

▼237　スウェーデンボルク　Swedenborg, Emanuel 1688-1772
スウェーデンの科学者・神秘思想家。霊界との交通を信じ、大量の著作に残した。

▼238　ジョン・ウェスレイ　Wesley, John 1703-1791
英国教会の司祭だったが、1729に信仰覚醒運動を起こし、プロテスタントの一派、メソジスト派を組織した。国教会側の激しい反発を招き、英国内で邪教集団として迫害される。アメリカへ渡り布教し、現在プロテスタント系で信徒数二位である。日本では1873開教。

▼239　神意審問の会
交霊会。死者の霊魂が生きている者と交通すること。降霊術Necromancyともいう。初期の降霊術は先祖の霊などを招くシャーマニズムと関係があった。

▼240　マックレンブルグ魔法
メクレンブルグMecklenburgは、ドイツ北東部西ポメラニア県、バルト海に沿う旧地方名。大量の魔女狩りが行われたことで知られる。十四世紀半ばには三千人規模、また十六、十七世紀にも大規模な魔女狩りがあった。栄光の手との関連は不詳。

れも絞死罪人の脂肪から作った屍体蠟燭▼241を立てるのです。そして、それに火を点じますと、邪心のある者は身体《からだ》が竦《すく》んで心気を失ってしまうとか申すそうで御座います。で、その会が始まったのは、昨夜の正九時。列席者は当主旗太郎様の外に四人の方々と、それに私と紙谷伸子さんとで御座いました。尤も、押鐘の奥様（津多子）が暫く御逗留でしたが昨日早朝に御帰りになりましたので。』

『そして、その光は誰を射抜きましたか。』

『それが、当の御自身ダンネベルグ様でした。』鎮子は低く声を落して慄わせた。

『あのまたとない光は、昼の光でもなければ夜の光でも御座いません。ジイジイっと喘鳴《ぜんめい》▼242のようなかすれた音を立てて、燃え始めると、拡がって行く焔の中で、薄気味悪い蒼鉛色をしたものがメラメラ揺《ゆら》めき始めるのです。それが、一つ二つと点されて行くうちに、私達は全く周囲の識別を失ってしまい、スウッと宙へ浮き上って行くような気持になりました。所が、全部を点し終った時に――あの窒息せんばかりの息苦しい瞬間でした。その時ダンネベルグ様は物凄い形相で前方を睨んで、何と云う怖ろしい言葉を叫んだ事でしょう。あの方の眼に疑いもなく映ったものが御座いました。』

『何がです？』

『ああ算哲――と叫んだのです。と思うと、バタリとその場へ。』

『なに、算哲ですって!?』法水は、一度は蒼くなったけれども、『だが、余りに劇《ドラマ》的《ティック》な皮肉ですね。他の六人の中から邪悪の存在を発見しようとして、却って自分が倒されるなんて、とにかく、栄光の手《ハンド・オヴ・グローリー》を私の手でもう一度点してみましょう。そうしたら、何が算哲博士を……』と彼の本領に帰って冷たく云い放った。

『そうすれば、その六人の者が、犬の如く己れの吐きたるものに帰り来《きた》る▼243――とでもお考えなのですか。』鎮子はペテロ▼244の言を藉《か》りて、痛烈に酬《むく》い返した。そして、

---

▼241　屍体蠟燭
屍骸の脂肪を整形した蠟燭。もしくは、屍骸の灰を蠟に混ぜて固形化したもの。

▼242　喘鳴
痰が絡んだときの喉の音。

▼243　犬の如く己れの吐きたるものに帰り来る
キリスト教によって汚れた世界から救われながら、自らの意志が弱いためにさらに汚れた世界にはまり込む人を諌める言葉。「ことわざに、『犬は、自分の吐いた物のところへ戻って来る』また、『豚は、体を洗って、また、泥の中を転げ回る』と言われているとおりのことが彼らの身に起こっているのです。」『ペテロの第二の手紙2:22』

▼244　ペテロ　St. Peter, Petrus ?-67?
イエス・キリストに従った使徒の一人。ヨーロッパ布教の中心人物。ローマで殉教した。

『でも、私が徒《いたず》らな神霊陶酔者でないと云う事は、今に段々とお判りになりましょう。所で、あの方は程なく意識を回復なさいましたが、血の気の失せた顔に滝のような汗を流して——とうとうやって来た、ああ、今夜こそは——と絶望的に身悶えしながら、声を慄わせて申されるのです。そして、私と易介を附添いにしてこの室に運んでくれと仰言《おつしや》いました。誰も勝手を知らない室でなければ——と云う、目前に迫った怖ろしいものを何とかして避けたい御心持が、私にはようく読み取る事が出来たのです。それが、彼此《かれこれ》十時近くでしたろうが、果して、その夜のうちにあの方の恐怖が実現されたので御座います。』

『然し、何が算哲と叫ばせたものでしょうな。』法水は再び疑念を繰返してから、『実は、夫人が断末魔にテレーズと書いたメモが、寝台の下に落ちていたのですよ。ですから、幻覚を起すような生理か、何か精神異常らしい所が。貴女はヴルフェン▼245を読みましたか。』

その時鎮子の眼に不思議な輝きが現われたが、

『左様、五十歳変質説もこの際確かに一説でしょう。それに、外見では判らない癲《てん》癇《かん》▼246発作がありますからね。けれども、あの時は冴え切った程に正確で御座いました。』とキッパリ云い切ってから、『それから、あの方は十一時頃までお睡《やす》みになりましたが、お目醒めになると咽喉《のど》が乾くと仰言《おつしや》ったのでその時あの果物皿を易介が広間《サロン》から持って参ったのです。』と云って熊城の眼が性急《せわ》しく動いたのを悟ると、

『相変らず煩瑣派《スコラ》▼247ですわね。貴方はその時あの洋橙《オレンジ》があったかどうかお訊ねになりたいのでしょう。けれども、人間の記憶なんて、そうそう貴方がたに便利なものでは御座いませんわ。第一、昨夜は睡《ねむ》らなかったと思ってはいますが、その側から、仮睡《うたたね》位はしたぞと囁いているものがあるのです。』

『成程、これも同じ事ですよ。館中の人達が揃いも揃って、昨夜は珍しく熟睡した

---

▼245　ヴルフェン
Wulffen, Erich 1862-1936
ドイツの性医学者。

▼246　癲癇
発作的に起こる意識喪失や痙攣などの症状。脳の外傷・腫瘍などに起因する症候性のものと、原因不明の真性癲癇とがある。

▼247　煩瑣派　scholasticism
スコラ学とは中世ヨーロッパの学者が、哲学・神学を中心にあらゆる領域に渉って研究した学問。方法が煩雑であったため、面倒で無用な議論をスコラ的ともいう。

と云っているそうですからね。』流石《さすが》に法水も苦笑して、『十一時と云うと、その時誰か来たそうですが。』

『ハア、旗太郎様と伸子さんが御様子を見にお出《い》でになりました。所が、ダンネベルグ様は、果物は後にして何か飲物が欲しいと仰言《おっしゃ》るので、易介がレモナーデ▼248を持って参りますと、あの方は御要心深くも、それに毒味をお命じになりました。』

『ハハア、恐ろしい神経ですね。では、誰が?』

『伸子さんでした。ダンネベルグ様もそれを見て御安心になったらしく、三度も盃《グラス》をお換えになった程で御座います。それから、御睡《おやすみ》になったらしいので、旗太郎様が寝室の壁にあるテレーズの額を外して、伸子さんと二人でお持ち帰りになりました。いいえ、テレーズはこの館では不吉な悪霊のように思われていて、殊にダンネベルグ様が大のお嫌いなので御座いますから、旗太郎様がそれに気付かれたのは、非常に賢い思い遣りと申して宜《よろ》しいのです。』

『だが、寝室には隠《かく》れ場所がないのですから、その額に人形との関係はないでしょう。』と検事が横合から『それより、飲んだ残りは?』

『既《とう》に洗ってしまったでしょう。が、そう云う御質問はヘルマン▼249（十九世紀の毒物学者）が嗤《わら》います。』鎮子は露骨に嘲弄の色を泛《うか》べた。

『もし、それでいけなければ、青酸を零《ゼロ》にしてしまう中和剤▼250の名を伺いましょうか。砂糖や漆喰《しっくい》では、単寧《タンニン》▼251で沈降▼252する塩基物《アルカロイド》▼253を、茶と一所に飲むような訳には参りませんわ。それから十二時になると、ダンネベルグ様は、扉《ドア》に鍵をかけさせて、その鍵を枕の下に入れてから、果物をお命じになり、あの洋橙《オレンジ》をお取りになりました。洋《オレ》橙《ンジ》を取る時も何とも仰言《おっしゃ》りませず、その後は音も聞えず御熟睡のようなので、私達は衝立《ついたて》の蔭に長椅子を置いて、その上で横になって居りました。』

『その前後に微かな鈴のような音が、』と訊ねて、鎮子の否定に遇《あ》うと、検事は莨《たばこ》

---

▼248　レモナーデ　lemonade
レモンの果汁に砂糖水を加えた飲料。レモネード、レモン水。

▼249　ヘルマン
Hermann, Ludimar 1838-1914
ドイツの心理学者。著書に『実験毒物学教本』*Lehrbuch über experimentelle Toxikologie* 1874がある。

▼250　中和剤
青酸化合物を中和させる方法は、苛性ソーダと漂白剤を使うアルカリ塩素法と、鉄や亜鉛イオンを加え、シアン化物イオンと難溶性のシアノ錯体を形成、沈殿分離させる方法がある。

▼251　単寧　tannin
植物界に広く存在するポリフェノールの一種、渋の総称。水溶液は収斂性の味で、革をなめす性質からこの名がついた。

▼252　沈降
液体中の成分が化学反応で固形化し、分離して沈むこと。

▼253　塩基物　alkaloid
主に植物中に存在する、窒素を含む複雑な塩基性有機化合物の総称。ニコチン・モルヒネ・コカイン・キニーネ・カフェインの類。少量で、毒作用や感覚異常など特殊な薬理作用を有する。

を抛《ほう》り出して呟いた。

『すると、額はないのだし、やはり夫人はテレーズの幻覚を見たのかな。そうして完全な密室になってしまうと、創紋との間に大変な矛盾が起ってしまうぜ。』

『そうだ、支倉君、』法水は静かに云った。『僕はより以上微妙な矛盾を発見しているよ。先刻《さつき》人形の室で組み立てたものが、この室に戻ると突然《いきなり》逆転してしまった。この室は明けずの間だったと云うけれども、その実、永い間絶えず出入りしていたものがあったのだ。その歴然とした形跡が残っているよ。』

『冗談じゃない。』熊城は吃驚《びつくり》して叫んだ。『鍵穴には永年の錆がこびり付いていて、最初開く時に鍵の孔《あな》が刺さらなかったと云うぜ。それに、人形の室と違って、厳《がん》丈《じよう》な螺旋で作用する落し金なんだから、どう考えても、糸で操れそうもないし、無論床口も壁にも陰扉《かくしど》のない事は、既《とう》に反響測定器で確めている。』

『それだから君は、僕が先刻《さつき》佝僂《せむし》が療《なお》っていると云ったら嗤ったのだ、自然と云うものは、人間の眼に止まる所に跡なんぞ残して置きやしないよ。』と一同を像の前に連れて行き、『人体幼年期からの佝僂《せむし》には上部の肋骨が凸凹《でこぼこ》になって、それが珠数玉の形になるものだが、この像の外見にはそれが何処に見られるだろう。だが、厚い埃を払って見給え。』

そして、埃の層が雪崩《なだれ》のように摺り落ちた時だった。噎《む》っとなって鼻口を覆いながら瞠《みひら》いた一同の眼が、明らかに第一肋骨の上でそれを認めたのであった。

『そうすると、珠数玉の上の出張った埃を、平に均《なら》したものがなければならない。けれども、どんな精巧な器械を使っても、人間の手ではどうして出来るものじゃない。自然の細刻《とぎ》だよ。風や水が何万年か費《た》って岩石に巨人像を刻み込むように、この像にも鎖されていた三年のうちに、佝僂《せむし》を療《なお》してしまったものがあったのだ。この室に絶えず忍び入っていた人物は、何時もこの前の台の上に手燭を置いていたのだよ。その跡などはどうにでも胡麻《ごま》かせてしまう。そして、焰の揺ぎから起る微妙な気動が、一番不安定な位置にある珠数玉の埃を、ほんの微かずつ落して行ったのだ。ねえ支倉君、じいっと耳を澄ましていると、何だか茶立虫《ちゃたてむし》▼254のような、美しい鏨《たがね》の音《ね》が聴えて来るようじゃないか。時に、こう云うヴェルレーヌ▼255の詩が。』

『成程、』検事は慌てて遮って、『けれども、その二年の年月《としつき》が、昨晩《ゆうべ》一夜を証明するものとは云われまい。』

と早速に法水は熊城を振り向いて、

『多分君は、コプト織の下を調べなかったろう。』

『大体そんな下に?。』熊城は眼を円くして叫んだ。

『死点《デッドポイント》▼256は音響学ばかりじゃないからね。フリーマン▼257は、織目の隙から、特殊な貝殻粉を潜り込ましていると。』と法水が静かに敷物を巻いて行くと、そこの床には垂直からは見えないけれども、切嵌《モザイク》の車輪模様の数が殖えるにつれ、微かに異様な跡が現われて来た。その色大理石と櫨木《はぜのき》の縞目の上に残されているものは、正しく水で印された跡だった。全体が長さ二尺ばかりの小判形で、暈《ぼう》とした塊状であるが、仔細に見ると、周囲は無数の点で囲まれていて、その中に、様々な形をした線や点が群集していた。そして、それが、足跡のような形で、交互に帷幕《とばり》の方へ向い、先になるに従い薄らいで行く。

『どうも原型を回復する事は困難らしいね。テレーズの足だってこんな大きなものじゃない。』熊城はすっかり眩惑されたが、

『要するに、陰画▼258を見ればいいのさ。』と法水はアッサリ云い切った。『コプト織は床に密着しているものではないし、それに、パルミチン酸▼259を多量に含んでいるので、櫨木には弾水性があるからだよ。表面から裏側に滲み込んだ水が繊毛から滴り落ちて、その下が櫨木だと、水が水滴になって跳ね飛んでしまう。そして、その反動で、

---

▼254　茶立虫
シラミを除く微小昆虫の総称。有翅、無翅ともにあり、書物・食品・皮革製品に被害をもたらす。鳴き声を出す種もある。

▼255　ヴェルレーヌ
Verlaine, Paul Marie 1844-1896
フランス象徴派の詩人。音楽をテーマにした作品も多い。「しなやかなる手にふるるピアノ／おぼろに染まる薄薔薇色の夕（ゆうべ）に輝く。／かすかなる翼のひびき力なくして快き／すたれし歌の一節（ひとふし）は／たゆたいつつも恐る恐る／美しき人の移香（うつりが）こめし化粧の間にさまよう。」「ぴあの」ヴェルレーヌ『珊瑚集』永井荷風訳、籾山書店、1913。

▼256　死点　dead point
音響の直接波と反射波が干渉することによって音声が減衰し、演奏会場などで、他の場所より音が聞こえにくくなる場所。

▼257　フリーマン
Freeman, Richard Austin 1862-1943
イギリスの探偵小説家。エピソードは不詳。

▼258　陰画
画像の色調が、実物と明暗が逆になったもの。ネガ。

▼259　パルミチン酸　palmitic acid
木蠟・ヤシ油などに多く含まれる油脂の成分。グリセリンエステル。

繊毛が順次に位置を変えて行くのだから、何度か滴り落ちるうちには、終いに櫨木から大理石の方へ移ってしまうだろう。だから、大理石の上にある中心から一番遠い線を、逆に辿って行って、それが櫨木にかかった点を連《つら》ねたものが、略々《ほぼ》原型の線に等しいと云う訳さ。つまり、水滴を洋琴《ピアノ》の鍵《キイ》にして毛が輪旋曲《ロンド》▼260を踊ったのだよ。』

『成程、』と検事は頷いたが、『だが、この水は一体何だろうか？』

『それが、昨夜《ゆうべ》は一滴も、』鎮子が云うと、法水は面白そうに笑って、

『紀長谷雄《きのはせお》卿▼261の故事さ。鬼の娘が水になって消えてしまったって。』

所が、法水の諧謔《かいぎゃく》は、決してその場限りの戯言《ぎげん》ではなかった。そうして作られた原型を、熊城がテレーズ人形の足型と歩幅に対照してみると、そこに、驚くべき一致が現われていたのである。幾度か推定の中で奇体な明滅を繰り返しながらも、得体の知れない水を踏んで現われた人形の存在は、斯《こ》うなっては厳然たる事実と云うの外にない。そして、鉄壁のような扉《ドア》とあの美しい顫動音との間に、より大きな矛盾が横《よこた》えられてしまったのであった。こうして、濛々《もうもう》たる莨《たばこ》の烟《けむり》と謎の続出とで、それでなくても、この緊迫し切った空気に検事は宜《い》い加減上気してしまったらしく、窓を明け放って戻って来ると、法水は流れ出る白い烟を眺めながら、再び座に付いて、

『所で久我さん、過去の三事件にはこの際論及しないにしても、この室がどうして、斯《こ》う云う寓意的なものに充ちているのでしょう。あの立法者《スクライブ》の像なども、明白に迷宮の暗示ではありませんか。あれはマリエット▼262が、鰐府《クロコデイロポリス》▼263にある迷宮《ラビリンス》の入口で発見したのですからね。』

『その迷宮は、これから起る事件の暗示ですわ。』鎮子は静かに云った。『多分最後の一人も殺されてしまうでしょう。』

---

▼260　輪旋曲　rondo
異なる旋律を挟みながら、同じ旋律（ロンド主題）を何度も繰り返す形式。輪舞曲、回旋曲ともいう。

▼261　紀長谷雄卿　845-912
平安前期の漢学者。彼を主人公にした怪異譚『長谷雄草紙』がある。勝負事が好きな長谷雄は、鬼との賭に勝って約束の女性を受け取った。鬼は百日の間は女性に触れるなと告げていたのだが、彼は我慢できずに八十日を過ぎた頃に女性に手を出してしまう。死体を集めて作られた女性は、たちまち水になって流れてしまった。

▼262　マリエット　Mariette, Auguste-Ferdinand François 1821-1881
フランスの考古学者。エジプトにおける真の意味の考古学的発掘を初めて行った。

▼263　鰐府　Crocodilopolis
「紀元前1850頃、第十二朝第六代アメネムハット Amenemhat 三世は迷宮（ラビリンス）を造営せり。ミーリス Moeris 湖を距てる数マイルの地なるクロコダイル市附近に建てたる物にて宏壮なること筆舌に尽し難し」『通俗世界全史 上古一（東方列国史）』早稲田大学編輯部編、1916。

法水は驚いて、暫く相手の顔を瞶《みつ》めていたが、

『少なくとも三つの事件までは……。』と鎮子の言《ことば》を譫妄《うわごと》のような調子で云い直してから、『然し、貴女はまだ、神意審問の記憶に酔っているのですね。』

『あれは一つの証詞《あかし》に過ぎません。私には既《とう》から、この事件の起る事が予知されていたのです。云い当ててみましょうか。屍体は多分浄《きよ》らかな栄光に包まれている筈ですわ。』

二人の奇問奇答に茫然としていた矢先だったので、検事と熊城にとると、それが正に青天の霹靂《へきれき》だった。誰一人知る筈のないあの奇蹟を、この老婦人のみはどうして知っているのであろう。鎮子は続いて云った。が、それは、法水に対する剣《つるぎ》のような試問だった。

『屍体から栄光を放った例を御存じですか。』

『僧正ウォーターとアレツオ、弁証派《アポロジスト》▼264のマキシムス、アラゴニアの聖《セント》ラケル……もう四人程あったと思います。然し、それ等は要するに奇蹟売買人の悪業に過ぎないでしょう。』法水も冷たく云い返した。

『それでは、闡明《せんめい》▼265なさる程の御解釈ではないのですね。それから、一八七二年十二月蘇古蘭《スコットランド》インヴァネス▼266の牧師屍光事件は？』


（註）（西区アシリアム医事新誌▼267）。ウォルカット牧師は妻アビゲイルと友人スティヴンを伴い、スティヴン所有煉瓦工場の附近なる氷蝕湖カトリン▼268に遊ぶ。然るに、スティヴンはその三日目に姿を消し、翌年一月十一日夜月明に乗じて湖上に赴きし牧師夫妻は、遂にその夜は帰らず、夜半四五名の村民が、雨中月没後の湖上遥か栄光に輝ける牧師の屍体を発見せるも、畏怖して薄明を待てり。牧師は他殺にて、致命傷は左側より頭蓋腔中に入れる銃創なるも、銃器は発見されず、屍体は氷面の窪《くぼ》みの中にありて、その後は栄光の事なかりしも、妻はその夜限り失踪して、スティヴンと共に踪跡を遂に失いたり。

---

▼264　弁証派　apologist
キリスト教弁証論者。マキシムス Maximus the Confessor 580-662 キリスト教の神学者。埋葬後、墓に三本の燃える蠟燭が出現したという。
▼265　闡明
明瞭でなかった道理や意義を明らかにすること。
▼266　インヴァネス　Inverness
スコットランド、ハイランド地方の都市。ネス川の河口に位置する。
▼267　西区アシリアム医事新誌
アサイラム asylum は避難所、保護施設。誌名の着想は『東京医事新誌』からか。同誌は明治十年太田雄寧が創刊、森鷗外が明治三十三年に『医事新論』と統合して『衛生療病志』とした。
▼268　氷蝕湖カトリン　Loch Katrine
スコットランド南部の氷河の浸食作用で作られた湖。スコット『湖上の麗人』の舞台。

法水は鎮子の嘲侮に、稍々《やや》語気を荒らげて答えた。

『あれは斯《こ》う解釈して居ります――牧師は自殺で他の二人は牧師に殺されたのだと。で、それを順序通り述べますと、最初牧師はスティヴンを殺して、その死骸を温度の高い休業中の煉瓦炉の中に入れて腐敗を促進させたのです。そして、その間に細孔を無数に穿《うが》った軽量の船形棺▼269を作って、その中に充分腐敗を見定めてから死体を収め、それに長い紐で錘《おもり》を附けて湖底に沈めました。無論数日ならずして腹中に腐敗瓦斯《がす》が膨満すると共に、その船形棺は浮き上るものと見なければなりません。そこで牧師は、あの夜錘《おもり》の位置から場所を計って氷を砕き、水面に浮んでいる棺の細孔から死体の腹部を刺して瓦斯《がす》を発散させ、それに火を点じました。御承知の通り、腐敗瓦斯《がす》には沼気《メタン》▼270のような熱の稀薄な可燃性のものが多量にあるのですから、その燐光が、日光で氷穴の縁に作られる陰影を消して、滑走中の妻を墜《おと》し込んだのです。恐らく水中では、頭上の船形棺をとり退けようと踠《もが》き苦しんだでしょうが、遂に力尽きて妻は湖底深く沈んで行きました。そうして牧師は、自分の顳顬《こめかみ》を射った拳銃を棺の上に落して、その上に自分も倒れたのですから、その燐光に包まれた死体を、村民達が栄光と誤信したのも無理ではありません。そのうち、瓦斯《がす》の減量につれて浮揚性を失った船形棺は、拳銃を載せたまま湖底に横《よこた》わっている妻アビゲイルの屍体の上に沈んで行ったのですが、一方牧師の身体は四肢が氷壁に支えられてその儘《まま》氷上に残ってしまい、やがて雨中の水面には氷が張り詰められて行きました。恐らく、動機は妻とスティヴンの密通でしょうが、愛人の死体で穴に蓋をしてしまうなんて、何と云う悪魔的な復讐でしょう。然し、ダンネベルグ夫人のはそう云う蕪雑《ぶざつ》▼271な目撃現象ではありません。』

聴き終ると、鎮子は微かな驚異の色を泛《うか》べたが、別に顔色も変えず、懐中から二枚に折った巻紙形の上質紙を取り出した。

---

▼269　船形棺
丸太を刳り抜いて船の形にした棺。日本では古墳時代の風習であった。欧州でもケルト人に同様の文化があった。

▼270　沼気　methan
天然ガスや沼沢の底より発生するガス中に存在、あるいは腐敗した動植物から発生し、石油分解ガス・石炭ガス中にも含まれる。無色無臭、空気中で点火すれば淡青色の炎を上げて燃える。

▼271　蕪雑
荒っぽく整っていない状態。

『御覧下さい。算哲博士のお描きになったこれが、黒死館の邪霊なので御座います。栄光は故なくして放たれたのでは御座いません。』

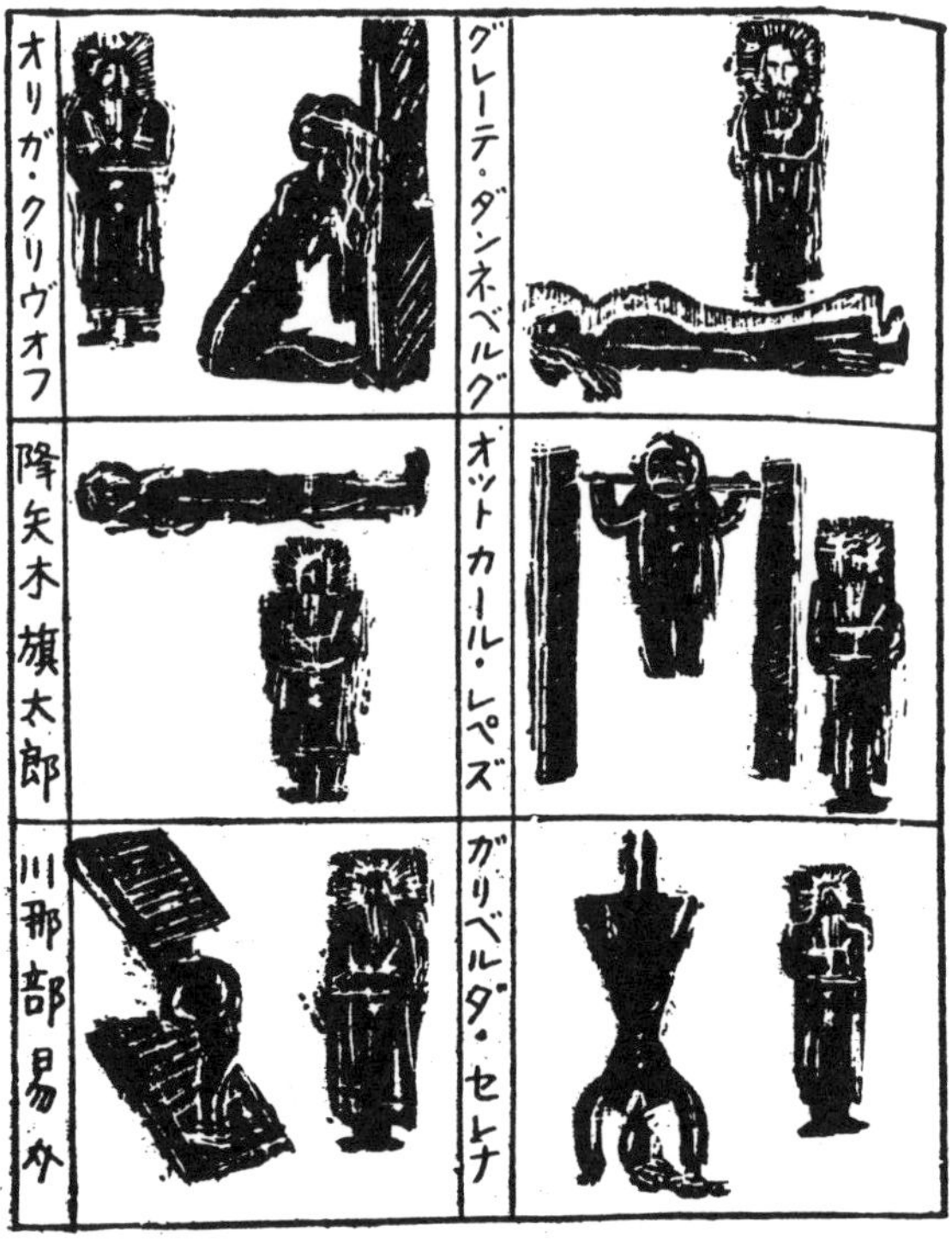


　それには、折った右側の方に、一艘の埃及艀《エジプトぶね》▼272が描かれ、左側には、六つの劃のどの中にも、四角の光背▼273をつけた博士自身が立っていて、側にある異様な屍体を眺めている。そして、その下にグレーテ・ダンネベルグから易介までの六人の名が記されていて、裏面には、怖しい殺人方法を予言した次の章句が書かれてあった。（図表参照）

　グレーテは栄光に輝きて殺さるべし。
　オットカールは吊されて殺さるべし。
　ガリバルダは逆さになりて殺さるべし。
　オリガは眼を覆われて殺さるべし。

▼272　埃及艀
エジプトの葬祭儀礼で死者を小舟の形の橇（そり）で送る習俗がある。算哲の遺書の図はこれに由来する。古代エジプト語の系譜を引くコプト語では「小舟」を意味するbariという語があり、これが現在のバージbarge（平底のはしけ）の語源である。

▼273　光背
仏像・仏画をはじめキリスト教の聖人などで、体から発せられる後光を表したもの。

旗太郎は宙に浮びて殺さるべし。

易介は挟まれて殺さるべし。

『全く怖ろしい黙示▼274です。』流石《さすが》の法水も声を慄わせて、『四角の光背は、確か生存者の象徴でしたね。そして、その艀形のものは、古代埃及《エジプト》人が死後生活の中で夢想している、不思議な死者の船▼275だと思いますが。』と云うと、鎮子は沈痛な顔をして頷いた。

『そうです。一人の水夫《かこ》もなく蓮湖▼276の中に浮んでいて、死者がそれに乗ると、その命ずる意志のままに、種々《いろいろ》な舟の機具が独りでに動いて行くと云うのです。そうして、四角の光背と目前の死者との関係を、どう云う意味でお考えになりますか？　つまり、博士は永遠にこの館の中で生きているのです。そして、その意志に依って独りでに動いて行く死者の船と云うのが、あのテレーズの人形なのですよ。』

（以下次号）

---

▼274　黙示
はっきりと言わず、暗黙のうちに意志や考えを示すこと。または、ユダヤ教・キリスト教で、神が人に隠されていた真理や神の意志を啓示すること。

▼275　死者の船
エジプトにおける死生観では、人は死ぬと太陽神ラーの船に乗って川を渡り、死者の国に至る。船から下りて門をいくつか潜り、死後の審判を受ける。

▼276　蓮湖
古代エジプトでは蓮は太陽の象徴。香料を採るため池や沼で栽培した。

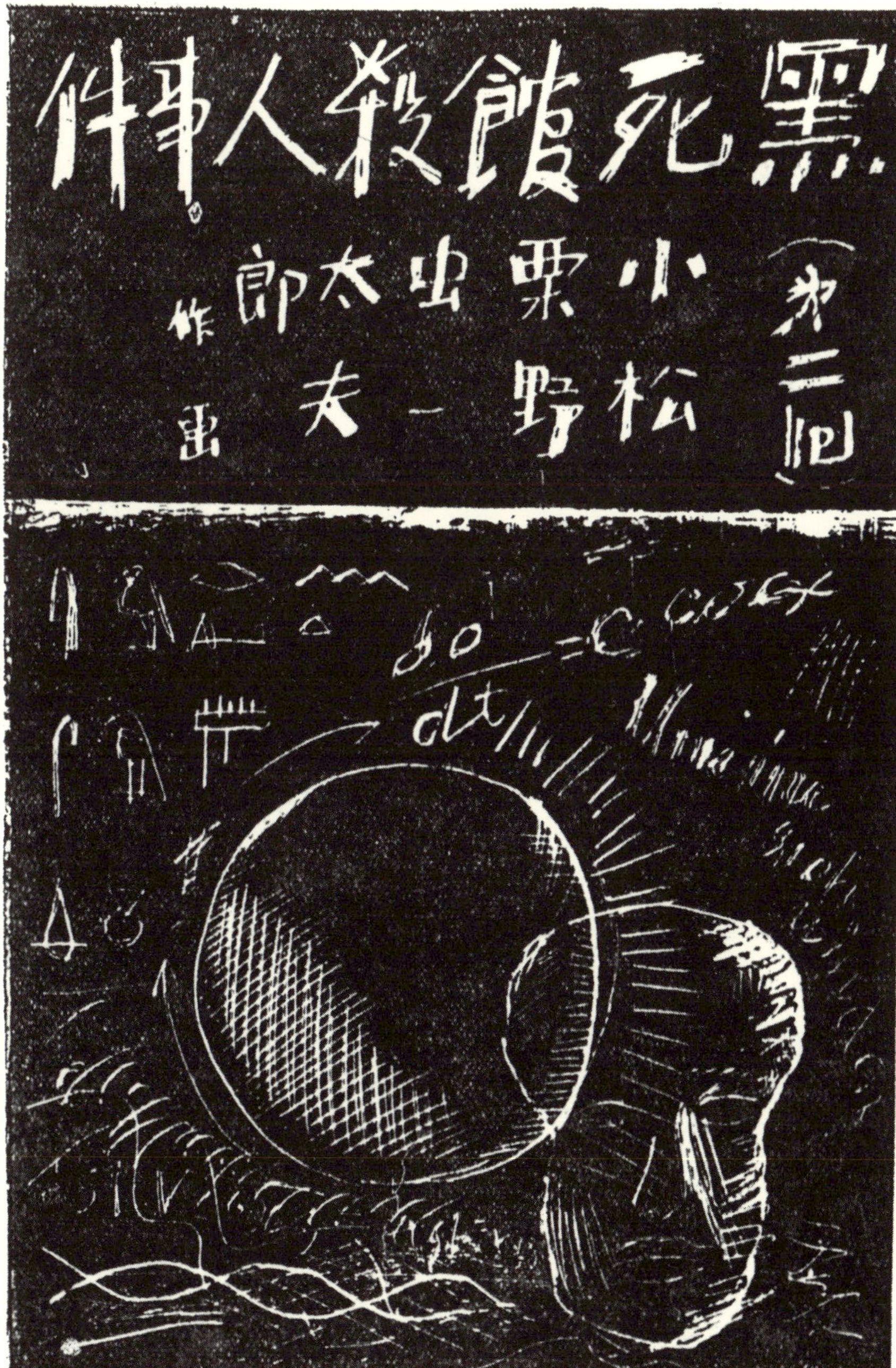
黑死館殺人事件
（第二回）
小栗虫太郎 作
松野一夫 画

## ◇主要人物（本号まで）

法水麟太郎　非職業的探偵
支倉　肝　地方裁判所検事
熊城卓吉　捜査局長
降矢木旗太郎　黒死館の後継者
グレーテ・ダンネベルグ　被害者
オリガ・クリヴォフ　ヴィオラ奏者
ガリバルダ・セレナ　第二提琴奏者
オットカール・レヴェズ　チェルロ奏者
紙谷伸子　故算哲の秘書
久我鎮子　図書掛り
川那部易介　給仕長

降矢木算哲　故人

## ◇前号までの梗概

通称黒死館と呼ばれて、未知未見の疑問に鎖されている降矢木の館に、突如奇怪な殺人事件が突発した。家族の一人ダンネベルグ夫人が全身に異様な屍光を放ち、両顳顬に降矢木の紋章と酷似せる創紋を刻まれて、早朝絶命を発見された。その犯行は驚くべき反則的な方法の下に行われていて、附添い二人以外には、家族全部に些《さ》したる動静もなかった。尚、現場にはテレーズと云い、黒死館で、悪霊視されている等身人形の名を記した、被害者自筆の紙片が残されていて、益々謎を深めて行った。最初の喚問者久我鎮子は、故人算哲の描いた六人の殺人方法黙示図を法水に提示して、その図形解釈に依り、この事件を、犯人のない殺人事件である、と推断した。

（以下本号）

# 第二篇　ファウストの呪文

## 一、Undinus《ウンディヌス》 sich《ジッヒ》 winden《ヴィンデン》（水精《ウンディヌス》よ蜿《うね》くれ）▼1

久我鎮子が呈示した六齣《ろっこま》の黙示図は、凄惨冷酷な内容を蔵しながらも、外観は極めて古拙な線で、至極瓢逸《ユーモラス》な形に描かれていた。が、確かにこの事件に於いて、それが凡ゆる要素の根底をなすものに相違なかった。恐らくこの時機に剔抉《てきけつ》▼2を誤ったなら、この厚い壁は、数千度の訊問検討の後にも現われるであろう。そして、その場で進行を阻《はば》んでしまう事は明らかだった。それなので、鎮子が驚くべき解釈を加えているうちにも、法水は顎を胸につけ眠ったような形で黙考を凝らしていたが、恐らく内心の苦吟は、彼の経験を超絶したものだったろうと思われた。事実全く犯人のいない殺人事件――埃及艀《エジプトぶね》と屍様図《しようず》を相関させた所の図読法は、到底否定し得べくもなかったのである。所が意外な事に、やがて正視に復した彼の顔には、見る見る生気が張り行き酷烈な表情が泛《うか》び上った。

『判りましたが……然《しか》し久我さん、この図の原理には、決してそんなスウェーデンボルグ神学はないのですよ。狂ったような所が、寧ろ整然たる論理形式なんです。また、凡ゆる現象に通ずると云う空間構造の幾何学理論が、やはりこの中でも、絶対不変の単位となっています。ですから、この図を宇宙自然界の法則と対称する事が出来れば、当然、そこに抽象されるものがなけりゃならんでしょう。』と法水が、突如前人未踏とでも云いたい所の超経験的な推理領域に踏み込んでしまったのには、流石《さすが》の検事も唖然となってしまった。数学的論理は凡ゆる法則の指導原理であると

---

▼1　Undinus sich winden　水精よ蜿くれ
ゲーテ『ファウスト』に現れる、悪魔召喚の際、悪霊を屈服させる呪文の一部。「火の精（サラマンデル）燃えよ。／水の精（ウンデネ）うねれ。／風の精（シルフェ）消えよ。／土の精（コボルト）いそしめ。」『ファウスト一部二部』森林太郎訳、冨山房、袖珍本奥付なし（1917）。

▼2　剔抉
えぐり暴き出すこと。

云う。けれども、かの『僧正殺人事件《ビショップ・マーダーケース》』▼3に於いてさえ、リーマン・クリストフェルのテンソル▼4は、単なる犯罪概念を表わすものに過ぎなかったではないか。それだのに、法水は、それを犯罪分析の実際に応用して、空漠たる思惟《しい》抽象の世界に入って行こうとする……。

『ああ私は……』と鎮子は露《む》き出して嘲《わら》った。『それで、ロレンツ▼5収縮の講義を聴いて直線を歪めて書いたと云う、莫迦な理学生の話を憶《おも》い出しましたわ。では、ミンコフスキー▼6の四次元世界に第四容積《フォースディメンション》▼7を加えたものを、一つ解析的に表わして頂きましょうか。』

註（一）「黙示録解釈」▼8及「アルカナ・コイレスチア」▼9に於いて、スウェーデンボルグは出埃及《エジプト》記▼10及ヨハネ黙示録▼11の字義解釈に、牽強附会も甚だしい数読法▼12を用いて、その二つの経典が、後世に於ける歴史的大事変の数々を予言せるものとなせり。

（二）第四容積——立体積の中で、霊質のみが滲透的に存在し得ると云う空隙。

それを法水は眦《めじり》で弾いて、まず鎮子を嗜《たしな》めてから、『所で宇宙構造推論史の中で一番華やかな頁《ページ》と云えば、まず空間曲率に関するアインシュタイン▼13とヴァン・ジッター▼14の間に交された、論争でしょうな。その時ジッターは、空間固有の幾何学的性質に依ると主張したのでしたが、同時にアインシュタインの反太陽説も反駁《はんばく》しているのです。所が久我さん、その二つを対比してみると、そこへ、黙示図の本流が現われて来るのですよ』と、次図を描いて説明を始めた。

『では、最初反太陽説▼15の方から云うと、アインシュタインは、太陽から出た光線が球形宇宙▼16の縁《へり》を廻《まわ》って、再び旧《もと》の点に帰って来ると云うのです。そして、そのために、最初宇宙の極限に達した時、そこで第一の像を作り、それから、数百万年の旅を続けて球の外圏を廻ってから、今度は背後に当る対向点まで来ると、そこで第二

---

▼3　僧正殺人事件
*Bishop Murder Case* 1929
ヴァン・ダインの探偵小説。本邦初訳は全訳単行本、武田晃訳、改造社、1930。

▼4　リーマン・クリストフェルのテンソル
リーマン Riemann, Bernhard 1826-1866 はドイツの数学者。非ユークリッド幾何学（リーマン幾何学）の理論を提出した。クリストフェル Christoffel, Elwin Bruno 1829-1900 はドイツの数学者。曲面論などの研究で著名。テンソル tensor は、二つのベクトル量があり、その結びつきを総合的に示す量。一般的に固体内部の応力やひずみはテンソルとして表現される。

▼5　ロレンツ
Lorentz, Hendrik Antoon 1853-1928
オランダの理論物理学者、電子理論および相対性理論の先駆者。光の媒質としてエーテルを仮定。ローレンツ収縮とは、等速運動している物体の長さが、静止しているときの長さに比べて運動方向に収縮して観測される現象のこと。

▼6　ミンコフスキー
Minkowski, Hermann 1864-1909
ロシア生まれ、ドイツの数学者。アインシュタインの特殊相対性理論を四次元の幾何学によって扱い、物理法則の表現をローレンツ群に関する変換の不変関係として解釈し得ることを示して、相対性理論に貢献した。

▼7　第四容積　fourth dimension
物理学では、三次元空間と時間軸を合わせて、四次元時空として扱うことがある。相対性理論では時間と空間が互いに影響しあうので、四次元のミンコフスキー時空で考える。「第四の次

の像を作ると云うのです。然しその時には、既に太陽は死滅していて一個の暗黒星▼17に過ぎないでしょう。つまり、その映像と対称する実体が、天体としての生存の世界にはないのです。どうでしょう久我さん、実体は死滅しているにも拘《かかわ》らず過去の映像が現われる——その因果関係が、恰度この場合算哲博士と六人の死者との関係に相似してやしませんか。Å《エングストレーム》▼18（一粍の千万分の一）も一億兆哩《トリ・オン》▼19も、世界空間微小線分の問題に過ぎません。それからジッターはその説をこう訂正しているのです。遠くなるほど螺旋状《らせんじょう》星雲のスペクトル線▼20が赤の方へ移動して行くので、それにつれ、光線の振動周期が遅くなると推断しています。それがため宇宙の極限の達する頃には光速が零となり、そこで進行がピタリと止まってしまうと云うのですよ。ですから、宇宙の縁に映る像は唯一つで、恐らく実体とは異《こと》らない筈です。そこで僕等は、その二つの理論の中から、黙示図の原理を択《えら》ばなければならなくなりました。』

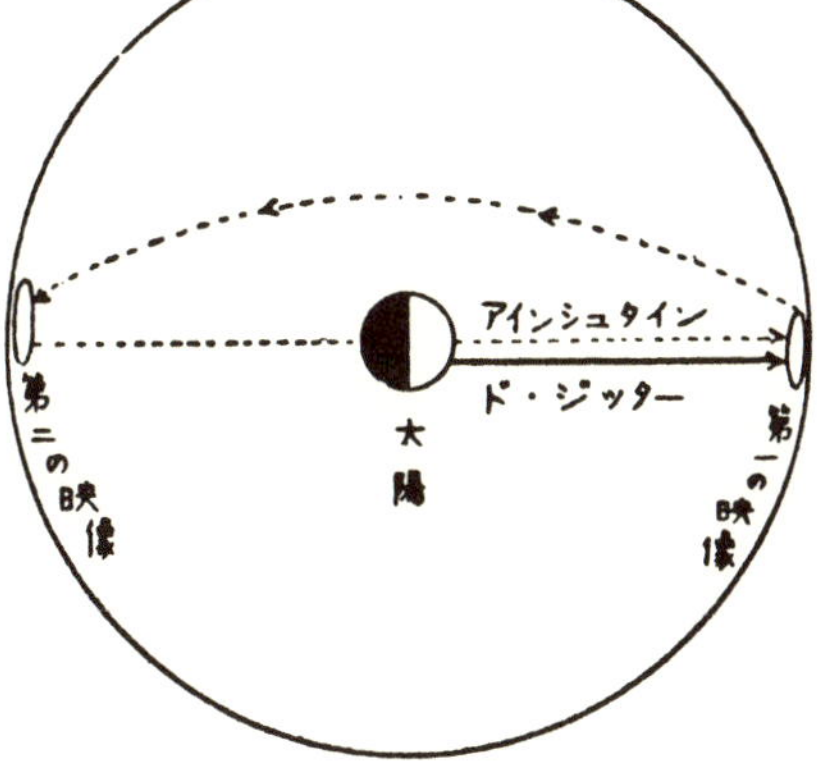


『ああまるで狂人《きちがい》になるような話だ。』熊城はボリボリふけを落しながら呟《つぶや》いた。

『サア、そろそろ天国から降りて貰《もら》おう。』

法水は熊城の好謔《こうぎゃく》に苦笑したが、結論を云った。

『勿論太陽の心霊学から離れて、ジッターの説を人体生理の上に移してみるのです。すると、宇宙の半径を横切って長年月を経過していても、実体と映像が異ならない——。その理法が、人間生理のうちで何事を意味しているのでしょうか。例えば、ここに病理的な潜在物があって、それが、発

元は時間」などといわれるが、ニュートン力学では時間は空間から独立しているので、一緒に扱う必要性はない。

▼8　黙示録解釈
*Apocalypse Revealed* 1766
『啓示による黙示録解説』スウェーデンボルク。

▼9　アルカナ・コイレスチア
*Arcana Coelestia* 1749-1756
『天界の秘義——創世記、出埃及記の内意』スウェーデンボルク

▼10　出埃及記
旧約聖書の二番目の書。『創世記』を受け、モーセが虐げられていたユダヤ人を率いてエジプトから脱出する物語。

▼11　ヨハネ黙示録
新約聖書の最後に置かれ、同書の中で唯一預言書的性格を持つ。

▼12　数読法
ユダヤ教以来、聖書の持つ意味を様々な数字で解釈する方法がとられ続けた。スウェーデンボルクは先の二書で、カバラを援用した独自の解釈を表す。

▼13　アインシュタイン
Einstein, Albert 1879-1955
ドイツ生まれの理論物理学者。特殊相対性理論と一般相対性理論など、物理学の全領域にわたる多大な業績で、世界的に影響力を持った。

▼14　ヴァン・ジッター
De Sitter, Willem 1872-1934
デ・シッテル、オランダの天文学者。位置天文学・天体力学を研究。一般相対性理論に基づくデ・シッテル宇宙の解は著名。虫太郎は、オラ

生から生命の終焉に至るまで、生育もしなければ減衰もせず、常に不変な形を保っているものと云えば……』

『と云うと』

『それが特異体質なんです。』法水は昂然と云い放った。『恐らくその中には、心筋質肥大▼21のようなものや、或は、硬脳膜矢状《しじょう》縫合癒合▼22がないとも限りません。けれども、それが対称的に抽象出来ると云うのは、人体生理の中にも自然界の法則が循環しているからです。現に体質液派《ハンネマン》▼23は、生理現象を熱力学の範囲に導入していますよ。ですから、無機物に過ぎない算哲博士に不思議な力を与えたり人形に遠感的《テレパシック》な性能を想像させるものは、要するに犯人の狡猾な擾乱《じょうらん》▼24策に過ぎないのですよ。多分この図の死者の船などにも、時間の進行と云う以外の意味はないでしょう。』

特異体質――。論争の綺《きら》びやかな火華《ひばな》にばかり魅せられていて、その蔭にこう云う陰惨な色をした燧石《ひうちいし》があろうなどとは、事実思いも及ばない事だった。熊城は神経的に掌《てのひら》の汗を拭きながら、

『成程、それなればこそだよ。家族以外の易介を加えているんだ。』

『そうなんだ熊城君。』法水は満足気に頷《うなず》いて、『だから謎は図形の本質にはなくて、寧ろ作画者の意志の方にある。然し、どう見てもこの医学の幻想《ファンタジー》は、片々たる良心的な警告文じゃあるまい。』

『だが、頗る瓢逸《ユーモラス》な形じゃないか。』と検事は異議を唱えて、『それで露骨な暗示もすっかりおどけてしまってるぜ。犯罪を醸成するような空気は微塵《みじん》もないよ。』と抗弁したが、法水は几帳面に自分の説を述べた。

『成程、瓢逸《ユーモア》や戯喩《ジョーク》は一種の生理的洗滌▼25に違いないがね。然し、感情の捌《は》け口のない人間には、それが又とない危険なものになってしまうんだ。大体、一つの世界一つの観念しかない人間と云うものは、興味を与えられると、それに向って偏執的に

---

ンダ人のためにDeをVanと読みかえたのか。図内では「ド」となっている。

▼15　反太陽説
アインシュタイン偏倚（重力場による光波の歪み）の拡大解釈か。この予測はエディントンとアダムズのシリウス伴星のスペクトル線発見によって証明された1925。

▼16　球形宇宙
一般相対性理論の宇宙は膨張または収縮をしているという結論から、アインシュタインは重力による影響を相殺するような宇宙項を場の方程式に導入して、静的な宇宙が得られると予測した。

▼17　暗黒星
虫太郎のいう死滅した星という概念は、現在ではブラックホールに相当する。

▼18　Å　ångström
オングストローム。百億分の一メートル。

▼19　一億兆　trillion
米国では一兆、英国では百万兆のことをトリリオンという。

▼20　スペクトル線　spectral line
恒星からの光をプリズムに通すと、光の波長順に短い方から紫、藍、青、緑、黄、橙、赤と中間の色も含めて連続的に並ぶ。この色の系列をスペクトルという。観察者と光源の間に生じるドップラー効果は、光の場合でも観測され、遠ざかる光源からの光は赤っぽく（赤方偏移）、近づく光源からの光は青っぽく見える（青方偏移）。

▼21　心筋質肥大
ジフテリアなどの伝染病・ウイルス感染・リウ

傾倒してしまって、ひたすら逆の形で感応を求めようとする。その倒錯心理にだが……もしこの図の本質が映ったとしたら、それが最後で観察は立ち所に捻《ねじ》れてしまう。そして、様式から個人の経験の方に移ってしまうんだ。つまり、喜劇から悲劇へなんだよ。で、それからは、気違いみたいに自然淘汰の跡を追い始めて、冷血的な怖ろしい狩猟の心理しかなくなってしまうのだ。だから支倉君、僕はソーンダイク▼26じゃないが、マラリヤ▼27や黄熱病▼28よりも、雷鳴や闇夜の方が怖ろしいと思うよ。』

『マア、犯罪徴候学▼29……。』鎮子は相変らずの冷笑主義《シニシズム》を発揮して、

『大体そんなものはただ瞬間の直感にだけ必要なものとばかり思っていましたわ。所で易介と云う話ですが、あれは殆んど家族の一員に等しいのですよ。まだ七年にしかならない私などと違って、傭人《やといにん》とは云い条、幼い頃から四十四の今日まで、ずうっと算哲様の手許《てもと》で育てられて参ったのですから。それに、この図は勿論索引には載って居りませず、絶対に人目に触れなかった事は断言致します。算哲様の歿後誰一人触れた事のない、埃《ほこり》だらけな未整理図書の底に埋《うず》もれていて、この私でさえ、昨年の暮までは一向に知らなかった程で御座いますからね。そうして、貴方の御説通り、犯人の計画がこの黙示図から出発しているものとしましたなら、この減算《ひきざん》は大変簡単では御座いませんこと。』

この不思議な老婦人は、突然解し難い露出的態度に出た。法水は鳥渡《ちょっと》面喰《めんくら》ったらしかったが、すぐに洒脱《しゃだつ》な調子に戻って、

『すると、その計算には、幾つ無限記号を附けたらよいのでしょうな。』と云った後で、驚くべき言葉を吐いた。『然し、恐らく犯人でさえこの図のみを必要とはしなかったろうと思うのです。貴女は、もう半分の方は御存じないのですか。』

『片方とは……誰がそんな妄想を信ずるもんですか!!』鎮子がヒステリックな声で叫ぶと、法水は始めて彼の過敏な神経を明らかにした。法水の直観的な思惟の皺か

---

マチなどに引き続いて起きる心筋の炎症により、心臓が肥大する。脈搏が不整となり、心不全を起こす。

▼22 **硬脳膜矢状縫合癒合**
脳硬膜は脳を覆う三層の髄膜のうち一番外にある非常に強靭な膜。
矢状縫合とは 正中線に沿った頭頂骨の接合部。成長に伴って頭蓋が拡大した後縫合するが、早期癒合が起きると頭蓋の成長が阻害され、知能の発育障害を起こす。

▼23 **体質液派**
ハーネマン Hahneman, Samuel 1755-1843はドイツの内科医。『合理的治療法』1808でホメオパシーhomeopathyという病気や症状を起こしうる薬や成分を使って、同種の病気や症状を治すことができる原理を提唱した。同質療法、同種療法。

▼24 **擾乱**
入り乱れて騒ぐこと、秩序をかき乱すこと。騒乱。

▼25 **生理的洗滌**
心的な緊張を和らげ浄化すること。苦悩・恐怖の精神療法。

▼26 **ソーンダイク**
Thorndike, Edward Lee 1874-1949
アメリカの心理学者。教育学者ジェームズの下で動物実験を行い『動物の知能』1899を発表した。また「試行錯誤法」という学習理論を立て、動物の行動から過度に知的なものを読みとることを否定、ゲシュタルト心理学の出現まで学会を支配した。

▼27 **マラリヤ**　malaria

ら放出されて行くものは、黙示図の図読と云いこれと云い、既に人間の感覚的限界を越えていた。

『では、御存じなければ云いましょう。恐らく、奇抜な想像としかお考えにならないでしょうが、実はこの図が、二つに割った半片に過ぎんのですよ。六つの図形の表現を超絶した所に、深遠な内意があるのです。』

熊城は驚いてしまって、種々《いろいろ》と図の四縁を折り曲げて合わせていたが、『法水君、洒落《しゃれ》は止《よ》しにし給え。幅広い刃形《やいばかた》はしているが、非常に正確な線だよ。一体何処に、後から截《き》った跡があるのだ？。』

『いや、そんなものはないさ。』法水は無雑作に云い放って、全体がの形をしている黙示図を指し示した。『一種の記号語《パジグラフィ》▼30なんだよ。元来死者の秘顕なんて陰剣極まるものなんだから、方法までも実に捻れ切っている。で、この図も見た通りだが、全体が刀子▼31（石器時代の滑石武器）の刃形みたいな形をしているだろう。所が、その右肩《うけん》を斜めに截《き》った所が、実に深遠な意味を含んでいるんだよ。無論算哲博士に考古学の造詣がなけりゃ、問題にはしないけれども、この形と符号するものが、ナルマー・メネス王朝▼32辺りの金字塔《ピラミッド》前象形文字の中にある。第一、こんな窮屈な不自然極まる形の中に、博士が何故描かねばならなかったものか、考えてみ給え。』

そうして、黙示図の余白に、鉛筆で∩の形を書いてから、

『熊城君、これが1/2を表わす上古埃及《コプチック》▼33の分数数字だとしたら、僕の想像も満更妄覚ばかりじゃあるまいね。』と簡勁《かんけい》▼34に結んで、それから鎮子に云った。『勿論、死後に現われた寓意的な形などと云うものは何日か訂正される機会がないとも限りません。けれども、ともかくそれ迄は、この図から犯人を算出する事だけは、避けたいと思うのです。』

その間、鎮子は物懶《ものうげ》気に宙を瞶《みつ》めていたが、彼女の眼には、真理を追求しようと

---

マラリア。ハマダラカの媒介するマラリア原虫の血球内寄生による伝染病。高熱・頭痛・吐き気などの症状を呈する。悪性の場合は脳マラリアによる意識障害や腎不全などを起こし死亡する。別名、瘧（おこり）。

▼28　黄熱病

ネッタイシマカなどの蚊によって媒介される、黄熱ウイルスを病原体とする感染症。発熱を伴い、重症患者に黄疸が見られることから命名された。熱帯アフリカと中南米の風土病。

▼29　犯罪徴候学

ロンブローゾは「犯罪者は一種の先祖返りであり、原始食人種の本能や猛獣の残酷さを備えた人間である」という「生来犯罪者説」を唱え、彼らの中に多くの肉体的・精神的な悪の素因（変質徴候）を発見した。

▼30　記号語　pasigraphy

発音することを考えない言語。道路標識などに使われている絵文字やピクトグラムが、これに含まれる。

▼31　刀子

ナイフ形石器。剥片の鋭い縁辺の一部を刃とした、旧石器時代の代表的な石器。

エジプト象形文字でナイフを横たえた記号は、二分の一を表す。

▼32　ナルマー・メネス王朝

Narmer, Menes

ナルマーは、前三十一世紀の古代エジプトのファラオ、エジプト第一王朝の創始者。メネスはかつてエジプト第一王朝の祖（在位BC2850頃）と考えられていた人物。アビドスの王名表では南北両エジプトを統一した最初の王。一説では

する激しい熱情が燃えさかっていた。そして、法水の澄み切った美《うつ》くしい思惟の世界とは異なって、物々しい陰影に富んだ質量的なものをぐいぐい積み重ねて行き、実証的に深奥のものを闡明しようとした。

『成程独創は平凡じゃ御座いませんわね。』と独言《ひとりごと》のように呟いてから、再び旧《もと》通り冷酷な表情に返って、法水を見た。『ですから、実体が仮象▼35よりも華《はなや》かでないのは道理ですわ。然し、そんなハム族▼36の葬儀用記念物よりかも、もし、昨夜四角の光背と死者の船を、事実目撃した者があったとしたらどうなさいます？』

『それが貴女なら、支倉に起訴させましょう。』法水は動じなかった。

『いいえ、易介なんです。』鎮子は静かに云い返した。『ダンネベルグ様が洋橙《オレンジ》を召上る十五分程前でしたが、易介はその前後に十分許《ばか》り室を空けました。それが、後で訊くとこうなのです。恰度神意審問の会が始まっている最中だったそうですが、その時易介が裏玄関の石畳の上に立っていると、不図《ふと》二階の中央で彼の眼に映ったものがありました。それが、会が行われている室《へや》の右隣りの張出窓で、そこに誰やら居るらしい様子で、真黒な人影が薄気味悪く動いていたと云うのです。そして、その時地上に何やら落したらしい微かな音がしたそうですが、それが気になって堪《たま》らず、どうしても見に行かずにはいられなかったと申すのでした。所が、易介が発見したものは、辺り一面に散在している硝子《ガラス》の破片に過ぎなかったのです。』

『では、易介がその場所へ達する迄の経路をお訊きでしたか。』

『いいえ、』と鎮子は頸《くび》を振って、『それに、伸子さんはダンネベルグ様が卒倒なさると、すぐ隣室から水を持って参った程ですし、他にも誰一人として、座を動いた方は御座いませんでした。これだけ申せば、私がこの黙示図に莫迦らしい執着を持っている理由がお判りで御座いましょう。勿論その人影は、吾々《われわれ》六人のうちにはないのです。と云って、傭人《やといにん》は犯人の圏内には御座いません。ですから、この事件

---

両者を合わせてナル・メル Nar-Mer と称する。

▼33　上古埃及　Coptic
コプト語は古代エジプト語から派生した言語で、ギリシャ文字を元にした表記は三世紀以後、エジプトのキリスト教徒が用いた。言及されている二分の一を表す記号はコプト文字ではない。

▼34　簡勁
簡潔だが力強い。

▼35　仮象
主観から見えているだけの形。偽りの姿。

▼36　ハム族　Hamite
ノアの次男ハムの名に因んで命名された、アフリカ北部・東部のハム語系の言語を使う民族の総称。法水のエジプト話を揶揄している。

に何一つ残されていないのも道理なんですわ。』

　鎮子の陳述は再び悽風《せいふう》▼37を招き寄せた。法水は暫《しばら》く莨《たばこ》の紅い尖端を瞶《みつ》めていたが、やがて意地悪気な微笑を泛《うか》べて、

『成程。然し、ニコル教授▼38のような間違いだらけな先生でも、これだけは巧《うま》い事を云いましたな。結核患者の血液の中には、脳に譫妄《せんもう》を起すものを含めり——って。』

『ああ、何時までも。』と鎮子は呆れて叫んだが、すぐ毅然となって、『それでは、これを……。この紙片が硝子《ガラス》の上に落ちていたとしましたなら、易介の言《ことば》には形が御座いましょう。』と云って、懐中《ふところ》から取り出したものがあった。それは、雨水と泥で汚れた用箋の切端だったが、それには黒インクで次のような独逸《ドイツ》文が認《したた》められてあった。

Undinus《ウンディヌス》 sich《ジッヒ》 winden《ヴィンデン》

『これじゃ到底筆蹟を窺《うかが》えようもない。まるで蟹みたいなゴソニック文字だ。▼39』と一端法水は失望したように呟いたが、すぐ眼を輝やかせて『オヤ妙な転換があるぞ。元来この一句は、水神《ウンディネ》よ蜿《うね》くれ——なんです。が、これには女性のUndine《ウンディネ》にusをつけて、男性に変えてある。然し、これが何から引いたものであるか、御存じですか。それから、この館の蔵書の中に、グリムの「古代独逸《ドイツ》詩歌傑作に就いて▼40」かファイストの「独逸《ドイツ》語史料集▼41」でも、』

『遺憾ながら存じません。言語学の方は、後程お報《し》らせする事に致します。』鎮子は案外卒直に答えて、その章句の解釈が法水の口から出るのを待った。然し、彼は紙片に眼を伏せたままで、容易に口を開こうとはしなかった。その沈黙の間を狙って熊城が云った。

『とにかく、易介がその場所へ行ったのには、もっと重大な意味がありますよ。サア何もかも包まずに話して下さい。あの男は既に馬脚を露わしているんですから。』

---

▼37　悽風
いたましく、むごたらしいこと。漢詩からきた熟語。

▼38　ニコル教授
Nicolle, Charles Jules Henri 1866-1936
フランスの細菌学者・空想小説家・哲学者。細菌学研究所の所長となり、発疹チフス感染の研究でノーベル賞受賞。文中エピソードについては不詳。

▼39　ゴソニック文字
ゴソニックGothonicはドイツ風の意味。四世紀に西ゴートの宣教師ウルフィラスが、ルーンの字体よりもさらに古いゴートのアルファベットを改整した。cf.『西洋美術史』ジェラルド・ボールドウィン・ブラウン、石井直三郎訳、金星堂、1923

▼40　古代独逸詩歌傑作に就いて *Über den altdeutschen Meistergesang* 1811
『ドイツの職匠歌人の歌について』は、ヤーコブ・グリム単独の著作で、中世ドイツ文学研究における第一級の業績。グリム兄弟Grimm, Jacob 1785-1863、Grimm, Wilhelm 1786-1859は『グリム童話集』1812-1815の編纂で著名。

▼41　ファイスト
Feist, Sigmund 1865-1943
ユダヤ系ドイツ人、教育者・歴史言語学者。『独逸語史料集』*Die Deutsche Sprache: Kurzer Abriss der Geschichte unserer Muttersprache von den altesten Zeiten bis auf die Gegenwart* 1906。

『サア、それ以外の事実と云えば、これだけでしょう。』鎮子は相変らず皮肉な調子で、『その間私がこの室に一人ぼっちだったと云うだけの事ですわ。然し、どうせ疑われるなら、最初にされた方が……いいえ、大抵の場合が、後で何でもない事になりますからね。それに、伸子さんとダンネベルグ様が、神意審問会の始まる二時間程前に争論をなさいましたけれども、それやこれやの事柄は、事件の本質とは何の関係もないのです。第一、易介が姿を消した事だって先刻のロレンツ収縮の話と同じですわ。その理学生に似た倒錯した心理を、貴方の恫喝訊問が作り出したのです。』

『そうなりますかね。』と物懶気《ものうげ》に呟いて、法水は顔を上げたが、何処か、ある出来事の可能性を暗受しているような陰鬱な影が漂っていた。が、鎮子には、慇懃な口調で云った。

『とにかく、種々と材料を揃えて頂いた事は感謝しますが、然し結論となると、甚だ遺憾千万です。貴女の見事な類推論法でも、結局私には、所謂《いわゆる》い、い、い、い、い、いしか見られんのですからね。ですから、仮令《たとい》人形が眼前に現われて来たにした所で、私はそれを幻覚としか見ないでしょう。第一、そう云う非生物学的な力の所在が判りません。』

『それは段々とお判りになりますわ。』鎮子は最後の駄目を押すような語気で云った。『実は、算哲様の日課書の中《うち》に――それが自殺された前月昨年の三月十日の欄でしたが――そこに斯《こ》う云う記述があるのです。**吾、隠されねばならぬ隠密の力を求めてそれを得たれば、この日魔法書を焚《た》けり**――と。と申して、既に無機物と化したあの方の遺骸には、一顧の価値《あたい》も御座いませんけれど、何となく私には、無機物を有機的に動かす不思議な生体組織が、この建物の中に隠されているような気がしてならないのです。』

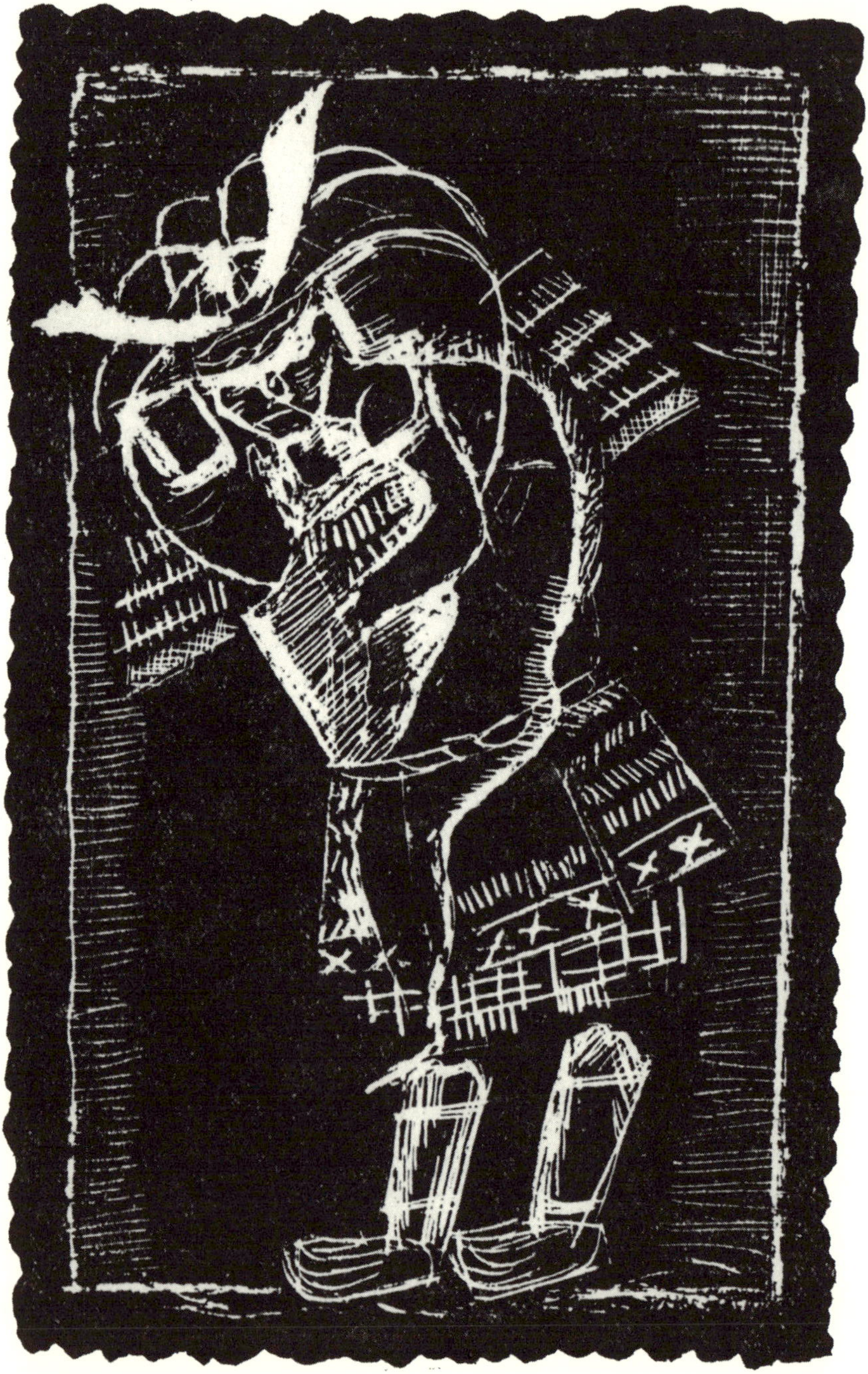

『それが、魔法書を焚いた理由ですよ。』と法水は何事かを仄めかしたが、然し、『失われたものは再現するのみの事です。そうしてから改めて、貴女の数理哲学を伺う事にしましょう。それから、現在の財産関係と算哲博士が自殺した当時の状況ですが、』と漸く黙示図の問題から離れて、次の質問に移ったが、鎮子は腰を上げた。

『いいえ、それは執事の田郷《たごう》さんの方が適任で御座いましょう。あの方はその際の発見者ですし、何より、この館ではリシュリウ▼42（ルイ十三世朝の僧正宰相）と申して宜《よろ》しいのですから。』そして、扉の方へ二三歩歩んだ所で立ち止り、屹然《きつぜん》▼43と法水を振り向いて云った。

『法水さん、与えられたものをとる事にも、高尚な精神が必要ですわ。ですから、それを忘れた者には、後日必ず悔ゆる時機が参りましょう。』

鎮子の姿が扉の向うに消えると、論争一過後の室は恰度放電後の真空と云った空虚な感じで、再び黴臭《かびくさ》い沈黙が漂い始め、樹林で啼《な》く鴉《からす》の声や氷柱《つらら》が落ちる微かな音までも、聴き取れるほどの静けさだった。やがて、検事は頸の根を叩きながら、

『久我鎮子は実象のみを追い、君は抽象の世界に溺れている。しかも、前者は自然の理法を否定せんとし、後者はそれを法則的に、経験科学の範疇《カテゴリー》で律しようとしている――。一体法水君、この結論には、どう云う論理学が必要なんだね。僕は鬼神《デモノロ》学《ジイ》▼44だろうと思うんだが。』

『所がねえ、それが、黙示図に続いている、知られない半片なんだよ。』法水は殆んど無感動だった。『その内容が恐らく算哲の焚書を始めとして、この事件の凡ゆる疑問に通じているだろうと思うのだ。』

『なに、易介が見たと云う人影もか。』検事は驚いて叫んだ。

と熊城も真剣に頷いて、『ウン、あの女は決して、嘘は吐《つ》かんよ。但《ただ》し問題は、

---

▼42　リシュリウ　Duc de Richelieu Plessis, Armand Jean du 1585-1642
フランスの政治家・枢機卿、ルイ十三世の宰相1624-1642。反王権的な貴族やユグノーの反乱を抑えて、中央集権制の確立に努め、国外ではスペインと抗争、三十年戦争に介入した。政治的地位を安泰にするために、フランス国内外にスパイ網を構築した。

▼43　屹然
山が聳えるように孤高を保つ姿勢。

▼44　鬼神学　demonology
前出第一回註208「悪魔学」参照。

その真相をどの程度の真実で、易介が伝えたかがあるんだ。だが何と云う不思議な女だろう。』と露わに驚嘆の色を泛《うか》べた。『自分から好んで犯人の領域に近附きたがっているんだ。』

『いや、被作虐者《マゾフイスト》▼45かも知れんよ。』法水は半身《はんみ》になって、呑気《のんき》そうに廻転椅子をギシギシ鳴らせていたが、『大体、苛責《かしやく》には得も云われぬ魅力があるそうだよ。セヴィゴラのナッケと云う尼僧は、宗教裁判の苛酷な審問の後で、転宗よりも還俗《げんぞく》を望んだと云うからね。』と云って、クルリと向き直り正視の姿勢に戻って云った。

『勿論久我鎮子は博識無比さ。然し、索引《インデツクス》みたいな女なんだ。記憶の凝《かたま》りが象棋盤《しようぎばん》▼46の格みたいに、正確な配列をしているに過ぎない。そうだ、まさに正確無類だよ。だから、独創も発展性も糞もない。第一、ああ云う文学に感覚を持てない女に、どうして、非凡な犯罪を計画するような空想力が生れよう。』

『一体、文学がこの殺人事件とどんな関係があるね？』検事が聴き咎《とが》めた。

『それが、あの水精よ蜿くれ《ウンデイヌス・ジツヒ・ヴインデン》だよ。』法水は始めて、問題の一句を闡明する態度に出た。『あの一句は、ゲーテの「ファウスト」の中で、尨犬《むくいぬ》に化けたメフィストの魔力を破ろうとして、あの全能博士▼47が唱えた呪文の中にある。無論その時代を風靡した加勒底亜《カルデア》五芒星術の一文で、火精《サラマンダー》・水精《ウンデイーネ》・風精《ジルフエ》・地精《コボルト》の四妖▼48に呼び掛けているんだ。所で、それを鎮子が分らないのを不審に思わないかい。大体こう云う古風な家で、書架に必ず姿を現わしているものと云えば、まず思弁学▼49でヴォルテール▼50、文学ではゲーテ▼51だ。所が、そう云う古典文学が、あの女には些細な感興も起さないんだ。それからもう一つ、あの一句には薄気味悪い意志表示が含まれているよ。』

『それは。』

『第一に、連続殺人の暗示なんだ。犯人は、既に甲冑《かぶと》武者の位置を変えて、それで殺人を宣言しているけれども、この方はもっと具体的だ。殺される人間の数とその

---

▼45　被作虐者　masochist
マゾヒスト。他者から身体的・精神的な虐待・苦痛を受けることによって満足を得る性的倒錯。一般には被虐趣味という。

▼46　象棋盤
前出第一回註186「象棋」参照。

▼47　全能博士　Doctor Universalis
全能博士はアルベルトゥス・マグヌスの別名だが、虫太郎はファウストの形容で使っている。

▼48　四妖
古代科学における物質構造の四大要素を擬人化したもの。ゲーテの詩については前出第二回註1「Undinus sich winden」参照。

▼49　思弁学
実践や経験によらず、純粋な思考のみで真理の認識に到達しようとすること。思弁哲学。

▼50　ヴォルテール　Voltaire 1694-1778
フランスの作家・思想家。小説作品に『カンディード』、『ザディグ』がある。本名Arouet, François Marie。

▼51　ゲーテ　Goethe, Johann Wolfgang von 1749-1832
ドイツの文学者・詩人・博物学者。代表作は小説『ヴィルヘルム・マイステルの遍歴』1796、博物学者として『色彩論』1810、詩作『西東詩集』1819。半生書き継いだ劇詩『ファウスト』の制作年次は「ウル（初稿）」1773、「ファウスト断片」1790。「第一部」1806, 1808刊、「第二部」1830, 1832刊。

方法が明らかに語られている。所でファウストの呪文に現われる妖精の数が判ると、それがグイと胸を衝き上げてくるだろう。何故なら、旗太郎を始め四人の外人の中《うち》でその一人が犯人だとしたら、殺す数の最大限は、当然四人でなければならないからだ。それから、それが殺人方法と関連していると云うのは、最初に水精《ウンデイーネ》を提示しているからだよ。よもや君は、人形の足型を作って敷物の下から現われた、あの異様な水の跡を忘れやしまいね。』

『だが、犯人は独逸《ドイツ》語を知っている圏内にあるだろう。この一句は大して文献学的《フイロロジツク》▼52なものじゃない。』検事が云うと、

『冗談じゃない。』と法水は驚いた真似をして、『音楽は独逸《ドイツ》の美術なり――と云うじゃないか。だから、不可解な性の転換があるので、裁断するものは言語学の蔵書以外にはないと思うのだよ。』

熊城は組んだ腕をダラリと解いて呟いた。

『ああ、何から何まで嘲笑的だよ。』

『そうだ。如何にも犯人は僕等の想像を超絶している。正にツァラツストラ▼53的な超人なんだ。この不思議な事件を、従来《これまで》のようなヒルベルト▼54以前の論理学で説けるものじゃない。その一例があの水の跡なんだが、それを陳腐な残余法▼55で解釈すると、水が人形の体内にある発音装置を無効にしたと云う結論になる。けれども、事実は決してそうじゃないんだ。まして、全体が頗る多元的に構成されている――。何も手掛りはない。曖昧朦朧とした中に薄気味悪い謎がウジャウジャと充満している。それに、死人が埋もれている地底の世界からも、絶えず紙礫《かみつぶて》のようなものが、ヒユーヒユーと打衝《ぶつか》って来る。然し、その中に四つの要素が含まれてる事だけは判るんだ。一つは黙示図に現われている自然界の薄気味悪い姿で、その次が、まだ知られていない半片を中心とする、死者の世界なんだ。それから三つ目が、既往の三度

---

▼52　文献学的　philologic
言語作品および文化的に重要な文章を理解するために、歴史的・文化的な変遷や文学的な側面を研究する学問。

▼53　ツァラツストラ　Zarathustra
ゾロアスター教の開祖。十九世紀末、ニーチェの哲学書『ツァラトゥストラはかく語りき』に登場し、彼の構想した超人思想・権力意志を体現した。探偵小説家ヴァン・ダインはニーチェの研究者でもあった。

▼54　ヒルベルト
Hilbert, David 1862-1943
ドイツの数学者。数学の各分野にわたって業績が多く、基礎論では公理主義を唱えた。

▼55　残余法
「帰納法の一。一現象中より既知の因果関係の部分を除き去り、残余の現象の因果を確定する方法。微少なる事変の因果関係を明らかにし、又は既知の因果関係の分量を定むるに便なり。」『広辞林　新訂版』1934。

に渉る変死事件。そして最後がファウストの呪文を軸に発展しようとする、犯人の現実行動なんだよ。』と、そこで暫く言《ことば》を切っていたが、やがて法水の暗い調子に明るい色が差して、

『そうだ支倉君、君にこの事件の覚書《おぼえがき》を作って貰いたいのだが。大体グリーン殺人事件▼56がそうじゃないか。終り頃になってヴァンスが覚書を作ると、さしもの難事件が、それと同時に奇蹟的な解決を遂げてしまう。然し、あれは決して、作者の窮策じゃない。ヴァンダイン▼57は、如何に因数《ファクター》▼58を決定する事が、切実な問題であるか教えているんだ。だからさ。何より差し当っての急務と云うのは、幾つかの因数《ファクタア》を、モヤモヤした疑問の中から摘出する事なんだよ。』

それから検事が覚書を作っている間に、法水は十五分ばかり室を出ていたが、間もなく、一人の私服と前後して戻って来た。その刑事は、館内の隅々までも捜索したにも拘らず、易介の発見が遂に徒労に帰した旨を報告した。法水は眉の辺りをビリビリ動かしながら、

『では、古代時計室と拱廊《そでろうか》を調べたかね。』

『所が彼処《あすこ》は、』と私服は頸を振って、『昨夜八時に執事が鍵を下した儘ですから。今度は鍵が紛失して居りません。それから拱廊《そでろうか》では、円廊の方の扉が、左側一枚開いているだけの事でした。』

『フムそうか。』一端法水は頷いたが、『ではもう打ち切って貰おう。決してこの建物から外へは出てやしないのだから、』と矛盾した二様の観察をしているような、異様な口吻《こうふん》を洩らすと、熊城は驚いて、

『冗談じゃない。君はこの事件にけばけばしい装釘《そうてい》をしたいんだろうが、解答は、易介の口以外にあるもんか。』と今にも館外から齎《もた》らせられるらしい、侏儒《こびと》の佝僂《くる》の発見を期待するのだった。こうして、遂に易介の失踪は、熊城の思う壺通りに確

---

▼56　グリーン殺人事件　*The Greene Murder Case* 1928
『グリーン家殺人事件』、ヴァン・ダインの探偵小説。本邦初訳は「グリイン家の惨劇」平林初之輔訳『新青年』昭和四年六月〜九月掲載。『世界探偵小説全集24』同訳収録、博文館、1929。

▼57　ヴァンダイン　S.S.Van Dine 1888-1939
アメリカの探偵小説家、文学・美術評論家。三作目の『グリーン家殺人事件』で、日本でも人気が高まった。虫太郎は『黒死館』構想の段階で、『グリーン家』、『僧正』の二作品の影響を強く受けた。本名Wright. Willard Huntington。

▼58　因数　factor
整式が、いくつかの整式の解で表されるときの、その各構成要素をいう。約数、因子。

定されてしまったが、法水は続いて、問題の硝子《ガラス》の破片があると云う附近《あたり》の調査と、更に次の喚問者として、執事の田郷真斎《しんさい》を呼ぶように命じた。

『法水君、君はまた拱廊《そでろうか》へ行ったのかね。』私服が去ると、熊城は揶揄《からかい》気味に訊ねた。

『いや、幾何学量▼59を確めたんだよ。黙示図を描いたり、その知られない半葉を暗示した算哲博士の意志には、何か方向がなけりゃならん。』と法水はムスッとして答えたが、続いて驚くべき事実が彼の口を突いて出た。『それで、ダンネベルグ夫人を狂人《きちがい》みたいにさせた、怖ろしい暗流が判ったのだ。実は、電話でこの村の役場を調べたんだが、驚くじゃないか、あの四人の外人は去年の三月四日に帰化していて、降矢木の籍に算哲の養子養女となって入籍しているんだ。それにまだ遺産相続の手続がされていない。つまりこの館はまだ正統の継承者旗太郎の手中に落ちていないのだよ。』

『こりゃ驚いた。』検事はペンを抛《ほう》り出して唖然となってしまったが、すぐに指を繰ってみて、『多分手続が遅れているのは、算哲の遺言書でもあるからだろうが、剰《あま》すところ法定期限は、もう二ケ月しかない。それが切れると、遺産は国庫の中に落ちてしまうんだ。』

『そうなんだ。だから、そこに殺人の動機があるものなら、ファウスト博士が隠れている五芒星の図が判るよ。然し、どのみち一つの角度《アングル》には相違ないけれども、何しろ四人の帰化入籍と云うような思いもつかぬものがある程だからね。その深さは並大抵のものじゃあるまい。いや、却《かえ》って僕は、それを迂闊《うかつ》に首肯してはならないものを握っているんだ。』

『一体何を？』

『先刻《さつき》君が質問した中《うち》の、(一)・(二)・(五)の箇条なんだよ。甲冑《かぶと》武者が階段廊

---

▼59 幾何学量
物体の運動量を数値化する観念。位置・姿勢・形の変化から割り出す。

の上に飛び上っていて――、召使《バトラー》は聴えない音を聴いているし――、それから拱《そで》廊《ろうか》では、ボードの法則が相変らず、海王星のみを証明出来ないのだがね。』

そう云う驚くべき独断《ドグマ》▼60を吐き捨てて、法水は検事が書き終った覚書を取り上げた。それには、私見を交えない事象の配列のみが、正確に記述されてあった。

一、屍体現象に関する疑問（略）

二、テレーズ人形が現場に残せる証跡に就いて（略）

三、当日事件発生前の動静

一、早朝押鐘津多子の離館。

二、午後七時より八時――。甲冑武者の位置が階段廊上に変り、和式具足の二つの兜が取り換えられている。

三、午後七時頃、故算哲の秘書紙谷伸子がダンネベルグ夫人と争論せしと云う。

四、午後九時――。神意審問会中にダンネベルグは卒倒し、その時刻と符号せし頃に易介はその隣室の張出縁▼61に異様な人影を目撃せりと云う。

五、午後十一時――。伸子と旗太郎がダンネベルグを見舞う。その折、旗太郎は壁のテレーズの額を取り去り、伸子はレモナーデを毒味せり。尚、青酸を注入せる洋橙を載せたるものと推察さるる果物皿を、易介が持参せるはその時なれども、肝腎の洋橙に就いては、遂に証明されるものなし。

六、午後十一時四十五分頃。易介は最前の人影が落せしものを見て、裏庭の窓際に行き、硝子の破片並びにファウスト中の一章を記せる紙片を拾う。その間室内には被害者と鎮子のみなり。

七、午前零時頃。被害者洋橙を喰す。

尚、鎮子、易介、伸子以外の四人の家族には、記述すべき動静なし。

四、黒死館既往変死事件に就いて（略）

---

▼60　独断　dogma
自分の思い込みだけで、公正を欠いた判断をすること。

▼61　張出縁
屋根や覆いがなければバルコニーbalcony、屋根のついたものはベランダveranda。

五、既往一年以来の動向

一、昨年三月四日　四人の異国人の帰化入籍。
一、同　　十日　算哲は日課書に不可解なる記述を残し、その日魔法書を焚くと云う。
一、同　四月二十六日　算哲の自殺。
　以来館内の家族は不安に怯え、遂に被害者は神意審問法に依り、その根元を為す者を究めんとす。

六、黙示図の考察（略）
七、動機の所在（略）

読み終ると法水は云った。

『この箇条書のうちで、第一の屍体現象に関する疑問は、第三条の中に尽されていると思う。外見は、一向何でもなさそうな時刻の羅列に過ぎないよ。然し、洋橙《オレンジ》が被害者の口の中に飛び込んだ径路だけにでも、屹度《きっと》フィンスレル▼62幾何の公式程のものが、ギュウギュウと詰っているに違いないんだ。それから、算哲の自殺が、四人の帰化入国と焚書の直後に起っている事にも、注目する価値があると思う。』

『いや、君の深奥な解析はどうでもいいんだ。』熊城は吐き出すような語気で、『そんな事より、動機と人物の行動の間に大変な矛盾があるぜ。伸子はダンネベルグ夫人と争論をしているし、易介は知っての通りだ。それにまた、鎮子だって易介が室《へや》を出た間に、何をしたか判ったものじゃない。所が、君の云うファウスト博士の円は、まさに残った四人を指摘しているんだ。』

『すると、儂《わし》だけは安全圏内ですかな。』

　その時背後で、異様な嗄《しやが》れ声が起った。三人が吃驚《びっくり》して後を振り向くと、そこには、執事の田郷真斎が何時《いつ》の間にか入り込んでいて大風《おおふう》な微笑を湛《たた》えて見下している。然し、真斎が宛《あたか》も風の如くに、音もなく三人の背後に現われ得たのも道理である。

▼62　フィンスレル
Finsler, Paul 1894-1970
フィンスラー。ドイツ生まれ、スイスの数学者。微分幾何学の一分野フィンスラー幾何学を確立。ユークリッド幾何学の長さを計る単位が、どの位置でも一定であるのに対し、リーマン幾何学では点によって変わる関数として与えられている。一方フィンスラー幾何学における計量は、点と方向の関数として考えられる。

ろう。下半身不随のこの老史学者は、恰度傷病兵でも使うような、護謨輪《ごむわ》で滑らかに走る手働四輪車[63]の上に載っているからだった。真斎は相当著名な中世史家で、この館の執事を勤める傍《かたわら》に、数種の著述を発表しているので知られているが、最早《もはや》七十に垂《なんな》んとする老人だった。無髯《むぜん》で赭丹色《しゃたんしょく》[64]をした顔には、顴骨《かんこつ》突起[65]と下顎骨が異常に発達している代りに、鼻翼の周囲が陥《お》ち窪《くぼ》み、その相は如何にも醜怪で――と云うより寧ろ脱俗的な、所謂《いわゆる》胡面梵相《こめんぼんそう》[66]とでも云いたい、まるで道釈画[67]か十二神将[68]の中にでもあるような、実に異風な顔貌だった。そして、頭に印度帽《テュルバン》[69]を載せた所と云い、その凡《すべ》てが、一語で魁異《グロテスケリ》[70]と云えよう。然し、何処か妥協を許さない頑迷固陋《がんめいころう》[71]の感じで、全体の印象からは甲羅のような外観《みかけ》がするけれども、そこには、鎮子のような深い思索や、複雑な性格の匂いは見出されなかった。尚、その手働四輪車は、前部の車輪は小さく、後部のものは自転車の原始時代に見るような素晴らしく大きなもので、それを、起動機と制動機とで操作するようになっていた。

『所で、遺産の配分ですが、』と熊城が真斎の挨拶にも会釈を返さず性急に口切り出すと、真斎は不遜な態度で嘯《うそぶ》いた。

『ホウ、四人の入籍を御存じですかな。如何にも事実じゃが、それは個人個人にお訊ねした方が宜《よろ》しかろう。儂にはとんとそう云う点が……。』

『然し、既《とっ》くに開封されているじゃありませんか。遺言書の内容だけは話してしまった方がいいでしょう。』熊城は流石《さすが》に老練な口穽《かま》を掛けたが、真斎は一向に動ずる気色《けしき》もなく、

『なに、遺言状……、これは初耳じゃ。』と軽く受け流して、早くも冒頭から、熊城との間に殺気立った黙闘が開始された。法水は最初真斎を一瞥すると同時に、何やら凝想《ぎょうそう》[72]に耽《ふ》けるかの様子だったが、やがて収斂味《しゅうれんみ》の勝った瞳を投げて、

『ハハア下半身不随《パラプレジア》[73]ですね。成程、黒死館の凡てが内科的じゃない。所で、貴方が

---

▼63 手働四輪車
車椅子。歩行の不自由な人のための車輪つきの椅子。

▼64 赭丹色
赭は顔料に使う赤い土、濃い赤色の古語。

▼65 顴骨突起
目の下、頬の上に突き出た骨。

▼66 胡面梵相
唐末五代の禅月大師貫休によって創始された「胡貌梵相（こぼうぼんそう）」とも称される怪異な容貌表現。胡は中国で異民族を指し、梵天は、古代インドの神ブラフマーが、魁偉な風貌の仏教の守護神に変わったもの。伎楽面の意匠で、鼻の高いアーリア人の特徴を表す。

▼67 道釈画
東洋画で、道教や仏教で説く神仏などを描いたもの。

▼68 十二神将
薬師如来の眷属で、薬師如来の名を唱え、衆生を守護する十二の夜叉大将。

▼69 印度帽　turbant
インド人やイスラム教徒の男性などが頭に巻く長い布。ターバン。

▼70 魁異　grotesquely
グロテスクは奇妙・奇怪・不気味なものを指す形容詞。異様な人物や動植物などに曲線模様をあしらった美術様式。イタリア語の洞窟を表すグロッタが語源。

▼71 頑迷固陋
古いものに固執し、柔軟な思考ができないこと。

▼72 凝想
じっくりと考え込むこと。

算哲博士の死を発見された御当人だそうですが、多分その下手人が誰であるか、御存じの筈ですが。』

これには、真斎のみならず、検事も熊城も一斉に啞然となってしまった。真斎は蟇《がま》みたいに両肱《りょうひじ》を立てて半身を乗り出し、哮《た》けるような声を出した。

『莫迦な、自殺と決定されたものを‥‥。貴方《あんた》は検死調書を御覧になられたかな。』

『だからこそです。』法水は追求した。『多分その殺人方法まで御承知の筈だ。大体、太陽系の内惑星軌道半径▼74が、どうしてあの老学者を殺したのでしょう?』

## 二、鐘鳴器《カリルロン》の讃詠歌《アンセム》で‥‥

『内惑星軌道半径!?』この余りに突飛な一言に眩惑されて、真斎は咄嗟《とっさ》に答える術《すべ》を失ってしまった。法水は厳粛な調子で続けた。

『そうです。無論史家である貴方は、中世ウェールス▼75を風靡《ふうび》したバルダス信教▼76を御存じでしょう。あのトルイデ▼77(九世紀レゲンスブルグの僧正魔法師)▼78の流れを汲んだ、呪法経典の信条は何でしたろうか。』

(註) 宇宙には凡ゆる象徴瀰漫《びまん》す▼79。而して、その神秘的な法則と配列の妙義は、隠れたる事象を人に告げ、或は予め告げ知らしむ。

『然し、それが、』

『つまり、その分析綜合の理を云うのです。私は、ある憎むべき人物が博士を殺した微妙な方法を知ると同時に、初めて占星術《アストロジイ》▼80や錬金術《アルケミイ》▼81の妙味を知る事が出来ました。確か博士は、室《へや》の中央で足を扉の方に向け、心臓に突き立てた短剣の束《つか》を固く握り締めて倒れていたのでしたね。然し、入口の扉を中心にして水星と金星の軌道半径

---

▼73 下半身不随　paraplegia
脊髄損傷から生じる下半身の完全麻痺。

▼74 内惑星軌道半径
敷物の収縮を惑星の配列に喩えている。前出第一回註233「ボードの法則」参照。

▼75 中世ウェールス　Wales
ウェールズは大英帝国を構成する四つの国の一つ。ブリテン島の南西部。スコットランド、アイルランドと並んでケルト文化を現代に伝承した。中世のアーサー王伝説やトリスタンとイゾルデの悲恋物語もウェールズが発祥といわれる。

▼76 バルダス信教　Bardas
バルダスは、古代ケルトの伝説的王の名。ウェールズ地方にはBardic Secretとしてドルイド教の神の名を示す文字表記が残されており、その教義内に多くの呪術的な要素を含んでいる。

▼77 トルイデ　druidae
ドルイデといえばケルト民族の呪法僧ドルイドdruidを考えるが、割注と合致しない。

▼78 九世紀レゲンスブルグの僧正魔法師
レーゲンスブルクRegensburgはドイツ、バイエルンの都市。町の起源を作ったバイエルン人は、ケルト民族の系譜にあるが、九世紀以前にはゲルマン人と融合した。僧正魔法師の語感はドルイドを思わせる。

▼79 瀰漫
一面に広がり満ちること。はびこる。

▼80 占星術　astrology
アストロジー。国家や個人の未来を星々の運行や配置で占う学問や技術。人類発祥以来、人種を問わず発展した。

▼81 錬金術　alchemy

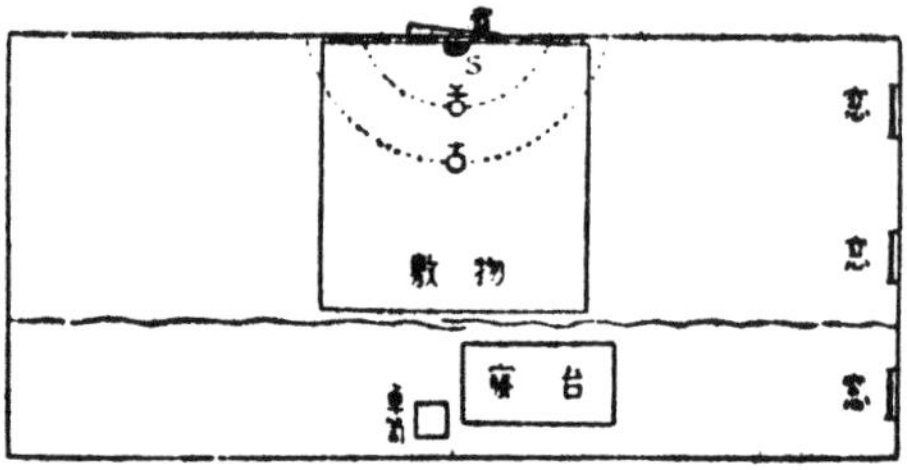


を描くと、その中《うち》では、他殺の凡ゆる証跡が消えてしまうのです。』と法水は室《へや》の見取図に、別図のような二重の半円を描いてから、

『所で、その前に是非知って置かねばならないのは、惑星の記号が或る化学記号に相当すると云う事なんです。Venus《ヴィナス》▼82が金星である事は御承知でしょうが、その傍ら銅を表わしています。また、Mercury《マーキュリー》▼83は、水星であると同時に、水銀の名にもなっているのです。然し、古代の鏡は、青銅《ヴィナス》の薄膜の裏に水銀《マーキュリー》を塗って作られていたのですよ。そうすると、その鏡面に――つまりこの図では金星の後方に当るのですが、そこには帷幕《とばり》の後方から進んで来る犯人の顔が映る事になりましょう。何故なら、金星の半径を水星の位置にまで縮めると云う事は素晴らしい殺人技巧であったと同時に、犯行が行われて行く方向も、また博士と犯人の動きさえも同時に表わしているからなんです。そして、次第に犯人は、それを中央の太陽の位置にまで縮めて行きました。太陽は、当時算哲博士が終焉を遂げた位置だったのです。然し、背面の水銀《マーキュリー》が太陽と交《まじわ》った際に一体何が起ったと思いますか？』

ああ、内惑星軌道半径縮少を比喩にして、法水は何を語ろうとするのであろうか。検事も熊城も、近代科学の精を尽した法水の推理の中に、まさか錬金術士の蒼暗たる世界が、前期化学《スパルジリー》▼84特有の類似律の原理▼85と共に現われ出ようとは思わなかった。

『所で、S▼86一字がどう云うものを表わしているでしょう。』法水は続けた。『第一に太陽、それから硫黄ですよ。所が、水銀と硫黄の化合物は朱▼87ではありませんか。朱は太陽であり、また血の色です。つまり、扉の際《きわ》で算哲の心臓が綻《ほころ》びたのです。』

---

古代エジプトで起こった、銅や亜鉛などの金属を金に変成させる術を起源とする思想。東洋では不老不死の薬を探求する学問でもあった。

▼82 **Venus**
ヴィーナス、愛の女神。ローマ神話ではウェヌス、ギリシャではアフロディテ。錬金術では銅を表し、占星術では金星のシンボル♀。

▼83 **Mercury**
商業もしくは医療の神。ローマ神話ではメルクリウス、ギリシャではヘルメス。錬金術では水銀を表し、占星術では水星のシンボル☿。

▼84 **前期化学　spagyrie**
スパジリー。パラケルススによって使用された用語Spagyriaに由来。錬金術の分野で、植物を用いた薬学をいう。

▼85 **類似律の原理**
似たものの間には共通の性質があること。共感魔術、共感療法などに使う。

▼86 **S**
硫黄sulfur, sulphurの元素記号。本来、錬金術では太陽に対応するのは金だが、硫黄の略号Sと表される場合もある。硫黄は火の象徴として太陽に照応する。

▼87 **朱**
硫化水銀を主成分とする鉱物。粉末が日本では丹と呼ばれる朱色顔料となる。錬金術では、金属変成の媒体となり、不老長寿の仙薬でもある。

『なに、扉の際で……。これは滑稽な放言じゃ。』真斎は肱掛を叩いた。『貴方《あんた》は夢を見て居る。正に実状を顚倒《てんとう》した話じゃ。あの時、血は博士が倒れている周囲にしか流れていなかったのです。』

『それは、一端縮めた半径を、犯人がすぐ旧《もと》通りの位置に戻したからですよ。それから、もう一度Sの字を見るのです。まだあるでしょう。悪魔会議日《サバスディ》▼88、立法者《スクライブ》……。そうです、まさしく立法者なんです。犯人はあの像のように……』と法水は、そこで一端唇を閉じ凝然《じいっ》と真斎を瞶《みつ》めながら、次に吐く言との間の時間を、胸の中で秘かに計測しているかの様子だったが、突然、

『立って歩く事の出来ない人間――それが犯人だ。』と鋭い声で云うと、不思議な事には、真斎に解《げ》し難い異状が起った。

それが、始め上体に衝動が起ったと見る間に、両眼を瞬《みひら》き口を喇叭《ラッパ》形に開いて、恰度ムンクの老婆▼89に見るような無残な形になった。そして、絶えず唾を嚥《の》み下そうとするもののような苦悶の状を続けていたが、そのうち漸く、

『おお、儂の身体《からだ》を見るがいい。こんな不具者がどうして……』と辛くも嗄《しゃが》れ声を絞り出した。が、真斎には確か咽喉部に何か異状が起ったと見えて、その後も引き続き呼吸の困難に悩み異様な吃音《きつおん》▼90と共に激しい苦悶が現われるのだった。その有様を、法水は異常な冷やかさで見やりながら云い続けたが、その態度には、相変らず計測的なものが現われて、法水は自分の言《ことば》の速度《テンポ》に周到な注意を払っていた。

『いや、貴方の不具な部分こそ、殺人を犯したのですよ。僕は、その手働四輪車と敷物《カーペット》を見ているのです。多分、ヴェンヴェヌート・チェリニ▼91（文芸復興期の大金工で驚くべき殺人者）がカルドナツォ▼92家のパルミエリ（ロムバルジヤ▼93第一の人剣客）を斃《たお》した事蹟を御存知でしょうが、腕で劣ったチェリニは、最初敷物《カーペット》を弛《ゆる》ませて置いて、中途でそれをピインと張らせ、パルミエリが足許を奪われて蹌踉《よろめ》▼94く所を刺殺したのでした。その敷物を応用した技巧《トリック》が、

---

▼88　悪魔会議日　Sabbath day
本来はユダヤ教由来の安息日（ユダヤ暦の土曜日、キリスト教では日曜日）だったが、中世以降は魔女の会合もサバトと呼んだ。

▼89　ムンクの老婆
ムンクMunch, Edvard 1863-1944はノルウェーの画家。老婆という印象は「叫び」1893からの引用だが、実際には描かれている人物の性別は不明。ムンクの自画像ともいわれる。

▼90　吃音
言葉を円滑に発せない障害。慢性の場合が多いが、極度の緊張から発症することもある。

▼91　ヴェンヴェヌート・チェリニ
Cellini, Benvenuto 1500-1571
イタリアの彫刻家・金工家。著名な自伝を残したが、続くエピソードは登場しない。

▼92　カルドナツォ　Caldonazzo
イタリア北部の地名。家名は不詳。

▼93　ロムバルジヤ　Lombardia
ロンバルディア。イタリア北西部の地域。主な都市はミラノ。

▼94　蹌踉く
足取りが定まらないこと。

算哲を斃すためには決して非科学的な伝奇《ロマーン》▼95ではなかったのです。つまり、内惑星軌道半径の縮伸と云うのは、要するに貴方が行った敷物《カーペット》のそれに過ぎなかったのですよ。扨《さて》、犯行の実際を説明しますかな。』と云ってから、法水は検事と熊城に詰責《きっせき》気味な視線を向けた。『大体君達はどうして、扉の浮彫を見ても佝僂《せむし》の眼が窪んでいるのに気が附かなかったのだ。』

『成程、楕円形に凹んでいる。』熊城はすぐ立って行って扉を調べたが、果して法水の云う通りだった。法水はそれを聴くと、会心の笑を真斎に向けて、

『ねえ田郷さん、その窪んでいる位置が、恰度博士の心臓の辺《あたり》に当りはしませんか。それが、楕円形をしているのですから、護符刀の束頭《つかがしら》である事は一目瞭然たるものです。そうなると、当時天寿を楽《たのし》むより外《ほか》に自殺の動機など何一つなく、おまけにその日は、愛人の人形を抱いて若かった日の憶い出に耽《ふけ》ろうとした程の博士が、何故《なにゆえ》扉際に押し付けられて、心臓を貫いていたのでしょう。』

　真斎は声を発する事は愚か、依然たる症状を続けて、気力が正に尽きなんとしていた。蠟白色に変った顔面からは膏《あぶら》のような汗が滴り落ち、到底正視に耐えぬ惨《みじ》めさだった。所が、それにも拘らず法水はこの残忍な追求を止めようとはしなかった。

『所で、此処に奇妙な逆説《パラドックス》▼96があるのです。その殺人が、却って五体の完全な人間には不可能なんですよ。何故なら、殆んど音の立たない、手働四輪車の機械力が必要だったからで、それが、まず敷物《カーペット》に波を作ってそれを縮め重ねて行き、終いに博士を扉に激突させたからでした。何分にも、当時室《へや》は闇に近い薄明りで、右側の帷幕《とばり》の蔭に隠れていた貴方のいる事も知らずに、博士は、帷幕《とばり》の左側を排して、召使が運び入れて置いた人形を寝台の上で見てから、鍵を下しに扉の方に向ったのでしょうが、それを追うて貴方の犯行が始まったのでしたね。まず、それ以前に、敷物の向う端を鋲《びょう》で止め、護符刀《タリズマン》を抜いて置く――そして愈々《いよいよ》博士が背後を見せると、敷《カー》

▼95　伝奇　roman
中世フランス文学の中で、ロマンス語で書かれた散文詩を起源とする、伝奇的な物語。

▼96　逆説　paradox
一般に常識とされる事柄に対して、反対の見方で捉え直すこと。

物《ペット》の端をもたげて、縦にした部分を足台で押して速力を加えるので、敷物《カーペット》には皺が作られ、勿論その波は次第に高さを加える――そして背後から、足台を博士の膝膕《ひかが》窩《み》▼97に衝突させる。と、波が横から潰されて、殆んど腋下に及ぶ程の高さになってしまう――と同時に所謂《いわゆる》イエンドラシック▼98反射で、その部分に加えられた衝撃が、上《じょう》膊筋《はくきん》▼99に伝導して反射運動を起すから、博士は無意識裡に両腕を水平に上げる――その両脇から博士を後様に抱えて、右手に持った護符刀《タリズマン》を心臓の上に軽く突き立ててすぐその手を離してしまう。と、博士は思わず反射的に短剣を握ろうとするので間髪の間に二つの手が入れ代って、今度は博士が束を握ってしまう――そして、その瞬後扉に衝突して、自分が束を握った刃が心臓を貫く。つまり、高齢で歩行の遅《のろ》い博士に、敷物《カーペット》に波を作りながら音響を立てず追い付ける速力とその機械的な圧進力。それから、束を握らせるために、両腕を自由にして置かねばならないので、何よりまず膝膕窩《ひかがみ》を刺激して、イエンドラシック反射を起さねばならない――。そう云う凡ての要素を具備しているのがこの手働四輪車で、その犯行は寸秒の間に、声を立てる間がなかったほど恐ろしい速度で行われたのです。ですから、貴方の不具な部分を以てせずには、誰一人、博士に自殺の証拠を残して息の根を止める事は不可能だったのですよ。』

『すると、敷物《カーペット》の波は何のためだい。』熊城が横合から訊ねた。

『それが内惑星軌道半径の縮伸じゃないか。一端点《ピリオド》にまで縮んだものを、今度は波の頂点に博士の頸を合わせて、敷物《カーペット》を旧《もと》通りに伸ばして行ったのだから、束を握り締めたままの博士の屍体は、室《へや》の中央に来てしまったのだ。勿論、空室《あきへや》でも鎖《とざ》されていたのではないから、殆んど跡は残らぬし、死後は決して固く握れるものじゃないけれども、大体検死官なんてものが、秘密の不思議な魅力に感受性を欠いているからなんだよ。』

---

▼97　膝膕窩
膝の後ろの窪み、膝窩（しっか）。

▼98　イェンドラシック
Jendrasik, Ernst 1858-1921
ハンガリーの生理学者。ジェンドラシック手技は脚気の検査で、膝をハンマーで叩くと、足がはね上がる現象。膝蓋腱反射。

▼99　上膊筋
肩から肘までの間の部分、二の腕の筋肉。

　その時、この殺気に充ちた陰気な室《へや》の空気を揺《ゆす》ぶって、古風な経文歌《モテット》▼100を奏でる、侘びしい鐘鳴器《カリルロン》▼101（鍵盤を押して音調の異なる鐘を叩き洋琴様の作用をするもの）の音《ね》が響いて来た。法水は先刻尖塔の中に鍾舌鐘《ピール》▼102（鍾舌のある振り鐘）は見たけれども、鐘鳴器《カリルロン》の所在には気が附かなかった。然し、その異様な対照に気を奪われている矢先だった。それまで肱掛に俯伏《うつぶ》していた真斎が必死の努力で、殆んど杜絶《とぎ》れ勝ちながらも微かな声を絞り出した。

『嘘だ……算哲様はやはり室《へや》の中央に死んでいたのだ……。然し、この光栄ある一族のために……儂は世間の耳目を怖れて、その現場から取り除いたものがあった……』

『何をです？』

『それが黒死館の悪霊、テレーズの人形でした……背後から負《おぶ》さったような形で屍体の下になり、短剣を握った算哲様の右手の上に両掌《りょうひら》を重ねていたので……それで、衣服を通した出血が少かった事から……儂は易介に命じて、』

　検事も熊城も、もう竦《すく》み上るような驚愕の色は現わさなかったけれども、既に生存の世界にはない筈の不思議な力の所在が、一事象毎《ごと》に濃くなって行くのを覚えた。然し、法水は冷然と云い放った。

『止《や》むを得ません。僕もそれ以上進む事は不可能です。博士の屍体は泥のような無機物ですし、もう支倉君が起訴を決する理由は、貴方の自白以外にはないのですからね。』

　そう法水が云い終った時だった。その時経文歌《モテット》の音が止んだかと思うと、突然思いも依らぬ美しい絃《げん》の音が耳膜を揺り始めた。遠く幾つかの壁を隔てた彼方《かなた》で、四つの絃楽器は、或は荘厳な全絃合奏《コーダ》▼103となり、時としては、チロチロ流れる小川のように、第一提琴《ファースト・ヴァイオリン》がサマリアの平和▼104を唱《うた》って行く。熊城は腹立たしそうに、

『何だあれは、家族の一人が殺されたと云うに、』

---

▼100　経文歌　motet
ラテン語の聖書詩編などを歌詞とする宗教音楽の重要な楽曲形式。十三世紀頃から合唱曲として教会で発達したが、十六世紀以降はオルガン伴奏つきの独唱曲となった。

▼101　鐘鳴器　carillon
カリヨン。発音は自己流だが、定義は虫太郎の割注通り。

▼102　鍾舌鐘　peal
音楽的に調子を合わせたひと組の鐘。

▼103　全絃合奏　coda
楽曲や楽章の終わり、また曲中の大きな段落を締めくくるために付される部分。

▼104　サマリアの平和　good Samaritan
フランスの作曲家ガブリエル・ピエルネ Pierné, Henri Constant Gabriel 1863-1937 は劇音楽 La Samaritaine 1897 を作っている。
「この水を飲む者は、誰でもまた渇くであろう。しかし、わたしが与える水を飲む者は、いつまでも渇くことがない」『ヨハネ 4:1-14』

『今日は、この館の設計者クロード・ディグスビイの忌斎日[105]です。』真斎は苦し気な呼吸の下《もと》に答えた。『館の暦表の中《うち》に、帰国の船中羅貢《ラングーン》[106]で身を投げた、ディグスビイの追憶が含まれているのです。』

『成程、声のない鎮魂楽《レキエム》[107]ですね。』法水は恍惚となって云った。『何だか、ジョン・ステーナー[108]の作風に似ているような気がする。支倉君僕はこの事件であの四重奏団《カルテット》の演奏が聴けようとは思わなかったよ。サア行ってみよう。』

　そうして、私服に真斎の手当を命じて、この室《へや》を去らしめると、

『君は何故、最後の一歩と云う所で追求を弛めたのだ？』熊城は早速に詰《なじ》り掛ったが、意外にも、法水は爆笑を上げて、

『すると、あれを本気にしているのかい。』

　検事も熊城も、途端に嘲弄された事は覚ったけれども、あれ程整然たる条理に、到底その儘を信ずる事は出来なかった。法水は可笑《おか》しさを耐《こら》えるような顔で、続いて云った。

『実を云うと、あれは僕の一番厭な恫喝訊問なんだよ。真斎を見た瞬間に直感したものがあったので、応急に組み上げたものだけど、真実の目的と云うのが、実は外にある。ただ、真斎より精神的に優越な地位を占めたいと云う事なんだよ。この事件を解決するためには、まずあの頑迷な甲羅を砕く必要があったのだ。』

『すると、扉の窪みは、』

『二二が五なんだよ。あれは、この扉の陰剣な性質を剔抉している。また、それと同時に水の跡も証明しているんだ。』正しく仰天に価《あた》いする逆転だった。グワンと脳天をドヤされたかのように茫然となった二人に、法水は説明を始めた。『水で扉を開く。つまり、この扉を鍵なくして開くためには、水が欠くべからざるものだったのだ。所で、まずそれを類推させたものを話す事にしよう。マームズベリー卿が

▼105　忌斎日
けがれを避けて慎むべき日。物忌みの日。仏教における死者の追悼日、年忌。

▼106　羅貢　Rangoon
前出第一回註85「蘭貢」参照。

▼107　鎮魂楽　requiem
レクイエム。キリスト教で、死者の魂をしずめるために捧げるミサの音楽。

▼108　ジョン・ステーナー　Stainer, Sir John 1840-1901
イギリスのオルガン演奏家・作曲家。多数の宗教曲を残す。オックスフォード大学音楽教授として西洋中世音楽を研究した。

著わした「ジョン・デイ博士鬼説」と云う古書がある。それには、あの魔法博士デイの奇法の数々が記されているのだが、その中で、マームズベリー卿を驚嘆せしめた隠顕扉の記録が載っていて、それが僕に、水で扉を開けと教えて呉《く》れたんだ。勿論一種の信仰療法《クリスチャンサイエンス》▼109なんだが、まずデイは瘧《おこり》患者を附添いと一緒に一室へ入れて鍵を附添いに与えて扉を鎖《と》ざしめる。そして、約一時間後に扉を開くと鍵が下りているにも拘らず、扉は化性《けしよう》のものでもあるかのように、スウッと開かれてしまう。そこでデイは結論する――憑神《つきがみ》▼110の半羊人《ティフォン》▼111は遁《のが》れたりと。所が、正しく扉の附近には羊の臭気がするので、それで患者は精神的に治癒されてしまう。ねえ熊城君、その羊の臭気と云うものの中《うち》に、デイの詐術が含まれているのだよ。所で、多分君は、ランブレヒト湿度計《ハイグロメーター》▼112にもある通りで、毛髪が湿度に依って伸縮するばかりでなく、その度が長さに比例する事実も知っているだろうと思うが、その伸縮の理論を、落し金の微妙な動きに応用して見給え。知っての通り、螺旋で使用する落し金と云うのは、元来、打附木材住宅《ハーフ・チンバー》▼113（漆喰壁の上に規則的な木配りで荒削りの木材を打ち附ける英国十九世紀初頭の建築様式）特有のものと云われるが、大体が平たい真鍮桿《しんちゅうかん》の端に遊離しているもので、その桿の上下に依って、支点に近い角体の二辺に沿い起倒する仕掛になっている。そして、支点に近附くほど起倒の内角が小さくなる事は、簡単な理法だから判るだろう。だから、落し金の支点に近い点を結んだ紐を、倒れた場合水平となるように張って置いて、その線の中心とすれすれに、頭髪の束で結んだ重錘《おもり》を置いたと仮定しよう。そして鍵穴から湯を注ぎ込む。すると、湿度が高くなるから、毛髪が伸長して重錘《おもり》が紐の上に加わって行き、無論紐が弓状《ゆみなり》になってしまうので、その力が落し金の最小内角に作用して、倒れたものが起きてしまうのだ。だから、デイの場合は、それが羊の尿《いばり》だったろうと思うのだがね。またこの扉では、傴僂《せむし》の眼の裏面が、多分その装置に必要な刳穴《こけつ》なので、その薄い部分が、頻繁に繰り返される乾湿のために、凹陥《おうかん》を起したに違いないのだ

▼109　信仰療法　Christian science
アメリカのエッディ夫人Eddy, Mary Baker 1821-1910が、1866に創設した「科学者キリスト教会」において行った療法。罪や病気などの悪を虚妄と悟ることで、万病は癒えると主張。

▼110　憑神
蛇、犬などの下級神霊に取り憑かれること。

▼111　半羊人　Typhon
テュフォン、テュポン。ギリシャ神話の怪物。百の蛇の頭、火を放つ目を持ち、腿から下は巨大な毒蛇がとぐろを巻いた形をしている。虫太郎は、おそらく半人半羊のフォーンFaunと混同している。

▼112　ランブレヒト湿度計　hygrometer
Lambrecht, Wilhelm 1834-1904はドイツ、ゲッチンゲンの測量機器設計者。毛髪を用いた汎用性の高い湿度計を開発1873。その後乾湿計も開発した。

▼113　打附木材住宅　half-timber
骨組が木造で、壁や床を煉瓦や石などで埋める工法。

よ。つまり、その仕掛を作ったのが算哲で、それを利用して永い間出入りしていた人物が、犯人に想像されるんだ。どうだね支倉君、これで先刻人形の室《へや》で、犯人が何故糸と人形の技巧《トリック》を遺して置いたか判るだろう。外側からの技巧《トリック》ばかり詮索していたら、この事件は永遠に、扉一つが鎖してしまうのだ。それに、この辺から、そろそろ、ウイチグス呪法の雰囲気が濃くなって行くような気がするじゃないか。』

『すると、人形はその時の溢《こぼ》れた水を踏んだと云う事になるね。』と検事は引《ひ》きつれたような声で叫んだ。『もうあの鈴のような音だけだ。これで犯人を伴った人形の存在は、愈々《いよいよ》確定されたと見て差支えない。然し、君の神経が閃《ひら》めく度毎《たびごと》に、その結果が、君の意向とは反対の形で現われてしまう。それは、一体どうしたって事なんだい。』

『ウム、僕にも解せないんだ。まるで、穽《わな》の中を歩いているような気がするよ。』

法水にも錯乱した様子が見えたが、

『僕は、その点が両方に通じてやしないかと思うんだ。真斎の混乱はどうだ。あれは決して看過《みすご》しちゃならん。』と熊城が云った。

『所がねえ。』と法水は苦笑して、『実は、僕の恫喝訊問には、妙な言《ことば》だが、一種の生理拷問とでも云うものが伴っている。それがあったので、初めてあんな素晴しい効果が生れたのだよ。所で、二世紀アリウス神学派▼114の豪僧フィリレイウス▼115は、斯《こ》う云う談法論を述べている。霊気《ニューマ》▼116（呼吸の義）は呼気と共に体外に脱出するものなれば、その空虚を打て——と。また、比喩には隔絶したるものを択《えら》べ——と。正に至言だよ。だから、僕が内惑星軌道半径をミリミクロン▼117的な殺人事件に結び付けたのも、究極のところ、共通した因数《ファクター》を容易に気附かれたくないからなんだ。そうじゃないか、エディントン▼118の「空間・時・及び引力《スペース・タイム・エンド・グレヴィティション》」でも読んだ日にはその中の数字に対称的な観念が、全然《まるで》なくなってしまう。それから、ビネー▼119のような中期の生理的心

▼114　アリウス神学派　Arianism
アリウス Arius 250頃-336頃が主唱した、キリストの性質における三位一体説を退ける異端教派。

▼115　フィリレイウス
虫太郎は古代ギリシャ、前五世紀中頃に活躍したピタゴラス派の哲学者フィロラオスPhilolaosのoとiを書き違えて、Phililausと自己流発音したと思われる。

▼116　霊気　pneuma
古代ギリシャの医学用語、プノイマ。気息、魂。

▼117　ミリミクロン millimicron
一メートルの十億分の一、現在はナノメートルnmを使う。

▼118　エディントン
Eddington, Sir Arthur Stanley 1882-1944
イギリスの天文学者。アインシュタインの一般相対性理論を英語圏に紹介した。『空間・時・及び引力』*Space, Time and Gravitation* 1920。

▼119　ビネー　Binet, Alfred 1857-1911
フランスの心理学者。フェティシズムの提唱者。

理学者でさえ、肺臓が満ちた時の精神の均衡と、その質量的な豊かさを述べている。無論僕は、まさに呼気《いき》を引こうとする際にのみ、激情的な言を符合させて行ったんだが、それと同時に、もしやと思った生理的な衝撃《ショック》も狙っていたのだ。それが喉頭《ミュール》後筋《マン》搐溺《ちくでき》▼120と云う持続的な呼吸障害なんだよ。ミュールマンは老年の原因の中で、それを筋質骨化に伴う衝動心理現象と説いている。勿論間歇性《かんけつせい》▼121のものには違いないけれども、老齢者が息を吸い込む中途で調節を失うと、現に真斎で見る通りの、無残な症状を発する場合があるのだ。だから、心理的にも器質的にも、僕は滅多に当らない、その二つの目を振り出した訳なんだよ。とにかくあんな間違いだらけの説なので、一切相手の思考を妨害しようとしたのと、もう一つは去勢術なんだ。あの蠣《かき》の殻を開いて、僕は聴かねばならないものがあるからだよ。つまり、僕の権謀術策は、或る一つの行為の前提に過ぎないのだがね。』

『驚いたマキアベリー▼122だ。然し、そう云うのは？』と検事が勢込《いきご》んで訊ねると、法水は微かに笑った。

『冗談じゃないよ、君の方でした癖に、先刻僕に訊ねた（一）・（二）・（五）の質問を忘れたのかい。それに、あのリシュリウみたいな実権者は、不浄役人共に黒死館の心臓を窺わせまいとしている。だからさ。あの男が鎮静注射から醒めた時が、事に依ると、この事件の解決かも知れないんだ。』

　法水は相変らず茫漠たるものを仄《ほのめ》かしただけで、それから鍵孔に湯を注ぎ込み、実験の準備をしてから、演奏台のある階下の礼拝堂に赴《おもむ》いた。広間《サロン》を横切ると、楽の音は十字架と楯形の浮彫の附いた大扉の彼方に迫っていた。扉の前には一人の召《バト》使《ラー》が立っていて、法水がその扉を細目に開くと、冷《ひ》やりとした、が、広い空間を侘《わび》し気に揺れている、寛濶《かんかつ》▼123な空気に触れた。それは、重量的な荘厳なもののみが持つ、不思議な魅力だった。礼拝堂の中には、褐《あか》い蒸気の微粒が一杯に立ち罩《こ》めていて、

---

▼120　喉頭後筋搐溺
筋搐溺とは隣接する筋繊維の束が痙攣すること。ミュールマン Muhlemann, Moissey 1867-1930 はドイツの心理学者。著書『老年の原因』*Über die Ursache des Alters* 1900。

▼121　間歇性
定期的に起きたり治まったりする性質。

▼122　マキアベリー
Machiavelli, Niccolò 1469-1527
マキャベッリ。イタリアの政治思想家・外交官。理想主義的な思想の強いルネサンス期に、政治は宗教・道徳から切り離して考えるべきであるという現実主義的な政治理論を創始した。

▼123　寛濶
ゆったりとして、大らかな状態。

その靄《もや》のような暗さの中で、弱い平穏な光線が、何処か鈍い夢のような形で漂うている。その光は聖壇の蠟燭から来ているのであって、三稜形をした大燭台▼124の前には乳香▼125が燻《た》かれその烟《けむり》と光とは、火箭《かせん》▼126のように林立している小円柱を沿上《へのぼ》って行って、頭上遥か扇形に集束されている穹窿《きゅうりゅう》▼127の辺にまで達していた。楽の音は柱から柱へ反射して行って異様な和声を湧き起し、今にも、列拱《アルカード》▼128から金色燦然《こんじきさんぜん》たる聖服をつけた、司教助祭の一群が現われ出るような気がするのであったが、法水にはこの空気が、問罪的な不気味なものとしか考えられなかった。

　聖壇の前には半円形の演奏台が設《そな》えてあって、そこに、ドミニカン僧団▼129の黒と白の服装をした四人の楽人が、無我恍惚の境に入っていた。右端の、無細工な巨石としか見えないチェリスト、オットカール・レヴェズは、そこに半月形の髯《ひげ》でも欲しそうなフックラ膨《ふくら》んだ頰をしていて、体軀の割合には、小さな瓢簞《ひょうたん》形の頭が載っていた。彼は如何にも楽天家らしく、おまけに、チェロがギター程にしか見えない。その次席が、ヴィオラ奏者▼130のオリガ・クリヴォフ夫人で眉弓《びきゅう》が高く眦《まなじり》が鋭く切れ、細い鉤形《かぎがた》の鼻をしている所は、如何にも峻厳な相貌であった。聞く所に依れば、彼女の技量はかの大独奏者クルチス▼131を凌駕するものと云われているが、それもあろうか、演奏中の態度にも、傲岸《ごうがん》な気魄《きはく》と妙に気障《きざ》な、誇張した所が窺われた。所が、次のガリバルダ・セレナ夫人は、凡てが前者と対蹠的《たいしょてき》な観をなしていた。皮膚が蠟色に透き通って見えて、それでなくても、顔の輪廓が小さく、柔和な緩い円ばかりで、小ぢんまりと作られている。そして、黒味勝ちのパッチリした眼にも、凝視するような鋭さがない。総じてこの婦人には、憂鬱な何処かに、謙譲な性格が隠されているように思われた。以上の三人は、年齢《としごろ》四十四五と推察された。そして、最後に第一提琴を弾いているのが、まだ十七になったばかりの降矢木旗太郎だった。法水は、日本で一番美《うつ》くしい青年を見たような気がした。が、その美くしさも所謂《いわゆる》俳

---

▼124　三稜形をした大燭台
細い金属を三角形に繋いだ各頂点から、上に伸ばした鎖を一本にまとめて吊したシャンデリア。

▼125　乳香
オリバナム。カンラン科の木から滲出する芳香性の樹脂で、ミルクが固まったような色の形状で、燃やすと甘く優雅な香りを発する。神性の象徴で、古代から天や神を祀る際に薫ずる。聖書によれば、香料の一種である没薬（もつやく）とともに東方三博士がイエスの誕生に捧げている。

▼126　火箭
布でできた鏃（やじり）に火をつけて射る矢。火矢。

▼127　穹窿
半球状に見える天空。そこから半球状の屋根・天井。ドーム。

▼128　列拱　arcade
アーケード。柱で支えられた小アーチの列で、内部が廊下のようになっている。

▼129　ドミニカン僧団　Dominican
ドミニコ会。聖ドミニコにより創立され1206、ローマ教皇ホノリウス三世によって認可されたカトリックの修道会1216。学問・清貧を重んじ、説教で異端者を改悛させることを目的とする審問官に任命されることが多かった。

▼130　ヴィオラ　viola
ヴァイオリン型の中音楽器。

▼131　クルチス
ヴィオラ独奏者の存在は近代になってからのものであり、その嚆矢がイギリスのライオネル・ターティス Tertis, Lionel 1876-1975である。

優的な、遊惰な媚色であって、どの線どの陰影の中にも、思索的な深みや数学的な正確なものが現われていない。と云うのも、そう云う叡智の表徴をなすものが欠けているからであって、博士の写真に於いて見る通りのあの端正な額の威厳がないからであった。

法水は到底聴く事は出来ぬと思われた、この神秘楽団の演奏に接する事は出来たけれども、彼は徒《いたず》らに陶酔のみはしていなかった。と云うのは、楽曲の最後の部分になると、二つの提琴が弱音器▼132を附けたのに気が付いた事であって、それがために、低音の絃のみが高く圧したように響き、その感じが、天国の栄光に終る荘厳な終曲《フィナレ》▼133と云うよりも、寧ろ地獄から響いて来る恐怖と嘆きの呻きとでも云いたいような、実に異様な感を与えた事だった。終止符に達する前に法水は扉を閉じて側の召使《バトラー》に訊ねた。

『君は、何時も斯《こ》うして立番しているのかね。』

『いいえ、今日が始めてで御座います。』召使《バトラー》自身も解せぬらしい面持《おももち》だったが、その原因は何となく判ったような気がした。それから三人が悠《ゆっ》たり歩んで行くうちに、法水が口を切って、

『あの扉が地獄の門なんだよ。』と呟いた。

『すると、地獄は扉の内か外かね。』検事が問い返すと、彼は大きく呼吸《いき》をしながら、頗る芝居がかった身振をして云った。

『それが外なんだ。あの四人は、確かに怯《おび》え切っているんだ。もしあれが芝居でさえなければ、僕の想像と符合する所がある。』

鎮魂楽《レキエム》の演奏は、階段を上り切った時に終った。そして、暫くの間は何も聴えなかったが、それから三人が区劃扉を開いて、現場の室《へや》の前を通る廊下の中へ出た時だった。再び鐘鳴器《カリルロン》が鳴り始めて、今度はラッサス▼134の讃詠《アンセム》▼135を奏で始めたのであった

---

「クルチス」とは頭文字が異なるが、脚音が共通していることからターティスのことを念頭に置いた可能性がある。

▼132　弱音器
音量を弱め、音色を変える器具。ヴァイオリンでは櫛形のゴムや金属でできた部品を駒に取りつける。ミュート、ソルディーノ。

▼133　終曲　finale
交響曲・組曲など多楽章の曲の最終楽章。

▼134　ラッサス
Lassus, Orlande de 1532?-1594
ラッスス。ベルギー生まれ、フランドル楽派中、最も多作で重要な作曲家。Orlando di Lasso とも呼ばれる。

▼135　讃詠　anthem
聖歌隊の歌う聖歌。その歌詞は聖書の章句に基づく。

（ダビデ▼136の詩篇第九十一篇▼137）
夜はおどろくべきことあり
昼はとびきたる矢あり
幽暗《くらき》にはあゆむ疫癘《えやみ》あり
日午《ひる》にはそこなう激しき疾《やまい》あり
されどなんじ畏《おそ》るることあらじ

法水はそれを小声で口誦《くちずさ》みながら、讃詠《アンセム》と同じ葬列のような速度で歩んでいたが、然し、その音色は繰り返す一節毎に衰えて行き、それと共に、法水の顔には憂色が加わって行った。そして、三回目の繰り返しの時、幽暗《くらき》には――の一節は殆んど聴えなかったが、次の、日午《ひる》には――の一節に来ると、不思議な事には、同じ音色ながら倍音▼138が発せられた。そうして、最後の節は遂に聴かれなかったのであった。

『成程、君の実験が成功したぜ。』と検事は眼を円くしながら、鍵の下りた扉を開いたが、法水のみは正面の壁に背を凭《もた》せたままで暗然と宙を瞶《みつ》めていた。が、やがて呟くような微かな声で云った。

『サア拱廊《そでろうか》へ行こう。彼処《あそこ》の吊具足の中で易介が殺されているんだ。』

二人は、それを聴いて思わず飛び上ってしまった。ああ、法水は何故《どうして》、鐘鳴器《カリルロン》の音から、屍体の所在を知ったのであろうか!?

## 三、易介は挟まれて・・・・

所が、法水はすぐ鼻先の拱廊《そでろうか》へは行かずに、円廊を迂曲して、礼拝堂の円蓋《ドーム》に

▼136　ダビデ　David
イスラエル王、在位BC997頃-BC966頃。ソロモンの子。詩人・楽師としてのダビデは、旧約聖書『詩編』中の七十三編を作詩したと伝承される。
▼137　詩篇第九十一篇
つづく和訳は、日本聖書協会大正六年改訳版からの引用。
▼138　倍音　harmonic overtone
ある音が鳴ったときに共鳴したり、付随して出てくる音のこと。註では一オクターブに限定されているが、実際には各種の倍音が存在する。倍音演奏は他にも合唱などで聞こえるはずのない高い声が聞かれる現象が知られており、かつては「天使の声」などと神秘的に語られていた。

接している鐘楼階段の下に立った。そして、課員全部をその場所に召集して、まずそこを始めに、屋上から壁廓上の堡楼にまで見張りを立てて、尖塔下の鐘楼を注視させた。斯《こ》うして恰度二時三十分、鐘鳴器《カリルロン》が鳴り終ってから僅《わずか》に五分の後には、蟻も洩らさぬ緊密な包囲形が作られたのであった。その凡てが神速で集中的であり、もう事件がこれで終りを告げるのではないかと思われた程に、結論めいた緊張の下に運ばれて行ったのだったけれども、勿論法水の脳髄を截《た》ち割って見ないまでは、果して彼が何事を企図しているものか——その予測を許さぬ事は云う迄もない事だった。

所で読者諸君は法水の言動が意表を超絶している点に気附かれるであろう。それが果して的中しているや否やは別としても、正に人間の限界を越さんばかりの飛躍だった。鐘鳴器《カリルロン》の音を聴いて、易介の屍体を拱廓《そでろうか》の中に想像したかと思うと、続いて行動に現われたものは、鐘楼を目している。然し、その晦迷錯綜《かいめいさくそう》▼139としたものを、過去の言動に照し合わせてみると、そこに一縷脈絡《いちるみやくらく》▼140するものが発見されるのである。と云うのは、最初検事の箇条質問書に答えた内容であって、その後執事の田郷真斎に残酷な生理拷問を課してまでも、尚且《なおかつ》後刻に至って彼の口から吐かしめんとした、あの大きな逆説《パラドックス》の事であった。勿論その共変法▼141じみた因果関係は、他の二人にも即座に響いていた。そして、その驚くべき内容が、多分真斎の陳述を俟《ま》たずとも、この機会に闡明されるのではないかと思われるのだった。が、指令を終った後の法水の態度は、また意外だった。再び旧《もと》の暗い顔色に帰って、懐疑的な錯乱したような影が往来を始めた。それから拱廓の方へ歩んで行くうちに、思い掛けない彼の嘆声が、二人を驚かせてしまった。

『ああ、すっかり判らなくなってしまったよ。易介が殺されて犯人が鐘楼にいるのだとすると、あれ程的確な証明が全然意味をなさなくなる。実を云うと、僕は現在

---

▼139　晦迷錯綜
暗いところで迷いつつ、あれこれ混乱すること。

▼140　一縷脈絡
一本の細い糸のように儚い状態で、物事の一貫した繋がりを求めること。

▼141　共変法
method of concomitant variation
二現象が常に同じ割合で変化していく場合に、両者に因果関係があると推知する方法。

判っている人物以外の一人を想像していたんだが、それが飛んだ場所へ出現してしまった。真逆《まさか》に別個の殺人ではないだろうがね。』

『それじゃ、何のために僕等は引っ張り廻されたんだ？』検事は憤激の色を作《な》して叫んだ。『大体最初に君は、易介が拱廊の中で殺されていると云う。所が、それにも拘らず、その口の下で見当違いの鐘楼を見張らせる。軌道がない。全然無意味な転換じゃないか。』

『驚くには当らないさ。』法水は歪んだ笑《えみ》を作って云い返した。『それが鐘鳴器《カリルロン》の讃《アン》詠《セム》なんだよ。演奏者は誰だか知らないが、次第に音が衰えて来て、最終の一節は遂に演奏されなかったのだ。それに、最後に聴えた、日午《ひる》は……の所が、不思議にも倍音を発している。ねえ、支倉君、これは、蓋《けだ》し一般的な法則じゃあるまいと思うよ。』

（註）倍音——即ちド・レ・ミ・ファと最終のドを基音にした、一オクターヴ上の音階

『じゃ、一つ君の評価を承わろうかね。』と熊城が割って入ると、法水の眼に異常な光輝が現われた。

『まさに悪夢だ。怖ろしい神秘じゃないか。どうして散文的に解る問題じゃない。』と狂熱的な口調が、次第に落付いて来て、『所で、まず易介が、既にこの世の人でないのを前提としてだ——勿論何秒か後には、その厳然たる事実が判るだろうと思うが、扨《さて》そうなると、家族全部の数に一つの負数が剰《あま》ってしまうのだ。で、まず四人の家族だが、演奏を終ってすぐ礼拝堂を出たにしても、それから鐘楼へ来るまでの時間に余裕はない。また、真斎は凡ゆる点で除外されていい。すると、残ったのは伸子と久我鎮子になるけれども、一方、鐘鳴器《カリルロン》の音がパッタリと止んだのではなく、次第に弱くなって行った点を考えると、あの二人が共に鐘楼にいたと云う想像

は、全然当らないと思う。勿論その演奏者には、何か、異常な出来事が起ったに違いないのだが、その矢先、讃詠《アンセム》の最後に聴えた一節が、微かながら倍音を発したのだ。云うまでもなく、倍音は、鐘鳴器《カリルロン》の理論上絶対に不可能なんだよ。すると熊城君、この場合鐘楼には、一人の人間の演奏者以外に、もう一人奇蹟的な演奏を行える化性《けしよう》のものがいなけりゃならない。ああいつはどうして鐘楼へ現われたのだろう？』

『それなら、何故先に鐘楼を調べないのだね？』熊城が詰《なじ》り掛ると、法水は幽《かす》かに声を慄わせて、

『実は、あの倍音に陥穽《かんせい》▼142があるような気がしたからなんだ。何だか微妙な自己曝露のような気がしたので、あれを僕の神経だけに伝えたのにも、何となく奸計《たくらみ》がありそうに思われたからなんだよ。第一犯人がそれ程に、犯行を急がねばならぬ理由が判らんじゃないか。それに熊城君、僕等が鐘楼でまごまごしている間、階下の四人は殆んど無防禦なんだぜ。大体こんなダダっ広い邸《やしき》の中なんてものは、何処も彼処《かしこ》も隙だらけなんだ。どうにも防ぎようがない。だから、既往のものは致し方ないにしても、新しい犠牲者だけは何とかして防ぎ止めたいと思ったからなんだ。つまり、僕を苦しめている二つの観念に、各々《それぞれ》対策を講じて置いたと云う訳だよ。』

『フム、またお化《ばけ》か、』検事は下唇を噛み締めて呟いた。『凡てが度外れて気違い染みている。まるで犯人は風みたいに、僕等の前を通り過ぎては鼻を明かしているんだ。ねえ法水君、この超自然は一体どうなるんだい。ああ、徐々《だんだん》に鎮子の説の方へ纏《まとま》って行くじゃないか。』

　未だ現実に接しないにも拘らず、凡ての事態が、明白に集束して行く方向を指し示している。やがて、開け放たれた拱廊《そでろうか》の入口が眼前に現われたが、突き当りの円廊に開いている片方の扉が、何時の間にか鎖《と》じられたと見えて、内部《なか》は暗黒に近

---

▼142　陥穽
罠の一種、落とし穴。他者を陥れる策略。

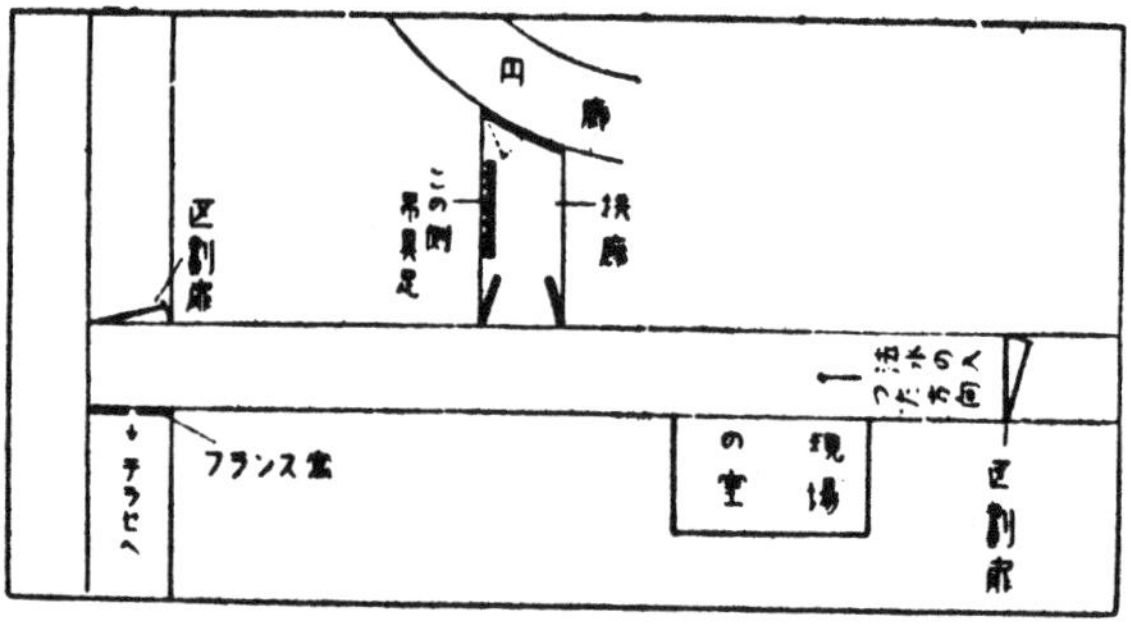


かった。その冷やりと触れて来る空気の中で、微かに血の臭気が匂って来た。それが、捜査開始後、未だ四時間に過ぎないのである。それにも拘らず、法水等が暗中模索を続けているうちに、その間犯人は隠密な跳梁を行って、既に第二の事件を敢行しているのだ。

法水はすぐ円廊の扉を開いて光線を入れてから、左側に並んでいる吊具足の列を見渡し始めたが、すぐ『これだ』と云って、中央の一つを指差した。その一つは、萌黄匂《もえぎにおい》の鎧▼143で、それに鍬形五枚立《くわがたごまいだて》の兜《かぶと》▼144を載せた外、毘沙門篠《びしやもんしの》の両臂罩《りようこて》▼145、小袴▼146、脛当《すねあて》▼147、鞠沓《まりぐつ》▼148までもつけた本格の武者装束。面部から咽喉にかけての所は、咽《のど》輪《わ》と黒漆《くろぬり》の猛悪な相をした面当《めんぼお》▼149が隠していた。そして、脊《せ》には、軍配日月《じつげつ》▼150の中央に南無日輪摩利支天《なむにちりんまりしてん》▼151と認めた母衣《ほろ》▼152を負い、その脇に竜虎の旗差物▼153が挟んであった。

然し、その一列のうちに注目すべき現象が現われていたと云うのは、その萌黄匂を中心にして左右の全部が等しく斜めに向いているばかりでなく、その横向きになった方向が、交互《かわるがわる》一つ置きに一致していて、つまり、右、左、右と云う風に異様な符号が現われている事だった。法水が面当を外すと、そこに易介の凄惨な死相が現われた。果せる哉《かな》、法水の非凡な透視は適中していたのだ。のみならず、ダンネベルグ夫人の屍光に代ってこの侏儒《こびと》の佝僂《せむし》は奇怪千万にも、甲冑を着し宙吊りになって殺されている。ああ、此処にもまた、犯人の絢爛たる装飾癖が現われているのだった。

最初眼に付いたのは、咽喉につけられた二条の切創《きりきず》だった。それを詳しく云うと、

---

**▼143　萌黄匂の鎧**
上から下へ段階的に萌葱色（黄色みを帯びた薄緑）を薄くしてゆく配色の鎧。もえぎにおいおどし。

**▼144　鍬形五枚立の兜**
兜の前部につけて威厳を添える前立物のうち鍬をかたどったもの。金属や練り革で作った二本の板を、眉庇（まびさし）につけた台に挿して角のように立てる。

**▼145　毘沙門篠の両臂罩**
臂罩は甲冑の小具足の一種で、戦闘時に腕を防護した。戦国時代以降、上膊の座盤のかわりに小ぶりの竹枝を並べて、小形の袖を仕付けた毘沙門臂罩が用いられるようになった。毘沙門天は四天王の一尊に数えられる武神。

**▼146　小袴**
足首までの丈の袴。切袴。

**▼147　脛当**
鉄または革で作る、膝からくるぶしまでを覆う防具。

**▼148　鞠沓**
蹴鞠に用いる沓。甲冑展示の際に足元を飾る。

**▼149　咽輪と黒漆の猛悪な相をした面当**
咽輪（喉輪）は、喉と胸の上部を防護する小具足。面当（面頬）は、顔面を防御する武具の総称。

**▼150　軍配日月**
武将が用いる指揮用の団扇。鉄や革などで作り、黒漆を塗った。部隊の配置を天文で読むことから、日月・星辰を装飾に使った。

**▼151　摩利支天**
仏教の守護神である天部の一柱。護身・蓄財な

合わせた形が恰度二の字形をしていて、その位置は、甲状軟骨▼154から胸骨にかけての、所謂《いわゆる》前頸部であったが、創形が楔形《くさびがた》をしているので、鎧通《よろいとお》し▼155様のものと推断された。また、深さを連らねた形状が、凵形をしているのも奇様である。上のものは、最初気管の左を六糎《センチ》程の深さに刺してから、刀《とう》を浮かして、今度は横に浅い切創を入れて迂廻して行き、右側に来ると再びそこへグイと刺し込んで刀を引き抜いている。下の一つも大体同じ形だが、その方向だけは斜下《ななめした》になっていて、創底は胸腔内に入っていた。然し、何れも大血管や臓器には触れていず、しかも、巧みに気道を避けているので、勿論即死を起す程度のものでない事は明らかだった。

それから、天井と鎧の綿貫《わたぬき》を結んでいる二条の麻紐を切り、屍体を鎧から取り外しに掛ると、続いて異様なものが現われた。それまで不自然な部分が咽輪の垂れで隠されていたので判らなかったが、不思議な事に、易介は鎧を横に着ているのだった。即ち、身体《からだ》を入れる左脇の引合口《ひきあいぐち》の方を背後にして、そこからはみ出した脊中《せなか》の瘤起を、縨骨《ほろぼね》▼156の刳形《くりかた》▼157の中に入れていた。そして、傷口から流れ出たドス黒い血は、小袴から鞠沓の中にまで滴り落ちていて、既に体温は去り、強直は下顎骨に始まっている。優に死後二時間は経過しているものと思われた。が、屍体を引き出してみると、愕然とさせたものがあった。と云うのは、全身に渉って著明な窒息徴候が現われている事で、無残な痙攣《けいれん》の跡が到る処《ところ》に行き渉っているばかりでなく、両眼にも、排泄物にも、流血の色にも、まざまざと一目で頷けるものが残されていた。のみならず、その相貌は実に無残を極め、死闘時の激しい苦痛と懊悩《おうのう》が窺われるのだった。が、然し、気管中にも栓塞《せんそく》▼158した物質は発見されず、口腔を閉息した形跡もないばかりか、索痕《さっこん》▼159や扼殺《やくさつ》▼160した痕跡は勿論見出されなかった。

『正にラザレフ（聖アレキセイ寺院の死者）の再現じゃないか。』法水は呻くような声を出した。

『この傷は死後に付けられているんだよ。それが、刀を引き抜いた断面を見ても判

---

どの神。毛利元就は「摩利支天の旗」を旗印として用いた。

▼152　**母衣**
幌とも書く。鎧の背につけて飾りとし、時に流れ矢を防いだ具。戦国時代の母衣は赤や黄など目立つ色で着色されており、敵味方からも識別しやすい母衣は、精鋭なる武士の名誉を表す軍装であった。

▼153　**旗差物**
旗指物。戦国時代に戦場で用いられた小旗や飾物。もとは守護神を勧請して加護を祈ったものだが、具足の背の受筒に差し込み、所属や任務を示す目印とした。

▼154　**甲状軟骨**
喉頭部の軟骨のうち最大のもので、その後面には声帯の前端が付着しており、声帯筋の伸縮に応じて上下に移動する。俗に「のどぼとけ」と呼ばれる喉頭隆起。

▼155　**鎧通し**
一尺以下の直刀。組み討ちの際、鎧の隙から刺す武器として使用。

▼156　**縨骨**
母衣の芯となる材料。

▼157　**刳形**
刳り抜いてあけた穴。ここでは、鎧の内側の籠形のへこみか。

▼158　**栓塞**
血管やリンパ管の中で血液やリンパ液の流れを塞いでいるもの。塞栓とも。

▼159　**索痕**
紐状のものが皮膚に食い込むときに生まれる溝状の凹み。生存時に加えられた場合は索痕のと

るんだ。通例では、刺し込んだ途端に引き抜くと、血管の断面が収縮してしまうものなんだが、これはダラリと哆開《しかい》▼161している。それに、これ程顕著な特徴を持った窒息屍体を見た事はないよ。残忍冷酷も極まっている。恐らく、想像を絶した怖しい方法に違いない。そして、窒息の原因をなしたものは、易介には徐々と迫って行ったのだ。』

『どうして判るんだ?』熊城が不審な顔をすると、法水はその陰惨極まる内容を明らかにした。

『つまり、死闘の時間が徴候の度に比例するからなんだが、正しくこれは、法医学に新しい例題を作ると思うね。だって、その点を考えたら、どうしたって、易介が次第に息苦しくなって行ったと想像する外にないじゃないか。多分その間易介は凄惨な努力をして、何とかして死の鎖を断とうとしたに違いないのだ。然し、身体《からだ》は鎧の重量のために活力を失っている。どうする事も出来ない。そして、空しく最後の瞬間が来《きた》るのを待つうちに、多分幼少期から現在までの記憶が、電光のように閃めいて、それが次から次へと移り変って行ったに違いないのだよ。ねえ熊城君、人生のうちでこれ程悲惨な時間があるだろうか。また、これほど深刻な苦痛を含んだ残忍な殺人方法があるだろうか。』

　流石《さすが》の熊城も、その思わず眼を覆いたいような光景を想起して、ブルッと身慄《みぶる》いしたが、『然し、易介は自分からこの中へ入ったのだろうか。それとも犯人が……』

『いや、それが判れば殺害方法の解決も附くよ。第一、悲鳴を挙げなかった事が疑問じゃないか。』法水がアッサリ云い退けると、検事は、兜の重量でペシャンコになっている屍体の頭顱《あたま》を指差して、彼の説を持ち出した。

『僕は何だか、兜の重量に何か関係があるような気がするんだ。無論、創《きず》と窒息の順序が顛倒してりゃ、問題はないが……』

ころに紫色の跡が残る。

▼160　扼殺
手で首をしめて殺すこと。

▼161　哆開
だらしなく開いた様子。

『そうだ。』法水は頷いたが、『成程、頭蓋のサントリニ[162]静脈は、外力をうけてから暫く後に、血管が破裂すると云うがね。その時は脳質が圧迫されて、窒息に類した徴候が表われるそうだよ。然し、これ程顕著なものじゃない。大体この屍体のはそう云う頓死的なものではないのだよ。じわじわと迫って行ったのだ。だから、寧ろ直接死因には、咽輪《のどわ》の方に意味がありそうじゃないか。無論気管を潰す程じゃないが、相当頸部の大血管は圧迫されている。易介が何故悲鳴を上げなかったか判るような気がするじゃないか。』

『フム、と云うと、』

『いや、結果は充血でなくて、反対に脳貧血を起すのだよ。おまけに、グリージンゲル[163]と云う人は、それに癲癇様《てんかんよう》の痙攣を伴うとも云っているんだ。』と法水は何気なさそうに答えたが、何やら逆説《パラドックス》に悩んでいるらしく、苦渋な暗い影が現われていた。熊城は結論を云った。

『とにかく、切創が死因に関係ないとすると、あれは恐らく、異常心理の産物だろう。』

『いやどうして、』と法水は強く頸を振って、『この事件の犯人ほど冷血な人間が、打算以外に自分の興味だけで動くもんか。』

それから、指紋や血滴の調査を始めたがそれには、一向収穫はなかった。甲冑の内部以外には、一滴のものすら発見されなかったのである。調査が終ると、検事は、法水が透視的な想像をした理由を訊ねた。

『君はどうして、易介が此処で殺されているのが判ったのだね。』

『勿論鐘鳴器《カリルロン》の音でだよ。』法水は、無雑作に答えた。『つまり、ミル[164]が云う剰余推理さ。アダムス[165]が海王星を発見したのも、残余の現象は或る未知物の前件である――と云う、この原理以外にはない事なんだ、だって、易介みたいな化物が姿を消

---

▼162 サントリニ　Santorini, Giovanni Domenico 1681-1737
イタリア、ヴェネチアの解剖学者。脳・静脈血行・横隔膜・顔面筋・喉頭などについて記録した。頭蓋の導血管、サントリニ静脈Emissaria Santoriniにその名を冠している。cf.『西洋医学史』小川政修、日新書院、1944

▼163 グリージンゲル
Griesinger, Wilhelm 1817-1868
グリージンガー。ドイツの精神医学者。精神機能の座は脳にあり、ゆえに精神疾患は脳の疾患であると主張した先駆者。

▼164 ミル　Mill, John Stuart 1806-1873
イギリスの哲学者・経済学者。イギリス経験論を継承して帰納法を完成、実証的社会科学の理論を基礎づけた。剰余推理、前出第二回註55「残余法」参照。

▼165 アダムス
Adams, John Couch 1819-1892
イギリスの数学者・天文学者。海王星の軌道を計算し、その位置を予測した。

しても、発見されない。そこへ持って来て、倍音以外にもう一つ、鐘鳴器《カリルロン》の音に異常なものがあったのだよ。扉で遮断された現場の室《へや》と異《ちが》って、廊下では、空間が建物の中に通じているのだからね。』

『と云うと、』

『その時残響が少なかったからだよ。大体鐘には、洋琴《ピアノ》みたいに振動を止める装置がないので、これ程残響の著《いちじ》るしいものはない。それに、鐘鳴器《カリルロン》は一つ一つに音色も音階も違うのだから、距離の近い点や同じ建物の中で聴いていると、後から引き続いて起る音に干渉し合って、終《しま》いには、不愉快な、噪音《そうおん》としか感ぜられなくなってしまう。これをシャールシュタインが色彩円の廻転に喩えて、初め赤と緑を同時にうけて、その中央に黄を感じたような感覚が起るが、終いには、一面に灰色のものしか見えなくなってしまう——と。正に至言なんだよ。まして、この館には、所々円天井や曲面の壁やまた気柱を作っているような部分もあるので、僕は混沌としたものを想像していた。所が、先刻《さつき》はあんな澄んだ音が聴えたのだ。外気の中へ散開すれば残響が稀薄になるのだから、その音は明らかに、テラスと続いている、仏蘭西窓《フランス》▼166から入って来る。僕は愕然としたよ。では何故《なにゆえ》かと云うと、何処かに、建物の中から拡がって来る噪音を遮断したものがなけりゃならない。区劃扉は前後とも閉じられているのだから、残るものは拱廊《そでろうか》の円廊側に開いている扉じゃないか。然し、先刻《さつき》二度目に行った時は、確か左手の吊具足側の一枚を、開け放しにして置いた記憶がする。それに、彼処《あそこ》は他の意味で僕の心臓に等しいのだから、絶対に手を付けぬように云い付けてあるんだ。無論それが閉じられていれば、この一劃には吸音装置が完成して、残響に対しては、無響室《デッド・ルーム》▼167に近くなってしまう。だから、テラスから入る強い一つの基音▼168より外になくなってしまうのだよ。』

『すると、その扉は何が閉じたのだ?』

▼166 仏蘭西窓
十七世紀フランスで作られた、床までつく両開きのガラス窓。テラスなどに向かって人が出入りできる。

▼167 無響室　dead room
室内全面に音波を吸収させる材料・構造を施して、反響をなくした部屋。

▼168 基音
楽器が発する音のうち、振動数の最も少ないもの。楽器の音の高さは基音によって決まる。

『易介の屍体さ。生から死へ移って行く凄惨な時間のうちに、易介自身ではどうにもならない、この重い鎧を動かしたものがあったのだ。見る通りに、左右が全部斜めになっていて、その向きが、一つ置きに左、右、左となっているだろう。つまり、中央の萌黄匂が廻転したので、その肩罩板《そでいた》▼169が隣りの肩罩《そで》を横から押してその具足も廻転させ、順次にその波動が最終のものにまで伝わって行ったのだ。そして、最終の肩罩板《そでいた》が把手《ノッブ》を叩いて、扉を閉めてしまったのだよ。』

『すると、この鎧を廻転させたものは？』

『兜と綴骨なんだよ。』と云って、法水は母衣《ほろ》を取り除け、太い鯨筋《げいきん》▼170で作った綴骨を指し示した。『だって、易介がこれを通常の形に着ようとしたら、第一、脊中《せなか》の瘤起が逼《つか》えてしまうぜ。だから、最初に僕は、具足の中で易介が脊《せ》の瘤起をどう処置するか考えて見た。すると思い当ったのは、鎧の横にある引合口を脊《せ》にして、綴骨の中へ脊瘤《せこぶ》を入れさえすれば、と云う事だったのだ。つまり、この形が思い浮んだからなんだが、病弱非力の易介には到底これだけの重量を動かす力はない。』

『綴骨と兜？』熊城は怪訝《いぶかし》そうに何回となく繰り返すのだったが、法水は無雑作に結論を云った。

『所で、僕が兜と綴骨と云ったのは、つまり、易介の体が宙に浮くと、具足全体の重心が上方へ移って、それが一方に偏在してしまうからなんだ。静止している物体が自働的に運動を起す場合は、質量の変化か重点の移動以外にはない。所が、その原因と云うのが、事実兜と綴骨にあったのだよ。それを詳しく云うと、易介の姿勢は斯《こ》うなるだろう。脳天には兜の重圧が加わっていて、脊《せ》の瘤起は綴骨の半円の中にスッポリと嵌《はま》り込み、足は宙に浮いている。云うまでもなく、これは非常に苦痛な姿勢に違いないのだ。だから、意識のあるうちは、手足を何処かで支えて凌《しの》いでいたろうから、その間の重心は下腹部辺りにあると見て差支えない。所が、意識を

---

▼169　肩罩板
鎧の肩から肘までを覆う防護の板。

▼170　鯨筋
鯨鬚（げいしゅ）。ナガスクジラなどの口の中に、櫛の歯のように並んで生えている繊維性の角質板。弾性があり、工芸用に使われた。箴（おさ）。

喪失してしまうと、支える力がなくなるので、手足が宙に浮いてしまい、今度は重点が緑骨の部分に移ってしまうのだ。つまり、易介自身の力ではなく、固有の重量と自然の法則が決定した問題なんだよ。』

法水の超人的な解析力は今に始まった事ではないけれども、瞬間にそれだけのものを組み上げたかと思うと、馴れ切った検事や熊城でさえ、脳天がジインと麻痺《しび》れて行くような感じがするのだった。法水は続いて云った。

『所で、絶命時刻前後に誰が何処で何をしていたか判ればいいのだがね。然し、これは鐘楼の調査を終ってからでもいいが……、取敢《とりあ》えず熊城君、傭人の中で、最後に易介を見た者を捜して貰いたいんだ。』

熊城は間もなく、易介と同年輩位の召使《バトラー》を伴って戻って来た。名は、古賀庄十郎《こがしょうじゅうろう》と云うのだった。

『君が最後に易介を見たのは、何時頃だね。』早速に法水が切り出すと、

『それ所か、私は、易介さんがこの具足の中にいたのも存じて居りますので。それから、死んでいる事も……』と気味悪そうに屍体から顔を外《そむ》けながらも、庄十郎は意外な言《ことば》を吐いた。

検事と熊城は衝動的に眼を瞠《みは》ったが、法水は和《なご》やかな声で、

『では、最初からの事を云い給え。』

『始めは、確か十一時半頃だったろうと思いますが、』と庄十郎は、割合悪怯《わるび》れない態度で答弁を始めた。『礼拝堂と換衣室との間にある廊下で、死人色《しびといろ》をしたあの男に出会《でくわ》しました。その時易介さんは、飛んだ悪運に魅入《みい》られて真先に嫌疑者にされてしまったと――、爪の色まで変ってしまったような声で、愚痴たらたらと並べ始めましたが、私は、ひょいと見ると余り充血している眼をして居りますので、熱があるのかと訊ねましたら、熱だって出ずにはいないだろうと云って、私の手を持

って自分の額に当《あて》がうのです。まず八度位はあったろうと思われました。それから、トボトボ広間《サロン》の方へ歩いて行ったのを覚えて居ります。とにかく、あの男の顔を見たのは、それが最後で御座いました。』

『すると、それから君は、易介が具足の中に入るのを見たのかね。』

『いいえ、此処にある全部の吊具足がグラグラ動いて居りましたので。多分それが、一時を少し廻った頃だったと思いますが、御覧の通り円廊の方の扉が閉っていて、内部は真暗《まつくら》で御座いました。所が金具の動く微かな光が、眼に入りましたのです。それで、一つ一つ具足を調べて居りますうちに、偶然この萌黄匂の射籠罩《いごて》▼171の蔭で、あの男の掌《てのひら》を擱んでしまったのです。咄嗟に私は、ハハアこれは易介だなと悟りました。大体あんな小男でなければ、誰が具足の中へ身体《からだ》を隠せるものですか。で、その時、オイ易介さんと声を掛けましたが、返事も致しませんでした。然し、その手は非常に熱ばんで居りまして、四十度は確かにあったろうと思われました。』

『ああ、一時過ぎても未だ生きていたのだろうか。』検事が云うと、

『左様で御座います。所が、また妙なんで御座います。』と庄十郎は何事かを仄めかして続けた。『その次は恰度二時で、最初の鐘鳴器《カリルロン》が鳴っていた時で御座いましたが、田郷さんを寝台に臥《ね》かしてから、医者に電話を掛けに行く途中で御座いました。もう一度この具足の側に来てみますと、その時易介さんの妙な呼吸使いが聴えたのです。私は何だか薄気味悪くなったので、すぐ拱廊《そでろうか》を出て刑事さんに電話の返事を伝えてから、戻りがけに今度は思い切って掌に触れてみました。すると、僅か十分の程の間に何とした事でしょう。その手はまるで氷のように冷たくなっていて、呼吸《いき》もすっかり絶えて居りました。私は仰天して逃げ出したので御座います。』

検事も熊城も、最早言葉を発する気力は失せたらしい。斯《こ》うして庄十郎の陳述に依って、さしも法医学の高塔が無残な崩壊を演じてしまったばかりでなく、円廊に

▼171　射籠罩
射手の袖が弓の弦に触れないよう、左側の肩から腕を覆う布や革の袋。弓籠手。

開いている扉の閉鎖が一時少し過ぎだとすると、法水の緩窒息説も根底から覆《くつが》えされねばならなかった。易介の高熱を知った時刻一つでさえ、推定時間に疑惑を生むにも拘らず、一時間と云う開きは到底致命的だった。のみならず、庄十郎の挙げた実証に依って解釈すると、易介は僅か十分ばかりの間に或る不可解な方法に依って窒息され、尚その後に咽喉《のど》を切られたと見なければならない。その名状し難い混乱の中《うち》で、法水のみは鉄のような落着きを見せていた。

『二時と云えば、その時鐘鳴器《カリルロン》で経文歌《モテット》が奏でられていた……。すると、それから讃詠《アンセム》が鳴るまでに三十分ばかりの間があるのだから前後の聯関には配列的に隙がない。事に依ると鐘楼へ行ったら、易介の死因に就いて何か判るかも知れないよ。』

と独白染みた調子で呟いてから、『所で、易介は甲冑の知識があるだろうか。』

『ハイ、手入れは全部この男がやって居りまして、時折具足の知識を自慢気に振り廻す事が御座いますので。』

庄十郎を去らせると、検事はそれを待っていたように云った。

『ちと奇抜な想像かも知れないがね。易介は自殺で、この創は犯人が後で附けたのではないだろうか。』

『そうなるかねえ。』と法水は呆れ顔で、『そうすると、事に依ったら吊具足は一人で着られるのかも知れないが、大体兜の忍緒《しのびお》▼172を締めたのは誰だね。その証拠に他のものと比較して見給え。全部正式な結法▼173で、三乳《みつぢ》から五乳《いつぢ》までの表裏二様——つまり六通りの古式に依っている。所が、この鍬形五枚立の兜のみは、甲冑に通暁している易介とは思われぬほど作法外れなんだ。僕が、いまこの事を庄十郎に訊ねたと云うのも、理由はやはり君と同じ所にあったのだよ。』

『だが男結び▼174じゃないか。』熊城が気負った声を出すと、

『何だ、セキストン・ブレーク▼175みたいな事を云うね。』と法水は軽蔑的な視線を向

---

▼172　忍緒
忍の緒。兜の鉢につけて顎で結ぶ紐。

▼173　正式な結法
兜の首の部分を忍緒で結ぶ形。結三乳法、結四乳法、結五乳法などがある。cf.『単騎要略被甲弁　巻之四　異伝下』村井昌弘編、1837

▼174　男結び
竹垣などを編むときに使う頑丈な結び方。右の端を左の下に回して返した輪に、左の端を通して結ぶ。

▼175　セキストン・ブレーク　Sexton Blake
イギリスのパルプ誌およびコミック・ストリップなどに登場する大人気の架空の探偵。1893から二百人を超す作者によって四千篇以上書かれ、映画やラジオドラマも作られた。初期の『新青年』でも数多く紹介された。

けて、『男結びだろうが、男が履いた女の靴跡があろうが、そんなものが、この底知れない事件に何の役に立つもんか。これはみんな犯人の道程標《みちしるべ》なんだよ。』と云ってから、物懶《ものう》げ気な声で、

『易介は挟まれて殺さるべし――』

黙示図に於いて、易介の屍様を予言しているその一句は、誰の脳裡にもある事だったが、妙に口にするのを阻《こば》むような力を持っていた。続いて、引き摺られたように検事も復誦したが、その声が、この沼水のような空気を、いやが上にも陰気なものにしてしまった。

『ああ、そうなんだ支倉君、それが兜と緥骨なんだよ。』法水は冷静そのもののように、『だから、一見した所では法医学の化物みたいでも、この屍体に焦点が二つあろうとは思われんじゃないか。寧ろ、本質的な謎は、易介がこの中へ自分の意志で入ったものかどうかと云う事と、どうして甲冑を着たか、つまり、この具足の中に入る前後の事情に、それから、犯人が殺害を必要としたところの動機なんだ。無論僕等に対する挑戦の意味もあろうが。』

『莫迦な。』熊城は憤懣の気を罩《こ》めて叫んだ。『口を塞ぐよりも針を立てよ――じゃないか。犯人の自衛策なんだ。易介が共犯者である事は、もう決定的だよ。これがダンネベルグ事件の結論なんだ。』

『どうして、ハプスブルグ家▼176の宮廷陰謀じゃあるまいし。』と法水は再びこの直観的な捜査局長を嘲けった。『共犯者を使って毒殺を企てるような犯人なら、既に今頃《とう》、君は調書の口述をしていられるぜ。』それから廊下の方へ歩み出しながら、

『扨《さて》、鐘楼で僕の紛《まぐれ》当《あた》りを見る事にしよう。』

そこへ、硝子《ガラス》の破片がある附近の調査を終って、私服の一人が見取図を持って来たが、法水は、その図で何やら包んであるらしい硬い手触りに触れたのみで、すぐ

▼176 ハプスブルグ家　Habsburger
オーストリアに君臨した王統。ヨーロッパで最も由緒ある家柄の一つ。しばしばドイツ国王に選ばれ、1452-1804に渉る神聖ローマ皇帝はすべてこの家柄から出た。1918までオーストリア＝ハンガリー皇帝の地位を世襲した。

衣袋《ポケット》に収め鐘楼に赴いた。二段に屈折した階段を上り切ると、そこは略々《ほぼ》半円になった鍵形の廊下になっていて、中央と左右に三つの扉があった。熊城も検事も悲壮に緊張して、罠の奥にうずくまっているかもしれない、異形な超人の姿を想像しては息を窒《つ》めた。所が、やがて右端の扉が開かれると、熊城は何を見たのか、ドドッと右手に走り寄った。壁際にある鐘鳴器《カリルロン》の鍵盤の前で、紙谷伸子が倒れているのだ。それが、演奏椅子に腰から下だけを残して、その儘の姿で仰向け様となり、右手にしっかと鎧通しを握っているのだった。

『ああ、此奴《こいつ》が、』と熊城は何もかも夢中になって、伸子の肩口を踏み躙《にじ》ったが、その時、法水が中央の扉を放心の態《てい》で眺めているのに気が附いた。卵色の塗料の中から、ポッカリ四角な白いものが浮き出ていた。近寄ってみると、検事も熊城も思わず身体《からだ》が竦《すく》んでしまった。その紙片には・・・

Sylphus《ジルフス》▼177 Verschwinden《フエルシユヴインデン》▼178（風神《ジルフス》よ消え失せよ）

—以下次号—

---

▼177　Sylphus
シルフェ Sylphe 気仙（空中に住む精）の男称。前出第二回註1「Undinus sich winden」参照。

▼178　Verschwinden
消える、失せる。

第三回
黒死館殺人事件
小栗虫太郎作
松野一夫画

## ◇主要人物（前号まで）

| | |
|---|---|
| 法水麟太郎 | 非職業的探偵 |
| 支倉　肝 | 地方裁判所検事 |
| 熊城卓吉 | 捜査局長 |
| 降矢木旗太郎 | 黒死館の後継者 |
| グレーテ・ダンネベルグ | 第一の犠牲者 |
| オリガ・クリヴォフ | ヴィオラ奏者 |
| ガリバルダ・セレナ | 第二提琴奏者 |
| オットカール・レヴェズ | チェルロ奏者 |
| 田郷真斎 | 執事 |
| 紙谷伸子 | 故算哲の秘書 |
| 久我鎮子 | 図書掛り |
| 川那部易介 | 第二の犠牲者 |
| 降矢木算哲 | 故人 |

## ◇前号までの梗概

黒死館と呼ばれて、未見の疑問に鎖されている降矢木の館に、突如怪奇な殺人事件が起った。家族の一人ダンネベルグ夫人が、その夜二人の附添があったにも拘らず全身に凄惨な屍光を放ち、紋章様の創紋を刻まれて毒殺されていた。加之《のみならず》、現場には黒死館で悪霊視されている人形の名を記した、被害者自筆の紙片が残されていたが、それが、図書掛り久我鎮子が提示した屍様図に依って、愈々《いよいよ》神秘的に解釈されるに至った。尚、昨夜裏庭で発見されたと云う、ファウスト中の呪文の一句を記した紙片を、これは法水に依って、連続殺人の暗示なる事が判明した。その後法水は、執事の田郷真斎に恫喝訊問を行ったが、その前後に鳴り出した鐘鳴器《カリルロン》の音に依ってこれも異様な死を遂げている召使の易介を、拱廊内で発見した。然し、犯人は鐘楼に潜むと目されていたが、そこには、再びファウストの呪文と、易介の咽喉を貫いた兇器を握って失神している、故人算哲の秘書紙谷伸子を発見したのみだった。（以下本号）

# 第三篇　黒死館精神病理学

## 一、風精《ジルフェ》……異名《エーリアス》は？▼1

Sylphus Verschwinden《ジルフス　フエルシユヴインデン》（風精《ジルフス》よ。消え失せよ）

鐘鳴器《カリルロン》室に三つあるうちの、中央の扉高くに、彼等の凝視を嘲けり返すかの如く白々しい色で、再びファウストの五芒星呪文▼2の一句が貼り付けられてあった。のみならず、Sylphe《ジルフェ》の女性をそれにもまた男性化しているばかりでなく、再び古愛蘭《こアイリッシュ》▼3のような角張ったゴソニック文字で、それには筆者の性別は愚かなこと毛のような髯線《ぜんせん》一筋にさえ、筆跡の特徴を窺う事は許されなかったのである。あの緊密な包囲形をどう潜《くぐ》り抜けたものか、また伸子が犯人で、法水の機智から出た包囲を悟って、絶体絶命の措置に出たものであろうか……。何れにしろ、此処で、皮肉な倍音演奏をした悪魔を決定しなければならなかった。

『これは意外だ。失神じゃないか。』伸子の全身をスラスラ事務的に調べ終ると、法水は熊城の靴をジロリと見て、『微かだが心動が聴《きこ》えるし、呼吸を浅いながら続けている。それに、この通り瞳孔反応もしっかりしてるぜ。』

そう法水に宣告されると、遂今《ついいま》しがた此奴《こいつ》とばかりに肩口を踏《ふ》み躙《にじ》った熊城でさえ、そろそろ自分の軽挙が悔まれて来た。と云うのは、勿論鎧通《よろいとお》しを握って、此《エ》の人を見《セ・ホモ》よ▼4――とばかりにのけ反りかえっている、紙谷伸子の異様な姿体《すがた》だったのだ。それまでは、幽鬼の不敵な暗躍につれて、おどろと跳ね狂う、無数の波頭《なみがしら》を見るのみであって、事件の表面には人影一つ差して来なかった。そこへ、一条《ひとすじ》の泡

---

▼1　異名　alias
エイリアス。一名、別名。

▼2　五芒星呪文　pentagram
五芒星は東洋陰陽道・西洋呪術ともに、魔除けの符号として用いる。西洋呪術で悪魔を呼び出す際は、地面に大きな五芒星図を描き、その中で招請呪文を唱える。

▼3　古愛蘭　Irish
中世前期アイルランド写本や石碑で使われた書体。

▼4　此の人を見よ　Ecce Homo
磔刑を前に鞭打たれ、荊冠を被せられたイエスを侮辱し、騒ぎ立てる群衆に向けて発したピラトの言葉。cf.『ヨハネ19:5』
ラテン語エッケ・ホモの虫太郎流の読み。

がスウッと立ち上って行ったのだが、それが水面で砕けたと思えば、突忽《とつこつ》として現われたものは何あろう、現在眼《ま》の辺《あた》りに見る鬼蓮▼5なのである。それであるからして、熊城でさえ一時の亢奮が冷めるにつれて、いろいろと疑心暗鬼的な警戒を始めたのも無理ではない。全く、意表を絶したこの体態《ていたらく》を見ては、却《かえ》って反対の見解が有力になって行くではないか。易介の咽喉《のど》を抉《えぐ》ったと目されている短剣を握り締めて、伸子はこれをとばかりに示しているけれども、一方それ以上厳密に、失神するまでの経路が吟味されねばならない。結論はその一つだった。王妃ブズール▼6が唱えば雨となって降り下って来る——黒人《ニグロ》のPenisに、とうとうこの事件の倒錯性が狂い着いてしまったのである。

扨《さて》、此処で鐘鳴器《カリルロン》室の概景を説明して置く必要があると思う。前号にも述べた通り、その室《へや》は礼拝堂の円蓋《ドーム》に接していて、振鐘《ピール》のある尖塔の最下部に当っていた。そして、階段を上り切った所は、略々《ほぼ》半円をなした鍵形の廊下になっていて中央——即ち半円の頂天とその左右に三つの扉があり、尚、室内に入ってから気付いた事であったが、当時左端の一つのみが開かれていた。そこ一帯の壁面を室内から見ると、それが、音響学的に設計されているのが判る。一口に云えば巨《おお》きな帆立貝で、凹状の楕円と云ったら当るかも知れない。多分此処に鐘鳴器《カリルロン》を具えるまでは、四重《カル》奏団《テット》の演奏室に当てられていたものであろうが、従って中央の扉にも、外観上位置的に不自然であるばかりでなく、後から壁を切って作られたらしい形跡が残っている。また、その一つのみが素晴しい大きなもので、殆んど三米《さんメートル》を越すと思われる程の高さだった。そこから、向う側の壁までの間は、空《がら》んとした側柏《てかしわ》▼7の板張りだった。そして、鐘鳴器《カリルロン》の鍵盤は、壁を刳形《くりかた》に切り抜いてその中に収められてある。三十三個の鐘群は各々《それぞれ》の音階に調律されていて、すぐ直前の天井に吊されているが、それが鍵盤《キイ》と踏板《ペダル》に依って……、その昔カルヴィン▼8が好んで耳を傾けまたネーデル

---

▼5　鬼蓮
水生で沼や池に生え、大きな円形の葉と、全体に鋭い棘を持つ。八月から十月に紫色の花をつける。

▼6　王妃ブズール　Budur
バートン版『千一夜物語』170夜－248夜、「カマール・アル・ザーマン」の挿話に登場する絶世の美女。「黒人のPenis」は同挿話でブズールが歌う戯れ歌からの引用。
「男の男根（ペニス）すべりよく／形も円くて、肛門（あな）にあう。／朱門（クンヌス）にあわせて、作るなら、／手斧の形になりましょう！」『バートン版　千一夜物語　第三巻』大場正史訳、河出書房、1968。詩の中にはニグロという語は登場しないが、芥川龍之介の「リチャアド・バアトン訳『一千一夜物語』に就いて」1924の末尾で、同詩の原文引用の後に黒人のペニスについて言及があり、そこから誤引用した可能性がある。

▼7　側柏
ヒノキ科の常緑樹。木材に使用。コノテガシワ。

▼8　カルヴィン　Carvin, Jean 1509-1564
フランスの神学者。ルターと並び評される、キリスト教宗教改革初期の指導者。死後の全集発行など思想的な影響以外では、ネーデルランドとの関係は不明。

ランドの運河の水に乗ると、風車が独りでに動くとか伝えられる、あの物寂びた僧院的な音を発する仕掛になっていた。然し、音響学的な構造は天井にも及んでいて、楕円形の壁面から鍵盤《キイ》にかけ緩斜をなしている。しかも、それが恰度響板のように、中央に丸孔が空き、その上が、長い角柱形の空間になっていた。そして、その両端が、先刻《さっき》前庭から見えた十二宮の円華窓だった。おまけに、黄道▼9上の星宿を描いてあるその絵齣《えごま》の一つ一つが本板から巧妙な構造で遊離しているので、その周囲には、一辺を除いて細い空隙《すきま》が作られ、しかも、空気の波動につれて微かに振動する。それが何となく楽玻璃《グラス・ハーモニカ》▼10のようでもあるが、とにかく、その狭間《はざま》を通過する音は、恐らく弱音器でもかけられたように柔らげられるであろうから鐘鳴器《カリルロン》特有の残響や、また、協和絃▼11をなしている音からは、いくら早い速度で奏したにしても、或る程度まで混乱を妨げる事は明らかだった。この装置は三十三個の鐘群も同様で、ベルリンのパロヒアル寺院▼12を模本としたものであるが、パロヒアル寺院では、反対にそれが、礼拝堂の内部に向けて作られてある。斯《こ》うして、法水の調査は円華窓附近にも及んだけれど、僅かに知ったのは、その外側を尖塔に上る鉄梯子《てつばしご》が過《よ》ぎっている一事のみであった。

やがて、法水は私服に命じて戸外に立たしめ、自分は種々と工夫を凝らして鍵盤《キイ》を押し、何より根本の疑義である所の倍音を証明しようとしたが、その実験は遂に空しく終ってしまった。結局、鐘鳴器《カリルロン》で奏し得る音階が二オクターヴに過《すぎ》ないと云う事と、それに、先刻《さっき》聴いた倍音と云うのが、その上の音階であると云う――その二つが明かにされたのみであった。曾つて聖アレキセイ寺院の鐘声にもこれとよく似た妖怪的な現象が現われた事があった。けれども、それは単純な機械学的な問題で、つまり振り鐘の順序に過ぎなかったのである。所が、それと異《ことな》って今度は、第一に三十余りの音階を決定している――換言すれば、物質構成の大法則である所の

---

▼9　黄道
天球上にできる、太陽が一年をかけて巡る通り道。

▼10　楽玻璃　glass harmonica
大小二十数枚の食器皿を心棒に通して、これをペダルで廻転させながら、濡れた皿を擦って演奏する楽器。ベンジャミン・フランクリンが発明1763。十八世紀末には鍵盤がつけられ、全音階四オクターヴに及ぶものも作られた。これにはモーツァルトなどの作品もある。

▼11　協和絃
同時に鳴る二つ以上の楽音がよく融け合うとき、その和音を協和音という。協和絃は戦前の用語。

▼12　パロヒアル寺院　Parochialkirche
ベルリン中央部にあったバロック様式の教会。第二次大戦の爆撃で破壊される以前は、三十七の鐘を持つカリヨンの音で有名だった。

鐘の質量に、抑々《そもそも》根本の疑惑が罩《こも》っているのだ。それであるからして、詮《せん》じ詰めて行くと、結局鐘の鋳造成分を否定するか、それとも、楽音を虚空から摑み上げた精霊的な存在があるのではないか、と云うような極端な結論に行き着いてしまうのも蓋《けだ》し止《や》むを得ない事であった。こうして、倍音の神秘が愈々《いよいよ》確定されてしまうと、法水には痛々しい疲労の色が現われ、最早口をきく気力さえ尽き果てたように思われた。然し、考えように依っては、より以上の化形《かけい》とも思われる伸子の失神に、もう一度神経を酷使せねばならぬ義務が残っていた。その頃はもう日没が迫っていて、壮大な結構は幽暗《うすやみ》の中に没し去り、僅かに円華窓から入って来る微かな光のみが、冷たい空気の中で陰々と揺めいていた。その中で、時折翼のような影が過《よぎ》って行く。けれども、多分大鴉《おおがらす》の群が、円華窓の外を過って尖塔の巣に戻るからであろう。

　所で、伸子の状態に就ても、細叙の必要があると思う。伸子は丸形の廻転椅子に腰だけを残して、そこから下は稍々《やや》左向になり、上半身はそれと反対に幾分右方に傾いていて、ガクリと背後にのけ反っている。その倒辺三角形▼13に似た形を見ても、彼女は演奏中に、その姿の儘で後方へ倒れたものである事は明らかだった。然し不思議な事には、全身に渉って鵜《う》の毛程の傷もなく、ただ床へ打ち当てた際に出来たものらしい皮下出血の跡が、僅か後頭部に残されているのみだった。また、中毒と思しい徴候も現われていない。両眼も睜《ひら》いているが、活気なく懶《ものう》そうに濁っていて、表情にも緊張がなく、それに、下顎だけが開いている所と云い、何処となく悪心《おしん》▼14とでも云ったら当るかも知れない、不快気な表情が残っているように思われた。全身にも、単純な失神特有の徴候が現われていて、痙攣の跡もなく綿のように弛緩しているけれども、不審な事には、仄《ほん》のり脂《あぶら》が浮いている鎧通しだけは、可成《かな》り固く握り締めていて、腕を上げて振ってみても、一向に掌《てのひら》から外れようとはしない。総体として失神の原因は、伸子の体内に伏在しているものと、思うより外《ほか》にないのであ

▼13　倒辺三角形
古い数学用語で直角三角形の斜めの辺を倒辺という。ここにあるような直角を含まない三角形は斜角三角形という。

▼14　悪心
むかつき、吐き気。

る。法水は心中決する所があったと見えて、伸子を抱き上げた私服に云った。

『本庁の鑑識医にそう云ってくれ給え。——第一、胃洗滌をやるように。それから、胃中の残留物と尿の検査をする事と、婦人科的な観察だ。またもう一つは、全身の圧痛部と筋反射を調べる事なんだ。』

　そうして、伸子が階下に運ばれてしまうと、法水は一息莨《たばこ》の烟《けむり》をグイと喫《す》い込んでから、

『ああ、僕には到底集束出来そうもない。』と弱々しい声で呟《つぶや》くのだった。

『だが、伸子の身体《からだ》に現われているものだけは簡単じゃないか。なあに、正気に戻れば、何もかも判るよ。』検事は無雑作に云ったが、法水は満面に懐疑を漲らせて尚も嘆息を続けた。

『いやどうして、錯雑顛倒している所は相変らずのものさ。却ってダンネベルグや易介より難解かも知れない。それが、意地悪く徴候的なものじゃないからだよ。一向何もないようでいて、その癖矛盾だらけなんだ。とにかく、専門家の鑑識を求める事にしたよ。僕のような浅い知識だけで、どうしてそんな化物みたいな小脳の判断が出来るもんか。何しろ、筋覚伝導▼15の法則が滅茶滅茶《めちゃめちゃ》に狂っているんだ。』

『然し、こんな単純なものを……』と熊城が異議を述べ立てようとするのを、法水はいきなり遮って、

『だって、内臓にも原因がなく、中毒するような薬物も見付からないとなった日には、それこそ風精天蝎宮《ジルフエスコルピオ》▼16（運動神経を管掌す）へ消え失せたり——になってしまうぜ。』

『冗談じゃない、外力的な原因があるもんか。それに、痙攣はないし、明白な失神じゃないか』今度は検事がいがみ掛《かか》った。『どうも君は、単純なものにも紆余曲折の観察をするんで困る。』

『勿論明白なものさ。然し、失神《トランス》▼17だからこそなんだ。それが精神病理学の領域にあ

---

▼15　筋覚伝導
筋肉感覚。筋肉の収縮や緊張の状況を知覚する感覚。筋紡錘・腱紡錘から刺激が反射的に中枢神経に伝えられて生じる。

▼16　天蝎宮　Scorpio
蠍座。占星術的には、女性性のグループに属し、運動を管掌する。

▼17　失神　trance
人事不省、昏睡状態。症状によっては入神状態、恍惚状態とも呼ばれる。

るものなら、古いペッパー▼18の「類症鑑別」一冊だけで、悠《ゆう》に片附いてしまうぜ。無論癲癇でもヒステリー発作▼19でもないよ。また、心神顛倒《エクスタシー》▼20は表情で見当が附くし、類死《カタレプシー》▼21や病的半睡《モウビット・ソムノレンス》▼22や電気睡眠《エレクトリシュ・シュラッシュヒト》▼23では決してない。』と云って、法水は暫《しばら》く天井を仰向いていたが、やがて変化のない裏声で云った。

『所が支倉君、失神が下等神経▼24に伝わっても、そう云う連中が各々《めいめい》勝手気儘な方向に動いているのは、一体どうしたって事なんだい。だから、僕は斯《こ》う云う信念を持たされてしまったのだ。例えば、鎧通《よろいとおし》を握っていた事に、有利な説明が付いたとしてもだよ。そうなっても倍音の神秘が、露《あば》かれない限りは、当然、失神の原因に自企的な疑いを挟まねばならない――とね。どうだい？』

『そりゃ神話だ。マア暫く休んだ方がいいよ。君は大変疲れている。』熊城はてんで受付けなかったが、法水は夢見るような調子で云った。

『そうだ熊城君、事実それは伝説に違いないのだ。ネゲラインの「北欧伝説学」の中に、その昔漂浪楽人《スカルド》▼25が唱い歩いたとか云う、ゼッキンゲン侯リュデスハイムの話が載っているんだ。時代はフレデリック（第五）十字軍▼26の後だがマア聴いてくれ給え。――歌唱詩人《バルド》▼27オスワルト▼28はヴェニトシン▼29（ヒヨスの毛茸ならんと云わる）を入れたる酒を飲むと見る間に、抱琴《クロッチ》▼30を抱ける身体波の如くに揺ぎ始め、やがて、妃ゲルトルーデ▼31の膝に倒る。リュデスハイムは、予《かね》て、カルパッス島▼32（クリート島の北方）▼33の妖術師レベドスより、ヴェニトシン向気の事を聴きいたれば、直ちに頭を打ち落し、骸《かばね》と共に焚き捨てたり――と。これは漂流楽人《スカルド》▼34中の詩王イウフェシススの作と云われているが、これを史家ベルフォーレ▼35は、十字軍に依って北欧に移入された純亜剌比亜《アラブ》・加勒泥亜《カルデア》呪術▼36の最初の文献だと云い、それが培《つち》かって華と結んだのがファウスト博士で、彼こそは中世紀魔法精神の権化であると結論している。』

『成程、』検事は皮肉に笑って、『五月になれば、林檎の花が咲き、城内の牛酪《バター》小屋

---

▼18　ペッパー　Pepper, William Jr. 1843-1898
アメリカの医師。臨床医学教育に貢献した。脳外科の先駆者で癲癇に関する著書もある。『類症鑑別』*A System of Practical Medicine* 1886。

▼19　ヒステリー発作
精神的要因から起きる運動・知覚・意識障害、また一過性の病的興奮状態。十九世紀初めまで、失神・痙攣などは生理的要因によると考えられていたが、その後シャルコーの催眠療法、フロイトの無意識の考察から精神的要因とみなされるようになった。

▼20　心神顛倒　ecstasy
精神混迷、忘我、恍惚。

▼21　類死　catalepsy
ヒステリー・統合失調症・癲癇などの発作に伴って起こる強硬症（突然意識と感覚を失って筋肉硬直し、自主的運動力を失った状態）。

▼22　病的半睡　morbid somnolence
睡眠周期が乱れ朦朧とした状態。

▼23　電気睡眠　elektrisch Schlafsucht
場所や状況を選ばず起こる強い眠気。ナルコレプシー、昏睡病。

▼24　下等神経
末梢神経。神経系の伝導路で脳に近い部位を中枢神経といい、外部に近接する末端部位を末梢神経という。

▼25　漂浪楽人　skald
古代スカンディナヴィアの吟唱詩人。

▼26　フレデリック（第五）十字軍
フレデリック二世Friedrich II 1194-1250 在位1215-1250は、父の死後ナポリ・シチリア王と

からは性慾的な臭いが訪れて来る。そうなれば、何しろ亭主が十字軍に行っているのだからね。その留守中に、奥方が貞操帯の合鍵を作えて、抒情詩人《ミンネジンゲル》[37]と春戯《いちやつ》くのも止むを得んだろうよ。だが、但《ただ》しだ。その方向を殺人事件の方へ転換して貰おう。』

法水は半ば微笑みながら、沈痛な調子で云い返した。

『ずさんだよ支倉君、君は検事の癖に、病理的心理の研鑽を疎《おろそ》かにしている。もしそうでなければ、「古代丁抹伝説集《パムペビサウ》」などの史詩に現われている妖術精神や、その中の黴毒性癲癇性[38]の人物などが盛んに例証として引かれている――その位の事は、当然憶えてなければならない筈だよ。所で、このリュデスハイム譚は別に引証されてはいないけれども、メールヒェン[39]の「朦朧状態《デームメルステンデ》」を読むと、詩で唱われたオスワルドの喪神状態が、科学的に説明されている。その中の単純失神の章に、斯《こ》うあるのだよ。失神が起ると、大脳作用が一方的に凝集するために、執意は忽ちに消え失せて、全身に浮揚感が起る。然し、一方小脳の作用が停止するのは稍々《やや》後であるために、その二つが力学的に作用し合って、無論僅かな間だけれども、全身に横波をうけたような動揺を起す――と云うのだ。所が、伸子の身体《からだ》は、その際に自然の法則を無視してしまって、却って反対の方向に動いているのだ。』伸子が腰を下していた廻転椅子をクルッと仰向けにして廻転心棒を指差した。『所で支倉君、僕はいま自然の法則なぞと大袈裟に云ったけれども、たかがこの椅子の廻転に過ぎないのだよ。螺旋《らせん》の方向は、これで見る通り、右捻《みぎねじ》だ。そして、心棒が全く螺旋孔《ねじあな》の中に没していて、右へ低くなって行く廻転は既に極限まで詰っている。然し、一方伸子の肢態《かたち》を考えると、腰を座深く引いて、そこから下の下肢の部分は稍々《やや》左向きとなり、上半身はそれとは反対に幾分右の方へ傾いているのだ。正しくその形は、僅かほど左の方へ廻転しながら倒れたものに違いない。これは明らかに反則的だ。何故なら、左へ廻転すれば、当然椅子が浮いて来なければならないからだよ。』

---

なり、のちアーヘンでドイツ王に選ばれた。ローマ教皇と争いしばしば破門されたが、破門解除を条件に参加したのが、第六回十字軍1228-1229である。しかしエルサレム王となってイスラムと和解したことで、キリスト教国の反感を買う原因となった。虫太郎の注記する「第五」は誤り。

▼27　歌唱詩人　barde
古代ケルトの吟遊詩人。

▼28　オスワルト
Oswald von Wolkenstein 1377?-1445
オスワルド、中世後期ドイツ語圏の詩人・作曲家。南チロル貴族出身。宗教詩（マリア賛歌）、恋愛詩を作る。ヨーロッパ各地・トルコ・ペルシャを遍歴し、十カ国語を話したという。

▼29　ヴェニトシン　Ventosin
ヒヨス、菲沃斯。ナス科の薬用植物、葉や茎に毛茸（もうじょう）という細毛が生え、葉から薬効成分を抽出する。チョウセンアサガオ等の植物と組み合わせて、鎮痛、麻酔薬として古代から使われていた。向精神作用としては、幻視や浮遊感覚を持つという。Ventosinはギリシャでの呼称。原出典はAlbertus Magnus『植物について』*De vegetabilibus*だが、虫太郎は『降霊魔術』酒井潔、春陽堂、1931から引用。cf.『悪魔学大全Ⅱ』酒井潔、学研M文庫、2003

▼30　抱琴　crwth
クルース。イギリスのウェールズ地方に残る弓弦楽器。ヨーロッパ本土から、四世紀頃リラ形の竪琴ロッタがブリテン島に渡り、クロットcrott、クロードcrodなどと呼ばれていた。

『曖昧な反語はいかん。』熊城が難色を現わすと、法水は凡ゆる観察点を示して、矛盾を明らかにした。

『無論現在この形を、最初からのものとは思っちゃいないさ。然し仮令《たとい》螺旋に余裕があったにしてもだ。失神時の横揺《よこぶれ》ばかりを考えてそれ以外に重量と云う、垂直に働く力があるのを忘れちゃならん。それがあるので、動揺しながらも、次第にその方向が決定されて行く。つまりその振幅が、低下して行く右の方へ大きくなるのが当然じゃないか。更にまた、もう一案引き出して、今度は右へ大きく一廻転してから、現在の位置で螺旋が詰まったものと仮定しよう。けれども、その廻転の間に、当然遠心力が働くだろうからね。従ってあのような正座に等しい形が、到底停止した際に求められよう道理はないと思うよ。だから熊城君、椅子の螺旋と伸子の肢態《かたち》を対称すると、そこに驚くべき矛盾が現われて来るのだ。』

『あ、意志の伴った失神……』検事は惑乱気味に嘆息した。

『グリーン家のアダ▼40だよ。だからさ。』と法水は両手を後に組んで、こつこつ歩き廻りながら、『僕だって故なしに、胃洗滌や尿の検査なんぞやらせやしないぜ。無論問題は、伸子の自企的な材料が発見されなかった場合にあるのだよ。』と鍵盤《キイ》の前で立ち止り、それを掌でグイと押し下げて云った。それは、異説の所在を暗示しているのである。

『この通りだよ。鐘鳴器《カリルロン》の演奏には、女性以上の体力が必要なんだ。簡単な讃詠《アンセム》でも三度も繰り返したら、大抵ヘトヘトになるに極《きま》ってる。だから、あの当時音色が次第に衰えて行ったけれども、多分その原因が、この辺にありやしないかと思うよ。』

『すると、その疲労に失神の原因が？』熊城は喘《あえ》いで訊ねた。

『ウン、疲労時の証言を信ずるな——とシュテルン▼41が云う程だからね。そこへ何か、

---

▼31　妃ゲルトルーデ　Gertrude
不詳。あるいは毒薬などの連想から、作中に頻出する『ハムレット』の母親の名を使ったか？
▼32　カルパッス島　Kárpathos
カルパトス島。エーゲ海の東南、ロドス島とクレタ島の間にあるギリシャ領の島。
▼33　クリート島　Crete
クレタ島。ギリシャ南方の地中海に浮かぶ同国最大の島。
▼34　漂流楽人　skald
前出第三回註25「漂浪楽人」参照。
▼35　ベルフォーレ
Belleforest, François 1530-1583
ルネサンス期フランスの歴史家。
▼36　純亜剌比亜・加勒泥亜呪術
Arab Chaldean Magic
中世アラビアを介して伝播した、バビロニアなどの古代科学を魔術と恐れた風潮。他に用例を見ない、虫太郎の造語か。
▼37　抒情詩人　Minnesänger, Minnesinger
中世ドイツの恋愛歌人。
▼38　黴毒性癲癇性
梅毒末期において、脊髄癆が引き起こす癲癇様の症状。
▼39　メールヒェン
Mörchen, Friedrich 生没年不詳
『朦朧状態』*Über Dämmerzustände* 1901。
▼40　グリーン家のアダ　Ada
ヴァン・ダイン『グリーン家殺人事件』に登場する末娘。
▼41　シュテルン
Stern, William 1871-1938

右
左

予想外の力が働いたとしたら、正しく絶好な状態に違いないのだ。但し何もかも、倍音発生の原因が証明された上でだ。あれは、確かに不在証明《アリバイ》中の不在証明《アリバイ》だよ。』

『では、伸子の弾奏術としてでかい。』検事は驚いて問い返した。『僕は、到底、あの倍音が鐘だけで証明出来ようとは思わんがね。それより手近な問題は、鎧通しを伸子が握らされたのか否《どう》かにあるのだ。』

『いや、失神してからは決して固く握れるものじゃない。』と法水は再び歩き始めたが、頗る気のない声を出した。『勿論それには異説もあるので、僕は専門家の鑑定を求めたのだよ。それに、易介の死と時間的に包括されている。召使《バトラー》の庄十郎は、当然絶命後一時間と思われる二時に、易介の呼吸を明らかに聴いた——と陳述しているんだが、その時刻には、伸子が経文歌《モテット》を奏でていた。そうすると、最後の讃詠《アンセム》を弾くまでの二十分余りの間に、易介の咽喉を切り、そうして失神の原因を作ったと見なけりゃならない。僕は、そこへ反証が挙《あが》りやしないかと懼《おそ》れているんだよ。大体、包囲形を作って絞り取った結果が、2－1＝1の解答じゃないか。然し倍音が……倍音が？』

無論それ以上は混沌の彼方にあった。法水は必死の精気を凝《こら》して凡てを伸子に集注しようとした。曾ての「コンスタンス・ケント事件[42]」「グリーン殺人事件」等の教訓が、反覆的な観察を使嗾《しそう》[43]して来るからだった。けれども、百花千弁の形に分裂している撞着の数々は法水の分析的な個々の説にも、確固たる信念を築かせない。如何にも、外面は逆説反語を巧みに弄《もてあそ》んで、壮大な修辞で覆うている。けれども、説き去る傍《かたわ》ら新しい懐疑が起って、彼は呪われた和蘭人《オランダじん》[44]のように困憊彷徨《こんぱいほうこう》を続けて行く。そして、遂に問題が倍音に衝き当ってしまうと、法水は再び異説のために引き戻されねばならなかった。突然彼は、天来の霊感でも受けたかのように、異常な光輝を双眼に泛《うか》べて立ち止った。

---

ドイツの心理学者・哲学者。差異心理学・教育心理学を研究した。

▼42　コンスタンス・ケント　Kent, Constance Emily 1844-1944　1860イギリスで起きた幼児殺害事件の犯人。迷宮入りから五年後、自らの告白により訴追、収監された。被害者の異母姉であり、犯行当時十六歳であった。『グリーン家殺人事件』のモデル。

▼43　使嗾　人に指図して、悪事などを行うように仕向けること。そそのかすこと。

▼44　呪われた和蘭人　Flying Dutchman　さまよえるオランダ船とは、暴風雨の時に喜望峰付近に現れるという幽霊船。また、さまよえるオランダ人とは、最後の審判の日まで海上を航走する運命にあるといわれた幽霊船の船長Van der Decken。ワグナーの歌劇にもなった。

▼45　精霊主義　Okkultismus　秘密教、神霊学。

▼46　響石　石を叩いて音を出す古代中国の楽器。

▼47　木片楽器　木を叩き鳴らす楽器。

▼48　マグデンブルグ僧正館　マクデブルクMagdeburgはドイツ東北部の都市。中世以来、ドイツにおけるカトリック司教（僧正）の管轄する教区の中心であった。フォン・ゲーリックの真空実験で有名。僧正館は司教館Residenzのこと。

▼49　ゲルベルト　Gerbert 950-1003　前出第一回註66「シルヴェスター二世」参照。

『支倉君、君の一言が大変いい暗示を与えてくれたぜ。君が、倍音はこの鐘のみでは証明出来まい――と云った事は、とどの詰りが、演奏の精霊主義《オクルチスムス》▼45に代った、何処か他の場所にある響石▼46か木片楽器▼47を音響学的に証明しろと云う意味になる。それに気が付いたので僕は往昔マグデンブルグ僧正館▼48の不思議と唱われた、「ゲルベルト▼49の月琴《タンブル》▼50」と云う故事《こと》を憶い出したよ。』

『ゲルベルトの月琴《タンブル》!?』検事は法水の唐突な変説に狼狽してしまった。『一体、月《タン》琴《ブル》と鐘の化物にどんな関係があるね。』

『そのゲルベルトがシルヴェスター二世だからだよ。呪法典を作ったウイチグスの師父に当るんだ。』法水は気魄《きはく》の罩《こも》った声で叫んだ。そして、床に映った自分の朧《おぼ》ろな影法師を瞶《みつ》めながら、夢幻的な韻を作って続ける。『所で、十四世紀英蘭《イングランド》の言語学者ペンクライクが編纂した「ツルバール▼51史詩集成」の中に、ゲルベルトに関する妖異譚が載っている。勿論当時のサラセン嫌悪の風潮で、ゲルベルトをまるで妖術師扱いにしているんだが、とにかくその一節を抜萃《ぬきだ》してみよう。一種の錬金抒情《アルシミー・リリツ》詩《ク》なんだよ。

　ゲルベルト畢宿七星《アルデバラン》▼52を仰ぎ眺めて
　平琴《ダルシメル》▼53を弾ず。
　はじめ低絃を弾《はじ》きてのち黙す。
　しかるにその寸後《しばしのち》
　側《かたわら》の月琴《タンブル》は人なきに鳴り
　ものの怪《け》の声の如くに高き絃音《ね》にて応《こた》う。
　されば
　傍人《かたわらのひと》、耳を覆いて遁《のが》れ去りしとぞ。

所が、キイゼヴェッテル▼54の「古代楽器史」を見ると、月琴《タンブル》は腸線楽器▼55だけども、

---

自由思想家で教育者としても卓越していた。サラセン人学者によりスペイン（コルドバ）で学んだ、数学の一分野として音楽理論を教え、西欧に水オルガンを伝えた。以下のエピソードは不詳。

▼50　月琴　tanbur
月琴とは中国・日本のリュート属の撥弦楽器。胴が満月のように円形で、音が琴に似ていることに由来する。阮咸（げんかん）から派生。またアラビアのタンブールは四弦琵琶の一種のため、音柱（フレット）の多い二弦の月琴にこのルビを振るのはふさわしくない。

▼51　ツルバール　Trouvère
トルヴェール。十一世紀南フランスで発生した吟遊詩人トルバドゥール Troubadur が北に伝わり名称も変化した。主題も恋愛詩から叙事詩に変わった。騎士道物語『アーサー王物語』の作者クレティアン・ド・トロワが代表である。

▼52　畢宿七星　Aldebaran
おうし座タウルスの最輝星。畢宿（ひっしゅく）は中国古代二十八星座の一つで、西方白虎七宿の第五宿。

▼53　平琴　dulcimer
台形の箱に多くの金属製の弦を張ったチター型の打弦楽器。木製のバチで叩いたり、弾いたり、弦を弓で擦って演奏する。甘美な旋律の意の dulce melos に由来する。

▼54　キイゼヴェッテル
Kiesewetter, Raphael Georg 1773-1850
オーストリアの音楽学者。「古代楽器史」は不詳だが、網羅的な音楽史を書いた。*Geschichte der europäisch-abendländischen oder unserer*

平琴《ダルシメル》の十世紀時代のものになると、腸線の代りに金属線が張られていて、その音が恰度、現在の鉄琴《グロツケンシユピール》▼56に近いと云うがね。そこで、僕はその妖異譚の解剖を試みた事があった。ねえ熊城君、中世非文献的史詩と殺人事件との関係《つながり》を、此処で充分咀嚼して貰いたいと思うよ。』

『フン、まだあるのか。』熊城は唾《つばき》で濡れた莨《たばこ》と一所《いつしよ》に、吐き出すように云った。

『もう角笛や鎖帷子《くさりかたびら》▼57は、先刻《さつき》の人殺し鍛冶屋《ヴエンヴエヌート・チエリニ》▼58で終りかと思ったがね。』

『あるともさ。史家ヴィラーレ▼59の綴った「ニコラス・エ・ジャンヌ」の中に現われている事なんだが、奇蹟処女《ジャンヌ・ダルク》▼60の前にブルブル慄え出して、異常神経を描き出した顧問判官《はんがん》共の心理を後世の裁判精神病理学の錚々《そうそう》たる連中が何故引用しないかと、それが、僕には不審に思われてならない位だよ。所で、この場合は、頗る妖術的な共鳴現象を思い付いたのだ。つまり、それを洋琴《ピアノ》で喩えると、最初の鍵《キイ》を音の出ないように軽く押えて、それからの鍵《キイ》を強く打ちその音が止んだ頃にの鍵《キイ》を押えた指を離すと、それからは妙に声音的な音色で、の音が明らかに発せられる。無論共鳴現象だ。つまり、の音の中には、その倍音▼61即ち二倍の振動数を持つの音が含まれているからなんだが、然しそう云う共鳴現象を鐘に求める事は、理論上全然不可能であるかも知れない。けれども、それからまた要素的な暗示が引き出せる、と云うのが擬音なんだよ。熊城君、君は木琴《シロフオーン》▼62を知っているだろう。つまり、乾燥した木片なり或る種類の石を打つと、それが金属性の音響を発すると云う事なんだ。古代支那には、扁石鼓《ピエンキン》▼63のような響石楽器や方響器《ファンビアン》▼64のような扁板打楽器があり、古代インカの乾木鼓《テポナツトリ》▼65やアマゾン印度人《インディアン》▼66の刃形響石▼67も知られている。然し、僕が目指しているのは、そう云う単音的なものや音源を露出した形のものじゃないのだ。所で君達は、斯《こ》う云う驚くべき事実を聴いたらどう思うね――。孔子▼68は舜《しゆん》▼69の韶楽の中に、七種の音を発する木柱のあるのを知って茫然となったと云う。また、

heutigen Musik 1834 など。

▼55　腸線楽器
羊やヤギなど、動物の腸から作る糸や紐（ガット）を弦に使用する楽器。

▼56　鉄琴　Glockenspiel
小型の鉄板を音階的に並べ、バチで打って演奏する打楽器。

▼57　鎖帷子
鎖を編んだ鎧状の防具。日本では着衣の下に着込むため、帷子（肌着）と称した。西洋では体を覆う形で使用し、中世初期には兜から直接繋がるコート状になった。

▼58　人殺し鍛冶屋
前出第二回註91「ヴェンヴェヌート・チェリニ」参照。

▼59　ヴィラーレ
Villaret, Claude 1715?-1766
フランスの歴史家。全三十一巻の『フランス史』1764を共同執筆。十三巻から十四巻にジャンヌ・ダルクへの言及がある。

▼60　奇蹟処女
Jeanne d'Arc　1412-1431
フランス、オルレアン生まれの少女、la Pucelle d'Orleans。英仏の王位継承と領土争いであった百年戦争中、神の啓示によって劣勢のフランス軍を指揮し、勝利に導いた。十九歳にして異端の罪で火刑に処せられたが、二十五年後、殉教が認められた。その後、聖女に列せられた1920。

▼61　倍音
この二音は倍音関係にはない。最も単純な倍音関係にある一オクターヴならば、ドかシで統一

秘露《ペルー》トルクシロ▼70の遺跡にも、トロヤ第一層都市遺跡▼71（紀元前一五〇〇年代頃即ち落城当時）の中にも、同様の記録が残されている……』と該博な引証を挙げた後に、法水はこれら古史文の科学的解釈を、一々殺人事件の現実的な視角に符合させようと試みた。

『とにかく、魔法博士デイの隠顕扉《ドア》がある程だからね。この館にそれ以上、技巧呪《アート・マジ》術《ツク》の習作が残されていないとは云えまい。屹度《きっと》、最初の英人建築技師ディグスビイの設計を改修した所に、算哲のウイチグス呪法精神が罩《こも》っているに違いないのだ。つまり、一本の柱。貫木《たるき》▼72にもだよ。それから蛇腹▼73。また、廊下の壁面を貫いている素焼《テラルコッタ》▼74の朱線にも注意を払っていい』

『すると、設計図が必要なのかね。』熊城が呆れ返って叫ぶと、

『ウン、全館のを要求する。そうすれば、多分、犯人の飛躍な不在証明《アリバイ》を打破出来やしないかと思うよ。』と法水は押し返すように云ったが、続いて二つの軌道を明示した。『とにかく涯《はて》しない旅のようだけど風精《ジルフエ》を捜す道はこの二つ以外はない。つまり、結果に於いて、ゲルベルト風の共鳴弾奏術が再現されるとなれば、無論問題なしに、伸子が自企的な失神を計ったと云って差支えない。また、何か擬音的な方法が証明されるようなら、犯人は伸子に失神を起させるような、原因を与えた後に、鐘楼から去ったと云う事が出来る。何れにしろ、倍音が発せられた当時は、此処に伸子の外誰もいなかったのだ。それだけは明らかなんだよ。』

『いや、倍音は附随的なものさ。』熊城は反対の見解を述べた。『要するに君の難解嗜好癖なんだ。たかが論理形式の問題に過ぎんじゃないか。伸子が失神した原因さえ解れば、何も君みたいに、最初から石の壁の中に頭を突っ込む必要はないと思うよ。』

『所が熊城君、』と法水は皮肉にやり返して、『多分伸子の答弁だけを当《あて》にしたら、まず斯《こ》んな程度に過ぎまいと思うがね。気分が悪くなって、その後の事は一切判り

---

しなければならない。この誤りは手稿から生じているが、なぜか戦後ポケミス以降の版では、ヘ音部のシはラに変わっている。

▼62　木琴　xylophone
台の上に堅い木片を配列し、その長短・厚薄によって音階を作り、先に球のついたバチ（マレット）で打って鳴らす。

▼63　扁石鼓　bian qing
古代中国で、音程の異なる石の板を組み合わせて、木の架に吊した打楽器。編磬（へんけい）。

▼64　方響器　fang xiang
ファンシアン。東アジアの打楽器。上下二段の木枠に、長方形の鉄板または銅板を各段八枚ずつ懸け、二本のバチで打って鳴らす。唐代の初め編磬を模して作られ、日本では主として唐楽に用いられた。方磬（ほうけい）。

▼65　乾木鼓　teponaztli
中央アメリカ、グアテマラで作られ、ビール樽形でH字形の響き穴のある太鼓。一般にスリット・ドラム slit drum、ホルツトロンメル Holztrommel といわれるもので、丸太形の木魚である。

▼66　アマゾン印度人　Indio
中南米のモンゴロイド系先住民族。印度人は、ヨーロッパ人侵略者の誤解。

▼67　刃形響石
古代インカの楽器。約三十センチの緑響石を一定の厚みに加工し、両先端に向けて小刀の刃のように薄くした打楽器。金属音が発生する。

▼68　孔子　BC551-BC479
中国、春秋時代の学者・思想家、儒家の祖。孔子は三十五歳の折、斎の国王に招かれ韶（舜帝

ません――て。いや、そればかりじゃない。あの倍音の中には、失神の原因を始めとして鎧通しを握っていた事から、先刻僕が指摘した廻転椅子の矛盾に至るまで、ありと凡ゆる疑問が伏《ふ》さっているんだ。事に依ると、易介の事件の一部にまで関係してやしないかと思われる位だよ。』

『ウン、たしかに心霊主義《スピリチユリズム》▼75だ。』検事が暗然と呟くと、法水は飽《あ》くまで自説を強調した。

『いやそれ以上さ。大体、楽器の心霊演奏▼76は必ずしも例に乏しい事じゃない。シュレーダー▼77の「生体磁気説《レーベンス・マグネチズム》」一冊ですら、二十に近い引例▼78が挙げられている。然し、問題は音の変化なのだ。所が、さしもの聖オリゲヌスさえ嘆称を惜しまなかったと云う千古の大魔術師――亜歴山府《アレキサンドリア》▼79のアンティオウス▼80でさえ、水風琴《ヒドラリウム》▼81の遠隔演奏はしたと云うけれども、その音調に就いては一向に記されていない。また、例のアルベルッス・マグヌス▼82が、携帯用風琴《レガール》▼83で行った時も同じ事なんだ。それから近世になって、伊太利《イタリー》の大霊媒ユーザピア・パラルディノ▼84が金網の中に入れた手風琴《アッコーディオン》▼85を動かしたけれども、肝腎の音色に就いては、狂学者フラマリオン▼86すら語る所がないのだ。つまり心霊現象でさえ、時間空間には君臨する事が出来ても、物質構造《マッス》▼87だけには何等の力も及ばない事が判るだろう。所が熊城君、この物質構成の大法則が小気味よい転覆を遂げているんだ。ああ、何と云う恐ろしい奴だろう。風精《ジルフェ》・・・空気と音の妖精・・・やつは鐘を叩いて逃げてしまったのだ。』

〔註〕アルベルッス・マグヌス。十三世紀の末、エールブルグ▼88のドミニク僧団▼89にいた高僧。錬金魔法師の声明高しと雖《いえど》も、通性論▼90哲学者であり且《かつ》又中世著名の物理学者。殊に心霊術士としては古今無双ならんと云わる。

結局倍音に就いての法水の推断は明確《はっきり》と人間思惟創造の限界を劃したに止《とど》まって

---

の音楽）を三カ月も聴き、すっかり感動して肉の味も忘れたという。彼は琴や扁石鼓の演奏を行い、作曲もしたと伝えられる。

▼69　**舜**
中国神話に登場する君主。五帝の一人。儒家より、堯（ぎょう）とともに堯舜と呼ばれて聖人と崇められた。音楽をよくし、その曲を韻楽と呼んだ。

▼70　**トルクシロの遺跡　Trujillo**
トルヒーリョはペルー北部の海岸の都市。先住民族チムー国家の中心地で、多数の遺跡が残る。別綴 Truxillo の誤読である。

▼71　**トロヤ第一層都市遺跡　Trojan**
トロイア戦争は小アジアのトロイア Troy に対して、アカイア人の遠征軍が行ったギリシャ神話上の戦争。トロイアという呼称は、後にイーリオス一帯の地域につけられたもの。本文の註は、その伝説を元に捜索した発掘者シュリーマンの説。現在の年代設定では、第一市（第一層）は BC3500-BC2700。

▼72　**貫木**
垂木。木造・鉄骨構造などの屋根を支える小屋組構造材。虫太郎の用字は「かんのき」と読み、閂の別字。

▼73　**蛇腹**
蛇の腹のような形状の模様。壁を囲繞して水平に取り付けた装飾的突出部。

▼74　**素焼　terra cotta**
前出第一回註163「泥焼」参照。

▼75　**心霊主義　spiritualism**
スピリチュアリズム。心霊論。十九世紀半ばに登場し後半に全盛期を迎えた。死者との交流か

いた。然し、犯人は、それすら飽気《あっけ》なく踏み越えて誰しも夢にも信じられなかった所の、超心霊的な奇蹟をなし遂げているのだ。それであるからして、紛乱した網を辛《や》っと跳ね退けたかと思うと、眼前の壁は既に雲を貫いている。そうなると、伸子の陳述にもさしたる期待が持てなくなった事は云う迄もないが、別して、法水が顕示した不思議な倍音に達する二つの道にも、万が一の僥倖を思わせるのみで、早くも忘れ去られようとする程の心細さだった。やがて、鐘鳴器《カリルロン》室を出てダンネベルグの室《へや》に戻ると、夫人の屍体は、既《とう》に解剖のため運び去られていて、そこには、先刻家族の動静調査を命じて置いた一人の私服が、冷たい陰気な室《へや》の中でポツネンと待っていた。傭人の口から吐かせた調査の結果は、次の通りだった。

降矢木旗太郎　正午昼食後、他の家族三人と広間《サロン》にて会談し、一時五十分経文歌の合図と共に打ち揃って礼拝堂に赴き、鎮魂楽の演奏をなし、二時三十五分礼拝堂を他の三人と共に出て自室に入る。

オリガ・クリヴォフ（同前）

ガリバルダ・セレナ（同前）

オットカール・レヴェズ（同前）

田郷真斎　一時三十分までは、召使二人と共に過去の葬儀記録中より摘録をなしいたるも、訊問後は自室にて臥床す。

久我鎮子　訊問後は図書室より出でず、その事実は図書運びの少年に依って証明さる。

紙谷伸子　正午に昼食を自室に運ばせた時以外は、廊下にて見掛けたる者もなく、自室に引き籠れるものと推察さる。一時半頃鐘楼階段を上り行く姿を目撃したる者あり。

以上の事実の外一切異状なし。

『法水君、ダマスクス▼91への道はこれ一つだよ。』検事は熊城と視線を合わせて、悦に入ったように揉手をしながら、『凡てが伸子に集注されて行くじゃないか。』

---

ら始まり、交霊会・骨相学・神智学へと分化発展した。

▼76　楽器の心霊演奏
英国の物理学者クルックス教授主催の交霊会で、霊媒者ホームは手を触れずに籠の中のアコーディオンを鳴らした。心霊現象の一つだが、多くは手品同様のトリックがある。

▼77　シュレーダー
Schröeder, H. R. Paul 生没年不詳
『生体磁気説』*Die Heilmethode des Lebensmagnetismus* 1895。

▼78　聖オリゲヌス
Origenes Adamantius 182?-251
神学者、アレクサンドリア学派の代表。グノーシス説とキリスト教神学との調和を計った。

▼79　亜歴山府　Alexandria
古代アレクサンドリアには、各地から詩人・学者が集まる学術研究所（ムーセイオン）や、世界中のあらゆる分野の書物を集め、七十万冊の蔵書を誇った図書館があった。

▼80　アンティオウス
Antiochus of Ascalon BC125-BC68
アンティオクス。ギリシャ、アカデメイア派の哲学者。シリアに続き、アレクサンドリアでも学派を形成し、そこで死んだといわれる。

▼81　水風琴　hydraulus
前三世紀アレキサンドリアのクテシビオスCtesibiosによって、水力を利用したヒドラウルス（水力オルガン――水と笛の合成語）が発明された。水力オルガンとは、水槽にふいごで風を送り、水圧で風圧を調節して上部の複数のパイプを鳴らす鍵盤楽器。パイプオルガンの原型。

法水はその調査書を衣袋《ポケット》に突き込んだ手で、先刻拱廊《そでろうか》で受け取った、硝子《ガラス》の破片とその附近の見取図を取り出した。が、開いてみると、実にこの事件で何度目かの驚愕が、彼等の眼を射った。二条の足跡が印されている見取図に包まれているのが、何であったろう……意外にもそれが、写真乾板▼92の破片だったのだ。

## 二、死霊《シエオール》集会の所在

沃化銀板《ようかぎんばん》――既に感光している乾板を前にして、法水も流石《さすが》二の句が継げなかった。事実この事件とは、異常に隔絶した対象をなしているのだった。それなので、紆余曲折をたどたどして辿って行って、最初からの経過を吟味してみても、大体乾板などと云う感光物質に依って、標章形象化される個所《ところ》は勿論の事だが、それに投射し暗喩するような、連字符▼93一つさえ見出されないのである。それがもし、実際に犯罪行動と関係あるものなら、恐らく神業《かみわざ》であるかも知れない。斯《こ》うして、暫く死んだような沈黙が続いた。その間召使が炉に松薪を投げ入れ、室内が仄《ぼっ》かり暖まって来ると、法水は焔《ほのお》の舌を見やりながら、微かに嘆息した。

『ああ、まるで恐竜の卵じゃないか。』

『だが、一体何に必要だったのだろう？』検事は法水の強喩法《カタクレーズ》▼94を平易に述べた。そして、開閉器《スイッチ》を捻《ねじ》ると、

『真逆《まさか》撮影用じゃあるまいが、』と熊城は、不意の明るさに眼を瞬《しばた》いて云った。『いや、死霊《おばけ》は事実かも知れん。第一に易介が目撃したそうだが、昨夜神意審問会の最中に、隣室の張出縁で何者か動いていて、その人影が地上に何か落したと云うそうじゃないか。しかも、その時七人のうちで室《へや》を出たものはなかったのだ。大体階下の窓から落されたものなら、斯《こ》んなに細かく割れる気遣《きづかい》はないよ。』

---

▼82　アルベルツス・マグヌス　Albertus Magnus 1193頃-1280
ドイツのスコラ哲学者・神学者・自然科学者・聖人。博学の故に大アルベルトゥス、また全科博士と呼ばれた。占星術・錬金術にも通じ、陶器製の人造人間を作ったという伝説を持つ。

▼83　携帯用風琴　regal
リーガル。鍵盤式のリード楽器、蛇腹のふいごで空気を送り込んでリードを振るわせ、音を出す。さらに小型のものにバイブル・リーガル、バイブル・オルガンというものが作られ、十七世紀ドイツの牧師は、これを持って山村漁村へ説教に回った。

▼84　ユーザピア・パラルディノ　Palladino, Eusapia 1854-1918
ユーサピア・パラディーノ。イタリア出身の女性霊媒師。机の空中浮揚、死者との交信で知られた。十九世紀末から二十世紀初頭の心霊術ブームの渦中にあり、ロッジやマイヤーズなど、多くの研究家の被験者となった。

▼85　手風琴　accordion
アコーディオン。十九世紀ドイツで発明された中央の蛇腹を左右に広げたり縮めたりして演奏する楽器。右手の旋律を奏でる部分は鍵盤とボタンの二種がある。

▼86　フラマリオン　Flammarion, Camille 1842-1925
フランスの天文学者・作家。火星人や火星の運河の存在を提唱した。オカルティズムとの関係は不詳。

▼87　物質構造　mass
massは集まり、集合。もしくは質量の意。

『うん、その死霊《おばけ》は恐らく事実だろうよ。』法水はプウと烟の輪を吐いて、『然し、彼奴《あいつ》がその後に死んでいると云う事も、また事実だろう。』と意外な奇説を吐いた。『だって、ダンネベルグ事件とそれ以後のものを、二つに区分して見給え。僕の持っているあの逆説《パラドックス》が、綺麗さっぱりと消えてしまうじゃないか。つまり、風精《ジルフエ》は水神《ウンディネ》のいたのを知って、それを殺したのだ。決して、あの二つの呪文が連続しているのに、眩《くら》まされちゃならん、但《ただ》し犯人は一人だよ。』

『では、易介以外にも、』熊城は吃驚《びっくり》して眼を円くしたが、それを検事が抑えて、

『なあに、捨てて置き給え。自分の空想に引っ張り廻されているんだから、』と法水を嗜《たしな》めるように見た。『どうも、君の説は世紀児的《アンファンデュシエクル》だ▼95。自然と平凡を嫌っている。粋人的な技巧には、決して真性も良識もないのだ。現に、先刻《さつき》も君は夢のような擬音で、あの倍音に空想を描いていた。然し、同じような微かな音でも、伸子の弾奏がそれに重なったとしたらどうするね？』

『これは驚いた！　君はもうそんな年齢《としごろ》になったのかね。』法水は道化《おどけ》た顔をしたが、皮肉に微笑み返して、『大体ヘンゼン▼96でもエーワルト▼97でもそうだが、お互いに聴覚生理の論争はしていても、これだけははっきりと認めている。つまり、君の云う場合に当る事だが……仮令《たとえば》同じような音色で微かな音が二つ重なったにしても、その音階の低い方は、内耳の基礎膜▼98に振動を起さないと云うのだ。所が、老年変化が来ると、それが反対になってしまうのだよ。』と検事を極《き》め付けてから、再び視線を乾板の上に落すと、彼の表情の中に複雑な変化が起って行った。

『だが、この矛盾的産物はどうだ。僕にも薩張《さっぱり》、この取り合わせの意味が呑み込めんよ。然し、ピインと響いて来るものがある。妙な声だよ。それが、ツァラツストラは斯《か》く語りき▼99――と云うのだ。』

『一体ニーチェ▼100がどうしたんだ？』今度は検事が驚いてしまった。

---

▼88　エールブルグ
Elburgはオランダの町、またErfurtはドイツ中央部の古都。本文の註にあるエールブルグとアルベルトゥス・マグヌスとの関係は不詳。

▼89　ドミニク僧団
前出第二回註129「ドミニカン僧団」参照。

▼90　通性論
戦前の哲学用語。通性とは一般的に共通する性質のことだが、ここではアルベルトゥス流のキリスト教的認識論のことかもしれない。

▼91　ダマスクス　Damascus
シリア南西部に位置する首都。エピソードはパウロのキリスト教への回心を物語る『使徒行伝 9:1-22』から。思想の極端な変化や百八十度の転換、一種の啓示を受けた後の回心をいうため、虫太郎の使い方は間違い。

▼92　写真乾板
フィルム撮影以前は、ガラスなどの透明な板に写真乳剤を塗布して、感光材料とした。沃化銀は黄色の針状結晶。沃化銀液は、硝酸銀水溶液に沃化水素または沃化カリウムの溶液を加えて作製。光に当たると乳剤が分解して暗色を呈することを利用して写真乳剤とした。

▼93　連字符　hyphen
単語を区切る際、音節の切れ目に挿入する「ハイフン－」の記号。

▼94　強喩法　catachresis
語の誤用、比喩的表現の矛盾した用い方。

▼95　世紀児的
『世紀児の告白』*Confessions d'un enfant du siècle* 1836 ド・ミュッセ Musset, Alfred Louis Charles de 1810-1857 の自伝小説。世紀病とは

『いや、シュトラウス▼101の交響楽詩《シンフォニック・ポエム》でもないのさ。それが、陰陽教《ゾロアスター》▼102（ツァラツストラが創始せる彼斯の苦行宗教）の呪法綱領なんだよ。神格よりうけたる光は、その源の神をも斃《たお》す事あらん——と云ってね。勿論その呪文の目的は、接神の法悦を狙っている。つまり、飢餓入神▼103を行う際にその論法を続けると、苦行僧の幻覚に統一が起って来ると云うのだ。』と法水は彼に似げない神秘説を吐いたが、云う迄もなく、その奥底知れない理性の蔭に潜んでいるものを、その場去らずに秤量《ひょうりょう》する事は不可能だった。然し、法水の言を神意審問会の異変と対称してみると、或は、屍体蠟燭《マックレンブルグ》の燭火をうけた乾板が、ダンネベルグ夫人に算哲の幻像を見せて、意識を奪ったのではないか——と云うような幽玄極まる暗示が、次第と濃厚になって来るけれどもその矢先思いがけなく、それを稍々《やや》具体的に仄めかして、法水は立ち上った。

『然し、これで愈々《いよいよ》、神意審問会の再現が切実な問題になって来たよ。扨《さて》、裏庭へ行って、この見取図に書いてある二条の足跡を調べる事にするかな。』

所が、その途中通りすがりに、階下の図書室の前で法水は立ち止まった。熊城は時計を眺めて、

『四時二十分——もうそろそろ、足許が分らなくなってくるぜ。言語学の蔵書なら後でもいいだろう。』

『いや、鎮魂楽《レキエム》の原譜を見るのさ。』法水はキッパリ云い切って、他の二人を面喰わせてしまった。然し、それで先刻の演奏中終止符近くに、二つの提琴《ヴァイオリン》が弱音器をつけたと云う——如何にも楽想を無視している不可解な点に、法水が強い執着を持っているのが判った。彼は背後で、把手《とって》を廻しながら、続いて云った。

『熊城君、算哲と云う人物は、実に偉大な象徴派詩人《サムボリスト》▼104じゃないか。この厖大《ぼうだい》な館もあの男にとると、まるで「影と記号で出来た倉」に過ぎないのだ。まるで天体みたいに多くの標章を打ち撒けて置いてその類推と、綜合とで、或る一つの恐ろしいも

---

時代・社会の爛熟期から衰退期にあって、懐疑的な思潮のもとに生まれる反現実的・退廃的な心的状態。フランスを中心とするヨーロッパでは、十八世紀末の初期ロマン主義、十九世紀末のデカダンスなどにみられる。虫太郎の底辺にある志向。

▼96　ヘンゼン
Hensen, Victor 1835-1924
ドイツの生理学者・水産学者。感覚器、特に聴覚器の解剖学・生理学を研究。

▼97　エーワルト
Ewald, Ernst Julius Richard 1855-1921
エヴァルト。ドイツの生理学者。内耳前庭系の研究で知られる。

▼98　内耳の基礎膜
音はリンパ液を介して内耳の膜迷路内にある基底膜を振動させることで伝わる。老化による伝音難聴は耳小骨などの動きが悪くなることで起きる。

▼99　ツァラツストラは斯く語りき
*Also sprach Zarathustra* 1885
前出第二回註53「ツァラツストラ」参照。

▼100　ニーチェ　Nietzsche, Friedrich Wilhelm 1844-1900
十九世紀末ドイツの古典文献学者・哲学者。ギリシャ古典学、東洋思想に深い関心を示した。キリスト教的神の死と、人類の意志的進化による超人思想を唱え、善悪を超越した永遠回帰のニヒリズムに至った。

▼101　シュトラウス
Strauss, Richard 1864-1949
ドイツの作曲家。初期作品の主流は、標題を持

のを暗示しようとしている。だから、そう云う霧を中に置いて事件を眺めていた所で、何が判って来るもんか。あの得体の知れない性格は、飽くまで究明せんけりゃならんよ。』

その最終の到達点と云うのが、黙示図の知られてない片方を意味していると云う事も……また、その一点に集注されて行く網流の一つでもと、如何に彼が心中喘ぎ苛立《いらだ》って捜し求めているか、充分想像に難《かた》くないのだった。然し、扉《ドア》を開くと、そこには人影はなかったけれども、法水は眼の眩むような感覚に打たれた。四方の壁面はゴンダルド▼105風の羽目《パネル》に区切られていて、壁面の上層には囲繞▼106式の採光層《クリアストーリー》▼107が作られ、そこには、イオニア式▼108の女像柱《カリアテイデ》▼109が列《なら》んでいて、天井の迫持《せりもち》▼110を頭上で支えている。そして、採光層《クリアストーリー》から入る光線は、ダナエの「金雨受胎▼111」を黙示録の二十四人長老▼112で囲んでいる天井画に神々しい生動を与えるのだった。尚、床にチュイルレー▼113式の組字▼114のある、書室家具が置かれてある所と云い、また、全体の基調色として、乳白大理石と焦褐色《ヴァンダイクブラウン》▼115の対比を択《えら》んだ所と云い、その総てが、到底日本に於《おい》て片影すら望む事の出来ない、十八世紀維納《クンメルスブリユケル》▼116風の書室造りだったのだ。その空《がら》んとした図書室を横切って、突き当りの明りが差している扉《ドア》を開くと、そこは、好事家に垂涎《すいぜん》の思いをさせている降矢木の書庫になっていた。二十層余りに区切られている書架の奥に事務机があって、久我鎮子の皮肉な舌が待ち構えていた。

『オヤ、この室《へや》にお出でになるようじゃ、大した事もなかったと見えますね。』

『事実その通りなんです。あれ以後人形が出ない代りに、死霊《おばけ》は連続的に出没していますよ。』と法水は先を打たれて、苦笑した。

『そうでしょう。先刻《さつき》はまた妙な倍音が聴えましたわ。真逆《まさか》伸子さんを犯人になさりやしないでしょうね。』

『ああ、あれを御存知でしたか。』法水は瞼《まぶた》を微かに戦《おのの》かせたが、却って探るよう

---

つ大管弦楽曲用の交響楽詩symphonic poemであった。その作品三十番が「ツァラトゥストラはかく語りき」1896。

▼102　陰陽教　Zoroaster
ゾロアスター教。前六世紀ペルシャの預言者の創始した宗教。善神をアフラ＝マズダ、悪神をアーリマン（アングラ＝マイニュ）と称する。勤倹力行によって悪神を克服し、善神の勝利を期することを教旨とし、善神の象徴である太陽・星・火などを崇拝した。

▼103　飢餓入神
長期間の断食によって欲望を抑え、精神的な向上や神的存在との合一を目指す宗教行為。

▼104　象徴派詩人　symbolistes
十九世紀末フランスに興った、情緒を象徴によって表現しようとする芸術上の立場（象徴主義）に奉ずる詩人の一派。フランスではマラルメを宗とし、他にボードレール、ヴェルレーヌなど。

▼105　ゴンダルド
Gontard, Karl von 1731-1791
ゴンタール。ドイツの建築家。ベルリンを中心に、バロックから初期古典主義に至る過渡期の様式建築を創り出した。

▼106　囲繞
いにょう、いじょう。周りを取り囲むこと。

▼107　採光層　clerestory
採光窓。壁の高い部分につけられた明かり取りの窓。

▼108　イオニア式　Ionic orde
小アジア起源の優雅なギリシャ円柱形式。

▼109　女像柱　caryatide

な眼差《まなざし》で相手を見て、

『然し、この事件全体の構成だけは判りましたよ。それが、貴女の云われたミンコフスキーの四次元世界なんです。』と一向動じた色も見せず、続いて本題を切り出した。

『所で、その過去圏を調べに参ったのですが、確か、鎮魂楽《レキエム》の原譜はあるでしょうな。』

『鎮魂楽《レキエム》!?』鎮子は怪訝《けげん》な顔をして、『だが、あれを見てどうなさるのです?』

『それでは、まだ御存知ないのですか。』法水は鳥渡《ちょっと》驚いた素振《そぶり》を見せたが、厳粛な調子で云った。『実は、終曲《フィナーレ》▼117近くで、二つの提琴《ヴァイオリン》が弱音器を付けたのですよ。ですから、却って私は、ベルリオの幻想交響楽《シンフォニカ・ファンタジア》▼118でも聴く心持《ここち》がしました。たしかあれには、絞首台に上った罪人が地獄に堕ちる——その時の雷鳴を聴かせる所に、雹《ひょう》のような椀太鼓《ティムパニー》▼119の独奏《ソロ》がありましたっけね。そこに、私は算哲博士の声を聴いたような気がしたのです。』

『マア、飛《と》んでもない誤算ですね。』鎮子は憫笑《びんしょう》を湛《たた》えて、『あれは、算哲様の御作では御座いません。威人《ウエールス》▼120の建築技師クロード・ディグスビイ自作ものなのです。とにかく、あんなものをお気になさるようじゃ、もう一人死霊《おばけ》が殖《ふ》えた訳ですわね。ですが、貴方の対位法▼121的推理に是非《ぜひ》必要なものなら、何とか捜して参りましょう。』

法水が暫く自己を失っていたのも、決して無理ではなかった。彼がジオン・ステーナー（今世紀の当初病歿した牛津の音楽科教授）▼122の作と推測し、それに算哲が、何かの意志で筆を加えたものと信じていた鎮魂曲《レキエム》が、人もあろうにこの館の設計者ディグスビイの作だったのだ。帰国の船中蘭貢《ラングーン》で投身したと云われる威人《ウエールス》の建築技師が、この不思議な事件にも何か関係《かかわり》を持っているのではないのだろうか。然し、法水が最初から死者の世界にも詮索を怠《おこた》らなかった事は、流石《さすが》に烱眼《けいがん》であると云えよう。

---

古代ギリシャ神殿で、外周の柱として用いた女人像。

▼110　迫持
石や煉瓦を半円に積んでせり合わせ、天井の荷重を支える。アーチ。

▼111　ダナエの金雨受胎　Danae
ギリシャ神話に登場するアルゴス王アクリシオスの娘。青銅の部屋に閉じこめられた彼女のもとに、ゼウスが黄金の雨となって通った。身籠もった子がペルセウス。

▼112　黙示録の二十四人長老
「そこに座る者は碧玉、赤めのうのように輝いている。緑玉のごとき虹に囲まれた玉座の前には七つのともし火が燃えている。また水晶のような海があり、玉座のそば近く四つの生き物と二十四長老がいて玉座を拝する。」『ヨハネ黙示録4:3-4』

▼113　チュイルレー　Palais des Tuileries
チュイルリー宮。1563、摂政であった王母カトリーヌ・ド・メディシスがパリに建造を命じ、フィリベール・ドゥ・ロルムの設計のもと、約百年の時を費やして完成した宮殿。

▼114　組字
氏名の頭文字など、二つ以上の文字を組み合わせて図案化したもの。モノグラム。建築主や所有者を表す目的で、建造物の装飾に使われた。

▼115　焦褐色　vandyke brown
茶系の顔料、ブラウンオーカーをさらに灼いたもの。英国バロック期に活躍した、フランドル画家ヴァン・ダイクの色調から名付けられた。

▼116　十八世紀維納　Kummersbrucker
Kummersbruckは、ドイツ、バヴァリアの都

鎮子が原譜を探している間、法水は書架に眼を馳《は》せて、降矢木の驚嘆すべき収蔵書を一々記憶に止める事が出来た。それが、黒死館に於いて精神生活の全部を占めるものである事は云う迄もないが、或は、この底知れない神秘的な事件の根源をなすものが、何処かに潜んでいないとも限らないのである。法水は脊文字《せもじ》を敏速《すばや》く追って行って、暫くの間、紙と革のいきれるような匂《におい》の中で陶酔していた。

一六七六年ストラスブルグ版[123]のプリニウス[124]『万有史《ナチユラリス・ヒストリカ》』の三十七冊と、古代百科辞典の対として『ライデン古文書《パピルス》』[125]が、まず法水に嘆声を発せしめた。続いてソラヌス[126]の『使者神指杖《カデユセンス》』[127]を始め、ウルブリッジ、ロスリン、ロンドレイ[128]等の中世医書から、バーコー、アルノウ[129]、アグリッパ[130]等の記号語使用の錬金薬学書、本邦では、永田知足斎[131]、杉田玄伯[132]、南陽原[133]等の蘭書釈刻[134]を始め、古代支那では、隋[135]の経籍志《けいせきし》[136]、玉房指要《ぎよくぼうしよう》[137]、蝦蟇図経《がまずけい》[138]、仙経[139]等の房術医心方[140]。その他、Susrta《ススルタ》[141]、Charaka《シヤラカ》 Samhita《サムヒタ》[142]等の婆羅門《ばらもん》[143]医書、アウフレヒト[144]の『愛経《カーマ・ストーラ》』[145]梵語原本[146]。それから、今世紀二十年代の限定出版として有名な、『生体解剖要綱《ヴイヴイセツション》』[147]ハルトマンの『小脳疾患《デイ・シンプトメトロギイ・》の徴候学《デル・クラインヒルン・エルクランクンゲン》』[148]等の部類に至るまでまさに千五百冊に垂々《なんなん》とする医学史的な整列だった。次に、神秘宗教に関する集籍も可成りな数に上っている。倫敦亜細亜《ロンドンアジア》協会[149]の『孔雀王咒経《くじやくおうじゆきよう》』[150]初版、暹羅《シヤム》[151]皇帝勅刊の『阿吒嚢胝経《アウンナテイ》』[152]、ブルームフィールド[153]の『黒夜珠吠咤《クルスナ・ヤジユル・ヴエイダ》』[154]を始め、シュラギントヴィント[155]、チルダース[156]等の梵字密教経典[157]の類。それに、猶太《ユダヤ》教の非経聖書《アポクリフア》[158]、黙示録《アポカリプス》[159]、伝道書《コヘレツト》[160]類の中で、特に法水の眼を引いたのは、猶太《ユダヤ》教会音楽[161]の珍籍としてフロウベルガー[162]の『フェルディナンド四世の死に対する悲嘆』[163]の原譜と、聖ブラジオ修道院[164]から逸出を伝えられている手写本中の稀書、ヴェザリオの『神人混婚《ベネエ・エロヒイム》』[165]が、秘かに海を渡って降矢木の書庫に収まっている事だった。それから、ライツェンシュタイン[166]の『密儀宗教《ミステリエン・レリギオネン》』の大著からデ・ルウジェ[167]の『葬祭呪文《リチユエル・フユリアレイル》』。また、抱朴子《ほうぼくし》[168]の『遐覧篇《からんへん》』、費長房[169]の『歴代三代記』[170]

---

市。当地を治めるヴィッテルスバッハ家は、神聖ローマ帝国の時代から、ハプスブルグ家と関係が深かった。ウィーンとの十八世紀頃の文化的な影響は不詳。

▼117　ベルリオ
Berlioz, Hector 1803-1869
ベルリオーズ。フランス、ロマン派音楽の作曲家。ダイナミックで抑揚の激しい作風で知られる。ベルリオの呼称は、『ベルリオ自伝と書翰』尾崎喜八訳、叢文閣、1920で使用されている。

▼118　幻想交響楽
Symphonie fantastique　1830
ベルリオーズ初期の交響曲。ロマン派風の劇的な恋愛を題材にした、標題音楽の先駆的作品。本文中のティンパニーの連打は第四楽章「断頭台への行進」で使われている。日本初演は近衛秀麿と新響によって演奏され1929、虫太郎も聴いた可能性がある。表記に異同はあるが、SPレコード「幻想交響曲」抜粋版、Oskar Fried指揮、B20602、独ポリドール社、1925のラベルの多言語表記ではSinfonia fantasticaとイタリア語題が記載されている。

▼119　椀太鼓　timpani
大鍋形の太鼓で、水平に牛革を張り、ハンドル（ねじ）またはペダルで音程を変える。

▼120　威人　Welsh
ブリテン島南部に住むケルト系の人種。アングロ・サクソンとは別の自治を行っていたが、十三世紀末、政治的にイングランドと統合。しかし人種文化的な同化は拒否した。

▼121　対位法
複数の旋律を、それぞれの独立性を保ちつつ互

『化《け》胡経《ごきよう》』[171]等の仙術神書[172]に関するものも見受けられる。然し、魔法本では、キイゼヴェター[173]の『スフィンクス』[174]、ウェルナー大僧正の『イングルハイム呪術《マジック》』[175]など七十余りに及ぶけれども、大部分はヒルド[176]の『悪魔の研究《エチユード・スル・レ・デモン》』のような研究書で、本質的なものは算哲の梵書《ふんしょ》に遇《あ》ったものと思われた。更に、心理学に属する部類では、犯罪学、病的心理学、心霊学に関する著述が多く、コルッチ[177]の『擬佯の記《レ・グラフイケ・デラ・シムラツイ》録《オネ》』、リーブマン[178]の『精神病者の言語《デイ・スプラヘ・デス・ガイステスクランケン》』、パティニ[179]の『蠟質撓拗性《フレシビリタ・チエレア》』等病的心理学の外に、フランシス[180]の『死の百科辞典《エンサイクロペジア・オヴ・デッス》』、シュレンク・ノッチング[181]の『犯罪心理《クリミナル》学及精神病理学的研究《サイコロジイ・エンド・サイコパソロジック・スタデイ》』、グアリノ[182]の『ナポレオン的面相《ファチス・ナポレオニカ》』、カリエ[183]の『憑着及《コントリビ》殺人、自殺の衝動の研究《ユシヨン・ア・レチユード・デ・オブセツシヨン・ゼ・デ・ザンプルシヨン・ア・ロミシエイド・エ・オウ・スウシイド》』、クラフト・エーヴィング[184]の『裁判精神病学校教科書《レールブツフ・デル・ゲリヒトリヒエン・プシコパトロギイ》』、ボーデン『道徳的痴患の心理《デイ・プシコロギイ・デル・モラリツシエ・イデイオチエ》』[185]等の犯罪学書。尚、心霊学でも、マイアーズ[186]の大著『人格及その後の存在《ヒユーマン・パーソナリチー・エンド・サーヴイヴアル・オヴ・ボデイリー・デッス》』、サヴエジ[187]の『遠感術は可能なりや《キヤン・テレパシイ・エキスプレン》』、ゲルリング[188]の『催眠的暗示《ハンドブッフ・デル・ヒプノチヒエン・ズゲスチヨン》』、シュタルケの奇書『霊魂生殖説《トラデユシアニスムス》』[189]までも含む尨大な集成だった。そして、医学、神秘宗教、心理学の部門を過ぎて、古代文献学の書架の前に立ち、フィンランド古詩『カンテレ』[190]の原本、婆羅門《ばらもん》音理学書『サンギタ・ラスナラカ』[191]、『グルドン詩篇』[192]、グラムマチクス[193]の『丁抹史《ヒストリア・ダニカ》』等に眼を移した時だった。鎮子が漸く、鎮魂楽《レキエム》の原譜を携えて現われた。その譜本は、焦茶色《こげちゃ》に変色していて、却って女王《クイン》アン[194]の透《すか》し刷《ずり》が浮いて見え、歌詞は殆んど判らなかった。法水は手に取ると、早速最終の頁《ページ》に眼を落したが、

『ハハア、古式の声音部記号[195]で書いてあるな。』と呟いただけで、無雑作に卓子《テーブル》の上に投げ出した。そして、鎮子に云った。『所で久我さん、貴女はこの部分に何故弱音器符号を付けたものか、御承知ですか？』

『存知ませんとも、』鎮子は皮肉に笑った。『Con《コン》 sordino《ソルディノ》[196]には、弱音器を附けよ

---

いによく調和させて重ね合わせる技法。または映画などで、悲しい場面にわざと陽気な音楽をつけるなど、対比的な表現で複雑な効果を出す方法。

▼122　牛津　Oxford
イングランド南部の都市。オックスフォード大学の所在地。

＊蔵書リスト「▼123　ストラスブルグ」から「▼193　グラムマチクス」までは本章末にまとめた。

▼194　女王アン　Queen Anne 1665-1714
クイーン・アン。イングランド、スコットランドの女王だったが両国の合併により、最初の連合王国君主となった。在位1702-1714。アンの死後スチュアート朝は断絶し、ドイツから血縁のジョージ一世を即位させた。

▼195　声音部記号
音部記号。西洋音楽の五線記譜法による楽譜に用いられる音楽記号。五線の左端に記し、五線上の位置と音の高さとの関係を指定する。これ以外にも、民族的・歴史的に各種の記譜法がある。声音は人の声質をいい、正式な楽典では声音部記号とはいわない。

▼196　Con sordino
コン・ソルディーノ。弦楽器や金管楽器の弱音器装着指定記号。

▼197　Homo Huge
Homo Fuge。中世ドイツの人形劇や、マーローの戯曲『ファウスト博士の悲劇』で、メフィストとの契約を示す血判を書く際にファウストの腕に浮かぶ血文字。ラテン語で、危険から遠ざかる意味を込めて、「人よ飛べ」の意を表す。

——以外の意味があるのでしょうか。それとも、Homo Huge《ホモフゲ》▼197（人の子よ逃れ去れ）とでも、』

法水は、鎮子の辛辣な嘲侮にも躊《たじろ》がず、却って声を励ませて云った。

『いや、此の人を見よ《エセ・ホモ》の方でしょうよ。これは、ワグネル▼198の「パルジファル▼199」を見よ、と云っているのですからね。』

『パルジファル!?』鎮子は法水の奇言に面喰《めんくら》ったが、彼は再びその問題には触れず、別の問いを発した。

『それから、もう一つ御無心があるのですが、レッサー▼200の「死後機械的暴《ユーベル・デイ・フォルゲ・デル・》力の結果に就いて《ポストモルタラー・メカニシエル・ゲヴルタインヴイルケンゲン》」がありましたら……』

『多分あったと思いますが、』と鎮子は暫く考えた後に云った。『もしお急ぎでしたら、彼方《あちら》の製本に出す雑書の中を探して頂きましょう。』

鎮子に示された右手の潜《くぐ》り戸を上げると、その内部の書架には、再装を必要とするものが無雑作に突っ込まれていて、ただABC《アルファベット》順に列《なら》んでいるのみだった。法水は、Wの部類を最初から丹念に眼を通して行ったが、やがて、彼の顔に爽《さわや》かな色が泛《うか》んだかと思うと、『これだ。』と云って、簡素な黒布装訂《クロース》▼201の一冊を抜き出した。見よ、法水の双眼には、異常な光輝が漲っているではないか。この片々たる一冊が、果して何ものを齎らそうとするのだろうか!?　所が、表紙を開くと、意外な事に、彼の顔をサッと驚愕の色が掠《かす》めた。そして、思わずその一冊を床上に取り落してしまったのだった。

『どうしたのだ?』検事は吃驚《びっくり》して、詰め寄った。

『如何にも、表紙だけはレッサーの名著さ』と。法水は下唇をギュッと嚙み締めたが、声の慄えは治まっていなかった。『所が、内容《なかみ》はモリエル▼202の「タルチュフ」なんだよ。見給え、ドーミエ▼203の口絵で、あの悪党坊主《ブラック・モンク》▼204が嗤《わら》っているじゃないか。』

---

▼198　ワグネル　Wagner, Richard 1813-1883　リヒャルト・ワグナー。ドイツの作曲家。旧来の歌劇に対し、音楽・詩歌・演劇などの総合を目指して楽劇を創始した。歌劇『さまよえるオランダ人』、『タンホイザー』、『ローエングリン』、楽劇『パルシファル』など。

▼199　パルジファル　Parzival　中世伝説中の人物。さらにこれに基いてヴォルフラムの叙事詩が書かれた。物語は少年パルシファルがアルトゥス王の騎士に叙せられ、一旦呪詛を受けたが、のち幾多の艱難を経て浄化され、遂にグラール王となるという筋で、ワグナーの歌劇はヴォルフラムに依っている。

▼200　レッサー　Lesser, H. 生没年不詳　『死後機械的暴力の結果に就いて』*Über Folgeerscheinungen postmortaler mechanischer Gewalteinwirkung* 1912。本文ルビは虫太郎の誤記。

▼201　黒布装訂　cloth　書物の表紙を特殊加工した布地を使って装幀すること、クロス装。

▼202　モリエル　Moliére 1622-1673　モリエール。フランス古典喜劇の完成者。鋭い人間観察と風俗描写から複雑な心理展開を用い、多くの典型的性格を創った。『ドン・ジュアン』、『人間嫌い』など。『タルチュフ』*Tartuffe* は、宗教的偽善を痛烈に批判・諷刺した喜劇で初演1664。本名Poquelin, Jean-Baptiste。

▼203　ドーミエ　Daumier, Honoré-Victorin 1808-1879　フランスの画家・風刺版画家。ドーミエが口絵

『アッ、鍵が！』その時熊城が素頓狂な声で叫んだ。彼が床からその一冊を取り上げた時、恰度内容の中央辺《あたり》と覚しい辺りから、旗斧《はたおの》▼205のような形をした金属が覗いているのに気が付いたからだった。取り出してみると、輪形に小札がぶら下っていて、それには薬物室と書かれてあった。

『タルチュフと紛失した薬物室の鍵か……』法水は空洞《うつろ》な声で呟いたが、熊城を顧みて、『この曝《さら》し札▼206の意味はどうでも、大体犯人の芝居気たっぷりな所はどうだ？』

熊城は憤懣《ふんまん》の遣《や》り場を法水に向けて、毒付いた。

『所が、役者は此方の方だと云いたい位さ、最初から、給金《しんしょう》も出ない癖に嗤《わら》われ通しじゃないか。』

『どうして、あんな淫魔僧正《インキブス》▼207どころの話じゃない。』と検事は熊城を嗜《たしな》めるような軽い警句を吐いたが、却って、それが慄然《ぞっ》とするような結論を引き出してしまった。『事実全く、クォーダー侯のマクベス様（四人の妖婆の科白）▼208——とでも云いたい所なんだよ。どうして彼奴《あいつ》が死霊でもなければ、法水君が見当を附けたものを、それ以前に隠す事が出来るものじゃない。』

『うん、まさに小気味よい敗北さ。実は、僕も忸怩《じくじ》となっている所なんだよ。』法水は何故か伏目になって、神経的な云い方をした。『先刻僕は、鍵の紛失した薬物室に犯人を秤《はか》るものがあると云った。また、易介の死因に現われた疑問を解こうとして、バルドィン▼209の著書に気が附いたのだ。所が、その結果、理智の秤量が反対になってしまって、却って此方の方が、犯人の設《しつら》えた秤皿《さら》の上に載せられてしまったのだよ。然し、こうやって嗤《わら》いの面を伏せて置く所を見ると、案外あの著述にも、僕が考えたような本質的な記述はないのかも知れん。とにかく、易介の殺害も、最初から計画表《スケヂュール》の中に組まれてあったのだ。どうして、あの死因に現われた矛盾が、偶然なもんか。』

---

を描いた『タルチュフ』は不詳。

▼204　悪党坊主　black monk
一般的には黒い法衣をまとったベネディクト会所属の修道士をいうが、この場合はタルチュフにかけた、からかいの意味。

▼205　旗斧
西洋の兵士が戦闘用に持つ、刃先の広がった斧。

▼206　曝し札
カードゲームで、場に絵柄を表にして置かれた札のこと。場札ともいう。

▼207　淫魔僧正　Incubus
インクブス。睡眠中の人、特に婦人を襲うと伝えられる悪霊だが、タルチュフの俗物性にかけた形容。

▼208　四人の妖婆
マクベスは三人の妖婆に唆されて王位に就く。四人は虫太郎の誤り。cf.『マクベス』第一幕第三場、坪内逍遙訳、早稲田大学出版部、1916

▼209　バルドィン（新潮社版単行本では「レッサー」に訂正）
前出第三回註200「レッサー」参照。

▼210　賢者の石　Stein der Weisen
賢人の石、哲学者の石ともいう。錬金術で、銅などを黄金に変えるための物質。

▼211　マーロー
Marlowe, Christopher 1564-1593
シェークスピアの先駆。無韻詩を創始、また野心的な人物像と情熱の悲劇を描いて、ルネサンス演劇の盛時を開いたが、三十八歳で不慮の死を遂げた。『ファウスト博士の悲史献』*The Tragicall History of the Life and Death of Doctor Faustus* 1604は代表作。本文中にある法水は、彼が「死後機械的暴力の結果に就いて《ユーベル・デイ・フォルゲ・デル・ポストモルタラー・メカニシエル・ゲヴルタインヴイルケンゲン》」を目した理由を明らかにはしなかったけれども、ともかくそこに至る迄の彼等の進路が、腑甲斐《ふがい》ない事に、犯人の神経繊維の上を歩いていたものである事は確かだったのみならず、ここで、明らかに犯人が手袋を投げたと云う事も、また、想像を絶しているその超人性も、この一つで充分裏書されたと云えよう。やがて、旧《もと》の書庫に戻ると、法水は未整理庫の出来事を明《あか》ら様《さま》には云わず、鎮子に訊ねた。

『遂々《とうとう》、事件の波動がこの図書室にも及んで来ましたよ。最近この潜り戸を通った人物を御記憶でしょうか。』

『マア、そんな事ですか。では、この一週間程のあいだダンネベルグ様ばかりと申し上げたら』と鎮子の答弁は、この場合詐弁《さべん》としか思われなかった程に意外なものだった。『あの方は何かお知りになりたいものがあったと見えて、この未整理庫の中を頻《しき》りと捜してお出でのようで御座いましたが。』

『昨夜はどうなんです？』熊城は怒気の罩《こも》った声で云った。

『それが、生憎《あいに》くとダンネベルグ様のお附添で、図書室に鍵を下すのを迂勝《うつかり》してしまいました。』と無雑作に答えてから鎮子は、法水に皮肉な微笑を送った。『付きまして、貴方に賢者の石《スタイン・デル・ヴイセン》[210]をお贈りしたいと思うのですが、クニッパーの「生理的《フイジカル・》筆蹟学《グラフオロジイ》」では如何《いかが》で御座いましょう？』

『いや、却って欲しいのはマーロー[211]の「ファウスト博士の悲史献《トラゲリク・ゲスヒテ・デス・ドクトル・ファウスト》」なんですよ。』

と法水が挙げたその一冊の名は、呪文の本質を知らない相手の冷笑を弾き返すに充分だったが、尚それ以外に、ロスコフ[212]の「Voeks-Buch の研究《デイ・スツデイ・フオン・フエックス・ブッフ》[213]（ファウスト伝説の原本と称されている）」バルト[214]の「ヒステリー性睡眠状態に就いて《ユーベル・ヒステリツシエ・シユラフツステンデ》」、ウッズ[215]の「王家の遺伝《メンタル・エンド・モラル・ヒリデイテイ・イン・ロヤリテイ》」をも借用したい旨を述べて、図書室を出た。そして、鍵が手に入ったのを機《しお》に、続いて薬物室を調べる事になった。

---

同作のドイツ語訳の文献については不詳。

▼212　ロスコフ
Roskoff, Georg Gustav 1814-1889
オーストリアの神学者、旧約聖書の研究者。『悪魔の歴史』*Geschichte des Teufels* 1869で、人間の古代から現在までの二元論的な善と悪との関わりを考察。次項は彼の著書とされているが、本文註通りだとすると研究分野が異なる。

▼213　Voeks-Buch の研究
Volks-Buch は、ドイツ近世の大衆向け木版冊子。ファウストの原典もここに含まれる。書名の Voeks は『黒死館』の多数の引用文献中、数少ない原綴を残している資料。作者は『世界神話伝説大系６Ｆ独逸篇　九五ファウスト物語』松村武雄編著、近代社、1928を参照し、後註の誤植を踏襲してしまった。「自分が上に揚げたファウスト伝説は、（略）有名な Voeksbuch から採ったものである。」同書他の部分では正確に綴られている。

▼214　バルト　Barth, Engelbert 生没年不明
『ヒステリー性睡眠状態に就いて』*Über hysterische Schlafzustände* 1898。

▼215　ウッズ
Woods, Frederick Adams 1873-1939
『王家の遺伝』*Mental and Moral Fidelity in Royalty* 1906。

▼216　硫酸マグネシウム
magnesiuym sulfate
水に溶けやすい白色の斜状結晶。苦味があり、海水・鉱泉中に含まれる。染色その他工業用としても用いる。水分を含むと瀉利塩となり、下剤の効果を持つ。

次の薬物室は階上の裏庭側にあって、曾っては算哲の実験室に当てられる筈だった空室《あきべや》を間に挟んで、神意審問会が行われた室《へや》に続いていた。然し、そこには薬室特有の滲透的な異臭気が漂っているのみで、縦横に印された証明しようのないスリッパの跡の外に、犯人の肢体に触れた痕跡と云えるものは袖摺れ一つ残されていなかったのである。従って彼等に残された仕事と云うのは、十に余る薬品棚の列に薬《やく》筐《きょう》とを調べて、薬瓶の動かされた跡と内部の減量を見究めるに過ぎなかった。けれども、一方五分余りも積り重《かさな》っている埃《ほこり》の層が、却ってその調査を容易に進行させてくれた。最初眼に止《とま》ったのは、壜栓《びんせん》の外れた青酸加里《シアンニツク・ポツタシウム》であった。

『うんよし、では、その次……』と法水は一々書き止めて行ったが続けて挙げられた三つの薬名を聴くと、彼は異様に眼を瞬き、懐疑的な色を泛《うか》べた。何故なら、硫酸マグネシウム▼216に沃度フォルム▼217と抱水クロラール▼218は、各々《それぞれ》に、極めて有りふれた普通薬ではないか。検事も怪訝そうに首を傾げて、呟いた。

『下剤（瀉利塩《しゃりえん》）、殺菌剤、睡眠薬だ。犯人は、この三つで何をしようとするんだろう？』

『いや、すぐに捨ててしまった筈だよ。所が、嘸《の》まされたのは吾々《われわれ》なんだ。』法水は此処でもまた彼が好んで悲劇的準備《トラギツシエ・フォルベライツング》▼219と呼ぶ奇言を弄ぼうとする。

『なに僕等が、』熊城は魂消《たまげ》て叫んだ。

『そうさ。匿名批評には、毒殺的効果があると云うじゃないか。』法水はグイと下唇を噛み締めたが、実に意表外な観察を述べた。『で、最初に硫酸マグネシウムだが、勿論内服すれば、下剤に違いない。然し、それをモルヒネ▼220に混ぜて直腸注射をすると、爽快な朦朧《もうろう》睡眠▼221を起すのだ。また、次の沃度フォルムには、嗜眠性《しみんせい》の中毒を起す場合がある。それから、抱水クロラールになると、他の薬物では到底眠れないような異常亢進《こうしん》▼222の場合でも、瞬く間に昏睡させる事が出来るのだよ。だから、新

---

▼217　**沃度フォルム**　jodoform
ヨードホルム。黄色い結晶で特異な臭気を持つ。アルコール・アセトンなどに沃素および炭酸ナトリウムを加え、熱して作製。防腐剤・殺菌剤などに使用。

▼218　**抱水クロラール**　chloral hydrate
刺激臭のある無色の結晶。合成品としては最初の睡眠鎮静剤で直腸から注入して使用された。現在ではまれにしか使われていない。

▼219　**悲劇的準備**
tragische Vorbereitung

▼220　**モルヒネ**　morphine
アヘンに含まれるアルカロイド。無色結晶で水にわずかに溶解し、無臭で苦味がある。痛覚だけを抑制し、麻酔剤・鎮痛剤として用いる。習慣性が著しく量が多ければ有毒。癌の緩和ケアの際、モルヒネの副作用で起こる便秘治療に硫酸マグネシウムで浣腸する。

▼221　**朦朧睡眠**
薬物などの作用で、軽い意識障害から眠りに入ること。

▼222　**異常亢進**
神経の失調によって感情や症状が異常に高ぶること。

▼223　**密陀僧**
一酸化鉛。溶融した鉛に空気を送り、炉中で酸化させて得られる黄色または橙黄色の粉末。顔料・鉛丹・鉛ガラス・琺瑯（ほうろう）・蓄電池などの製造に用いる。中国伝来の密陀絵に使用する顔料に由来する名称。

▼224　**製膏剤**
軟膏・クリームなどの原料。酸化鉛との関係は

しい犠牲者に必要どころの話じゃない。全然、犯人の嘲笑癖が生んだ産物に過ぎないのだ。つまり、この三つのものには、僕等の困憊状態が諷刺されているのだよ。』

眼に見えない幽鬼は、この室《へや》にも這い込んでいて、例により黄色い舌を出し横手を指して、嗤《わら》っているのだった。然し、調査はそのまま続けられたが、結局収獲は次の二つに過ぎなかった。その一つは、密陀僧《みつだそう》▼223（即ち酸化鉛）の大壜《おおびん》に開栓した形跡があるのと、もう一つは、再度死者の秘密が現われた事だった。と云うのは、危く看過《みすご》そうとする所だったが、奥まった空瓶の横腹に、算哲博士の筆蹟で次の一文が認《したた》められているのだった。

**ディグスビイ所在を仄かすも、遂に指示する事なくこの世を去れり——**

要するに、算哲が求めていたものと云うのは、何かの薬物であろう。然し、それが何であるかと云う事よりも、法水の興味は、寧ろこの際、何等の意義もないと思われる空瓶の方に惹かれて行って、それに限りない神秘感を覚えるのだった。それは荒涼たる時間の詩であろう。この内容《なかみ》のない硝子《ガラス》器が、絶えず何ものかを期待しながらも、空しく数十年を過してしまって、しかも未だ以って充《みた》されようとはしないのだ。つまり、算哲とディグスビイとの間に、何となく相闘うようなものがあるかに感ぜられるのだった。また、酸化鉛のような製膏剤▼224に働いて行った犯人の意志も、この場合謎とするより外にないのだった。何れにしても以上の二つからは、事件の隠顕両面に触れる重大な暗示をうけたのであったが、法水等はそれを将来に残して、薬物室を去らねばならなかった。

続いて、昨夜神意審問会が行われた室《へや》を調べる事になったが、そこは、この館には稀《めず》らしい無装飾の室で確かに最初は、算哲の実験室として設計されたものに相違なかった。広さの割合に窓が少なく室《へや》の周囲は鉛の壁▼225になっていて、床の混凝土《たたき》▼226の上には、昨夜の集会だけに使ったものと見えて、安手の絨緞《じゅうたん》が敷かれてあった。

---

不明。酸化亜鉛は軟膏基材となるため、混同か。

▼225　**鉛の壁**
実験室の内装としては異常だが、放射線防御に必要な装備。

▼226　**混凝土**
たたきは山土に消石灰とにがりを混ぜ、叩き締めて土間床を造るもの。三和土。用字はコンクリートとも読む。

▼227　**ズック**　doek
綿糸または麻糸を織った厚地の布。テント・靴などに使う。

▼228　**アカンザスの拳葉**　acanthus
アカンサス、葉薊。アザミに似た形の葉は古代ギリシャ以来、建築物の内装などの装飾モチーフとされる。

▼229　**亜剌比亜模様**　Arabesque
アラビア模様。動植物の形を元とする幾何学的文様を反復して作られた、モスクの壁面装飾などに見られるイスラム美術の様式。また、それを模倣した西洋の装飾美術。

▼230　**表徴樹**　topiary
前出第一回註128「象徴樹」参照。ともに虫太郎の考案した訳語。

▼231　**苅り籬**
前出第一回註126「籬」参照。

▼232　**魑魅魍魎**　Poltergeist
魑魅とは山林・木石の精気から生ずる人面鬼身の怪物。ちみ、すだま。魍魎は水神、山の精と木石の怪をいう。
ドイツ語は騒ぐ幽霊を表すが、訳語は虫太郎独自のもの。

▼233　**大魔霊**　Dämonen-Geist

尚、庭に面した側には窓が一つしかなく、それ以外には、その左隅の上壁に、換気筒の丸い孔がポッツリと一つ空いているに過ぎなかった。そして、周壁を一面に黒幕で張り繞らしてあるので、唯さえ陰気な室《へや》が一層薄暗くなってしまって、そこには、到底動かし難い沈鬱な空気が漂っているのだった。涸《か》れ萎《しな》びた栄光の手《ハンド・オヴ・グローリー》の一本一本の指の上に屍体蠟燭を差してそれが、物懶気《ものうげ》な音を立てて点り始めた時の――あの物凄い幻像が、未だに弱い微かな光線となって、何処かに残っているかのように思われた。その室《へや》を一巡してから、法水は左隣りの空室《あきへや》に行った。そこは、昨夜易介が神意審問会の些中《さなか》に人影を見たと云う、張出縁のある室《へや》だった。その室《へや》は、広さも構造も殆んど前室と同じであったが、ただ窓が四つもあるので、室《へや》の中は比較的に明るかった。床には粗目《あらめ》のズック様▼227のものが敷いてあって、その上に不用な調度類が、白い埃を冠《かぶ》って堆高《うずたか》く積まれてあった。法水は扉《ドア》の横手にある水道栓に眼を止めたが、それからは昨夜のうちに誰か水を出したと見えて、蛇口から蚯蚓《みみず》のような氷柱《つらら》が三四本垂れ下っている。云うまでもなく、それは昨夜ダンネベルグ夫人が失神すると、すぐ水を運んで来たと云う、紙谷伸子の行動を裏書するものに過ぎなかった。

『とにかく、問題はこの張出縁だ。』と熊城は右外れの窓際に立って憮然と呟いた。その窓の外側には、アカンザスの拳葉▼228で亜刺比亜模様《アラベスク》▼229を作っている、古風な鉄柵縁が張り出されてあった。そこからは、裏庭の花卉園《かきえん》や野菜園を隔てて、遠く表徴樹《トピアリー》▼230の優雅な苅り籬《まがき》▼231が見渡される。暗く濁って、塔櫓《とうろ》に押し冠《かぶ》さるほど低く垂れ下った空は、その裾に僅か蠟色の残光を漂わせるのみで、籬の上方には既に闇が迫っていた。そして、時々合間を隔てて、ヒュウと風の軋《きし》る音が虚空でするると、鎧扉が侘《わび》し気に揺れて、雪片《ゆきひら》が一つ二つ桟《さん》の上で潰《ひし》げて行く。

『所が、死霊《おばけ》は算哲ばかりじゃないさ。』と検事が応じた。『もう一人殖《ふ》えた筈だよ。

---

上級序列の悪魔をいう。

▼234　フレンチ・ホルン　french horn
角笛が原型の金管楽器。中心から同心円状に巻かれた円錐形の管と、三本から五本のバルブを持つ。

▼235　弱音器記号に＋
ワグナーの楽劇『パルシファル』二一七節に実在する記号で、ホルンの朝顔部分に手を入れて弱音化させるgestopfという記号と共に出てくる。一般的に弱音器を使用する場合には、con sordinoと記譜される。

▼236　棺龕　catafalco
欧米キリスト教徒の名士などの葬儀に用いられる棺安置台。

▼237　数論占星学
天上の星々は地上の諸物質と照応関係を持つとされ、惑星に対応する金属（太陽と金、水星と水銀など）、鉱石などが定められた。人体との照応関係をもとにイアトロマテマティカIatromathematica（占星医学）も発達し、その治療に用いる薬草類の研究が天体植物学として体系化された。数論とはマテマティカの響きにつられた虫太郎の誤用。

▼238　鍾舌　clapper
鐘を前後あるいは左右に揺らすと当たって音を発する、内側に取り付けられた金属製の板や球状の部品。

▼239　三角鍾　triangle
三角形をした打楽器。鋼製の棒を正三角形に折り曲げたもので、金属棒で打ち鳴らす。

▼240　七葉樹
橡。トチノキ科の落葉広葉樹。薬用・食用とし

だがディグスビイと云う男は大したものじゃない。多分彼奴《あいつ》は魑魅魍魎《ポルターガイスト》▼232だろうぜ。』

『どうして、やつは大魔霊《デモーネン・ガイスト》さ。▼233』法水は意外な言を吐いた。『あの弱音器記号には、中世迷信の形相凄まじい力が籠っているのだよ。』

楽譜の知識のない二人には、法水が闡明《せんめい》するのを待つより外になかった。法水は一息深く煙を吸い込んで云った。

『勿論Con Sordino《コン ソルディノ》では意味をなさないのだが、一つだけそれには例外があるのだ。と云うのは僕が先刻鎮子を面喰わせた「パルジファル」なんだよ。ワグネルはあの楽劇の中で、フレンチ・ホルン▼234の弱音器記号に十▼235と云う符号を使っている。所が、それは傍ら棺龕《カタファルコ》▼236十字架の表章《シムボル》でもあり、また数論占星学▼237では、三惑星の星座連結を表わしているのだ。』と法水は、指で掌に描いた其《そ》の記号の三隅に恰度十となるような位置で、点を三つ打った。

『そうすると、一体棺龕《カタファルコ》は何処にあるのだね?』検事が問い返すと、法水は鳥渡《ちょっと》凄惨な形相をして、耳を窓外へ傾げるような所作《しぐさ》をした。

『聴えないかい、あれが。風の絶え間になると、錘舌《クラッパー》▼238が鐘に触れる音が、僕には聴えるのだがね。』

『ああ成程。』そうは云ったものの熊城は背筋に冷たいものを感じて自分の理性の穴を疑わざるを得なかった。葉摺れの噪音《ざわめき》に交って、微かに、軽く触れた三角錘《トライアングル》▼239のような澄んだ音が聴えるのだけれども、その音は正しく、七葉樹《とちのき》▼240で囲まれていて、そこには何ものもないと思われていた、裏庭の遥か右端の方から響いて来るのだった。然し、それは神経の病的作用でもなく、勿論妖しい霊気の所業《しわざ》でありよう道理はない。法水は、既に墓窖《ぼこう》▼241の所在を知っていたのだった。

『先刻《さっき》窓越しに、太い椈《ぶな》▼242の柱を二本見たので、それが棺駐門▼243であるのを知ったのだよ。何れダンネベルグ夫人の柩《ひつぎ》がその下で停まった時に、頭上の鐘が鳴らされるだ

---

て重用された。占星術的には♂（火星）に属す。

▼241 墓窖
墓窖、はかあな。

▼242 椈
ブナ科ブナ属の落葉高木。腐りやすい上に加工後に曲がって狂いやすい性質があるが、薪のほか、日用品のための需要はあった。占星術的には♀（金星）に属す。

▼243 棺駐門
葬祭時に使う墓地への門。

▼244 シァレー式 chalet
シャレー。スイスの田舎に多い、長くひさしの突き出た特色ある様式。農家・羊飼いの小屋に用いる。

▼245 套靴 overshoes
ゴム製防水・作業用長靴。伸縮性があり、変型が利く。

▼246 内翻
足などの裏が内側を向いて、外側部だけが地についている状態。

▼247 純護謨製 pure rubber
天然ゴムはゴムノキの樹液を主成分とする物質。これを集めて精製し凝固乾燥させたものを生ゴムという。生ゴムに硫黄を加えると広い温度域で軟化しにくい弾性材料となる。硫黄の他に炭素粉末を加えると特性が改善され、含有量によって硬さが変化する。

▼248 網龕灯
強盗提灯（がんどうちょうちん）。銅またはブリキで釣鐘形の外枠を作り、中の蝋燭立てが自由に回転するように作った提灯。

▼249 簫

ろう。けれども、それ以前に僕は、他の意味であの墓窖を訪れなければならないのだ。何故ならディグスビイが楽想を無視してまでも、十の記号を暗示しなければならなかった理由を知るのは、あの墓窖と鐘楼の十二宮以外にはないように思われるからなんだよ。』

それから裏庭へ出る迄に、雪は稍々《やや》繁くなって来たので、急いで足跡の調査を終らねばならなかった。まず法水は、左右から歩み寄って来た二条《ふたすじ》の足跡が合致している点に立って、そこから、左方にかけての一つを追い始めた。其処は恰度、死霊が動いていたと云われる張出縁の真下に当っているのだが、尚その附近に、もう一つ顕著な状況が残っていた。と云うのは、極《ご》く最近に、その辺一帯の枯芝を焼いたらしい形跡が残っている事だった。その真黒な焦土《こげつち》が昨夜来の降雨の為にじとじと泥濘《ぬかる》んでいるので、その上には銀色した鞍《くら》のような形で中央の張出間《アプス》が倒影していた。のみならず焼け残りの部分が様々な恰好で、焦土の所々に黄色く残っている所は、恰度焼死体の糜爛《びらん》した皮膚を見るように、薄気味悪く思われるのだった。

所で、その二条《ふたすじ》の足跡を詳細に云うと、法水が最初辿り始めた左手のものは、全長が二十糎《センチ》程の男の靴跡で、甚だしく体軀の矮小な人物らしいと思われるが、全体が平滑でいぼも連円形もない印像の模様を見ると、特種の使途に当てられる護謨製《ごむせい》の長靴らしく推定された。それを順々に追うて行くと、本館の左端と密着して建てられていて造園倉庫と云う掛札のしてある、シァレー式▼244（瑞西山岳地方、即ちアルペン風の様式）の洒落た積木小屋から始まっていた。また、もう一つの方は全長二十六七糎《センチ》で、この方は正しく常人型と思われる男用の套靴《オヴアシユース》▼245の跡だった。本館の右端に近い出入扉《ドア》から始まっていて、張出間《アプス》の外側を弓形に沿い現場に達しているが、その二つは孰《いず》れも、乾板の破片が落ちている場所との間を往復していた。（百四十八頁図参照）

法水は衣袋《ポケット》から巻尺を取り出して、一々印像に当て靴跡の計測を始めた。套靴《オヴアシユース》

---

竹管を使った縦吹きの笛。単管のものと複数の管をまとめた型の二種がある。雅楽で使用する。

**▼250 椽**
前出第三回註240「七葉樹」参照。

**▼251 約翰と鷲**
ヨハネJohannesは福音書、黙示録の著者とされる。鷲は聖ヨハネの象徴。

**▼252 路加と有翼犢**
ルカLukasも福音書著者とされる。翼を持った仔牛はルカの象徴。前項とともに『エゼキエル書1:10』に登場する四つの生物に由来し、それぞれ四人の福音書の著者に当てはめられている。

**▼253 十二師徒の鳥獣**
聖書上に使徒と鳥獣の対応の記載はない。

**▼254 冠彫**
柱の上部に彫られた装飾。

**▼255 葬龕　catafalco**
前出第三回註236「棺龕」参照。

**▼256 コンスタンス湖　Lake Constance**
ドイツ・スイス・オーストリア国境にある、ボーデン湖Bodenseeの別名。ライン川の上流部に位置する。

**▼257 ペンブローク寺　Pembroke abbey**
ウェールズ南部の地名。カトリック時代の修道院跡が各所に残る。

**▼258 露地式葬龕　catafalco**
半地下式で、棺蓋上部が地上に露出した形式。

**▼259 ななかまど**
七竈。バラ科の落葉高木、秋の紅葉と赤熟した果実が鮮やか。北欧などで魔除けに用いる。

**▼260 杷木**
枇杷。中国原産で果実は食用。日本を経由して

の方は、歩幅には稍々《やや》小刻《こきざみ》かと云うのみで、これぞと云う特徴はなく極めて整然としているが、印像には不審なものが現われていた。即ち、爪先と踵《かかと》と、両端だけがグッと窪《くぼ》んでいてしかも内側へ偏曲した内翻《ないほん》▼246の形を示しているが、更に異様な事にはその両端のものが、中央へ行くに従い浅くなっているのだった。また、護謨製《ごむせい》の長靴らしく思われる方は、形状の大きさに比例すると歩幅が狭く、更に著《いちじ》るしく不揃であるばかりでなく、後踵部《こうしょうぶ》には重心があったと見え特に力の加わった跡が残っていて、印像全体の横幅も僅かながら一つ一つに異なっていた。その上、爪先の部分を中央部に比較すると均衡上幾分小さいように思われて、それが稍々《やや》不自然な観を与える。また、その部分の印像が特に不鮮明で、形状の差異も、その辺が最も甚だしかった。そして、往路の歩線は建物に沿うているが、復路には造園倉庫まで直線に行こうとしたものらしく、七八歩進んで途中にある幅三尺程の帯状をなした、焼け残りの枯芝の手前まで来るとそこを跨《また》いだ形跡を残している。所が、それから二歩目になると、まるで建物が大きな磁石ででもあるかのように、突然歩行が電光形に屈折していてそこから、横飛びに建物と擦々《すれずれ》になり、今度往路に印された線の上を辿って、出発点の造園倉庫に戻っていた。尚、復路に掛ろうとする最初の一歩は、右足で身体《からだ》を廻転させて左足から踏み出して居り、枯芝を越えた靴跡は、左足で踏み切って、右足で跨いでいる。のみならず、二様の靴跡の何れにも、建物に足を掛けたらしい形跡は残されていなかった。

以上述べたところの、総体で五十に近い靴跡には、周囲の細隙《さいげき》から滲み込んだ泥水が底ひたひたに澱《よど》んでいるだけで、印像の角度は依然鮮明に保たれていた。即ち、雨に叩かれた形跡は、些細なものも現われていないのである。してみると、靴跡が印されたのは、昨夜雨が降り止んだ十一時半以後に相違ない。しかもその二様の靴跡に就いて、前後を証明するものがあった。と云うのは、乾板の破片を中心に二つ

---

中東・南欧に広まった。葉などに含まれるアミグダリンは体内で有毒な青酸を発生させる。

▼261 糸杉
死の象徴であるため、墓地によく植えられる。イエス・キリストが磔にされた十字架は、この木で作られたという伝説がある。

▼262 合歓樹
ネムノキ。香料の他、花は生薬、樹皮は煎じて強壮薬や利尿、鎮痛薬などに利用される。

▼263 桃葉珊瑚
アオキ、トウヨウサンゴ。山地に自生する常緑灌木。生葉を搾り傷薬として利用される。

▼264 巴旦杏
アーモンド。西アジア原産、バラ科の果樹、果肉は薄く食用にならない。種子中の扁桃はナッツとして食し、独特の香気がある。

▼265 水蠟木犀
モクセイ科の落葉低木。初夏、銀木犀に似た香の小花をつけ、核果は晩秋に黒紫色に熟す。材は緻密で、器具の柄などに用いる。

▼266 ウンブリヤの泣儒
北イタリア、ウンブリア州Umbriaは古代ローマ人が居住以前、エトルリア人が多く住んだ。同地方のタルクィニアTarquiniaに残された地下墓窖壁画には、中央に大きな扉が描かれ、その両側に悲嘆にくれる有髭の男と神官が一人ずつ描かれている。

▼267 薬研石
生薬の原料をすり潰し、粉末状にする道具である薬研の材料となる硬質の石材。

▼268 三角琴 psaltery
プサルテリウム。古代・中世に用いられた、指

の靴跡が合流している附近に、一ケ所套靴《オヴアシユース》の方が、片方の上を踏んでいる跡が残っていた。従って、套靴《オヴアシユース》を付けた人物の来た時刻が、護謨製《ごむせい》の長靴と思われる方と同時か、或はそれより以後である事は明らかなのである。続いて、法水の調査が造園倉庫にも及んだのは当然であるが、そのシャレイ風の小屋は床のない積木造りで、内部から扉《ドア》一つで本館に通じていた。そして、各種の園芸用具や害虫駆除の噴霧器などが、雑然と置かれてあった。法水は、本館に出入する扉《ドア》の側で、一足の長靴を見付け出した。それは先が喇叭《ラツパ》形に開いていて、腿《もも》の半分位までも埋《うず》まってしまう、純護謨製《ピユアーラヴア》▼247の園芸靴だった。しかも、底に附着している泥の中で砂金のように輝いているのが、乾板の微粒だったのだ。のみならず、その園芸用の長靴は、後刻になって川那部易介の所有品である事が判明したのであった。

そうなってみると読者諸君は、この二様の靴跡に様々の疑問を覚えられるであろうが、殊に、ある一つの驚くべき矛盾に気付かれた事と思う。また、靴跡相互の時間的関係から推しても、夜半陰々たる刻限に二人の人物に依って何事が行われたのか。恐らく、その片影を窺う事すら不可能であるに違いない。云う迄もなく法水でさえも、原型を回復する事は無論のことだが、この紛乱錯綜した謎の華には、疑義を述べる一言半句さえ挟む余地はなかったのである。然し法水は心中何事か閃《ひら》めいたものがあったと見えて、鑑識課員に靴跡の造型を命じた後に、次項通りの調査を私服に依頼した。

一、附近の枯芝は何時頃焼いたか？

一、裏庭側全部の鎧扉に附着している氷柱《つらら》の調査。

一、夜番に就いて、裏庭に於ける昨夜十一時半以後の状況聴取。

それから程なく、闇の中を点のような赭《あか》い灯《あかり》が動いて行ったと云うのは、法水等が網龕灯《あみがんどう》▼248を借りて、野菜園の後方にある墓地に赴いたからだった。その頃は雪が本

---

またはバチで演奏される弦楽器。

▼269　希臘十字架
縦横同じ長さの十字架。

▼270　磔刑耶蘇
イエス・キリストの磔像。

▼271　非化体相
カトリックで、パンと葡萄酒をキリストの血と肉に変えることを仮体、聖変化という。教養文庫版註「希代、怪態、明らかに並外れていて予想外であるさま」

▼272　窖祭時代　catacomb
キリスト教最初期、ローマ帝国で非合法だった時代。集会を禁止された際に、祭祀会合を古代ローマの地下墓所で行っていた。

▼273　弓状強直
筋硬直によって顔面を上に弓反りになること。ヒステリーの一症状。

▼274　キャンベル
Campbell, Alfred Walter 1868-1937
オーストラリアの神経病理学者。大脳皮質の研究者で、失語症に関連する論文がある。

▼275　失語症患者
発声器官や聴覚に障害がないのに、言葉の使用や理解ができなくなる症状。

▼276　反噬
飼い犬などが飼い主を咬むこと。恩をあだで返すこと。

▼277　ミュイヤダッチ十字架
Muiredach's Cross
ムルダクの大十字架。十世紀初頭、アイルランド南部モナスターボイスに建立され、今もケルト系キリスト教の修道院跡に残る。虫太郎の自

降りになっていて、烈風は櫓楼《ろろう》を簫《しょう》[249]のように唸《うな》らせ、それが旋風《つむじ》を巻いて吹き下して来ると、一端地面に叩き付けられた雪片が再び舞い上って来て、唯さえ仄暗い灯《あかり》の行手を遮るのだった。やがて、凄愴《せいそう》な自然力に戦のいている橡《とち》[250]の樹林が現われ、その間に、二本の棺駐門の柱が見えた。そこまで来ると頭上の格《こう》の中から、歯ぎしりのような鐘を吊した環の軋《きし》りが聴え、振動のない鐘を叩く、錘舌《クラッパー》の音が、狂った鳥のような陰惨な叫声を発している。墓地はそこから始まっていて、小砂利道の突き当りがディグスビイの設計した墓窖だった。

墓窖の周囲は、約翰《ヨハネ》と鷲[251]、路加《ルカ》と有翼犢《うよくこうし》[252]と云うような、十二師徒の鳥獣[253]を冠彫《かしらぼり》[254]にした鉄柵に囲まれ、その中央には、巨大な石棺としか思われない葬龕《カタファルコ》[255]が横《よこた》わっていた。扨《さて》、此処で墓柵の内部を詳述しなければならない。大体に於いて、聖《サン》ガール寺院（瑞西コンスタンス湖畔に六世紀頃愛蘭土僧の建設したる寺院）[256]や南ウェールスのペンブローク寺《アベイ》[257]にも現に残存している露地式葬龕《カタファルコ》[258]を模したものであるが、それには著《いちじ》るしい異色が現われていた。と云うのは、墓地樹として典型的な、ななかまど[259]や杷木《びわ》[260]の類がなく、無花果《いちじく》・糸杉[261]・胡桃《くるみ》・合歓樹《ねむのき》[262]・桃葉珊瑚《あおき》[263]・巴旦杏《はたんきょう》[264]・水蠟木犀《いぼたのき》[265]の七本が、別図のような位置で配置されていた。また、それ等の樹木に取囲まれた中央の葬龕《カタファルコ》は、ウンブリヤの泣儒《なきおとこ》[266]を浮彫《うきぼり》にした薬研石《やげんいし》[267]の台座まではともかくとして、その上に載せられた白大理石の棺《かん》蓋《おおい》になると、極めて異様な構想が現われて来るのだった。伝統的な儀習としては、その上が、紋章或は人像か単純な十字架が通例だが、それには、音楽を伝統とする降矢木の標章としての三角琴《プサルテリイム》[268]が筋彫《すじぼり》にされ、その上に、鍛鉄製の希臘《ギリシャ》十字架[269]と磔《はり》刑耶蘇《つけやそ》[270]が載せられてあった。しかも、その耶蘇《やそ》もまた異形なもので、首を稍々《やや》左に傾けて、両手の指を逆に反らせて上向きに捻《ねじ》り上げ、揃えた足尖《つまさき》を、さも苦痛を耐《こら》えているかのように内輪へ極度に反らせている所は……また、肋骨《あばら》が透いて見えて如何にも貧血的な非化体相[271]と云い、凡てが窖祭《カタコムブ》時代[272]のものに酷似しているけれども、

---

己流の読み。

▼278　ボズラ　Bozrah
ヨルダン南部の都市、現ブセイラBouseira。古代エドム王国の首都として、ユダヤ教と敵対していた地。「わたし（主）はテマンに火を放つ。火はボツラの城郭をなめ尽くす。」『アモス書1:12』

▼279　鬣狗　hyena
犬に似た体型だが、ネコ目に属す。夜行性で腐肉を食べるが、自分で狩りもする。アフリカ諸民族では、禍々しい前兆を行うもの、あるいは不可視の姿となって夜に他人の内臓を食う魔術師が姿を変えたものと考えられている。

▼280　死霊集会　Sheol
ヘブライ人の死者の国。旧約聖書では多くの場合、シェオールは陰府（よみ）と訳され、死人のいる所、墓を意味した。信者は良い場所へ、不信者や悪霊は悪い場所へ行かされるという。本文中のエピソードは不詳。

▼281　猶太　Yahweh
ユダヤ人の信仰する、古代イスラエルの神を示す言葉。ユダヤ語には母音表記がないため正確な発音は不明。歴史的にエホヴァ、ヤハヴェなどと記される。

▼282　利未族　Levites
レビ族。古代イスラエルの族長ヤコブの子レビを祖とする、古代ユダヤ教の祭司の一族。領地を持たず、神殿の管理や祭司を業とした。

▼283　モーゼ　Moses
ユダヤ教最初の預言者。旧約聖書『出エジプト記』などに登場する。神の命を直接受け、エジプトで苦しむユダヤ人を救い出した。『創世記』

却って、それより、ヒステリー患者の弓状強直[273]でも見るような、精神病理的な感じに圧倒されるのだった。一通り観察を終えると、法水は熱病患者のような眼をして検事を顧みた。

『ねえ支倉君、キャンベル[274]に云わせると、重症の失語症患者[275]でも、人を呪う言葉は最後まで残っていると云うじゃないか。また、凡て人間が力尽きて、反噬《はんぜい》[276]する気力を失ってしまった時には、その激情を緩解するものは、精霊主義《オクルチズムス》以外にはないと云うがね。明らかに、これは呪咀だよ!。何より、ディグスビイは威人《ウエールス》なんだぜ。未だに悪魔教バルダスの遺風が残っていて、ミュイヤダッチ十字架《クロス》風[277]の異教趣味に陶酔する者があると云われる。』

『君は何を云うんだ。』検事は薄気味悪くなったように叫んだ。

『実は、この葬龕《カタファルコ》は並大抵のものではないのだ。ボズラ[278](死海の南方)の荒野にあって、昼は鬣狗《ハイエナ》[279]が守護し、夜になると魔神降下を喚《わめ》き出すと伝えられる。死霊集会《シエオール》の標《しるし》[280]なんだよ。』法水は横なぐりに睫毛《まつげ》の雪を払って、云った。『だが、僕は猶太教《ヤーウエ》[281]徒でも利未族《リビ》[282](猶太教で祭司となる一族)でもないのだから、眼前に死霊集会《シエオール》の標を眺めていても、それをモーゼ[283]みたいに壊さねばならぬ義務はないと思うよ。』

『そうすると、』熊城は衝くように云った。『先刻《さつき》の弱音器記号の解釈は、どうしたんだ?』

『それなんだ熊城君、やはり、僕の推測が正しかったのだよ。』と法水は、十の記号が齎した解説を始めた。『三惑星の連結[284]は正しく暗示されているのだ。まず、墓地樹の配置を見給え。アルボナウト[285]以後の占星学《アストロジイ》では、一番手前の糸杉と無花果が土星と木星の所管とされているし、向う側の中央にある合歓樹は火星の表徴《シムボル》になっているのだ。また、それを曼陀羅華《マンドラゴーラ》[286]・矢車草《オーレゴニア》[287]・若艾《アブサント》[288]と、草本類[289]でも現わされるのだが、一体、その三外惑星の集合にどう云う意味があるかと云うと、モールレンヴ

から『申命記』までをモーゼの著とし、モーゼ五書、トーラー(律法)と呼ぶ。

▼284　三惑星の連結
1347-1350、ペストが流行した際、パリ大学医学部は、その原因が1345/3/20に宝瓶宮(みずがめ座)で起こった木星・火星・土星の三重合にあったとする公式声明を出している。

▼285　アルボナウト
不詳だが、中世の学問の流れから可能性が高い人物は、アラブの占星術者アルベナハト Albenahait 770-835、通称 Abu'Ali al-Khayyat かと思われる。

▼286　曼陀羅華　mandragora
マンドレーク。地中海地方産のナス科の有毒植物、チョウセンアサガオ。占星術では♄土星に属す。

▼287　矢車草
ヤグルマギクの通称。キク科ヤグルマギク属。占星術では♄土星に属す。ルビは不詳。

▼288　若艾　absinthe
苦艾(にがよもぎ)、ヨーロッパ原産の苦味の強い薬草。アブサンは苦艾の搾り汁などをアルコールに漬けて作った洋酒で、緑透明、強烈な香りと七十%前後の酒精分が特徴。苦艾は習慣性が強く、一時期生産が禁止されていた。占星術では♂火星に属す。

▼289　草本類
小形で木にならない植物。

▼290　ニックス教　Nix
「ゼーバッハ(ムンメル湖)の水魔はいわゆるニクジー nixie という種類に属するものである。この水魔は、いたずら好きで、キリスト教ぎら

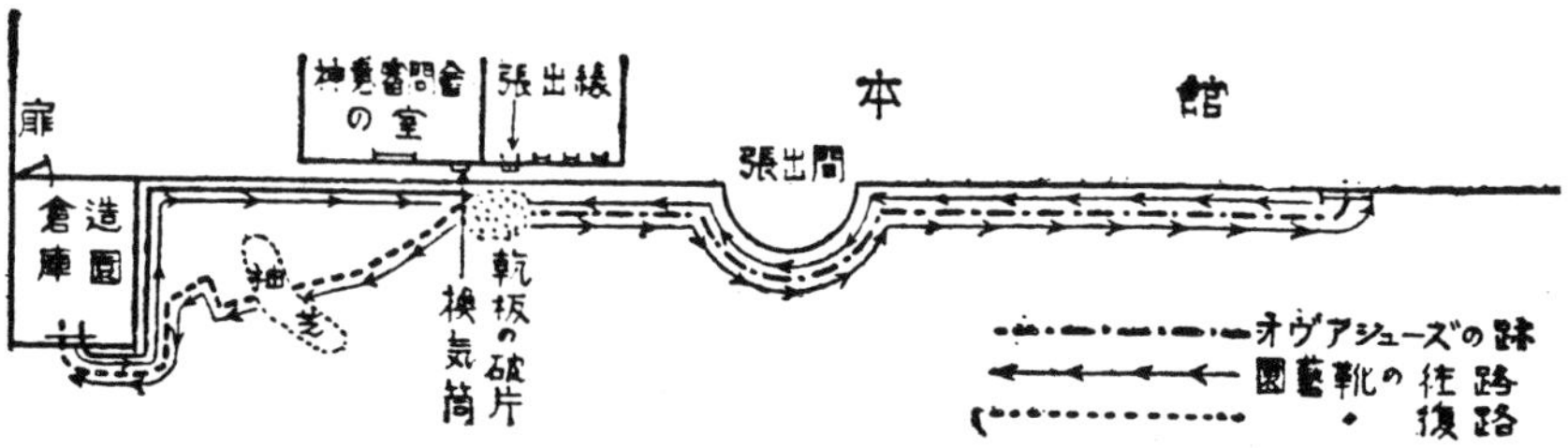


アイデなどの黒呪術的占星学《ブラックマジカル・アストロジイ》では、それが変死の表徴《シムボル》になっているのだ。所で君達は、十一世紀独逸《ドイツ》のニックス教▼290（ムンメル湖の水精でニクシーと云う、基督▼291教徒を非常に忌み嫌う妖精を礼拝する悪魔教）を知っているかね。あの悪魔教団に属していた毒薬業者の一団は、その三惑星の集合を纈草《かのこそう》▼292・毒人参《ヘムロック》▼293・蜀羊泉《ズルカマラ》▼294の三草で現わして、その三つを軒《のき》辺《べ》に吊《つる》し、秘かに毒薬の所在を暗示していたと伝えられている。それが、後世になって三樹の葉に代えられたと云うのだが、扨《さて》そこで、その三本の樹を連《つ》らねた三角形と交わるものは、何だろうか？』

註（一）纈草。敗醬《はいしょう》科▼295の薬用植物で、癲癇、ヒステリー痙攣等に特効あるため、学者の星と云われる木星の表徴とす。
（二）毒人参。繖形科《さんけいか》▼296の毒草にして、コニイン▼297を多量に含み、最初運動神経が麻痺するため、妖術士の星と称される土星の象徴とす。
（三）蜀羊泉。茄科《なすか》の同名毒草にして、その葉には特にソラニン▼298、デュルカマリン▼299を含むものなれば、灼熱感を覚えると同時に中枢神経が立ち所に麻痺するため、火星の象徴とす。

網龕灯《あみがんどう》の赭黒《あかぐろ》い灯《あかり》が、薄く雪の積った聖像の陰影を横に縦に揺り動かして、何とも云えぬ不気味な生動を与える。またその光は、法水の鼻孔や口腔を異様に拡大して見せて、如何にも、中世異教精神を語るに適《ふさ》わしい顔貌を作るのだ

いで、そして、しばしば人の子に対して無惨なことをするため、水辺の人々は恐れるという伝説。」『世界神話伝説大系6F　独逸篇』松村武雄編、近代社、1928。

▼291　ムンメル湖　Mummelsee
ドイツ、シュバルツバルト北部に位置する。ムンメルヒェンMümmelchenは、Nixと同じく水の精のこと。

▼292　纈草　valerian
鹿の子草。淡紅色の小花を密生。根茎は生薬の纈草根で、鎮痙剤となる。ハルオミナエシ。

▼293　毒人参　hemlock
地下に蕪状の根茎を有し、夏、茎頂に白色の小花を開く。草全体に猛毒を含み、ギリシャ時代から毒薬として用いた。コニウム。

▼294　蜀羊泉　Solanum dulcamara
「ヒヨドリジャウゴ。ホロシ。山野に生ずる蔓性草本で、多くは他の樹木、垣等に纏繞する有毒植物。」『薬用植物の新療法』薬草研究会、近代文芸社、1930。

▼295　敗醬科
女郎花（おみなえし）を代表とする多年生の薬草。科名は乾燥した根が腐った醬油の臭いを発することに由来。

▼296　繖形科
セリを代表とする香りの強い種。一本の茎から小さな花を多量につける形から傘の形、サンケイ科と名付けた。現在はセリ科と呼ばれる。

▼297　コニイン　Coniine
ドクニンジンConium maculatumに含有される、アルカロイド系の神経毒。

▼298　ソラニン　Solanine

った。然し、熊城は不審を唱えた。

『だが、胡桃・巴旦杏・桃葉珊瑚・水蠟木犀の四本では、結局正方形になってしまうぜ。』

『いや、それが魚なんだよ。』と法水は突飛な言を吐いた。『埃及《エジプト》の大占星家ネクタネブス▼300は、毎年ニイルの氾濫▼301を告げる双魚座《ピスセス》▼302を、♓でなしに☒と云う記号で現わしている。と云うのは、いま君の云った正方形が、所謂《いわゆる》天馬星《ペガスス》▼303の大正方形で、天馬座《ペガスス》の鞍星《マルカブ》の外《ほか》二星にアンドロメダ座▼304のアルフェラッツ星を結び付けた所の、正四角形を指しているからなんだ。そして、この三角琴《プサルテリウム》の筋彫が三角座《トリアングルム》▼305とすれば、その中央に挟まれた聖像は、天馬座《ペガスス》と三角座《トリアングルム》の間にある双魚座《ピスセス》ではないだろうか。所で、一五二四年にもそれがあって、当時有名な占星数学者ストッフェル▼306が再洪水説を称えたと云う程で、とにかく三つの外惑星が双魚座《ピスセス》と連結すると云う天体現象は、大凶災の兆とされているのだ。然し、凶災を人為的に作ろうとするのが、呪咀じゃないか。ともあれ、これを見給え。実は、先刻図書室で見たマクドウェル▼307の梵英辞典に、見馴れない蔵書印が捺《お》してあったのだけれど、いま考えるとそれがディグスビイの奇異《ふしぎ》な趣味と病的な性格を語るものに違いなかったのだよ。』

と法水が、聖像の周囲《ぐるり》にある雪を払い退けると、鍛鉄《たんてつ》の十字架から浮び上った痛ましい全身には、見る見る不思議な変化が現われて往《い》った。それは、或は彼が魔法を使ったのではないかと疑われたほどによもや人間の世界にあろうとは思われぬ奇怪な符合だった。磔身《はりつけ》の頭から爪尖《つまさき》までが、白く𑖨𑖽《ラン》の形で残されてしまったのだ。

然し法水は静かに、聖像から変化した不可解な記号の事を説き始めた。

『ねえ支倉君、黒呪術《ブラック・マジック》▼308と云うものは、異教と基督教《キリスト》を繋ぐ連字符である――とボードレールが云うじゃないか。まさにこれは、調伏呪語に使う梵語の𑖨𑖽《ラン》の字なんだよ。また、三角琴《プサルテリウム》の∀に似た形は呪詛調伏《アビシヤロキヤ》▼309の黒色三角炉▼310に必要な、積柴《せきさい》法形なのだ。


---

ジャガ芋の芽など、ナス科植物に含まれるステロイドアルカロイド。神経毒となり大量摂取すると死に至る。
▼299　デュルカマリン　dulcamarin
蜀羊泉の実から抽出される配糖体。下痢や嘔吐などを起こす場合もある。
▼300　ネクタネブス　Nektanebes
ネクタネボ一世、ネクト・ヘル・ヘブ・メリ・アメン。エジプト第三十王朝初代の王、在位BC380-BC362。各地に神殿を造営し、祭祀を復活した。アレクサンドロス大帝の不貞の父とも伝わる。
▼301　ニイルの氾濫　floods of the Nile
毎年春に起きるナイル河の洪水は、田園に生命を与え収穫をもたらす。洪水の運んでくる沃土と緑の生命、その一切をエジプト人は一つの神であると考えた。
▼302　双魚座　Pisces
魚座、黄道十二宮の一つ。
▼303　天馬星　Pegasus
ペガサス座。ギリシャ神話のペガサスに因む北天の星座。アンドロメダ座の南西、白鳥座の南東にある大星座。星座中四個の星が形成する四辺形をペガサスの方形という。

鞍星Markabは、ペガサス座の鞍の部分の星。アラビア語で「乗り物」の意味。
▼304　アンドロメダ座　Andromeda
秋の星空で一番大きな星座。アンドロメダは古代エチオピアの王女。生け贄として岩に縛り付けられたが、ペルセウスに救われた。

アルフェラッツ星Alferatは、アンドロメダ座の$\alpha$星。「頭」の意。

チルダースの『呪法僧《アンギラス》』[311]の中に不空羂索《けんじやく》神変真言経[312]の解釈が載っているが、それに依ると、रं《ラン》は、火壇に火天を招く金剛火だ。その字片を∀の形に積んだ柴の下に置いて、それに火を点じ、白夜珠吠陀《スクラヤジユルヴエーダ》[313]の呪文・ॐअग्नयेस्वाहा《オムアギアナウエイソワカ》を唱えると、千古の大史詩「摩訶婆羅多《マハーブラタ》」[314]の中に現われる毘沙門天《ヴイシユラヴナ》[315]の四大鬼将——乾闥《かんど》婆大力《はばたいりき》軍将[316]・大竜衆《たっちむーか》[317]・鳩槃《きゆうはん》茶《ふ》大臣《だいじん》大将[318]・北方薬叉《やくしや》鬼将[319]の四鬼神が、秘かに毘沙門天《ヴイシユラヴナ》の統率を脱し来り、また、史詩「羅摩衍那《ラーマーヤーナ》」[320]の中に現われる羅刹《らせつ》羅縛拏《ラーヴナ》[321]も十の頭を振り立てて、悪逆火天[322]となって招かれると云うのだ。だから、僕がもし仏教秘密文学の耽溺者《たんできしや》だとしたら、毎夜この墓窖では、眼に見えない符号呪術の火が焚かれていて、黒死館の櫓楼の上を彷徨《ほうこう》する黒い陰風がある——と結論しなければならんだろう。然し、勿論僕は、それを心理分析としか解釈しない。そして、ディグスビイと云う神秘的な性格を持つ男が、生前抱いていた意志である——と云う、推断だけに止《とど》めて置きたいのだ。何故なら熊城君、既に僕は危険を悟って心霊学の著述などは、ロッジ[323]の「レイモンド」ボルマン[324]の「蘇格蘭人ホーム《デル・スコッテ》」[325]の改訂版以後は読まないのだし、また、「妖異評論《オツカルトレヴウ》」[326]の全冊を焼き捨ててしまった程だからね。』

最後に至って、法水は鉄のような唯物主義者[327]の本領を発揮したけれども、彼の張り切った絃線《げんせん》[328]のような神経に触れるものは、立ち所に類推の華弁《かべん》となって開いてしまう。僅か一つの弱音器記号からでも、当の館の人々にさえ顔相《かおかたち》も知られていない、故人クロード・ディグスビイの驚くべき病的心理を曝《あば》き出したのであった。それから、法水等は墓地を出て、風雪の中を本館の方に歩んで行ったが、斯《こ》うして、捜査は夜になるも続行されて、愈々《いよいよ》、黒死館に於ける神秘の核心をなすと云われる、三人の異国楽人と対決する事になった。

---

▼305　三角座　Triangulum
細長い二等辺三角形を形成する北天の星座で、プトレマイオスの星表に登場する四十八星座の一つ。

▼306　ストッフェル　Stöffler, Johannes 1452-1531
ステッフレル。ドイツの数学者・天文学者・占星術師・司祭。1525、ステッフレルは創世記の大洪水が再び襲来すると予言して、ヨーロッパに恐慌を引き起こした。cf.『英国文明史　第五編下～六編』伯克爾（トーマス・バックル）、宝文閣、1879

▼307　マクドウェル　Macdonell, Arthur Anthony 1854-1930
マクドネル。イギリスのサンスクリット学者。『ヴェーダ』の研究で知られる。

▼308　黒呪術　black magic
超自然的存在や神秘的な力に働きかけて種々の目的を達成しようとする行為のうち、善意の意図による白呪術と対極にある魔術。

▼309　呪詛調伏　abhicaraka
アビチャーラカ。アビシャロキヤは音写「阿毘遮嚕迦」の読み。調伏とは、密教の四種法の一つで、五大明王などを本尊として法を修し、怨敵・魔障を降伏（ごうぶく）すること。

▼310　黒色三角炉
降伏祈願を行う修法壇は黒色で、三角の炉を使い、毒のある木や臭みの強い木、棘のある木に咲く花を供える。

▼311　呪法僧　angiras

鴦耆羅。インド神話に登場する神話的聖仙。邪悪有害の呪詛調伏、黒魔術を行う。アタルヴァ

## 三、莫迦ミュンスターベルヒ！▼329

一同が再び旧《もと》の室《へや》に戻ると、法水は早速に真斎を呼ぶように命じた。間もなく足《あし》萎《な》の老人は四輪車を駆《か》ってやって来たが、以前の精気は何処へやらで、先刻うけた苛責《かしやく》のために顔は泥色に浮腫《むく》んでいて、まるで別人としか思われぬような憔悴《やつ》れ方だった。この老史文家は指を神経的に慄わせ、何処となく憂色を湛《たた》えていて、明らかに再度の喚問を忌怖するの情を示していた。法水は自分から残酷な生理拷問を課したにも拘らず、空々しく容体を見舞った後に、切り出した。

『実は田郷さん、僕には、この事件が起らない以前から知りたい事があったのですよ。と云うのは、殺されたダンネベルグ夫人をはじめ四人の異国人に関する事なんですが、あの人達を一体どう云う理由の下《もと》に、算哲博士が幼少の頃から養わねばならなかったのでしょうか？』

『それが判れば、』と真斎はホッと安堵の色を泛《うか》べたが、先刻とは異なり率直な陳述を始めた。『この館が、世間から化物屋敷のようには云われませんじゃろう。御承知かも知れませんが、あの四人の方々は、まだ乳離れもせぬ揺籃の時分に、各々《それぞれ》本国にいる算哲様の友人の方々から送られて参ったそうです。然し、日本に着いてからの四十年余りの間と云うものは、確かに美衣美食と高い教程でもって育まれて行ったのですから、外見だけでは、充分宮廷生活と申せましょう。ですが、儂にはそう申すより、寧ろそう云う高貴な壁で繞らされた牢獄と云った方が、適わしいような感じがしますのじゃ。恰度それが、「ハイムスクリングラ▼330（オーディン神より創まっている古代諾威王歴代記▼331▼332）」にある僧正テオリディアルの執事そっくりじゃ。あの当時の日払租税のために一生金勘定をし続けたと云うザエクス爺《おやじ》と同様、あの四人の方々も、一歩の外出すら許

---

ヴェーダを作った。チルダースとの関係は不詳。
cf.「印度神変術」武田豊四郎『変態心理　第八号』1918/6

▼312　不空羂索神変真言経
不空羂索観音の真言陀羅尼、念誦法、曼荼羅、功徳などを説く全三十巻の経文。
古代インドのヴェーダVedaをはじめ神々への祈りの言葉＝マントラmantra（咒）を、密教は積極的に取り入れたが、仏徳の具現や秘密語として守るため、サンスクリットのまま表記・発音するように指示している。

▼313　白夜珠吠陀　Shukla yajurveda
シュクラ・ヤジュル・ヴェーダ。Shuklaは明・文・知などと訳す。インド最古の宗教文献。バラモン教の根本聖典。

▼314　摩訶婆羅多　Mahabharata
マハーバーラタ。古代インドの大叙事詩。現存のものは四世紀頃できた。ヒンドゥー教徒は宗教・哲学・倫理・政治・法律その他あらゆる方面の根本聖典として尊崇。

▼315　毘沙門天　Vaišravana
ヴァイシュラヴァナ。あまねく聞く意。仏を守る四天王、十二天の一人。夜叉・羅刹を率いて北方世界を守護し、また財宝を守るとされる神。甲冑を着けた憤怒の武将形に表され、片手に宝塔を捧げ、片手に鉾または宝棒を持つ。

▼316　乾闥婆大力軍将
けんだつば、ガンダルヴァ。ソーマの守護神。仏教では天竜八部衆、また四天王眷属の八部鬼神の一人である。

▼317　大竜衆
四天王の一人、広目天の家来の一部。諸竜王が

されなかったのです。それでも、永年の慣習《しきたり》は恐しいもので、却って御当人達には、人に接するのを嫌う——所謂厭人《いわばえんじん》とでも云うような傾向が強くなって参りました。年に一度の演奏会でさえ、招かれた批評家達には演奏台の上から目礼するのみの事で、演奏が終れば、サッサと自室に引っ込んでしまうと云った風でした。ですから、あの方々が、何故揺籃のうちにこの館に連れ来られ、そうして、鉄の籠の中で老いの始まるまで過さねばならなかったかと云う事は、もう今日では、過ぎ去った古話《サガ》▼333に過ぎません。ただ記録だけを残したままで、算哲様はそっくりの秘密を、墓場の中へ運ばれてしまうたのです。』

『ああ、ロエブ▼334みたいな事を……』と法水は道化《おどけ》たような嘆息をしたが、『いま貴方は、あの人達の厭人癖を植物向転性《トロピズム》▼335みたいにお考えのようでしたね。然し、それは多分、単位の悲劇なんでしょうよ。』

『単位!?　無論四重奏団《カルテット》としては、一団をなして居られたでしょうが。』と真斎は単位と云った法水の言葉に、深遠な意義が潜んでいるのを知らなかった。『所で、あの方々とお会いになられましたかな。どなたも冷厳なストイシャン▼336です。仮令《よしんば》傲慢や冷酷があっても、あれほど整美され切った人格が、真性の孤独以外に求められようとは思われませんな。ですから、日常生活では、大してお互いが親密だと云う程でもなく、若い頃にも、密接した生活に拘らず、一向恋愛沙汰など起らなかったのですよ。尤《もっと》も、お互いに接近しようとする意識がない所以《せい》もあるでしょうが、感情の衝突などと云う事は、あの一団にも、また異人種の吾々《われわれ》に対しても、曾つて見た事がないと云う程ですのじゃ。とにかくあの四人の方々が、一番親愛の情を感じていた人物と云えば、やはり算哲様でしょうかな。』

『そうですか、博士に……』▼337一端法水は意外らしい面持《おももち》をしたが、烟をリボンのように吐いて、ボードレールを引用した。

---

眷属である。本文呼称の根拠は不詳。

▼318　鳩槃荼大臣大将
くばんだ、クンバーンダ。南方守護神である増長天の家来。

▼319　北方薬叉鬼将
薬叉とは毘沙門天の眷属で古代インド神話に登場する鬼神、夜叉とも称する。のちに仏教に取り入れられ護法善神の一尊となった。本文呼称は不詳。

▼320　羅摩衍那　Ramayana
ラーマーヤナ。マハーバーラタと並び称される、古代インドの大叙事詩。ヴァールミーキ作と伝えられる。全七編で現存のものは二世紀末頃の成立。

▼321　羅刹羅縛拏　Raksasa Ravana
ラークシャサは、破壊と滅亡を司る神。悪鬼の通名。足が速く大力で人を魅惑し、あるいは人を食うという。足疾鬼。ラーヴァナは、ランカー島を本拠地としてラークシャサ族を治める魔王。十の頭、二十の腕と銅色の目、月のように輝く歯と山のような巨体を持つ。

▼322　悪逆火天
火天は、仏教における天部の一人で、十二天では羅刹天と同格。火を神格化したもの。悪逆は、古代中国における肉親尊属に対する重大犯罪。

▼323　ロッジ
Lodge, Oliver Joseph 1851-1940
イギリスの物理学者。電気通信、特に無線電信を研究して、電磁誘導無線電信を発明した。後年は心霊学に没頭し、死者との通信を信じた。博士の愛息レイモンドは、第一次世界大戦で壮

『それでは、吾が懐かしき魔王よ《オー・モン・シエル・ベルゼブユート》▼338——でしょうか。』

『そうです。まさに吾なんじを称えん《ジュ・タドール》▼339——じゃ。』真斎は微かに動揺したが、劣らず対句で合槌《あいづち》を打った。

『然し、ある場合は、』と法水は鳥渡《ちよつと》思案気な顔になり、『洒落者や阿諂者はひ《エ・ボー・エンド・ウイットリング・》しめき合って《ペリシユト・イン・ゼ・スロング》▼340——』と云いかけたが、急にポープ▼341の「髪盗み《レープ・オヴ・ゼ・ロック》」▼342を止めて、「ゴンザーゴ殺し」▼343（ハムレット中の劇中劇）▼344の独白《セリフ》を引き出した。

『結局《どのみち》、汝真夜中の暗きに摘みし茶の臭き液よ《ザウ・ミクスチユア・ランク・オヴ・ミッドナイト・ウイーズ・コレクテッド》▼345——でしょうからね。』
▼346『どうして』と真斎は頸を振って、『三たび魔神の呪詛に萎れ、毒気に染みぬる《ウイズ・ヒケイツ・バン・スライス・ブラステッド・スライス・インフエクテッド》——とは決して、』と次句で答えたが、異様な抑揚で、殆ど韻律を失っていた。のみならず、何故《なにゆえ》か周章《あわてふため》いて復誦したが却ってそれが、真斎を蒼白なものにしてしまった。法水は続けて、
『所で田郷さん、事に依ると、僕は幻覚を見ているのかも知れませんが、この事件に——然るに上天の門は閉され《バット・ジ・イシリアル・ゲート・クローズド》▼347——と思われる節があるのですよ。』とミルトン▼348の「失楽園」でルシファ▼349を描いている一句に、法水は門《ゲート》と云う一字を挟んだ。

『所が、この通り、』真斎は平然としながらも、妙に硬苦しい態度で答えた。『隠扉《かくしど》もなければ、揚蓋《あげふた》や秘密階段もありませんですから、確実に、再び開く事なし《ナット・ロング・デイヴイジブル》▼350——です。』

『ワッハハハハ、いや却って、異常に空想が働き、男自ら妊れるものと信ずる《メン・プルーヴ・ウイズ・チャイルド・アズ・パワーフル・ファンシー・ウオークス》▼351ならん——かも知れませんよ。』と法水が爆笑を上げたので、それまで、陰性のものがあるように思われて、妙に緊迫していた空気が、偶然そこで解《とか》れてしまった。真斎もホッとした顔になって、

『それより法水さん、この方を儂は、処女は壺になったと思い、三たび声を上げ《エンド・メイド・ターンド・ボットルス・コール・アラウド・フォア・》て栓を探す《コークス・スライス》▼352だと思うのですよ』


烈な死を遂げ、博士は子息との交信を試みてその記録『レイモンド』*Raymond, or Life and Death* 1916を出版した。cf.『レイモンド　人間永生の証験記録』野尻抱影訳、奎運社、1924

▼324　ボルマン
Bormann, Walter 1844-1914
ドイツのカント哲学者。『蘇格蘭人ホーム』*Der Schotte Home* 1909。

▼325　ホーム
Home, Daniel Dunglas 1833-1886
イギリス、スコットランドの霊媒者。諸国で心霊実験を行い、立ち会った物理学者クルックスはその真実性を承認した。

▼326　妖異評論　Occult Review
イギリスのオカルティズム研究雑誌。アレイスター・クロウリー、A・E・ウェイトなどが寄稿。創刊1905。

▼327　唯物主義者　materialist
観念や精神の根底には物質があると考え、それを重視する者。

▼328　絃線
楽器に張られた、金属や羊などの腸から作った弦。ガット。

▼329　ミュンスターベルヒ
Münsterberg, Hugo 1863-1916
ドイツ生まれ、アメリカの心理学者。ハーバード大学教授。精神治療・裁判心理学・産業心理学等の先駆をなした。

▼330　ハイムスクリングラ
*Heimskringla* 1230頃
『ヘイムスクリングラ』。スノッリ・ストゥルルソンSturluson, Snorri 1179-1241作のサーガ。

この奇様な詩文の応答に、側の二人は唖然となっていたが、熊城は苦々しく法水に流眄《ながしめ》をくれて、事務的な質問を挟んだ。

『所で、お訊ねしたいのは、遺産相続の実状なんです。』

『それが、不幸にして明らかではないのですよ。』真斎は沈鬱な顔になって答えた。『勿論その点が、この館に暗影を投げているとも云えましょう。算哲様はお没《なく》りになる二週間程前に、遺言状を作成して、それを館の大金庫の中に保管させました。そして、鍵も文字合わせの符表も共に、津多子様の御夫君押鐘童吉《どうきち》博士にお預けになったのですが、何か条件があると見えて、未だ以って開封されては居りません。儂は相続管理人に指定されているとは云い条、本質的には全然無力な人間に過ぎんのです。』

『では、遺産の配分に預かる人達は？』

『それが奇怪な事には、旗太郎様以外に、四人の帰化入籍をされた方々が加わって居ります。然し、人員はその五人だけですが、その内容となると、知ってか知らずか、誰しも一言半句さえ洩らそうとはせんのです。』

『全く驚いた。』検事は、要点を書き留めていた鉛筆を抛《ほう》り出して、『旗太郎以外にたった一人の血縁を除外しているなんて。だが、そこには何か不和とでも云うような原因が……』

『それがないのですから。算哲様は津多子様を一番愛して居られました。また、その意外な権利が、四人の方々には恐らく寝耳に水だったでしょう。殊にレヴェス様の如きは、夢ではないかと申された程です。』

『それでは田郷さん、早速押鐘博士に御足労願う事にしましょう。』法水は静かに云った。『そうしたら、幾分算哲博士の精神鑑定が出来るでしょうからな。では、どうぞこれでお引き取り下さい。それから、今度は旗太郎さんに来て頂きますか

---

最古の伝説時代から1177に至るノルウェー王朝史を扱う一大長編で、欧州中世の自国語で書かれた歴史記録として、質量ともに最もすぐれたものの一つ。

▼331　オーディン神　Odin
ゲルマン民族の最高神。軍事をはじめ、予言や文学を司る。軍勢の主、死霊群の統率者とも見なされる。

▼332　諾威　Norway
ノルウェー王国。ヨーロッパの北部、スカンジナビア半島の西部を占める。九世紀末にノルマン人により国家を形成。水産業・海運業が盛ん、バイキング発祥の地。

▼333　古話　saga
サーガ。アイスランド語で物語の意。古ノルド語による古代・中世の北欧散文物語の総称。転じて、英雄伝説・武勇伝・冒険譚・歴史物語のこと。

▼334　ロエブ　Loeb, Jacques 1859-1924
レーブ。ドイツ出身のアメリカの実験生物学者。トロピズムに関する文献は*Der Heliotropismus der Tiere und seine Überreinstimmung mit dem Heliotropismus der Pflanzen* 1890。

▼335　植物向転性　tropism
向日性。光の刺激で起きる植物の屈性のうち、光の方向へ曲る性質。向光性。

▼336　ストイシャン　stoician
ギリシャのストア哲学を信奉する者、後に、極端な禁欲主義者も指すようになった。

▼337　ボードレール　Baudelaire, Charles 1821-1867
フランスの詩人。象徴派の先駆者で、芸術至上

な』

　真斎が去ると、法水は検事の方へ向き直って、

『これで、二つ君の仕事が出来た訳だよ。押鐘博士に召喚状を出す事と、もう一つは、予審判事に家宅捜索令状を発行して貰う事なんだ。だって、僕等の偏見を溶かしてしまうものは、この場合、遺言状の開封以外にないじゃないか。どのみち、押鐘博士もおいそれとは承諾しまいからね。』

『時に、君と、真斎がやった詩文の問答だが、』熊城は卒直に突っ込んだ。『あれは、何か物奇主義《ディレッタンティズム》[353]の産物かね。』

『いやどうして、そんな循環論[354]的な代物なもんか僕が飛んだ思い違いをしているか、それとも、グロッス[355]やミュンスターベルヒが大莫迦野郎になってしまうかだ。』

　法水は曖昧な言葉で濁してしまったが、その時、廊下の方から口笛の音が聴えて来た。それが止むと、扉が開いて旗太郎が現われた。彼はまだ十七に過ぎないのだが、態度が非度く大人びていて、誰しも成年期を前に幾分残っていなければならぬ、童心などは微塵も見られない。殊に、媚麗《うつく》しい容色の諧調を破壊しているのが、落着きのない眼と狭い額だった。法水は叮嚀《ていねい》に椅子を進めて、

『僕はその「ペトルーシュカ」[356]が、ストラヴィンスキー[357]の作品では一番好ましいと思っているのですよ。恐しい原罪哲学じゃありませんか。人形にさえ、口を空いている墳墓《はかあな》が待っているのですからね。』

　冒頭に旗太郎は、全然予期してもいなかった言葉を聴いたので、その青白くすんなり伸びた身体《からだ》が、急に硬ばったように思われ、神経的に唾を嚥《の》み始めた。法水は続けて、

『と云って、貴方が口笛で「乳母の踊り」[358]の個所《ところ》を吹くと、それにつれてテレーズの自動弾条人形《ペトルーシュカ》[359]が動き出すと云うのではないのです。それに、また昨夜《ゆうべ》十一時頃に、

---

主義・頽廃主義の代表者。詩集『悪の華』1857は近代詩の聖典。

▼338　吾が懐かしき魔王
O mon cher Belzébuth, je t'adore !
「おおわが妖魔ベルゼビュット、お前を愛する」『悪の華』「妖魔に憑かれた男」Le Possédé、鈴木信太郎訳、岩波文庫、1961。ボードレールはこの部分をカゾットの小説から引用している。「僕の可愛いベエルゼビュート（悪魔）よ、僕は、君を愛する。」『悪魔の恋』ジャック・カゾット、渡辺一夫・平岡昇訳、国書刊行会、1976。

▼339　吾なんじを称えん
前項引用の続きの部分。

▼340　洒落者や阿諂者はひしめき合って
A Beau and Witling perish'd in the throng
『髪盗み』*The Rape of the Lock* CANTO V 1712-1714 Pope, Arexander

▼341　ポープ
Pope, Alexander 1688-1744
イギリスの詩人・批評家。擬古典主義の代表者で、当時の文壇に君臨した。『人間論』、『愚者列伝』など。

▼342　髪盗み
*The Rape of the Lock* 1712-1714
求婚者の男が女性の髪の房を戯れに切ったことに端を発したカトリック貴族二家の諍いを風刺した幻想的な擬古英雄詩。『黒死館』初出以前『髪盗み』の邦訳はなく、本文は虫太郎による訳出と思われる。

▼343　ゴンザーゴ殺し
The Murder of Gonzago
『ハムレット』三幕二場の挿話。ハムレットが、

貴方が紙谷伸子と二人でダンネベルグ夫人を訪れ、それからすぐ寝室に入られたと云う事も判っているのですからね。』

『それでは、何をお訊ねになりたいのです？』旗太郎は充分声音変化の来ている声で、反抗気味に問い返した。

『貴方がたに課せられている、算哲博士の意志をです。』

『ああ、それでしたら、』と旗太郎は、微かに自嘲めいた亢奮を泛《うか》べて、『確かに、音楽教育をしてくれた事だけは、感謝してますがね。でなかった日には、既《とう》に気狂《きちが》いになっていますよ。そうでしょう、倦怠、不安、懐疑、廃頽《はいたい》――と明け暮れそればかりです。誰だって、こんな圧《お》し殺《つぶ》されそうな憂鬱の中で、古びた能衣裳みたいな人達と一所《いっしょ》に暮して行けるもんですか。実際父は、僕に人間惨苦の記録を残させる――それだけのために、細々と生を保って行く術《すべ》を教えてくれたのです。』

『そうすると、それ以外の凡てを、四人の帰化入籍が奪ってしまったと云う訳ですか？』

『多分そうともなりましょうね。』と旗太郎は妙に臆したような云い方をして、『いや、事実未だに、その理由が判然として居りません。何しろグレーテさん始め四人の人達の意志が、それには少しも加わっていないのですからね。所で、斯《こ》う云う女王《クィーン》アン時代の警句を御存知ですか。陪審人が僧正《ビショップ》▼360の夕餐《ゆうさん》に与《あずか》るためには、罪人が一人絞《くび》り殺される――って。大体、父と云う人物がそう云う僧正《ビショップ》みたいな男なんです。魂の底までも、秘密と画策に包まれているんですから溜りませんよ。』

『所が旗太郎さん、そこにこの館の病弊があるんですよ。何れ除かれる事でしょうが、然し貴方だって、博士の精神解剖図を持っている訳じゃありますまい。』と相手の妄信を嗜《たしな》めるように云ってから、法水は再び事務的な質問を放った。

『所で、入籍の事を、博士から聴かれたのは何日頃です？』

---

母と叔父の悪事を暴くために旅役者に演じさせた劇。

▼344　ハムレット *Hamlet* 1601頃　シェークスピアの四大悲劇の一つ。デンマークの王子ハムレットは、父王を毒殺した叔父と不倫の母への復讐を父の亡霊に誓うが、思索的な性格のために悩み、恋人オフィーリアを棄て苦悩の末に復讐を遂げて死ぬ。

▼345　汝真夜中の暗きに摘みし茶の臭き液よ　Thou mixture rank, of midnight weeds collected　「汝真夜中の暗に摘みて、三たび魔王（ヘケート）の呪咀（のろい）に萎れ、三たび毒気に染みぬる草の臭き液（しる）よ、」『ハムレット三幕二場』坪内逍遥訳、第三書館、1989。

▼346　三たび魔神の呪詛に萎れ、毒気に染みぬる　With Hecate's ban thrice blasted, thrice infected　前項逍遥訳の後半に当たる。

▼347　然るに上天の門は閉され　Pass'd through him, but th' Ethereal substance clos'd Not long divisible, and from the gash　「さわれ、霊質は長く裂かれずして、閉ず。」『失楽園』ミルトン、繁野天来訳『世界文学全集5』新潮社、1929。Ethereal霊妙な、substance物質。ストーリー展開に合わせて引用元の、「物質」を「門」に置き換えている。虫太郎による改竄の例。

▼348　ミルトン　Milton, John 1608-1674　イギリスの詩人。『失楽園』*Paradise lost* 1667が代表作。『失楽園』では神に対する悪魔の反

『それが、自殺する二週間程前でした。その時遺言状が作成されて僕は、自分自身に関する部分だけを父から読み聴かされたのでした。』と云い掛けたが、旗太郎は急に落着かない態度になって、『ですけど法水さん、僕には、その部分をお聴かせする自由がないのですよ。口に出したら最後、それは持分の喪失を意味するのですからね。それに、他の四人も同様で、やはり自分自身に関する事実より外に知らないのです。』

『いや決して、』と法水は、諭すような和《なご》やかな声音で、『大体日本の民法では、そう云う点が頗る寛大なんですよ。』

『所が駄目です。』旗太郎は蒼ざめた顔で、キッパリ云い切った。『何より、僕は父の眼が怖しくてならないのです。あのメフィスト▼361のような人物が、跡々にも何かの形で、陰剣な制裁方法を残しとかずには置くものですか、屹度《きっと》グレーテさんが殺されたのだって、そう云う点で、何か誤ちを冒したからに違いありません。』

『では、酬いだ……』と熊城は鋭く切り込んだ。

『そうです。ですから、僕が云えないと云う理由は、充分お解《わか》りになったでしょう。それればかりでなく、第一、財産がなければ、僕には生活と云うものがないのですからね。』と平然と云い放って、旗太郎は立ち上った。そして、提琴奏者《ヴァイオリニスト》特有の細く光った指を、十本卓子《テーブル》の端に並べて、最後に彼は非度く激越な調子で云った。

『もうこれで、お訊ねになる事はないと思いますが、僕の方でも、これ以上お答えする事は不可能なのです。然し、この事だけは、はっきりと御記憶になって下さい。よく館の者は、テレーズ人形の事を悪霊だと申すようですが、僕には、父がそうではないかと思われるのです。いいえ確かに、父はこの館の中に未だ生きている筈です。』

旗太郎は、遺言書の内容には極めて浅く触れたのみで、再度鎮子に続いて、黒死

逆と、人間が神の作った楽園から追放されるまでを描く、『創世記』を題材にした叙事詩。
▼349 ルシファ　Lucifer
天使を統治する地位にありながら、神に背いて堕天使となった。サタンの別名。
▼350 再び開く事なし
前記『失楽園』引用原文の続き部分。
▼351 異常に空想が働き、男自ら妊れるもの　Men prove with child, as pow'rful fancy works
『髪盗み』からの引用。
▼352 処女は壺になったと思い、三たび声を上げて栓を探す　And maids turn'd bottles, call aloud for corks.
『髪盗み』からの引用の続き。原文には「スライス」の語はつかない。
▼353 物奇主義　dilettantism
好事家、生半可の知識。
▼354 循環論
論点先取りの誤謬の一つで、論証すべき結論を論証の前提とするような論証の方法。循環論証。
▼355 グロッス（新潮社版単行本では「ユング」Jung, Carl Gustav 1875-1961）
ユングはスイスの心理学者・精神医学者。グロッスは後出第四回註75「グロス」参照。グロッスやミュンスターベルヒは『グリーン家』で重要な役割を持つ研究者名。グロッスは犯罪学者で、心理学者ではないので、ユングに変更したか。
▼356 ペトルーシュカ　Pétrouchka
ストラヴィンスキー作曲のバレエ。ディアギレフのロシアバレエ団によりパリ初演1911。ニ

館人特有の病的心理を強調するのだった。そうして陳述を終ると淋しそうに、会釈してから戸口の方へ歩んで行った。所が、彼の行手に当って、異様なものが待ち構えていた。と云うのは、扉の際まで来ると、何故かその場で釘付けされたように立ち竦《すく》んでしまい、そこから先へは一歩も進めなくなってしまったのだ。それは、単純な恐怖とも異なって、非常に複雑な感情が動作の上に現われていた。左手を把手《ノッブ》にかけたままで、片腕をダラリと垂らし両眼を不気味に据えて、前方を凝視しているのだった。明らかに彼は、何事か扉の彼方に、或る忌怖すべきものを意識しているらしい。が、やがて、旗太郎は、顔面をピリリと怒張させて、醜い憎悪の相を現わした。そして、痙《ひっ》つれたような声を前方に投げた。

『ク、クリヴォフ夫人……貴女は、』

（以下次号——此章未了）

---

ジンスキー主演の人形たちの恋愛悲劇。

▼357　ストラヴィンスキー　Stravinsky, Igol Fedorovich 1882-1971
ロシア出身、アメリカの作曲家。『火の鳥』、『春の祭典』など前衛的な作風で、当時もっとも注目されていた。

▼358　乳母の踊り
『ペトルーシュカ』第四場中の小曲。

▼359　自動弾条人形
ペトルーシュカは糸操り人形だから、本来バネや機械は内蔵していない。

▼360　僧正　bishop
新教（プロテスタント）では監督、ギリシャ正教会では主教、カトリックでは司教。エピソードは『髪盗み』CANTO Ⅲ-21-22からの一部引用。The hungry Judges soon the sentence sign, And wretches hang that jury-men may dine「腹をすかした判官の判決署名も急ぎがち、陪審員の午餐のために、首をつられる人で無し」『髪の掠奪』ポープ、岩崎泰男訳、同志社大学出版部、1973。

▼361　メフィスト　Mephistopheles
メフィストフェレス。ファウスト伝説およびゲーテの『ファウスト』の中の悪魔の名。ファウストを誘惑し、魂を売る約束をさせてその召使となり、その冒険を助ける。

▼123　ストラスブルグ　Strasbourg
フランス北東部、ライン川左岸にある都市。

▼124　プリニウス
Gaius Plinius Secundus 23-79
古代ローマの博物学者・軍人、ローマ帝国の海外領土総督。大プリニウスと呼ばれる。
『万有史』*Historia Naturalis* 77、全三十七巻からなる『博物誌』。一六七六年ストラスブルグ版は不詳。文中引用の書名表記もあり。

▼125　ライデン古文書　Leyden Papyrus
エジプト錬金術に関しての重要な文献。テーベ付近の古墳から一種のパピルスが発掘され1828、その一部分はオランダのライデン博物館に、一部分はスウェーデンのストックホルム学士院の所蔵に帰した。前者はライデン・パピルス、後者はストックホルム・パピルスといわれ、それぞれベルトロとラーガークランツが翻訳解説した。cf.『物質観の歴史』スヴェドベリ、田中実訳、白水社、1942

▼126　ソラヌス　Soranos Ephesus
エフェゾスのゾラノス。二世紀のギリシャの医学者。古代医学における最も有名な婦人科学の大家。『病因論』の中で性的な悪夢 Incubus を神またはキューピッドによるものとした当時の迷信を説破している。cf.『西洋医学史』小川政修、日新書院、1943

▼127　使者神指杖　caduceus
カドゥケウス。翼のある棒に二匹の蛇が巻き付いた、神々の使者マーキュリー（ヘルメス）の杖。医術のシンボル。書名としては不詳。

▼128　ロンドレイ
Rondelet, Guillaume 1507-1566
フランスの博物学者、モンペリエ大学教授。海産動物、特に地中海の魚類を研究し、精密な図譜を刊行した。ラブレーの友人。

▼129　アルノウ
Arnaud de Villneuve 1235頃-1313
中世の錬金術師・医師。

▼130　アグリッパ　Agrippa von Nettesheim, Cornelius Heinrich 1486-1535
ドイツの医師・自然哲学者。

▼131　永田知足斎
永田徳本（とくほん）。姓は長田とも、生没年不詳、一説に1513-1630。室町末期・江戸初期の医家。

▼132　杉田玄伯　1733-1817
杉田玄白。江戸中期の蘭医。前野良沢らと『解体新書』を翻訳。

▼133　南陽原　1753-1820
原南陽。名は昌克。江戸後期の水戸藩医。軍陣医学書『砦艸（とりでぐさ）』を著す。号を前に出した『南陽　原先生文集』が存在するため生じた誤りか。蘭学とは無関係。

▼134　蘭書釈刻
玄白以外は蘭学と無関係だが、釈刻を和漢古医学の註釈と捉えれば、意味は通じる。

▼135　隋
中国、古代の王朝581-618。漢帝国の崩壊後、約四百年続いた分裂を克服し、再び中国を統一した。

▼136　経籍志
中国歴史書中で、図書目録のこと。

▼137　玉房指要
隋書三十四『経籍志三』には、若干の房術書の名が羅列されているが、具体的内容の記述はない。また、『経籍志』には、『玉房秘決』の名はあるが、『玉房指要』の名はない。また『玉房秘訣』は散逸しており、『千金方』や『医心方』に引用された部分のみが知られている。

▼138　蝦蟇図経
『黄帝蝦蟇経（こうていかばくきょう）』。最も古い経穴図書。月と人間の気血の関係を図入りで解説した書物。月にいる蝦蟇が月を食べるので満ち欠けが起こる、という伝説を理論化した。

▼139　仙経
せんぎょう。不老長寿の術を説く道教の書。

▼140　房術医心方
『医心方』は現存するわが国最古の医書。巻二十八が房内篇にあたり、房中術ともいう。

▼141　Susrta
インドの医師スシュルタ BC500頃、が記したインド医学の古典。『ススルタ大医典』*Sushruta Samhita*。

▼142　Charaka Samhita
『チャラカ・サムヒタ』。BC700頃、インドの医師チャラカが書いた古代医書。

▼143　婆羅門　brahmana
バラモン。インドの身分制の中で最高位にあたる僧侶・祭司階級。

▼144　アウフレヒト
Aufrecht, Theodor 1822-1907
ドイツの言語学者・サンスクリット学者。

▼145　愛経　Kama Sutra
『カーマ・スートラ』。古代インドの性愛書。四〜五世紀頃、バーツヤーヤナ Vatsyayana の作といわれる。アウフレヒトとの関係は不詳。

▼146　梵語
古代インドの文語であるサンスクリットSanskritをいう。中国・日本で梵天が作ったという伝承から名前をつけた。

▼147　生体解剖要綱　Vivisection
生体解剖。書名不詳。

▼148　小脳疾患の徴候学
*Die Symptomatologie der Kleinhirn-Erkrankungen* 1899 Arthur Adler
ハルトマンではないが、完全に書籍名が一致するため作者取り違えか。

▼149　倫敦亜細亜協会
Royal Asiatic Society London
ロンドン王立アジア協会。サンスクリット学者Colebrooke, Sir Henry Thomas 1765-1837によって創立1823。

▼150　孔雀王咒経
ロンドン王立アジア協会が作製した仏教の聖典を総集した大蔵経写本には、孔雀王咒経も含まれる。孔雀明王とは、毒を持つ蛇の天敵の孔雀を神格化したもの。ヒンズー教の女神マハーマーユーリーを受け容れた仏教が、厄災を払う明王として密教経典に納めた。

▼151　暹羅　Siam
1939までのタイの旧名。タイ王ラーマ四世、在位1851-1868は即位後に仏教を土俗的な宗教から革新し、サンスクリット・パーリ語にも通じていた。後出書名との関連は不詳ながらも、最も可能性が高い皇帝。

▼152　阿吒嚢胝経　Atanatiya-suttanta
阿嚢胝経、アーターナーティヤ・スッタンタ。パーリ仏典経蔵長部の第三十二経。

▼153　ブルームフィールド
Bloomfield, Maurice 1855-1928
ドイツ出身、アメリカのインド学者。特にヴェーダ学の文献学的研究で著名。

▼154　黒夜珠吠陀　Krishna Yajurveda
『ヤジュル・ヴェーダ』とは、バラモン教の聖典であるヴェーダの一つで、二種に大別される。註釈を含む古い形式の「黒ヤジュル・ヴェーダ」と、註釈を別項にした新しい「白ヤジュル・ヴェーダ」Shukla Yajurvedaがある。クリシュナ神はインド神話の英雄だが、ヴィシュヌ神の属性としてバラモン教へ取り込んだといわれる。

▼155　シュラギントヴィント
Schlagintweit, Emil 1835-1904
シュラギントヴァイト。ドイツの東洋学者。

▼156　チルダース
Childers, Robert Caesar 1838-1876
イギリスのインド学者。パーリ語辞書を編纂した。

▼157　梵字密教経典
梵字とは、サンスクリット語を記すのに用いる文字。日本では主として悉曇（しったん）文字を用いてきた。密教とは、インドで発達した大乗仏教の頂点。わが国では、真言系と天台系とがある。

▼158　非経聖書　Apocrypha
ユダヤ教やキリスト教初期に、聖書から除外された教義書。経外典。

▼159　黙示録　Apocarypse
旧約聖書では預言書と呼ばれ、新約では『ヨハネの黙示録』を指す。

▼160　伝道書　Qoheleth
箴言集。旧約聖書中の知恵文学の一書で、ソロモンの書ともいわれる。

▼161　猶太教会音楽
シナゴーグsynagogue音楽。ユダヤ教の礼拝儀式に伴って、旧約聖書の朗唱、賛歌が歌われる。

▼162　フロウベルガー
Froberger, Johann Jacob 1616-1667
ドイツの初期バロック音楽作曲家。ヨーロッパで最高のオルガン奏者。

▼163　フェルディナンド四世の死に対する悲嘆
『ローマ王フェルディナント四世の悲しき死に捧げる哀歌』Lamento sopra la dolorosa perdita della Real Maestà di Ferdinando IV Rè de Romani。フェルディナント四世1633-1654は、ハプスブルク家のフェルディナント三世1608-1657、神聖ローマ皇帝の長男。1653次期皇帝としてレーゲンスブルクで戴冠したが、翌年、父に先立ち二十歳で死去した。

▼164　聖ブラジオ修道院　St. Blasien Abbey
ドイツ、バーデン・ヴルッテンブルグ州に九世紀に建立され、ベネディクト修道会に属する。聖ブラシウスSt. Blasius ?-316は、キリスト教の聖人。アルメニアの主教であったが、殉教した。

▼165　神人混婚
Bene Elohim, Benei Ha'Elohim　ヘブライ語で「神の子」の意味。書名不詳。

▼166　ライツェンシュタイン
Reitzenstein, Richard 1861-1931
ドイツの古典語学者・宗教史家。『密儀宗教』*Die hellenistischen Mysterienregionnen* 1927。

▼167　デ・ルウジェ　de Rougé, Olivier Charles Camille Emmanuel 1811-1872
フランスのエジプト学者・言語学者。『葬祭呪文』*Études sur le Rituel funéraire des anciens Egyptiens* 1861-1863。

▼168　抱朴子
葛洪（かっこう）283-343。中国、西晋・東晋時代の道教研究家・著述家。

抱朴子は号であり、また彼の著した煉丹術（東洋錬金術）書も『抱朴子』という。「遐覧篇」は『抱朴子内篇　巻第十九』道術書籍目録に含まれ、変身、隠行術が記述されている。

▼169　費長房
中国、後漢時代（一～三世紀）の方術士。あるいは隋の仏教学者。

▼170　歴代三代記
『歴代三宝紀』。中国、六世紀隋の費長房が撰した仏教史書。仙術書とは費長房を前代の同名の方術士と取り違えたため発生した誤り。

▼171　化胡経
『老子化胡経』。二世紀頃成立した、仏陀は老子の変化身であると説き、道教を仏教より優位に見ようとする説。

▼172　仙術神書
中国古代に書かれた、道教教義を基礎とする方術・煉丹術書。

▼173　キイゼヴェター
Kiesewetter, Karl 1854-1895
ドイツのオカルティスト、著作多数。特にファウスト研究では有名。

▼174　スフィンクス　Sphinx
ドイツのオカルティズム研究誌。キイゼヴェターは寄稿者の一人だった。発行年1886-1896。

▼175　イングルハイム　Ingelheim am Rhein
インゲルハイムはドイツ、ラインラント＝プファルツ州の町。インゲルハイム伯爵でヴェルツブルグの司教だったアンセルム Anselm, Franz von Ingelheim 1683-1749の死体が、1749/2/9五芒星のソロモンの鍵（招妖の呪文）と、意味不明の六文字からなる魔除けとともに発見された。錬金道士と噂のあったアンセルムの護符は、現在ヴェルツブルグ博物館に所蔵されている。ヴェルナー大僧正とその著作については不詳。

cf.『悪魔の書』エミール・グリョ・ド・ジブリ、日夏響訳、大陸書房、1975

▼176　ヒルド
Hild, Joseph Antoine 1845-1914
フランスの古典学者。『悪魔の研究』*Etude sur les demons* 1881。

▼177　コルッチ
Colucci, Cesare 1865-1942
イタリア、ナポリの精神科医。『擬佯の記録』*Le grafiche della simulazione* 出版年不詳。1924のProceedingの引用文献に記載あり。擬佯とは、真似、疑似体験をいう。

▼178　リーブマン
Liebmann, Albert 1865-1924
ドイツの精神科医、言語障害の専門家。『精神病者の言語』*Die Sprache der Geisteskranken: nach stenographischen Aufzeichnungen* 1903。

▼179　パティニ
Patini, Ettore 生没年不詳
イタリア、ナポリの心理学者。『蠟質撓拗性』*Sul meccanismo della flessibilità cerea negli alienati di mente* 1905（精神病者における蠟質撓拗性のメカニズム）。

▼180　フランシス
Francis, John Reynolds　生没年不詳
『死の百科辞典』*The Encyclopedia of Death and Life in the Spirit-world* 1895。

▼181　シュレンク・ノッチング
Schrenk-Notzing, Albert von 1862-1929
ドイツの神経科医・心理学者、ドイツ初期の催眠術研究家。1886から超心理学的現象、中でもテレパシーや霊媒の研究に従事した。『犯罪心理及精神病理的研究』*Kriminalpsychologische und psychopathologische Studien* 1902。

▼182　グアリノ　Gualino, L. 生没年不詳
イタリア、トリノの精神科医。規律違反から処罰された兵士の心理状況に関する論文など、心理学関係の論文あり。『ナポレオン的面相』*Facies Napoleonica 'Atti del V Congresso di Psicologia'* 1905。

▼183　カリエ　Carrier, Georges 生没年不詳
『憑着及殺人、自殺の衝動の研究』*Contribution a l'etude des obsessions et des impulsions a l'homicide et au suicide chez les degeneres au point de vue medico-legal* 1899。

▼184　クラフト・エーヴィング　Krafft-Ebing, Richard, Freiherr von 1840-1902
クラフト＝エビング。オーストリアの精神科医・性科学者。『裁判精神病学教科書』*Lehlbuch der gerichtlichen Psychopathologie* 1875。

▼185　道徳的痴患の心理　die Psychologie der moralische Idiotie
著者名不詳。

▼186　マイアーズ
Myers, Frederick William Henry 1843-1901
イギリスの古典文学者・詩人、心霊研究を学問に高めた。次の書は死後出版。『人格及その後の存在』*Human Personality and its Survival of Bodily Death* 1903。

▼187　サヴェジ
Savage, Minot Judson 1841-1918
アメリカ、ユニテリアン派の牧師・著作家。神学的に超心理学を検討した。『遠感術は可能なりや』*Can Telepathy Explain: Results of Psychical Research* 1902。

▼188　ゲルリング
Gerling, Reinhold 1863-1930
ドイツの劇作家・作家・俳優。『催眠的暗示』*Handbuch der hypnotischen Suggestion* 1897。

▼189　霊魂生殖説　Traduzianismus
キリスト教理において、肉体だけでなく精神も親に由来するという考え。著者名不詳。

▼190　カンテレ　Kanteletar
カンテレタル、フィン族古代叙情詩集。カンテレは古代楽器名。

▼191　サンギタ・ラスナラカ
Sangita-Ratnakara
『サンギータ・ラトナーカラ』、十三世紀インドの古典楽書。著者はシャールンガデーバ Sharngadeva 1210-1247。

▼192　グルドン詩篇　Gudrun
『グードルーン』、ドイツ中世叙事詩。1230-1240頃の作、作者不詳。『クードルーン』Kudrun ともいう。

▼193　グラムマチクス
Saxo Grammaticus 1150頃-1220頃
サクソ・グラマチクス、学者のサクソの意。中世デンマークの歴史家。『丁抹史』*Historia Danica*。伝説時代から、サクソの時代までのデンマーク通史。全十六巻、原典は十三世紀初頭に成立。一般的には *Gesta Danorum* と呼ぶ。

# 黒死館殺人事件

（第四回）

小栗虫太郎作
松野一夫画

◇**主要人物**（前号まで）

| | |
|---|---|
| 法水麟太郎 | 非職業的探偵 |
| 支倉　肝 | 地方裁判所検事 |
| 熊城卓吉 | 捜査局長 |
| 降矢木旗太郎 | 黒死館の後継者 |
| グレーテ・ダンネベルグ | 第一の犠牲者 |
| オリガ・クリヴォフ | ヴィオラ奏者 |
| ガリバルダ・セレナ | 第二提琴奏者 |
| オットカール・レヴェズ | チェルロ奏者 |
| 田郷真斎 | 執事 |
| 紙谷伸子 | 故算哲の秘書 |
| 久我鎮子 | 図書掛り |
| 川那部易介 | 第二の犠牲者 |
| 降矢木算哲 | 先主（故人） |
| クロード・ディグスビイ | 建築技師（故人） |

◇**前号までの梗概**

黒死館と呼ばれる降矢木の館に、突如怪奇な殺人事件が起り、家族の一人ダンネベルグ夫人が、その夜二人の附添があったにも拘らず、全身に凄愴な屍光を放ち、紋章様の創紋を刻まれて毒殺されていた。加之《のみならず》、現場には黒死館で悪霊視されている人形の名を記せる、被害者自筆の紙片が残されていたが、それが、図書掛久我鎮子が呈示した屍様図に依って、愈々《いよいよ》神秘的に解釈さるるに至った。尚昨夜裏庭で発見されたと云う、ファウスト中の呪文の一句を記した紙片は、法水に依って連続殺人の暗示なる事が判明した。その後法水は、執事の田郷真斎に恫喝訊問を行ったが、その前後に鳴った鐘鳴器《カリルロン》の音に依って、これも異様な死を遂げている召使の易介を、拱廓内で発見した。然し、犯人は鐘楼に潜むと目されていたが、そこには、再びファウストの呪文と易介の咽喉を貫いた兇器を握って失神している、故人算哲の秘書紙谷伸子を発見したのみだった。けれども、その失神には自企的か否かの疑問が起り、殊に自然力の限界さえ越えて行われた倍音演奏に、三度犯人の神技を見るに至った。法水は続いて図書室、薬物室及び神意審問会の行われた室の附近を調査したが、何れにも犯人の挑戦的な嘲弄物が残されているのみで、不可解な乾板の破片を中心とする裏庭の二つの足跡も、重大な疑義を含んでいた。法水は弱音器記号により、故人ディグスビイの病的性格を曝露し、真斎、旗太郎と訊問を続けたが、その室を去らんとした時に旗太郎は、扉の彼方に何者か立聴きしているのを悟って、それを開く事が出来なかった。

（以下本号）

# 第三篇　黒死館精神病理学

## 三、莫迦ミュンスターベルヒ！（承前）

そう云った途端に、扉《ドア》が外側から引かれた。そし、二人の召使《バトラー》が閾《しきい》の両側に立つと見る間に、その間からオリガ・クリヴォフ夫人の半身が、傲岸《ごうがん》な威厳に充ちた態度で現われた。彼女は、貂《てん》で高い襟のついた、剣術着《フェンシング・ケミセット》▼1のような黄色い短衣《ジャケット》の上に、天鵞絨《びろうど》の袖無外套《クローク》▼2を羽織っていて、右手に盲目のオリオン▼3とオリヴァレス伯▼4（一五八七―一六四五。西班牙フィリップ四世朝の宰相）▼5の定紋が冠彫りにされた、豪奢な講典杖《キヤノニスチック・ケーン》▼6をついていた。その黒と黄の対照が、彼女の赤毛に強烈な色感を与えて、全身が焔《ほのお》のような激情的なものに包まれているかの感じがするのだった。頭髪を無雑作に掻き上げて、耳朶《みみたぶ》が頭部と四十五度以上も離れていて、その上端が、まるで峻烈《しゅんれつ》な性格そのもののように尖っている。稍々《やや》生え際の抜け上った額は眉弓が高く、灰色の眼が異様な底光りを湛《たた》えていて、眼底の神経が露出したかと思われるような鋭い凝視だった。そして、顴骨《かんこつ》から下が断崖状をなしている所を見ると、その部分の表出が険《け》わしい圭角▼7的なもののように思われ、また真直《まっすぐ》に垂下した鼻梁《びりょう》▼8にも、それが鼻翼よりも長く垂れている所に、何となく画策的な秘密っぽい感じがするのだった。旗太郎は摺れ違いざまに、肩口から見返して、

『オリガさん、御安心下さい。何もかも、御聴きの通りですから。』『ようく判りました。』クリヴォフ夫人は鷹揚《おうよう》に半眼で頷《うなず》き、気取った身振をして答えた。『ですけど旗太郎さん、仮りに私の方が先に呼ばれたのでしたら、その場合の事もお考え遊

---

▼1　剣術着　fencing chemisette
シュミゼット。剣術で首・胸・肩を護るために着ける、薄手の下着。

▼2　袖無外套　cloak
外套、マント。

▼3　オリオン　Orion
ギリシャ神話の猟師。女神アルテミスの矢にて失明。

▼4　オリヴァレス伯
Olivares, Gaspar guzman Conde de, Duque Sanlcúar 1587-1645
スペインの貴族、オーストリアに味方して三十年戦争に参加。天正使節訪欧の際の駐ローマ大使。

▼5　フィリップ四世　FelipeIV 1605-1665
フェリペ四世。スペイン、ナポリ・シチリアの王、ポルトガルの王。旧態依然たる統治によって産業衰退を招き、国運は傾いたが文化的には黄金時代を築いた。

▼6　講典杖　canonistic cane
カトリックの司祭や高位聖職者が儀式において使用する杖。司教杖baculus。

▼7　圭角
将棋の駒上部のようにとがった形。

▼8　鼻梁
鼻筋、鼻柱。眉間から鼻の先端までの線。ここで強調されているのは、クリヴォフ夫人のユダヤ鼻的な特徴。

ばせな。屹度《きっと》貴方だって、私共と同様な行動に出られるに極《きま》ってますわ。』

クリヴォフ夫人が私共と複数を使ったのに、鳥渡《ちょっと》異様な感じがしたけれども、その理由は瞬後に判明するに至った。扉際《とぎわ》に立っていたのは彼女一人だけではなく、続いてガリバルダ・セレナ夫人、オットカール・レヴェズ氏が現われたからだった。セレナ夫人は、毛並の優れた聖《セント》バーナード犬《ドッグ》▼9の鎖を握っていて、凡てが身長と云い容貌と云い、クリヴォフ夫人とは全く対蹠的な観をなしていた。暗緑色のスカートに縁紐《バンド》で縁取りされた胸衣《ボディック》▼10をつけ、それに肱《ひじ》まで拡がっている白いリンネル▼11の襟布《カラー》、頭《かしら》にアウグスチン尼僧▼12が被るような純白の頭巾《カーチーフ》▼13を頂いている。その優雅な姿を見たら、誰しもこの婦人が、ロムブローゾ▼14に激情性犯罪の市《まち》と指摘されたところの、南伊太利《イタリー》ブリンデッシ市の生れとは気附かぬであろう。レヴェズ氏はフロックに灰色のトラウザー▼15、それに翼形《ウイング》カラー▼16をつけ、一番最後に巨体を揺って現われたが、先刻礼拝堂で遠望した時とは異《ちが》って、こう近接して眺めたところの感じは寧ろ懊悩的《おうのうてき》で、一見心の何処かに抑止されているものでもあるかのような、非度く陰鬱気な相貌をした中老紳士だった。そして、この三人はまるで聖餐祭▼17の行列みたいに、ノタリノタリと歩み入って来るのだった。恐らくこの光景は、もしこの時、綴織《ツルネー》の下った長管喇叭《トロムバ》▼18の音《ね》が起って筒長太鼓《ライディング・ティムパニー》▼19が打ち鳴らされ、静畢《せいひつ》を報ずる儀杖官《ぎじょうかん》▼20の声が聴かれたなら、恰度それが、十八世紀ヴュルテンベルグ▼21かカリンティア▼22辺りの、小じんまりした宮廷生活を髣髴《ほうふつ》たらしめるものであろうし、また反面には従えた召使《バトラー》の数に、彼等の病的な恐怖が窺えるのだった。更に、いま旗太郎との間に交《かわ》された醜悪な黙闘を考えると、そこに、何か犯罪動機を思わせるような黝《くろず》んだ水が揺ぎ流れるような気がしたのだったけれども、何よりこの三人には、最初から採証的にも疑義を差し挟む余地はなかったのである。やがて、クリヴォフ夫人は法水の前に立つと、杖《ケーン》の先で卓子《テーブル》を叩き、命ずるような強《きつ》い声音で云った。

---

▼9　聖バーナード犬　Saint Bernard
元々アルプスの聖バーナード山道の修道院で雪道に迷った人を助けるために飼われていた大型の犬。

▼10　胸衣　bodice
ボディス。体にぴったり合う、通常袖のない婦人用上着。

▼11　リンネル
亜麻布。吸水発散がよく夏服やシーツに用いられる。

▼12　アウグスチン尼僧　Augustinian nun
北アフリカ出身のヒッポ司教アウグスティヌスが定めた修道戒律に従うカトリック修道会、アウグスティン女子修道会の尼僧。十一世紀中頃から組織化された。個人財産の放棄と共唱祈禱を義務づけ、共同生活における協調精神と愛徳の実践を重んじる。

▼13　頭巾　kerchief
ヨーロッパの農民女性が使った、主に頭を覆うための正方形の大きな布。アウグスティン女子修道会の尼僧は、黒の僧衣に白のカーチーフを巻く。

▼14　ロムブローゾ
Lombroso, Cesare 1836-1909
イタリアの精神病学者。犯罪者には一定の身体的、精神的型があるという説を発展させ、犯罪の原因として隔世遺伝論を提唱した。刑罰の個別化主義に根拠を与え、行為者刑法への転回をもたらした。

▼15　トラウザー　trousers
男性用ズボン。通常は左右複数で表す。トラウザーズ。

『私共は、して頂きたい事があって参ったのですが。』

『と云うと何でしょうか。マア、どうぞお掛け下さい。』法水が鳥渡《ちょっと》躊躇《たじろ》ぎを見せたのは、彼女の命令的な語調ではなかった。遠見《とおみ》でホルバイン[23]の「マーガレット・ワイヤット[24]（ヘンリー八世の伝記者[25]、タマス・ワイヤット卿の妹[26]）の像」に似ていると思われたクリヴォフ夫人の顔が、近附いてみると、まるで疱瘡痕《ほうそうあと》のような醜い雀斑《そばかす》だったからである。

『実は、テレーズの人形を焚き捨てて頂きたいのです。』クリヴォフ夫人がキッパリ云い切ると、熊城は吃驚《びっくり》して叫んだ。

『何ですと。たかが人形一つを、また何故にです？』

『そりゃ、人形だけなら死物でしょうがね。とにかく、私共は防衛手段を講ぜねばなりません。つまり、犯人の偶像を破棄して欲しいのです。時に貴方は、レヴェンスチンム[27]の「迷信上刑事法典《ウーベルグラウベ・ウント・ベルブレヒエリッシュ・ローダー》」(註)——をお読みになったことが御座いまして？』

『では、ユゼッペ・アルツォの事を仰言《おっしゃ》るのですね。』それまで法水は、頻りと何かを考慮しているような沈痛な表情をしていたが、始めて言葉を挟んだ。

(註) チペルン[28]の王ピグマリオン[29]に始めて偶像信仰を記したる犯罪に関する中にあり。羅馬《ローマ》人《じん》マクネージオと並称さるるユゼッペ・アルツォは、史上著名なる半陰陽[30]にして、男女二基の彫像を有し、男となる時には女の像を、女としての際には男の像に礼拝するを常とせり。而して詐欺、窃盗、争闘を事とせしも、一度男の像を破棄さるるに及んで、その不思議な二重人格は身体的にも消失せりと伝えらる。

『そうです。』とクリヴォフ夫人は得たり顔に頷いて、他の二人に椅子を薦めてから、『私は何とかして、心理的にだけでも犯人の決行力を鈍らしたいと思うのですわ。次々に起る惨劇を防ぐには、もう貴方がたの力を待っては居られません。』

---

▼16　翼形カラー　wing collar
折り返した前面が浮いて立ち上がった襟。

▼17　聖餐祭
前出第一回註30「聖餐式」参照。

▼18　長管喇叭　tromba
大型のトランペット型金管楽器。ナチュラル・トランペット。

▼19　筒長太鼓　riding timpani
騎馬行進の際に馬上で打つ太鼓。

▼20　儀杖官
儀仗とは儀式に用いる兵仗（武器）を指す古語であり、儀仗を帯びて元首の威儀整飾に任ずる兵員を儀仗兵という。

▼21　ヴュルテンベルグ　Württemberg
ヴュルテンベルク公国は神聖ローマ帝国南部の有力領邦。首都シュツットガルトにルートヴィヒスブルク宮殿が建設された。

▼22　カリンティア　Carinthia
ケルンテン公国Kärntenは、南部オーストリアと北スロベニアにまたがって存在した公国。976-1806は神聖ローマ帝国の構成国家。千年以上に渉って周囲の大国に翻弄された。首都クラーゲンフルト。カリンティアは英語表記。

▼23　ホルバイン
Holbein, Hans der Jüngere 1497?-1543
ルネサンス期のドイツの画家。肖像画に名品が多い。木版画シリーズ「死の舞踏」の作者。

▼24　マーガレット・ワイヤット　Lee, Lady Margaret (née Wyatt) 1506?-1543?
イギリスの詩人トマス・ワイアットの妹。アン・ブーリン（ヘンリー八世の二度目の妻）の寵臣であった。ホルバインによる、厳しい表情

それに次いでセレナ夫人が口を開いたけれども、彼女は両手を怯々《おずおず》と胸に組み、寧ろ哀願的な態度で云った。

『いいえ、心理的に崇拝物《トーテム》どころの話ですか、あの人形は犯人にとると、それこそグンテル王[31]の英雄（ニーベルンゲン譚中、グンテル王の代りに、ブルンヒルト女王と闘ったジークフリートの事[32][33][34]）なんで御座いますからね。今後も重要な犯罪が行われる場合は、屹度《きつと》犯人は陰剣な策謀の中に隠れていて、あのプロヴィンシア人[35]だけが姿を現わすに極《きま》ってますわ。だって、易介や伸子さんとは違って、私達は無防禦では御座いませんものね。ですから、仮令《たとえば》遣《や》り損じたにしても、捕えられるのが人形でしたら、また次の機会がないとも限りませんわ。』

『左様、どのみち三人の血を見ないまでは、この惨劇は終らんでしょうからな。』レヴェズ氏は脹《は》れぼったい瞼を戦かせて、悲し気に云った。『所が、儂共には課せられている律法《おきて》がありますんでな。それで、この館から災《わざわい》を避ける事は不可能なのです。』

『その戒律をです。多分お聴かせ願えるでしょうな？』検事は此処ぞと突っ込んだが、それをクリヴォフ夫人は矢《や》庭《にわ》に遮って、

『いいえ、私達には、それをお話しする自由は御座いません。いっそ、そんな無意味な詮索をなさるよりも……』と俄かに激越な調子になり声を慄わせて、『ああ、こうして私達は、暗澹たる奈落の中で、火焔の海中《プランギング・イン・ジス・ダーク・アビス・サファアリング・イン・ザ・シー・オブ・ファイア》[36]にあるのです。それを、貴方がたは何故そう物奇《ものずき》の眼を眸《みは》って、新しい悲劇を待って居られるのでしょう？』と悲痛な声でヤング[37]の詩句を叫ぶのだった。

法水は三人を交互《かわるがわる》に眺めていたが、やがて乗り出すように足を組換えて、薄気味悪い微笑を浮べると、

『まさに、求続《エヴァラスチング》、無終《エンドエヴァア》[38]です。』と気が狂ったのではないかと思われるような言葉を吐いた。『そう云う残酷な永遠刑罰[39]を課したのも、みんな故人の算哲博士なんで

---

の肖像が残っている。
▼25　ヘンリー八世　Henry VIII 1491-1547
チューダー朝二代目の王。王権を強化、海軍を育成。エリザベス一世の父。
▼26　タマス・ワイヤット卿
Wyatt(Wyat), Sir Thomas 1503-1542
イギリスの詩人・政治家。ヘンリー八世に仕えて、フランス教皇庁およびヴェネツィア大使として活躍した。アン・ブーリンの愛人といわれ投獄されたが、後に大使としてカール五世のもとに派遣された。
▼27　レヴェンスチンム
Löwenstimm, August 生没年不詳
レーヴェンスチイム。ロシアの司法官。『迷信と刑事法典』*Aberglaube und Strafrecht* 1897 と*Der Fanatismus als Quelle der Verbrechen* 1899の二冊を混同したか。註の事例は不詳。
▼28　チペルン　zypern
ツィーペルン、キプロスcypros。当時、英国領だった地中海の島。
▼29　ピグマリオン　Pygmalion
ギリシャ神話に登場するキプロス島の王。現実の女性に失望した彼は、自ら理想の女性ガラテアを彫刻した後、その彫刻に恋をしてしまう。
▼30　半陰陽
一般的には、外観的に性別の判定が困難、もしくは両性の性徴を備える先天異常の総称。日本の俗語では、ふたなり。欧米ではギリシャ神話のヘルマフロディトスから、ヘルマフロディットなどと呼ばれる。また、精神的な象徴として、雌雄同体（アンドロギュヌス）と呼ばれる存在がある。

すよ。多分旗太郎さんが云われた事を御聴きでしたでしょうが、博士こそ、爾を父と呼びつつあるのを得たり気な歓喜を以って瞰視している《ヒイ・イズ・ルッキング・ダウン・フローム・パーフェクト・ブリッス・コーリング・ジイ・ファザー》[40]のです。』

『マア、お父様が、』セレナ夫人は姿勢《かたち》を改めて、法水を見直した。

『そうです、罪と災の深さを貫き《スルー・オール・デプス・オヴ・シン・エンド・ロッス》、吾が十字架の測鉛は垂る《ドロップス・ゼ・プラメット・オヴ・マイ・クロッス》[41]――ですからな。』

と法水が自讃めいた調子でホイッチア[42]を引用すると、クリヴォフ夫人は冷笑を湛えて、

『いいえ、されど未来の深淵は、その十字架の測り得ざる程に深し《イエット・フユチヤア・アビス・ウオズ・ファウンド・ディパー・ザン・クロッス・クッド・サウンド》[43]――ですわ。』

と云い返したが、その冷酷な表情が発作的に痙攣を始めて、『ですが、ああ屹度《きっと》、程なくしてその男死にたり――でしょうよ。貴方がたは、易介と伸子さんの二つの事件で、既《とう》に無力を曝露しているのですからね。』

『成程、』と簡単に頷いたが、法水は愈々《いよいよ》挑戦的にそして辛辣になった。『然《しか》し、誰にしろ、最後の時間がもう幾許《いくばく》か測る事は不可能でしょうからね。いや、却《かえ》って昨夜などは、かしこ涼し気なる隠れ家に、不思議なるもの覗けるが如くに見ゆ《シャイント・ドルト・イン・キューレン・シャウエルン・アイン・ゼルトザメス・ツ・ラウエルン》[44]――と思うのですが、』

『では、その人物は何を見たのでしょうな。儂はとんとその詩句を知らんのですよ。』レヴェズ氏が暗い怯々《おどおど》した調子で問い掛けると、法水は狡《ずる》そうに微笑んで、

『所がレヴェズさん、心も黒く夜も黒し、薬も利《き》きて手も冴《さ》えたり――なんです。そして、その場所が、折もよし人も無ければ[45]――でした。』と云い出したのは、一見み透いた鬼面のようでもあり、また、故意に裏面に潜んでいる棘《いばら》のような計謀を、露わに曝《さら》け出したような気がしたけれども、然し彼の巧妙な朗誦法《エロキューション》[46]は、妙に筋肉が硬ばり、血が凍り付くような不気味な空気を作ってしまった。クリヴォフ夫人は、それまで胸飾りのテュードル薔薇《ローズ》[47]（六弁の薔薇）を弄《いじ》っていた手を卓上に合わせて、法水に挑み掛るような凝視を送り始めたが、その間の何となく一沫の危機を胎《はら》んで

---

▼31　グンテル王　Gunther
ニーベルンゲン伝説におけるブルグント族の王、クリームヒルトの兄。

▼32　ニーベルンゲン譚　Das Nibelungenlied
『ニーベルンゲンの歌』。ドイツ中世の英雄叙事詩。英雄ジークフリートの冒険と死、その妻クリームヒルトの復讐、ブルグント族の滅亡を描く。古代ゲルマンの悲劇的宿命観を基調とし、ワグナーの楽劇の題材となった。

▼33　ブルンヒルト女王
Brunhilde, Brünhild
ブルーンヒルデ。ニーベルンゲン伝説ではアイスランドの女王で、ジークフリートの計略によりブルグント族の王グンテルと結婚した。後にこの経緯を知ってハーゲンにジークフリートを暗殺させた。

▼34　ジークフリート　Siegfried
ドイツおよび北欧の伝説に名高い英雄。『ニーベルンゲンの歌』前編の主人公。悪竜を殺したときその血を浴び、首筋の一カ所を除いて不死身になったが、そこを槍で突かれて死ぬ。

▼35　プロヴィンシア人　Provincian
同地方出身であるテレーズのこと。

▼36　暗澹たる奈落の中で、火焔の海中にあるのです
plunging in this dark abyss?／Calling thee Father, in a sea of fire?／ther, in a sea of fire? *The Last Day, Book III* 1713 Young, Edward Calling thee Father をsuffering に変えて引用している。

▼37　ヤング　Young, Edward 1683-1765
イギリスの詩人・牧師。最初の詩集 *A Poem on*

いるような沈黙は、戸外で荒れ狂う風雪《ふぶき》の唸りを明瞭《はつきり》と聴かせて、一層凄愴なものにしてしまった。法水は漸く口を開いた。

『然し、原文には、また真昼を、野の火花が散らされるばかりに、日の燃ゆるとき《ウント・ミタハス・ウエン・ディ・ゾンネ・グリユート・ダス・ファスト・デイ・ハイデ・フンケン・スプリユート》[48]——とあるのですが、そこは不思議な事に、真昼や明りの中では見えず、夜も、闇でなくては見る事の出来ぬ世界なのです。』

『闇に見える!?』レヴェズ氏は警戒を忘れたように反問した。

法水はそれには答えず、クリヴォフ夫人の方を向いて、『時に、その詩文が誰の作品だか御存知ですか?』

『いいえ存じません。』クリヴォフ夫人は稍々《やや》生硬な態度で答えたが、セレナ夫人は法水の不気味な暗示に無関心のような静けさで、

『たしか、グスタフ・ファルケ[49]の「樺の森《ダス・ビルケンヴエルドヘン》」では、』

法水は満足そうに頷き、矢鱈《やたら》、煙の輪を吐いていたが、妙に意地悪《いじわ》る気な片笑《かたえみ》が泛《うか》び上って来た。

『そうです。「樺の森《ダス・ビルケンヴエルドヘン》」です。昨夜この室《へや》の前の廊下で、確かに犯人はその樺《かば》の森を見た筈です。然し、かれ夢みぬ、されど、そを云う能わざりき《イーム・トラウムテエル・コンテス・ニヒト・ザーゲン》[50]——なんですよ。』

『ではその男は、死人の室《へや》を親しきものが行き通うが如くに、[51]戻って行ったと仰言《おつしや》るのですね。』とクリヴォフ夫人は、急に燥《はしや》ぎ出したような陽気な調子になって、レナウ[52]の「秋の心《ヘルブストゲフユール》」を口にした。

『いえ、滑り行く——なんてどうして、彼奴は蹌踉き行ったのですよ。[53]ハハハハ、』と法水は爆笑を上げながら、レヴェズ氏を顧みて、

『所でレヴェズさん、勿論それまでには、その悲しめる旅人は伴侶を見出せり《アイン・リユベル・ワンドラー・フインデツト・ヒエル・ゲノツセン》[54]——なんでしたからな。』

---

*the Last Day* 1713は、アン女王に捧げられた。

▼38　求続、無終　everlasting and ever　出典不詳。

▼39　永遠刑罰　劫罰。地獄で永遠の責め苦を課される罰。救いの反意語。

▼40　爾を父と呼びつつあるのを得たり気な歓喜を以って瞰視している　look down from perfect bliss,／And see me plunging in this dark abyss?／Calling thee Father, in a sea of fire? 前出ヤングの詩の続き。lookをHe is lookingに変えて引用。

▼41　罪と災の深さを貫き、吾が十字架の測鉛は垂る　Through all depths of sin and loss／Drops the plummet of Thy cross! *The Grave by the Lake* 'The Tent on the Beach' 1867 Whittier, John Greenleaf　ThyをMyに変えて引用。

▼42　ホイッチア　Whittier, John Greenleaf 1807-1892　アメリカの詩人、クエーカー教徒。

▼43　されど未来の深淵は、その十字架の測り得ざる程に深し　Never yet abyss was found／Deeper than that cross could sound! 前出ホイッチアの詩の続き。

▼44　かしこ涼し気なる隠れ家に、不思議なるもの覗けるが如くに見ゆ　Scheint dort in kühlen Schauern／Ein Seltsames zu lauern. 後出第四回註49『樺の森』の一節。

▼45　心も黒く夜も黒し、薬も利きて手も冴え

『そ、それを御承知の癖に、』とクリヴォフ夫人は溜らなくなったように立ち上り、杖《ケーン》を荒々しく振って叫んだ。『だからこそ私達は、その伴侶を焼き捨てて欲しいと御願いするのです。』

　所が、法水はさも不同意を仄《ほのめ》かすように、莨《たばこ》の紅い先端を瞶《みつ》めていて答えなかった。が、側にいる検事と熊城には、何時上昇が止《や》むか涯《はて》しのない法水の思念が、此処で漸く頂点に達したかの感を与えた。けれども飽《あ》くまでこの精神劇《ゼーレンドラマ》▼55に於いて、悲劇的開展を求めようとする法水の努力は、何時かな止《や》もうとはしなかったのである。彼は沈黙を破って、挑むような鋭い語気で云った。

『ですが、クリヴォフ夫人、僕はこの気狂《きちが》い芝居が、到底人形の焼却だけで終ろうとは思えんのですよ。実を云うと、もっと陰剣朦朧とした手段で、別に踊らされている人形があるのです。大体プラーグの万国操人形聯盟《インターナショナル・リーグ・オヴ・マリオネット》▼56にだって、最近に「ファウスト」▼57が演ぜられたと云う記録はないでしょうからな。』

『ファウスト!?　ああ、あのグレーテさんが断末魔に書かれたと云う紙片の文字の事ですか。』レヴェズ氏は力を籠めて、乗り出した。

『そうです。最初の幕に水精《ウンディネ》、二幕目が気仙《ジルフェ》でした。いまもあの可憐な空気の精《ジルフェ》が、驚くべき奇蹟を演じて遁《のが》れ去ってしまった所なんですよ。それにレヴェズさん、犯人はSylphus《ジルフス》と男性に変えているのですが、貴方は、その気仙《ジルフス》が誰だか御存知ありませんか。』

『なに、儂が知らんかって!?　いや、お互いに洒落は止めにしましょう。』レヴェズ氏は反撃を喰ったように狼狽《うろた》えたが、その時、不遜を極めていたクリヴォフ夫人の態度に、不意竦《いきなりすく》んだような影が差した。そして、多分衝動的に起ったらしい、何処か彼女のものでないような声が発せられた。

『法水さん、私は見ました。その男と云うのを確かに見ましたわ。昨夜《ゆうべ》私の室《へや》に入

---

たり――折もよし人も無ければ Thoughts black, hands apt, drugs fit, ／and time agreeing; ／Confederate season, else no creature seeing; 前出第三回註344『ハムレット』の劇中劇「ゴンザーゴ殺し」参照。

▼46　朗誦法　elocution
詩歌・演説などを調子をつけて読み上げること。雄弁術。

▼47　テューダー薔薇　Tudor Rose
イギリス、ヨーク家の白薔薇とランカスター家の赤薔薇を結合した、紅白の花弁を交互に表した家紋。薔薇戦争1455-1485は、この二家の王位争奪を中心とする封建貴族間の内乱で、前者は紅薔薇、後者は白薔薇を徽章として戦った。終結後、両家の結婚に伴い、ヘンリー七世がこの紋章を採用した。

▼48　また真昼を、野の火花が散らされるばかりに、日の燃ゆるとき
Und mittags, wenn die Sonne glüht, ／Dass fast die Heide Funken sprüht, 前出『樺の森』の続き。

▼49　グスタフ・ファルケ
Falke, Gustav 1853-1916
ドイツの詩人。簡素、静寂、繊美な詩風で知られる。『樺の森』*Das Birkenwaldchen* 'Hohe Sommertage Neue Gedicht' 1902 Falke, Gustav。

▼50　かれ夢みぬ、されど、そを云う能わざりき
Ihm träumt'-er konnt's nicht sagen, 前出『樺の森』の続き。

▼51　死人の室を親しきものが行き通うが如くに

って来たのが、多分その気仙《ジルフス》ではないかと思うんです。』

『なに、気仙《ジルフス》を、』熊城の仏頂面が不意《いきなり》硬くなった。『然し、扉《ドア》には鍵が下りていたのでしょうな。』

『勿論そうでした。それが不思議にも開かれたのですわ。そして、背の高い瘠《や》せぎすな男が、薄暗い扉《ドア》の前に立っているのを見たのです。』クリヴォフ夫人は異様に舌のもつれたような声だったが、語り続けた。『私は十一時頃でしたが、寝室へ入る際に確かに鍵を下しました。それから、暫《しばら》く仮睡《まどろ》んでから眼が覚めて、さて枕元の時計を見ようとすると、どうした事か、胸の所が寝衣《ねまき》の両端をとめられているようで、また、頭髪《かみのけ》が引っ痙《つ》れたような感じがして、どうしても頭が動かないのです。平生《へいぜい》髪を解いて寝る習慣が御座いますので、これは縛り付けられたのではないかと思うと、脊筋《せすじ》から頭の芯までズウンと痺れてしまって、声も出ず身動《みじろ》ぎさえ出来なくなりました。すると、背後《うしろ》にそよそよ冷たい風が起って、滑るような微かな跫音《あしおと》が裾の方へ遠ざかって行きます。そして、その跫音《あしおと》の主は、扉《ドア》の前で私の視野の中に入りました。その男は振り返ったのです。』

『それは誰でした?』そう云って、検事は思わず息を窒《つ》めたが、

『いいえ、判りませんでした。』とクリヴォフ夫人は切なそうな溜息を吐《つ》いて、『卓《ス》上灯《タンド》の光りが、あの辺までは届かないのですから。でも、輪廓だけは判りましたわ。身長が五呎《フイート》四五吋《インチ》位で、スンナリした、瘠《やせ》ぎすのように思われました。そして、眼だけが……』と述べられる肢体の様子が身長こそ異にすれ、何とはなしに、旗太郎を髣髴とさせるのだった。

『眼に!?』熊城は殆んど慣性で一言挟んだ。すると、クリヴォフ夫人は俄然《がぜん》傲岸な態度に返って、

『たしかバセドー病患者▼58の眼を暗がりで見て、小さな眼鏡《がんきょう》に間違えたと云う話が

---

Wie durch das Sterbgemach die Freunde gleiten,／Den letzten Traum des Lebens nicht zu stören.『秋の心』*Herbstgefuhl* 'Gedichte, vol.2' 1843 Lenau, Nikolaus

▼52　レナウ　Lenau, Nikolaus 1802-1850
レーナウ、オーストリアの詩人。スラブ的憂愁の深さとハンガリー的情熱の激しさとを併せ持った独自の心象風景は、ドイツ語圏の抒情詩人として異彩を放っている。

本名Strehlenau, Nikolaus Niembsch von。

前出『秋の心』*Herbstgefuhl*。

▼53　滑り行く——なんてどうして、彼奴は蹌踉き行ったのですよ
前出『秋の心』中のgleiten（滑る）と次行のstören（妨げる）を対比した。

▼54　その悲しめる旅人は伴侶を見出せり
Ein trüber Wandrer findet hier Genossen; 前出『秋の心』の続き。ルビのリュベルは虫太郎の誤記。

▼55　精神劇　Seelendrama
繊細な心理を描いた会話主体の劇。

▼56　万国操人形聯盟
Union Internationale de la Marionnette
国際人形劇連盟ＵＮＩＭＡ。1929プラハで創立。第二次世界大戦以前はイギリス・アメリカが参加しておらず、現在も正式名はフランス語である。

▼57　ファウスト
「一九二九年プラアグに於て組織せられた国際人形劇連盟は翌一九三〇年九月十七日より同二十三日まで白耳義（ベルギー）のリエエジュに於て開かれたが、そのおりイフォオ・プフォニ

御座いましたわね。』と皮肉に打ち返したが、暫く記憶を模索するような様子を続けてから云った。『とにかく、そう云う言葉は感覚外の神経で聴いて頂きたいのです。強いて申せば、その眼が真珠のような光だったと云う外《ほか》に御座いません。それから、その姿が扉《ドア》の向うに消えると、把手《ノッブ》がスウッと動いて、跫音《あしおと》が微かに左手の方へ遠ざかって行きました。それで、漸く人心地が附きましたけど、何時の間にか髪が解《ほど》かれたと見えて、私は始めて首を自由にする事が出来たのです。時刻は恰度十二時半で御座いましたが、それからもう一度鍵を掛け直して、把手《ノッブ》を衣裳戸棚に結び付けましたけど、そうなると、もう一睡どころでは御座いませんでした。所が、朝になって調べても、室内にはこれぞと云う異状らしい所がないのです。して見ると、てっきりあの人形使いに違い御座いませんわ。あの狡猾な臆病者は、眼を醒ました私には、指一本触れる事が出来なかったのです。』

　結論として大きな疑問を一つ残したけれども、クリヴォフ夫人の口誦《くちずさ》むような静かな声は、側《かたわら》の二人に悪夢のようなものを擱ませてしまった。セレナ夫人もレヴェズ氏も両手を神経的に絡ませて、言葉を発する気力さえ失せたらしい。法水は眠りから醒めたような形で、慌てて莨《たばこ》の灰を落したが、その顔はセレナ夫人の方に向けられていた。

『所でセレナ夫人、その風来坊は何れ詮議するとして、時にこう云うゴットフリート▼59を御存知ですか。吾れ直ちに悪魔と一つになるを誰が妨ぎ得べきや《ウァス・ヒエルテ・ミッヒ・ダス・イヒス・ニヒト・ホイテ・トイフェル》▼60――。』

『ですけど、その短剣《ゼッヒ》……』と次句を云いかけると、セレナ夫人は忽ち混乱したようになってしまって、冒頭の音節から詩特有の旋律を失ってしまった、『その、短《ゼッ》剣の刻印に吾が身は慄え戦きぬ《ヒ・シュタムペル・シュレッケン・ゲエト・ドゥルヒ・マイン・ゲバイン》▼61――が、どうして。ああ、また何故に、貴方はそんな事をお訊きになるのです？』と次第に亢奮して行って、ワナワナ身を慄わせながら叫ぶのだった。『ねえ、貴方がたは捜していらっしゃるのでしょう。ですけど、

イは「人形劇のファウスト」を演じた。」『世界各国の人形劇』小原愛啚、慶応出版社、1943。

▼58　バセドー病患者
甲状腺の機能亢進によって起こる疾患。甲状腺腫脹・心悸亢進・多汗・手指振顫などを起こす。甲状腺症状の一つの眼球突出症状が、光線の具合で光って見えるのか。

▼59　ゴットフリート
Gottofried von Strassburg　1170頃-1210頃
十二世紀のドイツの叙事詩人。代表作『トリスタン』。

▼60　吾れ直ちに悪魔と一つになるを誰が妨ぎ得べきや
Was hielte mich, daß ich's nicht heute werde？（何がわたしを今そうさせないのだろうか？）『新しい愛』*Neue Liebe* 1846 ドイツロマン派の詩人メーリケ Morike, Eduard 1804-1875 の詩の一部、虫太郎は werde を töfel（悪魔）に変えて引用している。ゴットフリートとは無関係。

▼61　短剣の刻印に吾が身は慄え戦きぬ
Ein süßes Schrecken geht durch mein Gebein！（甘美な戦慄が全身を貫く！）前出『新しい愛』の続き、冒頭二語を sech stempel に改竄して引用。

あの男がどうして判るもんですか。いいえ、決して決して、判りっこ御座いませんわ。』

法水は紙巻を口の中で弄びながら、寧ろ残忍に見える微笑を湛えて相手を眺めていたが、

『何も僕は、貴女の潜在批判を求めていやしませんよ。あんな気仙《ジルフエ》の黙劇《ダム・ショウ》[62]なんざあ、どうでもよいのです。それよりこれを、いずこに住めりゃ、なんじ暗き音響《ひびきね》[63]――なんですがね。』とデーメール[64]の「沼 の 上《ユーベル・デン・ジュムフエン》」を引き出したが、何時《いつ》かなセレナ夫人から視線を放そうとはしなかった。

『ああ、それではあの、』とクリヴォフ夫人は、妙に臆したような云い方をして、『でも、よくマア、伸子さんが間違えて、朝の讃詠《アンセム》を二度繰り返したのを御存知ですわね。実は、今朝あの方は一度、ダビテの詩篇九十一番のあの讃詠《アンセム》を弾いたのですが、昼の鎮魂楽《レキエム》の後には、火よ霰《みぞれ》よ雪よ霧よ[65]――を弾く筈だったのです。』

『いや、僕は礼拝堂の内部《なか》の事を云っているのですよ。』法水は冷酷に突き放した。『実は、この事を知りたいのです。あの時、確かそこにあるは薔薇なり、その附近《ドッホ・ローゼン・ジンデス・ウォバイ》には鳥の声は絶えて響かず《カイン・リード・メール・フレテット》[66]――でしたね。』

『それでは、薔薇乳香[67]を焚いた事ですか、』レヴェズ氏も妙にギゴチない調子で、探るように相手を見やりながら、『あれはオリガさんが、後半余程過ぎてから一時演奏を中止して焚いたのですが、然し、これでもう、滑稽な腹芸は止めて頂きましょう。儂共は貴方から、人形の処置に就いて伺えばよいのですから。』

『とにかく明日まで考えさせて下さい。』法水はキッパリ云い切った。『然し、詰《つま》るところ僕等は、人身擁護の機械なんですから、護衛の点で、あの魔法博士[68]に指一本差させるもんですか。』

法水がそう云い終ると同時に、クリヴォフ夫人は憤懣《ふんまん》の遣り場を露骨に動作へ現

---

▼62　黙劇　damb show
無言劇、所作劇。「ゴンザーゴ殺し」は、ハムレット劇中劇としての無言劇であった。

▼63　いずこに住めりゃ、なんじ暗き音響
Wo wohnst du nur, du dunkler Laut,／du Laut der Gruft?『沼の上』*Über den Sumpfen* 'Aber die Liebe' 1893 Dehmel, Richard

▼64　デーメール
Dehmel, Richard 1863-1920
デーメル、ドイツの詩人。

▼65　火よ霰よ雪よ霧よ
「火よ、雹よ、雪よ、霧よ／御言葉を成し遂げる嵐よ。」『詩編 148:8』

▼66　確かそこにあるは薔薇なり、その附近には鳥の声は絶えて響かず
Doch Rosen sind's wobei kein Lied mehr flötet.
前出『秋の心』の一部。

▼67　薔薇乳香
前出第二回註125「乳香」参照。後に香木として薔薇などの香料と合成されることもある。

▼68　魔法博士
ファウストやジョン・ディに対する形容だが、ここでは算哲のこと。

わして、性急《せわ》しく二人を促《うな》がし立ち上った。そして、法水を憎々し気に見下して悲痛な語気を吐き捨てるのだった。

『止むを得ません。どうせ貴方がたは、この虐殺史を統計的な数字としかお考えにならないのですからね。いいえ、結局私達の運命は、アルビ教徒▼69註（一）か、ウェトリヤンカ郡民▼70註（二）のそれに異ならないかも知れません。ですけど、対策が出来るものなら……ああ、それがもし出来るものなら、今後は私達だけで講ずる事に致しますわ。』

『いやどうして、』と法水は透さず皮肉に応酬した。『ですがクリヴォフ夫人、たしか聖《セント》アムブロジオ▼71だったでしょうか、死は悪人にもまた有利なり▼72——と云いましたからな。』

鎖を忘れられた聖《セント》バーナード犬《ドッグ》が、物悲し気に啼《な》きながら、セレナ夫人の跡を追うて行ったのが最後で、三人が去ってしまうと、入れ違いに、一人の私服が、先刻命じて置いた裏庭の調査を完了して来た。そして、調査書を法水に渡してから、

『鎧通しは、やはりあの一本だけでした。それから、本庁の乙骨《おとぼね》医師には、御申付け通りに渡して置きましたが。』と復命すると、それに法水は、尖塔にある十二宮の円華窓を撮影するように命じてから、その私服を去らしめた。熊城は当惑気な顔で、微かに嘆息した。

『ああまた扉《ドア》と鍵か、犯人は呪《まじな》い屋か錠前屋か、一体どっちなんだい。真逆《まさか》にジョン・デイ博士の隠顕扉が、そうザラにあると云う訳じゃあるまい。』

『驚いたね。』法水は皮肉な微笑を投げた。『あんなもの、何処に、創作的な技巧があって溜るもんか。そりゃ、この館から一歩でも外へ出れば、無論それが驚くべき疑問に違いないさ。けれども、先刻《さつき》君は書庫の中で、犯罪現象学▼73の素晴しい書《ビブリオ》目《グラフィー》▼74を見た筈だっけね。つまり、その扉《ドア》を鎖《と》ざさせなかった技巧が、この館の精神

---

▼69　アルビ教徒　Albigeois
十二世紀半ばに発生した、禁欲・反教会を旨とするキリスト教の異端カタリ派は、アルビ派（アルビジョア派）と呼ばれることもあった。アルビ派南フランスの都市アルビに由来。異端殲滅を謀るローマ教会と、南部地方との統合を徹底したいフランス王権が構成したアルビジョア十字軍によって攻撃され、強い抵抗にもかかわらず、十三世紀後半滅ぼされた。

▼70　ウェトリヤンカ郡民　Vetlanka
ウェトリヤンカ郡は、ロシア、アストラハン近郊ヴォルガ川右岸百三十マイルにある。同郡は1878、ペストの最盛期大量の感染者を出した。疾病の蔓延を恐れた他の町が、コサック兵により村を閉鎖し住民の拡散を阻止した。そのため郡民の多くは村に閉じ込められたまま、ペストにより死んだ。

▼71　聖アムブロジオ
Ambrosius 333?-397
アンブロジオ。四世紀ミラノの司教・守護聖人。四大ラテン教父、西方の四大教会博士の一人に数えられる。

▼72　死は悪人にもまた有利なり
聖アンブロジオの言葉「死は益で、命は苦しみだ」のことか。

▼73　犯罪現象学
犯罪を現象的に検証したもの。現象学とは感覚的経験から与えられる現象の記述の積み重ねから、抽象的な概念を構成してゆく学問。

▼74　書目　bibliography
ある著書・主題などの関係書目、書誌目録、参考文献。

生活の一部をなすものなんだ。庁へ帰ってからグロス▼75註（三）でも見れば、それで何もかも判ってしまうのだ。』

法水が敢《あ》えて再現しようとはせず、その儘不可避的なものとして放棄してしまった事は、平生検討的な彼を知る二人によると、異常な驚愕に違いないのだった。が、畢竟《ひっきょう》する所この事件の深さと神秘を、彼が書庫に於いて測り得た結果であると云えよう。検事は再び法水の粋人的な訊問態度をなじり掛った。

『僕はレヴェズじゃないがね。君にやって貰いたいのは、もう動作劇《ハンドルングスドラマ》▼76だけなんだ。ああ云う恋愛詩人《ツルバール》▼77趣味の唱《うた》合戦は宜《い》い加減にして、そろそろ、クリヴォフ夫人がそれとなしに仄めかした、旗太郎の幽霊を吟味しようじゃないか。』

『冗談じゃない。』法水は道化《おどけ》たような何気ない身振りをしたが、その顔には何時もの幻滅的な憂鬱が一掃されていた。『どうして、僕の心理表出模索劇は終ったけれども、あれは歴史的な葛藤さ。所が、僕が引っ組んだのは、あの三人じゃないのだ。ミュンスターベルヒなんだ。やはり、彼奴《あいつ》は大莫迦野郎だったよ。』

そこへ、警視庁鑑識医師の乙骨耕安《こうあん》が入って来た。

註（一）アルビ教徒――南フランス、アルビに起りし新宗教、摩尼教▼78の影響をうけて、新約聖書の凡てを否定せしため、法王インノセント三世▼79の主唱に依る新十字軍▼80のために、一二〇九―一二二九年まで約四十七万人の死者を生ずるにいたれり。

（二）ウェトリヤンカ郡民――一八七八年露領アストラカン▼81の黒死病猖獗《しょうけつ》▼82期に於て、ウェトリヤンカ郡を砲兵を有する包囲線にて封鎖し、空砲発射並びに銃殺にて威嚇せしため、郡民は逃れ得ず、殆んど黒死病のため斃《たお》れたり。

（三）法水がグロスと云ったのは、『予審判事要覧』▼83中の犯人職業的習性の章で、アッペルト▼84の『犯罪の秘密』から引いた一例だと思う。以前召使だった靴型工の一犯人が、或る銀行家の一室に忍び入り、その室と寝室との間の扉を鎖ざしめないために、予

---

▼75 グロス　Gross, Hans 1847-1915
ドイツの刑法学者。彼の著書は大正期の日本では犯罪捜査の規範となった。また、ヴァン・ダインによる主著の引用を始め、戦前の探偵小説に大きな影響を与えた。

▼76 動作劇　Handlungs Drama
Handlung の原意は行動だが、古典劇の要素として物語性を重要視する劇をいう。

▼77 恋愛詩人　troubadours
十一～十三世紀、南フランスの詩人兼楽人の総称。聖者伝・叙事詩・抒情詩などを弦楽器を奏しながら歌い歩き、多くは遊芸人を伴った。北フランスのトルヴェール trouvère に当たる。

▼78 摩尼教
マニ教。三世紀中頃のペルシャ人マニ Mani が教祖。ペルシャのゾロアスター教を基本とし、キリスト教と仏教の要素を加味した宗教。善は光明、悪は暗黒という二元的自然観を教理の根本とする。教徒は菜食主義・不淫戒・断食・浄身祈禱をする。

▼79 インノセント三世
Innocentius III 1160-1216
インノケンティウス三世、教皇在位1198-1216。アルビジョア派に対し十字軍を提唱し、異端抑圧を行う1204。提唱した第四回十字軍1202-1204は失敗したが、ラテラン公会議を開催、教会規律や教義に関して重要なとり決めを行った1215。

▼80 新十字軍
前出第四回註69「アルビ教徒」参照。

▼81 アストラカン　Astrakhan
アストラハン州。ロシア南西部カスピ海とヴォ

め閂穴《かんぬきあな》の中に巧妙に細工した三稜柱形の木片を挿入して置く。それがために銀行家は、就寝前に鍵を下そうとしても閂が動かないので、既に閉じたものと錯覚を起し、犯人の計画はまんまと成功せしと云う。

# 第四篇　詩と甲冑と幻影造型

## 一、古代時計室へ

伸子の診察を終って入って来た乙骨医師は五十を余程越えた老人で、ヒョロリと瘠せこけて蟷螂《かまきり》のような顔をしているが、ギロギロ光る眼と一種の気骨めいた禿げ方が印象的である。が、庁内切っての老練家だったし、殊に毒物鑑識にかけては、その方面の著述を五六種持っている程で、勿論法水とも充分熟知の間柄だった。彼は座につくと無遠慮に莨《たばこ》を要求して、一口甘《うま》そうに吸い込むと云った。

『さて法水君、僕の心像鏡▼85的証明法は、遺憾ながら知覚喪失《オーンマヒト》▼86だ。大体廻転椅子がどうだろうが斯《こ》うだろうが、結局あの蒼白く透き通った歯齦《はぐき》を見ただけで、僕は辞表を賭けてもいいと思う。正しく単純失神《トランス》▼87と断言して差支えないのだ。所でここで特に熊城君に一言したいのだが、あの女が兇器の鎧通しを握っていたと聴いて、僕は数当て骨牌《チックタッキング・カード》▼88の裏を見たような気がしたのだよ。あの失神は実に陰剣朦朧たるものなんだ。余りに揃い過ぎているじゃないか。』

『成程、』法水は失望したように頷いたが、『とにかく細目を承わろうじゃないか。

---

ルガ川の交差する地帯。

▼82　猖獗
疾病、悪業などがはびこること。

▼83　予審判事要覧
*Handbuch für Untersuchungsrichter als System der Kriminalistik, 2vols.* 1893
前出第四回註75「グロス」参照。続くアッペルトの例も、実際に同書に記載あり。

▼84　アッペルト
Appert, Benjamin Nicolas Marie 1797-1847
アッペール。フランスの社会活動家。革命後、囚人待遇とその更正を機構化した。『犯罪の秘密』*Die Geheimnisse des verbrechens: des verbrecher-und gefängniss-Lebens* 1851。

▼85　心像鏡
記憶・想像などによって現実の刺激なしに意識に生じる直接的な像。

▼86　知覚喪失　Ohne Macht
内的・外的な原因で、意識の有無に拘わらず身体の知覚が失われること。

▼87　単純失神　trance
薬剤などの誘導によらない、失神・人事不省・昏睡状態。また宗教における法悦の境地をいう。

▼88　数当て骨牌　ticktacking cards
不詳。語感の似たものに三目並べ tick-tack-toe。またカードではないが、バックギャモンの原型に ticktacking（wurfzabel）というゲームがある。

▼89　ストリキニーネ　strychnine
インド原産の高木、マチンの実に含まれるアルカロイド。白色結晶性の苦味のある猛毒物。中

或はその中から、君の耄碌《もうろく》さ加減が飛出《とびだ》して来んとも限らんからね。所で君の検出法は？』

乙骨医師は所々術語を交えながら、極めて事務的に彼の知見を述べた。

『勿論吸収の早い毒物はあるにゃあるがね。それに、特異性のある人間だと、中毒量遥か以下のストリキニーネ▼89にでも、屈筋震顫症《アテトージス》▼90や間歇強直症《テタニイ》▼91に類似した症状を起す場合がある。然し、中毒としては末梢的所見はないのだし、胃中の内容物は殆んど胃液ばかりなんだ。――これは鳥渡《ちよつと》不審に思われるだろう。けれども、あの女が消化のよい食物を摂《と》ってから二時間位で斃れたのだとしたら、胃の空虚には毫《ごう》も怪しむ所はない。それから、尿にも反応的変化はないし、定量的に証明するものもない。ただ徒《いたず》らに、燐酸塩《りんさんえん》▼92が充ち溢れているばかりなんだ。あの増量を、僕は心身疲労の結果と判断するが、どうだい。』

『明察だ。あの猛烈な疲労さえなければ、ぼくは伸子の観察を放棄してしまったろう。』法水は何事かを仄めかして、相手の説を肯定したが、『所で、君の投じた試《リアク》薬《ティヴ》▼93は、たったそれだけかね。』

『冗談じゃない。結局徒労には帰したけれども、僕は伸子の疲労状態を条件にして、或る婦人科的観察を試みたんだ。法水君、今夜の法医学的意義は、Pennyroyal《ペニイロイヤル》▼94（一種の有毒除虫菊）一つに尽きるんだよ。あの○・○二位を健康未妊娠子宮に作用させると、丁度《ちょうど》服用後一時間程で激烈な子宮麻痺が起る。そして、殆んど瞬間的に失神類似の症状が現われるんだ。所が、その成分であるOleam HedeamaeやApiol▼95さえ検出されない。勿論あの女には、既往に於いて婦人科的手術をうけた形跡がないばかりでなく、中毒に対する臓器特異性を思わせる節もないのだ。そこで法水君、僕の毒物類例集は結局これだけなんだけども、然し結論として一言云わせて貰えるなら、あの失神の刑法的意義は、寧ろ道徳的感情にあると云うに尽きるだろう。つまり、

---

枢神経の麻痺・筋強直・痙攣などを起こして窒息するが、少量では神経刺激剤として有効。

▼90　屈筋震顫症　athetosis, athetose
アテトーゼ、無位置症。手足に生ずるゆっくりとした不随意運動の一つで、正常では行いがたい形に手足の先端をひねったり、過度に曲げたり伸ばしたりする。

▼91　間歇強直症　tetanie
テタニー、強直痙攣。不随意かつ急激な筋肉の収縮が長く続き、強ばった状態になるもの。一方、筋肉の収縮と弛緩を交互に反復するものを間代性痙攣という。

▼92　燐酸塩
五酸化燐が種々の程度に水と結合して生ずる一連の酸の総称。無色の結晶で肥料、食品添加物に用いる。尿路結石の原因にもなるが、尿に燐酸塩が出ていても正常。

▼93　試薬　reagent
実験室などで使用する純度の高い化学物質。虫太郎が使用しているリアクティヴreactiveは反作用、反動などを表す形容詞。

▼94　Pennyroyal
除虫菊。わが国には明治初期に導入。花はピレトリンを含み、乾かして粉状とし蚊取線香・農薬などの原料とする。

▼95　Oleam HedeamaeやApiol
oleum hedeomae（ペニーロイヤル、除虫菊の油成分）とapiol（パセリシードオイル）は別の生薬である。前者は古来、腹部疾患・できもの・痙攣などに対する効能、防虫効果で知られる。精油の主成分プレゴンPulegoneにより、乳幼児の服用や大量服用時の中毒死事例がある。

故意か内発か――なんだ。』と乙骨医師は卓子《テーブル》をゴツンと叩いて、彼の知見を強調するのだった。

『いや、純粋の心理病理学《プシコパトロギイ》▼96さ。』法水は暗い顔をして云い返した。『所で、頸椎《けいつい》▼97は調べたろうね。僕はクインケ▼98じゃないが、恐怖と失神は頸椎の痛覚なり――と云うのは至言だと思うよ。』

乙骨医師は莨《たばこ》の端をグイと嚙み締めたが、寧ろ驚いたような表情を泛《うか》べて、

『うん、僕だってヤンレッグ▼99の「病的衝動行為に就いて《ユーベル・クランクハフテ・トリーブハントルンゲン》」やジャネー▼100の「験触野《シャムエステシオメトリック》」位は読んでいるからね。如何にも、第四頸椎に圧迫がある場合に衝動的吸気《インスピラチヨン》▼101を喰《くら》うと、横隔膜に痙攣的な収縮が起る。だが然しだ。その肝心な佝僂《せむし》は、あの女じゃない。それ以前に、一人亀背病《ポット》▼102患者が殺されていると云う話じゃないか。』

『所がねえ、』と法水は喘《あえ》ぎ気味に云った。『無論確実な結論ではない。恐らく廻転椅子の位置や不思議な倍音演奏を考えたら、一顧する価値もあるまいよ。けれども一説として、僕はヒステリー性反覆睡眠▼103に思い当ったのだ。あれを失神の道程に当ててみたいのだよ。』

『尤《もっと》も、僕は元来非幻想的な動物なんだが、』と乙骨医師は眩惑を払い退けるような表情をして、皮肉に云い返した。『大体ヒステリーの発作中には、モルヒネに対する抗毒性が亢進するものだよ。然し、皮膚の湿潤だけはどうあっても免かれん事なんだがね。』

此処で、乙骨医師が亢進神経の鎮静云々《うんぬん》を持ち出したのは、勿論法水に対する諷刺であるけれども、それは、折ふし人間の思推限界を越えようとする、彼の空想に向けられていたのだ。と云うのは、そのヒステリー性反覆睡眠と云う病的精神現象が、実に稀病《きびょう》中の稀病であって、日本でも、明治二十九年八月福来《ふくらい》博士の発表▼104が最

後者アピオールはパセリ種の精油または純粋物質として、月経不順の治療に用いられる。刺激物で、多量では吐き気を催すほか、肝臓や腎臓に害を及ぼす。ヒポクラテスは、パセリは流産の原因になると記述しているが、この作用はアピオールによる。

▼96　心理病理学　Psychopathologie
精神病理学。精神状態の異常を、分析整理して異常の成り立ちを解明する精神医学の基礎。

▼97　頸椎
脳と脊椎を結ぶ後頭部の骨。

▼98　クインケ
Quincke, Heinrich Irenäus　1842-1922
ドイツの内科医。クインケ徴候（大動脈弁閉鎖不全で起こる毛細管拍動）を発見1868。

▼99　ヤンレッグ
Jauregg, Julius Wagner von　1857-1940
ヤウレック。オーストリアの精神科医。梅毒による麻痺性認知症の治療に対してノーベル生理学・医学賞を受賞1927。書名は不詳。

▼100　ジャネー　Janet, Pierre 1859-1947
フランスの心理学者・精神病学者。ヒステリー研究の先駆者で、近代精神病学の基礎を築いた。心に負った傷にトラウマという名称をつけ、またフロイト以前に無意識の領域を発見した。エステジオメーターesthesiometerは、皮膚の知覚を測定する器具。書名は不詳。

▼101　衝動的吸気　inspiration
突発的に吸い込んだ息。

▼102　亀背病　Pott's disease
脊椎カリエス・脊椎結核。血行性に椎体が侵され、その破壊および脊柱の変形を起こす。打

初の文献である。現に、好んで寺院や病的心理を扱う小城魚太郎（最近出現した探偵小説家）の短篇中にも——殺人を犯そうとする一人の病監医員が、元々一労働者に過ぎないその患者に医学的な術語を聴かせ、それを後刻の発作中に喋《しゃべ》らせて、自分自身の不在証明《アリバイ》に利用する——と云う作品がある通りで、自己催眠的な発作が起ると、自分が行い且《か》つ聴いたうちの最も新しい部分を、それと寸分違《たが》わぬまでに再演し且つ喋《しゃ》べるのであるから、別名としてのヒステリー性無暗示後催眠現象[105]と呼ぶ方が、却って、この現象の実体に相応するように思われるのである。それであるからして乙骨医師が、内心法水の鋭敏な感覚に亢奮を感じながらも、表面痛烈な皮肉を以って異議を唱えたのは無理ではなかった。それを聴くと、法水は一端自嘲めいた嘆息をしたけれども、続いて彼には稀らしい懆狂《そうきょう》的な亢奮が現われた。

『勿論稀有に属する現象さ。然し、あれを持ち出さなくては、どうして伸子が失神し鎧通しを握っていたか——と云う点に説明が附くもんか。ねえ、乙骨君、アンリ・ピエロン[106]は疲労に基くヒステリー性知覚脱失の数十例を挙げている。また、あの伸子と云う女は、今朝弾いてその時弾く筈でなかった讃詠《アンセム》を、失神直前に再演したのだったよ。だから、その時何かの機《はず》みで腹を押したとすれば、その操作で昏睡的無意識状態[107]に陥ると云う、シャルコー[108]の実験的研究を信じたくなるじゃないか。』

『すると、君が頸椎を気にした理由も、そこにあるのかね。』乙骨医師は何時の間にか引き入れられてしまった。

『そうなんだ。事に依ると、自分がナポレオンになるような幻視《アウロラ》[109]を見ているかも知れないが、先刻《さつき》から僕は、一つの心像的標本を持っているのだ。君はこの事件に、ジークフリートと頸椎——の関係があるとは思わないかね。』

『ジークフリート!?』これには、流石《さすが》の乙骨医師も唖然となってしまった。『尤も、帰納的に頭の狂っている男の標本は、一人僕も知ってるがね。』

---

痛・圧痛・神経痛・運動麻痺などを伴う。

▼103　ヒステリー性反覆睡眠
特発性過眠症。持続性、反復性のある、日中の過度の眠気発作を主症状とする睡眠障害の一種。原因は判明していない。

▼104　福来博士の発表
福来友吉（ふくらいともきち）1869-1952。日本の心理学者・超心理学者。福来が睡眠心理学を研究し始めたのは、明治三十二年東京帝国大学哲学科大学院で変態心理学（催眠心理学）を履修して以降のことで、本文年号とは合致しない。初期の論文は「催眠術の心理学説」で、明治三十六年『東京医事新誌』に発表。明治三十九年、「催眠術の心理学的研究」で文学博士号を授与された。

▼105　無暗示後催眠現象
催眠術で、被催眠者が覚醒後に、ある合図で特定の行動をとるように暗示を与えること。

▼106　アンリ・ピエロン
Pieron, Henri 1881-1964
フランスの心理学者。コレジュ・ド・フランスの感覚生理学教授。

▼107　昏睡的無意識状態
シャルコーが行ったヒステリー患者に催眠をかけ、症状が現れたり消えたりする様子を一般公開していた実験。

▼108　シャルコー
Charcot, Jean-Martin 1825-1893
フランスの解剖病理学者・神経科医。発展途上だった神経学および心理学の分野に多大な影響を与えた。

▼109　幻視　Aurora

『いや、結局比《レイショ》[110]の問題さ。然し僕は、知性にも魔法的効果があると信じているよ。』と法水は充血した眼に夢想の影を漂わせて、云った。『所で、強烈な擽痒《かゆみ》感覚に[111]、知覚のある場所が残ると、そこに劇烈な擽痒《かゆみ》が発生するのも、多分アルルッツ[112]の著述などで承知の事と思うよ。所が君は、伸子の頸椎に打撲したような形跡はないと云う。けれども乙骨君、ここに僅《た》った一つ、失神した人間に反応運動を起させる手段がある。生理上決して固く握れる道理のない手指の運動を、不思議な刺戟で喚起する方法があるのだ。そうして、それがジークフリート＋《プラス》木の葉[113]──の公式で表わされるのだがね。』

『成程、』熊城は皮肉に頷いて、『多分その木の葉と云うのが、ドン・キホーテ[114]なんだろうよ。』

法水は一端幽《かす》かに嘆息したが、尚も気魄《きはく》を凝《こら》して、神業のような伸子の失神に絶望的な抵抗を試みた。

『マア聴き給え、恐ろしく悪魔的なユーモアなんだから。エーテル[115]を噴霧状にして皮膚に吹きつけると、その部分の感覚が滲透《しんとう》的に脱失してしまう。それを失神した人間の全身に渉《わた》って行うのだが、手の運動を司《つかさ》どる第七第八頸椎に当る部分だけを恰度ジークフリートの木の葉のように残して置くのだ。何故なら、失神中は皮膚の触覚を欠いていても、内部の筋覚や関節感覚、それに、擽痒《かゆみ》の感覚には一番刺戟され易いのだからね。すると、当然その場所に、激烈な擽痒《かゆみ》が起る。そうしてそれが電気刺戟のように、頸髄《けいずい》神経[116]の目的とする部分を刺戟して、指に無意識運動を起させるに違いないのだ。つまり、この一つで伸子が如何にして鎧通しを握ったか──と云う理論に就いて、根本の公式を摑んだような気がしたのだ。乙骨君、君は故意か内発かと云ったけれども、僕は、故意かエーテルに代る何物かと云いたいんだ。

---

元は曙、黎明の意。『アウローラ』1612は、ドイツの神秘主義者ヤーコプ・ベーメ Böhme, Jakob 1575-1624が個人的な幻視を神秘体験として記述した著作。訳語はこれに由来すると思われる。

▼110　**比**　ratio
比率、割合。

▼111　**擽痒感覚**
皮膚や眼瞼結膜などに起こる、むずむずとした不快な感覚。

▼112　**アルルッツ**　Alrutz, Sydney 1868-1925
スウェーデンの心理学者。人間の発する精気を動的な力として計測する器具を発明。

▼113　**ジークフリート＋木の葉**
前述のエピソードで、ジークフリートの首筋を一枚の木の葉が覆ったため、竜の血を浴びず、急所となった。

▼114　**ドン・キホーテ**　*Don Quijote*
スペインの作家セルバンテスの長編小説。正編1605続編1615。時代遅れな思い込みで騎士修行に出かけ、種々の滑稽な冒険を演ずる主人公は、空想的理想主義者の代名詞となる。法水への揶揄。

▼115　**エーテル**　ether
寒冷麻酔薬。沸点の低い液体で、気化熱を奪うことによって局部凍結をきたし知覚を鈍化させる。吸入麻酔剤として用いる。ジエチルエーテル。

▼116　**頸髄神経**
頸髄は、脊髄の最上部で脳と繋がる部位。重要な神経が集中している。

どうして、その本体を突き詰めるまでには、まだまだ繊細微妙な分析的神経が必要なんだよ。』と彼の表情に、見る見る惨苦の影が現われて行き、打って変った沈んだ声音で呟いた。

『ああ、ああ如何にも僕は喋ったよ。然し、結局廻転椅子の位置は…あの倍音演奏はどうなってしまうんだ？』

　そうしてから、暫く法水は烟の行方を眺めていて、彼の発揚状態を鎮めているように見えたが、やがて乙骨医師に向って、話題を転じた。

『所で、君に依頼して置いた筈だが、伸子の自署をとってくれただろうか。』

『うん。然し、これには質問例題とする価値があるぜ。何故《どうして》君は、伸子が覚醒した瞬間に、自分の名前を書かせたのだったね。』と云って、乙骨医師が取り出した紙片に、俄然三人の視聴が集められてしまった。それには、紙谷ではなく降矢木伸子と書かれてあったからだ。法水は鳥渡《ちょっと》瞬いたのみで、彼が投じた波紋を解説した。

『如何にも乙骨君、僕は伸子の自署が欲しかったのだ。と云って、何も僕はロムブローゾじゃないのだからね。水精《ウンディネ》や風精《ジルフェ》を知ろうとして、クレビエ▼117の「筆蹟学《グラフオロジイ》」までも剽窃《ひょうせつ》する必要はないのだよ。実を云うと、往々失神に依って、記憶の喪失を来す場合がある。それなので、もし伸子が犯人でない場合に、この儘忘却のうちに葬られてしまうものがありやしないかと、内々それを懼《おそ》れていたからなんだ。所で、僕の試みは、「マリア・ブルネルの記憶」▼118に由来してるんだがね。』


（註）ハンス・グロスの『予審判事要覧』の中に、潜在意識に関する一例が挙げられている。即ち一八九三年三月、低バイエルン▼119、ディートキルヘン▼120の教師ブルネルの宅に於いて、二児が殺害され、夫人と下女は重傷を負い、主人ブルネルが嫌疑者として引致されたと云う事件である。所が、夫人は覚醒して、訊問調書に署名を求められると、マリア・ブ

---

▼117　クレビエ　Crépieux-Jamin, Jules 1859-1940
クレピュ・ジャマン。フランスの筆跡学者。「筆跡学」の候補としては、*La graphologie en exemples* 1898. *Traite Pratique de Graphologie* 1906. *Les Bases fondamentales de la Graphologie et de l'expertise en écritures* 1921。

▼118　マリア・ブルネルの記憶
『犯罪心理学　回想と記憶』グロス、大日本文明協会、1915、330-331p に記述あり。前出 *Kriminalpsychologie* 1898 の邦訳。

▼119　低バイエルン　Niederbayern
ドイツ南部ミュンヘン近郊。

▼120　ディートキルヘン　Dietkirchen
ドイツの古都。現在は Limburg an der Lahn と合併。

ルネルとは記さずに、マリア・グッテンベルガーと書いたのであった。然し、グッテンベルガーと云うのは、夫人の実家の姓でもなくしかも、それなりで、夫人は記憶の喚起を求められても、その名に付いては知る所がなかった。つまりその時以来、意識の水準下に没し去ったのである。所が、調査が進むと、下女の情夫にその名が発見されて、直ちに真犯人として捕縛さるるに至った。即ち、マリア・グッテンベルガーと書いた時は、兇行の際識別した犯人の顔が、頭部の負傷と失神に依って喪失されたが、偶然覚醒後の朦朧状態に於いて、それが潜在意識となって現われたのである。


「マリア・ブルネル……」だけで喚起するものがあったと見えて、三人の表情に一致したものが現われた。法水は、新しい莨《たばこ》に口を付けて続けた。

『だから乙骨君、僕が伸子の開目の際を条件としたのも、要するに、マリア・ブルネル夫人と同じ朦朧状態を狙って、泡《あわ》よくば、まさに飛び去ろうとする潜在意識を記録させようとしたからなんだよ。所が、やはりあの女も、法心理学者の類例集《カズイステイク》▼121から洩れる事が出来なかったのだ。ねえ、伸子の先例は、オフィリア▼122に求められるだろうね。然しオフィリアの方は、単に狂人《きちがい》になってから、幼ない頃乳母から聴いた――（あすはヴァレンタインさまの日▼123）の猥歌《ざれうた》▼124を憶い出したに過ぎない。所が、伸子の方は、降矢木と云う頗る劇的《ドラマチック》な姓を冠《かぶ》せて、物凄い皮肉を演じてしまったのだよ。』

その署名には、恐ろしい力で惹きつけるようなものがあった。暫く釘付けになっているうちに、まず直情的な熊城が気勢を上げた。

『つまり、グッテンベルガー＝《イコール》降矢木旗太郎なんだ。これで、クリヴォフ夫人の陳述が、綺麗さっぱりに割り切れてしまうぜ。サア法水君、君は旗太郎の不在証明《アリバイ》を打ち破るんだ。』

『いや、この評価は困難だよ。依然降矢木Xさ。』と検事は容易に首肯した色を見

▼121　類例集　Kasuistic
症例報告。もとは宗教用語で決疑論。
▼122　オフィリア　Ophelia
シェークスピア『ハムレット』の登場人物。主人公ハムレットの恋人だが、彼の虚言で気がふれてしまう。国王顧問官ポローニアスの娘。
▼123　あすはヴァレンタインさまの日
To-morrow is Saint Valentine's Day, ／All in the morning betime, ／To be your Valentine. ／Then up he rose, and donn'd his clothes, ／And dupp'd the chamber-door; ／Let in the maid, that out a maid ever departed more.「あすは十四日バレンタインさまよ、門（かど）へ行こぞや、引明方（ひきあけがた）に、ぬしのお方になろずもの。それと見るより門の戸あけて、ついと手を取り引入れられりゃ純潔（うぶ）の処女（むすめ）じゃ戻られぬ。」「ハムレット　四幕五場」『ザ・シェークスピア』坪内逍遥訳、第三書館、1989。
▼124　猥歌
みだらな歌。一般に民衆の中で自然発生した大らかな性を詠み込んだ歌。

せなかった。そして、暗に算哲の不思議な役割を仄めかすと、法水もそれに頷いて、劇《はげ》しい皮肉を酬《むく》いられたかのように、錯乱した表情を泛《うか》べるのだった。事実、それが幽霊のような潜在意識だとすれば、恐らく法水の勝利であろう。けれども、もし単に、一場の心的錯誤《パラムネジイ》▼125だとしたら、それこそ推理測定を超越した化物に違いないのである。乙骨医師は時計を見て立ち上ったが、この毒舌家は、一言皮肉を吐き捨てるのを忘れるような親爺《おやじ》ではなかった。

『さて、今夜はもう仏様も出まいて。然し法水君、問題は、空想より論理判断力の如何《いかん》にあるよ。その二つの歩調が揃うようなら、君もナポレオンになれるだろうがな。』

『いや、トムセン▼126（丁抹の史学者。バイカル湖畔南オルコン河の上流にある突厥人の古碑文を読破せり）▼127▼128▼129で結構さ。』と法水は劣らず云い返したが、その言葉の下から、俄然唯ならぬ風雲を捲《ま》き起してしまった。『勿論僕に大した史学の造詣はないがね。然しこの事件ではオルコン以上の碑文を読む事が出来たのだよ。君は暫く広間《サロン》にいて、今世紀最大の発掘を待っていてくれ給え。』

『発掘!?』熊城は仰天せんばかりに驚いてしまった。然し、法水が心中何事を企図しているのか知る由《よし》はないと云っても、その眉宇間《びうかん》に泛《うか》んでいる毅然たる決意を見ただけで、まさに彼が、乾坤一擲《けんこんいってき》▼130の大賭博を打たんとしている事は明らかだった。

間もなく、この胸苦しいまでに緊迫した空気の中を、乙骨医師と入れ違いに喚《よ》ばれた田郷真斎が入って来ると、早速法水は短刀直入に切り出した。

『僕は卒直にお訊ねしますが、貴方は昨夜八時から八時二十分までの間に邸内を巡廻して、その時古代時計室に鍵を下したそうでしたね。然し、その頃から姿を消した一人があった筈です。いいえ田郷さん、昨夜《ゆうべ》神意審問会の当時この館にいた家族の数は、たしか五人ではなく、六人の筈でしたよ。』

途端に、真斎の全身が感電したように戦いた。そして、何か縋《すが》りたいものでも探

---

▼125　心的錯誤　Paramnesie
虚偽記憶、過誤記憶。誤った催眠療法による誘導によって、多くは悪意なく捏造された実際には起こっていない事柄を自身の記憶と思い込むこと。

▼126　トムセン
Thomsen, Vilhelm 1842-1927
デンマークの言語学者。古代トルコ民族の遺した突厥（とっけつ）文字の碑文解読に成功した。

▼127　バイカル湖　ozero Baikal
ロシア南東部の三日月形の湖。

▼128　南オルコン河　Olkhon
オルホン河、モンゴルで一番長い川。セレンゲ川に合流してバイカル湖に流れ込む。「キョル・テギン碑文」と「ビルゲ・カガン碑文」は、ニコライ・ヤドリンツェフによってオルホン河畔のホショ・ツァイダムで発見された1889。それらは五世紀から使われたオルホン文字で書かれていた。

▼129　突厥人　Göktürk
ギョクテュルク。六世紀に中央ユーラシアに存在したテュルク系遊牧国家。元々はジュンガル盆地北部からトルファン北方の山麓にかけて住んでいた部族。

▼130　乾坤一擲
運を天に任せて、のるかそるかの大勝負をすること。乾は天、坤は地の意。一擲はひとたび投げること。

すような恰好で、迂路迂路《きよろきよろ》四辺《あたり》を見廻していたが、いきなり反噬的《はんぜいてき》な態度に出て、

『ホホウ、この吹雪《ふぶき》の些中《さなか》に算哲様の遺骸を発掘するとなら、あんた方は令状をお持ちと見えますな。』

『いや、必要とならば、多分法律も破るでしょうがね。』と法水は冷然と酬《むく》い返した。が、この上真斎との応酬を無用と見て、卒直に自説を述べ始めた。

『大体、貴方がおいそれと最初から口を開こうなどとは、夢にも期待していなかったのですよ。ですから、まず僕の方で、その消え失せた一人を、外包的に証明して行きましょう。所で、貴方は盲人の聴触覚標型▼131と云う言葉を御存知ですか。盲人は視覚以外の凡ゆる感覚を駆使して、その個々に伝わって来る分裂したものを綜合するのです。そうして、自分に近接している物体の造型を試みようとするのですよ。ねえ田郷さん、勿論僕の眼に、その人物の姿が映ろう道理はありません。しかも、物音も聴かなければ、その一人に関する些細な寸語さえ耳にしていないのです。然し、この事件の開始と同時に、或る一つの遠心力が働いて、そうして、その力が、関係者の圏外遥かへ抛擲《ほうてき》▼132してしまった一人があったのですよ。僕は、最初この館に一足踏み入れた時に、既にある一つの前兆とでも云いたいものを、召使《バトラー》の行為から観取する事が出来たのでした。』

『すると、僕が訊ねた……』検事は異様に亢奮して叫んだ。そして、自分の疑念が氷解して行く機に達したのを悟ったのであった。法水は検事に微笑で答えてから、続けた。

『つまり、この神経黙劇にとると、最初召使《バトラー》に導かれて大階段を上って行った時が、抑々《そもそも》の開緒《アインライツング》▼133なのでした。その折、喧《けたた》ましい警察自動車の機関《エンジン》の響《ひびき》がしていたのですが、その召使《バトラー》は、僕の靴が偶然軋《きし》って微かな音を立てると、何故か先に歩んでいるにも拘らず、竦《すく》んだような形で、身体《からだ》を横に避けるのでした。僕はそれを悟ると、

---

▼131　聴触覚標型
本文の説明通り、聴覚や触覚などから得た情報によって視覚の不足を補うこと。虫太郎独自の造語か。

▼132　抛擲
ほうり投げ出すこと。

▼133　開緒　Einleitung
序言、発端、序奏、序曲、手引き。

思わず、神経に衝き上げて来るものがありました。ですから、階段を上り切るまでの間、試みに再三同じ動作を演じてみたのですが、その都度、召使《バトラー》も同様のものを繰り返して行くのです。明らかにこの無言の現実は、何事かを語ろうとしています。そこで、僕は推断を下しました。機関《エンジン》の騒音があるにも拘らず、当然圧せられて消されねばならない、いや、通常の状態では絶対に聴く事の出来ぬ音を聴いたからだ——と。然し、それは当然奇蹟でもなければ、勿論僕の肝臓に変調を来たした結果でもありません。医学上の術語でウイリス徴候▼134と云って、劇甚《げきじん》な響と同時に来《きた》る微細な音も聴き取る事が出来ると云う、聴覚の病的過敏現象に過ぎんのですよ。』

法水は徐《おもむ》ろに莨《たばこ》に火を点けて、一息吸うと続けた。

『云う迄もなくその徴候はある種の精神障痴《しょうち》には前駆となって来るものです。けれども、チーヘン▼135の「忌怖の心理」などを見ると、極度の忌怖感に駆られた際の生理現象として、それに関する数多《あまた》の実験的研究が挙げられています。殊に、最も興味を惹かれるのは、ドルムドルフ▼136の「死仮死及び早期の埋葬《トット・シャイントット・ウント・フリューへ・ベールディグング》」中の一例でしょうかな。確か一八二六年に、ボルドー▼137の監督僧正《エピスコーポ》▼138ドンネが急死して、医師が彼の死を証明したので、棺に蔵《おさ》め埋葬式を行う事になりました。所が、その些中《さなか》ドンネは棺中で蘇生したのです。然し、声音《せいおん》の自由を失っているので救いを求める事も出来ず、渾身の力を揮《ふる》って棺の蓋を僅かに隙《すか》しまでしたのでしたが、そのまま彼は力尽きて、再び棺中で動けなくなってしまいました。所が、その生きながら葬られようとする言語に絶した恐怖の中で、折から荘厳な経文歌の合唱が轟《とどろ》いているにも拘らず、彼の友人二人が秘かに私語する声を聴いたと云うのですよ。』それから法水は、その現象をこの事件の実体の中に移した。

『そうなると、無論一つの疑題《クエスチヨネア》▼139です。大体召使《バトラー》などと云うものは、傍観者的な亢奮こそあれ、まだ現場に達しもせぬ捜査官が何か訊ねようとして、近接する気配を

---

▼134　ウイリス徴候　Willis's paracusia
ウイリス錯聴。伝音性難聴の一症状。静かなところでは大きな音でも聞こえにくいが、騒々しい所ではかえってよく聞こえる状態をいう。Willis, Thomas 1621-1675は、英国の解剖学・神経学に貢献の高い医学者。

▼135　チーヘン
Ziehen, Thodor 1862-1950
ドイツの心理学者・哲学者・神経学者。「忌怖の心理」については『医師と学生のための精神医学』*Psychiatrie: für Ärzte und Studirende* 1894の中に、恐れSchreckenに関する記述あり。

▼136　ドルムドルフ
Donndorf, Johann August 1754-1837
ドンドルフ、ドイツの動物学者。『死仮死及び早期の埋葬』*Über Tod, Scheintod, und frühe Beerdigung* 1820。

▼137　ボルドー　Bordeaux
フランス南西部、葡萄酒の集散地。

▼138　監督僧正　episcopacy, episcopus
教会の監督制度、指導職制度における役職。ドンネDonnet, Ferdinand-François-Augaste 1795-1882。このエピソードは、ハルトマン『生体埋葬』の蘇生実例96にも登場。cf.「死者の蘇生」『小酒井不木全集第七巻』改造社、1929

▼139　疑題　questionnaire
質問事項を箇条書きにした質問表。アンケート。

現わしたにしても、それに何等の畏怖を覚えるべき道理はありません。ですから、その時僕は、ある出来事の前提とでも云うような薄気味悪い予感に打たれました。云わば過敏神経の劇的《ドラマチック》な遊戯なんでしょうが、鳥渡《ちょっと》口には云えない、一種異様に触れて来る空気を感じたのです。それが明瞭《はっきり》したものでないだけに、尚更踠《もが》いてでも近附かねばならぬような力に唆《そそ》られました。そして、間もなくそれが、貴方の嵌口《かんこう》令《れい》▼140が生んだ産物である事を知ると同時に、強いて覆い隠そうとした、運命的な或る一人を、その身長までも測る事が出来たのです。』

『身長を？』真斎は流石《さすが》に驚いて眼《まなこ》を瞠《みは》ったが、此処で三人は、曾って覚えた事のない亢奮の絶頂にせり上げられてしまった。

『そうです。兜の前立星《まえだてほし》▼141が、此の人を見よ《エセ・ホモ》と云っているのですよ。』と法水は椅子を深く引いて、静かに云った。『多分貴方もお聴きになったでしょうが、拱廊の古式具足のうちで、円廊側の扉際にある緋縅《ひおどし》綴の上に、猛悪な黒毛三枚鹿角立《しかつのだて》の兜が載っていたのです。また、その前列で吊具足になっている洗革胴《あらいかわどう》の一つが、これは美々しい獅子嚙座《ししかみざ》のついた星前立細鍬形《ほしまえだてほそくわがた》の兜を頂いていて、その二つの取り合せから判断すると、歴然たる置き換えた跡が残っているのです。そればかりでなく、その置き換えの行われたのが、昨夜の七時以後である事も、召使《バトラー》の証言に依って確める事が出来ました。然し、その置き換えには、頗る繊細《デリケート》な心像が映っているのですよ。そして、それが円廊の対岸にある二つの壁画と俟《ま》って、始めてこの本体を明らかにするのでした。御承知の通り、右手のものは「処女受胎の図」で、聖母《マリア》が左端に立ち、左手の「カルバリ山の朝」は、右端に耶蘇《イエス》を釘付けにした十字架が立っているのです。つまりその二つの兜を置き換えないでは、聖母《マリア》が十字架に釘付けされると云う、世にも不可思議な現象が現われるからでした。然し、その原因は容易《たやす》く突き究める事が出来たのです。ねえ田郷さん、円廊の扉際には、外面艶《つや》消しの

▼140　嵌口令
ある事柄について他人に話すことを禁ずること。

▼141　前立星
前立とは、兜の鉢や眉庇につけた立物のうち前面につける物をいう。また星は、兜の鉄板をつなぐ鋲頭を装飾的に目立たせたもの。

硝子《ガラス》で平面の弁と凸面の弁を交互にして作った、六弁形の壁灯がありましたっけね。実は、緋縅《ひおどし》の方に向いている平面の弁に、一つの気泡があるのを発見したのです。所で、眼科に使うコクチウス検眼鏡[142]の装置を御存知でしょうか。平面反射鏡の中央に微孔を穿《うが》って、その反対の軸に凹面鏡を置き、其処に集った光線を、平面鏡の細孔から眼底に送ろうとするのですが、この場合は、天井のシャンデリヤの光が凹面の弁に集って、それが前方の平面弁にある気泡を通ってから、向う側にある前立星に照射されるからでした。つまりそれが判ると、前立甲《まえだてかぶと》の激しい反射光をうけねばならない位置を基礎にして、眼の高さが測定されるのです。』

『然し、その反射光が何を？』

『外でもない、複視[143]が起されるのですよ。催眠中でさえも眼球を横から押すと、視軸が混乱して複視を生ずるのですが、横から来る強烈な光線でも、同様の効果を生みます。つまりその結果、前方にある聖母《マリア》が十字架と重なるので、恰度聖母《マリア》が磔刑《はりつけ》になったような仮像が起る訳でしょう。云う迄もなく、その置き換えた人物と云うのは、婦人なんです。何故なら、そうして幻のように現われる聖母磔刑《マリアはりつけ》の仮像は、第一、女性として最も悲惨な帰結を意味しています。また一面には、元来の瞰視《かんし》をうけているような意識に駆られて、審判とか刑罰とか云うような、妙に原人ぽい恐怖が齎らされて来るのですよ。大体が、そう云う宗教的感情などと云う代物は、一種の本能的潜在物なんですからね。どんな偉大な知力を以ってしても、容易に克服出来るものではありません。直観的ではあるが、決して思弁的ではないのです。もともと刑罰神一神説《ヤーヴィズム》[144]は……旧教精神《カトリシズム》[145]は、聖《セント》アウグスチヌス[146]が永劫刑罰説[147]を唱えたときには、もう超個人的な力に達していたのですからね。ですから、不慮があると否とに拘らず、その大魔力は忽ちに精神の平衡を粉砕してしまいます。殊に、脆《もろ》い、変化をうけ易い、何か異常な企図を決行しようとする際のような心理状態では、そ

---

▼142　コクチウス検眼鏡　ophthalmoscope
瞳孔から光を入れ眼底を観察する器具。コクチウスCoccius, Ernst Adolf 1825-1890はドイツの眼科医。検眼鏡を考案1853。

▼143　複視
両目で見ると物が二重に見え、片目で見るとひとつに見える症状。

▼144　刑罰神一神説　Jahavism
一般的な用語ではないが、初期ユダヤ教におけるヤハヴェ信仰を表すもの。

▼145　旧教精神　Catholicism
キリスト教のうちローマ教皇を首長に仰ぐ、正統を称するカトリック教の教義。

▼146　聖アウグスチヌス
St. Augustinus, Aurelius 354-430
初期キリスト教の神学者・哲学者・説教者。ラテン教父と呼ばれる一群の神学者たちの一人。

▼147　永劫刑罰説　damnation
キリスト教では、神意はすべての人間が救われるところにある。しかし、神を拒む者に対する劫罰は永遠に続くということ。

の衝撃には恐らく一溜《ひとたま》りもない事でしょう。……つまり田郷さん、そう云った動揺を防ぐために、その婦人は二つの兜を置き換えたのですよ。然し、前立の星と並行する位置で、大凡《おおよそ》の身長が測定されるのですが、五呎《フイート》四吋《インチ》——その高さを有する婦人は、一体誰でしょうか、云う迄もなく、傭人共なら大切な装飾品の形を変えるような事はしないでしょうし、四人の外人は論なしとしても、伸子も久我鎮子も、各々《それぞれ》に一二吋《インチ》程低いのです。所が田郷さん、その婦人は、未だこの館の中に潜んでいるのですよ。ああ大体、それが誰なんでしょうかね。』と再三真斎の自供を促しても、相手は依然として無言である。法水の声に挑むような熱情が罩《こも》って来た。

『それから僕の脳裡では、その一つの心像が、次第に大きな逆説《パラドックス》となって育って行ったのですが、然し、先刻《さつき》貴方の口から、漸く真実が吐かれました。そして、僕の算定は終ったのです。』

『何と云われる。儂の口からとは？』真斎は驚き呆れるよりも、瞬間変転した相手の口吻《こうふん》に、嘲弄されたような憤《いきどお》りを現わした。『それが、貴方《あんた》にある僅《た》った一つの障害なのじゃ。歪んだ空想のために、常軌を逸しとるのです。儂は、虚妄《うそ》の烽火《のろし》には驚かんて。』

『ハハハハ、虚妄《うそ》の烽火《のろし》ですか、』法水は途端に爆笑を上げたが、静かな洗練された調子で云った。

『いや、打たれし牡鹿は泣きて行け《ホワイ・レット・ザ・ストライクン・ディーア・ゴー・ウイープ》、無傷の牡鹿は戯るる《ゼ・ハート・アンギャルト・プレイ》▼148——の方でしょうよ。然し、先刻《さつき》貴方は、僕が「ゴンザーゴ殺し」の中の汝真夜中の暗きに摘みし草の《ザウ・ミックスチュア・ランク・オヴ・ミッドナイト・ウイーヅ・》臭き液《コレクテッド》よ——を云うと、その次句の三たび魔女の呪咀に萎れ毒気に染みぬる《ウイズ・ヒケイツ・バン・スライス・ブラスデッド・スライス・インフエクテッド》——で答えましたっけね。その時どうして、三たび《スライス》以後の韻律を失ってしまったのでしょう。また、どうした理由かそれを云い直した時に、With Hecate's《ウイズヒケイツ》▼149を一節にして、Ban《バン》とthrice《スライス》とを合せ、しかもまた訝《いぶ》かしい事には、そのBanthrice《バンスライス》▼150を口にした時

---

▼148　打たれし牡鹿は泣きて行け、無傷の牡鹿は戯るる
Why, let the stricken deer go weep, ／The hart ungalled play　前出『ハムレット』第三幕第三場参照。

▼149　Hecate
ヘカテー。ギリシャ神話における死の女神で、女魔術師の保護者。

▼150　Banthrice
綴りに近い用例として、次記の書中「メルジナ」の章に、バンシーに並び死を告げる妖霊が挙げられている。「仏蘭西ブリタニBrittany地方のバンルードBandrhude又仏蘭西の他の地方のダーム・ブランシュDame Blancheも、同一の女形妖霊で、旧家に於て屢々（しばしば）其の出現を見たと伝えられて居る。」『中世の欧州に現われたる神秘伝説』長谷川慶三郎、瞭文堂、1917。同書はBaring-GouldのCurious *Myths of the Middle Ages* 1867の抄訳である。

に、貴方はいきなり顔色を失ってしまったのです。勿論僕の目的は、文献学上の高等批判をしようとしたのではありません。この事件の発端とそっくりで、実に物々しく白痴嚇《こけおど》し的な、三たび魔女の《ウイズ・ヒケイツ・バン》：：以下を貴方の口から吐かせようとしたからなので、――つまり、詩語には特に強烈な聯合作用が現われるという――ブールドンの仮説《セオリー》▼151を剽窃して、それを殺人事件の心理試験に異《ちが》った形態《かたち》で応用しようとしたのです。云わば、武装を陰《かく》した詩の形式でしょうな。それで、貴方の神経的原子運動を吟味しようと試みたのですが、遂々《とうとう》その中から、一つの幽霊的な強音《アクセント》を摘み出しましたよ。所でバーベージ▼152（エドマンド・キーン▼153以前の沙翁劇名優）は、沙翁《シエークスピア》の作中に律語的な部分、即ち希蠟《ギリシャ》式量的韻律法▼154が多いのを指摘していますね。つまり、一つの長い音節《シラブル》▼155が、量に於いて二つの短い音節《シラブル》に等しいと云うのが原則で、それに、頭韻《アリテーション》▼156・尾韻《エンドライム》▼157・強音《アクセント》などを按配した抑揚格《アイアムバス》▼158を作って、詩形に音楽的旋律を生んで行くのです。ですから、一語でもその朗誦法を誤ると、韻律が全部の節に渉って混乱してしまいます。然し貴方が三たび《スライス》で逼《つか》えて、それ以後の韻律を失ってしまったのは、決して偶然の事故ではないのですよ。その一語には、少なくとも匕首《あいくち》位の心理的効果があるからなんです。ですから貴方は、それが僕を刺戟する事に気が附いたので、すぐに周章《あわ》てふためいて云い直したのでしょう。けれども、その復誦には今も云った韻律法を無視しなければなりませんでした。それが僕の思う壺だったので、却って収拾のつかない混乱を招いてしまったのです。と云うのはthrice《スライス》を避けて前節のBan《バン》と続けたBanthrice《バンスライス》が、Banshee《バンシイ》▼159（ヘカテ伝説にある告死婆）が変死の門辺に立つとき化けると云う老人――即ちBanshrice《バンシユライス》のように響くからなんですよ。ねえ田郷さん、僕が持ち出した汝真《ザウ・》夜中の……《ミクスチア・ランク》の一句には、斯《こ》う云う具合に、二重にも三重にもの陥穽《かんせい》が設けられてあったのです。勿論僕は、貴方がこの事件で、告死老人《バンシユライス》の役割をつとめていたとは思いませんが、然しその、魔女《ヘカテ》が呪い毒に染《そ》んだと云う三たび《スライス》は、一体何事を意味

---

▼151　ブールドンの仮説
後出のゴールトンGaltonを誤記した可能性が高い。「言語連想テストの発明者ゴールトンは心の隠れた襞をさぐるのにこのテストが役立つことを実地に証明した。これを引き継いで完成したのがヴントWundtで、観念連合法則の実験的な証明を試みた。」『無意識の発見　力動精神医学発達史』アンリ・エレンベルガー、木村敏・中井久夫監訳、弘文堂、1980。

▼152　バーベージ
Burbage, Richard 1567頃-1619
イギリスの俳優、グローブ座およびブラックフライアーズ座を本拠として活躍した。シェークスピアとも親交があり『ハムレット』等の戯曲は彼への信頼のもとに書かれたもの。

▼153　エドマンド・キーン
Kean, Edmund　1787-1833
イギリスの俳優、ドルリー・レーン劇場を中心にシェークスピア劇役者として活躍した。

▼154　希蠟式量的韻律法
五歩格pentameter。古代ギリシャやラテン語の古典詩ではペンタメトロスと呼ばれる。一行が五つの詩脚から成るもの。英語詩で最も一般的に用いられる韻律の一つは、弱強五歩格iambic pentameterで、シェークスピアなど多くの詩人が使用した。

▼155　音節　syllable
まとまりの音として発音する単位。日本語の場合はカナ一文字が一音節である。

▼156　頭韻　alliteration
アリテレーション。詩歌などの文章の先頭や単

しているでしょうか。ダンネベルグ夫人……易介……そうして三度目は？』

　そう云って法水は、暫く相手を正視していたが、真斎の顔は、次第に朦朧として絶望の色に包まれて行った。法水は続けて、

『それから僕は、その「ゴンザーゴ殺し」の三《スライス》たびを再び俎上《そじょう》に載せて、今度は反対に、下降して行く曲線として観察したのです。そして、愈々《いよいよ》その一語に、供述の心理を徹頭徹尾支配する恐ろしい力があるのを確かめる事が出来ました。そのために、ポープの「髪盗み《レープ・オブ・ゼ・ロック》」の中で一番道化ている、異常に空想が働き《メン・ブルーヴ・ウイズ・チャイルド・》、男自ら妊れるものと信ずるならん《アズ・パワーフル・ファンシイ・ウオークス》——を引き出しても、毫《ごう》も心中策謀のないのを、貴方に仄めかしたのです。所が、その次句の、処女は壺になったと思い《エンド・メイド・ターント・ボトルス》、三たび声を上げ《コール・アラウド・フォア・》て栓を探す《コークス・スライス》——で答えた貴方は、その中《うち》にthrice《スライス》と云う字があるのを殆んど意識しないかのように、平然としかも、極めて本格的な朗誦法で口にしているではありませんか。勿論それは、弛緩した心理状態に有り勝ちな盲点現象です。更に、前後の二つを対比してみると、同じthrice《スライス》一字でも、「ゴンザーゴ殺し」に現われているのと「髪盗み《レープ・オヴ・セ・ロック》」のそれとでは、心理的影響に於いて著《いちじ》るしい差異があるのを測る事が出来たのでした。そこで僕は、結論をより一層確実にするために、今度はセレナ夫人から、昨夜この館にいた家族の数を引き出そうと試みました。所が、僕の云うゴットフリートの——吾今直ちに悪魔と一つになるを誰か妨げ得べき《ウアス・ヒエルテ・ミッヒ・ダス・イヒス・ニヒト・ホイテ・トイフェル》——に対してセレナ夫人は、その次句の——短剣の刻印に吾身は慄え戦きぬ《ゼッヒ・シュタンペル・シュレッケン・ゲエト・ドウルヒ・マイン・ゲバイン》——で答えたのです。然し、何故かsech《ゼッヒ》▼160（短剣）と云うと狼狽の色が現われて、しかも、短剣の《ゼッヒ・》刻印《シュテムプル》と、頭韻《アリテーション》を響かせて一つの音節《シラブル》にして云う所を、sech《ゼッヒ》とStempel《シュテムペル》（刻印）の間に不必要な休止《ポーズ》を置いたのですから、それ以下の韻律を混乱に陥し入れてしまった事は云う迄もありません、何故セレナ夫人はそう云う莫迦気た朗誦法を行ったのでしょうか。それは取りも直さずSechs《ゼックス》 tempel《テムペル》（六つの宮）と響くのを懼れたからで、そ

---

語の頭に、同一の音を繰り返して用いること。

▼157　尾韻　end rhyme
詩文の行末を同音に揃えること。

▼158　抑揚格　iambus
古代ギリシャ詩発祥の英詩形式。単語のアクセントを強調して文章にリズムをつけること。

▼159　Banshee
バンシー。ケルト民族の伝承で、大声で泣いて家に死人が出ることを知らせる女の妖精。

▼160　sech
牛や馬に引かせる大型のスキ。短剣の意はそれから派生させたものか。

の伝説詩の後半に現われて「神の砦《デイフオデユルム》」▼161（現在のメッツ附近）の領主の魔法でヴァルプギリスの森林▼162中に出現すると云う——その六つ目の神殿に入ると、入った人間の姿は再び見られないと云うのですからね。ですから、セレナ夫人が問わず語らずのうちに暗示したその六番目の人物と云うのは……、いや、昨夜《ゆうべ》この館から突然消え去った六人目があったと云う事は、僕の神経に映った貴方がた二人の心像だけででも、最早否定する余地がなくなりました。斯《こ》うして、僕の盲人造型は完成されたのです。』

　真斎は、溜り兼ねたらしく、肱掛を握った両手が怪しくも慄え出した。

『すると、あんたの心中にあるその人物と云うのは一体誰を指して云う事ですかな?』

『押鐘津多子です。』法水はすかさず凛然《りんぜん》と云い放った。『曾つてあの人は、日本のモード・アダムス▼163と云われた大女優でした。五呎《フイト》四吋《インチ》と云う数字は、あの人の身長以外にはないのですよ。田郷さん、貴方はダンネベルグ夫人の変死を発見すると同時に、昨夜《ゆうべ》から姿の見えない津多子夫人に当然疑惑の眼を向けました。然し、光栄ある一族の中から犯人を出すまいとすると、そこに何等かの措置で、覆わねばならぬ必要に迫られたのです。ですから、全員に箝口令を敷き、夫人の身廻り品を、何《ど》処《こ》か眼に付かない場所に隠したのでしょう。無論そう云う支配的な処置に出る事の出来る人物と云えば、貴方以外にはありません。この館の実権者を扨《さ》て置いて、他にそれらしい人を求められよう道理がないじゃありませんか。』

　押鐘津多子——その名は事件の圏内に全然なかっただけに、この場合青天の霹靂《へきれき》に等しかったのであろう。法水の神経運動《ナアヴアシズム》▼164が微妙な放出を続けて、上り詰めた絶頂がこれだったのか。然し、検事も熊城も痺れたような顔になっていて、容易に言葉も出なかった。と云うのは、これが果して法水の神技であるにしても、到底その儘を真実として鵜呑みに出来なかった程に、寧ろ怖れに近い仮説だったからである。

---

▼161　神の砦　Divodurum
ケルト民族が作ったドイツ西部の都市。カエサルとの戦に敗れローマの属国となったが、ローマ帝国崩壊後、ゲルマン民族によるカロリング朝成立時にメッツとなり、また一時はフランク王国の一部であるロレーヌ王国の首都となった。六つ目の神殿のエピソードは不詳だが、ライン河畔に残る伝説の影響があったのかもしれない。

▼162　ヴァルプギリスの森林
後出第八回註11「魔女集会」ヴァルプルギス・ナハトからの虫太郎の造語か。もしくはドイツ南部を覆った広大な黒い森、シュヴァルツヴァルトSchwarzwaldが念頭にあったかもしれない。

▼163　モード・アダムス　Adams, Maude 1872-1953
アメリカの舞台女優。子役でデビュー、J・M・バリーの戯曲『ピーター・パン』の初演で主役1906。1931に引退し、戦後まで演劇学の教授。本名Kiskadden, Maude Ewing。

▼164　神経運動　nervousism
ヒステリーや過度の緊張を引き起こす精神状態。

真斎は手働四輪車を倒れんばかりに揺って、激しく哄笑を始めた。

『ハハハハ、法水さん、下らん妖言浮説は止めにして貰いましょう。貴方《あんた》が云われる津多子夫人は、昨朝早々にこの館を去ったのですじゃ。大体、何処に隠れていると云われるのです。人間業で入れる個所《ところ》なら、今迄に残らず捜し尽くされて居りましょう。もし、何処かに潜んで居るのでしたら、儂から進んで、犯人として引き出して見せます哩《わい》。』

『どうして、犯人どころか、』法水は冷笑を湛えて云い返した。『その代り、鉛筆と解剖刀《メス》が必要なんですよ。そりゃ僕も、一度は津多子夫人を、風精《ジルフエ》の自画像として眺めた事はありましたがね。所が田郷さん、実に悲痛極まる傍説《エピソード》なんですよ。あの人は、死体となってからも、喝采をうける時機を失ってしまったのですからね。それが、昨夜《ゆうべ》の八時以前でした。その頃には既に津多子夫人は、遠く精霊界《フエアリー・ランド》▼165に連れ去られていたのです。ですから、あの人こそ、ダンネベルグ夫人以前の‥‥、つまり、此の事件では最初の犠牲者だったのですよ。』

『なに、殺されて!?』真斎は恐らく電撃に等しい衝撃《ショック》をうけたらしい。そして、思わず反射的に問い返した。『す、すると、その屍体は何処にあると云うのです?』

『ああ、それを聴いたら、貴方はさぞ殉教的な気持になられるでしょうが、』と法水は、一端芝居掛った嘆息をして、『実は、貴方のその手で、屍体の入っている重い鋼鉄扉《こうてつど》を閉めたのですよ。』とキッパリ云い放った。途端に三つの顔から、感覚が悉《ことごと》くに失せ去ったのも無理ではない。法水は、宛《あたか》もこの事件が彼自身の幻想的《ファンタスチック》な遊戯でもあるかのように、吐き続ける一説毎《ごと》に、奇矯な上昇を重ねて行く。そして、恰度この超頂点《ウルトラクライマックス》が、はっきりと三人の感覚的限界を示していたからであった。そこで法水は、この北方《ゴート》▼166式悲劇に次幕の緞帳《カーテン》▼167を上げた。

『所で田郷さん、昨夜《ゆうべ》の七時前後と云えば、恰度傭人達の食事時間に当っていたそ

▼165　精霊界　fairyland
妖精の国、仙境。
▼166　北方　Goth
ゴート族。バルト海沿岸に住んだゲルマン系の一族。彼らの歴史を詠う叙事詩にベーオウルフがある。
▼167　緞帳　curtain
劇場の舞台と観客席を仕切る垂れ幕。絵や刺繍などを施した厚地の織物で作った幕。

うですし、また、拱廊で兜が置き換えられた頃合にも符合するのですが、とにかくその前後に、大階段の両裾にあった二基の中世甲冑武者が、階段を一足跳びに上ってしまって、「腑分《ふわけ》図」の前方に立ち塞《ふさが》っていたのですよ。然し、その一事で、津多子夫人の屍体が古代時計室の中で証明されるのですがね。サア論より証拠、今度はあの鋼鉄扉を開いて頂きましょうか。』

それから、古代時計室に行くまでの暗い廊下が、どんなに長い事だったか。恐らく、窓を激しく揺る風も雪も、彼等の耳には入らなかったであろう。熱病患者のような充血した眼をしていて、上体のみが徒《いたず》らに前へ出て、体軀の凡ゆる節度を失い切っている三人にとると、沈着を極めた法水の歩行が、如何にももどかしかったに違いない。やがて最初の鉄棚扉《てつだなど》が左右に押し開かれ、漆《うるし》▼168で澄み渡った黒鏡のように輝いている鋼鉄扉の前に立つと、真斎は身体《からだ》を跼《かが》めて、取り出した鍵で右扉《みぎと》の把手《ハンドル》の下にある鉄製の函《はこ》を明け、その中の文字盤を廻し始めた。右に左に、そうしてまた右に捻《ひね》ると、微かに閂止《かんぬきどめ》の外れる音がした。法水は文字盤の細刻を覗き込んで、

『成程、これはヴィクトリア朝に流行《はや》った羅針儀《マリナース・コムパス》式▼169（文字盤の周囲は英蘭土近衛竜騎兵聯隊の四王標である、ヘンリー五世、ヘンリー六世、ヘンリー八世、女王エリザベスの袖章で細彫りがされ把手にはthe Right Hon'ble, JOHN Lord CHURCHIL の胸像が彫られてある）▼170▼171▼172ですね。』と云ったけれども、それが何処とはなしに失望したような空洞《うつろ》な響《ひびき》を伝えるのだった。鍵の性能に対して殆んど信憑を置いていない法水にとると、恐らくこの二重に鎖《とざ》された鉄壁が彼の心中に蟠《わだか》まっている或る一つの観念を転覆したに違いないのである。

『サア、名称は存じませんが、合せ文字を閉めた方向と逆に辿って行くと、三回の操作で扉《ドア》が開く仕掛になって居ります。つまり、閉める時の最終の文字が、開く時の最初の文字に当る訳ですが、然し、この文字盤の操作法と鉄函の鍵は、算哲様の歿後儂以外には知る者がありませんのじゃ。』

次の瞬間、一同が息詰るような緊張を覚えて、唾を噤《の》む隙さえ与えられなかった

---

▼168　漆
一般的な用途は塗料として用いられ、漆を塗られた道具を漆器という。漆の伝統的な色は黒と朱であり、黒は酸化鉄粉や煤などが顔料として用いられる。

▼169　羅針儀　mariner's compass
船舶用羅針盤。

▼170　英蘭土近衛竜騎兵聯隊　Dragoon Guards
竜騎兵は十六世紀に生まれた、騎兵銃（カービン）で武装する騎兵。十八世紀中頃になると英国王立軍の中で、旧来の騎兵隊のうち特に伝統あるものが再編され、最終的に第七連隊まで作られた。隊の編成元は女王メアリー、ジェームス二世、ジョージ四世に所属しており、本文にある四王と合致していない。

▼171　ヘンリー五世　Henry V 1387-1422
ランカスター家の出。休戦中だったフランスとの百年戦争を再開させて勝利をおさめ、その後ランカスター朝の絶頂期を築いた。
ヘンリー六世　Henry VI 1421-1471
元々優愛的な性格であったが精神疾患を患い、後に薔薇戦争でヨーク家に破れ、ロンドン塔で殺害された。
女王エリザベス　Elizabeth I Tudor 1533-1603
英国ルネサンス黄金期を統治した女王。ヘンリー八世の娘。前出第四回註25参照。

▼172　the Right Hon'ble, JOHN Lord CHURCHIL
the Right Honourable 伯爵以下の貴族などへの敬称。Hon'bleはHonorableの略称。

と云うのは、法水が両側の把手《とって》を握って、重い鉄扉を観音開きに開き始めたからだった。内部《なか》は漆黒の闇で、穴蔵のような湿った空気が、冷《ひ》やりと触れて来る。所が、どうした事か、中途で法水は不意《いきなり》動作を中止して、戦慄を覚えたように硬くなってしまった。が、その様子は、どうやら耳を凝らしているように思われた。刻々《チクタク》と刻む物懶《ものう》げな振子の音と共に、地底から轟いて来るような異様な音響が流れて来たのであった。

## 二、Salamander soll gluhen（火神《サラマンダー》▼173よ燃え猛れ）

然し、法水は一端止めた動作を再び開始して、両側の扉《ドア》を一杯に開き切ると、室内には左右の壁際に、奇妙な形をした各種の古代時計がズラリと配列されていた。外光が薄くなって奥の闇と交っている辺りには、幾つかの文字面の硝子《ガラス》らしいものが、仄かに薄気味悪《わ》る気な鱗《うろこ》の光のように見え、その光に生動が刻まれて行く、と云うのは、所々に動いている長い短冊振子▼174が、絶えず脈動のような明滅を繰り返しているからであった。この墓窖《はかあな》のような陰々たる空気の中で、時代の埃《ほこり》を浴びた物静けさが、そして、様々な秒刻の音が未だに破られないのは、恐らく誰一人として、詰め切った吸気を吐き出さないからであろうが、その時、中央の大きな象嵌《ぞうがん》柱身▼175の上に置かれた人形時計が、突然螺旋《らせん》▼176の弛《ゆる》む音を響かせたかと思うと、古風なミニュエット▼177を奏で始めたのであった。その廻転琴《オルゴール》（反対の方向に動く二つの円筒を廻転せしめ、その上にある無数の棘を以って、梯状に並んでいる音鋼を弾く自動楽器）が弾き出した優雅な音色が、この沈鬱な鬼気を破ったと見えて、再び一同の耳に、あの引き摺るように重た気な音響が入って来た。

『灯《あかり》を!!』熊城は吾に返ったかの如くに怒鳴った。真斎の手で壁の開閉器《スイッチ》が捻られると、果して法水の神測が適中していた。と云うのは、奥の長櫃《キャビネット》の上で、津多子夫

---

John, Lord Churchill, 1st Duke of Marlborough 1650-1722 チャーチル家初代マルバラ公、イギリスの軍人・貴族。公爵に対する正しい称号はThe Most Noble。

▼173　火神　salamander
火の中に住むといわれる伝説の動物、火蜥蜴。火の精。

▼174　短冊振子
大型時計の振り子部分に取り付ける短冊状の金属棒。

▼175　象嵌柱身
象眼。金属・木材などに文様を刻み込み、そこに金・銀その他の材料をはめ込むこと。ここでは柱の周囲に装飾として象眼を巡らせたもの。

▼176　螺旋
弾条（ばね）の誤用。

▼177　ミニュエット　menuet
メヌエット。四分の三拍子の中庸の速度の舞曲。十七世紀頃フランスのルイ十四世の宮廷などで流行。

人は生死を四人の賽《さい》の目に賭けて、両手を胸の上で組み長々と横《よこた》わっているのであった。その端正な美《うつ》くしさは、到底陶器で作ったベアトリチェ▼178の死像と云う外にないであろう。然し、引き摺るような鈍い音響は、正しく津多子夫人が横《よこた》わっている附近から発せられて来る、薄気味悪い地動のような鼾声《いびきごえ》、それも病的な喘鳴《ぜんめい》でも交っているかのような。……ああ、法水が屍体と推測した津多子夫人は、未だに生動を続けているではないか。皮膚は全く活色を失い、体温は死温に近い程に低下しているけれども、微かに呼吸を続け、微弱ながらも心音が打っている。そして、顔だけを除いて、全身を木乃伊《ミイラ》▼179のように毛布で巻き付けられているのだった。その時廻転琴《オルゴール》のミニュエットが鳴り終ると、二つの童子人形が、交互に右手の槌《つち》を振り上げて鐘《チャペル》▼180を叩いた。そして八時を報じたのであった。

『抱水クロラールだ。』法水は呼気を嗅いだ顔を離すと、元気な声で云った。『瞳孔も縮少しているし、臭いもそれに違いない。だが、生きていてくれて何よりだったよ。ねえ熊城君、津多子夫人の恢復《かいふく》で、この事件の何処かに明るみが差すかも知れないぜ。』

『成程、薬物室の調査は無駄じゃなかったろうがね。』と熊城は苦いものに触れたような顔になって、『だが、お蔭様で、飛《と》んだ悲報を聴かされてしまったよ。物凄い幻滅だ。あの銅版刷▼181みたいに鮮かな動機を持った女が、何と云う莫迦気た大砲を向けて来たんだい。一つ君に、霊媒《れいばい》でも呼んで貰おうかね。』

事実熊城の云うように、遺産配分から唯一人除かれていて、最も濃厚な動機を持っている筈の押鐘津多子夫人には、何処かに脆《もろ》い、破れ目でも出来そうな所があるように思われていた。その矢先に、兇悪無惨な夢中の人物となって現われたばかりでなく、しかも、法水の推測を覆《くつが》えして、その不可解な昏睡状態に、微妙な推断を要求しているのだった。その予想を許されない逆転紛糾《ふんきゅう》には、独り熊城ならずと

---

▼178　ベアトリチェ
Portinari, Beatrice 1266-1290
ベアトリーチェ。イタリア、フィレンツェの詩人、ダンテの理想的愛人。

▼179　木乃伊
木乃伊はmummyの漢訳語。人間または動物の死体が永く原形に近い形で保存されているもの。人工的ミイラは、主として宗教上の理由から死体に防腐処理を施している。

▼180　鐘　chapel
チャペルとはキリスト教徒が礼拝する場所をいい、鐘自体のことではない。

▼181　銅版刷
表面を酸で腐食した銅版を原版とする印刷方式。特に西欧近世銅版画を指す。

も、全く耐らない事件に違いないのである。検事も腹立たし気に吐息して云った。

『唯々驚く許《ばか》りさ。僅々《きんきん》二十時間余りの間に、二人の死者と二人の昏倒者が出来てしまったんだ。どのみち犯人は文字盤が廻される以前に昏倒させた津多子を此処へ運び入れたのだろうがね。』と云って、法水を確信あり気な表情で見て、『然し法水君、大体の薬量が判れば、それを咽喉《のど》に入れた時刻の見当が附くだろう。そこに、僕は何かあるのじゃないかと思うよ。この昏睡には、屹度《きっと》裏のまたその裏があるに違いないのだ。』と検事もやはり、津多子夫人に纏《まつ》わる動機の確固たる重さに意気地なくも引き摺られるのだった。

『たしかに明察だ。』法水は満足そうに頷いたが、『だが、薬量などはどうでもいい事なんだよ。何より問題なのは、犯人にこの人を殺す意志がなかったと云う事だ。』

『なに、殺す意志がない!?』検事は思わず鸚鵡《おうむ》返しに叫んだが、すぐに異議を唱えた。『然し、薬量の誤測と云う事は、当然ないとは云えまい。』

『所が支倉君、この出来事には、薬量が根本から問題じゃないのだ。ただ眠らせてこの室に抛《ほう》り込んで置きさえすれば、それが論なしに致死量になってしまうのだよ。多量の抱水クロラールには、著《いちじ》るしく体温を低下させる性能があるのだ。それにこの室は、石と金属で囲まれていて、非常に温度が低い。だから、窓を開いて外気を入れさえすれば、この室の気温が、恰度凍死に恰好《かっこう》な条件になってしまうじゃないか。所が犯人は、そう云う最も安全な方法を択《えら》ばないばかりでなく、現在見る通りに、夫人を木乃伊《ミイラ》みたいに包《くる》んでいて、不可解極まる防温手段を施しているんだよ。』と相変らず法水は奇矯変態な謎の中から、更に異様な疑問を摘出するのだった。

　所が、果して彼の言の如く、窓の掛金には石筍《せきじゅん》▼182のような錆がこびり付いていて、しかも、清掃されている室内には、些細の痕跡すら留められていないのだ。法水は、

---

▼182　石筍
鍾乳洞の天井からしたたり落ちた水滴中の炭酸カルシウムが沈殿、堆積して床上から上方に向かって成長した筍状の突起物。

▼183　火縄銃
雷管の代わりに火縄で点火してから発射薬を誘爆させ、弾丸を発射する鉄砲。十五世紀頃にヨーロッパで考案され、日本には種子島に伝わった1543。

▼184　片眼鏡　monocle
片目での使用を前提とした、眼窩で支える単一レンズの視力矯正器具。

▼185　カルデア　Chaldea
古代バビロニア南部、ユーフラテス川に沿ってペルシャ湾に至る地方。カルデア人は古代から天文に長じていた。

▼186　ロッサス日時計
日時計は、指針が調整された目盛盤に落とす影によって日中時間を示す時計。ロッサスは、紀元前三世紀、バビロニアで天文学者・占星術師であったベロッサスBerossusのことか。

▼187　ビスマーク島　Bismarck Archipelago
ビスマルク諸島。太平洋、パプアニューギニア領の諸島。名前はドイツの宰相ビスマルクにちなむ。

▼188　ダクダク講社　Duk-Duk society
ビスマルク諸島のニュー・ブリテン島に実在する、精霊の代理として男性のみが所属を許される厳かな秘密結社。彼らの意志は絶対権力となり、所属する部族社会の罪人の処刑から徴税まで、行政のすべてを決定していた。独特の仮面扮装や舞踏でも知られる。

運び出されて行く津多子夫人を凝然と見送りながら、何かしら慄然としたような顔になって云った。

『多分明日一日置けば、充分訊問に耐えられるだろうがね。然し、この一事だけは、どうあっても記憶して置かなけりゃならん。犯人が何故に、津多子夫人の自由を奪って拘禁したか——と云う事なんだ。或は僕の思い過しかも知れないがね。そう云う手段を採るに至った陰剣な企みと云うのが、もしかしたら、意識が恢復してからあの人の口を衝いて吐かれる言葉の中に、あるのではないかと思われるんだよ。どうして、破れ目がありそうだと、そこには極《きま》って陥穽《わな》があるんだから。』

真斎は法水の驚くべき曝露に遇った所以《せい》か、この十分許《ばか》りの間に、見違えるほど憔悴してしまった。彼は力のない手附で、四輪車を操りながら、何か云い出そうとして哀願的な素振をすると、

『判ってますよ田郷さん、』と法水は軽く抑えて、『貴方の採った処置に就いては、僕の方から、熊城君に宜《よろ》しく頼んで置きましょう。所で押鐘津多子夫人の姿が見えなくなったのは、昨夜何時頃でしたか。』

『それが、大分遅くなってからでしてな。何しろ、神意審問会に欠席されたので、その折始めて気が附いたのですよ。』と真斎は漸く安堵の色を現わして云った。『恰度夕刻の六時頃に、御夫君の押鐘博士から電話が掛って参りました。そして、昨夜九時の急行で、九大の神経学会に行くとか云う旨を伝えられたそうですが、その時召使の一人が津多子様が電話室からお出になったのを見たのみで、それなり、吾々の眼には触れなくなってしまわれたのです。尤もこの電話の事は御自宅を確めた時に、先方の口から出た事実でしたが。』

『成程、六時から八時——。とにかく、その間の動静を各個人《それぞれ》に調べる事だ。或は、そこから火縄銃▼183位は飛び出さんとも限らんからね。』と熊城が殆んど直観的に云う

---

▼189　棕櫚糸時計
通常、縄・たわしの材料となるシュロの葉柄基部にある繊維を編んだ時計と思われる。後出の火縄時計のように繊維の燃える速度で測時するものか。

▼190　トレミー朝　Ptolemy
エジプト、プトレマイオス王朝Ptolemaios。プトレマイオス一世BC323からクレオパトラ七世BC30までを指す。ファラオPharaohは、古代エジプト王の称号。

▼191　オシリス　Osiris
生産の神、イシスの夫、エジプトの最高神にして冥界を統治・君臨する。

▼192　マアアト　Maat
正義・法・真理を意味するマアトを具現する女神。知恵の神トゥトの妻。死の世界の主としての性格を持ち、法生活を維持する。頭にダチョウの羽をのせた姿で現される。

▼193　セバウ・ナアウの蛇鬼神
Sebau Nau-snake
セバウは蛇鬼、エジプトのパピルス『アニ書』に登場。
ナアウは、古代エジプトで雄牛を率いる蛇神、『死者の書』に登場する。別名ウナスUnas。

▼194　クテシビウス　Ktesibios
クテシビオス。紀元前二世紀のギリシャの数学者。圧力ポンプ・消火器などを発明し、また水時計や水圧オルガンを作ったといわれる。

▼195　五世紀鄯善族
鄯善（ぜんぜん）は中国漢魏時代の西域のオアシス都市国家、楼蘭Louranのこと。タリム盆地のロプノール湖西岸に位置し、シルクロード

と、それを法水は、驚いたように見返して、

『冗談じゃない。成程、君は体力的だよ。然し、あの狂詩人《きちがいしじん》のする事に、どうして不在証明《アリバイ》なんて、そんな陳腐な軌道があって溜るもんか。』とてんで頭から相手にしなかった。それから彼は、片眼鏡《モノクル》▼184でも欲しそうな鑑賞的な態度になって、物《もの》奇《めずら》しそうな視線を立ち並ぶ古代時計に馳せ始めた。

それには、カルデア▼185のロッサス日時計▼186やビスマーク島▼187ダクダク講社▼188の棕櫚《しゅろ》糸時計▼189。水時計の類いには、まず、トレミー朝▼190歴代の埃及王《ファラオ》やオシリス▼191・マアアト▼192等の諸神、それにセバウ・ナアウの蛇鬼神《だきじん》▼193までを両枠に彫り込んであるクテシビウス▼194型を始めに、五世紀鄯善《アヴァシン》族▼195（印度西域の民族。六世紀の末突厥人のためにカウカサスに逐い込まる）の椀形《わんがた》刻計儀▼196に至る十数種があった。それから、ホーヘンシュタウフェン家▼197祖フレデリック・フォン・ビュレンの紋章が刻まれている稀《めず》らしいディアボロ形の砂漏《さろう》▼198などが注目されたけれども、油時計▼199や火縄時計▼200のように中世西班牙《イスパニア》で跡を絶ったものには、ピヤリ・パシャ▼201（一五七一年ヴェネチヤ共和国とレパントーで海戦を演じた▼202▼203▼204スルタンの婿）からの戦獲品や、仏蘭西《フランス》旧教徒の首領ギーズ公アンリー▼205（聖バルトロメオ祭の当日新教徒を虐殺した人物）から献上したもの等が眼に止った。尚、重錘《じゅうすい》初期▼206以来のものは二十に余るけれども、特に目立ったのは、巨大な海賊船《ヴァイキング・シップ》▼207の横腹に、時計や七曜円▼208を附けたもので、刻字文に依ると、マーチャント・アドヴェンチュアラーズ会社▼209からウィリアム・シシル卿▼210（エリザベス朝に入ってから、ハンザ商人に弾圧を加えた政治家）▼211に贈ったものであった。恐らく此等《これら》は、古代時計の蒐《しゅう》集として、世界に類を求め得ない程に冠絶したものに違いなかった。然し、その中央で王座のように蟠《わだか》まって君臨しているのが、黄銅製の台座の柱身にはオスマン風の檣楼《しょうろう》、▼212羽目《パネル》には海人獣▼213が象嵌《ぞうがん》されていて、その上に、コートレイ式の塔形をなした人形時計が載せられている――一つがそれだった。それには、近世のもののような目盛盤がなく、塔上の円柵の中には鐘《チャペル》が一つあって、それを挟んで、和蘭《オランダ》ハーレム▼214辺りの風俗をした、男女の童子人形が向き合っている。そして、一時《とき》が来る毎《ごと》

---

の要衝として繁栄、BC77漢が征服して国号を鄯善とした。445北魏に占領され滅亡した。割註の六世紀突厥（とっけつ）人の襲来を考慮すると、五、六世紀モンゴル高原を支配した遊牧民族、柔然（じゅうぜん）が正しい。柔然は六世紀半ば突厥人に追われ西方に逃げ、アヴァール Avarsと呼ばれたという説があり、ドイツ語ではAwarenと呼ぶ。このアヴァレンをアヴァシンと虫太郎が誤読してルビを振った可能性が高い。また鄯善、柔然ともに印度には侵入しておらず、印度の記述は誤り。

▼196　椀形刻計儀
最も単純な水が流出する椀状の水時計。紀元前十六世紀頃のバビロニアや古代エジプトには既に存在しており、インドや中国でも古くから存在した。発祥地は不詳。

▼197　ホーヘンシュタウフェン家
Hohenstaufen 1138-1254
Friedrich von Buren ?-1095が起こした、中世ドイツの王家の名称。南ドイツのヴュルッテンベルクにあるホーエンシュタウフェン城に由来する。別名Staufer。家紋は、盾型黄色地に黒の獅子像の三つ重ね、左上斜めから太い黒線が入る。

▼198　ディアボロ形の砂漏
ディアボロDiaboloとは、お椀を底で二個つなげたように中がくびれた、曲芸に使う独楽。砂漏は砂時計。中央の小孔を通して一定量の砂を落下させることで、時間を測定する装置。

▼199　油時計
ガラス製の油入れに目盛りを刻み、火口に灯を点して時間を計る仕掛けで、近世までドイツ・

に、それまで自動的に捲かれた螺旋《ゼンマイ》が弛み、同時に内部の廻転琴《オルゴール》が鳴り出して、その奏楽が終ると、今度は二人の童子人形が、交互に撞木《しゅもく》▼215を振り上げては鐘《チャペル》を叩いて、定められた点鐘を報ずる仕掛になっていた。法水が横腹にある観音開きの扉《と》を開くと、上部には廻転琴《オルゴール》装置があって、その下が時計の機械室だった。然し、その時扉の裏側に、端なくも異様な細字の篆刻《てんこく》▼216を発見したのである。即ち、その右側の扉には……

――天正十四年五月十九日（羅馬《ローマ》暦天主《デウス》誕生以来▼217一五八六年）西班牙《エスパニア》王フィリッペ二世▼218より梯状琴《クラヴイチエムバロ》▼219と共にこれをうく。

また、左手の扉にも、次の字文が刻まれているのだった。

――天正十五年十一月二十七日（羅馬《ローマ》暦天主《デウス》誕生以来一五八七年）。ゴア▼220の耶蘇《ジエスイ》会《ツト》聖《セント》パウロ会堂▼221に於いて、聖《セント》フランシスコ・シャヴィエル上人▼222の腸丸《ちょうがん》▼223をうけ、それをこの遺物《シリケ》筐《きょう》▼224に収めて、童子の片腕となす。

それは正しく、耶蘇会《ヂエスイット》殉教史が滴《したた》らせた、鮮血の詩▼225の一つであったろう。然し、後段に至ると、そのシャヴィエル上人の腸丸が、重要な転回を勤める事になるのであるが、その時はただ、法水が悠久磅礴《ゆうきゅうほうはく》たるものに打たれたのみで、まるで巨大な掌でグイと握り竦められたような、一種名状の出来ぬ圧迫感を覚えたのであった。そして、暫くその篆刻文を瞶《みつ》めていたが、やがて、

『ああそうでしたね。確か上川島《サンシアン》▼226（広東省の揚子江畔）で死んだシャヴィエル上人は、美しい屍蠟《しろう》▼227になっていたのでした。成程、その腸丸と遺物《シリケ》筐とが、童子人形の右腕になっているのですか。』と低く夢見るような声で呟いたが、突然調子を変えて、真斎に訊ねた。

『所で田郷さん、見掛けたところ埃がありませんけど、この時計室は何日頃掃除したのです？』

---

オランダで使用された。いわゆるランプ時計。

▼200　火縄時計
火縄は竹・檜皮（ひわだ）の繊維または木綿糸を縄に綯い、これに硝石を吸収させたもの。火縄時計は、火縄に結び目または印をつけておき、燃えた長さで経過時間を知る方式。

▼201　ピヤリ・パシャ
Piali Pasha 1515頃-1578
ピヤーレ・パシャ。オスマン帝国艦隊の提督、のちに宰相。ヴェネチアの圧政下にあったキプロス島に住民からの助けに応じたオスマン帝国軍が侵攻した際、最高司令官ララ・ムスタファ・パシャとピヤーレ・パシャがヴェネチアを破ってキプロス島を占領した1571。

▼202　ヴェネチヤ共和国　Venezia
イタリア北東部、ヴェネチア湾に臨む港湾都市。町は百二十近くの小島からなる。地中海の覇権を巡ってオスマン帝国と闘争を繰り返した。

▼203　レパントーで海戦　battle of Lepanto
ギリシャ中部のレパント沖で、オスマン帝国の海軍とスペイン・ポルトガル・教皇庁などの連合艦隊との間に行われた海戦1571。帝国側が敗北。

▼204　スルタン　sultan
権威を意味するアラビア語。十一世紀以後、イスラム王朝の君主の称号となる。

▼205　ギーズ公アンリー
Henri duc de Guise 1550-1588
十六世紀フランスの貴族、ユグノー戦争期のカトリック派の中心人物。サン・バルテルミーの虐殺を扇動し、のち暗殺された。

▼206　重錘初期

『恰度昨日でした。一週に一回する事になって居りますので。』

そうして古代時計室を出ると、真斎は何より先に、彼を無惨な敗北に突き落したところの疑念を解かねばならなかった。法水は、真斎の問いに味のない微笑を泛《うか》べて、

『そうすると貴方は、デイやグラハムの黒鏡魔法《ブラック・ミラー・マジック》▼228を御存知でしょうか。』と一先《ひとま》ず念を押してから、烟を吐いて語り始めた。

『先刻《さつき》も云った通り、その解語《キイ》と云うのが、階段の両裾にあった二基の中世甲冑武者なんです。勿論装飾用のもので、大した重量ではありませんが、あれは御承知のように、恰度七時前後に傭人達の食事時間を狙って、一足飛びに階段廊まで飛び上ってしまったのですからね。それに、双方とも長い旌旗《せいき》を持っているのですが、僕は最初、それを旌旗の入れ違いから推断して、犯人の殺人宣言と解釈したのです。然し、鳥渡《ちよつと》神経に触れたものがあったので、一《ひ》とまず二旒《にりゆう》の旌旗と、その後方にあるガブリエル・マックスの「腑分図」とを見比べて見ました。勿論画中の二人の人物には、津多子夫人の在所《ありか》を指摘するものはなかったのですが、その時、不図、二旒の旌旗が画面の遥か上方を覆うているのに気が附きました。そこに、ダマスクスへ行く道を指し示している、里程標▼229があったのですよ。つまり、その辺一帯の一見絵刷毛《ブラッシュ》を叩き付けたような、様々な色が或は線をなし塊状をなしていて、色彩の雑群を作っている所が、即《すなわ》ちそれだったのです。所で、点描法《ポアンチリスム》▼230の理論を御存知でしょうか。色と色を混ぜる代りに、原色の細かい線や点を交互に列《なら》べて、それを或る一定の距離を隔てて眺めさせると、始めて観者の視覚の中で、その色彩分解が綜合されるのを云うのですよ。勿論それより些《わず》かでも前後すれば、忽ち統一が破れて、画面は名状すべからざる混乱に陥ってしまうのです。つまりそれが、ルーアン本寺▼231の門を描いたモネエ▼232の手法なのですが、それを一層法式化したばかりでなく、更に理

---

機械時計の初期、十四世紀の欧州で、定時的に重錘（おもり）を引き上げ、それが下がる速度を調節して時刻を表示する機能が発明された。

▼207　海賊船　Viking ship
中世中頃、西ヨーロッパ沿海部を侵略したスカンジナヴィア、バルト海沿岸地域の武装船団（海賊）が用いた木造帆船。

▼208　七曜円
からくり時計の文字盤の一つ、曜日を表示する。

▼209　マーチャント・アドヴェンチュアラーズ会社　Company of Merchant Adventurers of London
十五世紀に結成された有力業者による英国貿易業者の組合。商圏の競合からハンザ同盟と争うが、英王家の庇護を受け徐々にその範疇を非ヨーロッパ圏に拡げた。

▼210　ウィリアム・シシル卿　Cecil, William Baron Burghley 1521-1598
初代バーリー男爵、英国エリザベス朝の政治家。女王エリザベス一世を即位から四十年補佐し、国政を主導した重臣。

▼211　ハンザ商人　Hansa
ハンザ同盟。十三世紀から近世初期にかけて、海上交通の安全保障・共同防護・商権拡張などを目的として北ドイツ、特に北海・バルト海沿岸の諸都市が結成した有力な都市同盟。リューベックが盟主。十六世紀以降次第に衰えた。

▼212　オスマン風の檣楼
中東を中心に隆盛したモスク、ミナレットなどのイスラム建築、宗教建築をいう。オスマン帝国はオスマン一世1258-1326によって建国1299、十七世紀初頭が最盛期であった。

論的に一段階進めたものが、あの画中に陰《かく》されてあったのでした。』と法水は其処まで云うと、鋼鉄扉を閉じさせて、『では、一つ実験してみますかな——あの混乱した雑色の中に何が陰《かく》されているのか？　最初に熊城君、その壁にある三つの開閉《スイッ》器《チ》を捻ってくれ給え。』

　早速熊城が法水の云う通りにすると、最初に「腑分図」の上方にある灯《あかり》が消え、続いて、右手のド・トリー作「一七二〇年馬耳塞《マルセーユ》の黒死病《ペスト》」の上方から、右斜めに落ちている一つも消えたので、階段廊に残っている光といえば、左手のジェラール・ダヴィッド作「シサムネス皮剝死刑之図」の横から発して「腑分図」を水平に撫でている一つのみになってしまったが、その一灯の開閉器《スイッチ》は階段の下にあった。すると、それ迄現われていた渋い定着が失われて、「腑分図」の全面には、眼の眩むような激しい眩耀《ハレーション》▼233が現われた。更に、最後の一つが捻られて頭上の灯《あかり》が消えると、法水はポンと手を叩いて、

『これでいいのだ。やはり、僕の推測通りだったよ。』

　所が、それから暫くの間、前方の画中を血眼になって探し求めていたけれども、三人の眼には眩耀《ハレーション》以外の何ものも映らないのであった。

『一体何処に何があるんだ。』と熊城は荒々しく床を蹴って沸然と叫んだが、その時何気なく、真斎が後方の鋼鉄扉を振り向くと、思わず熊城の肩口を掴んで、叫び声を上げざるを得なくなった。

『アッ、テレーズだ！』

　それは、正しく魔法ではあるまいかと疑われた程に、不可思議奇態を極めた現象であった。前方の画面が眩《まば》ゆいばかりの眩耀《ハレーション》で覆われているにも拘らず、その上方の部分が映っている後方の鋼鉄扉には、果して何処から映ったものか、くっきりと確かな線で、しかも典麗な若い女の顔が現われているのだった。更に一層薄気味悪

---

また檣楼とは、艦船のマストの上部にある物見台が本来の意、ここでは櫓楼の言い換えか。

▼213　**海人獣**
西欧の古地図で、多くは辺境の海上に描かれた人と怪獣の合成図。

▼214　**和蘭ハーレム　Haarem**
ハールレム。オランダ、北ホラント州の都市。ニューヨークのハーレム地区の名称は、これに由来する。民族衣装は今でも観光資源。

▼215　**撞木**
鐘を叩き鳴らす棒、主に仏具としての呼び名。

▼216　**篆刻**
木・石・金などに印を彫ること。多くは中国の古い書体、篆書体を用いる。

▼217　**天主誕生以来**
紀元後の言い換えだが、天主デウスは神であり、キリスト誕生以来とすべきところ。

▼218　**フィリッペ二世　Felipe II 1527-1598**
フェリペ二世。スペイン最盛期の王。天正遣欧使節渡欧時、千々石らを歓待した。

▼219　**梯状琴　clavicembalo**
箱形の共鳴器に多くの金属弦を張り、弾いて音を出す鍵盤楽器。略してチェンバロ、またはクラブサン、ハープシコードともいう。

▼220　**ゴア　Goa**
天正遣欧使節原マルチノは帰国前にゴア滞在中、コレジオ（司祭の養成所）で演説を行った。

▼221　**聖パウロ会堂　Igreja de São Paulo**
聖パウロ教会は、1541イエズス会のアジア圏宣教活動の拠点として、ゴアに建てられたコレジオ colégio São Paulo の別名。欧州圏外で建立された最古のキリスト教建築だったが、現存し

い事には、それが擬《まご》う方のない、黒死館で邪霊と云われるテレーズ・トレヴィーユだったのである。法水は側《はた》の驚駭《きょうがく》には関《かま》わず、その妖しい幻の生因を闡明した。

『判ったでしょう田郷さん、混乱した色彩がこの距離まで来ると、始めて統一を現わすのですよ。然し、その点描法《ポアンチリスム》の理論は、唯単に、分裂した色彩を綜合する距離を示したのみの事で、無論その色彩だけでは、朦朧としたものがこの漆扉《うるしど》▼234へ映るに過ぎないでしょう。実はその基礎理論の上に更に数層の技巧が必要なのです。と云うのは、外でもないのですが、今世紀の始めに黴毒菌《スピローヘーター》▼235染色法として、シャウディンとホフマン▼236が案出した「暗視野照輝法▼237」なのですよ。元来黴毒菌《スピローヘーター》は無色透明の菌なので、その儘普通の透視法を用いたのでは、顕微鏡下で実体を見る事は出来ません。それで、一案として顕微鏡の下に黒い背景《バック》を置き、光源を変えて水平から光線を送るようにしたのですが、その結果始めて、あの無色透明の菌だけから反射されて来る光線を見る事が出来たのでした。つまりこの場合は、左横の「シサムネス皮剝死刑之図」の脇から発して、画面を水平に撫でている光線が、それに当るのですよ。すると勿論色彩から光度《ヘリヒカット》▼238の方に、本質が移ってしまいます。ですから、黄や黄緑のような比較的光度の高い色や、対比現象で固有のもの以上の光度を得ている色彩は、恐らく白光に近い度合で輝くでしょうし、またそれ以下のものは段階をなして、次第に暗さを増して行くに違いないのです。その光度の差が、この黒鏡《ブラックミラー》に映ると一層決定的になってしまうのですが、一方実際問題として、膠質《にかわしつ》の絵具《えのぐ》では全体に渉って眩耀《ハレーション》が起らねばなりません。然し、色調を奪って、その眩耀《ハレーション》を吸収してしまうばかりでなく、それを黒と白の単色画《モノクローム》に判然と区分してしまうのが、実にこの漆扉——即ち黒鏡《ブラックミラー》なのでした。ですから、稍《やや》近い色でも最も光度の高いものに対比されると、幾分暗さを増すに違いないのですから、そこに、テレーズの顔がああ云う確かな線で、くっきりと描き出された原因があるのですよ。ねえ田郷さん、貴方

---

ていない。同じくゴアのボム・ジェズ・バシリカBasilica do Bom Jesusには、聖フランシスコ・ザビエルの墓を収容している。

▼222　聖フランシスコ・シャヴィエル上人 Xavier, Francisco de 1506-1552
ザビエル。日本に渡来した最初のイエズス会士。スペインのナバラ王国の貴族。1542東洋伝道のためインド・マラッカなどを遍歴、1549鹿児島に入り、平戸・山口など日本各地に伝道。1551離日、中国に入ろうとして広東付近で病没。「インドの使徒」の称号を贈与された。

▼223　腸丸
聖遺物。聖者の身に着けていたもの。また、遺体の一部。ザビエルの右腕下膊は、1614ローマのイエズス会総長の命令で切断され、以後、ローマ・ジェズ教会に安置された。日本でも記念祭に二度、腕型の箱に入れられたまま展示された。内臓が聖遺物となった例もあるが、ザビエルについては不詳。内臓の象徴化としては、神聖ローマ皇帝オットー三世がローマで死亡した際、内臓を陶器に保管してアーヘンに移葬した例がある。

▼224　遺物筐　relic
信仰の対象として保存されている聖物（聖者の遺骨・遺品など）の容器。虫太郎はメモにレリクとカナ書きしておきながらシリケと誤読、ルビ指定したようだ（手稿によって確認）。

▼225　鮮血の詩
『日本聖人鮮血遺書（やまとひじりちしおのかきおき）』伝道師・加古義一訳編、1887。明治元年来日したフランス人宣教師ヴィリオンが、日本の殉教者の事跡を記録したもの。同書タイ

は史家ホルクロフト▼239や古書蒐集家のジョン・ピンカートン▼240の著述をお読みになったのでしょうが、曾つて魔法博士デイやグラハムが黒鏡魔法《ブラック・ミラー・マジック》として愚民を惑《まどわ》したものも、底を割ると此《こ》れだけの本体に過ぎないのです。扨《さて》、三つの開閉器《スイッチ》が捻られてこの一帯が暗黒になった時に、何故テレーズの像が現われなければならなかったのでしょう。』

そこで、法水は鳥渡《ちょっと》一息入れて莨に火を点けたが、再びこつこつ歩き廻りながら云い始めた。

『それが、破邪顕正《はじゃけんせい》▼241の眼なんです。多分、算哲博士は世界的の蒐集品を保護するために、文字盤を鉄函《てつばこ》の中に入れただけでは不安だったのでしょう。それがために、斯《こ》う云う頗る芝居気たっぷりな装置を秘《こっ》そりと設けて置いたのですよ。何故なら、考えてみて下さい。いま点滅した三つの灯は、何時も点け放しなんですからね。ですから、仮りにこの室に侵入しようとするものがあれば、まず自分の姿を認められないために、手近の三つの開閉器《スイッチ》を捻って、この辺り一帯を暗黒にしなければならないでしょう。その上で鉄柵扉を開いたとすると、それ迄頭上の灯《あかり》で妨げられていたものが、突然漆扉の上に、不気味な姿となって輝き出すでしょう。然し、背後の「腑分図」には、その位置から見ただけでは徒《いたず》らに色彩が分裂しているのみであり、しかも眩ゆいばかりの眩耀《ハレーション》で覆われているのですから、何処にその像の源があるのか判断が付かなくなって、結局仰天に価《あた》いする妖怪現象となって残ってしまうのです。つまり、小胆で迷信深い犯人は、一度苦い経験を踏んで、たしかに怯《おびや》かされたに違いありません。ですから昨夜は秘《こっ》そり甲冑武者を担ぎ上げて、二旒の旌旗で問題の部分を隠したと云う訳なんですよ。ねえ田郷さん、確かにこれだけは、風精《ジルフェ》が演じたうちで一番下手な廷臣喜劇《コーディア・プレイ》▼242でしたよ。』

法水が語り終えると、検事は冷たくなった手の甲を擦《さす》りながら、歩み寄って云っ

---

トルからの想起であろう。

▼226　上川島　Shang-chuan-tao
中国広東省の島。ポルトガル人はサンシアン島と呼んだ。揚子江は広東省を通らない、珠江の誤り。

▼227　屍蠟
死体が蠟状に変化したもの。死体が長時間、水中または湿気の多い土中に置かれて空気との接触が絶たれると、体内の脂肪が蠟化し長く原形を保つ。

▼228　黒鏡魔法　Black Mirror Magic
「ディーが魔術に用いた諸道具、図表に水晶球に黒曜石の鏡は、『ディー博士が自らの精霊を呼び出すのに使用した黒石』として、ホレス・ウォルポールにかつて愛蔵され、現在はすべての人々の目に触れるように大英博物館に所蔵されている。」『悪魔の鏡　ジョン・ディー博士の魔術の反射鏡』*The Devil's Looking-Glass: The Magical Speculum of Dr. John Dee* 1967 Hugh Taitより引用。『ルネサンスの魔術師』バーバラ・H・トレイスター、藤瀬恭子訳、晶文社、1993。グラハムについては不詳。

▼229　里程標
基準地点からの距離を示す標識。マイルストーン。転じて、物事の推移を示すしるし。

▼230　点描法　Pointillism
印象派の画家たちが試みた、点の集合で表現する画法。画面上に並置された種々の色彩の小点が視覚の中で混合する効果を応用したもの。

▼231　ルーアン本寺
La Cathédrale Notre-Dame, Rouen
モネは「ルーアン大聖堂」1894の連作で、構

た。

『素敵だ法水君、君はトムセンどころか、アントアンヌ・ロシニョール▼243（史上最大の暗号解読家、ルイ十三、十四世に仕え、殊に僧正リシュリウに寵愛せらる）だよ。』

『ああ、それは風精《ジルフェ》の洒落じゃないか。』法水は暗澹とした顔色になって歎息した。

『あの男は詩人のボア・ロベール▼244から、暗号でもない「ファウスト」の文章で揶揄《からか》われたのだからね。』

× ×

斯《こ》うして事件の第一日は、矛盾撞着を山の如くに積んだ儘で終ってしまった。が、果して翌朝になると、凡ゆる新聞はこの事件の報道で、でかでかと一面を飾って、日本空前の神秘的殺人事件と、頗る煽情的な筆法で書き立てるのだった。殊に、事件の開始早々にも拘らず、もう、愚にも附かない実際家出の探偵小説家を摑まえて来て、それに管々《くどくど》しい推理談的な感想を述べさせている所などを見ると、降矢木一族の底知れない神秘と関聯させて、この事件をジャーナリスチックにも、煽《あお》り立てる心算《つもり》のように思われた。然し、法水は終日書斎に閉じ籠っていて、その日は遂々《とうとう》黒死館を訪れなかったが、恐らくそれは、遺言状を開封させるために福岡から召還した押鐘博士の帰京が、その翌日の午後になった事と、また一つには、津多子夫人の予後が未だ訊問に耐えられそうもないと云う——以上の二つが決定的な理由のように思われるけれども、それを従来《これまで》の例に徴《ちょう》してみると、法水が静かな凝想の中で、或る一つの結論に到達しようと試みているのではないかと推測されるのだった。勿論その日の午前中に、法医学教室から剖見《ぼうけん》の発表があった。その中から要点を摘出してみると、ダンネベルグ夫人の死因は明白な中毒で、薬量も驚くべき事には〇・五と計測されたが、肝腎の屍光と創紋は何れも生因不明で、単に蛋白尿が発見されたと云う一事に尽きていた。それから易介になると、絶命推定時刻は法水の推定通

---

図を固定した上で時間と天候の推移による色調の変化だけを追うという試みを行った。

▼232　モネエ　Monet, Claude 1840-1926　モネ。フランス印象派の代表的画家。「印象——日の出」と題する作品が印象主義の呼称を生んだ。

▼233　眩耀　halation　光暈（こううん）、暈影、強い光が当たった部分の白いぼやけ。

▼234　漆扉　耐火金庫の表面は厚塗りの漆で保護される。

▼235　黴毒菌　spirochaeta　梅毒。トレポネーマ・パリダム（スピロヘータ）によって起こる慢性感染性疾患。患者の陰部・口腔粘膜から、また先天的には母体から感染。末期には麻痺性痴呆症・脊髄癆などを起こす。通常病理学では、スピロヘータはワルティン・スターリー染色法で菌体を黒く染める。

▼236　シャウディンとホフマン　シャウディンSchaudinn, Fritz Richard 1871-1906 ドイツの動物学者。帝国衛生院原生動物学部長。ホフマンHoffmann, Erich 1868-1959 ベルリン、シャリテ病院の皮膚科医。

▼237　暗視野照輝法　dark-field microscopy　明視野顕微鏡の観察では透明で色のないサンプルは不明瞭だが、照明を斜めから当て、散乱光を用いて高いコントラスト下で観察するよう改良した方法。シャウディンとホフマンがこの方法で梅毒スピロヘータを発見した1905。

▼238　光度　Helligkeit　ヘリヒカイト。発光体の放つ光の強さ、光源からある方向に向かう単位。立体角に含まれる光

りだったけれども、異様な緩性窒息▼245の原因や、絶命時刻と齟齬《そご》している脈動や呼吸などに就いては、正に甲論乙駁《こうろんおつばく》の形で、殊に易介が佝僂《ポット》▼246病患者の所から、その点に関した偏見が多いようだった。なかにも、最早古典に等しいカスパー・リーマンの自企的絞死法▼247などを持ち出して来て、死後切創《きりきず》が加えられた以前に易介は自企的窒息を計ったなどと云う、頗る市井の臆測に堕したような異説も現われた位である。所が、その翌朝即ち一月三十日、法水は突然各新聞通信社に宛てて、支倉検事と熊城捜査局長の立会《たちあい》の下に、易介の死因を発表する旨を通告した。

法水の書斎は極めて質素なもので、徒らに積み重ねた書籍の山に囲まれているだけであったが、それでも、その存在は相当世間に鳴り響いていた。と云うのは、その壁面を飾るものに、現在は稀覯《きこう》中の稀覯とも云う銅版画で、一六六八年版の倫敦《ロンドン》大火之図▼248が掲げられているからだった。何時もならそれを脊《せ》にして、彼の最も偏奇な趣味である古今東西の大火史を、滔々《とうとう》と弁じ立てるのだが、その日は法水が草稿を手に扉《ドア》を開くと、内部《なか》は三十人程の記者達で、身動きも出来ぬ程の雑沓《ざっとう》だった。法水は、騒響《ざわめき》の鎮まるのを待って、草稿を読み始めた。

——最初に降矢木家の給仕長川那部易介の死を発見した、その前後の顚末を概述して置こうと思う。即ち、午後二時三十分吊具足の中で正式に甲冑を着した姿で窒息し、死後咽喉部に加えられた二条《ふたすじ》の凵形をした切創《きりきず》をうけて、絶命しているのを発見した。屍体の諸徴候は、明白に死後二時間以内である事を証明していたが、その窒息方法は緩慢に加わって行ったものらしく、径路も全然不明である。しかも、同じ傭人の一人は、一時稍《やや》過ぎた頃に、被害者が高熱を発しているのを知り、同時に脈動のあった事も確めたと云うのみならず、更に、屍体発見を去る僅々《きんきん》三十分以前の正二時には、被害者の呼吸を耳にしたと云う——実に奇怪極まる事実を陳述したのである。依って、上述の事実に基き、此処に私見を明らかにしたいと思う。所

---

束の大きさで表す。単位はカンデラ。

▼239　ホルクロフト
Holcroft, Thomas 1745-1809
英国の劇作家・文筆家。ディーとの関係は不詳。

▼240　ジョン・ピンカートン
Pinkerton, John 1758-1826
スコットランドの古物収集家・歴史家。初期のゲルマン人至上主義の提唱者。

▼241　破邪顕正
誤った見解や執着を退けて、正しい見解・実践・教えを示すこと。仏教用語。

▼242　廷臣喜劇
courtier宮廷に仕える人、廷臣。court theatre 宮廷劇あるいは宮廷劇場という語は、ルネサンス末期から十九世紀前半までの欧州で行われた、演劇を指すことが多い。

▼243　アントアンヌ・ロシニョール
Rossignol, Antoine 1600-1682
アントワーヌ・ロシニョール。フランスの暗号作成・解読の専門家。敵国の暗号文を数多く解読し、フランスではロシニョールという語で万能鍵を意味するようになった。大暗号と呼ばれるノーメンクラタNomenclatorを考案し、ルイ十四世の王室で使用された。暗号の父とも呼ばれる。

▼244　ボア・ロベール
Boisrobert, Françoisle Le de 1592-1662
フランスの劇作家。リシュリュウの庇護を受け、アカデミーの創設にも尽力した。代表作は喜劇『美しき訴訟女』*La Belle Plaideuse* 1655。

▼245　緩性窒息
気道を狭窄して、三十分以上を経て死亡したと

で、最初に原因不明の窒息に就いては、それを器械的胸腺死《メカニシエル・ティムストット》▼249——と云うより、胸腺に或る器械的な圧迫を外部から加えたものだと主張する、即ち川那部易介は、成年に達しても依然発育した胸腺を有する、一種の特異体質者に相違ないのである。而《しか》してその方法は、頸輪《くびわ》で頸静脈を強く緊縛したために、脳貧血を起してその儘軽度な朦朧状態に陥ったのと、鎧を横向きに着した為、胸板の才鎚環《さいづちかん》▼250で強く鎖骨上部が圧迫されて、その圧力が左無名静脈▼251に加ったので、それに注入する胸腺静脈に鬱血を来たし、更に、それが胸腺にも及んで、鬱血肥大を起して気管を狭窄《きようさく》し、稍々《やや》長時間に渉る漸増的《ぜんぞうてき》な窒息の結果死に達《いた》らしめたものであると思う。然しながら、解剖所見の発表を見るに、それには胸腺に付いて何等記されている所はない。けれども、その不審な事実は、不可思議なる被害者の呼吸と重大なる因果関係を有するものである。更に、その要点に言及すれば、何故に鏘々《そうそう》たる法医学者達が、二つの切創《きりきず》が共に中以上の血管では動脈を避け、静脈のみを胸腔にかけて抉《えぐ》っているのに気付かぬのであろうか。そこに、人間生理の大原則を顚覆《てんぷく》させた、犯人の詭計《きけい》が潜んでいるのは勿論の事である。所で、凵形に抉らねばならなかった切創《きりきず》の目的と云うのは、外でもない。肥大した胸腺を切断して収縮せしめるばかりではなくて、死後動脈収縮▼252（死後直ちに静脈を切断しても出血しないけれども、稍暫く後には、動脈の収縮に依って、喞筒状に血液を静脈に送り、流出せしむる。）▼253に依って流出した血液を胸腔内に充《み》して、肺臓を圧迫し残気を吐き出さしめたと信ずるのである（死後残気の説に就いては、ワグナー、マクドウガル等の実験で、約二十立方吋と計量されている。）▼254。次に、死後脈動及高熱に就いては、絞首——廻転——墜落と続く日本刑屍記録▼255に於いても、相当の文献があるのみならず、ハルトマン▼256の名著「生体埋葬《バリード・アライヴ》」一冊だけでも、有名なテラ・ベルゲルの奇蹟（心臓附近のマッサージに依って、心音を起し高熱を発せりと云うファレルスレーベンの婦人）▼257や匈牙利《ハンガリー》アスヴァニの絞刑屍体▼258（十五分間廻転するままに放置したる後引き下してみると、その後二十分も脈動と高熱が続いたと云う一八一五年ビルバウアー教授の発表）が挙げられているように、窒息死後、廻転するかして死体に運動が続けられる場合は高熱を発し脈動を起す例が必ずしも皆無ではないのである。正しく易介に於いても、絶

---

診断する窒息死。

▼246　佝僂病
前出第四回註102「亀背病」参照。

▼247　カスパー・リーマンの自企的絞死法
Casper, Johann Ludwig 1796-1864, Liman, Carl 1818-1891　いずれもドイツの法医学者。以下のリーマンによるカスパーの法医学功績をまとめた書籍に自殺による縊死鑑定の記述あり。*Johann Ludwig Casper's Practiches Handbuch der gerichtlichen Medicin* 1876。

▼248　一六六八年版の倫敦大火之図
The Great Fire of London
ロンドンで起こった大火1666を題材にした版画。聖ポール寺院を始め、市街の殆どを焼き尽くす大事件だったこともあり、速報的に多数の図像が描かれた。

▼249　器械的胸腺死　mechanicher Thimustod
胸腺は胸腔に存在し、T細胞の分化・成熟など免疫系に関与する一次リンパ器官。文中の記述は、胸腺が子供の時にだけ役目を果たし大人になると無用になるという二十世紀末まであった医学上の誤解である。

▼250　才鎚環
小型の木槌型の木片で、輪状にした紐と組み合わせて布や板を止める部品。

▼251　左無名静脈
無名静脈とは心臓に近い一対の太い静脈で、頭部と上腕部の静脈が合流する短い血管。大動脈弓の前上方を走行するものを左無名静脈と称する。腕頭静脈。

▼252　死後動脈収縮
動脈の平滑筋は死後変化として収縮し、中の血

命後具足の廻転が、屍体発見の一因として証明されているではないか、依って、上述した所を綜合すれば、易介の死は依然午後一時前後であって、彼が如何にして甲冑を着したかと云う点にも、北条流吊具足早着之法《つりぐそくはやぎのほう》▼259などの陣中心得は、無論此の際問題ではない。到底他人の力を藉《か》りなければ、非力病弱の易介にはなし得ないと推断されるのである。然し、今回の発表が、単に対称的法医学▼260の埒《らち》を越えている死因の推定にのみ止まっていて、何等事件の開展に資する所のないのは、真《まこと》に遺憾至極と云わねばならぬであろう。

　法水の朗読が終ると、詰められていた息が一度に吐かれた。そして、亢奮を投げ交すような声で暫く騒然となっていたが、やがて、熊城が蹴散らすようにして記者達を追い出してしまうと、再び何時ものような三人だけの世界に帰った。法水は暫く凝然と考えていたが、稀《めず》らしく紅潮を泛《うか》べた顔を上げて云った。

『ねえ支倉君、遂々《とうとう》僕は、或る一つの結論に到達したのだ。勿論外包的だよ。全部の公式は到底判っちゃいないがね。然し、個々の出来事からでも、共通した因数《ファクター》を知る事が出来たとしたら、どうだろう。』と二人の顔をサッと掠《かす》めた、驚愕の色に流眄《ながしめ》をくれて、『所で、君はこの事件の疑問一覧表を作った筈だったね。では、その一箇条一ケ条の上に、僕の説を敷衍《ふえん》させて行こうじゃないか。』

　検事が片唾《かたず》を嚥《の》みながら、懐中の覚書を取り出した時だった、扉《ドア》が開いて、召使が一通の速達を法水に手渡した。法水はその角封を開いて内容の厚紙を一瞥すると、瞬間異様な表情を泛《うか》べたが、無言のままそれを卓上の前方に投げ出した。所が、それに眼を触れた検事と熊城は、忽ちどうにもならない戦慄に捉《つか》まえられてしまった。見よ、ファウスト博士から送られた三回目の矢文ではないか！　それには、何時ものゴソニック文字で、次の文章が認《したた》められてあった。

Salamander soll gluhen

---

液を静脈側に押し出す。従って、からになった管腔は平滑筋によって締め付けられる。cf.『人体組織学カラースライド・データベース』溝口史郎、神戸大学附属図書館、2015

▼253　喞筒　きょうとう。液体や気体に圧力をかけ、吸い込みや吸い上げを行う装置。ポンプ。

▼254　死後残気の説　ワグナー、マクドゥガル等の実験　Wagner, Rudolph 1805-1864 ドイツの解剖学者・生理学者。発生学において胚胞を発見1854。MacDougall, Duncan 1866-1920 アメリカの医師。マクドゥーガルはワグナーの提唱した「霊質量」の観念を、人間が死ぬ際の体重の変化を記録することで、計測しようと試みた実験で知られる。彼が『ニューヨーク・タイムズ』などに発表した論文では、犬との比較から人の魂を二十グラムとしていた。

▼255　日本刑屍記録　不詳。たとえば石鐵県（いしづちけん）死刑囚蘇生事件1872では、現在の愛媛県で死刑囚に二十貫の重石を首にかけ絞首したところ、一度は死亡したものの棺内で蘇生した記録が残されている。

▼256　ハルトマン　Hartmann, Franz 1838-1912 ドイツの医師・接神論者・オカルト主義者。『生体埋葬』*Buried Alive: An Examination into the Occult Causes of Apparent Death, Trance, and Catalepsy* 1895 死後蘇生の実例が約百件記載されているが、テラ・ベルゲルの奇蹟は同書中に登場しない。

▼257　ファレルスレーベン　Fallersleben

（火神《サラマンダー》よ、燃えたけれ）

――以下次号――

現在はドイツ中央部サクソニー地方、ヴォルフスブルク市の一部。

▼258　匈牙利アスヴァニの絞刑死体
ハルトマン『生体埋葬』十六章には、この実例報告がある。1885ハンガリー、ラーブ地方アスヴァニAsványの若者が四件の殺人罪で絞首刑に処せられた。絶命宣告後から約十五分間、死刑執行人が回収するまでの間、死体は宙吊りのまま放置されていた。検死でも生命の兆候が見られなかったので、死体は市立病院へ送られ、そこでビルバウアー博士Professor Birbauerが電気実験の材料とした。実験開始当初は変化がなかったが、数時間反復すると死体は蘇生し、水が飲みたいと要求した。死刑囚の意識は一時完全に回復し、午前十一時から午後六時まで生存した後、再び死亡した。ただし死体が回転した、発熱・脈動があったという記述及び発表年は虫太郎による改竄。

▼259　北条流吊具足早着之法
北条流は、北条氏長が江戸初期にそれまでの軍学のうち、迷信・邪説的要素である軍配（日取りや方角の吉凶を占う）を廃し、合理的に体系化したもの。「兵法雌鑑」、「兵法雄鑑」、「士鑑用法」などが伝わるが、この項目に関しては不詳。

▼260　対称的法医学
法医学の範囲のうち、死体検案・現場捜索など試料回収作業を指すものと思われる。ここでは対称ではなく、対象とすべき。

# 黒死館殺人事件

（第五回）

小栗虫太郎作
松野一夫画

## ◇主要人物（前号まで）

| | |
|---|---|
| 法水麟太郎 | 非職業的探偵 |
| 支倉　肝 | 地方裁判所検事 |
| 熊城卓吉 | 捜査局長 |
| 乙骨耕安 | 鑑識課医師 |
| 降矢木旗太郎 | 黒死館の後継者 |
| グレーテ・ダンネベルグ | 第一の犠牲者 |
| オリガ・クリヴォフ | ヴィオラ奏者 |
| ガリバルダ・セレナ | 第二提琴奏者 |
| オットカール・レヴェズ | チェルロ奏者 |
| 田郷真斎 | 執事 |
| 紙谷伸子 | 故算哲の秘書 |
| 押鐘津多子 | 同姪 |
| 久我鎮子 | 図書掛り |
| 川那部易介 | 第二の犠牲者 |

| | |
|---|---|
| 降矢木算哲 | 先主（故人） |
| クロード・ディグスビイ | 建築技師（故人） |

## ◇梗概に就いて作者曰す

今月分が、本篇の約半ばに当って居るので、これまでの疑問その他に就いて、一先ず紛糾混乱を統一する必要に迫られました。それもあるので、本文所載の「疑問一覧表」を排列的に記述して、本月分だけは梗概を略す事に致しました。小活字で嘸《さぞ》読み難《にく》かろうと存じますが、御精読願えれば全貌の印象が更に新しかろうと信ずる次第であります。

# 第五篇　第三の惨劇

## 一、犯人の名は、リュツエルン役の戦没者中に

Salamander soll gluhen▼1（火精《サラマンダー》よ、燃えたけれ）

黒死館を真黒な翼で覆うている眼に見えない悪鬼が、三度《みたび》ファウスト博士を気取って五芒星《ごぼうせい》呪文の一句を送って来た。それには、何より熊城が、まず云いようのない侮辱を覚えずにはいられなかった。事実、残された四人の家族は熊城の部下に依って、まるでゴート式甲冑▼2のように、身動きも出来ぬほど装甲されているのである。それにも拘らず、不敵極りない偏執狂的《マニアック》▼3な実行を宣言して、ダンネベルグ夫人と易介に続く三回目の惨劇を予告しているではないか。そうなると、熊城の作り上げた人間の塁壁が、第一どうなってしまうのであろう。殆んど犯罪の続行を不可能に思わせる程の完璧な砦でさえも、犯人にとっては、僅か冷笑の塵《ちり》に過ぎないではないか。のみならず、そう云う触れれば破滅を意味している、決定的な危険を冒してまでも敢行しようと云う、恐らく狂ったのでなければ意志に表わせぬような決慮を示しているのであるから、その不敵さに度胆を抜かれた形になってしまって、三人が暫《しばら》くの間声を奪われていたのも無理ではなかった。その日は何日目かの快晴だった。和《なご》やかな陽差《ひざし》が、壁面を飾っている倫敦《ロンドン》大火之図の下方——恰度ブリクストン▼4附近に落ちていて、それが次第にテムズ▼5を越えて、一面に黒煙を漲らせているキングスクロス▼6の方へ這《は》い上って行こうとしている。然《しか》しそれに引き換え室内の空気は、打てば金属《かね》のように響くかと思われる程に緊張し切っていたが、法水は何か成算のあ

▼1　Salamander soll gluhen
前出第二回註1「ファウスト四大呪文」参照。

▼2　ゴート式甲冑
ローマ時代後期、ノルマン人や欧州東部のスキタイ人が使用した鎖帷子で作られた防御具。

▼3　偏執狂的　maniac
あることに異常に執着する人、熱中者、モノマニア。

▼4　ブリクストン　Brixton
ロンドン郊外テームズ川対岸、キングスクロスの真南にあたる地域。

▼5　テムズ　Thames
テームズ川。ロンドン市内を蛇行し、イングランド南東部を流れ、三角州をなして北海に注ぐ。

▼6　キングスクロス　King's Cross
ロンドン市内、大火被災の最北端。名称はかつて同地に建てられたジョージ四世の記念碑に由来する。

るらしい面持《おももち》で、ゆったりと眼を瞑《と》じ黙想に耽《ふけ》りながら、絶えず微笑を泛《うか》べ独算気な頷《うなず》きを続けていた。やがて、熊城が無理に力味《りきみ》出したような声を出した。

『僕は真斎じゃないがね。嘘妄《うそ》の烽火《のろし》には驚かんよ。あの無分別者の行動も、愈々《いよいよ》これで終熄《しゅうそく》さ。だって考えて見給え。現在僕の部下は、あの四人の周囲を盾のように囲んでいる。けれども、その反面の意味が、同時に犯人の行動記録計の役も勤めている事になるんだぜ。ハハハハ法水君、何と云う皮肉だろう。もしかしたら、犯人にも護衛を附けてないとも限らんのだからね。』

　検事は相変らず憂鬱な顔で、熊城の過信に反対の見解を述べた。

『どうして、あの四人をバラバラに離してみた所で、到底この惨劇は終りそうもないよ。人間の力では、どうしても止める事が不可能のような気がする。事実僕には、まだ誰か知られてない人物が、黒死館の何処かに潜んでいるような気がしてならないんだ。』

『すると君は、ディグスビイが蘭貢《ラングーン》で死んだのではないと云うのか。』熊城は眼を瞠《みは》って、身体《からだ》を乗り出した。

『とにかく、冗談は止《や》めて貰おう。それほど算哲の遺骸が気になるようだったら、その発掘は、この事件の大詰《おおづめ》が済んでからの事にしようじゃないか。』

『うん、神経かも知れないが。決して小説的な空想じゃないよ。結局この神秘的な事件が、そこまで辿り着いて行きそうな気がするだけだけどもね。』とそれなりで検事は、彼の譫妄《うわごと》めいたものを口には出さなかったけれども、それには、背後から追い迫って来る悪夢のような、不思議な力が潜んでいた。割合夢想的な法水でさえも、その――ディグスビイの生死如何《いかん》にかけた疑問と算哲の遺骸発掘――と云う二つの提題からは、瞬間ではあったが、疼《うず》き上げて来るようなものを感じた事は事実だった。検事は椅子をグイと後に倒して、尚も嘆息を続けた。

---

▼7　石火矢
石火箭。石片また鉄・鉛などを発射し、攻城戦に用いた弩（おおゆみ）。

▼8　スナイドル銃　snider
米国の発明家スナイダー J. Snider 1820-1866 によって作られた、銃身中間部を蝶番で開閉して弾を装塡する銃。日本では佐幕派が最初に使用し、日本陸軍に引き継がれた。

▼9　四十二磅砲　cannon
カノン砲。砲身が長く、低い弾道による遠距離射撃に適した火砲。十六、十七世紀の間は、艦載砲として砲弾重量四十二ポンド以上の大口径砲の呼称として用いられた。加農砲という漢字表記は幕末以降の呼称。

▼10　ロドマンの円弾
ロドマン Rodman, Thomas Jackson 1815-1871 はアメリカの陸軍大将。大砲の発射で生じる火薬ガスの圧力測定器ロドマン・ゲージの発明者。また円弾に代わり長弾を使用する施条砲の射撃理論を確立、砲内弾道学の研究もした。よって円形の砲弾である円弾については「ロドマン以前」がふさわしい。

▼11　海盤車
海星、人手。ヒトデ綱の棘皮動物。体は扁平で、五本の腕が放射状に突出し、一般に星形または五角形をしている。

▼12　喜歌劇　operetta
小オペラ。台詞と踊りのある喜劇的で大衆的な作品が多く、日本では軽歌劇・喜歌劇とも呼ばれ大正時代から上演された。オッフェンバック『天国と地獄』、スッペ『ボッカチオ』などが有名。

『ああ、今度は火精《サラマンダー》か!?　すると、拳銃《ピストル》か石火矢▼7かい。それとも、古臭いスナイドル銃▼8か四十二磅《ポンド》▼9砲でも向けようと云う寸法かね。』

法水はその時不意に瞼《ひとみ》を開いて、唆《そそ》られたように半身を卓上に乗り出した。

『四十二磅《ポンド》の加農《キャノン》砲！　そうだ支倉君。然《しか》し、君がそれを意識して云ったのなら、大したものだよ。今度の火精《サラマンダー》には、決して今迄のような陰剣濛朧たるものはないと思うのだ。屹度《きっと》犯人の古典《クラシック》好みから、ロドマンの円弾《まるだま》▼10が海盤車《ひとで》▼11のような白煙を上げて炸裂するだろうよ。』

『ああ、相変らず豪壮な喜歌劇《オペレッタ》▼12かね。それなら、どうでもいいが、』と熊城は一端忌々《いまいま》しそうに舌打ちしたが、坐り直した。『然し、論拠のあるものなら、一応は聴かせて貰おう。』

『勿論《もちろん》あるともさ。』法水は無雑作に頷いたが、その顔には制し切れない亢奮の色が現われていた。『と云うのは、今度の火神《サラマンダー》だけに、水精《ウンディヌス》・風精《ジルフス》――と前例のある性別の転換が行われてないと云う事なんだ。所で、あの五芒星呪文に現われている四つの精霊だが、各々《それぞれ》に水精《ウンディネ》・風精《ジルフェ》・火精《サラマンダー》・地精《コボルト》――と、物質構造の四大要素を代表している。云う迄もなく、中世の錬金道士《パラツェリスト》▼13が仮相▼14していた、元素精霊《エレメンタリースピリッツ》には違いない。そして今迄は、水精《ウンディヌス》と扉《ドアー》を開いた水、風神《ジルフス》と倍音演奏――と云っただけの、云わば要素的な符合しか判ってはいなかったのだ。けれども一端それに性別転換の解釈を加えると、あの如何にも秘密教《エルメチスム》▼15めいていたものが、立ち所に公式化されてしまうのだ。ねえ熊城君、水精《ウンディヌス》と男性に変えなければ、どうしてあの扉《ドアー》を開く事が出来なかったのだろうか。そこに、犯罪方程式の一部が精密な形で透し見えていたのを、僕等は、今まで何故《なにゆえ》に看過していたのだろうか。』

『なに犯罪方程式!?』法水の意外な言に、熊城は胸を灰だらけにして叫んだ。けれど、大体が真理などと云うものは、往々に、牽強附《けんきょうふ》会《かい》この上なしの滑稽劇《バーレスク》▼16に過ぎ

---

▼13　錬金道士　Palacerist
錬金術師の古い呼称。大正四年の上田敏訳、ルイ・ベルトランの散文詩表題 L'Alchimiste に使用される。パラツェリストの語源は、十六世紀に活躍したパラケルスス Paracelsus であり、「中世の」という形容は矛盾している。

▼14　仮相
この場合は仮託、かこつけること。一般的には仮の姿、仮装。

▼15　秘密教　Hermetism
古代錬金術の祖ヘルメス・トリスメギストスによるとされる、一群のヘルメス文書に基づく、神秘主義的な思想。

▼16　滑稽劇　burlesque
高尚な題材を滑稽に描いて笑いを誘う詩や小説。転じて悪ふざけの強い劇作品。

ない場合がある。しかも、何時も極《きま》って、平凡な形で足下に落ちているものではないか。続いて、法水が曝露したその一側面と云うのが、如何に二人を唖然たらしめた事か……。

『所で君は、スピルディング湖[17]の水精《ウンディネ》を描いた、ベックリン[18]の装飾画を見た事があるかね。鬱蒼《うつそう》とした樅林《もみばやし》の底で、氷蝕湖《ひょうしょくこ》の水が暗く光っているのだ。それが、群《ぐん》青《じょう》を生《なま》の陶土に溶かし込んだような色で、粘稠《ねっとり》と澱《よど》んでいる。その水面に、虬《みずち》[19]の脊《せ》ではないかと思わせているのが、金色《こんじき》を帯びた美《うつ》くしい頭髪《かみのけ》で、それが藻草のように靡《たなび》いているのだよ。けれども熊城君。僕は何も職業的な鑑賞家じゃないのだからね、猟館[20]や瘤々《こぶこぶ》した自然橋[21]などを持ち出してまで、君達に冥想を促そうとする魂胆《こんたん》はない。抑々《そもそも》そう云う水精《ウンディネ》を男性に変えてしまう段になると、真先《まっさき》に変化の起らねばならぬものが何であるか――それを問いたいのだよ。』

と法水の顔に微かな紅潮が泛《うか》び上って、五芒星《ペンタグラム》の不備を指摘する、メフィストの科白《せりふ》[22]（その円に一個所誤描があったために、その間隙を狙い、メフィストが、ファウストの鎖呪を破って侵入したのである）を口にした。『――とくと見給え。あの印呪は完全に引いてないよ。外側に向いている角が、見る通りに少し開いている。』

『ああ成程、毛髪《かみのけ》と鍵の角度に水！　これは、博学なる先生に御挨拶申上ます。頗る汗をかかされたものです哩《わい》。』

と同じく洒落た口調で、検事もメフィストの科白《せりふ》で合槌を打ったけれども、それには、犯人と法水と両様の意味で圧倒されてしまった。……あの夜ダンネベルグ夫人が屍体となった室の扉《ドアー》には、鍵孔《かぎあな》に注ぎ込んだ水の湿度に依って毛髪が伸縮し、自動的に開閉されるデイ博士の隠顕扉《ドアー》装置が秘められてあった。所が、それに必要な水と毛髪とが、カルデア古呪文の中に隠されていたのは未だしもの事で、より以上の驚きと云うのが、外《ほか》にあったのだ。それは、その装置を力学的に奏効させる所の落し金の角度が、物もあろうに機械図のような精密さで、五芒星の封鎖を破った

---

▼17　スピルディング湖　Spirding Lake
現ポーランド領、東プロイセン南東部にある湖沼台地最大の湖。現在はJez Sniardwyと呼ばれる。

▼18　ベックリン
Böcklin, Arnold 1827-1901
スイスの画家。北欧や古典の神話世界を象徴的・幻想的に表現した。代表作「死の島」。ここで取り上げている作品は「トリトンとネレイーデ（人魚）」Triton und Néréide 1877であるが、原題からは法水が語るような湖の名称を特定することはできない。ベックリンには題材の類似する「波間の戯れ」Spiel der Wellen 1883があり、語感の類似から「スピルディング湖の水精」という画題にしたのだろう。

▼19　虬
ミは水、ツは助詞、チは霊で、水の霊の意。蛇に似て角と四脚とを持ち、毒気を吐いて人を害するという。

▼20　猟館
貴族たちの狩猟の際に使用される豪華な休憩所。ヴェルサイユも前身は王室の猟館だった。

▼21　瘤々した自然橋
ベックリンの描いた「峡谷の竜」Ein Drache in einer Felsenschlucht 1870の画題。

▼22　メフィストの科白
法水と支倉の会話は、秦豊吉訳を踏襲。一部を虫太郎流の言い回しに変更している。
cf.「ファウスト　其他」秦豊吉訳『世界文学全集第九巻』新潮社、1927

メフィストの科白の中に示されていた事だったのである。（七四頁参照）そうなると、勿論《もちろん》その方程式は、事件中最大の疑問と云われる次の風精《ジルフス》に向って追及されねばならなかった。が、その解答を求めた検事の顔には、痛々しい失意の色が現われた。

『すると、鐘鳴器室《カリルロン》の風精《ジルフス》が、あの倍音演奏とどんな関係があるのだね。そのλ《ラムダ》は、θ《テータ》は？』と検事が喘《あえ》ぐように訊ねると、法水は俄かに態度を変えて、悲劇的に首を振った。

『冗談じゃない。どうしてあれが、そんな遊戯的衝動の産物なもんか。あれには、悪魔の一番厳粛な顔が現われているんだよ。ねえ、そうじゃないか支倉君、没頭と酷使とからは極《きま》って恐ろしいユーモアが放出されるんだぜ。だから、あの風精《ジルフス》のユーモアは、今のような理論追求で潰《ひしゃ》げてしまうような代物じゃない。屹度《きっと》水精《ウンディヌ》などは似ても似つかぬほどに、狂暴な幻想的《ファンタスチック》なものに違いないのだ。それに、元来あの風精《ジルフエ》と云うのが、眼には見えぬ気体の精《インヴィジブル・フェアリー》▼23なんだからね。従って、何処ぞと云う特徴もないのだ。』と寧ろ冷酷に突き放してから、熊城の方を向くと、彼は満面に殺気を泛《うか》べて云い放った。

『つまり、屹度《きっと》犯人の冷笑癖《シニシズム》▼24が、結局自分の墓穴を掘ってしまったのだよ。試しに水精《ウンディヌス》と、性別転換の行われてない火精《サラマンダー》とを比較して見給え。必ずその解答は、前例の二つとはてんで転倒した犯行形式に違いないのだ。犯人は隠微な手段を藉《か》らずに、堂々と姿を現わしてブラッケンベルグ▼25火術の精華を打ち放す事だろう。勿論標尺▼26と引金を糸で結び付けて、反対の方向へ自働発射を試みるような事はやらんだろうし、汗で縮むレットリンゲル紙を指に巻いて、引金に偽造指紋を残すような陋劣《ろうれつ》な手段にも出まい。云わば、一切の陰険画策を排除した騎士道精神▼27なんだよ。然し、僕等にもしこの用意がなかった日には、前例の二つに現われている複雑微妙な技巧

---

▼23　気体の精　invisible fairy
目に見えないもの。透明の意。

▼24　冷笑癖　cynicism
皮肉癖。犬儒主義。

▼25　ブラッケンベルグ　Brackenberg
中世に起源を持つ、ドイツ最南端の街。火術については不詳。

▼26　標尺
測量用の物差しで標尺という機器はあるが、長い棒状のもので、記述に合致しない。トリックの構成から考えられるのは、銃口に取り付けられた照準器のようなものか。

▼27　騎士道精神
中世ヨーロッパで成立した騎士階級の行動規範。武勲を立て、忠節を尽くす、信仰を守り、貴婦人への献身に努めるなど。

に慣れた眼で、必ず錯覚を起すに違いないのだ。つまり、そこに犯人が目論《もくろ》んだ反対暗示がある訳だが、……今度こそは嗤《わら》い返してやるぞ。』

　勿論その一言は、今後の護衛方法に決定的な指針を与えたものに相違なかった。けれども、斯《こ》うして法水の知脳が、次回の犯罪に於いて全く犯人の機先を制したかのように見え、殊に火神《サラマンダー》の一句が、結局犯人の破滅を引き出すかの観を呈したのだったけれども、従来《これまで》彼対犯人の間に繰り返されて行った権謀術策の跡を顧《かえり》みると、法水の推断を底とするのが、まだまだ早計のようにも思われるではないか。然し、五芒星呪文に対する彼の追及は、決してそれのみには尽きなかったのである。

『然し、まだまだ僕は、あの五芒星呪文に、もっと深い所に内在している核心のものがあると信じていたのだ。つまり、この事件の生因と関聯している、サア、犯罪動機と云うより、まだもっと深奥のものかも知れない。いや、もう少し広い意味で云うと、黒死館の地底には一面に拡がっている幾つかの秘密の根がある。それが盤《ばん》根錯綜《こんさくそう》▼28として重なり合っている個所《ところ》の形状を、何かの動機で知る事が出来はしまいかと考えたのだ。それで、試みに様々の角度を使って、一々ある呪文を映してみたのだよ。』と其処まで云うと、法水は流石《さすが》に疲労の色を泛《うか》べて、昨日一日を費やした悽愴な努力を語るのだった。

　それに依ると、犯人を一種の展覧狂▼29と信じている法水は、最初伝説学▼30に考察の矢を向けたのだった。アナトール・ル・ブラ▼31の『ブリトン伝説学』やガウルド▼32の「オールド・ニック」▼33までも渉猟《しょうりょう》して、性別転換の深奥《しんおう》に潜んでいて犯罪動機に符合するものを、中欧死神《アンカウ》▼34口碑の中に見出そうとした。またシュラッハウヘンの『シュアルスブルグ城▼35』其他から、妖精の名称に関する語源学的な変転を知ろうとした。つまり、水精《ウンディヌス》と水魔《ニックス》▼36との間に一致があれば、女神フリジア▼37（即ちニケーア或はニックスと一体で善▼38悪二様の化身のあるヴォージン神の妻▼39）の化身と云われる白夫人《ホワイト・レディ》▼40伝説の中に、異様な二重人格的意義を発見出来はしまいか

---

▼28　盤根錯綜
盤根錯節。事柄が複雑に込み入って解決が困難な状態のこと。「盤根」は曲がりくねった木の根、「錯節」は入り組んだ木の節の意。

▼29　展覧狂　exhibitionist
自己顕示欲の強い人、露出症患者。

▼30　伝説学
民俗・民間伝承を研究する学問。神話・口碑などの「かたりごと」を中核にした、古くから伝来する口承文学を伝説という。

▼31　アナトール・ル・ブラ
Le Braz, Anatole 1859-1926
フランス、ブルターニュの民俗学者。『ブリトン伝説学』*La Légende de la mort chez les Bretons armoricains* 1893。

▼32　ガウルド
Baring-Gould, Sabine 1834-1924
ベアリング・グールド。英国の牧師で考古学・民俗学の研究者。

▼33　オールド・ニック　Old Nick
単独の書名としては存在しないが、ベアリング・グールドの著作*A Book of Folk-lore* 1913の邦訳、『民俗学の話』今泉忠義訳、大岡山書店、1930に登場し、北欧神話の主神ウォーダンWodanに源を発する「悪魔」の北欧系の呼び名であると説明がなされている。

▼34　死神　Ankou
アンクー。フランス、ブルターニュ地方のケルト民話に登場する死者の王。

▼35　シュアルスブルグ城
Schloss Schwarzburg
シュヴァルツブルク城。十二世紀に創建され、

と考えたからである。更に「Voeks Buch《フェクス・ブッフ》」[41]やゴットフリート（フォン・シュトラスブルグ）の神秘詩や、ハーゲン[42]やハイステルバッハ[43]、それからゲーテの「ファウスト第一稿《ウル・ファウスト》」[44]と第二稿、第三稿との比較も試みたけれども、結局その第一稿《ウル・ファウスト》には、第二稿以下には判然としていない地霊《エルデガイスト》[45]（即ち、ウンディネ・ジルフェ・サラマンダー・コボルトを眷族とする大自然の精霊）が、壮大な哲学的な姿を出現させているのみであった。然し、この五芒星呪文に関する法水の解説は、寧ろ講演《レクチュア》に等しかった。それなので、ジリジリ緊迫の度を高めていた空気が次第に緩んで行って、脊中《せなか》の陽をうけている二人の間には、ぽかぽかした雲のような眠気が流れ始めた。検事は皮肉な歎息をして云った。

『とにかく、この一事だけは断って置こうよ――この席上が弾薬塔《プルヴェル・トゥルム》[46]だと云う事をね。とにかくそう云う話は、何れ薔薇園《ローゼン・ガルテン》[47]でやって貰う事にしようじゃないか。』

所が、次の瞬間法水の顔にサット光耀が閃《ひら》めいて、突然鉄鞭《てつむち》のような凄まじい唸りが、惰気《だき》を一掃したのである。彼は、甘《うま》そうに莨《たばこ》を二三度吸うと云った。

『冗談じゃないぜ、斯《こ》んなに素晴しい魔王《ケーニッヒ》[48]の衣裳《コスチューム》が、弾薬塔《プルヴェル・トゥルム》や砲壁《バルバカンヌ》[49]の中にあって溜《たま》るもんか。支倉君、僕の魔法史的考察は遂に徒労ではなかったのだ。散々ぱら悩まされた五芒星呪文の正体が、ものもあろうに、ルイ十三世朝[50]機密閣《ブラック・キャビネット》史[51]の中から発見されたのだよ。いや言葉を換えて云おう。当時不即不離の態度だったけれども、新教徒の保護者グスタフス・アドルフス[52]（瑞典《スエデン》王）と対峙していたのが、有名な僧正宰相リシュリウだったのだ。実にこの事件の本体が、その陰剣極《きわま》りない暗躍の中《うち》に尽されているのだよ。所で支倉君、君は、リシュリウ機密閣《ブラック・キャビネット》の内容を知っているかね。暗号解読家のフランソア・ヴィエテ[53]やロッシニョール[54]は？　錬金魔法師兼暗殺者のオッチリーユ[55]は？　つまり、問題はこの悪党僧正《ブラック・モンク》オッチリーユにあるのだが……ああ、何と云う薄気味悪い一致だろうか。被害者の名も、犯人の名も、あの竜騎兵王[56]を斃したリュツエルン役[57]の戦没者中に現われているのだがね。』

---

十七世紀にバロック様式に建て替えられたドイツの古城。書名としては不詳。

▼36　水魔　Nix
水の精、水魔。北欧系の水魔、悪魔にはニックスの他、ニクジーNixe、ニクセンNixen、ウォーダンWodanなどがある。前出第三回註290「ニックス教」参照。cf.『民俗学の話』

▼37　フリジア　Frigga, Fri, Frija, Friya
フリッガ、フリイ、フリーヤー。ウォーダンの妻。フリジアは、Friggaの虫太郎流の読み。cf.『民俗学の話』

▼38　ニケーア
水魔の別名ニッカーNikarrの虫太郎流の読み。cf.『民俗学の話』

▼39　ヴォージン
Woden, Odin, Wodan, Wotan
オーディン、ウォーダン。読みは虫太郎の自己流。前出第三回註331「オーディン神」参照。

▼40　白夫人　White Lady
欧州全域に伝わる死者の迎え人で、『民俗学の話』には著者が遭遇した話が語られている。「白衣の女は死の徴であります。というのは女神フリイは死の女神で、死者の魂は皆この神の許に行くのであります。」

▼41　Voeks Buch
前出第三回註213「Voeks-Buchの研究」参照。民衆本のうち1587発行された『ヨハン・ファウストの物語』がファウスト伝説の原型。

▼42　ハーゲン
Hagen, Friedrich Heinrich von 1780-1856
ドイツのゲルマン学者、古ドイツ文学の研究者。ニーベルンゲンの歌の新高ドイツ語（十四世紀

（註）一六三一年瑞典《スエデン》王グスタフス・アドルフス▼58は、独逸《ドイツ》新教徒擁護のために、旧教聯盟▼59とプロシヤ▼60に於いて戦い、ライプチッヒ▼61・レッヒ▼62を攻略し、ワルレンシュタイン▼63の軍とリユツェルンにて戦う。戦闘の結果は彼の勝利なりしも、戦後の陣中に於いてオッチリーユ▼64が糸を引いた一軽騎兵のために狙撃せられ、その暗殺者は、ザックス・ローエンベルグ侯のためその場去らずに射殺せらる。時に、一六三二年十二月六日▼65。

瞬間検事と熊城は、自分ではどうにもならない眩惑の渦中に捲き込まれてしまった。犯人の名――それは即ち、この事件の緞帳《カーテン》が下されるのを意味する。然し、古今東西の犯罪捜査史を凡《あまね》く渉猟した所で、到底史実に依って犯人が指摘され、事件の解決が下されたなどと云う神話めいた例《ため》しが従来《これまで》に僅かそれらしい一つでもあったであろうか。それであるからして、二人は駭《おどろ》き呆れ惑い、殊に検事は、猛烈な非難の色を泛《うか》べて、実行不可能の世界に没頭して行く法水を厳然と極《き》め付けるのだった。

『ああまた、君の病的精神狂乱かね。とにかく、洒落は止めにして貰おう。壺兜▼66や手砲《ハンド・キャノン》▼67で事件の解決が付くと云うのだったら、まず、そう云う史上空前の証明法を聴こうじゃないか。』

『勿論刑法的価値としては、完全なものじゃないさ。』と法水は烟《けむり》を靡《なび》かせて、静かに云った。『然し、最も疑われてよい顔が、僕等を惑わしていた多くの疑問の中に散在しているんだ。つまり、その一つ一つから共通した因子《ファクター》▼68が発見され、しかも、それ等を或る一点に帰納し綜合し去る事が出来たとしたらどうだろう。またそうなったら君達は、強《あなが》ちにそれを、偶然の所産だけとは考えないだろうね。』と云って、卓子《テーブル》▼69をガンと叩いて、強調するものがあった。『所で僕は、この事件を猶太的犯罪《ジュウイッシュ・クライム》だと断定するが、どうだ！』

後期～十七世紀のドイツ南部方言）版1810-1842を刊行し、ファウスト伝説への言及もある。

▼43　ハイステルバッハ　Heisterbach
人名ではなく、ドイツ、ボンの近郊にある女子修道院で、元はシトー会の修道院として設立された。同修道院には十二世紀末、カエサリウスCaesarius von Heisterbach 1180?-1240と名乗る修道士がいて、『奇跡に関する対話』1223と称する亡霊譚を修練士のために書き綴っていた。虫太郎の引用は同書が原典かと思われる。

▼44　ファウスト第一稿　Urfaust
ゲーテの劇詩『ファウスト』の原型1772-1775。

▼45　地霊　Erdgeist
土地に宿り、その豊穣を司ったり、住人や物を守護すると信じられている精霊。

▼46　弾薬塔　Pulverturm
プルフェルトゥルム。塔状の弾薬庫。

▼47　薔薇園　Rosengarten
城郭庭園内の一施設。中世宮廷恋愛の象徴。

▼48　魔王　König
君主、国王。魔王はErlkönig。ゲーテの詩1782や、シューベルトの歌曲1815で有名。

▼49　砲壁　barbican, barbacane
バルバカン。城などの楼門、見張りにも使う橋楼。

▼50　ルイ十三世　Louis XIII 1601-1643
ブルボン朝第二代のフランス国王。国内の抵抗勢力を制圧し、三十年戦争でハプスブルク家と戦い、国政を整備して最初期の絶対君主の一人となった。

▼51　機密閣　blackcabinet, cabine noir

『猶太《ジュウ》——ああ君は何を云うんだ?』熊城は眼をショボつかせて、辛くも嗄《しゃが》れ声を絞り出した。恐らく、雷鳴のような不協和の絃の唸りを聴いた心持がした事であろう。

『そうなんだ熊城君、君は猶太《ユダヤ》人が、ヘブライ文字の א《アレフ》から י《ヨッド》▼70までに数を附けて、時計の文字盤にしているのを見た事があるかね。それが、猶太《ユダヤ》人の信条なんだよ。儀式的の法典を厳格に実行する事と、失われた王国《ツイオン》▼71の典儀を守る事だ。ああ、僕だってそうじゃないか。どうして今までに、土俗人種学▼72がこの難解極まる事件を解決しようなどと考えられたろうか。とにかく、支倉君の書いた疑問一覧表を基礎にして、あの薄気味悪い赤い眼《シリウス》▼73の視差《パララックス》▼74を計算して行く事にしよう。』と法水の眼の光が消えて卓上のノートを開きそれを読み始めた。

**一、四人の異国楽人に就いて**

被害者ダンネベルグ夫人以下四人が、如何なる理由の下に幼少の折渡来したか、また、その不可解極まる帰化入籍に就いては些《いささ》かの窺視も許されない。依然鉄扉の如くに鎖されている。

**二、黒死館既往の三事件**

同じ室に於いて三度に渉り、何れも動機不明の自殺事件に対して、法水は全く観察を放棄しているようである。殊に、昨年の算哲事件に付いては、真斎を恫喝する具には供しているけれども、果して彼の見解の如く、本事件とは全然別個のものであろうか。法水が黒死館の図書目録の中から、ウッズの「王家の遺伝」を抽《ひ》き出したのは、その古譚めいた連続を、彼は遺伝学的に考察しようとするのではないか。

**三、算哲と黒死館の建設技師クロード・ディグスビイとの関係**

算哲は薬物室の中に、ディグスビイより与えらるべくして果されなかった、或る薬物らしいものを待ち設けていた。その意志を、一本の小瓶に残している。また法水は、棺龕《カタファルコ》十字

---

宰相リシュリュウの秘密機関。配下のジョゼフ神父 Tremblay, François Leclerc du 1577-1638 を中心とした組織。cf.『灰色の宰相』ハックスリ、福島正光訳、フジ出版社、1970

▼52　グスタフス・アドルフス
Gustav Adolf 1594-1632
グスタフ・アドルフ。「北方の獅子」、「雪王」と呼ばれるスウェーデン王。ヴァレンシュタインと戦場に会し、リュッツェンの戦で勝利を得たが、重傷を負って戦没した。

▼53　フランソア・ヴィエテ
Viète, François 1540-1603
ヴィエト。フランスの数学者・法律家。

▼54　ロッシニョール
前出第四回註243「ロシニョール」参照。

▼55　オッチリーユ
不詳。イタリア出身で三十年戦争中にヴァレンシュタインの侍医・占星術師だったセーニ Seni, Giovanni Battista 1600頃-1656が、最も近いモデル像。シラーの戯曲にも登場。

▼56　竜騎兵王
十六世紀、騎兵銃(カービン)で武装する竜騎兵が生まれ、この戦術をさらに発展させ実践したのがグスタフ・アドルフであった。

▼57　リユツエルン役　Lützen
リュッツェンは、ドイツ東部、ザキソニー地方の都市。三十年戦争の行く末を決めた戦いが行われた1632。Luzern はスイス、ルツェルン州で、三十年戦争とは無関係。

▼58　グスタフス・アドルフス
「中央の攻撃が失敗したとの報告を受けたグスタフ・アドルフは、自ら騎兵の一部を率いて中

架の解読よりして、ディグスビイに呪咀の意志を証明している。以上の二点を綜合すると、黒死館の建設前既に、両者の間には、或る異様な関係が生じていたのではないだろうか。

**四、算哲とウイチグス呪法**

ディグスビイの設計を、算哲は建設後五年目に改修している。その時、デイ博士の隠顕扉や黒鏡魔法の理論を応用した古代時計室の扉が生れたのではないかと思われる。然しながら算哲の異様な性格から推しても、到底それ等の中世異端的弄技物が、上記の二つに尽きると信ぜられぬ。そして、没後直前に呪法書を焚いた事が、今日の紛糾混乱に因を及ぼしているのではないかと推測するが如何？

**五、事件発生前の雰囲気**

四人の帰化入籍、遺言書の作成と続いて、算哲の自殺に逢着すると、突如腥《なまぐさ》い沙霧のような空気が張り始めた。そして、年が改まると同時に、その空気に愈々《いよいよ》険悪の度が加わって行ったと云われる。強ちその原因が、遺言書を繞ぐる精神的葛藤のみであるとは思われぬではないか。

**六、神意審問会の前後**

ダンネベルグ夫人は、屍体蠟燭が点ぜられると同時に、算哲と叫んで卒倒した。また、その折易介は、隣室の張出縁に異様な人影を目撃したと云う。けれども、列席者中には、誰一人として室を出たものはなかったのである。そして、その直下に当る地上には、人体形成の理法を無視した二条の靴跡が印され、その合流点に、これも如何なる用途に供されたものか皆目見当の附かない、写真乾板の破片が散在していた。以上四つの謎は時間的には近接していても、各々に隔絶した性質を持っていて、到底集束し得べくもない。

**七、ダンネベルグ事件**

屍光と降矢木の紋章を刻んだ創紋——。まさに超絶的眺望である。しかも法水は、創紋の作られた時間が僅々一二分に過ぎぬと云う。更に彼の説としてその二つの現象を、〇、五

---

央の援護に回った。しかし、戦場を覆う霧と硝煙、自身の近眼のために、彼は少数の護衛兵とともに敵中に突出してしまった。皇帝軍の騎兵が襲い掛かり、グスタフ・アドルフは腕を撃たれて負傷。護衛兵と共に後退しようとしたが、皇帝軍騎兵の突撃による乱戦に巻き込まれて戦死した。背中に銃弾を受けて落馬したところを、ピッコロミーニ指揮下の騎兵によって頭を撃ち抜かれたという。」*The History of the Life of Gustavus Adolphus, King of Sweden* 1759 Harte, Walter 以下同書の抜粋は『グスタフ伝』で表示。

▼59　旧教聯盟　Catholic League
三十年戦争において、神聖ローマ皇帝フェルディナンド二世を支持した国と地域。

▼60　プロシヤ　Preussen
ドイツ北部の大部分を占める地方。かつてはホーエンツォレルン家が統治したドイツの最も強大な一王国で、ドイツ統一の核心をなした。

▼61　ライプチッヒ　Leipzig
ドイツ東部、ザキソニー地方の都市。

▼62　レッヒ　Lech
ドイツ・オーストリアの国境。ドナウの支流レッヒ川の河畔の町、アルプスの山岳リゾート地。

▼63　ワルレンシュタイン
Wallenstein, Albrecht Eusebius Wezel von, Herzog von Friedrand und Meckenburg, Fürst von Sagan 1583-1634
ヴァレンシュタイン。三十年戦争におけるドイツの将帥。カトリックに改宗後、神聖ローマ皇帝フェルディナンド二世を支持した。皇帝のために自費で五万の軍を募り、これを率いて新教

の青酸加里（殆んど毒殺を不可能に思わせる程度の薬量）を含んだ洋橙《オレンジ》が、被害者の口中に入り込むまでの道程に当てている。即ち、不可能を可能とさせる意味の補強作用であり、その結果の発顕に外ならぬと推断している。然し、彼の観察誤りなしとしても、それを証明し犯人を指摘する事は、要するに、神業ではないか。しかも、家族の動静には、一見の特記すべきものなく、洋橙《オレンジ》の出現した径路も全然不明である。

テレーズの弾条人形――。断末魔にダンネベルグ夫人は、この邪霊視されている算哲夫人の名を紙片にとどめた。そして、現場の敷物の下には人形の足型が、扉を開いた水を踏んでまざまざと印されている。然し、その人形には特種の鳴音装置があって、附添の一人久我鎮子は、その鈴のような音を耳にしなかったと陳述しているのだ。勿論法水は、人形の置かれてあった室の状況に一抹の疑念を残しているけれども、それは彼自身に於いても確実のものではなく、即ち、否定と肯定の境は、その美くしい顫音一筋に置かれてあると云って過言ではない。

**八、黙示図の考察**

法水がそれを特異体質図と推定しているのは、明察である。何故なら、自体の上下両端を挟まれた易介の図が、彼の屍体現象にも現われているではないか。然し、伸子の卒倒している形が、セレナ夫人のそれを髣髴とさせるのは、何故であろうか。また法水が、象形文字から推定して、黙示図に知られない半片があるとするのは、仮令《たとえ》論理的であるにしても、頗る実在性に乏しく、結局彼の狂気的産物と考える外にない。

**九、ファウストの五芒星呪文**（略）

**十、川那部易介事件**

法水の死因闡明は、同時に甲冑を着せしめた所に、犯人の所在を指摘している。それを時間的に追及すると、伸子にのみ不在証明がない。しかも伸子は、その咽喉を抉った鎧通しを握って失神し、尚、奇蹟としか考えられない倍音が、経文歌の最後の一節に於いて発せ

---

支持のデンマーク王と戦い撃破、各地を占領した。その強大さゆえカトリック同盟諸侯に疎まれ罷免されたが、後にスウェーデン王グスタフ・アドルフのドイツ侵入に際して最高司令官に戻り、リュッツェンで戦った。シラーに戯曲『ヴァレンシュタイン』1799がある。

▼64　ザックス・ローエンベルグ侯　Duke of Saxe-Lauenberg
三十年戦争中この在位にあったのは、Augustus, Duke of Saxe-Lauenburg 1577-1656だが、彼は戦時中立を保つ存在であった。虫太郎の表現は曖昧だが、ハートの記述にあるグスタフ・アドルフ殺害に関与した人物としては、弟Julius Henry, Duke of Saxe-Lauenburg 1586-1665、在位1656-1665が合致する。彼は後にヴァレンシュタインの死にも関与したといわれる。

▼65　一六三二年十二月六日
リッツェンの戦いは十一月十六日（ユリウス暦では十一月六日）で、虫太郎の記載ミス。

▼66　壺兜
一般兵士用の簡単な作りのヘルメット。

▼67　手砲　hand cannon
鉄砲の元祖。1350頃から作られた、黄銅または鉄の筒身の片側に導火孔を持つ銃身だけのもの。中に火薬と弾丸とを入れて発射した。

▼68　因子　factor
前出第二回註58「因数」参照。

▼69　猶太的犯罪　Jewish crime
ユダヤ人はユダヤ教徒をキリスト教の側から別人種と見なして呼ぶ名称。現在イスラエルでは「ユダヤ人を母とする者またはユダヤ教徒」と規定している。ユダヤ民族は十字軍時代以降、

られている。それ以外に疑問の焦点とでも云いたいのは、果して犯人が、易介を共犯者として殺害したか否かであって、勿論容易な推断を許さぬ事は云う迄もない。結局、その曲折紛糾奇異を超絶した状況から推しても、次第に、伸子の失神を犯人の曲芸的演技とする点に綜合されて行くけれども、然し、公平な論断を下すなれば、依然として紙谷伸子は、唯一人の、そして、最も疑われてよい人物である事は云う迄もない。

**十一、押鐘津多子が古代時計室に幽閉されていた事**

これこそ、正しく驚愕中の驚愕である。しかも、法水が死体として推測したものが、解し難い防温を施されて昏睡していた。勿論、彼女が何故に自宅を離れて実家に起居していたかその点を追及する必要は云う迄もないが、然し、犯人が津多子を殺害しなかった点に、法水は危惧の念を抱いて陥穽を予期している。けれども、易介が神意審問会の最中隣室の張出縁で目撃した人影と云うのは絶対に津多子ではない。何故なら、当夜八時二十分に、真斎が古代時計室の文字盤を廻《ま》わして、鉄扉を鎖したからである。

**十二、当夜零時半クリヴォフ夫人の室に闖入《ちんにゅう》▼75したと云われる人物は？**

此処に、易介の目撃談。宵に張出縁へ出現した、あの如何にも妖怪めいた不可視的人物が、夜半クリヴォフ夫人の室にも姿を現わしたのだった。夫人の言に依れば、それは正しく男性で、しかも凡ゆる特徴が、身長こそ異なれ旗太郎を指摘している。然りとすれば、伸子が覚醒瞬間に認めた自署に、降矢木と云う姓を冠せている。それを、グッテンベルガー事件に先例のある潜在意識と解釈すれば、伸子を倒したとする風精《ジルフス》の正体には、最も旗太郎の姿が濃厚である。そして、その推定が、伸子の露出的な失神姿体と撞着する所に、この事件の最大難点が潜んでいるのではあるまいか。

**十三、動機に関する考察**

凡てが、遺産を繞る事情に尽きている。第一の要点は、四人の異国人の帰化入籍に依って、旗太郎の白紙的相続が不可能になった事である。次に、旗太郎以外唯一人の血縁、即ち押

---

数度に渉って欧州のキリスト教徒の圧迫を受け、二十世紀初頭にユダヤ人に対する偏見・迫害は最高潮に達した。

▼70　ℵから、
ヘブライ文字。ヨッドは十文字目で時計盤としては十二文字目はラメドlamedが正しい。

▼71　失われた王国　Zion, Sion
シオン。ダビデ王の城や墓があるエルサレム市街の丘の名で、転じてエルサレムの雅名。ローマ占領後、イスラエルから排斥されたユダヤ人が、パレスチナにユダヤ人国家を建設しようとしたシオニズム運動の象徴。

▼72　土俗人種学
土俗学とは、民俗学と民族学が分化する以前の呼び名。

▼73　赤い眼　Sirius
「熱い」の意のギリシャ語に由来する大犬座の首星。BC700頃のバビロンの粘土板にシリウスが赤かったと伝える記録があり、150頃には天動説で有名なプトレマイオスも、その大著『アルマゲスト』でシリウスを「明るい赤みがかった星」と記述している。

▼74　視差　parallax
一つの天体を異なる二地点から見たときの方向の差。ドイツのベッセルがシリウスの不規則な固有運動に気づき、それに引力を及ぼしている見えない星があることを推定した1844。後に米国のクラークが制作した大口径の望遠鏡をテストするためシリウスを観察したところ、傍らに光度九等の星を発見した1862。

▼75　闖入
突然、無断で入り込むこと。

鐘津多子を除外している点に注目すべきであろう。従って、旗太郎対三人の外人の間には、既に回復し難い程度の疏隔《そかく》▼76が生じているけれども、何よりこの一つの大きな矛盾だけは、どうする事も出来ない。即ち、動機を持つ者には、嫌疑とすべきものがなく、伸子の如き犯人を髣髴とさせる者には、その反対に、動機の寸影すら見出されないのである。

読み終ると、法水はそれを卓上に拡げて、まずその第七条（屍光と創紋の件《くだり》）の上に指頭を落した。その頃《あたり》には、欄間《らんま》▼77の小窓から入って来る陽差が、倫敦《ロンドン》大火之図の恰度テムズ河の真上附近まで上っていて、頭上の黒煙に物々しい生動を起し始めた。それでなくても検事と熊城は、唇が割れ唾液が涸《かわ》いて、只《ただ》ひたすらに、法水の持ち出した畸矯《ききょう》転倒の世界が、一つ大きな蜻蛉《とんぼ》返り▼78を打って、夢想の翼を落してしまう時機を夢見るのだった。そう云う異様に殺気立った空気の中で、法水は新しい莨《たばこ》に火を点じ、徐《おもむ》ろに口を開いた。

『所で、最初があの不思議な屍光と創紋だが、問題は依然として、その循環論的な形式にあるのだ。あの洋橙《オレンジ》がどう云う径路を経て、ダンネベルグ夫人の口の中に飛び込んで行ったのか——その道程が明瞭《はっきり》しない限りは、依然実証的な説明は不可能だと思うね。けれども、その屍光と創紋の発生に似た犯罪上の迷信が、有名な「猶太《ユダヤ》人犯罪の解剖的証拠論（ゴルトフェルト著）」の中に記録されているのだよ。』

とその一冊を書架から引き出したが、それには猶太《ユダヤ》的犯罪風習が、簡略な例註として記されているのみだった。

一八一九年十月の或夜、ボヘミア領コニグラッツ▼79在の富有な農夫が、寝台の上で心臓を貫かれ、その後に室内から発火して、屍体と共に焼き捨てられたと云う惨事が起った。そして、それには通行者の証言があって、恰度その夜の十一時半に、僅か隙《す》いた窓掛《カーテン》の間から、被害者が十字を切っていたのを目撃したと陳述する者が現われて来た。そうなると、兇行時刻が十一時半以後となって、最も深い

---

▼76　疏隔
へだたりをつくり遠ざけること。

▼77　欄間
天井と鴨居との間に設けられる開口部材。通常、部屋と部屋との境目や、部屋と廊下や縁側との境目に設けられる。

▼78　蜻蛉返り
宙返り、転じて、目的地に留まらずその場で引き返すこと。

▼79　ボヘミア領コニグラッツ　Königgrätz
ドイツ名はケーニヒグレーツ。現在のチェコ、フラデツ・クラーロヴェー Hradek Králové。

動機を持っていると目されていた猶太人《ユダヤ》の一製粉業者に、計らずも不在証明《アリバイ》が出来てしまった。従って、事件はそれなり迷霧《めいむ》に鎖されてしまったのである。所が、その半年後になって、漸くプラーグ市の補助憲兵デーニッケに依って殺人の奸計《かんけい》が曝露され、やはり最初の嫌疑者である猶太人《ユダヤ》の製粉業者が捕縛されるに至った。しかも、その発覚の原因をなしたものと云うのが、ハムラビ経典▼80の解釈から因を発している、猶太《ユダヤ》固有の犯罪風習に過ぎなかった。即ち、屍体若《も》しくは被害個所を、周囲に蠟燭を立て照明すると、それで犯罪が永久に発覚しないと云う迷信が端緒だったのである。勿論その蠟燭が、火災の原因だった事は云う迄もないであろう。

ああ開幕の最初の場面に、法水はなんと生彩に乏しい例証を持ち出した事であろうか。けれども、続いて彼が、それに私見を加えて解答を整えると、偶然その独創の中から、さしも循環論の一隅が破られんばかりの光が差し始めた。

『所で、この一文だけでは憲兵《デンダウム》▼81デーニッケの推理径路が一向に不明だけれども、僕はそれに解析を試みたのだ。屍体を囲んだと云われる蠟燭の数は、その実五本だったのだよ。しかも、屍体に十字を切らせるためには、それで屍体を囲まずに、削《そ》ぎ竹のように片側の蠟を削いだ丈の短い四本を周囲《まわり》に並べて、その中央に全長の半ば程の蠟を取り除いて長い芯だけにした一本を置き、それを囲ませなければならぬ。何故なら風鶏計《かざみ》▼82の四本の手の向きを互い違いにした場合に、何《ど》う云う現象が起るか。つまりこの場合は、斜めに削いだ方の側を、互い違いの向きにして列《なら》べたので、火が点ぜられると、熱せられた蠟の蒸気が傾斜を伝わって斜めに吹き上げる。従って、各々《それぞれ》に削いだ向きが異なっているので、その上方に⧖形《ディアボロ》の気流を起させるのだ。それが、中央の長い芯を廻転させて、その光の描く影で、屍体の手に十字を切るような錯覚を現わしたのだよ。そうなると屍光と創紋の生因を追及して行くと、是が

---

▼80　ハムラビ経典　Code of Hammurabi
紀元前十八世紀にバビロニアを統治したハムラビ王が発布した法典。慣習法を成文化したもので二百八十二条から成る。

▼81　憲兵　gendarm
ジャンダルム。仏語で警察官、憲兵。

▼82　風鶏計
風見。屋根または船の帆柱などに設け、風に従って向きを変えるようにして風の方向を知る、鳥や船などの形のもの。風向計、風信器。

非にも、僕等は神意審問会まで遡って行かねばならぬような気がして来る。ボヘミアのコニグラッツで点された蠟燭の中に或は、ダンネベルグ夫人にのみ現われた算哲の幻影が秘められているのじゃあるまいかね。ねえ支倉君、偶然の中からは、往々に数学的なものが飛び出して来るものだよ。何故なら、元来恒数《コンスタント》▼83と云うものは、常に最初の出発形式は仮定であり、しかる後に、常住不変の因数《ファクター》を決定するのだからね。』と法水の顔に、一端は混乱したような暗影が現われたけれども、彼は更に語を次いで、屍光に関して地理的にも、奇妙な暗合のあるのを明かにした。然し、そう云う隔絶した対照は結果に於いて紛乱を助長するものに過ぎなかったのである。

『次に僕は、カトリック聖僧に関する屍光現象に注目したのだ。所がアヴリノ▼84の「聖僧奇跡集」を読むと、新旧両教徒の葛藤が最も甚しかった一六二五年から三〇年まで五年程の間に、シェーンベルグ▼85（モラヴィア領）▼86のドイヴァテル、ツイタウ▼87（プロシヤ）のグロゴウ、フライシュタット▼88（高部アウストリア）▼89のアルノルディン、プラウエン▼90（サキソニイ領）▼91のムスコヴィテス▼92——と都合四人が、死後に肉体から発光したと云う記録を残している。そこに熊城君、偶然にしては到底解《げ》し切れない符合があるのだよ。何故なら、その四つの地点を連ねたものが略々《ほぼ》正確な矩《く》形《けい》になって、それが、コニグラッツ事件を起したボヘミア領を取り囲んでいるからなんだ。ああ、その実数《スカラー》▼93はなんだろうか。僕は、喋《しゃべ》れば喋るほど判らなくなって来るのだが、然し、屍体を照らすと云う猶太《ユダヤ》人の土俗風習だけは、それ

---

▼83　恒数　constant
数式で変化しない一定の値。定数、常数。

▼84　アヴリノ
イタリア、シシリア島出身の聖人Sant'Andrea Avellino 1521-1608のことか。『聖僧奇跡集』については不詳。

▼85　シェーンベルグ
Šumperk, Mährisch Schönberg
チェコ、オロモウツ州の自治体。モラヴィア地方に属する。

▼86　モラヴィア領　Moravia
チェコ中央部、ドナウ川の支流モラヴィア川に沿う地域。長期に渉ってオーストリア・ハンガリー帝国に領有されていた。

▼87　ツイタウ　Zittau
ドイツ、ザクセン州南東部の都市。ドイツ・ポーランド・チェコの三点国境。

▼88　フライシュタット　Freistadt
オーストリア北部の町。中世以降、ハプスブルグ領とモラヴィアの境界にあたり、塩と鉄の通商の中心地だった。

▼89　高部アウストリア　oberösterreichische
オーストリアの北部、チェコ国境に近い地域。

▼90　プラウエン　Plauen
ドイツ、ザクセン州に属する都市。チェコ国境に接する。

▼91　サキソニイ領　Saxonyt Sachsen
ドイツ東部の一地方。南はチェコ、東はポーランドと接し、西はバイエルン州と接する。州都はドレスデン。

▼92　ドイヴァテル、グロゴウ、アルノルディン、ムスコヴィテス

を、犯人の迷信的表象とする事が出来るだろうと思うのだが。』と法水は天井を振り仰いで、如何にも弱々しく陰気な歎息を上げるのだった。然し、それを聴いて、検事の希望が全く絶たれてしまった。彼は口元が歪む程の冷笑を湛《たた》えて、背後の書架から、ウォルター・ハート▼94（ウェストミンスター寺院の僧▼95）の「グスタフス・アドルフス」を取り出した。そして、パラパラと頁《ページ》を繰《く》っているうちに、何やら発見したと見えて、開いた個所《ところ》を法水に向けて、その上辺に指頭を落した。実に、法水の狂的散策を諷刺した、検事の痛烈な皮肉だったのである。

（ワイマール侯ウィルヘルム▼96の劣悪な兵質はアルンハイム▼97との競争に敗れて、王の支援を遅延せり。しかも、ノイエンホーフェン▼98の城内にて、その事をいたく非難されしも、ウィルヘルム侯は顔色さえも変えず）

しかも、それのみでは飽き足らずに、検事は執拗な態度で毒付いた。

『ああ、悲しむべき書目《ビブリオグラフィー》よ――じゃないか、まさに、君特有の書斎的錯乱なんだろうがね。無論あの驚嘆すべき現象に対しては、児戯《じぎ》に過ぎんよ。どうして、深奥どころの話か、てんで遊戯的な散策とも云える価値はあるまい。所で君が、もし鐘鳴器室《カリルロン》の場面に精確な卜書▼99が附けられないようだったら、もう此れ以上の講演《レクチュア》は止めにして貰おうよ。』

『所がねえ支倉君、』と法水は、相手の冷笑を静かに微笑み返して云った。『どうして、犯人が猶太人《ユダヤ》でなければ、あの時伸子に蠟質撓拗症《フレキシビリタス・ツエレア》▼100を起させる事が出来ただろうか。或る瞬間に伸子は、まるで彫像のように、強直《ごうちょく》してしまったのだよ。従って、あの廻転椅子の位置は、そうなれば無論問題ではないのだ。』（註）

（註）一種の強直症。此の発作は、突然意識を奪い患者の全身を強直させ、それ自身の意志に依る随意運動を全く不可能にする。然し、他からの運動には全然無抵抗で、まるで、

---

Dewbatel, Glogau, Arnoldin, Muscovites
以上四名ともに三十年戦争の関係者の名称。cf.『グスタフ伝』

▼93　実数　scalar
実際に存在する数量。有理数と無理数の総称。スカラーは線形代数学においてベクトルに対比する実数を指す。

▼94　ウォルター・ハート
Harte, Walter 1709-1774
英国の詩人・歴史家。オックスフォード大学教師、ウィンザーの聖堂参事会員。『髪盗み』の作者ポープの友人。『グスタフス・アドルフス』*The History of the Life of Gustavus Adolphus, King of Sweden* 1759。

▼95　ウェストミンスター寺院
Westminster Abbey
十一世紀創建のロンドンにある英国教会所属の教会。戴冠式などの王室行事が行われる。ハートとの関係は不詳。

▼96　ワイマール侯ウィルヘルム
Wilhelm von Sachsen-Weimar 1598-1662
ザクセン＝ワイマール侯ヨハン二世の五番目の息子。三十年戦争ではアーネスト・フォン・マンスフィールドらの配下で活躍。彼の戦歴があがることを望んだグスタフ・アドルフは引き立てたが、グスタフの死後はアクセル・オクセンシェルナに邪魔されプラハ締結受諾へ追い込まれた。

▼97　アルンハイム　Arnim-Boitzenburg, Hans Georg von 1583-1641
アルニム＝ボイツェンブルク。三十年戦争時、ザクセン選帝侯の陸軍元帥で、時には敵対する

柔軟な蠟か護謨《ごむ》の人形のように、手足はその動かされた所の位置に、何時までも停止している。それが、蠟質撓拗と云う興味ある病名を附された由縁である。

『蠟質撓拗症《フレキシビリタス・ツエレア》!?』それにはさしもの検事も、激しく卓子《テーブル》を揺って叫ばざるを得なくなった。『莫迦な、これは、驚いた詭弁家《ソフィスト》だ。▼101 法水君、あれは稀病《きびょう》中の稀病なんだぜ。』

『勿論、文献だけの稀病には違いないがね。』と一端は肯定したが、法水の声には、嘲弄するような響きが罩《こも》っていて、『けれども、そう云う稀《めず》らしい神経の排列を、仮りにもし人為的に作れるとしたら、どうなるんだい。所で君は、筋識喪失▼102と云うデュシェンヌ▼103が創った術語を知っているだろうか。ヒステリー患者の発作中に瞼《まぶた》を閉じさせると、恰度蠟質撓拗性《フレキシビリタス・ツエレア》そっくりで、全身に強直状態が起るんだぜ。つまり、猶太人《ジュウ》特有の或る風習を除いたら、その病理的曲芸《サーカス》を演じさせる事が不可能だと云うのだ。』と驚くべき断定を下した。

熊城はそれまで黙々と莨《たばこ》を喫《くゆ》らしていたが、不意に顔を上げて、

『ああ、伸子とヒステリーか……。成程、君の透視眼も相当なものさ。但《ただ》し、問題を、降霊会から他の方へ転じて貰おう。』と彼に似げない味のある言葉を吐いた。

それに法水は、思いもつかなかった病理解剖を黒死館の建物に試みて、飽《あ》く迄その可能性を強調するのだった。

『オヤオヤ熊城君、僕の方こそ、この事件が黒死館で起った出来事だと云う事に、注意して貰いたいんだよ。大体犯罪と云うものは、動機からのみ発するものではない。殊に、智的殺人犯罪は、歪んだ内観から動される場合が多いのだ。無論そうなると、一種淫虐性《ザディスムス》の形式だが……、往々感情以外にも、何かの感覚的錯覚から解放されず、しかも、絶えず抑圧を続けられる場合に発する例《ため》しがあるのだ。恰度黒死

---

神聖ローマ帝国軍でも指揮を執った。

▼98　ノイエンホーフェン　Neuenhoven
ノイエンホーヘン。虫太郎の表現は脚色があるものの、ハートの文章とある程度合致する。ただし、ノイエンホーヘン城で醜態をさらした人物がバーグスドルフ大佐かウィルヘルム侯のことなのかよくわからない。またここで非難されても顔色を変えなかったという説明もない。

▼99　ト書
演劇の台本で、人物の動き、舞台の配置などの指示を書き込んだもの。

▼100　蠟質撓拗症　flexibilitas cerea
蠟屈症。カタレプシーの一症状で、ある姿勢をとらせると溶けた蠟が固まるように、同じ状態を保ち続けること。支倉がいうほどの奇病ではない。

▼101　詭弁家　sophist
論法が巧妙で、しばしばもっともらしいことを言う人。

▼102　筋識喪失
前出第四回註90「屈筋震顫症」参照。

▼103　デュシェンヌ　Duchenne, Guillaume Benjamin Amand 1806-1875
フランスの神経学者。デュシェンヌ型筋ジストロフィーを発見。機能的電気刺激診断法を考案した。

▼104　城砦
都市の支配者、武力集団を防護する目的で建てられ、多くは支配者が居住する城館を兼ねる。城塞、城堡。

▼105　ゲッチンゲン　Göttingen
ドイツ、ニーダーザクセン州の都市。ハルツ山

館の城砦《じょうさい》▼104めいた陰鬱な建物に、僕はそう云う非道徳的な、寧ろ悪魔的性能を頗る豊富に認める事が出来るのだよ。所で、その厳粛な顔をした悪戯者《いたずらもの》が、大体どう云う具合に人間神経の排列を変形させて行くものだろうか、此処に恰好な例があるのだがね。』と、その奇矯な推論から、まず独断に見える衣を脱がせようとして、例証を挙げた。『これは今世紀の始め、ゲッチンゲン▼105に起った出来事だが、オット・ブレーメルと云う、如何にもウェストファリア▼106人らしい鋭感的《センシブル》▼107な十六の少年が、同地にあるドミニク僧団の附属学園に入学したのだ。所が、そのボーネーベ式▼108の拱《きょう》貫《かん》▼109が低く垂れ、暗く圧し迫るような建物が、忽ち破瓜期《はかき》▼110の脆弱な神経を蝕《むしば》んで行った。最初に、建物の内外に光度の差が甚しい事が、彼に時として、偶然にしては余りに不思議な残像を見せる場合があった。そして、揚句《あげく》に幻聴を聴く程の症状になったと云うのは、彼の室の窓外が鉄道線路で、其処を通過する列車の響《ひびき》が、絶えず Resend Blehmel《レゼント ブレーメル》（気狂いブレーメルの意）と繰り返すように聴かれたからだったのだ。然し父親が息子の病状に驚いて自宅へ引き取ったので、そこで、ブレーメルの精神状態が辛くも崩壊を免かれたのだ。それがまた、奇蹟に等しいのだよ。寄宿舎を出てしまうと同時に、彼には幻視も幻聴も現われなくなり、間もなく健やかな青春を取り戻す事が出来たのだからね。ねえ熊城君、君は刑法家じゃないのだから、或は知らないかも知れないが、刑務所の建築様式に依っては、拘禁性精神病▼111が続出するのも、またそれが皆無なのもあるそうだよ。』

法水は、そこで新しい莨《たばこ》を取り出して一息入れたが、依然知識の高塔を去らずに、続いて、より痛烈な引例に入った。

『時代は十五世紀の末五代目のフェルナンド▼112朝だが、この一つは、淫虐的《ザディスチック》▼115な嗜血癖《しけつ》▼113の寧ろ異例的標本とでも云うものなんだ。西班牙《スペイン》セヴィリア▼114の宗教裁判所に、糾問《きゅうもん》官補▼116のフォスコロと云う若い僧《キャノン》▼117がいたのだ。所が、彼の糾問法が頗る鈍いばかりで

---

系が近い。

▼106　ウェストファリア　Westphalia, Westfalen
ヴェストファーレン。古代末から中世にかけてザクセン人が暮らしたドイツ北西部。三十年戦争を終結させた条約締結地。

▼107　鋭感的　sensible
感じやすいさま。敏感、鋭敏。

▼108　ボーネーベ式
フランスにはサン・ボネ・ド Saint-Bonnet-de-という地名が多くあり、重厚で窓の少ないロマネスク教会も多い。虫太郎は bonnet-be と誤読して「ボーネーベ式の拱貫」という用語を作ったのではないか。

▼109　拱貫
アーチ型の天井。中国各地に貫木拱廊橋という、木製の屋根付きアーチ橋が文化遺産として残っている。現代では使用されていないが、古い建築用語として「拱貫」が使われた可能性がある。

▼110　破瓜期
月経の始まる年頃。女性の思春期。瓜の字が八を二つ合わせたように見えるところから十六歳の女性をいう。男性の場合は、自閉・妄想などの症状を伴う若年性の統合失調症をいう。

▼111　拘禁性精神病
刑務所や拘置所など、強制的に自由を阻害される環境下で起こる人格反応。拘禁性神経症。

▼112　フェルナンド　Fernando
十五世紀末、スペイン建国前のイベリア半島諸国を統治した王。カスティーリャ王としてはフェルナンド五世、在位1474-1504、同人はアラゴン王としては、フェルナンド二世、在位

なく、万聖節[118]に行われる異端焚殺行列《オウト・デ・フェ》[119]にも恐怖を覚えると云う始末なので、止むなく宗教裁判長[120]のバルバロッサ[121]は、彼を生地サントニア[122]の荘園[123]に送り還《かえ》してしまったのだ。所が、それから一二ケ月後に、バルバロッサは斯《こ》う云うフォスコロの書翰《しょかん》を受取ったのだが、同封の紙片に描かれたマッツオラタ[124]（中世伊太利でカーニヴァル季に於ける最も獣的な刑罰）の器械化を見て、思わず一驚を喫してしまった。

——セヴィリアの公刑所には、十字架と拷問の刑具と相《あい》併立せり。されど、神もし地獄の陰火[125]を点し、永遠限りなくそれを輝かさんと欲せんには、まず公刑所の建物より回教式《サラセン》[126]の丈高き拱格《アーチ》[127]を逐《お》うにあらん。吾《われ》、サントニアに来りてより、昔ゴーティア人[128]の残せる暗き古荘に棲《す》む。実に、その荘は特種の性質を有せり。即ちそれ自身が既に、人間諸種の苦悩を熟慮したる思想を現わすものにして、吾そこに於いて種々の酷刑を結合し或は比較して、終《つい》にその術《すべ》に於いて完全なる技師となれり——と。

ねえ熊城君、斯《こ》う云う凄惨な独白《せりふ》は、抑々《そもそも》何が語らせたのだろうか。どうしてフォスコロの嗜血癖が、残忍な拷問刑具の整列裡では起らずに、美くしいビスカヨ湾[129]の自然の中で生れたのだろう。そのセヴィリア宗教裁判所とサントニア荘との建築様式の差を、この事件でも決して看過してはならんと、僕は断言したいのだ。』とそこで彼は激越な調子を収めた。そして、以上二つの例を黒死館の実際に符合させて、その様式の中に潜んでいる恐ろしい魔力を闡明しようと試みた。

『現に僕は事実一度しか行かない、しかもあの暗澹たる天候の折でさえも、黒死館の建築様式に、様々な常態ではない現象が現われるのに気が附いているのだ。勿論、そう云う感覚的錯覚には、到底捕捉し得ない不思議な力がある。つまり、それから絶えず解放されない事が、結局病理的個性を生むに至るのだよ。だから熊城君、いっそ僕は極言しよう。黒死館の人々は、恐らくその程度こそ違うだろうが、厳密な

---

1479-1516と呼ばれた。1479両国を併せてスペイン王国を建国。更にイベリア半島を領有していたイスラム教徒を滅亡させて、中世以来の悲願であったレコンキスタ（再征服）を完了した。

▼113　嗜血癖　hemophilia
血液性愛、血液への性的嗜好、ヘモフィリア。なお吸血行為への性的嗜好はバンピリズムvampirismという。

▼114　セヴィリア　Sevilla
スペイン南西部、アンダルシア地方第一の都市。古代ムーア人の大宮殿、その他遺跡が多い。

▼115　宗教裁判
異端審問。十三世紀以降南欧のカトリック教会で、異端者の摘発と処罰のために設けた裁判制度。ローマ教皇直属の機関で、徹底した密告制度と拷問を伴う尋問を特色とした。特にスペインでは、前記フェルナンド王が建国当時、国内の統一と安定において異端者が不安材料になると考え、教皇の許可をとりつけた。その結果、スペイン異端審問は多くの処刑者を生み、負のイメージを決定づけた。

▼116　糾問官
inquisitor general of the holy office
宗教上の不正を厳しく質し、裁く役職。

▼117　僧　canon
修道院に属さず、大聖堂において司教の補佐をする僧侶。

▼118　万聖節
キリスト教で、諸聖人を記念するため毎年十一月一日に行う祝祭。諸聖徒日。

▼119　異端焚殺行列　auto de fé
アウト・デ・フェ（スペイン語）。異端裁判で

意味で心理的神経病者たらざるはない――と。』

誰《たれ》しも人間精神の何処かの隅々には、必ず軽重こそあれ、神経病的なものが潜んでいるに違いない。それを剔抉《てきけつ》し犯罪現象の焦点面へ配列する所に、法水の捜査法は無比なものがあった。けれども、この場合、伸子のヒステリー性発作と猶太《ユダヤ》型の犯罪とは、到底一致し得べからざる程に隔絶したものではないか。

（然るにワルドシュタイン▼130の左翼は、王の右翼よりも遥かに散開しいたれば、王ウィルヘルム侯に命じて戦列を整わしむ。その時侯は再び過失を演じて、加農砲の使用を遅らしめたり。）

検事は、相変らず法水を鈍重ウィルヘルム侯に擬して、黙々たる皮肉を続けていたが、熊城は溜らなくなったように口を開いた。

『とにかく、ロスチャイルドでもローゼンフェルト▼131でもいいから、その猶太《ユダヤ》人の顔を拝ませて貰おう。それに、君は、伸子の発作を偶然の事故に帰してしまう積《つも》りじゃないだろうね。』

『冗談じゃない。それなら伸子は何故、朝の讃詠《アンセム》をあの時繰り返して弾いたのだろう。』と法水は語気を強めて反駁した。『いいかね熊城君、あの女は非常な体力を要する鐘鳴器《カリルロン》で、経文歌《モテット》を三回繰り返して弾いたのだ。そうなると、モッソウ▼132の「疲　労《ディ・エルミユズング》」を引き出さなくても、神経病発作や催眠誘示には、頗る付きの好条件になってしまう。そこに、あの女を朦朧状態に誘い込んだものがあったのだよ。』

『では何と云う化物だい。大体鐘楼の点鬼簿《てんきぼ》▼133には、人間の亡者の名が一人も記されてないのだからね。』

『化物どころか、勿論人間でも――。それが鐘鳴器《カリルロン》の鍵盤《キイ》なんだよ。』法水はチカッと装飾音を聴かせて、そこでも二人の意表外に出た。『所でこれは一つの錯視現象なんだが、例えば一枚の紙に短冊形の縦孔《たてあな》を開けて、その背後で円く切った紙を

被告の罰を決定した後、有罪を宣告された異教徒と背教者の懺悔の儀式。

**▼120　宗教裁判長**
異端審問官は、当時学問の盛んな修道会として知られたドミニコ会員から任命されることが多かった。

**▼121　バルバロッサ　Barbarossa**
赤ひげの意。神聖ローマ皇帝フリードリヒ一世 Friedrich Ⅰの呼び名、赤髭王。新潮社版単行本ではスピノザに差し替え。一般にはオランダ十七世紀の哲学者Spinoza, Benedictus De だが、スペイン語ではEspinozaである。

**▼122　サントニア　Santañy Mallorca iland**
スペイン沿岸、地中海バレアレス諸島マジョルカ島の町。

**▼123　荘園**
一般的には権力者の私有地を指す。中世のヨーロッパに見られたmanorの訳語。領主の経済生活は、自らが保有する直営地からの収入と、支配下に置く農奴からの義務的な貢納（労役・生産物、まれに金銭）によって支えられていた。

**▼124　マッツオラタ　mazzolata, mazzolato**
処刑台上で、長柄の斧を使って後頭部から首を打ち落とす極刑。『モンテ・クリスト伯』のカーニヴァルの場面にのみ登場する特殊な語彙。「寸断の刑は、昔ほど残酷には行わね、第一に咽喉（のどぶえ）を切り、其命を滅ぼした上で其胸を開くのだ。」『巌窟王』九六、黒岩涙香、明文館書店、1938。初出『萬朝報』1901-1902。

**▼125　地獄の陰火**
業火（ごうか）。地獄の刑罰、苦しみ。地獄とは、キリスト教で救われない魂が陥る世界。

動かして見給え。その円が、激しく動くにつれて次第と楕円に化して行く、恰度それと同じ現象が、上下二段の鍵盤《キイ》に現われたのだ。所で、ここに頻繁に使う下段の鍵《キイ》があったとしよう。そうすると、その絶えず上下する鍵《キイ》を、上段の動かない鍵《キイ》の間から瞶《みつ》めていると、その下段の鍵《キイ》の両端が、上段の鍵《キイ》の蔭に没して行く方の側に歪んで行って、それが、次第に細くなって行くように見えるのだ。つまり、そう云う遠感的な錯視が起ると、それまで疲労に依って稍々《やや》朦朧としかけていた精神が、一図に溶け込んで行く。勿論、それに依って固有の発作が起されるのだ。だから熊城君、僕に極言させて貰えるなら、あの時伸子に三回の繰り返しを命じた人物が明らかになれば、それが犯人に指摘される。』

『だが、君の理論は決して深奥じゃない。』熊城は此処ぞと厳しく突っ込んだ。『大体その時伸子の瞼を下させたのは？　全身を蠟質撓拗性《フレキシビリタス・ツエレア》みたいな、蠟人形のようにしてしまった道程が説明されていない。』

法水は大風な微笑を泛《うか》べて、相手の独創力の欠乏を憫《あわれ》んでいるかに見えたが、すぐ卓上の紙片に次図を書いて説明を始めた。

『これが猫の前肢《キヤッツ・ボウ・ノット》▼134と云う、猶太人《ユダヤ》犯罪者特有の結び方なんだよ。そこで熊城君、この結び方一つに、廻転椅子に矛盾を現わした筋識喪失——あの蠟質撓拗性《フレキシビリタス・ツエレア》に似た状態を作り出したものがあったのだ。見た通りに下方の紐を引っ張ると、結び目が次第に下って行く。けれども、結び目に挟まっている物体が外れると、紐はピインと解《ほど》けて一本になってしまうのだ。だから犯人が、予めその鍵《キイ》の使用数と最初結び付ける高さを測定して置いてから、その鍵《キイ》と鐘《チャペル》を打つ打棒とを繋いでいる紐の上方に、鎧通しの束《つか》を結び付《つけ》て置いたのだ。そうすると演奏が進行するにつれて、鎧通しを廻転させながら、結び目が次第に下の方へ降《くだ》って行く。そして、伸子が朦朧状態で演奏している——恰度

6

---

▼126　回教式　Saracen
サラセン人による建築様式。イベリア半島は中世初期からイスラム教徒の領土で、フェルナンド王によるレコンキスタ以後もイスラム建造物の遺跡は残った。

▼127　拱格　arch
迫持（せりもち）、拱。半円形の構造物で天井を支える建築法。起源は古いが、建築物の要素として完成させたのはローマ人で、欧州全土・中東イスラム文化圏に拡がった。イスラム圏としては、天井を支える部分が深く、半円の中程が膨らんだ馬蹄形や、鍵穴形と呼ばれる独自のアーチが発達した。

▼128　ゴーティア　Gothia
十世紀にイベリア半島カタロニアの一部だったゴーティアを指すと思われる。アラゴン建国の重要な役割を務めた。

▼129　ビスカヨ湾
Bay of Biscay, Golfo de Viscaya
北大西洋の一部でイベリア半島の北岸からフランス西岸に面する湾。温暖な地中海のマジョルカ島と、北海に面するビスカヨ湾の気候とは正反対。

▼130　ワルドシュタイン　Waldstein
前出第五回註63「ワルレンシュタイン」参照。
『グスタフ伝』原文の英文呼称。
「しかしヴァレンシュタインの左翼は王の右翼よりもはるかに散開した。正面から攻撃されることを恐れて戦列から三つの部隊を動かし、自分の背後につけた。クニッパウゼンが陣地からこれら三部隊を見失い、状況を報告せよと請われた時、王はザクス・ローエンブルグ侯の『突

讃詠《アンセム》の二回目辺りで、彼女の眼前を、まるで水芸▼135の紙撚水《こよりみず》▼136みたいに、刃《やいば》の光が閃《ひらめ》き消えながら、横になり縦になりして鎧通しが下降して行ったのだ。つまり明滅する光で垂直に瞼を撫で下す。それを眩惑操作《モノイデジーレン》▼137と云って、催眠中の婦人に閉目させるリーゼオア▼138の手法なんだよ。だから、瞼が閉じられると同時に、蠟質撓拗性《フレキシビリタス・ツエレア》そっくりに筋識の喪《なくな》った身体が、忽ち重心を失って、その場去らず塑像《そぞう》のように背後に倒れたのだ。そして、その機《はず》みに、鍵《キイ》と紐を裏側から蹴ったので、鎧通しが結び目から飛び出して床上に落ちたのだよ。無論伸子は、発作が鎮まると同時に、深い昏睡に落ちて行ったのだがね。』と検事の毒々しい軽蔑を見返したが、法水は突然《いきなり》悲痛な表情を泛《うか》べて、『だが然しだ。伸子はどうしてあの鎧通しを握ったものだろうか。またあの奇矯変態の極致とも云う倍音演奏が、何故に起されたものか、ああ云う想像の限外には、未だ指一本さえ触れる事が出来ないのだ。』と一端は弱々し気な嘆息を発したけれども、その困憊気な表情が三たび変って、終《つい》に彼は颯爽《さっそう》たる凱歌《がいか》を上げた。『いや、僕は天狼星《シリウス》の▼139視差《パララックス》を計算しているのだっけ。またδ《デルタ》もあればξ《クシイ》もある！　それ等を一点に帰納し、綜合し去る事が出来ればいいのだ。』

　そこで、空気が異様に熱して来た。最早解決に近い事は、永らく法水に接している二人にとると、それが感覚的にも触れて来るものらしい。熊城は不気味に眼を据え、顔を迫《せ》まるように近附けて訊ねた。

『では、卒直に黒死館の化物を指摘して貰おう。君が云う猶太人《ジュウ》と云うのは、一体誰なんだね？。』

『それが、軽騎兵ニコラス・ブラッへ▼140なんだ。』と法水はまず意外な名を述べたが、『所で、その男がグスタフス・アドルフスに近付いた端緒《たんちょ》と云うのは、王がランデシュタット市▼141に入城した時で、その際、猶太窟門《ジュイッシュ・ゲート》の側で雷鳴に逢い、乗馬が狂奔《きょうほん》したのを取り鎮《しず》めたからなんだ。そこで支倉君、何よりブラッへの勇猛果敢な戦績

---

撃が終われば、元の陣形にもどすべき』であるという言葉を彼に返した。ここにおいてキャノン砲の攻撃が開始され極めて激烈な戦闘状態に陥った。ヴァレンシュタイン軍の球は大きくはないが非常に重かったので、訓練された兵士といえども、スウェーデン軍に尋常ならざる被害をもたらした。」『グスタフ伝』

▼131　ロスチャイルド、ローゼンフェルト
Rothschild, Rosenfeld
とりあえず挙げたユダヤ名前の例。

▼132　モッソウ
Mosso, Senator Angelo 1846-1910
モッソ。イタリアの生理学者。疲労に関する重要な研究をした。『疲労』*Die Ermüdung* は *La facta* 1891 の独訳版1892。

▼133　点鬼簿
過去帳。故人の戒名・俗名・死亡日・享年などを記しておく帳簿。「点」はしるす、「鬼」は死者の意。

▼134　猫の前肢　cat's paw knot
ねじ掛け結び。ロープの二箇所を捩りながらループ（二つの捩りの向きは逆に）を作り、重ねてフックにかける結び方。古代ギリシャから知られていたが、この名称としては十八世紀末、船員教本に登場したのが最初となる。ユダヤ人犯罪者との繋がりは不詳。図が示しているのはもやい結び。

▼135　水芸
演者の体や小道具から水がほとばしる水からくり。噴水術ともいわれる。

▼136　紙撚水
こよりのように細く捩れた噴水の水。

を見て貰いたいんだが。』と検事が弄んでいたハートの「グスタフス・アドルフス」を取り上げて、リュツェルン役の終末に近い頁《ページ》を指し示した。と同時に、二人の顔に颯《さつ》と驚愕の色が閃めいた。検事はウーンと呻き声を発して、思わず銜《くわ》えていた莨《たばこ》を取り落してしまった。

――戦闘は九時間に渉って継続し、瑞典軍《スウェーデン》の死傷は三千、聯盟軍《イムペリアリスツ》▼142は七千を残して敗走せしも、夜の闇は追撃を阻《はば》み、その夜傷兵共は徹宵《てつしょう》地に横《よこた》わりて眠る。払暁《ふつぎょう》に降霜《こうそう》ありて、遁《のが》れ得ざる者は悉《ことごと》く寒気のために殺されたり。それより先日没後に、ブラッへ▼143はオーヘム大佐に従いて、戦闘最も激烈なりし四風車地点▼144を巡察の途中、彼の慓悍《ひょうかん》▼145なる狙撃の的となりし者を指摘す。曰《いわ》く、ベルトルト・ヴァルスタイン伯▼146、フルダ公兼大修院長▼147パッヘンハイム▼148……

そこまで来ると、熊城は顔でも殴られたかのようにハッと身を引いた。そして、容易に声が出なかった。検事は暫く凝然と動かなかったが、やがて殆んど聴取《ききと》れないほど低い声で、次句を読み始めた。

『デイトリヒシュタイン公▼149、ダンネベルグ、アマルティ公領指令官▼150セレナ、ああ、フライベルヒの法官《チャンセラー》▼151、レヴェズ……』とグッと唾を嚥《の》み込んで、濁った眼を法水に向けた。『法水君、とにかく君が持ち出したその妖精園の光景を説明して呉れ給え。どうも、この配役《キャスト》の意味が薩張《さっぱ》り嚥込《のみこ》めんよ――何故リュツェルン役を筋書《プロット》にして、黒死館の虐殺史が起らねばならなかったのだろうか。それに、或は杞憂に過ぎんかも知れんがね。僕は此処に名を載せられていない旗太郎とクリヴォフと孰《どっ》ちかのうちに犯人の署名《サイン》があるのではないかと思うんだよ。』

『うん、それが頗る悪魔的な冗談なんだよ。考えれば考えるほど、慄然《ぞっ》となって来る。第一、この大芝居を仕組んだ作者と云うのは、決して犯人自身ではないのだ。つまりその筋書《プロット》が、あの五芒星呪文の本体なんだ。リュツェルンの役では、軽騎兵

---

▼137　眩惑操作　Monoidesieren
グロスが『予審判事便覧』の中で次の書に登場する mono-ideo-dynamic action という語を独訳する際に用いた語彙。*The physiology of fascination and the critics criticised* 1855 Braid, James. また『予審判事便覧』には催眠術に関してリエジョアに言及がある。

▼138　リーゼオア
Liégeois, Jules Joseph 1833-1908
リエジョア。フランスの法律家、催眠現象の研究家。犯罪捜査と催眠術の関係については次の著書がある。*La Suggestion et le somnambulisme dans leurs rapports avec la jurisprudence et la médecine légale* 1899

▼139　天狼星
シリウスの中国名。前出第五回註73「赤い眼」参照。

▼140　軽騎兵ニコラス・ブラッへ
Brahe, Nils 1604-1632
リュッツェンの戦いにおいて中央歩兵戦列の前列に位置した黄色連隊将軍。十一月六日の戦闘開始早々に膝に傷を負い、これがもとで二週間後ナウムブルクで死亡した。ハートの記載では Nicholas Brahé となっている。

▼141　ランデシュタット市　Randstad
ランドシュタット。オランダのアムステルダム・ロッテルダム・ユトレヒト・デンハーグの四都市からなる連携都市を形成する地域の総称。国土の約五分の一を占める帯状の地域。

▼142　聯盟軍　imperialist
ヴァレンシュタインが組織した神聖ローマ帝国軍。

ブラッヘとその母体である暗殺者の魔法錬金士オッチリーユとの関係だったものが、此の事件に来ると、犯人+ X《プラスエックス》の公式に変ってしまうのだ。』と法水は、この妖術めいた符合の解釈を、是非なく事件の解決後に移したけれども、続いて凄気を双眼に泛《うか》べて、黒死館の悪魔を指摘した。

『所で、そのブラッヘが、オッチリーユからの刺者である事が判ると、そこで、彼の本体を闡明する必要があると思う。それが、二重の裏切《ダブル・ダブルクロッス》▼152なんだ。旧教徒《カトリック》に対抗して比較的猶太人《ジュウ》に穏《おだや》かだったグスタフス王を暗殺したのは、新教徒《プロテスタント》▼153から受けた恩恵と彼の種族に対する両様の意味で、二重の裏切《ダブル・ダブルクロッス》じゃないか。つまり、ハートの史本にはないけれども、プロシア王フレデリック二世▼154の伝記者ダヴァは、軽騎兵ブラッヘを、プロック▼155生れの波蘭猶太人《ポリッシュ・ジュウ》▼156だと曝《あば》いている。そして、その本名が、ルリエ・クロフマク・クリヴォフなんだ！』

その瞬間、凡ゆるものが静止したように思われた。遂に、仮面が剝がれて、この狂気芝居は終ったのだ。常に審美性を忘れない法水の捜査法が、ここにもまた、火術初期の宗教戦争で飾り立てた、華麗極まりない終局《キヤタストロフ》▼157を作り上げたのだった。然し、検事は未だに半信半疑の面持で、莨《たばこ》を口から放したまま茫然《ぼんやり》と法水の顔を瞶《みつ》めている。それに、法水は皮肉に微笑みながら、ハートの史本を繰ってその頁《ページ》を検事に突き付けた。

（グスタフス王の没後、ワイマール侯ウィルヘムの先鋒銃兵《フロント・マスケチーア》▼158ホイエルスヴェルダ▼159に現われるに及び、初めて彼がシレジア▼160に野心ある事明らかとなれり）

『ねえ支倉君、ワイマール侯ウィルヘルムは、その実嘲笑的な皮肉な怪物だったのだよ。然し、さしもクリヴォフが築き上げた墻壁《しょうへき》すらも、僕の破城槌《バッテリングラム》▼161にとれば決して難攻不落のものではないのだ。』と背後にある大火図の黒煙を赭《か》っと焔《ほのお》のように染めている、陽《ひ》の反映を頭上から浴びながら、法水は犯人クリヴォフを俎上《そじょう》に上《のぼ》

---

▼143　オーヘム大佐　Colonel Ohm
オーム大佐。リュッツェンの戦いでホフスカーク軍を倒し、スウェーデン軍進撃の大きな一歩を成し遂げた。ハートの記載ではColonel Ohemとなっている。「オーヘム軍が狙っていたのは、まさにホフスカーク軍であった。ここぞとばかりに哨兵たちは命令に応えて、捕えたホフスカークをオーヘム大佐の元へ連れてきた。これがスウェーデン軍の最初の大きな勝利の一つとなったのである。」『グスタフ伝』

▼144　四風車地点
リュッツェンの戦いでヴァレンシュタインは街道沿いに塹壕を掘らせ、銃兵を伏せさせてその後方に歩兵戦列を並べ、騎兵は両翼に配置した。騎兵右翼をおいたこの丘には風車が四基あり、軽砲十四門が配置された。「兵士たちは十分な食料もないまま硬い地面の上に寝ていたが、払暁、厳しい霜が降りたため、生き残ったかもしれない負傷兵たちの多くが死に至った。戦闘は約九時間続いた。皇帝軍は九千の兵士を失い、スウェーデン軍は二、三千の兵士を失った。より多くの戦死者が後にも出たかもしれないが、この夜の闇は追撃を阻んだ。（略）ライプチヒの平原から橇（そり）に乗ってやってきたサクソン人はスウェーデンの二倍の死者を出したが、夜が明けてからも生き残った兵士たちは夕刻まで果敢に闘い続けた。死者は、スウェーデン軍は皇帝軍ですら最も勇敢な敵にしてキリスト教世界一の名将と称えてやまないスウェーデン王、ニルス侯、ワイゼンバーグ侯、ガースドルフ大佐、軍曹少将ウースター、アンハルトのアーネスト公、サーン侯、そしてヴィルデンシュタイ

せて、それに寸断的な解析を試みた。

『最初に僕は、クリヴォフを土俗人種学的に観察して見たのだ。勿論イスラエル・コーヘン▼162やチェムバレン▼163の著述を持ち出さなくても、あの赤毛や雀斑《そばかす》、それに鼻梁の形状などが、各々《それぞれ》アモレアン猶太人《ジュウ》▼164（最も欧羅巴人に近い猶太人の標型）の特徴を明白に指摘しているものだと云える。然し、それをより以上確実にしているのが、猶太人《ジュウ》特有とも云う猶太王国恢復の信条《ツイオニック・シムボリズム》▼165なんだ。猶太人《ジュウ》がよく、その形をカフス釦《ボタン》や襟布止《ネクタイ・ピン》めに用いているけれども、そのダビデの楯（✡）の六稜形《ろくびしがた》▼166が、クリヴォフの胸飾では、テュードル薔薇《ローズ》に六弁の形となって現われているのだ。』

『だが、君の論旨は頗る曖昧だな。』と検事は不承気《ふしようげ》な顔で異議を唱えた。『成程、珍らしい昆虫の標本を見ているような気はするが、然し、クリヴォフ個人の実体的要素には少しも触れていない。僕は君の口から、あの女の心動を聴き、呼吸の香りを嗅ぎたいのだよ。』

『それが、樺の森《ダス・ビルケンヴェルドヘン》（グスタフ・ファルケの詩）さ。』と法水は無雑作に云い放って、いつか三人の異国人の前で吐いた奇言を此処でもまた軽業的《アクロバチック》▼167に弄ぼうとする。『所で、最初にあの黙示図を憶い出して貰いたいのだ。知っての通り、クリヴォフ夫人は布片《きれ》で両眼を覆われている。そこで、あの図を僕の主張通りに、特異体質の図解だと解釈すれば、結局あれに描かれている屍様《しにざま》が、クリヴォフ夫人の最も陥り易いものであるに相違ないのだ。所が支倉君、眼を覆われて斃《たお》される――、それが脊髄癆▼168なんだよ。しかも、第一期の比較的目立たない徴候が十数年に渉って継続する場合がある。けれども、そう云う中でも一番顕著なものと云うのは、外でもないロムベルグ徴候▼169じゃないか。両眼を覆われるか不意に四辺《あたり》が闇になるかすると、全身に重点が失われて、蹌踉《そうろう》とよろめくのだ。それがあの夜、夜半の廊下に起ったのだよ。つまりクリヴォフ夫人は、ダンネベルグ夫人がいる室へ赴くために、区劃扉《くぎりドアー》を開いてあの

ン大佐であった。また皇帝軍は、高名なパッペンハイム、フルダ公兼大修道院長、ベルトルト・ヴァルスタイン伯、将軍ブロイナー、六名の司令官、およびデイトリヒシュタイン公であった。」『グスタフ伝』

▼145　慓悍
荒々しいが、すばしこいさま。

▼146　ベルトルト・ヴァルスタイン伯
Waldstein, Berthold 1604-1632
ヴァレンシュタインの従兄弟。リュッツェンの戦いで死亡。

▼147　フルダ公兼大修道院長
the prince and abbot of Fulda
744聖シュトルムによって創建された現ドイツ・ヘッセン州に現存する修道院。リュッツェンの戦い当時の院長はSchweinsberg, Johann Bernhard Schenk zuである。虫太郎がパッペンハイムと混同したのは、ハートの戦死者のリストで、the illustrious Pappenheim, the prince and abbot of Fuldaと繋げて記載されたことによる。本文は役職名のみ記載しているが、脚注にはSchenk, Bernhardの名が出ている。

▼148　パッペンハイム
Pappenheim, Gottfried Heinrich Graf zu 1594-1632
三十年戦争時代、神聖ローマ帝国軍の陸軍元帥だったが、グスタフ・アドルフとヴァレンシュタイン両軍で腹心を務めた。ブライテンフェルトの戦い1631では、ティリー伯の副官。ハートの巻末索引ではPappenheim, Godfrey Henryと記載。

▼149　デイトリヒシュタイン公

前の廊下の中に入ったのだ。知っての通り両側の壁には、長方形をした龕形《がんけい》に刳《えぐ》り込まれた壁灯《かべひ》が点されている。そこで、自分の姿を認められないために、まず区劃《くぎり》扉《ドアー》の側にある開閉器《スイッチ》を捻《ひ》ねる。勿論、その闇になった瞬間に、それまで不慮に注意を欠いていた、ロムベルグ徴候が起る事は云う迄もない。所が、そうして何度か蹌《よろ》めくにつれて、長方形をした壁灯の残像が幾つとなく網膜の上に重なって行くのだ。ねえ支倉君、此処まで云えば、これ以上言葉を重ねる必要はあるまい。クリヴォフ夫人が漸く身体《からだ》の位置を立て直したときに、彼女の眼前一帯に拡がっている闇の中で、何が見えたのだろうか。その無数に林立している壁灯の残像と云うのが、外でもない、ファルケの歌ったあの薄気味悪い樺《かば》の森なんだよ。しかも、クリヴォフ夫人は、それを自ら告白しているのだ。』

『冗談じゃない。あの女の腹話術を、君が観破したとは思わなかったよ。』と熊城は力なく莨《たばこ》を捨てて、心中の幻滅を露わに見せた。それに、法水は静かに微笑んで云った。

『所が熊城君、或はあの時、僕には何も聴えなかったかも知れない。ただ一心に、クリヴォフ夫人の両手を瞶《みつ》めていただけだったからね。』

『なに、あの女の手を。』今度は検事が驚いてしまった。『だが、仏像に関する三十二相▼170や密教の儀軌《ぎき》▼171に就いての話なら、何日《いつ》か寂光庵▼172（作者の前作、「夢殿殺人事件」）で聴かせられたと思ったがね。』

『いや、同じ彫刻の手でも、僕はロダン▼173の「寺院《カテドラル》」▼174の事を云っているのだ。』と相変らず、法水はさも芝居気たっぷりな態度で、奇矯に絶した言を曲毬▼175のように抛《ほう》り上げる。『あの時僕が樺の森を云い出すと、クリヴォフ夫人は、両掌《りょうて》を柔《やん》わり合掌したように合わせて、それを卓上に置いたのだ。勿論密教で云う、印呪の浄三葉印▼176程でなくとも、少なくもロダンの寺院《カテドラル》には近いのだ。殊に、右掌《みぎて》の無名指▼177を折り曲

---

Dietrichstein, Francis 1570-1636 「チェコ、モラヴィアの枢機卿。ディトリシュタインの王子、枢機卿。オルムッツの僧正。親から譲り受けたモラヴィアの地を守る全権大使。」『グスタフ伝』

▼150　アマルティ公　Duke of Amalfi
アマルフィ公。ハートの記載ではオクタビオ・ピッコロミーニ Piccolomini, Octavio 1599-1656 の別名。イタリア出身の軍人、外交官。1616 以後スペイン、オーストリアのハプスブルク軍に入り、三十年戦争時代にはヴァレンシュタインと協力し、各地を転戦した。

▼151　フライベルヒの法官
フライベルク Freiberg は、ドイツ、ザクセン州の鉱山都市。法官 chancellor を役職とした三十年戦争の関係者としては、グスタフ・アドルフとクリスティーナ女王の宰相だった名将オクセンシェルナ Oxenstierna, Axel Gustafsson 1585-1654 がいる。メクレンベルグを含むポーランドやプロイセンの一部を統治した。ハートの記載は Oxenstiern。フライベルクとの関係は不詳。

▼152　二重の裏切　double double-cross
ダブルクロスは裏切りの意。二重スパイ。

▼153　新教徒　Protestant
十六世紀以降、ルター、カルヴィンらによって創始された、カトリックから離反したプロテスタンティズムを信奉する人。

▼154　フレデリック二世
Friedrich II 1712-1786
フリードリヒ大王 Friedrich der Grosse。プロイセン王、啓蒙専制君主の典型。1740 即位、

げていて、非常に不安定な形だったので、絶えずクリヴォフ夫人の心理から何等かの表出を見出そうとしていた僕は、それを見て思わず凱歌を挙げたものだ。何故なら、セレナ夫人が「樺の森」と云っても微動さえしなかったその手が、続いて僕がその次句で、されど彼夢みぬ――と云って、その男と云う意味を洩らすと、不思議な事には、同時にその不安定な無名指に異様な顫動《せんどう》が起って、クリヴォフ夫人は俄然燥《はしゃ》ぎ出したような態度に変ったからだ。恐らく、そこに現われている幾らかの矛盾撞着《どうちゃく》は、到底法則では律する事の出来ぬほど転倒したものに相違ない。大体、緊張から解放された後でなくては、どうして、当時の亢奮が心の外へ現われなかったのだろうか。』とそこで鳥渡《ちょっと》言葉を切って窓の掛金を外し、一杯に罩《こも》った烟が揺ぎ流れ出て行くと、後を続けた。『所が、常人と異常神経の所有者とでは、末梢神経に現われる心理表出が、全然転倒している場合がある。例えば、ヒステリーの発作中その儘放任して置く場合には、患者の手足は、勝手気儘な方向に動いているけれども、一端その何処かに注意を向けさせると、その部分の運動がピッタリと停止してしまうのだ。つまり、クリヴォフ夫人に現われたものはその反対の場合で、多分あの女は、心の戦きを挙動に現わすまいと努めていた事だろう。所が、僕が彼夢みぬ――と云った一言から、偶然にその緊張が解けたので、そこで抑圧されていたものが一時に放出され、注意を自分の掌《てのひら》に向けるだけの余裕が出来たのだ。そうなって始めて、右掌《みぎて》の無名指が不安定を訴え出した事は云う迄もない。そうして、あの解し切れない顫動が起されたと云う訳なんだよ。ねえ支倉君、闇でなくては見えぬ樺の森を、あの女は自分の指一本で、問わず語らずのうちに告白してしまったのだ。その、(樺の森――彼夢みぬ)とかけて下降して行く曲線の中に、なんと遺憾なく、クリヴォフ夫人の心像が描き尽されている事だろう。支倉君、いつぞや君は、詩文の問答をツルバール趣味の唱合戦と云った事があったっけね。所が、どうして

---

行政の改革、軍隊の増強、教育・産業の奨励に努め、ヴォルテールらフランスの啓蒙思想家と親しんだ。

▼155　**プロック**　Plock, Plozk
ポーランド中央部ヴィスチュラ河畔の都市。十四世紀以降ユダヤ人を優遇した。

▼156　**波蘭猶太**　Polish Jew
ポーランドに住むユダヤ人。

▼157　**終局**　catastrophe
劇や小説などの悲劇的な結末。破局。

▼158　**先鋒銃兵**　front musketeer
マスケット銃士。マスケット銃とは、銃身に螺旋状の溝のない初期の火縄銃。命中率が悪いので戦隊前列に立って至近距離で発射した。

▼159　**ホイエルスヴェルダ**　Hoyerswerda
ドイツ、ザクセン州の都市。

▼160　**シレジア**　Schlesien
現在のポーランド南西部からチェコ北東部、プロイセン王国時代の行政区画も含めればドイツ東部のごく一部に属する地域の歴史的名称。

▼161　**破城槌**　batteringram
古代・中世の戦闘で、城門などを破るために用いた撞木形の武器。

▼162　**イスラエル・コーヘン**　Cohen, Israel 1879-1961
ポーランド生まれの英国系ユダヤ人シオニスト、著述家。主著 *A Racial Program for the Twentieth Century* 1912, *Jewish Life in Modern Times* 1914。

▼163　**チェムバレン**　Chamberlain, Houston Stewart 1855-1927
イギリス出身ドイツの哲学者。セム族やその他

それどころか、あれは犯罪心理学者ミュンスターベルヒに、いやハーバードの実験心理学教室に対する駁論《ばくろん》なんだよ。ああ云う大袈裟な電気計器や記録計を持ち出した所で、恐らく冷血性の犯罪者には、些細の効果もあるまい。まして、生理学者ウエバー[178]のように自企的に心動を止め、フォンタナ[179]のように虹彩《こうさい》[180]を自由自在に収縮出来るような人物に打衝《ぶつか》った日には、あの器械的心理試験[181]が、一体どうなってしまうんだろう。然し、僕は、指一本を動かさせただけで、また詩文の字句一つで発掘を行い、それから、詩句で虚妄《うそ》を作らせまでして、犯人の心像を曝《あば》き出すのだ。』

『なに、詩文で虚妄《うそ》を!?』と熊城がグイと唾を嚥《の》んで聴き咎《とが》めると、法水は微かに肩を聳《そび》やかせて、莨《たばこ》の灰を落した。彼の闡明は、もうこの惨劇が終ったのではないかと思われた程に、充分なものだった。法水はまずその前提として、猶太人《ジュウ》特有のものに、自己防衛的な虚言癖があるのを指摘した。最初ミッシネー・トラー経典[182]（十四巻の猶太教基本経典）中にあるイスラエル王サウルの娘ミカル[183]の故事章末註㈠から始めて、次第に現在でも猶太人街《ゲット》[184]内に組織されている長老組織《カガール》[185]（同種族犯罪者庇護のために、証拠湮滅、相互扶助的虚言を以ってする長老組織）にまで及んだ。そして、終りに法水は、それを民族的性癖であると断定したのであった。所が、続いてその虚言癖に、風精《ジルフス》との密接な交渉が曝露されたのである。

『そう云う訳で、猶太人《ジュウ》は、それに一種宗教的な許容を認めている。つまり、自己を防衛するに必要な虚言だけは、許されねばならない――とね。然し、無論僕は、それだけでクリヴォフを律しようとするのじゃない。僕は飽くまで、統計上の数字と云うものを軽蔑する。だが然しだ。あの女は、一場の仮空談を造り上げて、実際見もしなかった人物が、寝室に侵入したと云った。如何にも、それだけは事実なんだよ。』

『ああ、あれが虚妄《うそ》だとは、』検事は眉を跳ね上げて叫んだ。『すると君は、その事を何処の宗教会議で知ったのだね。』

の諸民族に対するアリアン・ゲルマン民族の優越を説いた。

▼164　アモレアン猶太人　Amorean, Amorion
アモリオン。アナトリア（現トルコ）、小アジア内陸部の都市。東ローマ帝国アモリア朝初代皇帝ミカエル二世の出身地、彼の祖父はユダヤ人とされる。アモリオンは東ローマ支配後もユダヤ教文化が根強く残ったが、保護されていた。

▼165　猶太王国恢復の信条　Zionic symbolism
虫太郎の造語か？　シオニズム Zionism は、パレスチナにユダヤ人国家を建設しようとする運動。十九世紀末に興起し、イスラエル国家を実現1948。シオン主義。

▼166　ダビデの楯の六稜形　Shield of David
ダビデの星 Star of David。正三角形を天地逆さに中点で組み合わせた図形。護符や魔除けに使われる。

▼167　軽業的　acrobatic
曲芸のような。

▼168　脊髄癆
梅毒感染後、数年から十数年後に発生する脊髄の変性。下肢の電撃性疼痛・腱反射消失・瞳孔硬直などに始まり、漸次進行して運動失調・下肢筋麻痺を起こす。

▼169　ロムベルグ徴候　Romberg sign
下半身の深部感覚が侵される時に発現。開眼での閉脚起立は可能だが、閉眼直後に方向不定の転倒を起こす。ロンベルグ Romberg, Moritz Heinrich 1795-1873 はドイツの医師・神経病学者。

▼170　三十二相
仏の身体に備わっている特徴のうち、一見して

『どうして、そんな散文的なもんか。』と法水は力を罩《こ》めて云い返した。『所で、法心理学者のシュテルン▼186に、「供述の心理学《プシコロギイ・デル・アウサーゲ》」と云う著述がある。所が、その中であのブレスラウ大学▼187の先生が、予審判事に斯《こ》う云う警語を発しているのだ。——訊問中の用語に注意せよ。何故なら、優秀な智能的犯罪者と云える程の者は、即座に、相手が述べる言葉のうちの個々の単語を綜合して、一場の虚妄談を作り上げる術に巧みなればなり——と。だから、あの時僕は、その分子的な聯想と結合力とを、反対に利用しようとしたのだよ。そして、試みにレヴェズに向って、風精《ジルフス》に関する問を発したのだ。では何故かと云うに、僕がそれ以前に図書室を調査した時、ポープ、ファルケ、レナウなどの詩集が、最近に繙《ひもと》かれたのを知ったからだよ。つまり、ポープの「髪盗み《レイプ・オブ・ザ・ロック》」の中には、風精《ジルフエ》に就いて、如何にも虚妄《うそ》を構成するに適《ふさ》わしい記述があるからなんだ。勿論、僕が求めているのは、犯人の天稟学《ベーガブングスレーレ》▼188だったのさ。あの中にある風精《ジルフエ》の印象を一つに集めて、それに観照の姿を泛《うか》ばしめる——その狂言の世界だ。決してあの狂詩人《きちがいしじん》が、単に一個の想い出の画《え》を描くだけで、満足するものではないと思ったからだ。そこで、僕は片唾《かたず》を嚥《の》んだ。そして、あの陰剣酷烈▼189を極めたクリヴォフの陳述の中で、遂々《とうとう》犯人の姿を摑《つかま》える事が出来たのだよ。』と法水の顔には、さも当時の亢奮を回想するような疲労の色が浮んだ。けれども、彼は言《ことば》を次いで、愈々《いよいよ》クリヴォフ夫人を犯人に指摘した「髪盗み《レイプ・オブ・ザ・ロック》」の一文に、解析の刀《メス》を下した。

『所が、その解答は頗る簡単なんだよ。「髪盗み《レイプ・オブ・ザ・ロック》」の第二節には、風精《ジルフス》の部下である四人の小妖精《フェアリー》が現われる。その第一がCrispissa《クリスピッサ》▼190で、髪を櫛《クリスプス》けずる妖精だ。それが、クリヴォフ夫人の洗髪《あらいがみ》を怪《あ》やしい男が縛り付けた——と云う個所《ところ》に当る。その次はZephyretta《ゼフィレッタ》▼191、即ちそよ吹く風で、その男が扉《ドアー》の方へ遠ざかって行く——ところの記述の中に出て来る。それから三番目は、Momentilla《モメンティラ》▼192即ち刻々に動くも

分かりやすいものをいう。例えば足の裏が平らで安定している（足下安平立相）など。この特徴をさらに細分化したものを八十種好という。

▼171　**密教の儀軌**
仏教、特に密教においては、仏陀・菩薩などを対象にした供養などに関する規定を重要視し、これを儀軌と称する。

▼172　**寂光庵**
「夢殿殺人事件」の舞台。雑誌『改造』昭和九年一月号に掲載された、法水が登場する探偵小説。

▼173　**ロダン　Rodin, Auguste 1840-1917**
フランスの彫刻家。象徴主義的題材と写実技法を融合させた。

▼174　**寺院　La Cathedrale 1908**
ロダンの彫刻作品、右手同士が絡み合った手先だけの作品。

▼175　**曲毬**
きょくまり。毬を蹴る曲芸。

▼176　**浄三葉印**
浄三業（じょうさんごう）。蓮華合掌をして両中指を少し開き、その印を五処（額・右肩・左肩・胸・喉）に当てる仕草をして加持する護身法。

▼177　**無名指**
薬指。

▼178　**ウェバー　Weber, Eduard Friedrich Wilhelm 1806-1871**
ドイツの生理学者・解剖学者。神経生理の研究で有名。カエルの実験から迷走神経に電気刺激を加えると、心臓の動きが抑制されることを発見1845。

ので、眼を覚まして夫人が見ようとしたと云う枕元の時計に相当するのだ。そして、最後がBrilliante《ブリリアンテ》▼193、即ち輝くものだが、それをクリヴォフ夫人は、怪しい男の形容に用いて、眼が真珠のように輝いていた――と云っている。けれども、それにはもう一側面の見方もあって、その真珠《パール》と云う言葉が、古語で白内障《そこひ》▼194を表わしている事が判ると、右眼の白内障《そこひ》が因《もと》で舞台を退《ひ》いた押鐘津多子夫人が、それに髣髴となって来るのだ。然し、執《いず》れにしても、そう云うクリヴォフ夫人の心像を、更に結論として確実にするものがあった。つまり、或る一点に向って、以上四つの既知数が綜合されて行ったのだが……それは、外でもない夫人固有の病理現象――即ち脊髄癆なんだよ。あの時クリヴォフ夫人は、眼を醒ました時に、胸の辺りで寝衣《ねまき》の両端が止められていたように感じた――と云った。けれども、あの病特有の輪状感覚（胸部に輪形のものが繞っているように覚えると云う一徴候）を考えるとそう云う装飾めいた陳述をした原因が、或は、日常経験している感覚から発しているのではないか――。それを僕は、あの虚言《うそ》を築き上げた根本の恒数《コンスタント》だと信じているのだ。』

熊城は凝然《じいっ》と考えに沈みながら暫く莨《たばこ》を喫《ふ》かしていたが、やがて法水に向けた眼には、濃い非難の色が浮んでいた。然し、彼は稀《めず》らしく静かに云った。

『成程、君の云う理論はよく判った。けれども、何より僕等が欲しいのは、僅《た》った一つでも、完全な刑法的意義なんだよ。つまり、天狼星《シリウス》の最大視差《マキシマム・パララックス》よりも、それを構成している物質の内容なんだ。云い換えれば、各々《それぞれ》の犯罪現象に、君の闡明を要求したいのだよ。』

『それでは、』法水は満足そうに頷いて、事務机の抽斗《ひきだし》から一葉の写真を取り出した。『愈々《いよいよ》最後の切札を出す事にするかな。所でこの写真は、鐘鳴器《カリルロン》室の頭上に開いている十二宮の円華窓なんだが、僕は一瞥すると同時に、気が附いた。これもまた、棺龕《カタファルコ》十字架と同様、設計者クロード・ディグスビイが残した秘密記法《クリプトグラフィー》だ▼195――何

---

▼179　フォンタナ　Fontana, Felice 1730-1805
イタリアの物理学者、近代毒物学の創始者。眼球の機能を研究した。

▼180　虹彩
眼球の角膜と水晶体との間にあり、中央に瞳孔を持つ円盤状の薄膜。瞳孔を囲む部分にある括約筋と放射状にならぶ筋肉とによって瞳孔の開閉を行い、眼球内に入る光の量を調節する。

▼181　器械的心理試験
ミュンスターベルヒはその研究室で、機械や器具を使用した実験手法によって、人の感覚・知覚・記憶などを調査、分析した。

▼182　ミッシネー・トラー経典　Mishneh Torah
『ミシュネ・トーラー』スペインの律法学者・カバリストのマイモニデスMaimonidesが、本来は口伝であるモーゼの律法タルムードを文字化し、註釈を加えたもの。

▼183　サウルの娘ミカル　Saul, Michal
イスラエル初代の王サウルは、政略結婚のため娘ミカルを、ダビデに与えた。しかしダビデを愛していたミカルは、彼の能力を嫉んで暗殺しようとする父を裏切り、夫を逃がし、虚言を以てダビデを庇った。cf.『サムエル記　上18:20-19:17』

▼184　猶太人街　getto, ghetto
ゲットー。ヨーロッパ諸都市でユダヤ人が強制的に住まわされた居住地区。

▼185　長老組織　qahillah, qahal
ケヒラ、カハル＝カガール。ユダヤ人社会において、会合や政府を意味する言葉。戦前のアメ

故なら、通例では、春分点▼196のある白羊宮《アリース》▼197が円の中心になっているのだけれども、これには磨羯宮《カプリコルヌス》▼198が代っている。また、縦横に馳せ違っているジグザグの空隙《くうげき》にも、鐘鳴器《カリルロン》の残響を緩和すると云う性能以外に、何かの意味がなくてはならぬと考えたからだ。所が熊城君、元来十二宮《ゾーディアック》▼199なんてものは、古来から有り触れている迷信上の産物に過ぎない。第一、文字暗号ではないのだから、肝心の秘密ABC《キイ・ワード》▼200を発見するに必要な資料が、これにはてんで与えられていないのだ。然し、僕はランジイ▼201（マクベス、ギイヴィルジュ等と並ぶ斯道の大家。▼202一九一八年、“Cryptographie”を発表す▼203）じゃないがね。仮定す——と云う慣用語は、正に解読家にとって金科玉条に等しいと思うのだよ。何故なら♍（処女宮《ヴィルゴ》）▼204とか♌（獅子宮《レオ》）▼205とか云うように、十二宮《ゾーディアック》固有の符号はあるけれども、僕は猶太釈義法《カバリズム》▼206をそれに当てて見たのだ。つまり、一八八一年の猶太人虐殺《ポグロム》▼207の際に、波蘭《ポーランド》▼208グロジック町▼209の猶太人《ジュウ》が十二宮《ゾーディアック》に光を当てて、隣村に危急を報《しら》せたと云う史実がある程だし……、それに、ブクストルフ▼210章末註(二)の「希伯来語略解《デ・アブレヴィアックス・ヘブラシス》」を見ると、それには、Athbash《アトバシュ》法▼211・Albam《アルバム》法▼212・Atbakh《アトバク》法章末註(三)を始め、天文算数に関する数理義法《カバラ》▼213が記されている。そして、古代希伯来《ヘブライ》の天文家が、獅子宮《レオ》の大鎌形とか処女宮《ヴィルゴ》のY字形などに、希伯来《ヘブライ》文字の或るもの

---

リカでは巨大な力を持つ結社となり暗躍した。

▼186　シュテルン　Stern, William 1871-1938
ドイツの心理学者、人格主義の哲学者。個性や知能に関する研究の先駆者で、IQという概念を創始した。『供述の心理学』は次のいずれか。*Zur Psychologie der aussage* 1904, *Beiträgezur Psychologie der Aussage* 1902

▼187　ブレスラウ大学　Universität Breslau
ブレスラウは、ポーランド西部、旧ボヘミア地方の古都市ヴロツワフ Wrocław のドイツ語名。ヴロツワフ大学 Uniwersytet Wrocławski は十六世紀の創立以降、街の命運と共に紆余曲折があったが、1811-1945ブレスラウ大学と呼ばれた名門大学であった。

▼188　天稟学　Begabungslehre
天稟（てんぴん）Begabungとは生まれつきの才能、天性。Lehreは学説。

▼189　陰剣酷烈
容赦なく、意地悪そうに見える。

▼190　Crispissa
ポープ『髪盗み』の主人公ベリンダの好む髪型を守る妖精。crispには髪を縮らせるという意味がある。

▼191　Zephyretta
扇によって風を調節する妖精。Zephyrはギリシャ神話の西風、そよ風。

▼192　Momentilla
時間を監視する妖精。momentは一瞬。

▼193　Brilliante
ベリンダのイヤリングを守る妖精。Brilliantは光り輝く、きらめく、華やかの意。

を当てていたと云う記録が残っているからだ。勿論その中には、現在のABC《アルファベット》[214]に語源をなすものがある。けれども、十二宮《ゾーディアック》全部となると、そう云う形体的な符合の記されてないものが四つあって、そこで僕は思い掛けない障壁に打衝《ぶつか》ってしまったのだよ。然し猶太《ユダヤ》式秘記法[215]を歴史的に辿って行くと、十六世紀になって、猶太《ユダヤ》労働者組合[216]とフリーメーソン結社[217]章末註㈣暗号法の中に、その欠けた部分を補うものが発見されたのだ。ねえ熊城君、驚くべき事には、この十二宮《ゾーディアック》の中に、猶太《ユダヤ》秘密記法史の全部が叩き込まれている。そうなると、あの不可解な人物クロード・ディグスビイを、ウェールス生れの猶太人《ジュウ》だとするに異議はあるまい。言葉を換えて云うと、此の事件には隠顕両様の世界に渉って、二人の猶太人《ジュウ》が現われている事になるのだよ。』とそれから法水は、一々星座の形に希伯来文字《ヘブライ》を当てながら、十二宮《ゾーディアック》の解読を始めた。

即ち人馬宮《サギタリウス》[218]の弓にはש《シン》、天蝎宮《スコルピオ》[219]にはל《ラメド》、処女宮《ヴィルゴ》のY字形にはע《カフ》、獅子宮《レオ》の大鎌形には、、《ヨッド》双子宮《ゲミニ》[220]の双児の肩組みにはה《ヘ》、勿論金牛宮《タウルス》[221]は、主星アルデバラン[222]の希《ヘ》伯来《ブライ》称「神の眼《アレフ》」通りに、第一位のא《アレフ》となる。それから双魚宮《ピスセス》[223]はカルデア象形文字[224]に魚形の語源があってנ《ヌン》。そして、最後の宝瓶宮《アクアリウス》[225]の水瓶形がת《タウ》[226]となって、それで、形体的解読の全部が終るのである。扨《さて》そうしてから、その八つの希伯来《ヘブライ》文字を、各々《それぞれ》に語源をなしている現在のABC《エービーシー》に変えて行くと（以下既記の順序通り）、結局（S. L. Aa. I. H. A. N. T.）となるけれども、まだ十二宮《ゾーディアック》には、磨羯宮《カプリコルヌス》・天秤宮《リブラ》[227]・巨蟹宮《カンセル》[228]・白羊宮《アリース》と、以上の四座が残されている。それに、法水は左図通りのフリーメーソンABC《エービーシー》を当てたのだ。

---

▼194　白内障
水晶体が灰白色や茶褐色に濁り、物がかすんだり、ぼやけて見えるようになる疾患。以前は白底翳（しろそこひ）と呼ばれた。現在では失明率は高くない。

▼195　秘密記法　cryptography
暗号法、暗号文。

▼196　春分点
太陽の通過する黄道と天の赤道の交点で、太陽が赤道を南から北へ横切る点。

▼197　白羊宮　Aries
黄道十二宮の第二星座。おひつじ座。

▼198　磨羯宮　Capricornus
黄道十二宮の第十星座。やぎ座。

▼199　十二宮　Zodiac
太陽の天空上での通り道（黄道）を中心に設定された幅十六度の帯。惑星及び月・太陽はこの帯内を移動する。占星術的に星の位置を指定するため、古代よりこの黄道を等分し黄道十二宮とした。獣帯。

▼200　秘密ABC　key word
文章・暗号などの解明のかぎとなる語。

▼201　ランジイ　Langie, André 1871-1961
フランス情報機関長官・言語学者。著書*De la Cryptographie, étude sur les écritures secrètes* 1918。この本の英訳*Cryptography* 1922の翻訳者が、割註のマクベス。

▼202　マクベス　Macbeth, James Cruickshank Henderson 1874-?
イギリスのマルコーニ無線信号や暗号の専門家。チェスやブリッジの高名なプレーヤーでもある。

▼203　ギイヴィルジュ

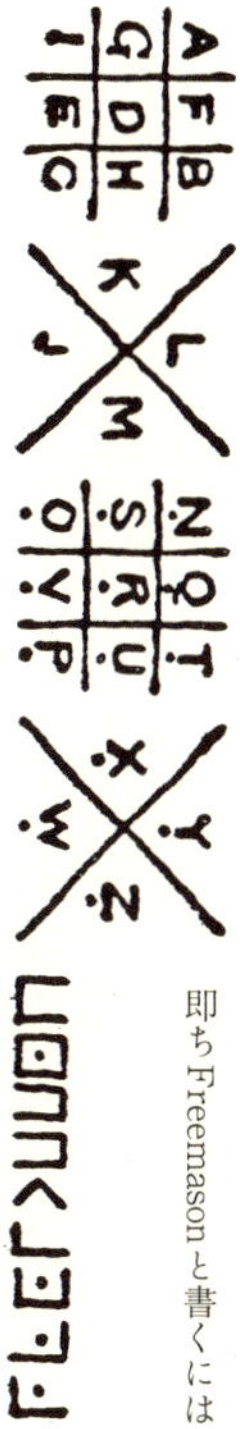

即ちFreemasonと書くには

それに依ると、磨羯宮《カプリコルヌス》の」形がB、天秤宮《リブラ》の□形がD、長蟹宮《カンセル》の⊡形がR、そして、白羊宮《アリース》の「形がEとなる。それを、更に法水は、フリーメーソン暗号のもう一法である交錯線式▼229章末註㈤を用いて、磨羯宮《カプリコルヌス》のBから始まっている線状の空隙を辿って行った。そうして、遂に混乱を整理して、秘密ABC《アルファベット》の排列を整える事が出来た。そこに、検事と熊城は、不意に迷路の彼方で闇黒界《あんこくかい》の中に差し込んで来た一条の光明を認めたのであった。その神々しい光は、この事件に犯罪現象として現われた、十指に余る非合理性を、必ずや転覆するものに相違ないのである。法水の驚嘆すべき解析に依って、黒死館殺人事件は、遂に絶望視されていた終幕に入ったのではあるまいか——。何故なら、その解答がBehind stairs《ビハインド・ステイアス》、即ち大階段の裏だったからだ。解読を終ると法水は静かに云った。

『そこで、大階段の裏——と云う意味を詮索してみたが、それには殆んど疑惑を差し挟む余地はない。彼処《あそこ》には、テレーズ人形を入れてある室と、それに隣り合っている小部屋しかないからだ。それに、恐らくその解答も、大時代な秘密築城風景《ボーデルヴイッツ》▼230に過ぎまいと思うね——隠扉《かくしど》、坑道。ハハハハハ大体ディグスビイが、どう云う意志で十二宮《ゾーディアック》に秘密記法を残したろうと、そんな事は此の際問題ではない。サア、早速これから黒死館に入って、クリヴォフの肉附け《モデリング》▼231をやろうじゃないか。』と法水が喫《す》いさしを灰皿の中で揉み潰すと、検事は少女のように顔を紅くして、法水に云った。

『ああ、今日の君はロバチェフスキイ▼232（非ユークリッド幾何の創始者▼233）だよ。如何にも、天狼星《シリウス》の最《マキシ》

---

Givierge, Marcel 1871-1931　フランスの軍人、暗号の専門家。著書*Cours de Cryptographie* 1925。

▼204　処女宮　Virgo
黄道十二宮の第六星座。おとめ座。

▼205　獅子宮　Leo
黄道十二宮の第五星座。しし座。

▼206　猶太釈義法　cabbalism
カバラは本来、ユダヤ教義の踏襲という形で、正統的なユダヤ教との親和性を持っていたが、中世以降、キリスト教の神秘家に採り入れられ、ユダヤ教の伝統から乖離した個人的な神秘体験の追究の手段になった。

▼207　猶太人虐殺　pogrom
ユダヤ人に対する集団的民族迫害。1881のクリスマス、ワルシャワで火災警報の誤作動のためにキリスト教会で出口に殺到する信者が数人死亡する事件が発生。原因をユダヤ人の掏摸（すり）に負わせて、市内に居住するユダヤ人を襲う事件に繋がった。ユダヤ人とポーランド人の乖離を謀るロシアの陰謀という説もあったが、結果千人のユダヤ人がアメリカに移住した。

▼208　波蘭　Poland
ヨーロッパ中部、バルト海の南岸に面する共和国。東西をベラルーシとドイツに接する。

▼209　グロジック町　Grodzisk, Grätz
グラーツ。ポーランド西部の都市。領主のユダヤ人優遇策から、十六世紀以降ユダヤ住民が増えた。十八世紀末からプロイセンの領土となる。十二宮のエピソードは不詳。

▼210　ブクストルフ　Buxtorf, Johannes
ドイツのセム学者で同名の親子。父1564-1629

大視差《マム・パララックス》が計算されたのだから！』

『いや、その功労なら、シュニッツラー[234]に帰して貰おう。』法水は頗る芝居がかった身振をして、『不在証明《アリバイ》・採証・検出——もうそんなものは、維納《ウィンナ》第四学派[235]以後の捜査法では意味はない。心理分析《プシヒョアナリーゼ》だ[236]。犯人の神経病的天性を探る事と、その狂言の世界を一つの心像鏡として観察する——その二点に尽きる。ねえ支倉君、心像《ゼーレ》[237]は広い一つの国じゃないか。それは混沌《ダス・ヒヤオース》でもあり、またほんの作りもの《ヌール・キュインストリッヘエス》でもあるのだ。』とシュニッツラーを即興的に焼直したのを口吟《くちずさ》んでから、彼は一つ大きな伸びをして立ち上った。

『サア熊城君、終幕の緞帳《カーテン》を上げて呉れ給え、恐らく今度の幕が、僕の戴冠式になるだろうがね。』

所がその時、喝采が意外な場所から起った。突然電話の鈴《ベル》が鳴って、その一瞬を境に、事態が急転してしまった。クリヴォフ夫人に帰納されて行った法水の超人的な解析も、この底知れない恐怖悲劇にとっては、たかが一場の間狂言《ツイツシエンシユピール》[238]に過ぎなかったのである。法水は、静かに受話器を置いた。そして、血の気の失せ切った顔を二人に向けて、何とも云えぬ悲痛な語気を吐いた。

『ああ、僕はシュライマッヘル[239]じゃないがね。熱を傾けて苦を求めたよ、また、血みどろの身振り狂言なんだ。それも、人もあろうに、クリヴォフが狙撃されたんだよ。』と陽差が翳《かげ》って薄暗くなった大火之図の上に、法水は何時までも空洞な視線を注いでいた。宛《あた》かもその様子は、彼が築き上げた壮大な知識の塔が、脆くも崩壊しつつある惨状を眺めているかのようであった。法水の歴史的退軍——これこそ、捜査史上空前とも云う大壮観《スペクタクル》[240]ではないか。


〔註〕（一）イスラエル王サウルの娘ミカルは、父が夫ダビデを殺そうとしているのを知り、

はラビ文学に通じ、息子1599-1664は父が着手した研究を完成させた。『希伯来語略解』*De abbreviaturis hebraicis liber novus et copiosus* 1613は父の著書。正しい読みはデ・アブレヴィアトゥリス・ヘブライシス。

▼211　Athbash法
Atbakh法とも。数秘術（ゲマトリア）から派生したヘブライ語の暗号。換字法。本文の記述はほぼ正確である。

▼212　Albam法
Aiqbkr法ともいう。よりカバラに近い暗号。

▼213　数理義法
前出第一回註61「猶太秘釈義法」参照。ユダヤ暗号に関しては、cf.「虫太郎と暗号」長田順行『白蟻』小栗虫太郎傑作選Ⅱ、社会思想社、1976

▼214　ABC　alphabet
一つの文字が原則として一つの子音または母音という音素を表す表音文字の一種。また、それを伝統的な配列で並べたもの。特にラテン語由来のものをいう。

▼215　猶太式秘記法
前出第五回註206「猶太釈義法」参照。

▼216　猶太労働者組合
前出第五回註185「長老組織」参照。

▼217　フリーメーソン結社　Freemason
起源は中世の石工組合。十八世紀初頭ロンドンに成立、欧米に広がった。十八世紀の啓蒙主義精神を基盤に、超民族的・超階級的・超国家的・平和的人道主義を奉じ、各国の名士を多数会員に含むといわれるが、全貌はつかみ難い。

▼218　人馬宮　Sagittarius

計を用いて遁《のが》れせしめ、その事露顕するや、ミカルは偽り答えて云う。「ダビデが、もし吾々を遁さざれば汝《なんじ》を殺さんと云いしに依って、吾、恐れて彼を遁したるなり」――と。サウル娘の罪を許せり。

（二）ブクストルフ（ヨハン、一五九九―一六六四）瑞西《スイス》バーゼルの人。その父と共に大ヘブライ学者。

（三）Atbash法―ヘブライＡＢＣの第一字アレフの代りに、その最終の字タウを当て、また第二位のベートの代りに、最終から二番目のシンを当て、以下それに準ずる記法。Albam法――ヘブライＡＢＣを二つに区分し、アレフの代りに後半の第一字ラメドを当てる方法。Atbakh法――各文字を、その数位の順に従って置き換える方法。

（四）フリーメーソン結社――。衆知の名称なれども、この結社の本体は秘密会議にあり、それが明白なるが猶太《ユダヤ》的団体である事は、メーソン教会の床に「ダビデの楯」の図を塗り潰したものを描き、また、それが定規とコムパスのメーソン印象▼241にも母体となり、更に、死亡広告欄を飾る八星形▼242が、猶太《ユダヤ》教会の彩色硝子窓に用いられているのを見ても明らかなり。

（五）ジグザグ記法▼243――。此の方法は、アテネの戦術家エーネアス▼244が、自著Poliocretesの中の第三十一章に記載せしに始まる。方眼紙にＡＢＣを任意に排列し、それを先方に通じて置いて、通信は、それを連らねるジグザグの線のみを以てす。

## 二、宙に浮んで……殺さるべし

法水がクリヴォフ夫人に猶太人虐殺《ポグロム》を試みて、頻りと十二宮《ゾーディアック》秘密記法の解読をしていた頃だった。一方私服の楯で囲まれている黒死館では、その隙をどう潜ったものか、世にも又とない幻術的な惨劇が起ったのである。それが二時四十分の出来事で、当の被害者クリヴォフ夫人は、恰度前庭に面した本館の中央――即ち尖塔の真《まっ》直下《すぐ》に当る二階の武具室の中で、折から午後の陽差を満身に浴びて、窓際の石卓に

---

黄道十二宮の第九星座。いて座。

▼219　**天蠍宮　Scorpio**
黄道十二宮の第八星座。さそり座。

▼220　**双子宮　Gemini**
黄道十二宮の第三番目。ふたご座

▼221　**金牛宮　Taurus**
黄道十二宮の第二星座。おうし座。

▼222　**アルデバラン　Aldebaran**
おうし座のα星、赤色巨星。ヘブライ名はAlef、牛を意味する。アレフを神の眼という伝承は、オイロパをさらう雄牛に化身したユピテルの故事に由来する。

▼223　**双魚宮　Pisces**
黄道十二宮の第十二星座。うお座。

▼224　**カルデア象形文字**
BC3200頃、シュメール人が用いた象形文字で楔形文字の前身。後継のフェニキア文字（ここからヘブライ文字は派生した）のヌンが魚を意味する。

▼225　**宝瓶宮　Aquarius**
黄道十二宮の第十一星座。みずがめ座。

▼226　ש、ל、כ、י、ה、א、נ、ת
以上ヘブライ文字の読みは順に、シンShin　ラメドLamed　カフKaph　ヨッドYod　ヘーHe　アレフAleph　ヌンNun　タウTav。

▼227　**天秤宮　Libra**
黄道十二宮の第七星座。てんびん座。

▼228　**巨蟹宮　Cancer**
黄道十二宮の第四星座。かに座。

▼229　**交錯線式**
いくつかの線が交差すること。後出第五回註243「ジグザグ記法」参照。

倚《よ》り読書していた。すると、突然背後から何者かの手で、装飾品の一つであったフインランダー式火術弩《かじゆつど》[245]が発射されたのだが、運良くその箭《や》が、彼女の頭部を僅かに掠《かす》めて毛髪を縫った。そして、その強力な直進力は、瞬間彼女を宙に吊りその儘直前の鎧扉《よろいど》に命中したので、その機《はず》みを喰《くら》って、クリヴォフ夫人は鞠《まり》のように窓外に投げ出されたのだった。然し、その刺叉《さすまた》[246]形をした鬼《おに》鏃《や》[247]が確《しっ》かと桟の間に喰い入っていたので、また後尾の矢《や》筈《はず》[248]に絡み付いている彼女の頭髪も、これまた執拗に離れなかったので、夫人の身体《からだ》はその一本の矢に釣られて宙吊りとなり、しかも、虚空の中でキリキリ独楽《こま》のように廻転を始めたのであった。正に、ダンネベルグ夫人――易介と続いた血みどろの童話風景である。あの底知れぬ妖術のような魔力を駆使して、犯人は此の日にもまた、クリヴォフ夫人を繰人形《マリオネット》のように弄んだ。そして、相変らず五彩絢爛《けんらん》とした、超理法超官能の神話劇を打ったのであった。恐らくその光景はクリヴォフ夫人の赤毛が陽《ひ》に煽られて、それがクルクル廻転する所は、まるで焔の独楽《こま》のようにも思えたであろうし、また、怒《いか》ったゴルゴン[249]（メデュサの首[250]）の頭髪を髣髴とさせる程に、凄惨酷烈を極めたものに違いなかった。そして、その時クリヴォフ夫人が、もし無我夢中の裡《うち》に窓框《まどわく》に片手を掛けなかったなら、或は、そのうちに矢筈が萎《しな》び鏃《や》が抜けるかして、結局直下三丈の地上で粉砕されたかも知れなかったのである。然し、悲鳴を聴き付けられて、クリヴォフ夫人は直ちに引き上げられたけれども、頭髪は無残にも殆んど引き抜かれていて、おまけに毛根からの出血で、昏倒している彼女の顔は、一面赭土《あかつち》を流したように殆んど素地を見る事が出来なかったそうであった。

その惨事が発生してから僅か三十五分の後には、法水一行が黒死館に到着していた。館に入ると、彼はすぐにクリヴォフ夫人の病床を見舞った。すると、折良く医師の手で意識が恢復《かいふく》されていて、上述の事情を杜絶《とぎ》れながらも聴く事が出来たので

---

▼230　秘密築城風景　Podelwitz
ポーデルヴィッツはドイツ、ライプツィヒ近郊の小村。グスタフ・アドルフが旧教軍攻略のため仮城を建設させたエピソードがある1631。

▼231　肉附け　modeling
塑像の場合は組上げた芯材に粘土・ワックスで成形する方法を指す。

▼232　ロバチェフスキイ　Lobachevskii, Nikolai Ivanovich 1793?-1856
ロシアの数学者。「虚幾何学」の名称で、非ユークリッド幾何を考察した1829。

▼233　非ユークリッド幾何
ユークリッド幾何学における平行線の公理を否定し、他の形の平行線の公理を採用することによって成立する幾何学。ロバチェフスキーの幾何学（双曲幾何学）とリーマンの幾何学（楕円幾何学）との二種が成立する。これらの幾何学の成立する空間は、ユークリッド幾何学の成立する空間とは異なった性質となる。

▼234　シュニッツラー　Schnitzler, Arthur 1862-1931
オーストリアの作家・戯曲家。憂愁・繊細美を特徴とするウィーン世紀末文化の雰囲気を基調に、鋭い心理分析と、洗練された印象主義的技法によって恋愛と死を描写した。

▼235　維納第四学派
心理学・精神医学におけるウィーン学派とは、ジークムント・フロイトによる「精神分析学」を第一、アルフレッド・アドラーの「個人心理学」を新（第二）とする。第三学派は、『夜と霧』の著者フランクルが実存分析をもとに創始したもので、自らの「生の意味」を見出すこと

あった。然し、それ以上の真相は、混沌の彼方で犯人が握っていた。その当時彼女は、窓を正面に椅子の脊《せ》を扉《ドアー》の方へ向けていたので、自然背後にいた人物の姿は見る事が出来なかったと云う始末だし、また、その室に入る左右の廊下には、各々に一人宛《ずつ》の私服が曲角《まがりかど》の所で頑張っていたのだったけれども、誰しも其処を出入した人物はなかったと云うのだった。言葉を換えて云うと、その室は殆んど密閉された函室《はこむろ》に等しく、従って、私服の眼から外れて、苟《いや》しくも形体を具えた生物なら、出入は絶対不可能であるに相違なかったのである。法水は聴取を終るとクリヴォフ夫人の病室を出て、早速問題の武器室を点検した。

その室は前面から見ると、正確に本館の真中央《まんまんなか》に当り、二条の張出間《アプス》に挟まれていて、二つある硝子《ガラス》窓は、それだけが他とは異なり、十八世紀末期の二段上下式になっている。また、室内も北方ゴート風の玄武岩で畳み上げた積石造《つみいしづくり》▼251で、周囲は一抱えもある角石▼252で築き上げられ、それが、暗く、粗暴な、濛昧《もうまい》な重々しいテオドリック▼253朝辺りを髣髴とさせるものであった。そして、室内には陳列品の外に、巨大な石卓と、天蓋のない脊長椅子《バルダシン》▼254が一つあるのみに過ぎなかった。しかも、その暗澹とした雰囲気を、更に一段物々しくしているのが、周囲の壁面を飾っている各時代の古代武具だったのである。それには、さして上古のものはなかった

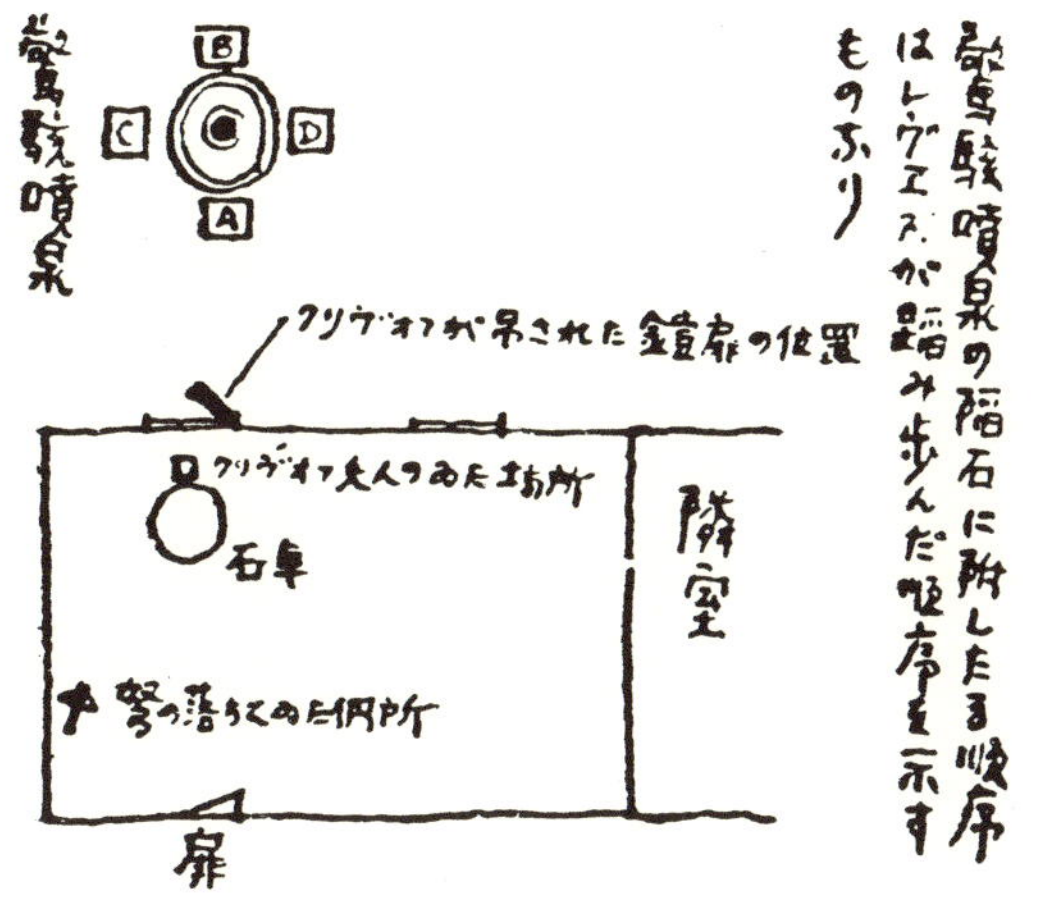


を援助することで心の病を癒す心理療法ロゴセラピー logotherapy を中心にしている。第四学派は不詳。

▼236　心理分析　psychoanalyse
深層心理や無意識に関連する現象を主たる対象にした精神分析。

▼237　心像　Seele
心、霊、死者の霊魂。過去の経験や記憶などから、具体的に心の中に思い浮かべたもの。
この法水の科白はシュニッツラーの戯曲『広い国』からの恣意的な引用である。「だが、いくら引きしめても、それはうわべばかりだ…魂の底は…常に混沌としている。そうだよ。――ホオフライテル、魂は――広い国だ、昔ある詩人が言ったように…」「広い国（悲喜劇五幕）」久保栄訳、『世界戯曲全集　第二十一巻　独墺近代篇』世界戯曲全集刊行会、1929。*Ordnung ist doch nur etwas Künstliches ... Das Natürliche ... ist das Chaos. Ja-mein guter Hofreiter, die Seele ... ist ein weites Land, wie ein Dichter es einmal ausdrückte ... Das Weit Land* 1911

▼238　間狂言　Zwishenspiel
間奏曲。

▼239　シュライマッヘル　Schleiermacher, Friedrich Ernst Daniel 1768-1834
シュライエルマッハー。ドイツの哲学者・神学者。

▼240　大壮観　spectacle
目を見張るような光景、美観。大仕掛けな見せ物。

▼241　メーソン印象

けれど、小型のモルガルテン戦争▼255当時の放射式《カタプルト》投石機《バリスタ》、▼256噸田兵《ヘールバン》▼257常備の乗入梯子《のりいれはしご》、▼258支那元代▼259投火機▼260のような稍《やや》形の大きい戦機に類するものから、手砲用鞍形楯《ハヴィルゼ》外《ほか》十二三の楯類、テオドシウス鉄鞭▼261、アラゴン時代▼262の戦槌《かけや》、▼263ゲルマン連枷《れんか》、▼264ノルマン形大身《おおみ》鎗《やり》▼265から十六世紀鎗《アガサイ》▼266に至る十数種の長短直叉を混じた鎗戟《そうげき》類▼267。また、歩兵用戦斧《せんぷ》▼268を始めに、洋剣《サーベル》▼269の類も各年代に渉っていて、殊に、ブルガンディ鎌刀▼270やザバーゲン剣が珍奇なものだった。そして、その所々に、ヌーフシャテル甲冑▼271やマキシミリアン型▼272、それにファルネス▼273やバイヤール型▼274などの中世甲冑が陳列されていて、銃器と云えば、僅かに初期の手砲《ハンドキャノン》を二三つ見るに過ぎなかった。然し、それ等陳列品を巡視しているうちに、恐らく法水は、彼が珍蔵しているグロース▼275の「古代軍器書」を、此の際持参しなかった事が悔まれたに違いない。何故なら、彼は時折嘆息し、或は細めた眼を細刻や紋章に近附けたりして、この戦具変遷の魅力は、恐らく彼の職務を忘れさせた程に、恍惚とさせたのである。然し、室内を一巡して、漸く北方海賊風《ヴァイキング》の水牛の角と海豹《アザラシ》の附いた兜▼276の前まで来ると、彼は、側の壁面の空いている不釣合な空間に注いだ眼を返して、すぐその前の床から、一張《ひとはり》の火術弩を拾い上げた。それは、全長三尺もあるフィンランダー式（別図参照）のもので、それに火薬を絡めた鬼箭《おにや》を発射して、敵塞《てきさい》に射込み、殺傷焼壊を兼ねると云う酷烈な武器だった。所で、その構造を概述すると、弓形に附けられた撚紐《ひねりひも》の絃を中央の把手《ハンドル》まで引き、発射する時はその把手《ハンドル》を横倒しにする装置で、火砲初期頃の巻上《まきあげ》式▼277に比べると、極めて幼稚な十三世紀辺りのものに相違なかった。即ち、この一つの火術弩から発射された鬼箭《おにや》が、クリヴォフ夫人に生死の大曲芸《サーカス》を演ぜしめたのであった。が、それが掲げられていた壁面の位置は、恰度法水の乳下辺に当っていた。またそれと同時に、熊城が石卓の上にあった鬼箭《おにや》を持って来たけれども、その矢柄《やがら》▼278は二糎《センチ》に余り、鏃《やじり》は青銅製の四叉になっていて、鴻《こうのとり》▼279の羽毛で作った矢筈と云い、見るからに強靭兇暴を

---

記章、徽章。職業・所属などを示すために帽子や衣服などにつけるしるし。この場合はフリーメーソンのマーク。

▼242　八星形
正方形を九十度ずらして中心で合わせた図形。ユダヤ・キリスト教で復活の象徴。英語圏の新聞死亡広告欄を示す表示。

▼243　ジグザグ記法
文字乱数表と語順を表す線、または点の配列を組み合わせる暗号法。

▼244　戦術家エーネアス　Aineias Tacticus
アイネイアス。紀元前四世紀の軍用通信の専門家。暗号について記載し、水を入れた筒を使った遠距離通信法を考案した。cf.『古代技術　第四章古代の通信術』H・ディールス、平田寛訳、創元社、1943。書名Poliocretesは『戦時防護法』*Poliorketika* の誤用。

▼245　フィンランダー式火術弩
火術弩は敵の施設や物資に火をつける目的で用いた、バネ仕掛けの着火式大弓。フィンランダー式については不詳。

▼246　刺叉
U字形の金具で、相手の動きを封じ込める武具及び捕具。

▼247　鬼鏃
鏃（やじり）は矢の貫通力を増し、また矢篦（やの。矢の棒の部分）を保護するために先端に取り付ける金具。さらに破壊力を増すために矢尻を二股にした矢を鬼矢という。

▼248　矢筈
矢の上端にある弓の弦を受ける部分。矢の先端を直接その形に削る篦筈（よはず）のほか、

極め、クリヴォフ夫人を懸垂しながら突進するだけの強力は、それに充分窺われるのだった。のみならず、弩にも箭《や》にも、指紋は愚か指頭を触れた形跡さえなかったのであるが、その上、疑問はまず熊城の口から発せられて、自然発射説は最初から片影もなかったのである。何故なら、事件発生の直前には、その火術弩は箭《や》を番《つが》えたまま、窓の方へ鏃を向けて掲《かか》っていたのだし、その操作は、女性でも強ち出来得ない事もないからであった。彼はまず、当時半ば開いていたと云われる右側の鎧扉《よろいど》から、その火術弩が掲っていた壁面にかけて、指で直線を引いた。

『法水君、高さは恰度頃合だがね。然し、鎧扉《よろいど》までの角度が、てんで二十五度以上も喰い違っている。もし、何かの原因で自然に発射されたとすれば、壁面と平行に、隅の騎馬装甲に打衝《ぶつか》らなきゃならん。屹度《きっと》犯人は、踞《しゃが》んでこの弩を引いたに違いないんだ。』

『だが、犯人は標的を射損じたのだ。何より僕には不思議に思われるんだがね。』

と法水は浮かぬ顔で、爪を噛みながら呟いた。『第一、距離が近い。それに、この弩には標尺がある。その時クリヴォフは、背後を向けて椅子から首だけを出していたのだ。その後頭部を狙うのは、恐らくテルが、虫針で林檎《りんご》を刺すよりも容易《たやす》いだろうと思うのだ。』

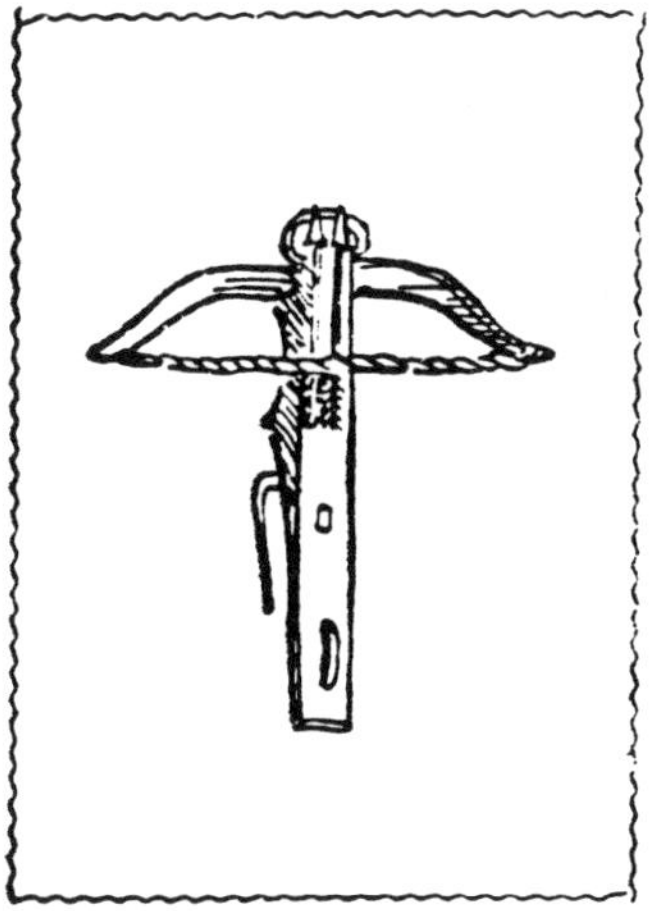

『では法水君、君は一体何を考えているんだね。』検事はそれまで何か期待していて、周囲の積石の間隙を調べて、漆喰に破れ目を見出そうとしていたが、空しく戻って来ると、法水に鋭く訊ね

竹・角・木・金属・水晶などで作って差した継筈（つぎはず）もある。

▼249 **ゴルゴン　Gorgon**
ギリシャ神話で、三人姉妹（ステノ・エウリュアレ・メドゥサ）の怪物。頭髪は蛇、目は人を石化させる力があった。

▼250 **メデュサの首　Medusa**
ペルセウスに退治されたメドゥサの首から流れた血は天馬ペガサスを生み、斬られた頭はアテナに贈られアイギスの盾に付けられ、最強の盾となった。

▼251 **積石造**
組積造（そせきぞう）。石・煉瓦などを積み重ねて建造物を造る方法。

▼252 **角石**
方形に切った石。四角な石材。

▼253 **テオドリック　Theodoricus 456頃-526**
テオドリクス。パンノニアに生れ、コンスタンティノープルで成人し、帰国して東ゴート王となる。オドアケルの軍を破り、彼を殺してイタリア征服を完成した489。

▼254 **脊長椅子　baldachin**
本来は祭壇上部に石などで建造した天蓋を指す。後に高僧の使用する、棒や柱で支える覆いが掛けられた儀式用の椅子や、豪華な寝台をいう。

▼255 **モルガルテン戦争　battle of Morgarten**
ハプスブルグ家による自治の侵害に抵抗したスイス、ウーリ州の市民は隣接するシュウィーツ・ウンタークルデンと永久同盟を結んだ1291。その後モルガルテン峠の戦い1315に勝利したことが、スイス連邦形成の核となった。

▼256 **放射式投石機　catapult ballista**

た。すると、法水は突然《いきなり》窓際へ歩み寄って行き、其処から窓越しに、前方の噴泉を指差して云った。

『所で、問題と云うのが、あの驚駭噴泉《ウオーター・サープライズ》なんだよ。あれは、バロック時代に盛った悪趣味の産物なんだが、あれには水圧が利用されていて、誰か一定の距離に近附く者があると、その側に当る群像の一つから、不意に水煙が上がると云う装置になっているのだ。所が、この窓硝子《ガラス》を見ると、まだ生々しく飛沫の跡が残っている。してみると、極めて近い時間のうちに、あの噴泉に近附いて水煙を上げさせたものがなけりゃならない。勿論それだけなら、さして怪しむべき事でもないだろう。所が、今日は微風もないのだ。そうなると飛沫が此処まで来たかと云う疑問が起る。これがまた、実に面白い例題なんだよ。』と続いて云い掛けた法水の顔に、見る見る暗影が差して行って、彼は過敏そうに眼を光らせた。『とにかく、ライプチッヒ▼280派に云わせたら、今日の犯罪状況《クリミナル・ジチユアチヨン》は極めて単純なり《ゼール・シユリヒト》▼281――と云う所だろう。何者かが妖怪的な潜入をして、あの赤毛の猶太《ユダヤ》婆の後頭部を狙った。そして、射損ずると同時に、その姿が掻き消えた――と。勿論、その不可解極まる侵入には、あのBehind stairs《ビハインド・ステイアス》（大階段の裏）の一語が、一脈の希望を持たせるだろう。けれども、僕の予感が狂わない限りは、仮令《たとい》現象的に解決してもだよ。今日の出来事を機縁として、此の事件の目隠しが更に厚くなるだろうと思われるのだ。あの水煙――それを神秘的に云えば、水精《ウンディネ》が火精《サラマンダー》に代り、しかも射損じたのだ――と。』

『また、妖精山《ヘルツ》風▼282景かい。だが、一体そんな事を、本気で云うのかね。』検事は莨《たばこ》の端をグイと噛んで、非難の矢を放った。法水は指先を神経的に動かして、窓框《まどわく》を叩きながら、

『そうだとも。あの愛すべき天邪鬼《あまのじやく》には、次第に黙示図の啓示を無視して行く傾向がある。つまり、黒死館殺人事件根元の教本《テキスト》さえ、玩弄《がんろう》してるんだぜ。ガリバルダ

---

カタパルトは射出機、大矢・大石などを敵陣に打ち込む古代の武器。バリスタとは、弩式投石機のこと。大型のものはカタパルトを用いた。

▼257　噸田兵　heerbann
西欧中世初期、土地付きの騎士が徴税を免除される代わりに兵役に就いた。

▼258　乗入梯子
城壁を乗り越えるための戦術はしご。

▼259　支那元代
元朝1271-1368。モンゴル帝国第五代の世祖フビライが建国。

▼260　投火機
宋代（十世紀）に火の付いた布の代わりに火薬を使う矢が使用され始め、元寇1274,1281の際は、さらに筒に詰めた火薬で発射される火矢が使われた。

▼261　テオドシウス　Theodosius 347-395
古代ローマ皇帝。三世紀末以来分割統治されていたローマ帝国を再統一した。主に中国で使用された鉄鞭との関係は不詳。

▼262　アラゴン時代　Aragon
アラゴンは、十一世紀前半、イベリア半島の地中海岸に建てられた王国。十四、五世紀シチリアからナポリにも勢力を広げ、カスティリア王国と合同してスペイン王国を形成1479。

▼263　戦槌
掛矢とは、樫などで作った大きな槌。防御のくいを打ち、敵の城門の扉を打ち砕くことなどに用いた。

▼264　ゲルマン連枷
枷（かせ）は、鉄または木で作り、罪人の手・足・首などにはめて束縛する刑具。複数の囚人

は逆さになって殺さるべし——それが伸子の失神姿体に現われている。それから、眼を覆われて殺さるべき筈のクリヴォフが、危く宙に浮んで殺される所だったのだ。その時、驚駭噴泉《ウオーター・サープライズ》の水煙が宙高くに上って、それが眼に見えない手に依って導かれたのだよ。そして、此の室の窓に、おどろと漂《ただよ》い寄って来たものがあったのだ。いいかね支倉君、これが此の事件の悪魔学《デモノロジイ》なんだよ。病的な、しかも此れほど公式的な符合が、事実偶然に揃うものだろうか。』

その一事は、曾つて検事が疑問一覧表の中に加えた程で、磅礴《ほうはく》と本体を隔てている捕捉し難い霧のようなものだった。然し、斯《こ》う法水から明らさまに指摘されると、此の事件の犯罪現象よりも、その中に陰々とした姿で浮動している瘴気《しょうき》▼283のようなものの方に、より以上慄然《ぞっ》と来るものを覚えるのだった。が、その時扉《ドアー》が開いて、私服に護衛されたセレナ夫人とレヴェズ氏が入って来た。所が、入りしなに三人の沈鬱な様子を一瞥したとみえて、あの見たところ温和なセレナ夫人が、碌々《ろくろく》挨拶も返さずに、石卓の上に荒々しい片手突きをして云った。

『ああ、相変らず高雅な団欒《だんらん》で御座いますことね。法水さん、貴方はあの兇悪な人形使いを、津多子さんをお調べになりまして。』

『なに、押鐘津多子を!?』それには、法水も流石《さすが》に驚かされたらしかった。『すると、貴方がたを殺すとでも云いましたかな。いや、事実あの方には、到底打ち壊すことの出来ない障壁があるのです。』

それに、レヴェズ氏が割って入った。そして、相変らず揉み手をしながら、阿《おもね》るような鈍い柔か味のある調子で云った。

『ですが法水さん、その障壁と云うのが、儂共には心理的に築かれて居りますのでな。御聴き及びでしょうが、あの方には御夫君もあり自邸もあるにも拘らず、約一月程以前から、此の館に滞在して居るのです。大体理由もないのに、御自分の住居《すまい》

---

の移動に連結したものを使用。

▼265　ノルマン形大身鎗　Normanean
突撃するとき突き刺す威力が増大するように、穂先の根元部分に羽根の様な突起がついた槍。八世紀頃のノルマン騎兵が使用した。今日ではウィングド・スピアー winged spear と呼ばれている。

▼266　十六世紀鎗　assegai, assagai
アサガイ。木製の柄に鉄製の先端部がついた投擲用の槍。アフリカからイベリア半島に持ち込まれたもので、中世後半、特に十四世紀カタロニアの傭兵が効果的に使用した。アサガイの名は、アフリカ・バンツー族が好んで槍に用いた木の名前に由来する。

▼267　鎗戟類
槍と戟（げき、ほこ）。戟は中国古代にあった、幅広の刃の根元に左右に突き出た細い刃がついた手持ちの武器。

▼268　歩兵用戦斧
古代西洋の戦闘で武器として使われた刃の幅が広い斧。鍛造技術が未熟なため剣は高級品で、一般には斧のほうが手軽に持つことができた。六世紀スイスで考案された槍や鉤（かぎ）と一体化したハルバードが、歩兵が騎兵に対抗する手段として普及した。

▼269　洋剣　sabel
西洋の片刃の刀で、柄には大きな鍔（つば）がついており、手を保護する。騎兵の武器として身に着けるときは、常に腰から下げた鞘に収められている。

▼270　ブルガンディ鎌刀　Burgundy sickle
ブルゴーニュは、フランス東部のソーヌ川流域

を離れて、何のために……いや、全く子供っぽい想像ですが。』

それを法水は押冠《おしかぶ》せるように、『いや、その子供なんですよ。大体人生の中で、子供ほど作虐的《ザディスティック》なものはないでしょうからな。』と突き刺すような皮肉をレヴェズ氏に送って、『時にレヴェズさん、何日《いつ》ぞや——確かそこにあるは薔薇なり、その《ドッホ・ローゼン・ジンテス・ウォ》附近には鳥の声は絶えて響かず《バイ・カイン・リード・メール・フレテット》——と、レナウの「秋の心《ヘルプスト・ゲフユール》」の事を訊ねましたっけね。ハハハハ、御記憶ですか。然し、僕は一言御注意して置きますが、この次こそ、貴方が殺される番になりますよ。』と何となく予言めいた、またそこに、法水独特の反語逆説が潜んでいるようにも思われる、妙に薄気味悪い言葉を吐いた。すると、その瞬間レヴェズ氏に衝動的な苦悶の色が泛《うか》び上ったが、ゴクリと唾を嚥《の》み込むと、顔色を旧《もと》通りに恢復して云い返した。

『全く、それと同様なんです。得体の判らない接近と云うものは、明らさまな脅迫よりも、一層恐怖的なものですからな、然し、儂共に寝室の扉《と》に閂《かんぬき》を下させたり、それを要塞のように固めさせるに至った原因と云うのは、決して昨今の話ではないのですよ。実は、あの晩の神意審問会と同様の出来事が、以前にも一度繰り返《かえ》された事があったのです。』とレヴェズ氏は顔を引き緊《し》め、遂寸秒前に行われた法水との黙劇を忘れたかのように、沈痛な声で語り始めたものがあった。

『それは、先主が歿《みまか》られてから間もなくの事で、去年の五月の始めでしたが、その夜は、ハイドン▼284の卜短調四重奏曲《カルテット》の練習を、礼拝堂でやる事になりました。所が、曲が進行しているうちに、突然グレーテさんが、何か小声で叫んだかと思うと、右手の弓《キュー》▼285が床の上に落ち、左手も次第にダラリと垂れて行って、開いてある扉《ドアー》の方を凝然《じっ》と瞶《みつ》めているのでした。勿論、儂共三人は、それを知って演奏を中止致しました。すると、グレーテさんは、左手に持った提琴《ヴァイオリン》を逆さに扉《ドアー》の方へ突き付けて、津多子さん、其処にいたのは誰です？——と叫んだのです。案の状、扉《ドアー》の外からは津

---

を中心とする地方。葡萄酒の産地として有名。鎌は、農機具だが、戦闘用の武具としても使われた。

▼271　ヌーフシャテル甲冑　Neuchâtel
ヌーシャテル、スイスのヌーシャテル州の州都。同地方で十五世紀頃使用された甲冑。

▼272　マキシミリアン型　Maximilian
マクシミリアン一世Maximilian I 1459-1519は、神聖ローマ皇帝、在位1493-1519。ハプスブルグ家の強大化を図り、スイス連盟との戦いで敗れ、これがスイス独立の因となった。十六世紀初頭、彼の命により開発された溝付甲冑fluted armourをマクシミリアン式という。

▼273　ファルネス
Farnese, Alessandro 1545-1592
ファルネーゼ。イタリア貴族でスペインの軍人、第三代パルマ公およびピアチェンツァ公。レパントの海戦に参加1571。ここでは彼がルシオ・ピッチニーノに作らせた甲冑を指す。

▼274　バイヤール型　Armure de Bayard
バイヤール Bayard, Pierre Terrail de 1476-1524はフランスの騎士。フランス建国期に、シャルル八世・ルイ十二世・フランソワ一世に仕えた。勇猛で知られ、無欠の騎士と呼ばれた。ここでは彼が用いた頭頂から足首まで全身を覆う金属性の鎧をいう。

▼275　グロース
Grose, Francis 1731-1791
スイス出身、イギリスで活躍した古物収集家・辞書編集者。『古代軍器書』*A Treatise on Ancient Armour and Weapons* 1786。

▼276　水牛の角と海豹の附いた兜

多子さんの姿が現われましたけど、あの方は一向解せぬような面持で、誰もいないと云うのでしたよ。所が、それを聴くと、グレーテさんは何と云った事でしょうか。声を荒らげて、儂共の血が一時に凍り付くような言葉を叫ばれたのです。確かそこには算哲様が――と。』とレヴェズ氏が云った時に、総身を恐怖のために竦《すく》めて、セレナ夫人がレヴェズの二の腕をギュッと摑んだ。その肩口を労《いた》わるように抱きかかえて、レヴェズ氏は宛《あたか》も秘密の深さを知らぬ者を嘲笑するような眼差を、法水に向けた。

『勿論儂は、その疑題《クエスチヨネーア》に対する解答が、神意審問会のあの出来事となって現われたと信じて居るのです。いや、元来神霊主義《スピリチユリズム》▼286には縁遠い方でしてな。そう云う神秘玄怪な暗合と云うものにも、必ずや教程公式があるに相違がない――と。いいですかな法水さん、貴方が探し求めて居られる薔薇の騎士《ローゼン・カヴアリエル》▼287は、その二回に渉る不思議とも、異様に符合して居るのです。云う迄もない、それは津多子さんに外ならんのです。』

その間法水は、黙然と床を瞶《みつ》めていたが、まるで、或る出来事の可能性を予期してかのような、弱々しい歎息を洩らした。そして、

『とにかく、今後貴方の身辺には、特に厳重な護衛をお附けしましょう。それから、また貴方に「秋の心《ヘルプスト・ゲフユール》」をお訊ねした事を、改めてお詫びして置きます。』と再び彼は、他《はた》では到底解し切れぬ奇言を吐いてから、問題を事務的な方面に転じた。

『所で、今日の出来事当時は、何処にお出《い》でになりましたか。』

『ハイ、私は自分の室で、ジョコンダ▼288（聖バーナード犬の名）の掃除を致して居りました。』とセレナ夫人は躊《ひる》まずに答えてから、レヴェズの方を向いて『それに、確かオットカールさん（レヴェズの名）は、驚駭噴泉《ウオーター・サープライズ》の側にいらっしゃいましたわね。』

その時レヴェズ氏の顔に唯ならぬ狼狽の影が差した。が、『いや、ガリバルダさ

---

主な部分は金属製で、角の付け根にアザラシの毛皮を巻くヴァイキング独特の兜。

▼277　巻上式
後部のハンドルをネジのように回すことで弦が引かれ、弾丸を装塡する銃器。

▼278　矢柄
矢の幹。鏃と羽根を除いた部分。普通は篠竹で作る。

▼279　鴻
大型の水鳥。羽毛は大部分白色で、翼の後部が黒色。

▼280　ライプチッヒ派　Leipzig
ヴントWundt, Wilhelm Max 1832-1920が創設した、ライプツィヒ大学心理学実験室を中心に広がった実験心理学の分野。

▼281　今日の犯罪状況は極めて単純なり　Kriminal Situation sehr schlicht
出典不詳。

▼282　妖精山　Harz
ハルツ山塊。ドイツ中北部東側に位置する山地で、古くから神秘的な山として知られる。特に最高峰ブロッケンBrockenは、中世以降、年一回魔女が集まって饗宴をする（ヴァルプルギスの夜）山といわれ、ゲーテ『ファウスト』にも登場する。

▼283　瘴気
熱病を起こさせる山川の悪気。瘴の字は、熱帯性の熱病と風土を表す。

▼284　ハイドン　Haydn, Franz Joseph 1732-1809
オーストリアの作曲家。ナポリ楽派・マンハイム楽派を継承、ソナタ・弦楽四重奏曲・交響曲

ん、鏃と矢筈を反対にしたら、多分、弩の絃《いと》が切れてしまうでしょうからな。』と如何にも上ずった、不自然な笑声《わらい》で紛らせてしまったのである。そうして二人は、尚も煩々《くどくど》しく、津多子の行動に就いて苛酷な批判を述べてから、室を出て行った。二人の姿が扉《ドアー》の向うに消えると、それと入れ違いに、旗太郎以下四人の不在証明《アリバイ》が私服に依って齎らされた。それに依ると、旗太郎と久我鎮子は図書室に、既に恢復していた押鐘津多子は、当時階下の広間《サロン》にいた事が証明されたけれども、不思議な事には、此の時もまた伸子の動静だけが不明で、誰一人として、彼女の姿を目撃した者がないのだった。以上の調査を私服から聴き終ると、法水は非常に複雑な表情を泛《うか》べて、実にこの日三度目の奇説を吐いた。

『ねえ支倉君、僕にはレヴェズの壮烈な姿が、絶えず執拗《しつ》っこく附き纏《まと》っているのだがね。あの男の心理は、実に錯雑《さくざつ》を極めているのだ。或は誰かを庇《かば》おうとしての騎士的精神かも知れないし、また、ああ云う深刻な精神葛藤が、既にもう、あの男に狂人の境界を跨《また》がせているのかも判らない。だが、何より濃厚なのは、あの男が屍体運搬車に乗っている姿なんだよ。』と何等変哲もないレヴェズの言動に異様な解釈を述べてから、噴泉の群像に眼が行くと、彼が慌てて出しかけた莨《たばこ》を引っ込めて、『では、これから驚駭噴泉《ウオーター・サープライズ》を調べる事にしよう。恐らく犯人であると云う意味でなしに、今日の事件の主役は、屹度《きっと》レヴェズに違いないんだ。』

その驚駭噴泉《ウオーター・サープライズ》の頂上は、黄銅製のパルナス群像になっていて、水盤の四方に踏石があり、それに足をかけると、像の頭上から各々《それぞれ》の側に、四条の水が高く頭上に放出される仕掛になっていた。そして、その放水が、約十秒程の間継続する事も判明した。所が、その踏み石の上には霜溶けの泥が明瞭な靴跡となって残っていて、それに依るとレヴェズ氏は、その一つ一つを複雑な径路で辿って行って、しかも、各々《それぞれ》に只の一度しか踏んでいない事が明らかになった。即ち、最初は本館の方から

---

の形式を大成、モーツァルトやベートーヴェンに影響を与えた。ハイドンのト短調四重奏曲quartetteで該当するものは、三十三番、七十四番「騎士」のいずれか。

▼285 弓　cue
キューは玉突きに用いる突き棒。弦楽器の弓はbow。漢字音読みの勘違い。

▼286 神霊主義　spiritualism
前出第三回註75「心霊主義」参照。

▼287 薔薇の騎士　Der Rosenkavalier
作曲リヒャルト・シュトラウス、脚本ホフマンスタールによる、マリア・テレジア治世下のウィーンを舞台にした喜歌劇。初演1911の演出はマックス・ラインハルト。

▼288 ジョコンダ　Gioconda
レオナルド・ダ・ヴィンチの絵画「モナ・リザ」の別名。

歩んで来て、一番正面の一つを踏み、それから、その向う側に、そして次には右側のを、最後には、左側の一つを踏んで終っている。然し、その複雑極まる行動の意味が、一体奈辺《なへん》▼289にあるのか、流石に法水でさえも、皆目その時は見当が附かなかった。

それから、本館に戻ると、一昨日訊問室に当てた例の開けずの間、即ちダンネベルグ夫人が屍体となっていた室で、まず最初の喚問者として伸子を喚《よ》ぶ事になった。そして、彼女が来る迄の間に、何処からとなく法水の神経に、後にはそれと頷かせた、異様な予感が触れて来たと云うのは、数十年以来《このかた》この室に君臨していて、幾度か鎖ざされ開かれ、また、何度《いくど》か流血の惨事を目撃して来た――あの寝台の方に惹かれて行ったのだった。彼は帷幕《カーテン》の外から顔を差し入れただけで、思わずハッとして立ち竦んでしまった。前回には些《いささ》かも覚えなかった所の、不思議な衝動に襲われたからだ。屍体が一つなくなっただけで、帷幕《カーテン》で区切られた一劃には、異様な生気が発動している。或は、屍体がなくなって構図が変ったので、純粋の角と角、線と線との交錯を眺めるために起った、心理上の影響であるかも知れない。

けれども、それとは何処か異《こと》った感じで、同じ冷たさにしても生きた魚《うお》の皮膚に触れると云ったような、何となく此の一劃の空気から、微かな動悸でも聴えて来そうで、まあ云わば、生体組織《オーガニズム》▼290を操縦している、不思議の力があるのを浸々《しんしん》と感ずるのだった。然し、検事と熊城に入られてしまうと、法水の幻想は跡方もなく飛び散ってしまった。そしてやはり構図の所以《ゆえん》かなと思うのだった。法水は此の時ほど、寝台を仔細に眺めた事はなかった。

天蓋を支えている四本の柱の上には、王《キング》・女王《クイーン》・僧正《ビショップ》・城《ルック》――と四つの象棋《チェス》の棋《こ》人《ま》が冠彫になっていて、その下から全部にかけては、物凄い程刻明な刀《とう》の跡を見せて、十五世紀ヴェネチア▼291の三十櫓楼船《ブセンタール》▼292が浮彫になっていた。そして、その舳《みよし》▼293の中央

---

▼289　奈辺
どのあたりに。

▼290　生体組織　organism
人間、生物、有機的組織体。

▼291　ヴェネチア　Venezia
イタリア北東部の都市。地中海海上輸送の拠点として栄えた。中世から十五世紀にはヴェネツィア共和国の首都。

▼292　三十櫓楼船　buzentaur, bucintòro
ブチントーロ、元は半牛半人の怪物の意。ヴェネツィア総督座乗船の船首像に使われ、船そのものの呼称となった。十八世紀末に廃止され、現在は年一度の復活祭で使われる大型の装飾船。最後に作られた最大の船の漕ぎ手は百六十人を超えていた。

▼293　舳
船首。へさき。

には、首のない「ブランデンブルグの荒鷲▼294」が、極風に逆らって翼を拡げているのだった。そう云う、一見史文模様▼295めいた奇妙な配合《とりあわせ》が、この桃花木《マホガニー》の寝台を飾っている構図だったのである。そして、漸く法水が、その断頸鷲の浮彫から顔を離した時だった。静かに把手《ノッブ》の廻転する音がして、喚ばれた紙谷伸子が入って来た。

（以下次号）

---

▼294　ブランデンブルグの荒鷲
Brandenburg Eagle
ブランデンブルグ辺境伯領は神聖ローマ帝国の構成国の一つで、現在のドイツ北部及びポーランドの一部。紋章は剣と笏（しゃく）を持つ赤い鷲が大きく羽を広げた姿。また首のない鷲の紋章 Adler Kopflos は所属不明だが実在する。

▼295　史文模様
歴史的な文字・造形で工芸品や建築物の表面を装飾する。

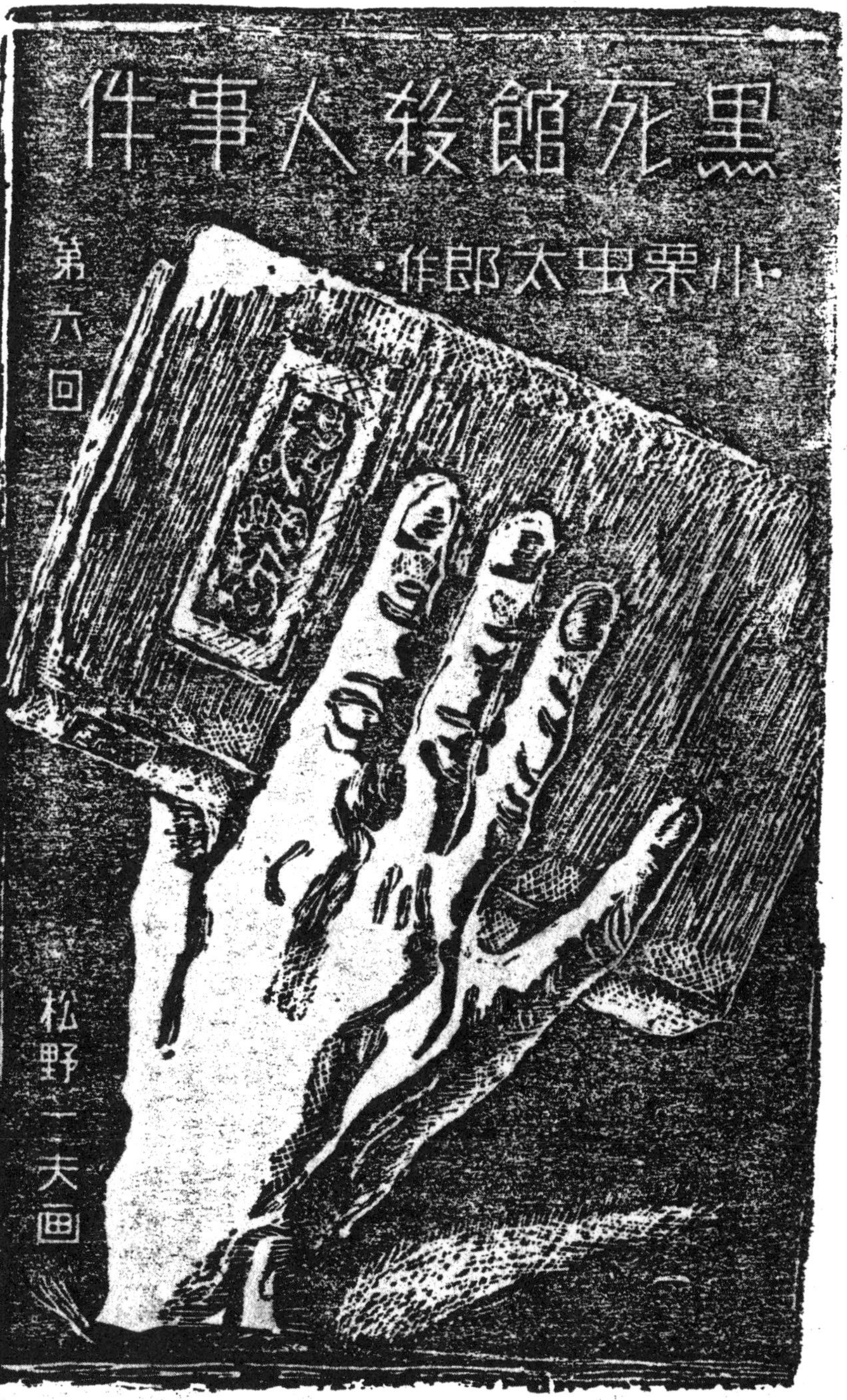
黒死館殺人事件
・小栗虫太郎作・
第六回
松野一夫画

◇**主要人物**（前号まで）

**法水麟太郎**　非職業的探偵
**支倉　肝**　地方裁判所検事
**熊城卓吉**　捜査局長
**乙骨耕安**　鑑識課医師
**降矢木旗太郎**　黒死館の後継者
**グレーテ・ダンネベルグ**　第一の犠牲者
**オリガ・クリヴォフ**　ヴィオラ奏者
**ガリバルダ・セレナ**　第二提琴奏者
**オットカール・レヴェズ**　チェルロ奏者
**田郷真斎**　執事
**紙谷伸子**　故算哲の秘書
**押鐘津多子**　同人の姪
**久我鎮子**　図書掛り
**川那部易介**　第二の犠牲者

---

**降矢木算哲**　先主（故人）
**クロード・ディグスビイ**　建築技師（故人）

◇**前号までの梗概**

神秘玄怪を唱われて黒死館と称さるる降矢木の館に、突如奇怪な殺人事件が起った。家族の一人ダンネベルグ夫人が、全身に屍光を放ち紋章様の創紋を刻まれて毒殺されたばかりでなく、現場には、黒死館で悪霊視されている人形の名を記した、被害者自筆の紙片が残されていた——以上が事件の発端である。続いてそれは、図書掛り久我鎮子が呈示した屍様図に依って、愈々《いよいよ》神秘的に解釈されるに至り、同時に、犯人が犯罪の表徴《シムボル》とするファウストの呪文が、昨夜裏庭で発見されたと云う紙片に記されているのを知った。その後法水は、不思議な倍音を発した鐘鳴器《カリルロン》の音に依って、異様な死を遂げている召使の易介を、拱廊内の具足の中で発見した。そして、その時は犯人が鐘楼に潜むと目されていたが、そこには、再度ファウストの呪《のろい》と易介の咽喉《のど》を貫いた鎧通しを握って、故算哲の秘書紙谷伸子が失神しているのみだった。然《しか》し、それは更に疑義を探めるものであって凡てが混沌となり、続いて故人ディグスビイの病的な性格が曝露されたり、或は、不可解な乾板の破片が、裏庭にある二条の足跡に挟まれているのを発見したのみで、事件の第一日は風雪の中に暮れて行った。然し、夜に入ると、法水の殆んど超人的な推理に依って、古代時計室の中から、昏倒している押鐘津多子を発掘したのだった。以上は第一日の記録であって、その二日後に、法水は易介の死因を闡明した。そして、その席上でクリヴォフ夫人を犯人に指摘したのだったけれども、その推定は立ち所に、同夫人が火術弩で狙撃されて、その報知が覆えしてしまった。事件第二日の最初の訊問——それは、健康を恢復《かいふく》した紙谷伸子だった。

（以下本号）

# 第六篇　法水は遂に逸せり

## 一、あの渡り鳥《ワンダー・フォーゲル》……二つに割れた虹

紙谷伸子の登場——実にそれが、この事件の超頂点《ウルトラ・クライマックス》だった。と同時に、妖気祲気《しんき》の世界▼1と人間の限界とを区切っている、最後の一線でもあったのだ。何故なら、事件中の人物はクリヴォフ夫人を最終にして悉く篩《ふる》い尽されてしまい、遂々《とうとう》伸子一人だけが、残された僅《た》った一粒の希望になってしまったからだ。しかも、曾つて鐘鳴器《カリルロン》室で彼女が演じた所のものは、到底曖昧模糊とした人間の表情ではない。如何なる畸矯《ききょう》変則を以ってしても律し得ようのない……換言すれば、殺人犯人の生具的表現▼2を最も強烈に表象している、一個の演劇用仮面《マスク》▼3に相違ないのである。即ち、易介の咽喉を貫いた鎧通しを握っていた事を、果して、犯人の誇らし気な仮面とするか、それとも、不慮に発した発作であって、犯人伸子固有の病的な産物なのであろうか。もしくは、当時法水の奇智が因《もと》で鐘楼を包囲されてしまったので、或は、身体検査を懼《おそ》れてグリーン家のアダの故智を学んだ、伸子の奸策であろうか……。とは云うものの、以上四つの観点は、宛然《さながら》泥沼の水際《みぎわ》に透し見える腐れ藻のようなもので、触れば立ち所に、一塊の泥土《でいど》と化してしまうのだった。然し孰《いず》れにしても、此処でもし法水が、伸子の秤量を機会に転回を計る事が出来なかった暁《あかつき》には、恐らくあの暗黒凶悪な緞帳《カーテン》が、事件の終幕には犯人の手に依って下されるであろう。否《いや》そうなる事は、この事件の犯罪現象を一貫している虬《みずち》のような怪物、——即ち事件の推移経過が明白にそれへ向って集束されて行こうとしても、法水でさえどうにも

▼1　妖気祲気の世界
祲とは、災いを起こす不吉の気のこと。

▼2　生具的表現
生具的とは、人間が生まれながらにして具えているもの。

▼3　演劇用仮面　masque
仮面劇はイタリアで発祥し十六、十七世紀に英仏宮廷で流行した。その舞台に使用する仮面。

防ぎようのない、あの大魔霊《デモーネン・ガイスト》の超自然力を確認するに外《ほか》ならないのである。それ故、伸子の蒼白な顔が扉《ドア》の蔭から現われると同時に、室内の空気が異常に引き緊《しま》って来た。法水にさえ、抑えようとしても果せない、妙に神経的な衝動が込み上げて来る。そして、全身を冷たい爪で、掻き上げられるような焦慮《いらだたしさ》を、その時はどうする事も出来ないのであった。

伸子は年齢《としのころ》二十三四であろうけれども、どちらかと云えば弾力的な肥《ふと》り方で、顔と云い体軀の線と云い、その輪廓が和蘭派《フランドル》▼4の女人を髣髴とさせる。けれども、その顔は日本人には稀《めず》らしいくらい細刻的な陰影に富んでいて、それが如実に彼女の内面的な深さを物語るように思われた。のみならず、最も印象的なのは、そのクリクリした葡萄《ぶどう》の果《み》みたいな双の瞳である。そこからは智的な熱情が、まるで羚羊《かもしか》▼5のような敏《すば》しこさで迸出《はしりだ》して来るのだけれども、それにはまた、彼女の精神世界の中にうずくまっているらしい、異様に病的な光りもあった。総体として彼女には、黒死館人特有の、妙に暗い粘液質▼6的な所はなかったのである。然し、三日に渉《わた》って絶望と闘い凄惨な苦悩を続けたために、伸子は見る影もなく憔悴している。既に歩む気力も尽き果てたように思われ、その喘《あえ》ぐような激しい呼吸が――鎖骨や咽喉の軟骨が急《せわ》し気に上下しているのさえ、三人の座所から明瞭《はっきり》と見える。然し、フラフラ歩んで来て座に着くと、彼女は亢奮を鎮めるかのように両眼を閉じ、双腕《もろうで》で胸を固く締め付けていて、暫《しばら》く凝然《じいっ》と動かなかった。それに、黒地の対へ大きく浮き出している茅萱《ちがや》模様▼7の尖《さき》が、まるで磔刑槍《はりつけやり》▼8みたいな形で彼女の頸《うなじ》を取り囲んでいる。それなので、偶然に作られてしまったその異様な構図からは、妙に中世めいた問罪▼9的な雰囲気が醸《かも》し出されて来る。そして、槲《かし》▼10と角石とで包まれた沈鬱な死の室の周囲《ぐるり》へ、それが渦《うずまき》のように揺ぎ拡がって行くのだった。やがて、法水の唇が微かに動きかけて沈黙を破ろうとした時に、或は先手を打とうとしたのだろうか、突如伸子の両眼

---

▼4　和蘭派　Flandre
十五世紀から十七世紀にかけてフランス東北部・ベルギー・オランダにかけてのフランドル地方に栄えた美術、とりわけ絵画の流派。忠実な自然観察・激情的表現が特色。ブリューゲル、ルーベンスらがその代表。伸子の女性像はルーベンスの影響を受けている。

▼5　羚羊
乾燥した草原に住み、脚は細長くて走るのが速いウシ科の生物。日本の山岳部に住むニホンカモシカは別種で、足が短くがっちりしており、体型が大きく違う。

▼6　粘液質的
感情の起伏が少なく、粘り強い気質。

▼7　茅萱模様
茅の葉を図案とする直線を基調にした鋭角的な柄。茅（かや、ち）はイネ科の多年草。茎葉は屋根などを葺くのに用いた。萱とも書く。

▼8　磔刑槍
罪人を板や柱などに縛りつけ、突き殺す公開処刑で用いられる長柄の槍。

▼9　問罪
宗教的な罪を問いただすこと。

▼10　槲
かしわ、柏、檞。ブナ科の落葉高木の総称。山地や寒地の海岸に生える。欧州では建材に使用される。

がパチリと見開かれて、不意《いきなり》彼女の口から衝《つ》いて出たものがあった。

『私、告白致しますわ。如何にも鐘鳴器《カリルロン》室で気を失いました際には、鎧通しを握って居りました。また、易介さんが殺された前後にも、それから、今日のクリヴォフ様の出来事当時にだって、奇妙な事に、私だけには不在証明《アリバイ》と云うものが恵まれて居りませんでした。いいえ、私は最初から、此の事件の終点に置かれているんですわ。ですから、此処で幾ら莫迦問答を続けた所で、結局この局状《シチユエーション》▼11には批評の余地は御座いませんでしょう。』と伸子は何度も逼《つか》えながら、大きく呼吸《いき》を吸い込んでから、『それに、私には固有の精神障痴《しようち》があって、時折ヒステリーの発作が起ります。ねえそうで御座いましょう。これは久我鎮子さんから伺った事ですけど、犯罪精神病理学者▼12のクラフトエーヴィング▼13はニーチェの言葉を引いて、天才の悖徳《はいとく》掠奪性▼14を強調して居ります。中世紀全体を通じて最も高い人間性の特徴と見做《みな》されていたのは、幻覚を起す——云い換えれば、深い精神的擾乱《じようらん》の能力を持つにあり——ですと。ホホホホホ、これで御座いますものね。凡てが揃いも揃って、それも、明瞭過ぎる位に明瞭なんですわ。もう私には、自分が犯人でないと主張するのが厭《いや》になりました。』

それは、何処か彼女のものでないような声音《こわね》だった。——殆んど自棄的な態度である。然し、その中には妙に小児《こども》っぽい示威があるように思われて、そこに、絶望から踠《もが》き上ろうとする、凄惨な努力が、透し見えるのだった。云い終ると、伸子の全身を強張《こわば》らせていた靭帯《じんたい》▼15が急に弛緩したように見え、その顔にグッタリとした疲労の色が現われた。そこへ、法水は和《なご》やかな声で訊ねた。

『いや、そう云う喪服なら、屹度《きつと》すぐに必要でなくなりますよ。もし貴女が、鐘鳴《カリル》器室《ロン》で見た人物の名が云えるのでしたら。』

『すると、それは……誰の事なんでしょうか。』と伸子は素知らぬ気な顔で、鸚鵡《おうむ》

---

▼11　局状　situation
状況、有様。

▼12　犯罪精神病理学
犯罪に関係する精神疾患の症状を記述・分類して、その機構を明らかにし、状況の経過を究明する学問。

▼13　クラフトエーヴィング
クラフト゠エビング。*Psychopathia Sexualis* 1886『変態性欲心理』、黒澤良臣訳、大日本文明協会、1913。同書ザディスムスの項に「先天的道徳的欠損、遺伝的変質、及び悖徳狂」の記述あり。前出第三回註184「クラフト・エーヴィング」参照。

▼14　悖徳掠奪性
悖徳は、道徳に背くこと。ニーチェとクラフト゠エビングの関係は不詳だが、ニーチェが、道徳を不道徳より下等に見ていたこと、また天才は常に背徳的であると考えたことに由来する語と思われる。

▼15　靭帯
骨と骨とを結びつける役目をする結合組織線維の束。

返しに問い返した。然し、その後の様子は、不審怪訝《けげん》なぞと云うよりも、何か潜在している——恐怖めいた意識に唆《そそ》られているようだった。けれども、気早な熊城は最早凝《じっ》としていられなくなったと見えて、早速に、彼女が朦朧状態中に認《したた》めた自署の件《くだり》（一八五頁参照。グッテンベルガー事件に先例のある潜在意識的署名）を持ち出した。そして、それを手短かに語り終えると開き直って、厳しく伸子の開口を迫るのだった。

『いいですかな。僕等が訊きたいのは、僅《た》ったそれだけです。どんなに貴女を犯人に決定したくなくも、結局、結論が逆転しない限りは止《や》むを得ません。つまり、要点はその二つだけで、それ以外の多くを訊ねる必要はないのです。これこそ、貴女に対する重大な警告を意味しとるのですぞ。まさに、一生浮沈の瀬戸際です。』と沈痛な顔で、まず熊城が急迫気味に駄目を押すと、その後を引き取って、検事が諭すような声で云った。

『勿論ああ云う場合には、どんなに先天的な嘘妄者《うそつき》でも、除外する訳には往《い》きません。それでさえ、精神的には完全な健康になってしまうのが、つまりあの瞬間にあるのですからね。サア、そのX《エックス》の実数を云って下さい。降矢木旗太郎……たしかに。いや、一体それは誰なんです？』

『降矢木……サア、』と幽《かす》かに呟《つぶや》いただけで、伸子の顔が見る見る蒼白になって行った。それは、魂の底で相打っているものでもあるかのような、見るも無残な苦闘だった。然し、五六度生唾を嚥《の》み下しているうちに、サッと智的なものが閃《ひらめ》いたかと思うと、伸子は高い顫《ふる》えを帯びた声で云った。『ああ、あの方に御用がおありなのでしょうか。それでしたら、鍵盤《キイ》のある刳《く》り込みの天井には、冬眠している蝙蝠《こうもり》がぶら下って居ります。また、大きな白い蛾が、まだ一二匹生き残っているのも知っていますわ。ですから、冬眠動物の応光性《トロピズム》▼16さえ御承知でいらっしゃいますのなら……。そうして光さえお向けになれば、あの動物共はその方へ顔を向けて、何もか

▼16　応光性　tropism
夜行性の生物が、灯火に引き寄せられる習性。日照時間の季節変動による動物の行動変化は、光周性と呼ばれる。

も喋って呉れるでしょうからね。それとも、この事件の公式通りに、それが算哲様だったとでも申し上げましょうか。』

伸子は、毅然たる決意を明らかにした。彼女は自身の運命を犠牲にしてまでも、或る一事に緘黙《かんもく》▼17を守ろうとするらしい……然し、云い終ると何故であろうか、まるで恐ろしい言葉でも待ち設けているように、堅くなってしまった。恐らく、彼女自身でさえも嘲悔の限りを尽くしている自分の言葉には思わず耳を覆いたいような衝動に駆《か》られた事であろう。熊城は唇をグイと嚙み締めて、憎々し気に相手を見据えていたが、その時法水の眼に怪しい光が現われて、腕を組んだままズシンと卓上に置いた。そして、如何にも彼らしい奇問を放った。

『ああ、あの凶兆の鋤《すき》▼18……。スペードの王様《キング》▼19をですか。』

『いいえ、算哲様なら、ハートの王様《キング》で御座いますわ。』と伸子は反射的にそう云った後で、一つ大きな溜息をした。

『成程、愛撫と信頼……』瞬間法水の眼が過敏そうに瞬《まばた》いたが、『所で、その告げ口をすると云う蝙蝠ですが、一体それは、何《ど》っちの端にいるのです?』

『それが、鍵《キイ》盤の中央から見ますと、恰度その真上で御座いましたわ。』と伸子は躊《ため》らわずに、自制のある調子で答えた。『然し、その側《かたわら》には、好物の蛾がいたのです。けれどもその蛾が飽《あ》くまで沈黙を守っている限りは、よもや残忍な蝙蝠だっても、むざに傷つけようとは致しますまいからね。所が、その寓喩《アレゴリー》▼20は、実際とは反対なので御座いました。』

『いや、そう云う童話めいた夢ならば、改めて悠《ゆっ》くりと見て貰う事にしよう——今度は監房の中でだ。』と熊城が毒々し気に嘯《うそぶ》くと、法水はそれを嗜《たしな》めるように見てから、伸子に云った。

『お構いなく続けて下さい。元来僕は、シェレイ▼21の妻君（メリー・ゴドウィン▼22——詩人シェレイの後妻「フランケンシュタイン」▼23の作者）

---

▼17　緘黙
押し黙ること。

▼18　凶兆の鋤
カード占いでスペードは、悪・災難などを予言する。

▼19　スペードの王様　King of Spade
スペードのキングは、カードの図柄で右を向いている唯一のキング。ハートの王様King of Heartハートのカードは情愛、恋愛などを表す。

▼20　寓喩　allegory
ある事柄を直接的に表現するのではなく、他の事柄によって暗示的に表現する方法。

▼21　シェレイ
Shelley, Percy Bysshe 1792-1822
シェリー、イギリスのロマン派詩人。啓蒙主義者ゴドウィンに私淑していたが、妻帯していながらその娘メアリーと恋に落ち、駆け落ちした。

▼22　メリー・ゴドウィン　Shelly, Mary Wollstonecraft Godwin 1797-1851
ウィリアム・ゴドウィンの娘、シェリーの二度目の妻。スイス、レマン湖畔バイロンの別荘、ディオダティ荘での怪談会1816から生まれたのが『フランケンシュタイン』。

▼23　フランケンシュタイン　*Frankenstein; or the Modern Prometheus* 1818
科学者フランケンシュタイン博士の製作した醜怪な人造人間が様々の殺戮を行い、北極海に姿を隠すまでを描く。

みたいな作品は大嫌いなのです。ああ云う内臓の分泌を促すような感覚には、もう飽き飽きしているのですからね。所で、その白羽のボアが揺いだのは？　それが鐘《カリ》鳴器《ルロン》室のどんな場面で、貴女に風を送りましたね。』

『実際を申しますと、その蛾は遂々《とうとう》、蝙蝠の餌食になってしまったので御座います。何故なら、私にあの難行をお命じになったのが、クリヴォフ様なんで御座いますものね。——それも、独りで三十櫓楼船《ブセンタウル》を漕げって。』と瞬間、冷《つめた》い憤怒《ふんぬ》が伸子の面《おもて》を掠《かす》めたけれども、それはすぐに、跡方もなく消え失せてしまった。そして続けた。

『だって、何時もならレヴェズ様がお弾きになるあの重い鐘鳴器《カリルロン》を、女の私に、しかも三回宛《ずつ》繰り返《か》えせよと仰言《おつしや》ったのです。ですから最初弾いた経文歌《モテット》の中頃になると、もう手も足も萎《な》え切ってしまって、視界が次第に朦朧となって参りました。その症状を、久我さんは微弱な狂妄《きようもう》——と仰有《おつしや》います。病理的な情熱の破船状態だと云います。その時は、必ず極端に倫理的なものが、まるで軍馬のように耳を聳《そばだ》てながら身を起して来る——と申されます。しかもそれが、最高浄福の瞬間だそうですけども、決して倫理学《エーテイッシュ》▼24ではある代りに道徳的《モラリッシュ》▼25ではなく、そこにまた、殺人の衝動を否む事は出来ぬ——とあの方は仰言《おつしや》いました。ああ、これでも、貴方がお考えになるような詩的な告白なので御座いましょうか。』と熊城に冷たい蔑視を送ってから、当時の記憶を引き出した。『で、多分こう云う現象の一部に当るので御座いましょうが、自分では何を弾いているのか無我夢中の癖に、寒風が私の顔を斑《まばら》に吹き過ぎて行くのだけは、妙に明瞭《はつきり》と知る事が出来ましたものね。云わば、冷痛とでも云う感覚でしたでしょう。けれども、絶えず、それが明滅を繰返しては刺激を休めなかったので、漸く経文歌《モテット》の三回目を終える事が出来ました。それから、手を休めている間も同じ事で御座います。階下《した》の礼拝堂から湧き起ってくる鎮魂楽《レキエム》の音が、セロ▼26・ヴィオラと低い絃《げん》の方から消え始めて行って、次第に耳元から遠ざかって行

▼24　倫理学　ethisch
倫理的、倫理学的の、道徳的な。

▼25　道徳的　moralisch
正や善に基づいて行動しようとすること。

▼26　セロ　violoncello
チェロ。大型ヴァイオリン属の弦楽器。演奏家は椅子にかけ、両膝の間に胴体を抱いて演奏する。美しく柔らかい音色を発する。

くのでしたが……、かと思うと、それがまた引き返して来て、今度は室内一杯に、磅礴《ほうはく》と押し拡がってしまうのでした。然し、その律動的《リズミカル》▼27な、まるで正確なメトローム▼28でも聴くような繰り返しが、次第に疲労の苦痛を薄らげて参りました。そして、非常に緩慢では御座いましたけれども、徐々《だんだん》と私を、快《ここち》よい睡気《ねむけ》の中へ陥《おと》し込んで行ったのです。ですから、曲が終って私の手足が再び動き始めてからも、私の耳には、鐘《チャペル》の音は聴《きこ》えず、絶えずあの音《ね》を持たない、快《こころ》よい律動《リズム》だけが響いて来るのでした。所が、その時で御座います。突然私の顔の右側に、打衝《うちあた》って来たものがありました。すると、その部分に灼衝▼29が起って、かっと燃え上ったように熱っぽく感じましたけれども、その刹那、身体《からだ》が右の方へ捻《よじ》れて行って、それなり、何もかも判らなくなってしまったのです。その瞬間で御座いましたわ——私が刳り込みの天井にいる蛾を見たのは、然し、今朝がた行って見ますと、その蛾は何時の間にか見えなくなっていて、恰度その場所には、蝙蝠が素知らぬ顔でぶら下っているだけでした。』

　伸子の陳述が終ると同時に三人の視線が期せずして、打衝《うちあた》った。しかも、名状の出来ぬ困惑の色が現われていた。と云うのは、伸子に発作の原因を作らせたと目される鐘鳴器《カリルロン》の演奏を命じたと云う人物が、誰あろう、遂先頃、皮肉な逆転を演じたところのクリヴォフ夫人だったからだ。のみならず、伸子の云うが如く、果して右の方へ倒れたのだとすれば、当然廻転椅子に現われている疑問が、更に深められるものと云わねばならない。熊城は、狡猾そうに眼を細めながら訊ねた。

『そうなって、貴女の右側から襲ったものがあると云う事になると、恰度そこには、階段を上って突き当りの扉《ドア》がありましたっけね。とにかく、下らん自己犠牲は止めにした方が……』

『いいえ私こそ、そんな危険な遊戯《ゲーム》に耽《ふけ》る事だけはお断り致します。』と伸子は、

---

▼27　律動的　rhysmical
規則正しく反復する動き。

▼28　メトロノーム　metronome
楽曲の練習時に、テンポを合わせるために使う音楽用具。

▼29　灼衝
焮衝（きんしょう）。体の局部が赤く腫れ、熱をもって痛むこと。炎症。

飽くまで意地強い態度で云い切った。『真平《まつぴら》ですわ――あんな恐しい化竜《ドラゴン》▼30に近付くなんて。だって、お考え遊《あそば》せな。仮令《たとえば》私が、その人物の名を指摘したと致しましょう、けれども、そんな浅墓《あさはか》な前提だけでもって、どうして、あの神秘的な力に仮説を組み上げる事がお出来になりまして。却《かえ》って私は、鎧通し――と云う重大な要点に、貴方がたの法律的審問を要求したのです。いいえ、私自分でさえ、自分が類似的には犯人だと信じている位ですわ。それに、今日の事件だってそうですわ。あの赤毛の猿猴《えてこう》▼31公が射られた狩猟風景にだっても、私だけには、不在証明《アリバイ》と云うものが御座いませんものね。』

『それはどう云う意味です？　いま貴女は、赤毛の猿猴公《えてこう》と云われましたね。』と検事は注意深かそうな眼をして聴き咎《とが》めたが、秘かに心中では、この娘は年齢の割合に案外手強《てごわ》いぞ――と思った。

『それが、鳥渡《ちよつと》厳粛な問題なんですわ。』伸子は口辺を歪めて、妙に思わせ振りな身振りをしたが、額には膏汗《あぶらあせ》を浮かせていて、そこから内心の葛藤が透いて見えるように思われる。如何に絶望から切り抜けようと踠《もが》いているか――既に伸子は渾身の精力を使い尽していて、その疲労の色は、重た気な瞼《まぶた》の動きに窺われるのだった。然し、彼女はズケズケと云い放った。『大体クリヴォフ様が殺されようたっても、悲しむような人間は一人もいないでしょうからね。ほんとうに生きていられるよりも殺されてくれた方が……。その方がどんなに増しだと思っている人は、それは沢山あるだろうと思いますわ。』

『では、誰だかその名を云って下さい。』熊城は、この娘の翻弄するような態度に充分な警戒を感じながらも、思わずこの標題には惹き付けられてしまった。『もし、特にクリヴォフ夫人の死を希《ねが》っているような人物があるのなら。』

『仮令《たとえば》私がそうですわ。』伸子が臆する色もなく言下に答えた。『何故なら、私が偶

---

▼30　化竜　dragon
竜。西洋神話で、翼と爪を持ち口から火を吐く想像上の動物。爬虫類の形で表され、一般に暴力・悪の象徴とされるが、泉・宝物・女性を守護するという伝説もある。

▼31　猿猴公
猿猴とは、猿（テナガザル）と猴（マカク）の総称で、サルのこと。エテ公（猿公）とは「猿」が「去る」に通じた忌み言葉であることから「得て」と読み替え、親しみを込めたり、卑しめる意味で公をつけて、猿を擬人化した言い回し。

然にその理由を作ってしまったからで御座います。以前内輪にだけでしたけれども、算哲様の御遺稿を、秘書である私の手から発表した事が御座いました。所が、その中にクミエルニツキー大迫害▼32に関する詳細な記録があったので御座います。それが……』と云いかけたままで、伸子は不意に衝動を覚えたような表情になり、キッと口を噤《つぐ》んだ。そしてやや暫く云うまい云わせようの苦悶と激しく心中で闘っていたらしかったが、やがて、『その内容はどうあっても私の口からは申し上げられません。然し、その時から、私がどんなに惨《みじ》めになった事でしょうか。無論その記録は、その場でクリヴォフ様がお破り棄てになりましたけど、それ以後の私は、あの方の自前勝手な敵視をうけるようになったので御座います。今日だってそうですわ。たかが、窓を開けるだけに呼び付けて置いて、あの位置にするまでに、何度上げ下げした事でしょう。』

　クミエルニツキーの大迫害——。その内容はこの三人の中で、唯一人法水だけが知っていた。即ち、十七世紀を通じて頻繁に行われたと伝えられる、カウカサス猶《ジ》太《ユウ》人迫害中での最たるもので、それを機縁に、コザック▼33と猶太《ジユウ》人の間に雑婚が行われるようになったのである。然し、クリヴォフ夫人が猶太《ユダヤ》人である事は、既に彼が観破した所であるとは云え、その破られた記録の内容と云うのに、何となく法水の心を惹くものがあったのは、当然であろう。その時一人の私服が入って来て、津多子の夫——押鐘医学博士が来邸したと云う旨を告げた。押鐘博士には予《かね》て福岡に旅行中の所を、遺言書を開封させるために唐突な召喚を命じた程だったので、此処で一先《ひとま》ず、伸子の訊問を中断しなければならなかった。そこで法水は、まずダンネベルグ事件を後廻しにして、早速今日の動静に就いて知ろうとした。

『所で、既往の問題は後程改めて伺うとして……。今日の出来事当時に、貴女は何故自分の不在証明《アリバイ》を立てる事が出来なかったのです？』

▼32　クミエルニツキー大迫害　Khmelnitsky, Bogdan 1595頃-1657
フメリニツキー。ウクライナ独立の起爆点になった、コサック族の酋長フメリニツキーの叛乱1648では、ウクライナ・ポーランド在住の五万近いユダヤ人が虐殺されたとされる。

▼33　コザック　Cossack
コサック。十四世紀以降ロシア中央部から南東部へ流亡し定住した農民集団。周辺大国の支配を嫌い、十六世紀頃に自治的騎馬戦士集団を形成した。十八世紀以降、騎兵としてロシア政府に仕え、ロシア周辺の植民政策、辺境防備に当たった。

『何故って、それが二回続きの不運なんですわ。』と伸子は鳥渡《ちよつと》愚痴を洩らして、悲しそうに云った。『だって私は、あの当時樹皮亭《ボルケン・ハウス》▼34（本館の左端近くにあり）の中にいたんですもの。彼処《あそこ》は美男桂▼35の袖垣▼36に囲まれていて、何処からも見えやしませんわ。それに、クリヴォフ様が吊《つる》された武具室の窓だっても、恰度あの辺だけが美男桂の籬《いけがき》▼37に遮られているので、ああ云う動物曲芸のあった事さえ、私はてんで知らなかったのです。』

『でも、夫人の悲鳴だけは、お聴きになったでしょうな。』

『勿論聴きましたとも、』それが殆んど反射的だったらしく、伸子は言下に答えた。けれども、その口の下から異様な混乱が表情の中に現われて来て、俄然声に慄えを帯びて来た。『ですけど、どうしても私は、あの樹皮亭《ボルケン・ハウス》から離れる事が出来なかったのです。』

『それは、また何故にです？　大体そう云う事が、嫌疑を深めるに至る誘因なんですぞ。』熊城は此処ぞと厳しく突っ込んだが、伸子は唇を痙攣させ、両手で胸を抱いて辛くも激情を圧《おさ》えていた。然し、その口からは、氷のように冷やかな言葉が吐かれた。

『どうしても、申し上げる事は出来ません――この事は何度繰り返しても同じですわ。それより、恰度クリヴォフ様が悲鳴をお挙げになる一瞬程前の事でしたが、私はあの窓の側には実は不思議なものがいたのを見たのですわ。それは、色のない透《すき》明《とお》ったものが光っているようでいて、その癖どうも形体《かたち》の明瞭《はつきり》としていない、まるで気体のようなものでした。所が、その異様なものは、窓の上方の外気の中から現われて来て、それがふわふわ浮動しながら、斜めにあの窓の中へ入り込んで行くのでした。その一瞬後に、クリヴォフ様が裂くような悲鳴をお上げになりました。』と伸子はまざまざと恐怖の色を泛《うか》べて、法水の顔を窺うように見入るのだった。

『最初私は、レヴェズ様があの際にいらっしゃったので、或は、驚駭噴泉《ウオーター・サープライズ》の飛沫

---

▼34　樹皮亭　Borken Haus
Borkeは樹皮、木肌。一般的にはドイツの木造建築をいうが、この場合は庭園に置かれた装飾的な木造の四阿（あずまや）。

▼35　美男桂
美男葛（びなんかずら）。モクレン科の常緑蔓性低木。

▼36　袖垣
建物などの脇に添える幅の狭い生垣。

▼37　籬
前出第一回註126「籬」参照。

かなとも思いました。でも考えて見ますと、大体微風さえもないのに、飛沫が流れると云う気遣《きづかい》が御座いませんわね。』

『ふん、またお化けか。』と検事は顔を顰《しか》めて呟いたが、同時に唇の奥で、それとも伸子の虚言《うそ》か——と付け加えたのは当然であろう。然し、熊城は唯ならぬ決意を泛《うか》べて立ち上った。そして、厳然と伸子に云い渡したのだった。

『とにかく、この数日間の不眠苦悩はお察し致します。然し、今夜からは、充分よく眠られるように計《はから》いましょう。大体、これが刑事被告人の天国なんですよ。捕錠で貴女の手頸《てくび》を強く緊《し》めるんです。そうすると、全身に気持のよい貧血が起って、次第にうとうととなって行くそうですからな。』

その瞬間、伸子の視線がガクンと落ちて、両手で顔を覆い、卓上に俯伏《うつぶ》してしまった。所が、続いて熊城が警察自動車を呼ぼうとして、受話器を取り上げた時だった。法水は何と思ったか、その紐線《ちゅうせん》▼38に続いている壁の差込《プラグ》みをポンと引き抜いて、それを伸子の掌《てのひら》の上に置いた。そうしてから、啞然となった三人を尻眼にかけ、陶然と彼の着想を述べたのである。ああ、事態は再び逆転してしまったのだった。

『実は、その貴女にとって不運なお化けが、僕に詩想を作りました。これがもし春ならば、あの辺は花粉と匂《におい》の海でしょう。然し、裏枯れた真冬でさえも、あの噴泉と樹皮亭《ボルケンハウス》の自然舞台——それが僕に貴女の不在証明《アリバイ》を認めさせたのです。貴女《あなた》もクリヴォフ夫人も、あの渡り鳥《ワンダー・フォーゲル》▼39……虹に依って救われたのですよ。』

『虹に』伸子は突然弾《は》ね上げたように身体《からだ》を起して、涙で霑《うる》んだ美しい眼を法水に向けた。然し、その虹は、検事と熊城を絶望の淵に叩き込んでしまった。恐らく二人にとれば、その刹那が、凡ゆる力の無力を直感した瞬間であったろう。けれども、その法水が持ち出した華やかに彩色濃く響《ひびき》の高い絵には、どうしても魅せ了《おお》わせずには置かない不思議な感覚があった。法水は静かに云った。

---

▼38　紐線
電気のコード。

▼39　渡り鳥　Wandervogel
原意から、定住地を持たずに移動生活をする者。

『虹……まさに革鞭のような虹でした。ですが、犯人を気取ってみたり、久我鎮子の衒学的《ペダンティック》▼40な仮面を被《つ》けたりしている間は、それに遮られていて、あの虹を見る事が出来なかったのです。僕は心から、苦難を極めていた貴女の立場に御同情しますよ。』

『では、久我さんの言《ことば》を借りれば――動機変転《モチフ・ワンデル》▼41。ねえ、そうで御座いましょう。でも、そんな隈取り▼42は、もう既《とう》に洗い落してしまいましたわ。偽悪、衒学《ペダントリー》……そう云う悪徳の数々は、たしか、私には重過ぎる衣裳でしたわね。』と第一日以来鬱積し切っていたものが、彼女の制御を跳ね越えて一時に放出された。伸子の身体《からだ》がまるで小鹿のように弾《はず》み出して、両肱《りょうひじ》を水平に上げその拳を両耳の根につけて、それを左右に揺ぶりながら、喜悦《よろこばしさ》に恍惚《うっとり》となった瞳で、彼女は宙に何と云う字を書いている事であろう。意外にも思いも依らなかった歓喜の訪れが、伸子を全く狂気のようにしてしまったのである。

『ああ眩《まぶ》しいこと……。私、この光りが、何時かは必ず来ずにはいないと……それだけは固く信じてはいましたけれど……でも、あの暗さが。』と云いかけて、伸子は見まいとするもののように眼を瞑《つぶ》り、首を狂暴に振った。『ええ何でもして御覧に入れますとも。踊ろうと逆立ちしようと――。』と立ち上って、波蘭輪舞《マズルカ》▼43のような$\frac{3}{4}$拍子を踏みながら、クルクル独楽《こま》みたいに旋廻を始めたが、卓子《テーブル》の端にバッタリ両手を突くと、下った髪毛《かみのけ》を蓮葉《はすっぱ》▼44に後《うしろ》の方へ跳ね上げて云った。『でも、鐘鳴器《カリルロン》室の真相と、樹皮亭《ボルケンハウス》から出られなかった事だけは、どうかお訊きにならないで。だって、この館の壁には、不思議な耳があるんですもの。いつまで貴方の御同情をうけていられるか、大体それが怪しくなって参りますわ。サァ、次の訊問を始めて頂戴。』

『いや、もうお引き取りになって。まだ、ダンネベルグ事件に就いて、参考迄にお

---

▼40　衒学的　pedantic
学者ぶった、物知り顔の。

▼41　動機変転　Motiv Wandel
願望、意図などの移り変わり。

▼42　隈取り
歌舞伎特有の化粧法。表情や顔の造作を誇張するために描かれたもの。

▼43　波蘭輪舞　mazurka
ポーランドの民族舞曲。四分の三拍子または八分の三拍子の活発なリズムを持ち、踊りは即興的で変化に富む。

▼44　蓮葉
女性の態度や言葉が下品で軽はずみなこと。

訊きしたい事はあるのですが。』と法水はそう云って、何時までも狂喜の亢奮から去る事の出来ない伸子を引き取らせた。然し、彼女が去った後の室内は、恰度颱風《たいふう》一過後の観であったが、長い沈黙と尖《とが》った黒い影――其処には何とも云えぬ悲痛な空気が張っていた。何故なら、彼等は伸子の解放を転機として、最早人間には希望を絶たれてしまったからだ。あの物凄まじい黒死館の底流――些細な犯罪現象の個々一つ一つにさえ影を絶たないあの大魔力に、事件の動向は遮二無二《しゃにむに》傾注されて行くのではないか。熊城は顔面を怒張させて暫くキリキリ歯軋《はぎし》りをしていたが、突然法水が引き抜いた差込《プラグ》みを床に叩き付けた。そして、立ち上って荒々しく室内を歩き廻っていたが、それに、法水は平然と声を投げた。

『ねえ熊城君、これで愈々《いよいよ》、第二幕が終ったのだよ。無論、文字通り、迷宮混乱紛糾さ。だが然しだ。多分次の幕の冒頭《しょっぱな》にはレヴェズが登場して、それから、この事件は、急降的に破局《キヤタストロフ》▼45へ急ぐ事だろうよ。』

『解決――莫迦を云い給え。僕はもう、辞表を出す気力さえなくなっているんだぜ。多分卜書に指定してあるんだろう。第二幕までは地上の場面で、三幕以後は神筮《しんぜい》降霊▼46の世界だ――とでも。』と熊城は消沈したように呟くのだった。『とにかく、後の仕事は、君が珍蔵する十六世紀前期本《インキユナブラ》▼47でも漁《あさ》る事だ。そして、僕等の墓碑文を作る事なんだ。』

『うん、その十六世紀前期本《インキユナブラ》なんだがねえ。実は、それに似た空論が一つあるのだよ。』と検事は沈痛な態度を失わずに、詰《なじ》るような険しさで法水を見て、『ねえ法水君、虹の下を枯草を積んだ馬車が通った――そして、木靴を履いた娘が踊ったのだ、――すると、此の事件には一人の人間もいなくなってしまった。僕にはどうしても、この牧歌的風景▼48の意味が判らないんだよ。大体その虹――と云うのは、それはどう云う現象の強喩法《カタクレエズ》なんだね。』

---

▼45　破局　catastrophe
前出第五回註157「終局」参照。

▼46　神筮降霊
筮（めどき）とは、五十本の竹の細棒（筮竹・ぜいちく）のこと。これを一定方法で操作し、卦（け）を立て吉凶を占う。
降霊とは、霊媒を介するなどして異界の霊を人間の世界に降ろすこと。

▼47　十六世紀前期本　incunabula
グーテンベルクの『四十二行聖書』（完成1455）から十六世紀末までに、欧州で活版印刷されたもの。ゆりかごcunabraを語源とする。

▼48　牧歌的風景　madrigale
マドリガーレ。十四世紀にイタリアで生まれた、素朴で叙情的な世俗歌曲。その曲のように、のどかな光景。

『冗談じゃない。決してそれは文典でも——詩でもない。勿論、類推でも照応でもないのだよ。実際に真正の虹が、犯人とクリヴォフ夫人との間に現われたのだがね。』と法水が、未だ夢想の去らない熱っぽい瞳を向けた時に、扉《ドア》が静かに開かれた。そして、何の予告もなしに、突然久我鎮子の瘠《や》せた刺々《とげとげ》しい顔が現われた。その瞬間、グイと息詰《いきづま》るようなものが迫って来た。恐らく、この学識に富み、中性的な強烈な個性を持った神秘論者は、人間には犯人を求めようのなくなった異様な事件を、更に一層暗澹たるものにするに相違ないのである。鎮子は軽く目礼を済ますと、何時ものように冷淡な調子で云った。が、その内容は頗る激越なものだった。

『法水さん、私、真逆《まさか》とは思いますわ。ですけど、貴方はあの渡り鳥の云う事を、無論そのまま御信じになっているのじゃ御座いますまいね。』

『渡り鳥《ワンダー・フォーゲル》!?』法水は奇異の眼を瞠《みは》って、咄嗟《とっさ》に反問した。遂《つい》今し方、自分が虹の表象として吐いた言葉が、偶然かは知らぬが、鎮子に依って繰り返えされたからである。

『左様《そう》、生き残った三人の渡り鳥の事ですわ。』そう吐き捨てるように云って、鎮子は凝然《じいっ》と法水の顔を正視した。『つまり、ああ云う連中がどう云う防衛的な策動に出ようと、津多子様は絶対に犯人では御座いません——私はそれを飽くまで主張したいのです。それに、あの方は今朝がたから起き上ってはいられますけれど、未だ訊問に耐えると云う程には恢復して居られないのです。貴方なら、御存知でいらっしゃいましょう——抱水クロラールの過量が一体どう云う症状を起すものか。到底今日一日中では、あの貧血と視神の疲労から恢復する事は困難なので御座います。いいえ私は、あの方にメアリー・スチュアート▼49（十六世紀スコットランドに於ける聖女のような女王。後に女王エリザベスのため断頭に処せらる——一五八七年二▼50月一日。）の運命がありそうに思われて……。つまり、貴方の偏見が危惧《あやぶ》まれてならないのですわ。』

▼49　メアリー・スチュアート
Stuart, Mary 1542-1587
スコットランド女王、在位1542-1567。一時フランス王（フランソワ二世）妃。子ジェームズ六世に譲位後、十九年間イングランド各地に幽閉されたが、ついにエリザベス女王殺害の陰謀に連座したとして処刑された。

▼50　女王エリザベス
Elizabeth I Tudor 1533-1603
イングランド女王。メアリー女王に対する権謀奸策については、エインズワースW. H. Ainsworthの小説、『倫敦塔』*The Tower of London* 1840に詳しい。

『メアリー・スチュアート!?』法水は突然興味を唆《そそ》られたらしく、半身を卓上に乗り出した。『そうすると、あの善良過ぎる程のお人良しを云うのですか、それとも、女王《クイーン》エリザベスの権謀奸策を・・・あの三人に。』

『それは、両様の意味でです。』鎮子は冷然と答えた。『御承知とは存じますが、津多子様の御夫君押鐘博士は、御自身が御経営になる慈善病院のために、殆んど私財を蕩尽《とうじん》▼51してしまいました。それなので、今後の維持のためには、どうしてもあの隻《せき》眼《がん》▼52を押してまで、津多子様は再び脚光を浴びなければならなくなったのです。恐らくあの方のうける喝采が、医薬に希望を持てない何万と云う人達を霑《うる》おす事でしょう。全く、人を見る事柔和なるものは恵まれるでしょうが、と云って、されど門に、立てる者は人を妨ぐ――ですわ。法水さん、貴方はこのソロモン▼53の意味がお判りになりまして。あの門――つまり、この事件に凄惨な光を注ぎ入れている、あの鍵孔《かぎあな》のある門の事ですわ。其処に、黒死館永生の秘鑰《ひやく》▼54があるのです。』

『それを、もう少し具体的に仰言《おつしや》って頂けませんか。』

『それでは、シュルツ▼55註（一）の精神萌芽説《プシアーデ》▼56註（二）を御存知でいらっしゃいましょうか。無論私は、確実な論拠なしには主張しは致しません。』と果して鎮子は大風な微笑を泛《うか》べて、再びこの事件に凄風を招き寄せた。

註（一）フリッツ・シュルツ――。前世紀独逸《ドイツ》の心理学者

註（二）此の説は、狂信的な精神科学者特有のもので、一種の輪廻《りんね》▼57説である。即ち、死後肉体から離れた精神は、無意識の状態となって永存する。それは非常に低いもので意識を現わす事は不可能だが、一種の衝動作用▼58を生む力はあると云う。そして、生死の境を流転して、時折潜在意識の中にも出現すると称えるけれども、此の種の学説中での最も合理的な一つである。

---

▼51　蕩尽
財産などを無駄に使い果たすこと。

▼52　隻眼
片方の目の視力、または片方の眼球そのものが失われた状態。

▼53　ソロモン　Solomon
イスラエルの王、在位BC971頃-BC932頃。ダビデの子。エルサレムの神殿の建設者で、また旧約聖書の『箴言』、『伝道の書』、『雅歌』の作者といわれる。特に賢人の聞こえ高い。

▼54　秘鑰
秘密の鍵。また、秘密や謎を明らかにする隠された手段。

▼55　シュルツ　Schultze, Fritz 1846-1908
シュルツェ。ドイツの哲学者・心理学者。

▼56　精神萌芽説　Psychade
「不死論」富士川游『変態心理　第五巻第一号』1920で宗教的な不死論と並んで、自然科学における不死論の例として挙げられているシュルツェの説。『比較精神学』*Vergleichende Seelenkunde 2vols* 1892 所収。プシアーデに関する記述は、ほぼ虫太郎の原註通りである。ただしルビは『変態心理』掲載時の誤植Psyadeを踏襲してしまっている。

▼57　輪廻説
生命が無限に生まれ変わることを、車の外輪が円を描いて元に戻るさまに喩えた。

▼58　衝動作用
内部から強迫的に動かされる行為のことで、反省・躊躇・意図などの介入する余地がないもの。

『な、なに、精神萌芽説《プシアーデ》!?』と法水は突然凄まじい形相になって、吃《ども》りながら叫んだ。『では、その論拠は何処に‥‥。貴女は何故、この事件に生命不滅論を主張されるのですか。すると、算哲博士が未だに不可解な生存を続けているとでも。それとも、クロード・ディグスビイが‥‥』

精神萌芽《プシアーデ》――その薄気味悪い一語は、最初鎮子の口から述べられ、続いて法水に依って、それに不死説と云う註釈が与えられた。勿論その二点を脈関《みゃくかん》▼59しているものは、この事件の底で、暗《やみ》の中に生長しては音もなく拡がって行き、次第に境界を押し広めて行ったものに違いなかった。が、折が折だけに検事と熊城には、今やその恐怖と空想が眼前に於いて現実化されるような気がして、思わず心臓を摑み上げられた感がするのだった。然し、一方の鎮子にも、法水の口からディグスビイの名が吐かれると、宛《あたか》も謎でも投げ付けられたように、懐疑的な表情が泛《うか》んで来て、それが、彼女の心を確《しっ》かと捉まえてしまったもののように見えた。大体憑着性▼60の強い人物と云うものは、一つの疑題に捉えられてしまうと、殆んど無意識に近い放心状態になって、その間に異様な偶発的動作が現われるものだ。恰度それに当るものか、鎮子は左の中指に嵌《は》められた指環《ゆびわ》を抜き出しては、それをクルクル指の周囲で廻《ま》わし始め、また、抜いてみたり嵌めてみたりして、頻りと神経的な動作を繰り返しているのだった。すると、法水の眼に怪しい光が現われて、その一瞬声の杜絶《とだ》えた隙に立ち上った。そして、両手を後に組んだ儘でコツコツ室内を歩き始めたが、やがて鎮子の背後に来ると、突然爆笑を上げた。

『ハハハハ、莫迦らしい。あのスペードの王様《キング》が生きているなんて。』

『いいえ、算哲様なら、ハートの王様《キング》なので御座います。』と鎮子は殆んど反射的に叫んだが、と同時にハッとしたらしく、恐怖めいた衝動が現われて、いきなりその指環を小指に嵌め込んでしまった。そして、大きく吐息を吐《つ》いて云った。『然し、

---

▼59　脈関
脈とは血管、転じてひとつづきになる筋道。それを通じて独立する各所を連関させること。

▼60　憑着性
妄想・強迫観念・執念に取りつかれていること。

私が精神萌芽《プシアーデ》と申しましたのは要するに寓喩《アレゴリー》なので御座います。どうぞ、それを絵画的《ピトレスク》▼61には御考え遊ばされないで。却ってその意味は、エックハルト▼62（ヨハン。一二六〇—一三二九年。エルフルトのドミニカン僧より始め、中世最大の神秘家と云われた汎神論神学者）▼63▼64の云う霊性《ガイスチヒカイト》▼65の方に近いのかも知れませんわ。父から子に——人間の種子が一度は必ず流転せねばならぬ生死の境、つまり、暗黒《やみ》に風雨が吹き荒ぶあの荒野《ヴュステ》▼66の事をですわ。もう少し具体的に申し上げましょうか。吾等が悪魔を見出し得ざるは、その姿が、全然吾等が肖像の中に求め得ざればなり——と、勿論、この事件最奥の神秘は、そう云う超本質的《ユーベルウエゼントリッヒ》な▼67——形容にも内容にも言語を絶している、その哲学径《フイロゾフエン・ウエーヒ》▼68の中にあるのです。法水さん、それは、地獄の円柱を震い動かす程の酷烈な刑罰なので御座いますわ。』

『ようく判りました。何故なら、その哲学径《フイロゾフエン・ウエーヒ》の突き当りには、既《とう》に僕が気附いている一つの疑問があるからです。』と法水は眉を上げ昂然と云い返した。『ねえ久我さん、聖《サン》ステファノ条約▼69でさえ猶太《ユダヤ》人の待遇には、その末節の一部を緩和したに過ぎなかったのです。それなのに何故《どうして》、迫害の最も甚《はなは》だしいカウカサスで、半村区以上の土地領有が許されていたのでしょう。つまり、問題は、その得体の知れない負数にあるのですよ。然し、その区地主の娘であると云う此の事件の猶太人《ジュウ》は遂に犯人ではありませんでした。』

その時、鎮子の全身が崩れ始めたように戦き出した。そして暫く切れ切れに音高い呼吸を立てていたが、『ああ怖ろしい方……。』と辛くも幽《かす》かな叫び声を立てた。が、続いてこの不思議な老婦人は、溜り兼ねたように犯人の範囲を明示したのであった。『もう、この事件は終ったも同様です。その負数の円の事ですわ。動機をしっくり包んでいるその五芒星円《ペンタグラム》には、如何なメフィストと雖《いえど》も潜り込む空隙《すき》は御座いません。ですから、いま申し上げた荒野《あらの》の意味がお判りになれば、これ以上何も申し上げる事は御座いませんのです。』と不意《いきなり》立ち上がろうとするのを、法水は慌

---

▼61　絵画的　pittoresque
絵のような、風景のよい、画趣に富んだ、風変わりで面白いこと。

▼62　エックハルト
Eckhart, Johanes Meister E. 1260?-1327?
中世ドイツ（神聖ローマ帝国）のキリスト教神学者・神秘主義者。ドミニコ会のザクセン地方管区長やボヘミア地方司教総代理を歴任した。

▼63　エルフルト　Erfurt
エアフルト。ドイツ中央部の町で、チューリンゲン州の州都。

▼64　汎神論神学者
一切のものに神が宿り、神と世界は一つに繋がるという考え。聖書を通じて神との直接対話を容認する、一部の新教の立場。カトリック教会の、神との繋がりは宗教者の仲立ちを必要とするという論理とは相容れない。

▼65　霊性　Geistigkeit
非物質性、心霊性。

▼66　荒野　Wüste
聖書に「人なき荒野」という言葉があるが、無我である唯一者の意味である。cf.『神の慰めの書』エックハルト、相原信作訳、筑摩書房、1949

▼67　超本質的　über wesentlich
ユーベル・ヴェセントリッヒ。根本的な要素。

▼68　哲学径　Philosophenweg
ドイツ、ハイデルベルグにあるネッカー川沿い、名城ハイデルベルグ城の対岸を通る道。この場合は哲学の歴史的繋がりをいう。

▼69　聖ステファノ条約
Treaty of San Stefano
トルコ、イスタンブール近郊のサンステファノ、

てて押し止めて、

『所が久我さん、その荒野《あれの》と云うのは、成程独逸神学《テオロギヤ・ゲルマニカ》▼70の光だったでしょう。ですが、その運命論《フエータリズム》▼71は、曾つてタウラー▼72やズイゾウ▼73が陥《お》ち込んだ偽《にせ》の光りなのです。僕は、貴女が云われた精神萌芽説《プシアーデ》の中に、一つの驚くべき臨床的な描写があるのを、まるで、聴いてさえ狂い出しそうな、異様なものを発見したのでした。貴女は何故、算哲博士の心臓の事を考えていられるのです？　あの大魔霊《デモーネン・ガイスト》を……あのハートの王様《キング》とは。ハハハハ久我さん、僕はラファテール▼74じゃありませんがね。人間の内観を外貌に依って知る術《すべ》▼75を心得ているのですよ。』

算哲の心臓――それには、鎮子ばかりでなく検事も熊城も、瞬間化石したように硬くなってしまった。それは明かに、心の支柱を根底から揺り動かし始めた、恐らく此の事件最大の戦慄であったろう。然し鎮子は、作り付けたような嘲《あざ》けりの色を泛《うか》べて云った。

『そうすると、貴方はあの瑞西《スイス》の牧師と同様に、人間と動物の顔を比較しようとなさるのですか。』

法水は徐《おもむ》ろに莨《たばこ》に点火してから、彼の微妙な神経作用を明らかにした。すると、今迄百花千弁の形で分散していた不合理の数々が、見る見る間にその一点へ吸い着けられてしまった。

『或はそれが、過敏神経の所産に過ぎないかもしれませんがね。然し、ともあれ貴女は、算哲博士の事をハートの王様《キング》と云われましたね。無論それからは、異様に触れて来る空気を感じたのです。何故かと云うと、恰度それと寸分違《たが》わぬ言葉を、僕は伸子さんの口からも聴いたからでした。恐らく、その暗合には、此の事件最後の切札とする価値があるでしょう。これまで僕等が辿って行った推理測定の正統を、根底から覆えしてしまう程の怪物かも知れないのですよ。殊に、貴女の場合には、

---

現在のイェシルコイで結ばれたロシア・トルコ戦争の講和条約1878。

▼70　独逸神学　*Theologia Germanica*
十四世紀後期のキリスト教神秘思想の著作。著者名は知られていないが、チュートン騎士修道会に属する一司祭が、フランクフルトアムマイン近くのザクセンハウゼンで書いたと推定されている。神と融合する道として、心の貧しさ、神へのまったき委託を強調する。

▼71　運命論　fatalism
世の中の出来事はすべて、あらかじめそうなるように定められていて、人間の努力ではそれを変更できないとする考え方。

▼72　タウラー
Tauler, Johannes 1300頃-1361
ドイツの神秘家・説教家。ケルン大学でゾイゼと共にエックハルトに師事。正統カトリック神秘思想およびドイツ語の発達に大きな影響を及ぼした。

▼73　ズイゾウ
Seuse, Heinrich 1295-1366
ゾイゼ、ズーゾー。ドイツの神秘思想家。

▼74　ラファテール
Lavater, Johann Kaspar 1741-1801
ラヴァーター。スイスのプロテスタント牧師・文筆家・人相学者。ドイツを遍歴して人々を魅了し、「南方の魔術師」Magus im Südenと呼ばれて、ゲーテと交わりを結んだ。

▼75　人間の内観を外貌に依って知る術
観相学。顔貌と性格・気質との関係を考察する学問。
ラヴァーターの著書に、人間の面貌を動物と対

それに黙劇《パントマイム》▼76染みた心理作用が伴ったので、それに力を得て、僕は尚一層深く、貴女の心像を抉《えぐ》り抜く事が出来たのでした。所で、維納《ウインナ》新心理派▼77に云わせると、それを徴候発作《ジムプトンハンドルンゲン》▼78と云うのですが、目的のない無意識運動を続けている間は、最も意識下のものが現われ易い——。言を換えて云えば、人に知らせたくない自分の心の奥底に蔵《しま》って置きたいものが、何かの形で外面の表出の中に現われるか、それとも、そこに何か暗示的な衝動を与えられると、それに伴った聯想的な反応▼79が、往々言語の中にも現われる事があると云うのです。その暗示的衝動と云うのは外でもない、算哲の事を、僕がスペードの王様《キング》と云った事なんですよ。然し、それ以前に、ディグスビイも——と云った僕の一言が、端なくディグスビイの本体を知らない貴女の心を捉えてしまったのです。そして、無意識の裡《うち》に、指環を抜いてみたり嵌めてみたり、またクルクル廻したりするような、徴候発作が貴女に現われて行きました。そこで僕は、妙に心を唆《そそ》るような間《パウゼ》▼80を置いたのです。その間《パウゼ》です——それは唯に演劇ばかりでなく、殊に訊問に於いて必要なのですよ。ねえ久我さん、犯人は台本作家ではある代りに、決して一行のト書だって指定しやしません。その意味で、捜査官と云うものは、何よりよき演出者であらねばならないのです。いや、冗弁は御勘弁下さい。何より御詫びして置きたいのは、僕は貴女の御許しを俟《ま》たずに、心像奥深くを探って闖入《ちんにゅう》して行ったのですから。』

　其処で、法水は新しい莨《たばこ》を取り出して、その誇るべき演出の描写を繰り拡げて行った。

『然し、その間《パウゼ》は混沌たるものです。けれども、その中には様々な心理現象が十字に群がっていて、それ等はまるで入道雲のように、ムクムク意識面を浮動しているのです。その状態は、そこに何か衝動さえ与えられれば、恐らく一溜《ひとたま》りもないほど脆弱《もろ》いものだったに違いありません。そこで僕は、スペードの王様《キング》と云う言《ことば》を出し

---

照して図像的に表した画像がある。cf. *Von der Physiognomik* 1772

▼76　黙劇　pantomime
前出第四回註62「黙劇」参照。本来の意味は、身振りのみで状況を表現すること。

▼77　維納新心理派
前出第五回註235「維納第四学派」参照。

▼78　徴候発作　Symptom-handlungen
フロイト『日常生活の精神病理学』*Zur Psychopathologie des Alltagslebens* 1901で使われている語彙。フロイトの造語か。

▼79　聯想的な反応
心理学で、ある観念の意味内容・発音・外形の類似などに伴って、他の観念が起きてくること。観念連合。

▼80　間　Pause
あいま。

たのです。何故なら、精神全体を一つの有機体だとすれば、当然そこから、物理的に生起して来るものがなければならぬからです。その非常に暗示的な一言に依って、僕は何かしらの反応を期待しました。すると、果して貴女は、僕の言葉をハートの王様《キング》と云い直しました。まさにそのハートの王様《キング》です。僕はその時、狂乱に等しい異常な啓示をうけたのでした。然し、続いて貴女には、二度目の衝動が現われました。そして、突然度を失い、思わず指環を小指に嵌め込んで、恐怖の色が……』と鋭く中途で言葉を裁《た》ち切りながら、法水の顔は慄然《りつぜん》たるものに包まれて行った。

『いや、僕の方こそ、もっともっと重苦しい恐怖を覚えたのですよ。何故なら、骨牌札《カルタ》▼81を見ると、その人物像はどれもこれも、上下の胴体が左削《ひだりそ》ぎの斜めに合わされていて、各々《それぞれ》に肝腎な心臓の部分が、相手の美々しい袖無外套《クローク》の蔭に隠《かく》れているからです。そして、その画像から失われた心臓は、右側の上端に絵印となって置かれているではありませんか。そうなると、或は僕の思い過ぎかも知れませんが、その中で輝いている凄惨な光りをどうして看過《みの》がす訳に往きましょうか、ああ、心臓は右に。▼82ですから、もし、ハートの王様《キング》と云う一言を、貴女の心像が語る通りに解釈して、算哲博士を右側に心臓を持った特異体質者だとすればです。或はそれが、四離八滅▼83を極めている不合理性の全部を、この機会に一掃してしまう曙光ともなり得ましょう。』

この驚くべき推定は、曾ての押鐘津多子を発掘した事に続いて、実に事件中二回目の大芝居だった。その超人的論理に魅了されて、検事も熊城も、痺れたような顔になり、容易に言葉さえ出ないのだった。勿論そこには、一つの懸念があった。けれども、続いて法水は例証を挙げて、それに薄気味悪い生気を吹き込むのだった。

『所で、それがもし事実だとしたら、僕等は到底平静ではいられなくなって来るのです。何故なら、あの当時算哲博士は、左胸の左心室――それも殆んど端《はず》れに当る

---

▼81　骨牌札　carta
歌留多、骨牌。遊びまたは賭け事に使用するカード状のもの。トランプ、花札、いろはがるた、歌がるたなど種類が多い。

▼82　心臓は右に
右胸心という特異体質。通常、特に病症は出ない。

▼83　四離八滅
支離滅裂。ばらばらでまとまりがなく、筋道が立っていないさま。

部分を刺し貫いていたのですが、余りに自殺の状況が顕著だったために、その屍体に剖見を要求するまでには至らなかったのでした。そうなると第一の疑問は、左肺の下葉部を貫いた所で、それが果して、即死に価《あた》いするものかどうか――と云う事です。その証拠には、外科手術の比較的幼稚だった南亜戦争[84]当時でさえも、後送距離の短い場合は、その殆んど全部が快癒しているのですからね。そうそう、その南亜戦争でした……』と法水は莨《たばこ》の端をグイと嚙み締めて、声音を沈め寧ろ怖れに近い色を泛《うか》べた。『所で、メーキンス[85]が編纂した、「南亜戦争軍陣医学集録[86]」と云う報告集があるのですが、その中に、殆んど算哲の場合を髣髴とする奇蹟が挙げられているのですよ。それは、格闘中右胸上部に洋剣《サーベル》を刺されたままになっていた竜騎兵伍長が、それから六十時間後に、棺中で蘇生したと云うのです。然し、編者である名外科医のメーキンスは、それに次のような見解を与えました。――死因は、多分上大静脈[87]を洋剣《サーベル》の脊《せ》で圧迫したために、脈管が一時狭窄《きようさく》されて、それが心臓への注血を激減させたに相違ない。然し、その鬱血腫張している脈管は、屍体の位置が異なったりする度《たび》に血胸血液が流動するので、それがため一種物理的な影響をうけたのであろう。つまりその作用と云うのは、往々屍体の心臓を蘇生させる事のある、或る種の摩擦《マッサージ》に類したものだったと思われる。何故なら、元来心臓と云うものは理学的臓器であり、また、ブラウンセカール[88]教授の言の如く、恐らく絶命している間でも、聴診や触診では到底聴き取る事の出来ない、細微《かすか》な鼓動が続いていたに相違ないのだから（註）――と、メーキンスはこう云う推断を下しているのです。そうなると久我さん、僕はこの疑心暗鬼を、一体どうすればいいのでしょうか。』

（註）巴里《パリー》大学教授ブラウンセカールと講師シオ[89]は、人体の心臓を開いてそれが尚鼓動を続けていたと云う数十例を報告している。即ち、心臓が尚充分な力を持っている事を証明

---

▼84　南亜戦争
ボーア戦争Boer War1880-1881、1889-1902長期に渉って行われた、南アフリカ領有を巡る、英国とオランダ系移民（ボーア人）との戦争。

▼85　メーキンス
Makins, Sir George Henry 1853-1933
イギリスの軍医。ボーア戦争と第一次世界大戦に従軍し、軍医将軍に昇進した。

▼86　南亜戦争軍陣医学集録
*Surgical Experiences in South Africa 1899-1900: Being mainly a clinical study of the nature and effects of injuries produced by bullets of small calibre* 1901主に小口径の銃弾による負傷の研究書、あるいは外科症例集で、刀剣によるエピソードは不詳。

▼87　上大静脈
右心房に流れ込む、上半身の血液を集める太く短い静脈。

▼88　ブラウンセカール　Brown-Séquard, Charles Édouard 1817-1894
フランスの生理学者。神経系の病気を治療する必要から電気生理学の実験で成果を収め、またブラウン・セカール症候群を報告した。同病は脊髄の半側が障害されると、特有のパターンの知覚異常と運動麻痺を生ずるものをいう。

▼89　講師シオ　Shaw
ショー。原註エピソードはハルトマン『生体埋葬』内の蘇生実例90に登場している。この症例はブラウンセカールによる報告でBoston Journal Medicine 1858に掲載。絞首刑後の検死に立ち会った三人の医師の一人がショーであった。

するのであって、換言すれば、それは心動の完全な停止を証明しないのである。勿論その鼓動は、外部では聴えない。

と法水は、算哲の心臓の位置が異なっている事から、死者の再生などと云うよりも、もっともっと科学的論拠の確かな、一つの懸念を濃厚にするのだった。が、その時、心中で凄愴な黙闘を続けていた鎮子に、突如必死の気配が閃めいた。飽くまで真実に対して良心的な彼女は、恐怖も不安も何もかも押し切ってしまったのだった。

『ああ、何もかも申し上げましょう。如何にも算哲様は、右に心臓を持った特異体質者で御座いました。ですけど、何より私には、算哲様が自殺なされるのに、右肺▼90を突いたと云う意志が疑わしく思われるのです。それで、試みに私は、屍体の皮下にアムモニアの注射▼91を致したので御座いました。所が、それには明瞭《はっき》りと、生体特有の赤色が泛《うか》んで来るではありませんか。それに、何と云う怖ろしい事でしたろう。あの糸が、埋葬した翌朝には切れていたので御座いましたわ。ですけど私には、到底算哲様の墓窖《ぼこう》を訪れる勇気は御座いませんでした。』

『その糸と云うのは、』検事が鋭く問い返した。

『それは、斯《こ》うで御座います。』鎮子は言下に云い続けた。『実を申しますと、算哲様は非度く早期の埋葬をお懼れになった方で、此の館の建設当初にも、大規模の地下墓窖《クリプト》▼92をお作りになった程で御座います。そして、それには秘かに、コルニツェ・カルニツキー（露帝アレキサンダー三世侍従）▼93式に似た、早期埋葬防止装置▼94を設けて置いたのでした。ですから、私は埋葬式の夜はまんじりともせずに、あの電鈴の鳴るのをひたすら待ち侘《わ》びて居りました。所が、その夜は何事もないので、翌朝大雨の夜が明けるのを待って、念のために、裏庭の墓窖を見に参りました。何故と申しますなら、あの周囲《ぐるり》にある七葉樹《とち》の茂みの中には、電鈴を鳴らす開閉器《スイッチ》が陰《かく》されているからで御座

---

▼90 右肺
虫太郎の誤記。285頁「左胸の左心室」という記述あり。

▼91 アムモニアの注射
イタリア人のモンテベルディ博士Monteverdiによって、肉体が本当に死んだか否かを調べる検査として、死体の皮下組織にアンモニアを注射する方法が発表された。本当に死んでいる場合はまったく変化が現れず、生きている場合だけ紅斑が出るという。cf.The Boston Medical and Surgical Journal 1875

▼92 地下墓窖 crypt
礼拝室または埋葬室として使われる教会堂の地下室。

▼93 アレキサンダー三世
Aleksandr III 1845-1894
ロマノフ朝十三代ロシア皇帝、在位1881-1894。

▼94 コルニツェ・カルニツキー式に似た、早期埋葬防止装置
Count Karnice-Karnicki 生没年不詳。
「カルニツェ・カルニツキー伯爵は、早すぎる埋葬を防ぐ画期的な装置を発明した1896。彼の装置は棺の蓋から垂直に突き出した一本のチューブからできており、地上の気密箱まで導かれる。さらにチューブに届くだけ十分なバネがついたガラス製の球体を、故人の胸の上に置く。これで球体から地上の箱までがつながる仕組みだ。わずかでも体を動かせば、球体が揺れてバネが作動し、地上の箱が勢いよく開いて、空気と光が棺にもたらされる。同時にバネの作用によって、旗、照明、大きな音がするベルが作動して、墓地にいる誰かに知らせることができる

います。するとどうで御座いましたろう。その開閉器《スイッチ》の間には山雀《やまがら》▼95の雛が挟まれていて、把手《とつて》を引く糸が切れて居りました。ああ、その糸はたしか、地下の棺中から引かれたに相違御座いません。それに棺のも、地上の棺龕《カタファルコ》の蓋も、内部《なか》から容易に開く事が出来るのですから。』

『成程、そうしてみると、』法水は唾を嚥《の》んで、鳥渡《ちよつと》気色ばんだような訊き方をした。『その事実を知っているのは、一体誰と誰ですか。つまり、算哲の心臓の位置と、その早期埋葬防止装置の所在を知っているのは？』

『それならば確実に、私と押鐘先生だけだと申し上げる事が出来ますわ。ですから、伸子さんが仰言《おつしや》った——ハートの王様《キング》云々の事は、屹度《きつと》偶然の暗合に過ぎまいと思われるのです。』

そう云い終ると、俄かに鎮子は、まるで算哲の報復を懼れるような恐怖の色を泛《うか》べた。そして、来た時とは打って変った態度で、熊城に身辺の警護を要求してから、室を出て行った。大雨の夜——それは、墓窖から彷徨《さまよ》い出た凡ゆる痕跡を消してしまうであろう。そして、もし算哲が生存しているならば、事件を迷濛《めいもう》▼96とさせている不可思議転倒の全部を、そのまま現実実証の世界に移す事が出来る。熊城は亢奮したように、粗暴な叫び声を立てた。

『何でも、やれる事は全部やって見る事にしよう。サア法水君、令状があろうとなかろうと、今度は算哲の墓窖を発掘するんだ。』

『いや、まだまだ、捜査の正統性《オーソドキシイ》▼97を疑うには、早いと思うね。』と法水はどうしたものか、浮かぬ顔をして云い淀んだ。『だって、考えて見給え。いま鎮子は、それを知っているのが、自分と押鐘博士だけだと云ったっけね。そうすると、知らない筈のレヴェズが、どうして算哲以外の人物に虹を向けて、しかも、あんな素晴しい効果を挙げたのだろう。』

---

ようになっていた。」*The History of America's Most Hounted Cemeteries 'From Beyond the Grave'* 2001。

▼95　山雀
低山や平地の林に棲むシジュウカラ属の鳥。学習能力が高く芸を仕込める。おみくじを引く小鳥のイメージがあるが、この芸自体は戦後になって流行、発展してきたもの。

▼96　迷濛
目まいがして倒れる状態。

▼97　正統性　orthodoxy
歴史上の連続性や国民・市民の総意を根拠として、組織や権力の正当性を確立すること。

『虹!?』検事は忌々しそうに呟いた。『ねえ法水君、算哲の心臓異変を発見した君を、僕はアダムスともルヴェリエ▼98とも思っている位だよ。ねえ、そうじゃないか。この事件では、算哲が海王星なんだぜ。第一あの星は、天空に種々《いろいろ》不合理なものを撒《ま》き散して、そうした後に発見されたんだからね。』

『冗談じゃない。どうしてあの虹が、そんな蓋然性に乏しいものなもんか。偶然か……それとも、レヴェズの美《うる》わしい夢想《イマージュ》▼99だ。言《ことば》を換えれば、あの男の気高い古典語学精神▼100なんだよ。』と相変らず法水は、奇矯に絶した言《ことば》を弄するのだった。『所で支倉君、驚駭噴泉《ウオーター・サープライズ》の踏石の上にはレヴェズの足跡が残っていたっけね。それをまず、韻文として解釈する必要があるのだよ。最初は四つの踏石の中で、本館に沿うた一つを踏んでいる。それから、次にその向う側の一つを、そして、最後が左右となって終っている。けれどもその循環にある最奥の意義と云うのは、僕等が看過していた五回目の一踏みにあったのだ。それが、最初踏んだ本館に沿うている第一の石で、つまりレヴェズは、一巡してから旧《もと》の基点に戻ったので、最初踏んだ石を二度踏んだ事になるのだよ。』

『然し、結局それが、どう云う現象を起したのだね?』

『つまり、僕等には伸子の不在証明《アリバイ》を認めさせた、また、現象的に云うと、それが、上空に上った飛沫に対流を起させたのだよ。何故なら、1から4までの順序を考えると、一番最後に上った飛沫の右側が最も高く、続いてそれ以下の順序通りに、略々《ほぼ》疑問符の形をなして低くなって行くだろう。そこへ、五回目の飛沫が上ったのだから、その気動に煽られて、それまで落ち掛っていた四つの飛沫が、再びその形の儘で上昇して行くだろう。すると、当然最後の飛沫との間に対流の関係が起らねばならない。それが、あの微動もしない空気の中で、五回目の飛沫をふわふわ動かして行ったのだ。つまり、その1から4までのものと云うのは、最後に上った濛気《もうき》

▼98　ルヴェリエ
Reverrier, Urbain Jean Joseph 1811-1877
フランスの天文学者。天体力学、特に惑星運動論を研究し、J・C・アダムズとは別個に天王星の運動の狂いから海王星の存在を予言した1846。また大惑星の運動を調べて、その位置表を作製した。

▼99　夢想　image
イメージ（心象、面影）は夢と結びつかない。夢想と訳すならimagination。

▼100　古典語学精神
ギリシャ・ローマ文化を研究する学問が古典語学だが、ここでは前出の騎士道精神と同じような意味に使われている。

▼101　濛気
見通しを遮るほど立ちこめたもや。

▼101を或る一点に送り込む――。詳しく云えば、それに一つの方向を決定するため必要だったのだよ。』

『成程、それが虹を発生させた濛気か。』検事は爪を嚙みながら頷いた。『如何にもその一事で、仲子の不在証明《アリバイ》が裏書されるだろう。あの女は、異様な気体が窓の中へ入り込んで行くのを見たと云ったからね。』

『所が支倉君、その場所と云うのは、窓の開いている部分ではないのだよ。あの当時桟を水平にした儘で、鎧扉《よろいど》が半開きになっていたのを知ってるだろう。つまり、噴泉の濛気は、その桟の隙間から入り込んで行ったのだ。』と法水は几帳面に云い直したが、続いて彼は、その虹に禍《わざわ》いされた唯一の人物を指摘した。『それでないと、ああ云う強彩な色彩の虹が、決して現われっこないのだからね。何故なら、空気中の濛気を中心に生じたのではなく、桟の上に溜った露滴が因《もと》で発したからなんだ。つまり、問題は、七色の背景をなすものにあった訳だが……然し、より以上の条件と云うのが、その虹を見る角度にあったのだ。言葉を換えて云えば、火術弩が落ちていた――つまり、当時犯人がいた位置の事なんだよ。しかも、あの隻眼の大女優が……』

『なに、押鐘津多子!?』熊城は度を失って叫んだ。

『うん、虹の両脚▼102の所には、黄金《こがね》の壺があると云うがね。恐らく、あの虹だけは捉える事が出来るだろう。何故なら熊城君、大体虹には、視半径約四十二度▼103の所で、まず赤色が現われる。勿論その位置と云うのが、恰度火術弩の落ちていた場所に相当するのだ。また、その赤色をクリヴォフ夫人の赤毛に対称するとなると、如何にも標準《ねらい》を狂わせるような、強烈な眩耀《ハレーション》▼104が想像されて来る。けれども、近距離で見る虹は二つに割れていて、しかも、その色は白ちゃけて弱々しい。』と法水は一端口を閉じたが、見る見る得意気な薄笑《うすわらい》が泛《うか》んで来て云った。『所が熊城君、押鐘津多

▼102　虹の両脚
妖精レプラコーンが、虹の足元に金の詰まった壺を埋めているというアイルランドの民話。

▼103　視半径約四十二度
太陽を背にして、虹を見ることができる角度は四十～四十二度で、高い角度にある雨粒からは赤に近い光が、低い角度にある雨粒からは紫に近い光が観察者の目に届く。そのため赤が一番外側で紫が内側に見えている。

▼104　眩耀　halation
前出第四回註233「眩耀」参照。ここでは、まばゆいほどに輝く程度の意味で使っている。

子だけには、決してそうではないのだよ。何故かと云うのに、片眼で見る虹は一つしかないからだ。それに、明暗の度が強いために色彩が鮮烈で、側《かたわら》にある同色のものとの判別が、全然付かなくなってしまうのだよ。ああ、あの渡り鳥《ワンダー・フォーゲル》——それは、まずレヴェズの恋文となって、窓から飛び込んで来た。そして、それが偶然クリヴォフ夫人の赤毛の頸を包んで、扨《さて》それに依って標的を射損ずるような欠陥のあるものと云えば、まず津多子以外にはないのだよ。』

『成程。然し、君は、いま虹の事をレヴェズの恋文と云ったね？』検事が咎めて、自分の耳を疑うような面持で訊ねたが、それに法水は慨嘆するような態度で、彼特有の心理分析を述べた。

『ああ支倉君、君はこの事件の暗い一面しか知らないのだ。何故なら君は、あの赤毛のクリヴォフが宙吊りになる直前に、伸子が窓際に現れたのを忘れてしまったからだよ。だから、レヴェズはそれを見て伸子が武具室にいると思い、それから噴泉の側《かたわら》で、あの男の理想の薔薇▼105を詠《うた》ったのだよ。所で君は、「ソロモンの雅歌▼106」の最終の章句を知っているかね。吾が愛するものよ、請う急ぎ走れ。香《かん》ばしき山々の上にかかりて、獐《しか》の如く、小鹿の如くあれ▼107——。あの神に対する憧憬を切々たる恋情中に含めている世界最大の恋愛文章には、そして、愛する者の心を、虹になぞらえて詠っているのだ。あの七色——それは、ボードレールに依れば、熱帯的な狂熱的な美くしさ▼108となり、またチャイルド▼109が詠うと、それから、旧教主義《カトリシズム》▼110の荘重な魂の熱望が生れて来るのだ。また、その抛物線《ほうぶつせん》▼111を近世の心理分析学者共は、滑斜橇《トボガン》▼112で斜面を滑走して行く時の心理に擬している。そして、虹を恋愛心理の表象にしているのだよ。ねえ支倉君、あの七色は、精妙な色彩画家のパレットじゃないか。また、ピアノの鍵《キイ》の一つ一つにも相当する。そして、虹の抛物線は、その色彩法《コロリー》でもあり、旋律法、対位法でもあるのだ。何故なら、動いて行く虹は視半径二度宛《ずつ》の差で、そ

---

▼105　理想の薔薇
古代ギリシャにおいてはヴィーナス、キリスト教では聖母マリアの象徴であった薔薇は、愛の象徴、理想の女性像である。

▼106　ソロモンの雅歌
旧約聖書に収録された全八章からなる詩。男女の相聞の歌であり、前出のユダヤ王ソロモンの作といわれる。

▼107　吾が愛するものよ、請う急ぎ走れ。香ばしき山々の上にかかりて、鹿の如く、小鹿の如くあれ
「恋しい人よ／急いでください／かもしかや子鹿のように／香り草の山々へ。」『雅歌　8:14　おとめの歌』

▼108　熱帯的な狂熱的な美くしさ
卑猥、耽美、背教的なボードレールの詩想。

▼109　チャイルド
Child, Francis James 1825-1896
アメリカ、ボストン出身の文献学者。ブリテン島の児童民謡の収集家。

▼110　旧教主義　Catholicism
前出第四回註145「旧教精神」参照。

▼111　抛物線
放物線。物を投げたときの軌跡。

▼112　滑斜橇　toboggan
木製のそり（カナダ系フランス語）。

の視野に入って来る色を変えて行くからだよ。つまりレヴェズは、韻文の恋文を、虹に擬《なぞら》えて伸子に送ったのだ。

それに依ると、最初のうち法水は、レヴェズが虹を作った事を、他の何者かを庇《かば》おうとする騎士的行為と看做《みな》していたらしかったが、更に深く剔抉《てっけつ》して行って、遂にそれが恋愛心理に帰納されてしまうと、必然犯人がクリヴォフ夫人を射損じた事を、偶然の出来事に帰してしまうより他にないのだった。然し、検事と熊城には、その何れもが実証的なものでないだけに、半信半疑と云うよりも、何故法水が虹などと云う夢想的なものにこだわっていて、肝心の算哲の墓窖発掘を行わないのだろう——と、それが何より焦《もどか》しく思われるのだった。殊に、レヴェズの恋愛心理が、後段に至って此の事件最後の悲劇を惹起しようなどとは、てんで思いも及ばなかった事だろうし、また、法水が押鐘津多子を犯人に擬した事にも、それ以外に或る重大な暗示的観念が潜んでいようなどとは、勿論気付く由《よし》もなかったのである。斯《こ》うして、一端絶望視された事件は、短時間の訊問中に再び新たな起伏を繰り返して行ったが、続いて、現象的に希望の全部が掛けられている、大階段の裏《ビハインド・ステイアス》を調査する事になった——それが五時三十分。

## 二、シャビエル上人の手が……

法水が十二宮《ゾーディアック》から引き出した解答——大階段の裏《ビハインド・ステイアス》には、その場所に符合するものに、二つの小室があった。一つは、テレーズ人形の置いてある室で、もう一つは、それに隣り合っていて、内部には調度一つない空部屋になっていた。法水はまず後者を択《えら》んで把手《ノッブ》に手を掛けたが、それには鍵も下りていず、スウッと音もなく開かれた。構造上窓が一つもないので、内部《なか》は漆黒の闇である。そして、煤《すす》けた冷やかな空気が触れて来る。所が、先に立った熊城が、懐中電灯をかざしながら壁際を歩いているうちに、不図何を聴いたものか、背後《うしろ》の検事が突然立ち止って、何かしら慄然としたように息を詰め、聴耳《ききみみ》を立て始めた。そして、法水に幽かな顫《ふる》えを帯びた声で囁《ささや》いた。

『法水君、君はあれが聴えないかい。隣りの室から、鈴を振るような音が聴えて来るんだ。凝然《じっ》と耳を済ましてい給え。そら、どうだ。ああ、たしかテレーズの人形が歩いている……』

　成程、検事の云う通り、熊城が踏む重い靴音に交って、リリンリリンと幽かに顫《ふる》えるような音が継続して来る。無生物である人形の歩み――まさに、魂の底までも凍《い》て付けるような驚愕《おどろき》だった。然し、当然それには、人形の側《かたわら》に或る何者かを想像しなくてはならない。そこで三人は、嘗《かつ》て覚えた事のない亢奮の絶頂にせり上げられてしまったのだった。最早躊躇する時機ではない――熊城が狂暴な風を起して、把手《ノッブ》を引きちぎらんばかりに引いた時。その時何を思ってか、法水が突如けたたましい爆笑を上げた。

『ハハハハ支倉君、実は君の云う海王星が、この壁の中にあるのだよ。だって、あの星は最初から既知数ではなかったのだからね。憶い出し給え、古代時計室にあった人形時計の扉《ドア》に、一体何と云う細刻が記されていたか。四百年の昔に、千々石《ちぢわ》清左衛門がフィリッペ二世から拝領したと云う梯状琴《クラヴィ・チェンバロ》は、その後所在を誰一人知る者がないのだよ。多分截《たた》れた絃が、震動で顫え鳴ったのだろう――最初重い人形が隣室の壁際を歩んだ。そして、次に今の熊城君だ。つまり、大階段の裏《ビハインド・ステイアス》の解答と云うのは、この隣室との境にある壁の事なんだよ。』

　然し、その壁面には何処を探っても、隠扉《かくしドア》が設けてあるような手掛りはなかった。そこで止むなく、その一部を破壊する事になった。熊城は最初音響を確かめてから、それらしい部分に手斧を振って、羽目《パネル》に叩き付けると、果して其処からは、無数の絃が鳴り騒ぐような音が起った。そして、木片が砕け飛び、その一枚を手斧と共に引くと、羽目《パネル》の蔭からは冷え冷えとした空気が流れ出て来る――其処は、二つの壁面に挟まれた空洞だったのだ。その瞬間、悪鬼の秘密な通路が闇の中から摑み取られそうな気がして、三人の唾を嚥《の》む音が合したように聴えた。打ち下す音と共に、梯状琴《クラヴイチエンバロ》の絃の音が、狂った鳥のような凄惨な響《ひびき》を交えるのは、熊城が周囲の羽目《パネル》を破壊し始めたからだった。所が、やがてその一劃から埃塗《ほこりまみ》れになって抜け出して来ると、彼は激しい呼吸の中途で大きな溜息を一つ吐《つ》いて、法水に一冊の書物を手渡した。そして、グッタリした弱々しい声で云った。

『何もない――隠扉《かくしドア》も秘密階段も揚蓋《あげぶた》もないんだ。僅《た》った此の一冊だけが収穫だったのだよ。ああ、斯《こ》んなものが、十二宮秘密記法の解答だなんて。』

法水も、この衝撃からすぐに恢復する事は困難だった。明かにそれが、二重に重《おも》錘《し》の加わった失望を意味するのだったから。何故なら、ディグスビイが設計者だったと云う事から、殆んど疑う余地のなかった秘密通路の発見に、まずまんまと失敗してしまった――それは勿論云う迄もない事である。けれども、それと同時に、事件の当初ダンネベルグ夫人が自筆で示したところの、人形の犯行と云う仮定を、僅かそれ一筋で繋ぎ止めていた顫音《せんおん》の所在が明白になった。それなので、愈々《いよいよ》明瞭《はっきり》と此処で、あのプロヴィンシヤ人の物々しい鬼影を認めなければならなくなってしまったのだ。然し、以前の室に戻ってその一冊を開くと、法水は慄然としたように身を竦《すく》めた。けれども、その眼には、まざまざと驚嘆の色が現われた。

『ああ、驚くべきじゃないか。これは、ホルバインの「死の舞踏《トーテン・タンツ》」▼113なんだよ。しかも、もう稀覯に等しい一五三八年里昂《リオン》▼114の初版なんだ。』

それには、四十年後の今日に至って、黒死館に起った陰惨な死の舞踏を予言する

---

▼113　死の舞踏　*Totentanz*
ホルバイン原画による、人間と死＝骸骨の関係を描いた風刺木版画集。原画の制作は1524。

▼114　一五三八年里昂
リヨンLyonはフランス南東部、ローヌ・ソーヌ両川合流点にあるローマ時代からの都市。ドイツの画家であるホルバインが銅版画集をリヨンで発表したのは、当時既に死亡していた、彫師リュッツェルブルガーと発行者との権利関係のためだった。発行者が経緯を知らなかったため、リヨン版にはホルバインの名は入っていない。原題はフランス語。*Les simulachres & historiees faces de la mort, autant elegamment pourtraictes, que artificiellement imaginées* 1538

▼115　犢皮
仔牛の皮。

▼116　ジャンヌ・ド・ツーゼール夫人
ジャン・ドゥ・ヴォーゼルJean de Vauzelles 1495?-1559?という名は、原著に添えられた序文の筆者の一人。リヨンの聖職者・人文主義者で、夫人は誤り。

▼117　捧呈文　dedication
デディケーション、献呈の辞。

▼118　リュッツエンブルガー
Lutzelburger, Hans ?-1526
リュッツェルブルガー。ドイツの木版彫り師。ホルバインに『死の舞踏』の原画を依頼した。

▼119　一五三〇年バーゼル
バーゼルBaselはスイス北西部、ライン川に沿い、ドイツ・フランスとの国境に接する都市。ホルバインの青年期の活動地点。リュッツェル

かのように、明瞭《はっき》りとディグスビイの最終の意志が示されていた。茶の犢皮《とくひ》で[115]装幀された表紙を開くと、その裏側には、ジャンヌ・ド・ツーゼール夫人[116]に捧げたホルバインの捧呈文《デジケーション》[117]が記され、その次葉に、ホルバインの下図《デザイン》を木版に移した、リュッツェンブルガー[118]の、一五三〇年バーゼル[119]に於ける制作を証明している一文が載せられていた。然し、頁《ページ》を繰って行って、死神と屍骸で埋められている多くの版画を追うているうちに、法水の眼は、不図或る一点に釘付けされてしまった。その左側の頁《ページ》には、大身鎗《おおみのやり》を振った髑髏《どくろ》人[120]が一人の騎士の胴体を芋刺しにしている図が描かれ、また、その右側のは、大勢の骸骨が長管喇叭《トロムバ》や角笛《ホルン》を吹き筒太鼓《ケツトル・ドラム》を鳴らしたりして、勝利の乱舞に酔いしれている光景[121]だった。所が、その上欄に次のような英文が認められてあったのだ。それはインキの色の具合と云い、始めて見るディグスビイの自筆に相違なかったのである。

“Girl《ガール》 locked《ロックト》 in《イン》 kains.《カインス》 Jew《ジュー》 yawning《ヨーニング》 in《イン》 knot.《ノット》 Knell《ネル》 Karagoz!《カラギョス》 Jainists《ジャイニスツ》 underlie《アンダーライ》 below《ビロウ》 Inferno.《インフェルノ》”

——（訳文）。少女《おとめ》はカイン[122]の輩《ともがら》の中に鎖《と》じ込められ、猶太人《ジュウ》は難問の中にて嘲笑《あざわら》う。凶鐘《きょうしょう》[123]にて人形（カラギョス[124]——[125]土耳古の操人形）を喚《よ》び覚せ、耆那《ジャイナ》宗徒[126]共（仏教の別派）は地獄[127]の底に横《よこた》わらん。（以上は、判読的意訳である）

そして、次の一文が続いていた。それは文意と云い、創世記[128]に皮肉嘲説を浴びせているようなものだった。

——（訳文）。エホバ神は半陰陽《ふたなり》なりき。始めに自らいとなみて、双生児《ふたご》を生み給えり。最初に胎より出《い》でしは、女にしてエバ[129]と名付け、次なるは男にしてアダム[130]

ブルガーの没年からみて1530の意味は不詳。

▼120　大身鎗を振った髑髏人
第四十番「騎士」を指す。

▼121　長管喇叭や角笛を吹き～
前出第四回註18「長管喇叭」参照。角笛hornは、獣角で製した笛。猟師・牧童などが用いる。筒太鼓kettle-drumは、膜を胴に直接膠着させたり、鋲を打って取り付ける太鼓。以上の要素を含む作品は、第七番「すべての人間の骸骨」に相当する。

▼122　カイン　Cain
創世記における、アダムとイヴの長子。自分の供物が神に嘉納されなかったため、嫉妬のあまり弟アベルを殺した。

▼123　凶鐘
弔いの鐘、うら悲しい音。凶兆。

▼124　カラギョス　Karagöz
トルコの影絵人形劇の主人公。トルコ語で「黒い目」を意味し、彼が引き起こす騒動や失敗などを中心に脚色したコメディ。

▼125　土耳古　Turk
トルコ。小アジアとバルカン半島の東端にまたがる共和国。十四世紀以降オスマン帝国として栄えた大帝国だが、ケマル＝アタチュルクらによる革命を経て共和国となった1923。

▼126　耆那宗徒　Jainist
ジャイナ教は前六世紀頃インドでヴァルダマーナ（マハーヴィーラ）の興した宗教。ジャイナとは迷いに打ち克つ勝者の意。

▼127　地獄
カトリック教会では、苛責によって浄罪されたのち昇天を許されうる煉獄と、異教徒や異端者

と名付けたり。然るに、アダムは陽《ひ》に向う時、臍《ほぞ》より上は陽《ひ》に従いて背後に影をなせども、臍《ほぞ》より下は陽《ひ》に逆いて、前方に影を落せり。神、この不思議を見ていたく驚き、アダムを畏《おそ》れて自らが子となし給いしも、エヴは常の人と異ならざれば婢《しもめ》▼131となし、さてエヴといとなみしに、エヴ妊《みごも》りて女児《おなご》を生みて死せり、神、その女児《おなご》を下界に降《くだ》して人の母となさしめ給いき。

法水は、それに鳥渡《ちょっと》眼を通しただけだったが、検事と熊城は何時迄も捻《ひね》っていて、暫く数分のあいだ瞶《みつ》めていた。然し、遂に詰らなそうな手付で卓上に投げ出したけれども、流石《さすが》文中に籠っているディグスビイの呪咀の意志には、磅芒《ほうぼう》▼132と迫って来るものがあったのは事実だった。

『成程、明白にディグスビイの告白だが、これほど怖ろしい毒念があるだろうか。』検事は思いしな声を慄わせて、法水を見た。『たしか文中にある少女《おとめ》と云うのは、テレーズの事を指して云うのだろう。すると、テレーズ・算哲・ディグスビイ——とこの三角関係の帰結は、当然、カインの輩の中に鎖じ込められ——の一句で瞭然たるものになってしまう。そして、ディグスビイは此の館に難問を提出して、そうしてから、その錯綜《ジグザグ》の結び目の中で嘲笑《せせらわら》っているのだ。』と検事は神経的に指を絡み合わせて、天井をふり仰いだ。『ああ、その次は、凶鐘にて人形を喚び覚せ——じゃないか。ねえ法水君、ディグスビイと云う不可解な男は、此の館の東洋人共が、ゴロゴロ地獄の底へ転がり込んでいる光景さえ予知していたのだよ。つまり、此の事件の生因は、遠く四十年前にあったのだ。その時既にあの男は、今度の事件の役割を端役までも定《き》めていたんだぜ。』

ディグスビイの意志が怖ろしい呪咀である事は、彼がそれを記すのにホルバインの「死の舞踏《トーテンタンツ》」を用いただけでも明らかであるが、それにも況《ま》して怖しく思われた

---

が永劫の罰責を受ける地獄とがあるとする。

▼128　創世記　Genesis
旧約聖書第一の書。世界創造からヨセフの死に至るまでのヘブライ人の神話・伝説を録したもの。

▼129　女にしてエバ　Eva
創世記に登場する人類最初の女性イヴ。

▼130　男にしてアダム　Adam
創世記において、神の息吹と土から創造された男性。聖書原典では、イヴはアダムの肋骨から創られたといわれる。

▼131　婢
はしため。下女。

▼132　磅芒
物事の鋭く迫るさま。

のは、彼が執拗にも、数段の秘密記法《クリプトメニツエ》▼133を用意している事だった。それを憶測すれば、恐らく何処かに一つの驚くべき計画が残されていて、それが醸《かも》し出して来る凶運を難解極まる秘密記法《クリプトメニツエ》にて覆い、人々がそれにあぐみ悩む有様を、秘かに横手で嗤《わら》おうと云う魂胆らしく思われるのだった。即ち、その秘密記法《クリプトメニツエ》の深さは、此の事件の発展に正比例するのではないか——。然し、法水はその文中から、ディグスビイにもあるまじい幼稚な文法をさえ無視している点や、また、冠詞のない事も指摘したのだったけれども、次の創世記めいた奇文に至ると、その二つの文章が聯関している所は勿論凡てが宛然《さながら》霧に包まれたかの観を呈するのだった。それから法水等は、押鐘博士に遺言書の開封を依頼するため、階下の広間《サロン》へ赴いた。

広間《サロン》の中には、押鐘博士と旗太郎とが対座していたが、一行を見ると立ち上って迎えた。医学博士押鐘童吉は五十代に入った紳士で、薄い半白の髪を綺麗に梳《くしけず》り、それに調和しているような卵円形の輪廓で、また、顔の諸器官も相応して、各々《それぞれ》に端正な整いを見せていた。総じて、人道主義者《ヒューマニスト》▼134特有の夢想に乏しい、そして、豊かな抱擁力を思わせるものがあった。博士は法水を見ると慇懃に会釈して、彼の妻を死の幽鎖から救ってくれた事に、何度も繰り返して感謝の辞を述べた。然し、一同が座に着くと、まず博士が興なげな調子で切り出した。

『一体どうしたと云うんです、法水さん。いまに誰もかも元素に還されてしまうのじゃないでしょうか。一体、犯人は誰なんですかな。家内は、その影像《ファントム》▼135を見なかったと云ってますよ。』

『左様、全く神秘的な事件です。』と法水は伸ばした肢《あし》を縮めて、片肱を卓上に置いた。『ですから、指紋が取れようが糸が切れていようが、到底駄目です。要するに此の事件は、あの底深い大観を闡明せずには、解決が不可能なのですよ。つまり、臨検家《ヴィジター》▼136が幻想家《ヴィジョナリー》▼137となる時機にですな。』

---

▼133　秘密記法　Cryptomenice
この書名は前出第五回註201「ランジイ」の著書『暗号学』の参考文献に登場する。著者はアウグスト二世Herzog August II Braunschweig-Wolfenbüttel 1579-1666の別名グスタフス・セレヌスGustavus Selenus。原書名はフランス語で、*Cryptomenytices et Cryptographiae libri IX* 1324。

▼134　人道主義者　humanist
人道主義humanitarianismは、人間愛を根本におき人類全体の福祉の実現を目ざす立場。一方ヒューマニストは人文主義者、ルネサンスにおける古典研究者の意で、後に人道主義者と同義にも用いる。

▼135　影像　phantom
幻、幻影、幽霊、お化け。

▼136　臨検家　visitor
現場に立ち会って検査する人。

▼137　幻想家　visionary
現実にはないことをあるかのように心に思い描く癖のある人。

『いや、元来儂は哲学問答が不得手でして、』と博士は警戒気味に眼《まなこ》を瞬《しばた》いて、法水を見た。そして、『然し、貴方はいま、糸と云われましたね。ハハハハ、それが何か令状と関係があるのでしょうか。法水さん、儂は法律の威力を傍観していないですよ。』と早くも遺言書の開封に、不同意らしい意向を洩らすのだった。

『無論、家宅捜索令状を持ってはいませんがね。然し、一人の辞職だけで済むものなら、多分僕等は法律も破り兼ねないでしょう。』と熊城は憎々し気に博士を見据えて、異常な決意を示した。その俄かに殺気立った空気の中で、法水は静かに云った。

『左様、正しく一本の糸なんです。つまり、その問題は、算哲博士を埋葬した当夜にあったのですよ。たしか貴方は、あの晩この館へお泊りになられたでしょうね。ですが、その時もしあの糸が切れていないかったなら、多分今日の事件は起きなかったでしょうよ。――、あの遺言書が……。そうなれば恐らく算哲一代の精神的遺物になる事が出来たでしょうに。』

　押鐘博士の顔が蒼ざめて見る見る白けて行ったが、糸――の真相を知らない旗太郎は、不自然な笑を作って、呟くように云った。

『ああ、僕は弩《ど》の絃《いと》の事をお話ししかと思いましたよ。』

　然し、博士は法水の顔をまじまじと瞶《みつ》めて、突っかかるように訊ねた。

『どうも、仰言《おつしや》る言葉の意味が判然と嚥《の》み込めませんが、然し、結局あの遺言書の内容が、何《な》んだと云われるのです？』

『僕は、現在では白紙だと信じていますよ。』と法水は突然眼を険《けわ》しくして、実に意外な言《ことば》を吐いた。『もう少し詳細に云いますと、その内容が、或る時期に至って、白紙に変えられたのだ――と。』

『莫迦な、何を云われるのです。』と博士の驚愕の色が、忽ち憎悪に変った。そして、恥もなく見え透いた術策を弄しているかのような相手を繁々《しげしげ》と瞶《みつ》めていたが、不図心中に何やら閃いたらしく、静かに莨《たばこ》を置いて云った。

『それでは、遺言書を作成した当時の状況をお聴かせして、貴方からそう云う妄信を去らせて貰いましょう……その日はたしか、昨年の三月十二日だったと思いますが、突然先主が儂を呼び付けたので何かと思うと、今日偶然思い立ったので、此処で遺言書を作成すると申されたのでした。そして、儂と二人で書斎に入って、儂は隔った椅子の向うから、先主が頻りに草案を認《したた》めているのを眺めて居りました。それは、オクターヴォ判型[138]の書簡紙に二枚程のものでしたが、認め終ると、その上に金粉を撒いて、更に廻転封輪《シリンドリカル・シール》[139]で捺《お》しました。多分貴方は、あの方が一切を旧制度《アンシャンレジイム》[140]的に扱うのを――つまり、その復古趣味[141]を御存知でしょうな。所で、それが済むと、その二葉を金庫の抽斗《ひきだし》の中に蔵《おさ》めて、当夜は室の内外に厳重な張番を立て、その発表を翌日行う事になりました。所が、翌朝になると、ズラリと家族を並べた前で、先主は何と思ってか、いきなりその中の一葉を破ってしまったのです。そして、そのズタズタに寸断したものに更に火をつけて、またその灰を粉々にして、それを遂々《とうとう》窓から雨の中へ投げ捨ててしまいました。その周到を極めた、如何にも再現されるのを懼れるような行為を見ても、その内容が疑いもなく、異常に熾烈《しれつ》な秘密だったに相違ありません。そして、残った一葉を厳封して、それを金庫の中に蔵《おさ》め、死後一年目に開くよう儂に申し渡しました。ですから、あの金庫には、未だ開く時機が到来していないのですよ。法水さん、儂にはどうしても、故人の意志を欺《あざむ》く事が出来んのです。然し、要するに法律と云うものは痴呆の習風なのです。どんなに秘密っぽい輪換の美[142]があっても、あの無作法な風は決して容赦せんでしょうからな。よろしい、儂は貴方がたが為される儘に、何時でも傍観しとりましょう。』と博士は勝ち誇ったように云い放ったが、先刻《さつき》から絶えず泛《うか》んでは消えていた不安の色が、

---

▼138　オクターヴォ判型　octavo
洋紙全紙を三回折ったもの、八つ折り判。全紙の大きさによって五×八インチのほか数種類ある。

▼139　廻転封輪　cyrindrical seal
古代バビロニアで使われた、粘土板に転がせて刻む印章を起源とし、後に、垂らした蜜蠟に押す指輪状の印鑑をいう。シール蠟印。

▼140　旧制度　Ancien Régime
アンシャンレジーム。もはや採用されていない過去の政治・社会制度。特に革命以前のフランスに存在した制度をいう。

▼141　復古趣味
過去の体制・状態を正統であるとし、そこに戻ろうとする考え方。

▼142　輪換の美
輪奐（りんかん）。建築物が広大で壮麗なこと。

いきなり顔面一杯に拡がって来て、

『だが、貴方の云われた一言は、聴き捨てになりませんぞ。いいですかな。作成した当夜は厳重な監視で護《まも》られていた――そして、先主は焼き捨てた残りの一葉を金庫に蔵《おさ》めた――その文字合せの符号も鍵も、』と云い掛けて、衣袋《ポケット》から符帳▼143と鍵を突き出した。そしてそれを粗暴な手附でガチャリと卓上に置いた。『如何《いかが》です法水さん、機智《ウイツト》▼144や飄逸《ユーモア》では、あの扉《ドア》は開けられんでしょうからな。それとも、熔鉄剤《テルミツト》▼145ですかな。いやとにかく、貴方があア云う奇言をお吐きになるには、無論相当な論拠がおありでしょう。』

法水は烟《けむり》の輪を天井に吐いて、嘯《うそぶ》くように云った。

『いや、実に奇妙な事です。実際今日の僕は、糸とか線とか云うものに非度《ひど》く運命付けられていましてな。つまり、あの時もまた切れなかったと云う事が、遺言書の内容を失わせた原因だと信じているのですよ。』

法水の意中に潜んでいるものは漠として判らなかったけれども、それを聴いた博士は、総身を感電したように戦かせて、何か或る一事のため、法水に全く圧倒されてしまったように思われた。そして、血の気の失せた顔を強張《こわば》らせて暫く黙念に耽《ふけ》っていたが、やがて立ち上ると、悲壮な決意を泛《うか》べて云った。

『よろしい。貴方の誤信を解くためには止むを得ん事です。儂は先主との約束を破って、今日此処で遺言書を開きましょう。』

それから、二人が戻って来る迄の間は、誰一人声を発する者がなかった。それぞれの頭の中では、各人各種の思念が渦《うずまき》のように巻き揺いでいた。と、検事と熊城には事件の開展が期待され、また、旗太郎はその開封に、何か自分の不利を一挙に覆えすようなものを、待設《まちもう》けているかの如くであった。間もなく、二人の姿が再び現われて、法水の手に一葉の大型封筒が握られていた。所が、環視▼146の中で封を切り、

---

▼143　符帳
身内同士の合図に使う隠語。割符。

▼144　機智　wit
その場に応じて活発に働く才知。

▼145　熔鉄剤　thermit
アルミニウム粉末と酸化鉄とを混合した鉄の溶接剤。酸化鉄がアルミニウムで還元されて鉄を生じ、同時に多量の熱を出すのを利用する。

▼146　環視
取り囲んだ大勢が一斉に見ること。注目されること。

内容を一瞥すると同時に、法水の顔には痛々しい失望の色が現われた。ああ、此処にもまた、希望の一つが虧《か》け落ちてしまったのだった。それには、一向に他奇もない、次の数項が認められてあるのみだった。

一、遺産は、旗太郎並びにグレーテ・ダンネベルグ以下四人に対して、均等に配分するものとす。

二、尚、既に当館永守的な戒語である——館の地域以外への外出・恋愛・結婚。並びに、この一書の内容を口外したるものは、直ちにその権利を剝奪さるるものとす。但《ただ》し、その失いたる部分は、それを按分に分割して、他に均霑《きんてん》▼147されるものなり。以上は、口頭にても各々《それぞれ》に伝え置きたり。

旗太郎にも、同様落胆《がっかり》したらしい素振りが現われたけれども、流石《さすが》に、年少の彼は、すぐに両手を大きく拡げて喜悦の色を燃やせた。

『これですよ法水さん、辛《や》っとこれで、僕は自由になる事が出来ました。実を云いますと僕は、何処かの隅に穴を掘って、その中へ怒鳴ろうかと思いましたよ。でも、考えてみると、あの怖しいメフィストがどうして容赦するものですか。』

斯《こ》うして、遂に法水との賭《かけ》に、押鐘博士が勝った。然し、内容を白紙と主張した法水の真意は、決してそうではなかったらしい。勿論その一言は、博士を抑えた得体の知れない計謀には役立ったに相違ない。けれども、恐らく内心では、黙示図の知られない半葉を喘ぎ求めていて、この刮目《かつもく》された一幕を空しく終らねばならなかったのであろう。所が、不思議な事には、勝ち誇った筈の博士からは依然神経的なものが去らずに、妙に怯々《おどおど》した不自然な声で云うのだった。

『これで漸《や》っと儂の責任が終りましたよ。然し、蓋を明けても明けなくても、結論

---

▼147　均霑
平等に恩恵や利益を受けること。

は既に明白です。要するに問題と云うのは、均分率の増加にあるのですからな。』

そこで、法水等は広間《サロン》を去る事にした。彼は博士に対して、色々迷惑を掛けた事を頻りに詫びてから室を出たが、それから階上を通りすがりに何と思ってか、彼一人伸子の室に入って行った。

伸子の室は、幾分ポンパズール▼148風に偏した趣味で桃色《ピンク》の羽目《パネル》を金の葡萄蔦《ぶどうつた》模様で縁取っていて、比較的明るい感じのする書斎造り▼149だった。そして、左側が細長く作られた書室に入る通路、右側にある桔梗《ききょう》▼150色の帷幕《いばく》の蔭が、寝室になっていた。伸子は法水を見ると、宛《あたか》も予期していたかのような落着きで、椅子を薦《すす》めてから云った。

『もうそろそろ、お出でになる頃合だと思ってましたわ。屹度《きっと》今度は、ダンネベルグ様の事をお訊きになりたいのでしょう。』

『いや、決して問題は、あの屍光にも創紋にもないのですよ。無論青酸《シャン》には適確な中和剤がないのですから、貴女がダンネベルグ夫人と同じレモナーデを飲んだにした所で、それには、強《あなが》ち例題とする価値はないでしょうからね。』と法水は、彼女を安堵させるためにまず前提を置いてから、『所で、貴女はあの夜、神意審問会の直前にダンネベルグ夫人と口論なさったそうですが。』

『ええ、しましたとも。ですけど、それに就いての疑念なら、却って私の方にある位ですわ。私には、あの方が何故お怒りになったものか、てんで見当が附かないんですの。実は、斯《こ》うなので御座います。』と伸子は躊《ため》らわず言下に答えて、一向に相手を窺視《きし》するような態度もなかった。『恰度晩食後一時間頃の事で、図書室に戻さねばならないカイゼルスベルヒ▼151の「聖《セント》ウルスラ記▼152」を、書棚の中から取り出そうとした際で御座いました。突然蹌踉《よろ》めいて、その本を隅にあった乾隆硝子《けんりゅうガラス》▼153の大花瓶に打ち当てて、それを倒してしまったので御座います。所が、それからが妙なんですわ。そりゃ非度い物音が致しましたけれども、別にお叱りをうけると云う程の

---

▼148　ポンパズール　marquise de Pompadour, Jeanne Antoinette Poisson 1721-1764
ポンパドゥール夫人。フランス国王ルイ十五世の愛人。微賤の出身だが、その美貌と才能によって公爵夫人、王后侍従となった。宮廷芸術の育成に貢献し、十八世紀ロココ様式は彼女から発祥したともいえる。

▼149　書斎造り
本棚や机を備えた、読書や書き物をするための部屋。特定の様式はない。

▼150　桔梗色
青みを帯びた紫色。桔梗の花の色。

▼151　カイゼルスベルヒ　Kaysersberg, Johann Geiler von 1445-1510
スイスの司祭、著名な説教者。『愚者の船』の著者セバスチャン・ブラントの友人。

▼152　聖ウルスラ　Sancta Ursula ?-283?
イギリスの王女。名前は小さな雌熊の意。異教徒の国王との婚姻を避け、多数の侍女とともにローマへ巡礼した。帰途ケルン郊外にてフン族に射殺されたが、その時多数の天使が現れ、フン族を蹴散らした伝説を持つ。書名としては不詳。

▼153　乾隆硝子
乾隆は中国、清の高宗朝の年号1736-1795。清代、ことに乾隆年間にはすぐれたガラス製品が作られた。

問題でも御座いませんでしょう。それなのに、ダンネベルグ様がすぐにお出でになって……。で御座いますもの。私には未だに凡てが、判然と嚥《の》み込めないような気が致して居ります。』

『いや、夫人は多分貴女を叱ったのではないでしょうよ。怒り笑い嘆く——けれども、その対照が相手の人間ではなく、自分がうけた感覚に内問している。そう云う意識が異様に分裂したような状態が、時偶《ときたま》或る種類の変質者には現われるものですからね。』と法水は伸子の肯定を期待するように、凝然《じいっ》と彼女の顔を見守るのだった。

『所が、現実は決して……。』と伸子は真剣な態度で、キッパリ否定してから、『まるであの時のダンネベルグ様は、偏見と狂乱の怪物《ばけもの》でしか御座いませんでした。それに、あの尼僧のような性格を持った方が、声を慄わせ身悶《みもだ》えまでして私の前身を残酷にお洗い立てになるのでした。馬具屋▼154の娘……賤民《チゴイネル》▼155ですって。それから、竜見川学園▼156の保姆《ほぼ》……それはまだしもで私は寄生木《やどりぎ》▼157とまで罵《ののし》られたのですわ。いいえ、私だっても、どんなに心苦しい事か……。たとい算哲様生前の慈悲深い思召《おぼしめ》しがあったにしても、何時《いつ》まで御用のない此の館に御厄介になって居ります事が、どんなにか……』と娘らしい悲哀《かなしみ》が憤怒に代って行ったが、漸く涙に濡れた頰の辺りが落着いて来て、『ですから、私が未だに解し兼ねていると云う意味が、これですっかりお判りで御座いましょう。あの方は私が粗相で立てた物音には、一向に触れようとはなさらなかったのですから。』

『全く僕も、貴女の立場には同情しているんです。』と法水は慰めるような声で云ったが、心中彼は何事かを期待しているらしく思われた。『所で貴女は、ダンネベルグ夫人がこの扉《ドア》を開いた際を御覧になりましたか。一体その時、貴女は何処にいましたね？』

---

▼154　馬具屋
鞍やあぶみ、くつわなど乗馬用の道具類を扱う店。かいば桶などの飼育道具も含まれる。

▼155　賤民　Zigeuner
ジプシー、ロマ。身分の低い民、下賤の民。社会的に最下層に置かれて差別された人々。

▼156　竜見川学園
東京都北区にあった知的障害児・障害者向けの福祉施設。実在の学園を蔑視して使用。

▼157　寄生木
エノキなど落葉樹の樹上に寄生する、ヤドリギ科の常緑小低木。

『マア、貴方らしくもない。まるで、心理前派の旧式探偵▼158みたいですこと。』と伸子は、法水の質問に魂消《たまげ》たような表情を見せたが、

『所が、生憎《あいにく》とその時は室《へや》を空けて居りました。電鈴《ベル》が壊れていたので、召使《バトラー》の室《へや》へ花瓶の後始末を頼みに行っていたものですから。所が、戻って参りますと、ダンネベルグ様が寝室の中にいらっしゃるでは御座いませんか。』

『そうすると、以前から帷幕の蔭にいたのを知らなかったのでは、』

『いいえ、多分私を探しに、寝室の中へお入りになったのだろうと思いますわ。その証拠には、あの方の姿が帷幕の隙間からチラと見えた時には、其処から少し右肩をお出しになっていて、その儘の形で暫く立っていらっしゃったのですから。そのうち側の椅子を引き寄せになって、やはりその、二つの帷幕の中間《あいだ》の所へお掛けになりました。ねえ如何《いかが》、法水さん。私の陳述の中にはどの一つにだって、算哲様を始め黒死館の精霊主義《アミニズム》▼159が現われては居りませんでしょう——だって、正直は最上の術策なりと申しますもの。』

『有難《ありがと》う。もう此れ以上、貴女にお訊ねする事はありません。然し、一言御注意して置きますが、仮令《たとえ》この事件の動機が館の遺産にあるにしてもですよ。御自分の防衛と云う事には、充分御注意なさった方がいいと思います。殊に、家族の人達とは、余り繁々《しげしげ》と接近なさらないように——。何れ判るだろうと思いますが、それが、此の際何よりの良策なんですからね。』と法水は意味あり気な警告を残して、伸子の室《へや》を去った。然し、その出際に、彼は異様に熱の罩《こも》った眼で、扉《ドア》並びの右手の羽目《パネル》に視線を落した。そこには、彼が入りしな既に発見した事であったが、扉《ドア》から三尺程離れている所に、木理《もくめ》▼160の剝離片《ささくれ》▼161が突き出ていて、それに、黝《くろ》ずんだ衣服の纖維らしいものが引っ掛っていたからだ。所で読者諸君は、ダンネベルグの着衣の右肩に、一個所鉤裂《かぎざ》きがあったのを記憶されるであろうが、それにはまた、容易に解き得な

▼158　心理前派の旧式探偵
ヴァン・ダイン以前の、ホームズやソーンダイクを代表とする科学的探偵法。
▼159　精霊主義　animism
アニミズム。動植物のみならず無生物にもそれ自身の霊魂（アニマ）が宿っていて、諸現象はその働きによるとする世界観。
▼160　木理
木目。木材組織によって断面にできる模様。
▼161　剝離片
物の先端や表面、爪の周辺の皮などが細かく裂けたり、めくれたりすること。また、そのもの。

い疑義が潜んでいるのだった。何故なら、常態の様々《いろいろ》に想像される姿勢で入ったものなら、当然三尺の距離を横に動いて、その剝離片《ささくれ》に右肩を触れる道理がないからである。

　それから法水は、暗い静かな廊下を一人で歩いて行った。その中途で、彼は立ち止って窓を明け、外気の中へ大きく呼吸《いき》を吐いた。それは、非常に深みのある静観だった。空の何処かに月があると見えて、薄《うつ》すらした光が、展望塔や城壁や、それを繋り覆うているかのように見える濶葉樹《かつようじゅ》▼162の樹々《きぎ》に降り注ぎ、まるで眼前一帯が海の底のように蒼く淀《よど》んでいる。また、その大観を夜風が掃いて、それを波のように、南の方へ拡げて行くのだった。そのうち、法水の脳裡に不図閃いたものがあって、その観念が次第に大きく成長して行った。そして、彼は依然その場を離れないで、しかも、触れる吐息さえ怖れるもののように、じいっと耳を凝らし始めたのだった。すると、それから十数分経つと、何処からかコトリコトリと歩む跫音《あしおと》が響いて来る。それが次第に、耳元から遠ざかって行くように聴える。と、法水の身体《からだ》が漸く動き始めて、彼は二度《ふたたび》伸子の室《へや》に入って行った。そして、其処に二三分いたかと思うと、再び廊下に現われて、今度は、その背面に当るレヴェズの室《へや》の前に立った。然し、法水が扉《ドア》の把手《ノッブ》を引いた時に、果して彼の推測が適中していたのを知った。何故なら、その瞬間、あの憂鬱な厭世家▼163めいたレヴェズの視線――それに異様な情熱が罩《こも》り、まるで野獣のような、荒々しい吐息を吐いて迫って来るのに打衝《うちあた》ったからである。

（以下次号、此章未了）

---

▼162　濶葉樹
広葉樹。葉が広く、平らな樹木。
▼163　厭世家
世をはかなみ、悲観する人。ペシミスト。

黒死館殺人事件
小栗虫太郎作
松野一夫画

## ◇主要人物（前号まで）

法水麟太郎　非職業的探偵
支倉　肝　地方裁判所検事
熊城卓吉　捜査局長
乙骨耕安　鑑識課医師
降矢木旗太郎　黒死館の継承者
グレーテ・ダンネベルグ　第一の犠牲者
オリガ・クリヴォフ　ヴィオラ奏者
ガリバルダ・セレナ　第二提琴奏者
オットカール・レヴェズ　チェルロ奏者
田郷真斎　執事
紙谷伸子　故算哲の秘書
押鐘津多子　算哲の姪
押鐘童吉　津多子の夫
久我鎮子　図書掛り
川那部易介　第二の犠牲者

---

降矢木算哲　先主（故人）
クロード・ディグスビイ　建築技師（故人）

## ◇前号までの梗概

神秘に鎖ざされた中世風の館――黒死館に突如奇怪な殺人事件が起った。家族の一人ダンネベルグ夫人が、全身に屍光《しこう》を放ち紋章様の創紋を刻まれて毒殺され、尚現場には、同館で悪霊視されている人形の名を記した、被害者自筆の紙片が落ちていた――以上が事件の発端である。続いてその事件は、久我鎮子が呈示した屍様図と、犯人が犯行の表《シム》徴《ボル》とするファウストの呪文とで、愈々《いよいよ》神秘的に解釈され、その後法水は、不思議な倍音を発した鐘鳴器《カリルロン》の音に依って、異様な死を遂げている易介を、拱廊内の具足の中で発見した。そして、その時犯人は鐘楼の中に潜むと目されていたが、そこには、再度ファウストの呪文と易介の咽喉《のど》を抉《えぐ》った鎧通しを握って、紙谷伸子が失神しているのみであった。然《しか》し、続いて故人ディグスビイの病的な性格が曝露されたり、或は不可解な意味を有する乾板の破片が、裏庭にある二条の足跡に挟まれているのを発見したのみで、事件の第一日は風雪の中に暮れて行った。そして、夜に入ると、法水の超人的な推理に依って、古代時計室の中から、昏倒している押鐘津多子を発掘したのだった。以上は、第一日の記録であって、その二日後に、法水は易介の死因を闡明《せんめい》し、更にクリヴォフを犯人に指摘したのだったけれども、その推定は立ち所に、同夫人が火術弩で狙撃されたと云う報知が覆えしてしまった。続いて法水は、伸子に虹の目撃を証明して嫌疑から解放し、更に驚くべき事と云うのは、久我鎮子との対決中に、算哲生存説が濃厚になって来た事であった。然し、十二宮秘密記法解読に依る大階段裏《ビハインド・ステイアス》——の調査は、遂に失敗に終り、ディグスビイが酷烈な意志を記した一冊を発見したに止まったのである。また押鐘博士を威喝しての遺言書の開封も同様で引き続き法水は、伸子が留守中の室を調査して、それに何やら発見があったらしく、その足でレヴェズを訪れた。

（以下本号）

# 第七篇　法水は遂に逸せり!?

## 一、シャビエル上人の手が・・・

　故意に法水が、音を押えて扉《ドア》を開いた時だった。その時レヴェズは、煖炉の袖にある睡椅子《ねむりいす》▼1に腰を下していて、顔を両膝の間に落しその顳顬《こめかみ》を両の拳で犇《ひし》と押えていた。そのグローマン風▼2に分けた長い銀色をした頭髪《かみのけ》の下には、狂暴な光りに燃えて紅い煨《おき》▼3を凝然《じいっ》と瞶《みつ》めている二つの眼があった。いつもなら、あの憂鬱な厭世家めいたレヴェズ——いまその全身を、曾つて見るを得なかった激情的なものが覆い包んでいる。彼は絶えず、小びん▼4の毛を掻き毟《むし》っては荒い吐息をつき、また、それにつれて刻み畳《たた》まれた皺が、ひくひくと顔一面に引っ痙《つ》れくねって行くのだった。その妖怪めいた醜《みに》くさ——到底そのような頭蓋骨の下には、平静とか調和とか云うものが、存し得よう道理はないのである。たしか、レヴェズの心中には、何か一つの狂的な憑着《つきもの》があるに相違ない。そして、それがこの中老紳士を、宛《さな》がら獣のように喘《あえ》ぎ狂わせているらしく思われるのだった。

　然し、法水を見ると、その眼から懊悩《おうのう》の影が消えて、レヴェズは朦朧とした山の影のように立ち上った。その変化《うつりかわり》には、まるで別個のレヴェズが現われたのではないかと思われた程に、鮮《あざや》かなものであった。また、態度にも意外とか嫌悪とか云うものがなくて、相変らず白っぽい霞《かすみ》のかかったような、それでいて、その顔の見えない方の側には、悪狡《わるずる》い片眼でも動いていそうな・・・。と云うような、何時も見る茫漠とした薄気味悪《わる》さで、またそれには、法水の無作法を責めるような、峻厳な

▼1　睡椅子
布張りをした椅子。二人用以上が一般的。寝椅子。ソファー。

▼2　グローマン　Grauman, Sid 1879-1950
アメリカ西海岸の興行師。当時の俳優たちと共同でロサンゼルスに、今でもアカデミー賞授与式が行われる、チャイニーズ・シアターを建てた1927。彼の髪型が特徴的だったため、この形容が用いられる。

▼3　煨
燠、おきび。炎を立てず赤く燃える炭火。

▼4　小びん
小鬢。頭の左右前側面の髪。

素振りもないのであった。全く、レヴェズの異風な性格には、文字通りの怪物と云う以外に評し得ようもないであろう。

その室《へや》は、雷文様▼5の浮彫りにモスク▼6風を加味した面取作り《ラスチック・スタイル》▼7で、三つ並びの角張った稜《りょう》▼8が、壁から天井まで並行な襞《ひだ》をなしていて、その多くの襞が格子を組んでいる天井の中央からは、十三燭形▼9の古風な装飾灯《シャンデリヤ》が下っていた。そして、妙に妖怪めいた黄色っぽい光りがそこから、床の調度類に降り注がれているのだった。法水は叩《ノック》しなかった事を叮重《ていちょう》に詫びてから、レヴェズと向き合せの長椅子に腰を下した。

すると、まずレヴェズの方で、老獪《ろうかい》そうな空咳《からせき》を一つしてから切り出した。

『時に、先刻遺言書を開封なさったそうですな。すると、この室《へや》にお出《い》でになったのも、儂にその内容を講釈なさろうと云うお積《つも》りでハハハハ、だが法水さん、たしかあれは莫迦気た遊戯《ゲーム》の筈で、いや今ですからお話しますがね。実を云いますと、開封即ち遺言の実行なのです。つまり、あれには期限の到来を示す意味しかなくて、しかも、その内容は即刻実行されねばならんのですよ。』

『成程……。如何にもあの儘では、偏見は愚か、錯覚さえも起す余地はありますまい。だが然しレヴェズさん、遂々《とうとう》あの遺言書以外に僕の測鉛《プラムメット》▼10が動機の深淵を探り当てましたよ。』と法水は微笑の中に妙に棘々《とげとげ》しいものを陰《かく》して相手へ向けた。『所で、それに就いて、是非にも貴方の御助力が必要になりましてな。実を云うと、その底深い淵の中から、奇異《ふしぎ》な童謡▼11が響いて来るのを聴いたのでしたよ。ああ、あの童謡――事実僕の幻聴ではなかったのです。勿論《もちろん》、それ自らは頗《すこぶ》る非論理的なもので、決して単独では測定を許されません。然し、その射影▼12を追うて観察して行くうちに、偶然その中から、一つの定数が発見されたのでしたよ。つまりレヴェズさん、その値《ヴァリュー》▼13を貴方に、決定して頂きたいと思うのですが……』

『なに、奇異《ふしぎ》な童謡を!?』と一端は吃驚《びっくり》して、煖炉の煨《おき》から法水の顔に視線を跳ね

---

▼5　雷文様
方形の渦巻き状の文様。連続して用いるのが特色。

▼6　モスク　mosque
イスラム教の礼拝所、アラビア語ではマスジドという。その内部にはアラベスク文様で彩られたミンバルという説教壇と、ミフラーブという龕（がん）がある。付属建築として外郭には数個の尖塔を持ったミナレット（小塔）を設ける。

▼7　面取作り　rustic style
粗削りの木材を使った丸太造り。

▼8　稜
物の角、尖った所。

▼9　十三燭形
十三個の直線の棒を組み合わせてできた矩形の角々に蠟燭を立てる照明。シャンデリア。

▼10　測鉛　plummet
ロープの先に鉛でできた錘（おもり）をつけて水底まで垂らして水深を測る道具。

▼11　奇異な童謡
ヴァン・ダインは『僧正殺人事件』において、探偵小説とマザー・グースの見立てという関係を効果的に使用した。虫太郎は『黒死館』中で詩の見立てと数学用語というヴァン・ダインにおける重要な要素を踏襲している。

▼12　射影
光に当って映る影。

▼13　値　value
価値、数値。

上げたが、『ああ、判りましたとも法水さん、とにかく、見え透いた芝居だけは、止《や》めにして貰いますかな。なんで、貴方のような兇猛無比――まるでケックスホルム擲弾兵《てきだんへい》▼14みたいな方が唱うに事欠いて惨めな牧歌《マドリガーレ》▼15とは……。ハハハハ、冀《こいねがわ》くは威風《マエ》堂々《ステフォルメンテ》▼16とあれ！』と相手の策謀を見透かして、レヴェズは痛烈な皮肉を放った。そして、早くも警戒の墻壁《しょうへき》を築いてしまったのである。然し、法水は微動もしない白々しさで、愈々《いよいよ》冷静の度を深めて行った。

『成程、僕の弾き出しが、幾分表情的《エスパショーネ》▼17に過ぎたかも知れません。然し、斯《こ》う云うと、或は僕の浅学をお嗤《わらい》になるでしょうが、事実僕は、未だ以って「王論《イル・プリンチーペ》▼18（十六世紀の前半フィレンツェの大外交家マキアヴェリの著。古今を絶した権謀術数の秘略）」さえも読んでいないのですよ、ですから、御覧の通りの開けっ放しで……、勿論陥穽《わな》も計謀《たくらみ》もありっこないのです。いや、いっそこの際、事件の帰趨《きすう》をお話して、御存知のない部分までもお耳に入れましょう。そしてその上で、更に改めて御同意を得るとしますかな。』と法水は肱《ひじ》を膝の上でずらして、相手を見据えたまま上体を傾げた。『で、それと云うのは、この事件の動機に、三つの潮流があると云う事なのです。』

『何ですと、動機に三つの潮流が……。いや、たしかそれは一つの筈です。法水さん、貴方《あんた》は津多子を――遺産の配分に洩れた一人をお忘れかな。』

『いや、それは兎も角として、まずお聴き願いましょう。』と法水は相手を制して、最初ディグスビイを挙げた。そして十二宮秘密記法の解読に始めてホルバインの「死の舞踏《トーテンタンツ》」を語り、それに記されている呪咀の意志を述べてから、『つまり、その問題は四十余年の昔、曾つて算哲が外遊した当時の秘事だったのです。それに依ると、算哲・ディグスビイ・テレーズと――この三人の間に、狂わしい三角関係のあった事が明らかになります。そして、恐らくその結果、ディグスビイは猶太《ユダヤ》人であるがために敗北したのでしょう。然し、その後《のち》になって、ディグスビイに思いがけ

---

▼14　ケックスホルム擲弾兵　Kexholms grenadier
スウェーデン統治下フィンランド、ケックスホルム所属の部隊。ナポレオンのロシア侵攻時にロシア管轄の隊として参加したが、後、オーストリア皇軍擲弾兵連隊と名称を変更1814。擲弾とは白兵戦などで、兵士の手から投げ飛ばす爆弾。手榴弾。

▼15　牧歌　madrigale
前出第六回註48「牧歌的風景」参照。

▼16　威風堂々　maestevolmente
マエステヴォルメンテ。音楽用語（イタリア語）。荘厳に、堂々と、雄大に。

▼17　表情的　espressione
エスプレッショーネ。イタリア語。con espressione 感情を込めて、表情豊かに。虫太郎の読み、エスパショーネは不詳。

▼18　王論　*Il Principe*
イル・プリンチペはマキャヴェッリの『君主論』1532。歴史上の政治形態を題材にしながら、実効的な面から当時の政治状況を分析した論文。新潮社版単行本 Discorsi は『ローマ史論』*Discorsi Sopra La Prima Deca Di Tito Livio* 1517。古代ローマ初期共和制を歴史家リウィウスの『ローマ建国史』を通じて論じた。

ない機会が訪れたと云うのは、つまり黒死館の建設なのですよ。ねえレヴェズさん、一体ディグスビイは、敗北に酬《むく》ゆるに何を以ってした事でしょうか。その毒念一図の、酷烈《こくれつ》を極めた意志が形となったものは……。ですから、そうなってさしずめ想い起されて来るのが、既往の三変死事件の内容でしょう。その何れもに動機の不明だった点が、実に異様な示唆を起して来るのですよ。また、建設後五年目には、算哲が内部を改修しています。恐らくそれと云うのも、ディグスビイの報復を惧《おそ》れた上での処置ではなかったのでしょうか。然し、何より駭《おどろ》かされるのは、ディグスビイが四十余年後の今日を予言していて、あの奇文の中に人形の出現が記されている事なのです。ああ、そのディグスビイの毒念が未だ黒死館の何処かに残されているような気がしてならないじゃありませんか。しかも、確かそれは、人智を超絶した不思議な化体《けたい》に相違ないのです。いや、僕はもっと極言しましょう。蘭貢《ラングーン》で投身したと云うディグスビイの終焉にも、その真否を吟味せねばならぬ必要があると思うのですよ。』

『フム、ディグスビイ……。もし事実生きて居るなら、恰度今年で八十になった筈です。然し法水さん、貴方《あんた》が童謡と云われたのは、つまりそれの事ですかな。』とレヴェズは依然嘲侮的な態度を変えないのだった。然し、法水は関《かま》わずに、冷然と次の項目に移った。

『云う迄もなく、ディグスビイの無稽な妄想と僕の杞憂とが、偶然一致したのかも知れません。然し、次の算哲の件《くだ》りになると、まず誰しも思い過しとは思わないものが、実に異様な生気を帯びているのですよ。勿論、算哲が遺産の配分に付いて採った処置は、明白な動機の一つです。また、それには、旗太郎以下津多子に至る五人の一族が、各自各様の理由で以って包含されているのです。然し、それ以外もう一つの不審と云うのは、外《ほか》でもない、遺言書にある制裁の条項でして、それが、実行上殆んど不可能だと思われるからです。ねえレヴェズさん、仮令《たとえば》恋愛と云うような心的なものは、それをどうして立証するのでしょうか。ですから、そこに算哲の不可解な意志が窺えるように思われて、つまり僕にとれば、開封が齎らした新しい疑惑と云っても差支《さしつか》えないのですよ。しかも、それは単独に切り離されているものではなくて、どうやら一縷《いちる》の脈絡が……。別に僕が内在的動因と呼んでいるものがあって、その二点の間を通《かよ》っているものがあるように思われるのです。そこでレヴエズさん、僕は思い切って露骨《あけすけ》に云いますがね。何故貴方がた四人の生地と身分とが、公録のものと異なっているのでしょうか。で、その一例を挙げればクリヴォフ夫人ですが、表面あの方は、カウカサス区地主の五女であると云われている。然し、その実猶太《ユダヤ》人ではないのでしょうか。』

『ウーム、一体それを、どうして知られたのです。』とレヴェズは思わず眼を瞠《みは》ったが、その驚きはすぐに回復された。『いや、それは多分、オリガさんだけの異例でしょうが。』

『然し、そう云う不幸な暗合が現われたからには、それを飽《あ》く迄追及せねばなりません。のみならず一方その事実と対照するものに、一族の特異体質を暗示している屍様があるのです。またそれを、四人の方が幼少の折日本に連れて来られたと云う事実に関聯させるとそれからは明らさまな形で、算哲の異常な意図が透《とお》し見えて来るのですよ。』と法水は、そこで鳥渡《ちょっと》言葉を截《た》ち切ったが、一つ大きな呼吸をすると云った。『所がレヴェズさん、ここに僕自身ですらが、事に依ったら自分の頭の調子が狂っているのではないかと、思われるような事実があるのですよ。と云うのは、これまで妄覚に過ぎなかった算哲の生存説に、略々《ほぼ》確実な推定が附いた事なんです。』

『アッ、何と云われる！』と瞬間レヴェズの全身から、一斉に感覚が失せてしまった。その衝撃の強さは、瞼筋《まぶたすじ》までも強直させた程でレヴェズは、何やら訳の判らぬ事を、唖《おし》のように喚き始めた。そうした後に、彼は何度となく問い直して、漸く法水の説明で納得が行くと、全身が熱病患者のように慄え始めた。そして、曾つて、何人《なんぴと》にも見られなかった程の、恐怖と苦悩の色に包まれてしまったのだった。そのうちやがて、

『ああ、やはりそうだったのか。動き始めれば、決して止めようとはしまい《オグニ・モート・アテンデ・アル・スオ・マンテニメント》。』▼19と低い唸るような声で呟《つぶや》いたが、不図何に思い当ったものか、レヴェズの眼が爛々《らんらん》と輝き出して『不思議だ——何と云う驚いた暗合だろう。ああ算哲の生存はたしか、この事件の初夜には、地下の墓窖《ぼこう》から立ち上って来たに違いない——それが法水さん、まだ現われていない地精よ、いそしめ《コボルト・ジッヒ・ミューヘン》▼20——に、つまり、あの五芒星呪文の四番目に当るのではないでしょうかな。成程、儂等の眼には見えなかったでしょう。然し、あの札は既《とう》に水精《ウンディネ》以前つまり、この恐怖悲劇▼21では、知らぬ間に序幕へ現われてしまったのですよ。』と顔一面に絶望したような笑いともつかぬものが転げ廻るのだった。その興味あるレヴェズの解釈には、法水も卒直に頷いたけれども、彼は次第に言葉の調子を高めて行った。

『所がレヴェズさん、僕は遺言書と不可分の関係にある、もう一つの動機を発見したのでしたよ。それは、算哲が残した禁制の一つ——恋愛の心理なのです。』

『なに、恋愛・・・』レヴェズは微かに戦いたけれども、『いや、いつもの貴方ならそれを恋愛的欲求《フエルリーブトザインヴォーレン》▼22と云う所でしょうが、』と相手を憎々し気に見据えて云い返すのだった。それに、法水は冷笑を泛《うか》べて

『成程・・・。でも、貴方のように恋愛的欲求《フエルリーブトザインヴォーレン》などと云うと、益々その一語《ひとこと》に刑法的意義が加わって来る訳ですね。然し、僕はその前提として、一言、算哲の生存と地精《コボルト》▼23との関係——に触れなければならないのです。如何にも、その魔法的効果に

---

▼19　動き始めれば、決して止めようとはしまい　ogni moto attende al suo mantenimento　レオナルド・ダ・ヴィンチ『鳥の飛翔に関する手稿』*Il Codice sul Volo degli Uccelli*-12r　サバシニコフによる翻刻と仏訳は1893。

▼20　地精よ、いそしめ　Kobold sich muhen　前出第二回註1「ファウスト」の一節。

▼21　恐怖悲劇　エリザベス朝劇の一傾向、復讐悲劇。ファウスト劇の作者マーローの作風もこれを特徴とする。後のゴシックロマンの原型。

▼22　恋愛的欲求　verliebtsein wollen　verliebtsein は夢中で惚れ込む、wollen は願望、意欲。

▼23　地精　kobold　ドイツの伝承で、地下に住む醜い小妖精。重金属コバルトの語源。

至っては、絶大なものに違いありますまい。ですがレヴェズさん、結局、僕はそれが比例《プロポーション》の問題ではないかと思うのですよ。貴方は、多分その符合を無限記号のように解釈して永劫悪霊の棲《す》む涙の谷▼24——と位に、この事件を信じておられるのでしょう。けれども、僕はそれとは反対に、既に善良な護神《ゲニウス》▼25——グレートヘンの手が、ファウスト博士に差し伸べられているのを知っているのです。では、何故かと云いますと、大体あの悪魔の犠牲とならなかった人物が、もうあと何人残っていると思いますね。ですから、あれ程の知性と洞察力を具えている犯人なら、当然ここで、犯行の継続に危険を感じなければならぬ道理でしょう。いや、そればかりではないのですよ。もう犯人にとってはこの上屍体の数を重ねて行かねばならぬ理由がないのです。つまり、クリヴォフ夫人の狙撃を最後にして、あの屍体蒐集癖が、奇麗さっぱり消滅してしまったからなんですよ。さて此処でレヴェズさん、僕の採集した心理標本を、一つ貴方にお目にかける事にします。つまり、法心理学者のハンス・リーヒェル▼26などは、動機の考察は射影的《プロジェクチヴ》▼27に——と云いますけれども、然し僕は、動機に就いても飽くまで測定的《メトリカル》▼28です。そして、事件関係者全部の心像を、既に隈《くま》なく探り尽したのでした。

で、それに依ると、犯人の根本とする目的は、ただ一途、ダンネベルグ夫人にあったと言う事が出来るのです。ですから、クリヴォフ夫人や易介の事件は、動機を見当違いの遺産に向けさせようとしたり、或はまた、それを作虐的《ザディスチック》に思わせんがためなのでした。勿論、伸子の如《ごと》きは、最も陰剣兇悪を極めた、つまり、あの悪鬼特有の擾乱策《じょうらんさく》と云うの外にないのですよ。』と法水は始めて莨《たばこ》を取り出したが、声音に漲っている悪魔的な響《ひびき》だけは、どうしても陰《かく》す事は出来なかった。続いて、彼は驚くべき結論を述べた。『ですから、それが、今日伸子に虹を送った心理であり、またそれ以前には、貴方とダンネベルグ夫人との秘密な恋愛関係なのでした。』

---

▼24　涙の谷
現世を表すとともに、罪人が天国の幸福を期待しつつ流す苦悩と後悔の涙をいう。文学的表現であり、聖書には記されていない。

▼25　護神　Genius
守護神、翼ある天童、天才。

▼26　ハンス・リーヒェル
Reichel, Hans Friedrich 1878-1939
ドイツの心理学者。主著『法医学的心理学について』*Über forensische Psychologie* 1910。

▼27　射影的　projective
光源から対象を照らしてその影像を分析する技法。その比喩的な用法。

▼28　測定的　metrical
数値的に表現すること。

ああ、レヴェズとダンネベルグ夫人との関係――それは、よし神なりとも知る由《よし》はなかったであろう。全くその瞬間、レヴェズは死人のように蒼ざめてしまった。咽喉《のど》が衝動的に痙攣してしまったと見えて、容易に声も出ぬらしい。そして、頸筋《くびすじ》の靭帯《じんたい》を鞭縄のようにくねらせながら、まるで彫像のようになって、あらぬ方を瞶《みつ》めているのだった。それが、実に長い沈黙だった。窓越《まどごし》にハツラツと噴泉の迸《ほとばし》る音が聴え、その飛沫《しぶき》が、星を跨《またい》で薄白く光っているのだ。事実、最初は法水のよくやる手――と思って、充分警戒していたにも拘らず、遂に彼の意表に絶した透視が、その墻《かき》▼29を乗り越えてしまった。そうして、勝敗の機微を、この一挙に決定してしまったのだった、やがて、レヴェズは力なく顔を上げたが、それには、静かな諦《あきら》めの色が泛《うか》んでいた。

『法水さん、儂は元来非幻想的動物です。然し、大体貴方と言う方には、どうも遊戯的な衝動が多い。如何にも虹を送った事だけは肯定しましょう。然し、儂は絶対に犯人ではない。ダンネベルグ夫人との関係などは、実に驚くべき誹謗です。』

『いや、御安心下さい。これが二時間前ならばともかく、現在ではあの禁制があっても既に無効です。もう何人《なんぴと》と雖《いえど》も、貴方の持ち分相続を妨げる事は不可能なのですよ。それより、問題と云うのは、あの虹と窓にあるのですが。』

するとレヴェズは困憊の中にも悲愁な表情を見せて云った。

『如何にも、あの当時伸子が窓際に見えたので、やはり武具室にいると思って、儂は虹を送りました。然し、天空の虹は抛物線《パラボリック》、露滴の水は双曲線《ハイパーボリック》▼30です。ですから、虹が楕円形《イムプテイック》▼31でない限り、伸子は儂の懐《ふところ》に飛び込んで来ないのですよ。』

『ですが、ここに奇妙な符合がありましてな。と云うのは、あの鬼箭《おにや》ですが、それがクリヴォフ夫人を吊し上げて突進し、扨《さて》それから突き刺《ささ》った場所と云えば、やはりあの同じ門：：。つまり、貴方の虹も其処から入り込んで行った、鎧扉《よろいど》の桟だっ

---

▼29　墻
かきね。土塀。

▼30　双曲線
ハイパーボラ hyperbola。二定点からの距離の差が一定である曲線。

▼31　楕円形
エリプティック elliptic。二定点からの距離の和が一定である図形。

たのです。ねえレヴェズさん、因果応報の理と言うものは、復讐神《ネメシス》▼32が定めた人間の運命ばかりにではないのですからね。』と法水が何とはなしに不気味な口吻を洩らして、ジリジリ迫って行くと、一端レヴェズは、総身を竦《すく》めて弱々しい嘆息を吐《つ》いた。が、すぐ反噬《はんぜいてき》的な態度に出た。

『ハハハハ、下らぬ放言は止めにして下さい。法水さん、儂ならあの三叉箭《ボール》▼33が、裏庭の蔬菜園《そさいえん》▼34から放たれたのだと云いますからな。何故なら、今は蕪青《かぶら》▼35の盛りですよ。矢筈は蕪青《かぶら》、矢柄《やがら》は葭《よし》▼36――と言う鄙歌《ひなうた》▼37を、多分貴方《あんた》は御存知でしょうが。』

『左様、この事件でもそうです。蕪青は犯罪現象、葭は動機なのです。レヴェズさん、その二つを兼ね具えたものと云えば、まず貴方以外にはないのですよ。』と法水は俄かに酷烈な調子になって、その全身が、メラメラ立ち上る焔《ほのお》のようなものに包まれてしまった。『勿論ダンネベルグ夫人は他界の人ですし、伸子もそれを口に出す道理はありません。然し、事件の最初の夜、伸子が花瓶を壊した際にたしか貴方はあの室《へや》にお出でになりましたね』

レヴェズは思わず愕然《がくつ》として、肱掛を握った片手が怪《あ》やしくも慄え出した。

『それでは、儂が伸子に愛を求めたのを発見されたため、持分を失うまいとして、グレーテさんを殺したのだ――と莫迦な。それは貴方《あんた》の自前勝手な好尚《このみ》だ。貴方《あんた》は、歪んだ空想のために、常軌を逸しとるのです。』

『所がレヴェズさん、その解式と云うのは、貴方が再三打衝《ぶつか》って御存知の筈ですがね。つまり、レナウの「秋の心《ヘルプスト・ゲフユール》」の一節――そこにあるは薔薇なりその辺りに鳥《ドッホ・ローゼン・ジンデス・ウオバイ・》の声は絶えて響かず《カイン・リード・メール・フレーテツト》――なのでした。』と法水は、静かな洗練された調子で、彼の実証法を述べるのだった。

『所で、今となれば御気付きでしょうが、僕は事件の関係者を映す心像鏡として、実は詩を用いました。そして、数多《おおく》の象徴を打《ぶ》ち撒《ま》けて置いたのです。つまり、そ

---

▼32　復讐神　Nemesis
ギリシャ神話で、人間の無礼な行為に対する神罰を擬人化した女神。

▼33　三叉箭　bohr
さんしゃや。三つ叉の矢尻。ボールは独語で、中ぐり機、錐、ドリル、穿岩機。矢尻との関連は不詳。

▼34　蔬菜園
栽培作物を指す語だが、今日では野菜と同義。邸内で食用にする野菜を栽培する場所。

▼35　蕪青
蕪菁。かぶの古名。

▼36　葭
あし。イネ科の多年草。茎は簾（すだれ）や葦簀（よしず）にする。「あし」が悪しに通ずるのを忌んで「よし」ともいう。

▼37　鄙歌
田舎の素朴な歌、ひなびた歌。

れに合した符号なり照応なりを徴候的に解釈して、それで心の奥底を知ろうとしました。扨《さて》、あのレナウの詩ですが、それを用いて、僕が一種の読心術▼38に成功したのです。と云うのは、心理学上の術語で聯想分析▼39と云って、それをライヘルト等の新派法心理者達は、予審判事の訊問中にも用いよ——と勧告しているのです。何故なら、此処に次のような、ミュンスターベルヒの心理実験があるからで……。最初喧《タマ》騒《ルト》（Tumult）と書いた紙を被験者に示して、その直後、鉄路（Railroad《レイルロード》）と耳元で囁《ささや》くと、その紙片の文字の事を被験者は隧道《タンネル》（tunnel）と答えたと言うのですよ。つまり、吾々《われわれ》の聯想中に、他から有機的な力が働くと、そこに一種の錯覚が起らねばならないからですけれども僕は、それに独自の解釈を加えて、その公式つまりTumult + Railroad = tunnel《タマルトプラスレイルロードイコールタンネル》▼40を逆に応用して、まず1を相手の心像とし、その未知数を2と3とで描破しようと企てたのでした。そこで、まずそこにあるは薔薇な《ドッホ・ローゼン・ジン》り《テス》——と云った後で、貴方の述べる一句一句を検討してみました。すると、貴方は僕の顔色を窺うような態度になって、では薔薇乳香《ローゼン・ヴァイヒローホ》▼41を焚いたのでは——と言われましたね。僕はそこで、ズキンと神経に衝き上げて来るものを感じたのです。何故なら、公教《カトリック》でも猶太《ユダヤ》教でも乳香にはボスウェリア種とテュリフェラの二種しかないからで、勿論混種の香料は宗儀上許されていないからです。つまり、薔薇乳香《ローゼン・ヴァイヒローホ》と言う一語《いちごん》は、貴方の心中奥深くに潜んでいるものがあって、その有機的な影響に違いないと結論するに至りました。明《あきら》かにその一語は、何か一つの真実を物語ろうとしています。然し、それが何であるかは、遂《つい》今しがた伸子の留守中を狙って、あの室《へや》を再び調査する迄は知る術《すべ》もなかったのでした。』と法水は徐《おもむ》ろに莨《たばこ》に火を点けて、一息吸うと続けた。

『所でレヴェズさん、あの室《へや》の書室の中には、両側に書棚が並んでいましたっけね。そして、伸子が蹌踉《つまず》いて花瓶に打衝《うちつ》けたと云う「聖ウルスラ記」は、入口の直《す》ぐ脇

---

▼38　読心術
顔の表情や体の筋肉の動きから、直感的に相手の心の中を読みとる術。

▼39　聯想分析
連想検査。刺激語を与えて反応語を言わせ、それをもとに精神状態を分析・診断する検査。例えば「山」、「赤」等の語を与えて、随意に「川」、「白」などと答えさせる類。

▼40　Tumult＋Railroad＝tunnel
「実例で申しますと、書記の文字は、“tumult”（喧騒）で耳もとで弁（しゃべ）った言葉は“railroad”（鉄道）でした。すると観察者は、この時この文字を“tunnel”（トンネル）と読みました。また書記の文字は“Trieste”（トリエスト、地名）で、私語（ささや）いた文字は、独逸語の“verzweiflung”（失望）でした時、観察者は、『慰安』という意味の“trost”と読みました。この有様はちょうど、耳もとで呼んだ“railroad”（鉄道）という言葉が、私共の知らぬまに『鉄道』なる観念と何かの関係をもっておる諸々の記憶群衆（cart車室、railレール、trip旅行など）のなかに一つの望みを、すなわち意識的に実現されようとする望みを、起こさしめたらしいのです。」「ベルグソンの夢の説（三）」小熊虎之助『変態心理　第十八号』1919/4

▼41　薔薇乳香　rosen Weihrauch
乳香については前出第二回註125「乳香」参照。薔薇乳香は薔薇の精油を添加したもの。ボスウェリア種Boswelliaは、イエメン、紅海付近産出の乳香。テュリフェラ(Boswellia) thuriferaは、数種あるボスウェリア系乳香の一種。

にある、書棚の上段にあったのです。然し、その書物は、それがため重心を失うと云う程の重量ではありません。問題は却《かえ》って、それと隣り合っている、ハンス・シエーンスペルガー▼42の「予言の薫烟《ヴァイサゲント・ローホ》」にあったのですよ。それを発見して僕は、その偶然の的中に、思わず薄気味悪さを覚える程でした。何故なら、その「予言の薫《ヴァイサゲント・》烟《ローホ》」(Weissagend rauch)には、恰度ミュンスターベルヒの実験と、同一の解式が含まれているからです。Tumult《タマルト》 + Railroad《プラスレイルロード》 = tunnel《イコールタンネル》の公式がかっきり、Weissagend rauch《ヴァイサゲント・ローホ》 + Rosen《プラスローゼン》 = Rosen Weihrauch《イコールローゼンヴァイヒローホ》に適応されるからです。つまり、予言の薫烟《ヴァイサゲント・ローホ》と云って、当時貴方の脳裡に浮動していた、一つの観念が、薔薇《ローゼン》に誘導され、そこで、薔薇乳香《ローゼン・ヴァイヒローホ》と云う一語となって意表面に現われたのでした。斯《こ》うして、僕の聯想分析は完成され、それと同時に、貴方がその一冊の名を、絶えず脳裡から離せない理由を知る事が出来たのです。何故なら、更にあの室《へや》の状況を仔細に観察して行くと、伸子が花瓶を倒すまでの真相も明らかになって、そこに、貴方の顔が現われ出たのでした。』と法水は、まず彼が設《しつら》えた狂言の世界を語り終ってから、問題を伸子の動作に移した。そして、彼独特の微妙な生理的解析を述べるのだった。

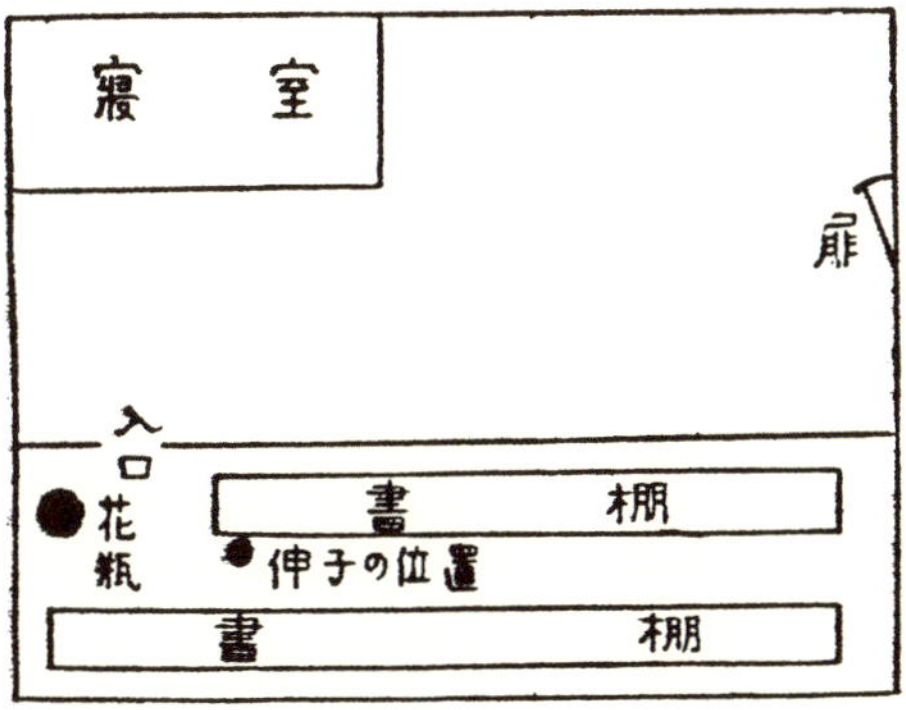


『ですから、その「予言の薫烟《ヴァイサゲント・ローホ》」の存在が明瞭になると、自然伸子の嘘が成立しなくなるのです。あの女は蹌踉《つまず》いた拍子に「聖ウルスラ記」を花瓶に当てて倒したと云いました。然し、その花瓶と云うのが入口の向う端にあるのですか

▼42 ハンス・シェーンスペルガー Schönsperger, Hans 1455-1521 神聖ローマ帝国マキシミリアン一世づきの出版業者。書名『予言の薫烟』*weissagend Rauch* は不詳。

ら、当時伸子の体位と花瓶の位置を考えると、到底その局状《シチュエーション》は成立する道理がないのです。まず伸子が左利《ひだりきき》でない限りは「聖ウルスラ記」を右手から投げて頭上を越え、それを花瓶に打衝《うちつ》けると云う事は不可能だと思われるのです。そこで僕は、エルブ点反射▼43を憶い出しました。それは、上膊《じょうはく》▼44を高く挙げると、肩の鎖骨と脊柱との間に一団の筋肉が盛り上って来て、その頂点に上膊神経の一点が現われるのです。ですからもし、その一点に強い打撃を加えると、その側の上膊部以下に激烈な反射運動が起って、その瞬後には麻痺してしまうのですよ。いや、事実現場にもエルブ反射を起すに恰好な条件が揃っていたのでして、恰度その二冊のあった場所と言うのが、両手を挙げなければ届かぬ程の高さだったからです。所がレヴェズさん、そうして伸子の嘘を訂正して行くうちに、不図僕は、当時あの室《へや》に起った実相を描き出す事が出来ました。と云うのは、伸子が「聖ウルスラ記」を取り出そうとして右手を書棚の上段に差し伸べた際でした。その時、前方の室《へや》の何処《どこ》かで物音がしました。それで、伸子は本を摑んだまま後方を振り向いて、背後にある書棚の硝子扉《ガラスドア》を見たのです。その時彼女の眼に、寝室から出て来た或る人物の姿が映ったのでした。ですから、その吃驚《びっくり》した機《はず》みに、隣り合った「予言の薫烟《ヴァイサゲント・ローホ》」を動かしたので、あの千頁《ページ》に余る重い木表紙本が、伸子の右肩に落ちたのです。そして、その咄嗟に起った激しい反射運動が因《もと》で右手に持った「聖ウルスラ記」を、頭上越しに左手の花瓶に投げ付けたと云う訳なのですよ。ねえレヴェズさん、そうなると、その「予《ヴァイ》言の薫烟《サゲント・ローホ》」に依って、一つの心的検証を行う事が出来るのです。即ち、その時寝室に潜んでいた人物に、一つの虚数を付ける事が出来るのです。虚　数《イマジナリー・ヴァリュー》▼45——然しリーマンは、それに依って空間の特質を、単なる三重に拡がった大きさ《ドライファハ・アウスゲデーンテン・グレーセン》▼46から救っているじゃありませんか。いや、僕は卒直に言いましょう。その時寝室から出た貴方は、物音を聴いて伸子の側に行き、落ちていた「予言の薫烟《ヴァイサゲント・ローホ》」を旧《もと》の位置に押し

---

▼43　エルブ点反射　Erb's point
鎖骨上部のある筋肉を押して、筋肉下の腕神経叢を刺激すると、その先の腕にしびれや痛みが走ること。発見者Erb, Wilhelm Heinrich 1840-1921は、ドイツの神経学者。膝蓋腱反射の消失による脊髄癆の診断法を確立した1875。

▼44　上膊
二の腕。

▼45　虚数　imaginary value
実数を除いた複素数の総称。valueには数値の意味もあるが、一般的にはimaginary numberを使う。

▼46　三重に拡がった大きさ　dreifach ausgedehnten Größen
「三つの広がりを持つもの」とは、数学者リーマンの非ユークリッド幾何的空間表現の一つ。

込んでやりました。そして、室《へや》から去って行く所をダンネベルグ夫人に認められたのでそれが、算哲の死後秘密の関係にあった夫人を激怒させたのでした。然し、一方持分相続に関する禁制があるので、流石《さすが》に夫人も、それを明らさまには云い得なかったのですよ。」

その間レヴェズは、拳《こぶし》に組んだ両手を膝の上に置いたまま、凝然《ぎょうぜん》と聴き入っていた。が、相手の言葉が終ってからも、その静観的な表情は変らなかった。彼は冷たく言い放った。

『成程、動機はそれで、充分充分。然し、この際、何より貴方に必要なのは、僅《た》った一つでも、完全な刑法的意義です。つまり、今度は犯罪現象に、貴方《あんた》の闡明を要求したいのですよ。法水さん、あの鎖の輪の何処に儂の顔を証明出来ますかな。如何にも儂には、あの「予言の薫烟《ヴァイサゲント・ローホ》」が永世の記憶となるでしょう。また、虹を送って、儂の心を伸子に知って貰おうとしました。だが、到底それ丈《だ》けでは、儂とメフィストとの契約《パクト》▼47が……。いや、恐らくいまに儂は、貴方の衒学《ペダントリー》さに嘔吐《へど》を吐きかけるに至るでしょう。』

『勿論ですレヴェズさん、然し貴方の詩作が、混沌の中から僕に光りを与えてくれました。実は、この事件の終局《フィナーレ》が、あの虹に現われている。ファウスト博士の総懺《ゲネラル・》悔《バイヒテ》▼48にあったのです。いや、卒直に云いましょう。勿論あの七色は、詩でも観想でもなく、実は、兇悪無残な焼刃の輝きだったのです。ねえレヴェズさん、貴方は、クリヴォフ夫人を、あの虹の濛気《もうき》に依って狙撃したのでしたね。』と法水は突如凄まじい形相になって、狂ったような言葉を吐いた。その瞬間、レヴェズは化石したように硬くなってしまった。突然頭上に閃《ひら》き落ちて来たものは、恐らくレヴェズにとって、それまで想像もつかぬほど意外なものであったに相違ない。眩惑、驚愕——勿論その一刹那にレヴェズが、知性の凡てを失ってしまった事は云う迄もない

---

▼47　契約　pact
約束、協定、条約。

▼48　総懺悔　General-Beichte
ゲーテ晩年の詩「総懺悔」『作品集』1825所収。罪を告白し、神の許しを請うこと。自分の罪を悔いて他人に告白すること。

のである。所が、そうした相手の自失した有様に、寧ろ法水は、残忍な反応を感じたらしかった。彼は、手中の生餌《いきえ》を弄ぶような態度で、悠《ゆ》ったり口を開いた。

『事実あの虹は、皮肉な嘲笑的な怪物でしたよ。所で貴方は、東ゴス《オスツロ》▼49の王テオドリッヒ▼50を・・・。あのラヴェンナ▼51城塞の悲劇を御存知でしょうか。』

『フム、最初射損《うちそん》じても、テオドリッヒには二の矢に等しい短剣があったのです。だが然しだ、儂は、苦行者でも殉教者でもない。寧ろそう云う浄罪輪廻《りんね》の思想は、儂にではなくファウスト博士に云って貰いたいのです。』とレヴェズが声を慄わせ、満面に憎悪の色を漲らしたと云うのは、そのラヴェンナ城の悲劇に、クリヴォフ事件を髣髴とさせる場面《シーン》があったからだ。

（註）紀元後四九三年三月、西羅馬《ローマ》▼52の摂政オドワカル▼53は、東ゴスの王テオドリッヒとの戦いに敗れて、ラヴェンナの城に籠城し、遂に和を乞うた。その和約の席上で、テオドリッヒは家臣に命じ、ハイデクルッグ▼54の弓でオドワカルを狙わせたのであったが、弦が緩んでいて、目的を果せず、止むなく剣を以って刺殺したのだった。

『然し、あの虹の告げ口だけは、どうする事も出来ません。』と法水は更に急追を休めず、凄気を双眼に泛《うか》べて云い放った。『然し、貴方がオドワカル殺しの故智を学ばれたのは、流石《さすが》だったと思います。御承知でしょうが、テオドリッヒの用いた弓の弦《つる》と云うのは、橐萸木《ビクスカルパエ》▼55の繊維で編んだ、ハイデクルッグ王（北独逸ゲルマン族の一族長）からの虜獲品▼56だったのでした。所が、その橐萸木《ビクスカルパエ》と云う植物繊維には、温度に依って組織が伸縮すると云う特性があるのです。従って、寒冷の北独逸《ドイツ》から温暖の中部伊太利《イタリー》に来たために、さしも北方蛮族の殺人具が、忽ちその怖るべき性能を失ってしまったと云う訳なんですよ。ですから、あの火術弩の弦を見た時に僕は、異様な予感に唆《そそ》られました。そして、その橐萸木《ビクスカルパエ》の伸縮を、或は人工的にも作り得るのではない

---

▼49　東ゴス　Ostrogoth
東ゴート族の王国、首都はラヴェンナ。西ローマ帝国滅亡後、イタリアのほぼ全域を支配下においた。

▼50　テオドリッヒ　Theodoric 454-526
テオドリック。東ゴート王国の創始者、在位493-526。オドアケルの暗殺後、イタリア王を名乗った。
中世ドイツの叙事詩「ニーベルンゲンの歌」に登場する人物ディートリヒ・フォン・ベルンは、テオドリックがモデルである。

▼51　ラヴェンナ　Ravenna
イタリア北東部、アドリア海岸に近い都市。もと西ローマ帝国の首都。

▼52　西羅馬
ローマ帝国は東西に分裂395、西ローマはミラノやラヴェンナに都をおいた。対する東ローマは、首都をコンスタンティノープルに移し330、西ローマ滅亡の後は全帝国を再び統治することになったが、版図は縮小の一途をたどった。のちビザンツ帝国として十五世紀半ばまで続いたが、オスマン帝国に滅ぼされた1453。

▼53　オドワカル
Odoacer, Odovacar 433-493
オドアケル。ゲルマン人の傭兵隊長。皇帝を廃位して西ローマ帝国を滅ぼし、イタリア王となったが、のちラヴェンナで東ゴート王テオドリックに謀殺された。エピソードについては不詳。

▼54　ハイデクルッグ　Heydekrug
地名として現在のリトアニア、シルテー Šilutė。二十世紀初頭まではプロイセン地方に属す。族長名は不詳。

かと思いました。ねえレヴェズさん、あの当時、火術弩は壁に掲《かか》っていて、箭《や》を番《つが》えたまま、幾分弓形の方が上向きになっていました。そして、その高さも、恰度僕等の乳辺《あたり》だったのです。所が、此処で注意を要するのは、それを支えている釘の位置なのです。それは、平頭のものが三本、そのうちの二つは弦の撚《よ》り目へ、残りの一つは発射把手《ハンドル》の真下で胴木を支えていたのです。勿論、その位置で自働発射をさせるためには、約二十度程の角度で壁と開きを作らねばなりません。つまり、その陰剣な技巧と云うのは、今も云った角度を作る事と、それから、人手を藉《か》らずに弓を絞り、更にまた、その緊張を緩める事だったのです。で、それに必要だったのが、曾て津多子を斃《たお》した抱水クロラールだったのですよ。』と法水は足を組み換え、新《あた》らしい莨《たばこ》を取り出してから云い続けた。

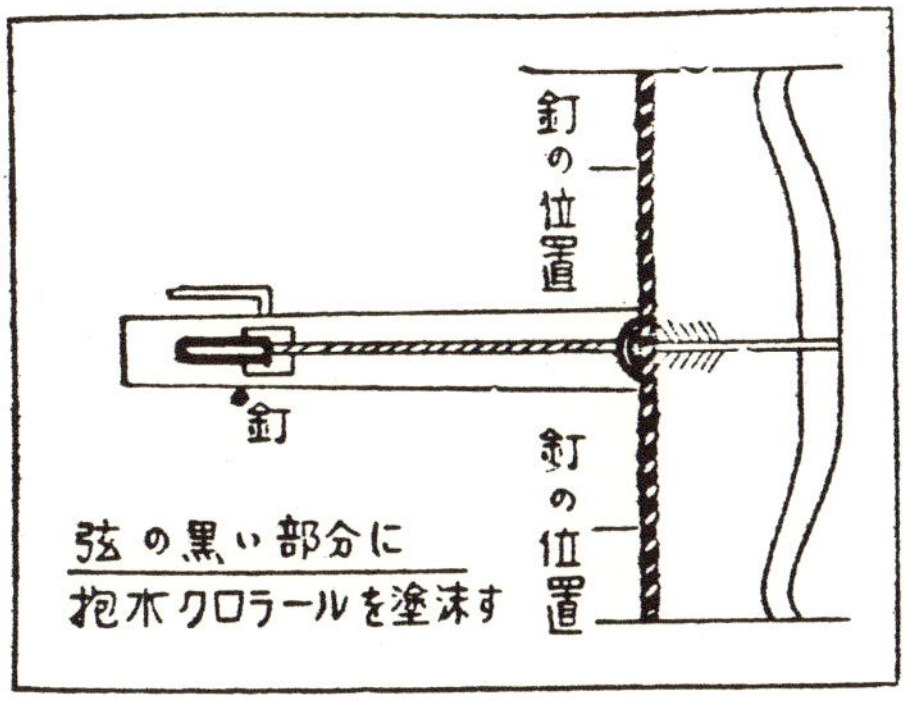


『所で貴方は、エーテルや抱水クロラール水溶液に、低温性▼57があるのを——詳しく云うと、その触れている面の温度を奪ってしまうのを御存知でしょうか。つまり此の場合は、弦を撚ってある槖荑木《ビクスカルパエ》の繊維紐三本のうちで、そのうちの一本に、抱水クロラールを塗沫《とまつ》して置くのです。ですから、そこへ噴泉から濛気が送られたので、あの溶解し易い麻痺剤が寒冷な露滴となり、それが、塗られた一本を次第に収縮させて行ったのです。勿論、その力が射手のようになって、弓を絞り始めた事は云うまでもありません。すると、それにつれて、他の収縮しない二本との撚目《よりめ》がほぐれて行くので、それが拡がるだけ、

---

▼55　槖荑木
槖は石蕗（つわぶき）、薬用植物の旧称。蕪荑は中国東北部以北、シベリアに分布する朝鮮楡の木。果実は駆虫作用や抗菌作用がある。ビクスの名称に近い学名の候補には、ドイツ南部の苔 bicuspidata があり、カルパエの候補として軍配昼顔 pes-carpae がある。槖荑木という用字に似たものとしては、中米産の常緑高木、癒瘡木（ゆそうぼく）がある。樹脂はグアヤク脂という梅毒の治療薬に用いた lignum vitae で、血色素鑑定薬として用いることもある。cf.「犯罪と探偵」『小酒井不木全集　第一巻』小酒井不木、1929、改造社。

▼56　虜獲品
鹵獲（ろかく）。戦勝して敵の軍用品を奪うこと。

▼57　低温性
エーテルなど揮発性の高い薬剤は、気化熱によって患部を冷却麻痺させ、簡便な麻酔剤となる。

弩の位置が下って行く訳でしょう。ですから、そうして落下して行く毎《ごと》に、余計反動の強い上方の撚り目が釘から外れるでしょうから、そこで、弩の上方が開き、またそれにつれて、胴木の発射把手《ハンドル》の部分も横倒しになるので、把手《ハンドル》が釘で押され、箭《や》はそのまま開いた通りの角度で発射されたのでしたよ。そして、発射の反動で、弩は床の上に落ちたのですが、収縮した弦は、蒸発し切ると同時に旧通《もとどお》りとなった事は言う迄もありません。然しレヴェズさん、元来その詭計《トリック》▼58の目的と言うのは、必ずしも、クリヴォフ夫人の生命《いのち》を奪うのにはなかったのです。唯《ただ》単に貴方の不在証明《アリバイ》を、更に一層強固にすればいいのでしたからね。』

　その間、レヴェズはタラタラ膏汗《あぶらあせ》を流し、野獣のような血走った眼をして、法水の長広舌に乗ずる隙もあらばと狙っていたが、遂にその整然たる論理に圧せられてしまった。然し、そうした絶望が彼を駆り立てて、レヴェズは立ち上ると胸を拳で叩き、凄惨な形相をして、哮《たけ》り始めた。

『法水さん。この事件の悪霊《ベーゼルガイスト》▼59と云うのは、取りも直さず貴方《あんた》の事だ。然し、一言《いちごん》断って置くが、貴方《あんた》は舌を動かす前に、まず「マリエンバートの哀歌」▼60でも読まれる事だな。いいかな、ここに、久遠《くおん》の女性を求めようとする一人があったとしよう。然し、その精神の諦観的な美《うつ》くしさには、野心も反抗も憤怒も血気も、一切が、堰《せき》を切ったように押し流されてしまうのだ。所が貴方《あんた》は、それに慙愧《ざんき》▼61と所罰としか描こうとしない。いや、そればかりではないのです。貴方《あんた》の率いている狩猟の一隊が、今日いま此処で、野卑な酷薄な本性を現わしたのだ。然し射手は確か、獲物は動けず……』

『成程、狩猟ですか……。だがレヴェズさん、貴方は斯《こ》う云うミニョン▼62を御存知でしょうか。――かの山と雲の桟道《かけじ》、騾馬《らば》は霧の中に道を求め、窟《いわあな》には年経し竜の族《たぐい》棲《す》む▼63……』と法水が意地悪るげな片笑《かたえみ》を泛《うか》べたとき、入口の扉《ドア》に、夜風かとも思わ

---

▼58　詭計　trick
人をだまし、おとしいれようとする計略。

▼59　悪霊　böser Geist
妖魔、悪鬼。

▼60　マリエンバートの哀歌
マリエンバートMarienbadはチェコ西部ボヘミアにある保養都市、Mariánské Lázne。ゲーテは「マリエンバートの哀歌」Elegie 1823という詩の中で、十九歳の娘への恋心を綴っている。収録詩集は*Trilogie der Leidenschaft* 1827。

▼61　慙愧
自分の見苦しさや過ちを反省して、心深く恥じること。

▼62　ミニヨン　Mignon
ゲーテの小説『ウィルヘルム・マイスターの修業時代』*Wilhelm Meisters Lehrjahre* 1795と続編『ウィルヘルム・マイスターの遍歴時代』*Wanderjahre* 1829に登場する薄命の美少女の名。

▼63　かの山と雲の桟道、騾馬は霧の中に道を求め、窟には年経し竜の族棲む
Kennst du den Berg und seinen Wolkensteg?／Das Maultier sucht im Nebel seinen Weg.／In Hoehlen wohnt der Drachen alte Brut. *Wilhelm Meisters Lehrjahre* 1795
「君知るやかの嶺　雲の桟道（かけはし）／霧深き道には騾馬の歩みおのずから遠く／洞窟（いわや）には龍の古き族（うから）棲み」「ミニョン」『ゲーテ全集1』片山敏彦訳、人文書院、1961。

れる微《ささや》かな衣摺れがさざめいて、次第に廊下の彼方へ薄れ消えて行く唱声《うたごえ》があった。

　狩猟《かり》の一隊《ひとむれ》が野営を始めるとき
　雲は下り、霧は谷を埋《うず》めて
　夜と夕闇と一ときに至る▼64

　それは、擬《まが》う方ないセレナ夫人の声であった。然し、それを聴くとレヴェズは喪心したように、長椅子の上に倒れかかったが、彼は辛うじて踏み止まった。そして、頭をグイと反らして激しい呼吸をしながら、

『貴方《あんた》は、何かの機会《チャンス》に、一人の犠牲を条件に彼女を了解させたのですか。もう儂にはこの上釈明する気力もないのです。いっそ、護衛を止めて貰おう。儂の血《マイ・ブラッド・》でこの裁きをしたら、いつか、その舌の根から聴く事があるでしょう《ジャッジ・フォアベード・マイ・タング・トゥ・スピーク》。』▼65と異常な決意を泛《うか》べて、あろうことか、護衛を断るのだった。そして、一切の武装を解いた裸身《はだかみ》を、ファウスト博士の前に曝《さら》させる事を要求した。それに、法水はまた皮肉にも応諾の旨を回答してから室《へや》を出た。いつも、彼等が其処で策を練りまた訊問室に当てているダンネベルグの室では、検事と熊城が既に夜食を終っていた。その卓上には、裏庭の靴跡を造型した二つの石膏型と、一足の套靴《オヴァシュース》が置かれてあった。そして、それがレヴェズの所有品で、漸く裏階段下の押入れの中から発見された事が、熊城の口から述べられた。また、それと同時に、押鐘博士が帰邸したと言う事も附け加えられたのである。それが済むと、代り合って法水が口を開き、レヴェズとの対決顛末を、赤いベルベラ酒▼66盃を重ねながら語り終えると、『成程……。然し、』と一端熊城は頷いたけれども、彼は強い非難の色を泛《うか》べて云った。『君の粋物主義《ディレッタンティズム》▼67にも呆れたものさ。一体レヴェズの処置に躊《ため》らっているのは、どうしたと言う事なんだい。考えても見給え。従来《これまで》動機と犯罪現象とが、何人にも喰い違っていて、その二つを兼ねて証明された人物と言うのが、未だ曾って一人もなかったのだ。とにかく、序

---

▼64　雲は下り、霧は谷を埋めて／夜と夕闇と一ときに至る
Die Wolke sinkt, der Nebel drückt ins Tal, ／Und es ist Nacht und Dämmrung auf einmal.
Ilmenau am 3. September 1783
「雲が沈み霧が谷をおおうと、／夜と夕闇が手をたずさえてやってくる。」「イレムナウ」『ゲーテ全集1』松本道介訳、潮出版社、新装第二版、2011。
「狩猟の一隊〜」については原詩で直接的な該当箇所はないが、「イレムナウ」は狩猟の夜営の情景を詠んでいる詩である。ゲーテはワイマールのアウグスト公の誕生日に、公の若き日の思い出を詠んだこの詩を捧げた。

▼65　儂の血でこの裁きをしたら、いつか、その舌の根から聴く事があるでしょう。　My bloody judge forbade my tongue to speak
後出第七回註78『ルクレチア盗み』*The Rape of Lucrece* 1594の一節。

▼66　ベルベラ酒　Barbera
バルベーラ。イタリアの北部ピエモンテ州が主産地の黒葡萄から作るワイン。

▼67　粋物主義　dilettantism
前出第三回註353「物奇主義」参照。これも虫太郎の造語か。

曲が済んだものなら、幕を上げて貰おうぜ。成程、君が好んで使う唱《うた》合戦も、或る意味では陶酔かも知れないがね。然し、その前提に結論が必要な事だけは忘れないで居てくれ給え。』

『冗談じゃない。どうしてレヴェズが犯人なもんか。』と法水は道化た身振りをして、爆笑を上げた。ああ、世紀児▼68法水——彼はあの告白悲劇に、滑稽な動機変転を用意していたのであろうか。検事も熊城も、途端に嘲弄された事を覚ったけれども、あれ程整然たる条理には、到底その儘を信ずる事は出来なかった。続いて法水は、その詭弁主義《マキアヴエリズム》▼69の本性を曝露すると同時に、今後レヴェズに課した不思議な役割を明かにした。

『如何にも、レヴェズとダンネベルグ夫人との関係は真実に違いないのだ。然し、あの火術弩の弦が橐蕒木《ピクスカルパエ》なら、僕は、前史植物学で今世紀最大の発見をした事になるのだよ。ねえ熊城君、一七五三年にベーリング島▼70の附近で、海牛の最後の種類▼71が屠殺されたんだ。だがあの寒帯植物は、既にそれ以前に死滅しているんだぜ。やはりあの弩の弦は、一向変哲もない大麻▼72で作ったものなんだ。ハハハハあの鈍重な柱体《シリンダー》▼73を、僕は錐体《コーン》▼74にしてやったんだよ。つまり、レヴェズを新しい坐標にして、この難事件に最後の展開を試みようとするんだ。』

『気が狂ったのか。君はレヴェズを生餌にして、ファウスト博士を引き出そうとするのか。』とさしも沈着な検事も仰天して、飛び掛らんばかりの気配を見せると、法水は鳥渡《ちょっと》残忍な微笑をして云った。

『成程、道徳世界の守護神——支倉君！　だが実を云うと、僕がレヴェズに就いて最も懼れているのは、決してファウスト博士の爪ではないのだ。実は、あの男の自殺の心理なんだよ。レヴェズは最後に斯《こ》う云う文句を云ったのだ。儂の血《マイ・ブラッド》でこの裁きをしたらいつかその舌の根から聴く《ジャッジ・フォアベード・マイ・タング・トゥ・スピーク》事があるでしょう——とね。ねえ支倉君、そ

---

▼68　世紀児　enfen de siécle
前出第三回註95「世紀児的」参照。

▼69　詭弁主義　Machiavellism
目的のためには手段を選ばない権力的な統治様式。マキャヴェッリの『君主論』の中に見える思想。権謀術数主義。

▼70　ベーリング島　Bering Island
カムチャツカ半島の東、ベーリング海にあるロシア領の島。ロシアの探検隊によって発見された1741。隊長ベーリングは壊血病で死亡し、この島に埋葬された。

▼71　海牛の最後の種類
ベーリング海にいたステラーダイカイギュウは、ベーリング探検隊の医師ステラーによって発見された1741。体長九メートル、胴囲六メートルの巨大な海棲哺乳類。肉は仔牛に似て美味、油脂も豊富、毛皮も上等でハンターの標的となり、発見後三十年を経ず絶滅1768。

▼72　大麻
大麻は日本では自生種で成長が早く収穫しやすいため、古来より一般的な繊維として使われていた。しかし植物全体に向精神性の薬理作用があり、現在では繊維用の栽培は許可されていない。

▼73　柱体　cylinder
平行な二つの平面と柱面とで囲まれた立体。角柱・円柱など。

▼74　錐体　cone
平面上の円または多角形の両端のつながった曲線の各点と、平面外の一点とを結んでできる立体。円錐・角錐など。コーンは円錐体。

▼75　時代史劇　costume play

れが、如何にも、レヴェズの悲壮な時代史劇《コスチユーム・プレイ》[75]のようで、またあの性格俳優の見せ場らしい、大芝居みたいにも思われるだろう。然し、それは悲愁《トラウリッヒ》[76]ではあるけれども、決して悲壮《トラギッシュ》[77]ではないのだ。つまりその一句が、「ルクレチア盗み《レイプ・オブ・ルクリース》」[78]と言う沙翁《シエークスピア》の劇詩の中にあって、羅馬《ローマ》の佳人ルクレチア[79]がタルキニウス[80]のために辱しめをうけ、自殺を決意する場面に現われているからなんだ。』と法水は心持臆したような顔色になったが、その口の下から、眉を上げ毅然と云い放ったものがあった。

『けれども支倉君、あの対決の中には、犯人にとって到底避け難い危機が含まれているんだ。事実僕が引っ組んだのは、レヴェズじゃないのだ。やはりファウスト博士だったのだよ。実を言うと僕は、まだ事件に現われて来ない五芒星呪文の最後の一つ――あの地精《コボルト》の札の所在《ありか》を知っているのだがね。』

『なに、地精《コボルト》の紙片!?』熊城は仰天せんばかりに驚いてしまった。然し、法水の眉《び》宇間《うかん》には賭博とするには、余りに断定的なものが現われていた。彼の凄愴な神経作《ナーヴアシ》用《ズム》[81]が、如何なる詭計《きけい》に依って、あの幽鬼[82]の牙城に酷迫《こくはく》したのであろうか。その俄かに緊張した空気の中で、法水は冷たくなった紅茶を啜《すす》り終ると語り始めたが、それは、驚くべき心理分析だったのだ。

『所で、僕はゴールトン[83]の仮設《セオリー》を剽窃《ひようせつ》[84]して、それでレヴェズの心像を分析して見たのだ。と云うのは、あの心理学者の名著「人間能力の考察《インクワイアリー・イントウ・ヒユーマン・ファカルティ》」[85]の中に現われている事だが、想像力の優れた人物になると、語《ことば》や数字に共感現象が起って、それに関聯した図式を、具体的な明瞭な形で頭の中へ泛《うか》べる場合があるのだ。例えば数字を云う場合に、時計の盤面が現われる事などもその一例だけれども、その最も強烈な表現と云えるものが、レヴェズの談話の中に現われたのだ。支倉君、あの男は伸子に愛を求めた結果に就いて、斯《こ》う云う事を悲し気に云ったのだよ。――天空の虹は抛物線《パラボリック》、露滴の虹は双曲線《ハイパーボリック》、然しそれが楕円形《イリプテイック》でない限り、伸子は自分の

---

時代劇、歴史劇。物語の時代設定を遡り、その時代に合った衣装を着ける衣装劇のこと。

▼76　悲愁　traurich
悲しみに深く心が沈むこと。

▼77　悲壮　tragisch
悲劇的な様子。

▼78　ルクレチア盗み
*The Rape of Lucrece* 1594
ティトゥス・リウィウス『ローマ建国史』BC17頃に基づくシェークスピアの詩劇。後出第七回註79の「佳人ルクレチア」のエピソード参照。

▼79　佳人ルクレチア　Lucretia ?-BC509
ルクレティア。当時のローマ王の家臣コラティヌスの妻ルクレティアは、王の子セクストゥス・タルクィニウスに横恋慕され、夫の留守中剣で脅されて暴行を受けた。直後父や夫の前で全てを告白し、二人に復讐を約させて、自ら短剣で命を絶った。

▼80　タルキニウス
Sextus Tarquinius　生没年不詳
ローマ王国最後の王ルシウス・タルクィニウスの第三子。紀元前六世紀、前出のルクレティア事件の後、タルクィニウスに対する反乱が起きて王一族は追放され、ローマは王政から共和制に移行した。

▼81　神経作用　nervasism
前出第四回註164「神経運動」参照。

▼82　幽鬼
生きている者を苦しめたり悩ませたりする死者の魂。

▼83　ゴールトン
Golton, Sir Francis 1822-1911

懐に飛び込んでは来ない――と。所が、その間、レヴェズの眼に微かな運動が起って、彼が幾何学的な用語を口にする度毎《たびごと》に、何となく宙に図式を描いているような動きをしているのだった。そこで僕は、その黙劇めいた心理表出▼86に、一つの息詰まるような徴候を発見したのだよ。何故なら、抛物線《パラボリック》と双曲線《ハイパーボリック》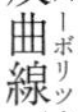▼87を楕円形《イリプテック》に続けると、その合したものが、KOになるだろうからね。つまり、地精（Kobold）の頭二字――KとOとなんだよ。だから、透さず僕は、それに暗示的な衝動を与えようとして、KoboldのKOを除いた残りの四字――boldに似た発音を引き出そうとしたのだ。するとレヴェズは、三叉箭の事をBohr《ボール》▼88と云った。また、それに続いてレヴェズが僕を揶揄《やゆ》するのに、あの箭《や》が裏の蔬菜園から放たれたのだと云って、その中に蕪青《ルーベ》（rube）▼89と一語《ひとこと》を、頻りと躍動させるのだったよ。そこに支倉君、僕は偶然にも、レヴェズの意識面を浮動している、異様な怪物を発見したのだ。ああ、僕はステーリング▼90じゃないがね。心像は一つの群《グループ》であり、またそれには自由可動性《フリモビリティ》▼91あり――と云ったのは至言だと思うよ。何故なら、そのレヴェズの一語《ひとこと》にはあの男の心深くに秘められていた一つの観念が、実に鮮かな分裂をして現われたからなんだ。いいかね支倉君、最初KOと数型式《ナムバア・フォームス》▼92を泛《うか》べてから、レヴェズは三叉箭の事をBohr《ボール》と云い、心中地精《コボルト》を意識しているのを明かにした。また、それから蕪青《ルーベ》と云う語《ことば》を使ったのだが、それには重大な意義が潜んでいた。と云うのは、地精《コボルト》に誘導されて必ず聯想しなければならない一つの秘密がレヴェズの脳裡にあったからだ。で、試《た》めしに一つ、三叉箭《ボール》と蕪青《ルーベ》とを合わせて見給え。すると、格子底机《ボールドルーベ》――。ああ、僕の頭は狂っているのだろうか。実はその机と云うのが、伸子の室《へや》にあるのだがね。』

地精《コボルト》の札――今や事件の終局が、その一点にかけられている。もし法水の推断が真実であるならば、あの潑剌《はつらつ》たる娘がファウスト博士に擬せられなければならない。

---

イギリスの遺伝学者。優生学の創始者。

▼84　剽窃
他人の作品や論文を盗んで、自分のものとして発表すること。

▼85　人間能力の考察
*Inquiries into Human Faculty* 1883
ゴールトンの著作。数値や語彙から図像的なイメージを創る能力について記述している。後出第七回註92の「ナンバー・フォームズ」のこと。

▼86　心理表出
心の中に隠れているものが外に現れること。

▼87　双曲線
通常双曲線は漸近線、焦点に対称となる二曲線で表わされるため、この図はおかしい。漸近線と片方の曲線だけをとりだしたものになっている。

▼88　Bohr
前出第七回註33「三叉箭」参照。

▼89　蕪青　Rübe
カブ。アブラナ科の食用植物。前出第七回註35「蕪青」参照。

▼90　ステーリング
Störring, Gustav Wilhelm 1860-1946
ステルリング。ドイツの実験心理学者・精神病理学者。ヴントの門下。

▼91　自由可動性　free mobility
関節などの機構が自在に動くこと。

▼92　数型式　number forms
「吾々が心で描く絵図は、決して方角のみに限られて居ない。中で最も面白く又材料が豊富なのは数を心の絵にして描く事である。人によっては数の連続が一定の形に成って現われるから、

それから、伸子の室《へや》に行くまでの廊下が三人にとると、どんなに長い事だったろうか。然し、法水は古代時計室の前まで来ると、何を思ってか、そこで不意に立ち止った。そして、伸子の室《へや》の調査を私服に任せて、押鐘夫人津多子を呼ぶように命じた。

『冗談じゃない。津多子を鎖じ込めた文字盤に、暗号でもあるのなら別だがね。然し、あの女の訊問なら後でもいいだろう。』と熊城は不同意らしい辛々《いらいら》した口調で云うのだった。

『いや、あの廻転琴《オルゴール》時計を見るのさ。実は、妙な憑着《つきもの》が一つあってね。それが、僕を狂気《きちがい》みたいにしているのだよ。』と法水はキッパリ云い切って、他の二人を面喰《めんくら》わせてしまった。彼の電波楽器《マルティノ》▼93のような微妙な神経には、触れるものがあれば、それが立ち所に、類推の華弁となって開いてしまうのだ。それ故《ゆえ》、一見無軌道のように見えても、さて蓋が明けられると、それが有力な連字符となり、或は、事件の前途に、全然未知の輝かしい光が投射される場合が多いのであった。

そこへ、壁に手を支えながら、津多子夫人が現われた。彼女は大正の中期――殊にメーテルリンク▼94の象徴悲劇▼95などで名を唱われただけあって、四十を一二越えていても、その情操の豊かさは、青磁色▼96の眼隈と肌《はだえ》を包んでいる陶器のような光りに、曾つて舞台に於けるメリサンド▼97の面影が髣髴となるのであった。しかも、夫押鐘博士との精神生活が、彼女に諦観的な深さを加えた事も勿論であろう。然し、法水はこの典雅な婦人に対して、劈頭《へきとう》から、些《いささ》かも仮借するところのない峻烈な態度に出た。

『所で、最初から斯《こ》んな事を申し上げるのは、勿論無躾至極《ぶしつけしごく》な話です。然し、この館の人達の言《ことば》を借りると、貴女の事を人形使いと呼ばなければならないのですよ。所が、その人形と糸ですが、事件の劈頭には、それがテレーズの人形にありました。

---

こういう心の絵図として現われた数の列を数形ナンバー・フォームス number forms と称する。」「心の絵図」菅原教造『変態心理　第一号』1918/1、新年附録。

▼93　電波楽器　Martenot
モーリス・マルトノ Martenot, Maurice 1898-1980 は、フランスの電気技師。彼が考案した、電気発振と可変容量の蓄電器を利用した小型のピアノに似た楽器を、オンド・マルトノ Ondes Martenot という。

▼94　メーテルリンク　Maeterlinck, Maurice 1862-1949
ベルギーの詩人・劇作家。神秘的な内容を手堅い劇作法によって具象化し、象徴主義演劇を確立した。

▼95　象徴悲劇
人間の内面や夢・神秘性などを象徴的に表現する技法で作られた悲劇。メーテルリンクの『ペレアスとメリザンド』や『タンタジールの死』がその代表作。

▼96　青磁色
淡い青の磁器の色に由来する、緑がかった薄青色。

▼97　メリサンド　Mélisande
*Pélleas et Mélisande* 1893 のヒロイン。泉のほとりで泣く、いずことも知れぬ所から現れた少女。彼女を見つけた領主と結婚するが、城で同居する領主の弟ペレアスと道ならぬ恋に落ち、ついには恋人を死に追いやってしまう。

そして、また、その悪の源《みなもと》は、永生輪廻《りんね》▼98の形で繰り返えされて行くのです。ですから夫人《おくさん》、僕には、貴女に当時の状況をお訊ねして、相変らずの鬼談的《デーモニッシュ》▼99な運命論を伺う必要はないのですよ。』

　冒頭に津多子は、全然予期してもいなかった言葉を聴いたので、そのすんなり青白い身体《からだ》が急に硬《こわ》ばったように思われ、ゴクンと音を立てて唾を嚥《の》み込んだ。法水は続けて、その薄気味悪い追求を休めなかった。

『無論、貴女があの夕六時頃に、御夫君の博士に電話を掛けられたと云う事も、また、その直後奇怪至極にも、貴女《あなた》の姿がお室《へや》から消えてしまったと云う事も、僕には既《とう》から判っているのですからね。』

『それでは、何をお訊ねになりたいのです。この古代時計室には、私が昏睡されて鎖じ込められていたのですわ。しかも、あの夜八時二十分頃には、田郷さんがこの扉《ドア》の文字盤をお廻しになったと云うそうじゃ御座いませんか。』と顔面を微かに怒張させて津多子は稍々《やや》反抗気味に問い返した。すると、法水は鉄柵扉から背を放して、凝然《じっ》と相手の顔を見入りながら、正に狂ったのではないかと思われるような事を云い放った。

『いや、僕の懸念と云うのは、決してこの扉《ドア》の外ではなく、却って内部にあったのですよ。貴女《あなた》は、中央にある廻転琴《オルゴール》附きの人形時計を――。また、その童子人形の右手がシャビエル上人の遺物筐《シリケばこ》になっていて、報時の際に鐘《チャペル》を打つ事も御存知でいらっしゃいましょう。所が、あの夜九時になって、シャビエル上人の手が振り下されると、それと同時に、この鉄扉が人手もないのに開かれたのでした。』

▼98　永生輪廻
前出第六回註57「輪廻説」参照。
▼99　鬼談的　Dämonisch
デモーニッシュ。悪魔や鬼神に取り憑かれたような。

# 二

ああシャビエル上人の手！　それが、この二重の鍵で鎖された扉《ドア》を開いたとは……。事実、法水の透視神経が微妙な放出を続けて築き上げた高塔がこれだったのか。然し、検事も熊城も痺れたような顔になっていて、容易に言葉も出なかった。と云うのは、これが果して法水の神技であるにしても、到底その儘を鵜呑みに出来なかったほど、寧ろ狂気に近い仮説だったからである。津多子はそれを聴くと、眩暈《めまい》を感じたように倒れかかって、辛くも鉄柵扉で支えられたのだった。が、その顔は死人のように蒼ざめてしまって、彼女は絶え入らんばかりに呼吸《いき》せきながら、眼を伏せてしまった。法水はさもしてやったりと云う風に、会心の笑を泛《うか》べて、

『ですから夫人《おくさん》、あの夜の貴女は、妙に糸とか線とか云うものに運命附けられていたのですよ。然し、その方法となると、相変らず十年一日の如くで……。いやとにかく、僕の考えている事を実験してみますかな。』

　それから、符表と文字盤を覆っている鉄製の函《はこ》を開く鍵を、真斎から借りて、まず鉄函を開き、それから文字盤を、右に左にまた右に合わせると、扉《ドア》が開かれた。すると、扉《ドア》の裏側には、背面が露出されている羅針儀式《マリナース・コンパス》の機械装置が現われて、それに法水は、表面では文字盤の周囲に当る飾り突起に糸を捲き付け、その一端を固定させた。

『所で、この羅針儀式《マリナース・コンパス》の特性が、貴女の詭計に最も重大な要素をなしているのです。と云うのは、この合わせ文字を、閉じる時の方向と逆に辿って行くと、三回の操作で閂《かんぬき》が開き、またそれを反対に行うと、掛金が閂孔《かんぬきあな》の中に入ってしまうのですから。つまり開く時の基点は閉ざす時の終点であり、また、閉じる時の基点は開く時

の終点に相当する訳なのです。ですから、実行は至極単純で、要するに、その左右廻転を恰好に記録するものがあって、それに、その廻転を文字盤へ逆に及ぼす力さえあれば・・・。そうすれば、理論上鎖された門が開くと云う事になるでしょう。▼100 勿論内部からでは、あの鉄函の鍵は問題ではないのですよ。で、その記録筒と云うのが何あろう。あの廻転琴《オルゴール》なのでした。』

　と法水は、糸を人形時計の方に引いて行って、観音開きを開き、その音色を弾く廻転筒を、報時装置に続いている引っ掛けから外した。そして、その円筒に無数と植え付けられている棘《とげ》の一つに糸の一端を結び付けて、それをピインと張らさせて、そうしてから検事に云った。

『支倉君、君は外から文字盤を廻《ま》わして、この符表通りに扉《ドア》を閉めてくれ給え。』

　すると、検事の手に依って文字盤が廻転して行くにつれ、廻転琴《オルゴール》の筒が廻り始めた。そして、右転から左転に移る所には、その切り返しが他の棘に引っ掛って、三回の操作がそうして見事に記録されたのであった。それが終ると、法水はその筒に、旧《もと》通り報時装置の引っ掛けを連続させた。それが、恰度八時に二十秒ほど前であった。機械部と連なった廻転筒は、ジイッと弾条《ぜんまい》の響《ひびき》を立て、今行ったとは反対の方向に廻り始める。その時片唾《かたず》を嚥《の》んで見守っていた一同の眼に、明らかな駭《おどろ》きの色が現われた。何故なら、その回転につれて、文字盤が、左転右転を鮮《あざや》かに繰り返して行くではないか。そうしているうちに、ジジッと、機械部の弾条《ぜんまい》が物懶《ものう》げな音を立てると同時に、塔上の童子人形が右手を振り上げた。そして、カアンと鐘《チャペル》に撞木《しゅもく》が当ると、その時まさしく扉《ドア》の方角で、秒刻の音に入り混ざって明瞭《はっきり》と聴き取れたものがあった。ああ、再び扉《ドア》が開かれたのだった。一同はフウと溜めていた息を吐き出したが、熊城は舌なめずりをして、法水の側に歩み寄った。

『なんて、君と云う人物は、不思議な男だろう。』

---

▼100　記録筒
本来は自記記録計の円筒形の記録用紙を巻き付ける器具だが、ここではオルゴールの突起をつけた回転筒を指す。

然し法水は、それには見向きもせずに、既に観念の色を泛《うか》べている津多子の方を向いて、『ねえ夫人《おくさん》、つまり、この詭計の発因と云うのが、博士にかけられた貴女の電話にあったのですよ。然し、それを僕に濃く匂わせたのは、現に抱水クロラールを嚥《の》まされているにも拘らず、貴女が、実に不可解な防温手段を施されていたと云う事なんです。あの、まるで木乃伊《ミイラ》のように毛布をクルクル捲き付けられていなければ、恐らく貴女は、数時間のうちに凍死していたでしょう。麻痺剤を嚥《の》ませた、然し、殺害の意志がない――。そう云う解し切れない矛盾が、僕の懸念を濃厚にしたのでしたよ。所で夫人《おくさん》、あの夜貴女がこの扉《ドア》が開かれて、さてそれから何処へ行かれたものか、当ててみましょうか。一体、薬物室の酸化鉛の瓶の中には、何があったのでしょう。あの褪《あ》せ易い薬物の色を、依然鮮やかに保たせていたのは……』

『ですけど』津多子はすっかり落着いていて、静かな重味のある声音で云った。『あの薬物室の扉《ドア》が、私が参りましたときは既に開かれて居りました。それに、抱水クロラールにも、その以前に手を付けたらしい形跡が残っていたのですわ。もう申し上げる必要は御座いませんでしょうけども、あの酸化鉛の罎《びん》の中には、容器に蔵《おさ》めた二瓦《グラム》のラジウムが陰《かく》されてあったのです。それを私は、予て伯父から聴いて居りましたので、押鐘の病院経営を救うために、或る重大な決意を致さねばなりませんでした。そして、一月ほど前から、この館を離れずに――。ああ、その間、私には凡ゆる意味での視線が注がれました。然し、それさえもじっと耐えて、私は絶えず、実行の機会を狙っていたので御座いました。ですから、私がこの室《へや》で試みました一切のものは、無論愚かな防衛策なので御座います。もしラジウムの紛失が気付かれた際に、その場合、架空の犯人を一人作る積《つも》りだったのでしたわ。どうか法水さん、あのラジウムをお取り戻しなすって――先刻押鐘が持ち帰りましたのですから。然し、この点だけは断言致しますわ。如何にも私は、盗んだに相違ありませんですけど、私の犯行と同時に起った殺人事件には、絶対に関係が御座いませんのですから。』

津多子の告白を聴いて、法水は暫く黙考していたが、ただ、もう暫くこの館に止《とどま》るように命じたのみで、そのまま津多子を戻してしまった。それに、熊城が不服らしい素振りを見せると、法水は云った。

『成程、あの津多子と言う女は時間的に頗る不幸な暗合を持っている、けれども、ダンネベルグ事件以外には、何処にもあの女の顔が現われていないのだ。然し熊城君、実を云うと僕は、あの電話と云うのに、もっともっと深い疑義を持っているのだよ。とにかく、久我鎮子の身分と押鐘博士を、至急洗い上げてくれ給え。』

そこへ、法水の予測が的中したと云う報知《しらせ》が私服から齎らされて、果せるかな地《コボ》精《ルト》の札が、伸子の室《へや》にある格子底机《ボールド・ルーベ》の抽斗《ひきだし》から発見されたのだった。そこで法水等は、伸子を引き立てて来たと云う、旧《もと》の室《へや》に戻る事になった。扉《ドア》を開くと、嗚咽《おえつ》の声が聴《きこ》える。伸子は、両手で覆うた顔を卓上に伏せて、頻りに肩を顫《ふる》わせていた。それに熊城は毒々しい口調を、彼女の背後に吐きかけるのだった。

『君の名が点鬼簿《てんきぼ》から消されていたのも、僅か四時間の間だけさ。だが、今度は虹も出ないし、君も踊る訳には往《い》かんだろう。』

『いいえ、』と伸子は、キッと顔を振り向けたが、満面には滴《した》たらんばかりの膏《あぶら》汗《あせ》だった。『あの札は何時の間にか、抽斗《ひきだし》の中に突っ込まれてあったのですわ。私はそれをレヴェズ様にだけお話し致しました。ですから屹度《きっと》あの方が、それを貴方がたに密告したに相違御座いませんわ。』

『いや、あのレヴェズと云う人物には、今どき珍らしい騎士的精神があるのですよ。』と静かに云いながら、法水は怪訝《けげん》そうに相手の顔を瞶《みつ》めていたが、『然し、本当の事を云うんですよ。伸子さん、あの札は一体誰が書いたのですか。』

『私、存――存じません。』と伸子は、救いを求めるような視線を法水の顔に向けたが、その時、彼女の発汗が益々甚しくなって、舌が異様にもつれ、正確に発音する事さえ出来なくなってしまった。この――犯人伸子の窮境には、思わず熊城を微笑ましめたものがあった。所が法水は、宛《さな》がら冷静そのもののような態度で、やや暫し伸子の額に視線を注いでいて、その顳顬《こめかみ》に脈打っている縄のような血管を瞶《みつ》めていたが、不図額の汗を指で掬《すく》い取ると、彼の眉がピンと跳上《はねあが》って、

『こりゃいかん。解毒剤をすぐ！』と、この状況に予想もし得ない意外な言葉を吐いた。そして、咄嗟の逆転に何が何やら判らずにひたすら狼狽し切っている熊城等を追い立てて、伸子の身体《からだ》を愴惶《そうこう》▼101と運び出させてしまった。

『あの発汗を見ると、多分ピロカルピン▼102の中毒だろうよ。』と暫時《しばらく》こまねいていた腕を解いて、法水は検事を見た。が、その顔には、まざまざと恐怖の色が泛《うか》んでいた。『とにかく、あの女が、地精《コボルト》の札を僕等が発見したのを知る気遣いはないのだから、勿論自殺の目的で嚥《の》んだのではないと云う事は判っているんだ。いや、たしかに嚥《の》まされたんだよ。それも、決して殺す積りではなく、あの迷濛《めいもう》状態を僕等の心理に向けて、伸子に三度目の不運を齎らそうとしたに違いないのだ。ねえ支倉君、それが三段論法の前提となる事を知らずに、或るものを非論理的だと断ずる事は出来まい。すると、伸子とピロカルピン――つまりその前提としてだ。まず、壁を抜き床を透かしてまで、僕等の帷幕《いばく》の内容を知り得る方法がなけりゃならん訳だ。ああ、実に恐ろしい事じゃないか。先刻《さっき》この室《へや》で交した会話が、ファウスト博士には既《とう》に筒抜けなんだよ。』

　事実全くこの事件の犯人には、仮象を実在に強制する不可思議な力があるのかも知れない。熊城は最早我慢がならないように息を呑んだが、

『然し、今日の伸子には、感謝してもいいだろうと思うよ。実は先刻《さっき》、僕の部下が

---

▼101　愴惶
慌てふためくさま、慌ただしいさま。

▼102　ピロカルピン　Pilocarpine
「ヘンルーダと同じ科にヤポランジという灌木がある。ブラジルの原産で、葉にピロカルピンという毒がある。ベラドンナの毒、アトロピンと全く反対の作用をもっている。例えば胃腸には痙攣を与え、心臓には、最初刺激をつぎに麻痺を与える。あらゆる分泌腺の働きをさかんにし、汗腺はとくに著しい分泌を示す。」『毒薬』保刈成男、雪華社、1963。

伸子の室《へや》を捜索している間に、あの女は、クリヴォフの室《へや》でお茶を飲んでいたのだ。所が、その席上に居合せた人物と云うのが、動機の五芒星円《ペンタグラムマ》からはしっくり離れられない連中ばかりなんだ。どうだ法水君、曰《いわ》く、最初が旗太郎さ。それから、レヴエズ、セレナ・・・。あの頭中繃帯《ほうたい》しているクリヴォフだっても、その時は寝台の上に起き上っていたと云うんだからね。』と熊城が吐いた内容には、この場合、誰しも打たれずにはいなかったであろう。何故なら、それに依って犯人の範囲が明確に限定されて、従来《これまで》の紛糾混乱が一斉に統一された観がしたからだった。そこへ、検事が頗る思い付きな提議をした。

『所で僕は、これが唯一の機会《チャンス》だと思うのだよ。つまり、犯人がピロカルピンを手に入れた——その経路を明瞭《はっきり》させる事なんだ。もしそれが津多子ならば、充分押鐘博士を通じてと云う事も云えるだろう。けれども、それ以外の人物だとすると、まずその出所が、この館の薬物室以外には想像されないと思うのだがね。だから法水君、僕はホッブス[103]じゃないけれどもね。もう一度薬物室を調べてみたら、或は、犯人の戦闘状態《ステート・オブ・ウォア》[104]が判りやしないかと思うんだ。』

この検事の提議に依って、再び薬物室の調査が開始された。然し其処にはピロカルピンの薬壜《やくびん》はあっても、それには何処ぞと云って、手を付けたらしい形跡もなかった。従って、減量は云う迄もない事だが、何より、最初から、一度も使った事がなかったと見えて、全体が厚い埃《ほこ》りを冠《かぶ》っていた。そして、薬品棚の奥深くに埋もれているのだった。法水は一端失望の色を泛《うか》べたけれども、突然彼に、莨《たばこ》を捨てさせてまで叫ばせたものがあった。『そうだ支倉君、余り君の署名《サイン》が鮮《あざや》かだったものだから、それに眼が眩《くら》んで、僕は些細な事までもうっかりしていたよ。強《あなが》ちピロカルピンの所在は、この薬物室のみに限らんのだ。元来あの成分と云うのが、ヤポランジイ[105]の葉の中に含まれているのだからね。サア、これから温室へ行こう。もしか

---

▼103　ホッブス　Hobbes, Thomas 1588-1679
イギリスの哲学者。『リヴァイアサン』*Leviathan* 1651で教会の権威に批判的な論評を行った。

▼104　戦闘状態　state of war
戦争状態。ホッブスの言葉「万人に対する万人の戦」Bellum omnium contra omnesに由来。

▼105　ヤポランジイ　Jaborandi
ヤボランジイ。ミカン科の低木。丸みを帯びた葉と小さなオレンジ色の房状の花をつける。薬効については前出第七回註102「ピロカルピン」参照。

すると、最近其処へ出入した人物の名が、判るかも知れないから……』

法水が目指したところの温室と云うのは、裏庭の蔬菜園の後方にあって、その側《かたわら》には、動物小屋と鳥禽舎《ちょうきんしゃ》とが列《なら》んでいた。扉《ドア》を開くと、噎《むっ》とするような暖気が襲って来て、熱に熟《う》れた様々な花粉の香りが、妙に官能を唆《そそ》るような、一種云い表わしようのない媚臭《びしゅう》で鼻孔を塞《ふさ》いで来るのだった。入口には、如何にも前史的なヤニ羊歯《しだ》▼106が二基あって、その大きな垂葉《しだれは》の下を潜って、凝固土《たたき》▼107の上に下りると、前面には、熱帯植物特有の――たっぷり樹液でも含んでいそうな青黒い葉が重たそうに繁り冠《かぶ》さり合っていて、その葉陰の所々に臙脂《えんじ》▼108や藤紫色の斑《まだら》が点綴《てんてつ》されていた。然し、間もなく灯《あかり》の中に、鳥渡《ちょっと》馬蓼《いぬたで》▼109に似た見なれない形の葉が現われて、それを法水はヤポランジイだと云った。所が、調査の結果は、果して彼の云うが如く、その茎には六個所ほど、最近に葉をもぎ取ったらしい疵跡《きずあと》が残されていた。すると、法水は眉間を狭めて、見る見るその顔に危懼《きぐ》の色が波打って来た。

『ねえ支倉君、六引く一は五だろう。その五には毒殺的効果があるのだよ。然し、いまの伸子の場合には、六枚の葉全部が必要ではなかったのだ。つまり、充分〇・〇一位を含んでいる一枚だけで、あの程度の発汗と発音の不正確を起す事が出来るのだからね。すると犯人が未だに握っている筈の五枚――。その残りに僕は犯人の戦闘状態《ステート・オヴ・ウオア》を見たような気がしたのだよ。』

『ああ、何と云う怖ろしい奴だろう。』と神経的な瞬きをして、熊城も心持顫えを帯びた声で云った。『僕は毒物と云うものの使途に、これまで陰剣なものがあろうとは思わなかったよ。どうしてその冷血無比なファウスト博士でなけりゃ、残忍にも、これほど酷烈な転課手段を編み出せるもんか。』

検事は側《かたわら》を振り向いて、一行を案内した園芸師に訊ねた。『最近に誰か、この温室に出入りした者があったかね。』

---

▼106　ヤニ羊歯
シダ植物のうち最も進化し、大形の葉をつける類の総称。

▼107　凝固土
前出第三回註226「混凝土」参照。

▼108　臙脂
赤みを抑え、黒みを増した濃い赤色のこと。臙脂虫のメスや、紅花から採取した染料の色。

▼109　馬蓼
道ばたに生息する一年草。葉の基部に鞘状の托葉があり、紫紅色の小花は穂状をなす。犬蓼、アカマンマ。ヤポランジイと葉が似るという説明は、無理がある。

『い、いいえ、この一月ばかりは誰方《どなた》も……』とその老人は眼を瞠《みは》って吃《ども》ったけれども、検事を満足させるような回答を与えなかった。それに法水は、押し付けるような無気味な声音《こわね》で追求した。

『オイ、本当の事を云うんだ。広間《サロン》にある藤花蘭《デンドロビウム・ティルシフロルム》▼110の色合せは、ありゃ、たしか君の芸じゃあるまいね。』

この専門的な質問は、直ちに驚くべき効果を齎らした。まるで老園芸師は、宛《あた》かもそれ自身弓の弦ででもあるかのように、法水の一打《ひとうち》で思わず口にしてしまったものがあった。

『然し、傭人と云う私の立場も、充分お察し願いたいと思いまして、』と訴えるような眼で、憐憫《あわれみ》を乞うような前提を置いてから、怯《お》ず怯《お》ず二人の名を挙げた。『最初は、あの怖ろしい出来事が起りました当日の午後で御座いましたが、その時旗太郎様が珍らしくお見えになりました。それから、昨日にはセレナ様が……あの方は、この乱咲蘭《カテリア・モシエ》▼111を大層お好みで御座いました。ですが、このヤポランジイの葉には、仰《おっ》言《しゃ》られるまでは一向に気が附きませんでした。』

矮樹《わいじゅ》ヤポランジイの枝に、二つの花が咲いた。即ち、最も、嫌疑の稀薄だった旗太郎とセレナ夫人にも、一先ずファウスト博士の黒い道士服▼112を着せて、是非にも血みどろの行列の中に加えねばならなくなってしまったのだった。斯《こ》うして、事件の第二日目は正に奇矯変態の極致とも云うべき謎の続出で、恐らくその日が、事件中紛糾混乱の絶頂と思われるのであった。のみならず、関係人物の全部が嫌疑者と目されるに至ったので、その集束が何時《いつ》の日やら涯《はて》しもなく、徒《いたず》らに、犯人の迷路的頭脳に翻弄されるのみだった。

その二日後――恰度その日は、年一回の公開演奏会が黒死館に開催される当日であったが、検事と熊城は、法水の二日に渉《わた》る検討の結果を期待して、再び会議を開

---

▼110　藤花蘭　Dendrobium thyrsiflorum
内が黄、外が白と鮮明な色彩の房状の花が藤花状に垂れ下がる、観賞用に栽培された洋蘭。

▼111　乱咲蘭　Cattleya mossiae
カトレア。洋蘭の園芸種。花は大輪で美しく、温室で栽培。

▼112　道士服
本来は中国の道教の僧服だが、ここではカトリックの修道士の服装をいう。

いた。それが、古めかしい地方裁判所の旧館で、時刻は既に三時を廻わっていた。然し、その日の法水には、見るからに凄愴な気力が漲っていた。既に、ある一つの結論に到達したのではないかと思われたほど、微かに紅潮を泛《うか》べた顔が動的《ダイナミック》▼113なもので顫えていた。法水は軽く口をしめしてから、切り出した。

『所で僕は、一々事象を挙げて、それを分類的に説明して行く事にする。それで、最初はこの靴跡なんだが……』と卓上に載せてある二つの石膏型を取り上げた（以下一四八頁の図解参照）『勿論これには、くどくどしい説明は要るまいけれども、まず最初が、小さい方の純護謨製《ピュアラバー》の園芸靴なんだ。これは、元来易介の常用品なので、園芸倉庫から発して乾板の破片との間を往復している。所が、その歩行線を見ると、形状《かたち》の大きさに比べると、非常に歩幅が狭くて、しかも全体が電光形《ジグザグ》に運ばれているのだ。またその上、足型自身にさえも、僕等の想像を超絶しているような疑問が含まれている。だって考えて見給え。易介みたいな侏儒《こびと》の足に合うような靴で、その横幅が一々異なっているのじゃないか。その上、爪先の印象を中央の部分に比較すると、均衡上幾分小さいように思われるのだ。おまけに、後踵部《こうしょうぶ》に重点があったと見えて、その部分には、特に力を加えたらしい跡が残されている……。それから、もう一つの套靴《オヴァシュース》の方は、本館の右端にある出入扉《ドア》から始まっていて、中央の張出間《アプス》を弓形に添い、やはりそれも乾板の破片との間を往復しているのだ。然しその方は稍々《やや》靴の形状に比較して小刻みだと云うのみで、歩線も至って整然としている。そして、疑問と云うのは、却って靴型の方にあったのだ。つまり、爪先と踵《かかと》と両端がグッと窪んでいて、しかも、内側に偏曲した内飜《ないほん》の形を示している。また更に、それが中央に行くに従って浅くなっているのだ。勿論、乾板の破片を挟んでいるのだから、その二条の靴跡が何を目的としたものか、それは、既に明らかだと云って差支えないだろう。しかも、それが時間的にも、あの夜雨が降り止んだ十一時半以後

---

▼113　動的　dynamic
活動的な、いきいきしている。

であると云う事が証明されているし、また一個所套靴《オヴアシユース》の方が園芸靴を踏んでいて、二人がその場所に辿り付いた前後も明らかにされているのだ。所が、仮令《たとえ》これだけの疑題《クエスチヨネーア》を提供されても、その結論に至って、僕等は些《いささ》かもまごつく所はないのだよ。実際家の熊城君なんぞは既に気《と》が付いているだろうが、その二つの足型を採証的に解釈してみると、大男のレヴェズが履く套靴《オヴアシユース》の方には、更により以上魁偉《かいい》な巨人が想像され、また、侏儒《こびと》の園芸靴を履いた主は、寧ろ易介以下の、リリプト人▼114か豆左衛門▼115でなければならないのだ。云う迄もなくそう云う人体形成の理法を無視しているようなものが、真逆《まさか》この人間世界に有り得ようとは思われないだろう。勿論自分の足型を覆い陰《かく》そうとしての奸策で、それには、容易ならぬ詭計が潜んでいるに違いないのだ。そこで、まず順序として、あの夜その時刻頃に裏庭へ行ったと云う易介が、一体二つの孰《いず》れであるか――それを第一に決定する必要があると思うのだよ。』

と異常に熱して来た空気の中で、法水の解析神経がズキズキ脈打ち出した。そして、靴型の疑問に縦横の刀《メス》を加えるのだった。

『所が、その真相と云うのが、判って見ると、頗る悪魔的な冗談なんだよ。驚くじゃないか。巨漢レヴェズの套靴《オヴアシユース》を履いたのが、却って、その半分もあるまいと思われる程の倭少な人物なんだ。それから次にあのスウィッフト▼116（「ガリバー旅行記」▼117の作者）的な園芸靴だが、その方はまずレヴェズ程ではないだろう。けれども、とにかく常人とは異ならない体軀の所有者に違いないのだ。そこで、僕の推定を言うと、まず套靴《オヴアシユース》の方に、易介を当ててみたのだがどうだろう。ねえ熊城君、たしかあの男は、拱《きよう》廊《ろう》にあった具足の鞠沓《まりぐつ》を履いて、その上にレヴェズの套靴《オヴアシユース》を無理やり嵌《は》め込んだに相違ないのだ。』

『明察だ。如何にも、易介はダンネベルグ事件の共犯者なんだ。あの行為の目的は、

---

▼114　リリプト人　*Lilliput*
リリパット。後出第七回註117「ガリバー旅行記」参照。

▼115　豆左衛門
豆右衛門。江島其磧『魂胆色遊懐男（こんたんいろあそびふところおとこ）』以来、好色本の主人公として登場する人物。けし粒で作った人形ほどの小男で、「豆男」とも称された。

▼116　スウィッフト
Swift, Jonathan 1667-1745
スウィフト。アイルランドの司祭・作家。攻撃的な風刺で知られる。

▼117　ガリバー旅行記　*Gulliver's Travels*
内容が政治的な風刺に富んでいたため、スウィフトが当初仮名で発表した、船乗りガリバーの架空の旅行記。小人国はリリパット、大人国はブロブディンナグが正式な名称。出版社による改変が加えられた初版1726、完全版1735。

云わずと知れた毒入り洋橙《オレンジ》の授受であったに相違ない。それを、あれほど明白な結合動作《コンビネーション》▼118を――。今の今まで、君の紆余曲折的な神経が妨げていたんだぜ。』と熊城は傲然《ごうぜん》と云い放って自説と法水の推定が、遂に一致したのをほくそ笑むのだった。

然し法水は弾き返すように嗤《わら》った。

『冗談じゃない。どうして、あのファウスト博士に、そんな小悪魔《ポルターガイスト》▼119が必要なもんか。やはり、悪鬼の陰剣な戦術なんだよ。で、仮令《たとえ》ば此処に、一人冷酷無残な人物が家族の中にあったとしよう。そして、その一人が黒死館中の忌怖《きふ》の的であったばかりでなく、事実に於ても、易介を殺したのだと仮定しよう。所が易介は、あの夜ダンネベルグ夫人に附き添っていたのだからね。その一事が、到底避け得られない先入主になってしまうのだよ。だから、仮令《たとえば》その人物のために巧みに導びかれて、あの乾板の破片のあった場所に行き、しかもその翌日殺されたにしてもだ。当然、易介は共犯者と目されるに違いないのだ。そして、主犯の見当がその一人にではなく、寧ろ易介と親しかった圏内に落ちるのが、当然だと云わなければならんだろう。それから、園芸靴の方には、一端消えた筈のクリヴォフ夫人の顔が、また現われているのだがね。ああ、そのクリヴォフなんだよ。問題はあのカウカサス猶太人《ジュウ》の足にあったのだ。ところで熊城君、君は、ババンスキイ痛点▼120と云う言葉を知っているかね。それは、クリヴォフ夫人のような、初期の脊髄癆患者によく見る徴候なので、後踵部に現われる痛点を指して云うのだよ。しかも、それを重圧すると、恐らく歩行には耐えられまいと思われる程の、疼痛《とうつう》を覚えるものなんだが……』

然し、その一言に武具室の惨劇を考えれば、まず狂気の沙汰としか思われないのだった。熊城は吃驚《びっくり》して眼を円くしたが、それを検事が抑えて、

『勿論偶発的なものには違いないだろうが、然し、僕等の肝臓に変調を来たしていない限りだ。たしか、あの園芸靴には、重点が後踵部にあった筈だったがね。いや

▼118　結合動作　combination
種々の動きが連動した動き。

▼119　小悪魔　poltergeist
騒がしい幽霊。人が手を触れない状態で起きる物体移動・発光・発火などの心霊現象。下級霊が作用すると考えられていた。

▼120　ババンスキイ痛点　Babinski reflex
バビンスキーBabinski, Joseph François 1857-1932は、フランスの精神医学者、シャルコーの弟子。神経系統の反射機能、ヒステリーなどの研究で知られる。彼の発見したバビンスキー反射とは、正常時には現れない病的な脊髄反射をいう。足裏を尖ったもので擦ると足の親指が甲の方に曲がり、他の指は外に開く現象をいい、法水の踵の痛みという表現は本来の意味からずれている。

法水君、いっそ、問題を降霊会の方に移して貰おう。』

『それがさ。あのファウスト博士は、アベルスの「犯罪現象学《フェルブレヒエリッシュ・モルフォロギイ》」▼121にもない新手法を発見したのだよ。もしあの園芸靴を、逆さに履いたのだとしたらどうなんだろう。』と法水は、皮肉な微笑を返して云った。『尤も、あれが純護謨製《ピュアラヴァ》の長靴だからこそ可能な話なんだが、然し、その方法はと云っても、爪先を靴の踵に入れるばかりではない、つまり、踵を足型の中へ全部入れずに、幾分持ち上げ気味にして、爪先で靴の踵の部分を強く押しながら歩くのだよ、そうすると、踵の下になった靴の皮が自然二つに折れて、恰度支《か》い物を当《あて》がったような恰好になる。従って、靴の踵に加えた力が直接爪先の上には落ちずに、幾分其処から下った辺りに加わるだろうからね。如何にも、足の倭少なものが、大きな靴を履いたような形跡が現われるのだ。のみならず、それが弛《ゆる》んだ弾条《スプリング》▼122のように不規則な弾縮をするから、その都度に、加わって来る力が異なると云う訳だろう。従って、どの靴跡にも、一々僅かながらも差異が現われて来るのだ。すると、右足に左靴、左足に右靴を履く事になるから、歩線の往路が復路となり復路が往路となって、凡てが逆転してしまうのだよ。で、そうなると支倉君、どうしてもクリヴォフ夫人が、この詭計を使わねばならなかったと云う意味が判然とするだろう。それは単に、あの擬装足跡を残すばかりではなかったのだ。何より、最も弱点であるところの踵を保護して、自分の顔を足跡から消してしまうにあったのだよ。そして、その行動の秘密と云うのが、あの乾板の破片にあった――と僕は結論したいのだ。』

　熊城は莨《たばこ》を口から放して、驚いた様に法水の顔を瞶《みつ》めていた。が、やがて軽い吐息をついて、『成程……。しかし、ファウスト博士の本体は、武具室のクリヴォフ以外にはない筈だぜ。もし、それを証明出来ないのだったら、いっそのこと、君の嬉戯的《スポルト》▼123な散策を止めにして貰おう。』

▼121　犯罪現象学
verbrecherisch Morphologie
書名としては不詳。
▼122　弾条　spring
ばね、ぜんまい。
▼123　嬉戯的　sport
嬉しそうに遊び戯れること。スポーツ。

　それを聴くと、法水は押収して来た火術弩を取り上げて、その本弭《もとはじ》▼124（弓の末端）の部分を強く卓上に叩き付けた。すると意外にも、その弦の中から白い粉末がこぼれ出たのであった。法水は、唖然となった二人を尻眼に語り始めた。

『やはり、犯人は僕等を欺かなかったのだ。この燃えたラミイ▼125の粉末が、取りも直さず、あの、火神よ燃えたけれ《サラマンダー・ゾール・グルーヘン》——なんだよ。ラミイ——それをトリウム▼126とセリウム▼127の溶液に浸すと、灯火瓦斯《ガス》▼128のマントル材料▼129になるし、その繊維は強靭な代りに、些細な熱にも変化し易いのだ。実は犯人が、その繊維の撚ったものを、一本甘瓢《かんぴょう》型《がた》▼130）（に組んで、それを弦の中に隠して置いたのだよ。所で、よく子供などが無意識にやる力学的な問題だが、元来弓と云うものには、弦を縮めてそれを瞬間に弛めたにしても、通例引き絞って発射したと同様の効果があるのだ。つまり予め犯人は、弦の長さよりも短いラミイ——それも長さの異なる二本を使って、その最も短い一本でその長さまでに弦を縮めたのだ。勿論外見上にも、撚目《よりめ》を最極まで固くすれば、恐らく、不審な点は残らないだろうと思うのだがね。そして、そこへ犯人が、あの窓から招き寄せたものがあったのだ。』

『然し、火精《サラマンダー》ではあの虹が……』と検事は、眩惑されたように叫んだ。

『勿論だとも。曾つて、水壜▼131に日光を通すと云う技巧をルブラン▼132が用いたけれども、その手法は既《とう》に、リッテルハウス▼133の「偶発的犯罪に就いて《ユーベル・デイ・ナツエルリヒエン・フエルブレヒエン》」▼134の中で述べられてある。然し、この場合その水壜に当るものが、窓硝子《ガラス》の焼泡《しょうほう》にあったのだよ。つまり、それがあの上下窓の内側のものの上方にあって、一端其処へ集った太陽の光線が、外側の窓枠にある刳《く》り飾り——知っているだろうが、錫張《すずば》りの盃形▼135をしたものに集中したのだ。従って、そこから弦の間近に焦点が作られるので、当然壁の石面に熱が起らねばならない。そして、弦には異常はなくても、まず変化し易いラミイの方に組織が破壊されるのだ。所が、そこに、犯人の絶讃的な技巧があったのだ

---

▼124　本弭
もとはず。本筈。弓の下端の弦輪（つるわ）をかける部分。

▼125　ラミイ　rami
イラクサ科の多年生繊維植物。茎は太く、葉も広く大きい。茎の繊維は水に強いので、船舶用の綱や魚網とする。

▼126　トリウム　thorium
北欧神話の雷神トール Thor から命名。放射性元素、銀白色の金属で延性に富む。硝酸トリウムを含ませた繊維を灰化させるとガス灯のガスマントルとなる。酸化トリウムは融点が高いため、安定した白色光を放つことに役立った。原子番号90Th。

▼127　セリウム　cerium
小惑星ケレス Ceres から命名。希土類、鋼状の金属で延展性に富み、空気中で熱すると光沢を放って燃焼する。ガラス研磨剤・ブラウン管（青色蛍光）の他、ガスマントルなどの発光剤として利用されている。原子番号58Ce。

▼128　灯火瓦斯
十八世紀末、初期のガス灯は火口から直接火を点灯するものであったが、ガスマントルを利用した白熱ガス灯に変わると光量が増し、電球普及まで街灯の主流となった。

▼129　マントル材料　gas mantle
ガス灯の火口に被せて発光させる網の袋。木綿や人造絹糸で編み、洗って乾かした後、硝酸トリウムと硝酸セリウムの混合液に浸し、乾かして焼き、これにコロジオン液を塗って造る。ガスの炎で強熱されると、強い白光を放つ。

▼130　甘瓢型

よ。と言うのは、二本のラミイの長さを異《こと》にさせた事と、またそれを弦の中で甘瓢形に組み、その交叉している点を弦の最下端——つまり、弓の本弭《もとはじ》の近くに置いたと云う事なんだ。すると最初に焦点が、その交叉点より稍々《やや》下方に落ちて、まず弦より稍々《やや》短い一本が切断される。そうすると、幾分弦が弛むだろうから、その反動で撚目が釘から外れ、従って弩が壁から開いて、当然そこに角度が作られなければならない。それから、太陽の動きにつれて焦点が上方に移ると今度は、弦をその長さまでに縮めた最後の一本が切断される。そこで、箭《や》が発射されて、その反動で弩が床の上に落ちたのだよ。勿論床に衝突した際に、把手《ハンドル》が発射された位置に変ったのだろうけれども、元来把手《ハンドル》に依る発射ではなく、また、ラミイの変質した粉末も遂に弦の中から洩れる事がなかったのだ。ああクリヴォフ——あのカウカサス猶太《ユダヤ》人は、たしかグリーン家のアダの故智を学んだのだ。然し、最初は恐らく、脊《せ》長椅《ながい》子《す》に当てる位の所だったろう。所が、結果が偶然にも、あの空中曲芸を生んでしまったのだ。』

　まさに法水の独壇場だった。然し、それには一点の疑義が残されていて、それを透かさずに検事が衝いた。

『成程、君の理論には陶酔する。また、それが現実にも実証されている。然し、到底それだけでは、クリヴォフに対する刑法的意義が充分ではないのだ。要するに、問題と云うのは、その二重の反射に必要だった窓の位置にあるのだよ。つまり、クリヴォフか伸子か——その何《ど》っちかの道徳的感情にある訳じゃないか。』

『それでは、伸子の演奏中に、幽霊的な倍音を起させたのは……。事実支倉君、その間に、鐘楼から尖塔へ行く鉄梯子《てつばしご》を上った者があったのだ。そして、中途にある、十二宮の円華窓《えんげまど》に細工して、その楽玻璃《グラス・ハーモニカ》めいた裂罅《ひび》を塞いでしまったのだった。』

と法水は峻烈な表情をして、再び二人の意表に出た。ああ、黒死館事件中最大の神

---

ヒョウタンの形。カンピョウは夕顔の果肉をそいで乾燥させたもの。

▼131 水壜
ルパンものの短編集ルブラン『八点鐘』*Les huit coups de l'horloge* 1923所収の「水瓶」*La Carafe d'eau*で、水の入ったガラス瓶を凸レンズとして使った、自然発火による証拠隠滅のトリックが登場する。本邦初訳は『探偵傑作叢書二十八』田中早苗訳、博文館、1924。

▼132 ルブラン Leblanc, Maurice 1864-1941
フランスの小説家。ルパン・シリーズは日本でも大正時代から翻訳されており、虫太郎のお気に入りであった。
「勿論僕現在の探偵小説製作術はその起源を、ルパンに発していると云っても過言ではないのだ。現に処女作『完全犯罪』に現れている石鹼玉の技巧などは、たしか『水晶の栓』の中で、ルパンが思案に耽りながら巴里の大通りへ石鹼玉を飛ばしていると云う場面の記憶である。」「憚かりながら申し上げまする」小栗虫太郎『衆文』1934/10。

▼133 リッテルハウス Ritterhaus, Ernst Ludwig Johann 1881-1945
ドイツ、リューベックの心理学者、優生学推進派。

▼134 偶発的犯罪に就いて
Über die natuerlichen Verbrechen
書名としては不詳。

▼135 錫張りの盃形
錫の酸化しにくく加工しやすい特性を生かし、銅や亜鉛などの安価だが錆びやすい金属製品の

秘と目されていた――あの倍音の謎は解けたのだろうか。法水は続けた。『然し、その方法となると、一つの射影的な観察があるに過ぎない。つまり、鐘楼の頭上には円孔《まるあな》が一つ空いていて、その上が巨《おお》きな円筒となり、その左右の両端が十二宮の円華窓になっている。その円筒の理論を、オルガンの管《パイプ》▼136にさえ移せばいいのだよ。何故なら、両端が開いている管《パイプ》の一端が閉じられると、そこに、一音階上《オクターヴ》▼137の音が発せられるのだからね。然し、それ以前に犯人は、鐘楼の廻廊にも現われていた。そして、それに風精《ジルフス》の紙片を貼り付けた三つあるうちの中央の扉《ドア》を、秘《こっ》そりと閉めたのだったよ。何故なら支倉君、君はレイリー卿▼138の云った、この世には生物の棲《す》めない音響の世界▼139がある――と云う言葉を知っているかね。』

『なに、生物の棲めない音響の世界!?』と検事は眼を円くして叫んだ。

『そうなんだ。それが実に悽愴な光景なんだよ。つまり僕は、鐘鳴器《カリルロン》特有の唸りの世界を指して云うのだ。』と法水は、押し迫るような不気味な声音で云った。『そうすると、自然問題が、中央《まんなか》の扉《ドア》を何故閉めなければならなかったかと云う点に起って来る。然し、その扉《ドア》のある一帯が楕円形の壁面をなしていて、それに、音響学上凹面鏡に似た性能を含んでいるからなんだ。つまり、所謂《いわゆる》死点《デッドポイント》とは反対に、鐘鳴《カリル》器《ロン》特有の唸りを一点に集注する――。言葉を換えて云えば、その壁面と云うのが、鍵盤の前にいる伸子の耳を焦点とする位置にあったからなんだよ。しかも、伸子を倒し、また、廻転椅子にも疑問を留めた原因と云うのはその激烈な唸りに加えて、もう一つ、伸子の内耳にもあったのだよ。事実先刻の陳述は、それを語り尽して余す所がなかったのだ。』

『冗談じゃない。あの女は、右の方に倒れたのを記憶していると云ったぜ。然し、当時の伸子の姿勢は、左の方へ廻転した跡を残しているのだ。』と熊城が聴き咎《とが》めると、法水は徐《おもむ》ろに莨《たばこ》に火を点じてから、相手に微笑を投げた。

---

表面に、薄く膜状に錫を張り酒器として使用した。艶があり、鏡面状をなす。

▼136 オルガンの管　pipe organ
パイプ・オルガン。多数の管に空気を送り込み、管内の空気の起こすリードの振動によって音を鳴らす。

▼137 一音階　octave
全音階は、一オクターヴ内に七つの音で構成される。八つめが一オクターヴ上の音。

▼138 レイリー卿　Rayleigh, John Willam Strutt, 3rd Baron 1842-1919
イギリスの物理学者。音に関する古典理論、色彩の研究など多方面で業績を挙げた。

▼139 生物の棲めない音響の世界
前出第一回註256「死点」参照。

『所が熊城君、ヘガール▼140（独逸の犯罪精神病学者バーデン▼141の国立病院医員）の類例集の中には、四つ角で衝突されたヒステリー患者が、その側を反対に陳述したと云う報告が載っている。事実その通りで、発作中にうけた感覚は、その反対の側に現われるものなんだよ。然し、この場合問題と云うのは、決してその一つにばかりではなく、もう一つやはり発作中に聴覚が一方の耳に偏してしまうと云う徴候にもあったのだ。そして伸子にはそれが右の耳にあったので、扉《ドア》を鎖された瞬間起ったあの猛烈な唸り――。殆んど音を意識出来ない程に、器官の限度を超絶したものが襲い掛って来て、それが内耳に燃え上るような灼衝《きんしょう》を起したのだ。つまり、犯人が人工的に迷路震蕩症《しんとうしょう》▼142を企んだと云う訳で勿論その結果、全身の均衡が失われる事は云う迄もないのだ。そこで、熱と右の耳は左へ――と云うヘルムホルツ▼143の定則通りに、忽ち全身が捻《ねじ》れて行ったのだよ。そして、その儘廻転が極限まで詰まっている椅子の上で、左の方へ傾《かし》ぎながら倒れて行ったのだ。然し、それが判った所で、決して犯人が指摘されるものではなく、寧ろ伸子の無辜《むこ》▼144を明らかにしたに過ぎない。いや、唯単に伸子を倒した最後の止《とど》めを詳しくしたのみで、依然として犯人の顔は、鐘鳴器室《カリルロン》の疑問の中に隠《かく》れている。そして、今度は室《へや》の内部《なか》から離れて、廊下と鉄梯子に移ってしまったのだよ。然し、斯《こ》うして伸子が犯人でないとすると、武具室の凡ゆる状況が、クリヴォフに傾注されて行くのも止むを得ないだろうね。』

斯《こ》うして、分析したものが一点に綜合されるや、それが、検事と熊城を瞬間眩惑の渦中に投げ入れてしまった。然し、その間熊城はさも落ち着かんとするもののように黙然《もくねん》と莨《たばこ》を喫《くゆ》らしていたが、ややあってから悲し気に云った。

『然し法水君、クリヴォフの不在証明《アリバイ》は、どの場面でも到底打破《うちこわ》し難いものなのだよ。どうしてもこの事件は、メースン▼145の「矢の家」みたいに坑道でも発見されなければ、結局解決が不可能のような気がするんだけどもね。』

---

▼140　ヘガール　Hegar, Ernst Ludwig Alfred 1830-1914
ドイツの産婦人科医。妊娠時のヘガール徴候の発見で著名。彼は精神科医ではなかったが、犯罪科学雑誌にもヒステリー関連の論文掲載があり、バーデン地方のフライブルグ国立病院長でもあった。

▼141　バーデン　Baden
ドイツ南西部、現在のバーデン＝ヴュルテンベルク州に存在した辺境伯領。後に大公国として十二世紀から二十世紀初頭まで存続。

▼142　迷路震蕩症
運動と空間配置を感知する内耳の迷路に、打撃・外傷などが加わった際に起こる症状で、脳震盪を伴う場合がある。

▼143　ヘルムホルツ　Helmholtz, Hermann von 1821-1894
ドイツの生理学者・物理学者。聴覚についての共鳴器説、エネルギー保存の法則を主唱し、広範な分野に業績を残した。

▼144　無辜
罪のないこと。

▼145　メースン　Mason, Alfred Edward Woodley 1865-1948
イギリスの作家・劇作家。歴史小説から冒険小説と作品の幅は広い。探偵小説としては、『薔薇荘にて』1910と『矢の家』*The House of the Arrow* 1924がある。『矢の家』は、心理派の探偵アノーが登場する探偵小説。本邦初訳は妹尾アキ夫訳、雑誌『探偵小説』博文館、1932/6。編集担当は延原謙と横溝正史。虫太郎は地下道の存在を始めとして、物語の構成や主要人物の

『それでは熊城君、』と法水はさも満足そうに頷いて、衣袋《ポケット》の中から例のディグスビイの奇文を記した紙片を取り出した。すると、そこに何事か異常なものが予期されて来て、二人の顔に、半ば怯々《おずおず》とした生色が這い上って行った。法水は静かに云った。

『実を云うと、ディグスビイの秘密記法《クリプトメニツエ》も、既《とう》にあの大階段の裏《ビハインド・スティアス》――だけで尽きていて、この奇文中にある、告白と呪咀の意志を示すに止まっていると考えられていた。所が、故意に文法を無視したり冠詞のない点を考えると、そこに、秘密記法のおぞましい香気が触れて来るように思われるのだよ。（以下二九五頁参照）ねえ熊城君、一つの暗号からまた新しいものが現われる――それを子持ち暗号▼146と云って、恰度それに、この二つの文章が当るのだよ。所で、くどくどしい苦心談は除《はぶ》く事にして、早速解読法を述べる事にしよう。元来、一見暗号とは似てもつかぬ二つの奇文のように見えるが、そのうち、最初の短文の頭文字だけを列《つら》ねたものが暗号語なんだ。また、その鍵《キイ》と云うのが、もう一つの創世記めいた文章の中に陰《かく》されてあったのだよ。然し、僕も最初は、誤った観察をしていた。あれはqlikjyikkkjubiと、全部で十四文字になる。すると、二文字を一字とすれば、七文字の単語が出来上って、ikと続いた部分が二個所もあるのだから、それが、eとかsとかの利字《ききじ》▼147を暗示する様に思われるけれども、単語一つでは恐らく意味をなさぬだろうと思うようになって、間もなくその考えを捨ててしまったのだった。

そこで、次に僕は、その全句を二つ乃至《ないし》三つの小節に分けようと試みたのだ。そして、それには訳もなく成功する事が出来たのだったよ。何故なら、中央にKが三つ並んでいる部分があるだろう。その二番目と三番目との間を截《た》ち割れば、当然二つの小節に不自然でなく分ける事が出来るからなんだ。ねえ熊城君、同じ文字が三つ続くなんて、そんな道理が決してあろう気遣《きづかい》はないし、また、重複《ダブ》った文字か

---

造形に大きな影響を受けている。

▼146　子持ち暗号
暗号を解いた文章や語彙が、もう一つの暗号を形成していること。

▼147　利字
暗号解読の切っ掛けを作る文字。

ら始まる単語と云うのは、ホンの数える程しかないからだよ。で、そうしてから……』

とディグスビイが書き残した不思議な文章の一句一句に、法水は次のような番号を付けて行った。

エホバ神は半陰陽《ふたなり》なりき。始めに自らいとなみて双生児《ふたご》を生み給えり。最初に胎《はら》より出でしは女[1]にしてエバと名付け、次なるは男にして[2]アダムと名付けたり。然るに、アダムは陽《ひ》に向う時、臍《ほぞ》より上[3]は陽に従いて背後に影をなせども、臍より下は陽に逆《さか》いて前[4]方に影を落せり。神此の不思議を見ていたく驚き、アダムを畏《おそ》れて自らが子となし給いしも、エバは常人と異ならざれば婢《しもめ》となし、さて[5]エバといとなみしにエバ妊《みごも》りて女児を生みて死せり。神その女児を下界に降《くだ》して人[6][7]の母となさしめ給いき。

「まず斯《こ》んな風にして、僕は此の文章を七節に分けてみたのだ。そして、各々《それぞれ》の小節に潜んでいる解語の暗示を、ともかくも探り出そうとしたのだった。所で、文中の第一節だが、僕はこの句を人間創造と云う意味に解釈した。云わば凡ての物の創り——例えて言うと伊呂波《いろは》▼148のい、ＡＢＣのＡなのだ。それから第二節——此れが一番重要な点なんだよ。ねえ熊城君、それが双生児《ふたご》を生み給えり——なんだろう。それで双生児《ふたご》と云えば、さしずめttとかʇʇとかæとか云うような、文字的な解釈を誰しも想像したくなるものだ。所が、この場合は頗る表徴的な意味があって、それが、母胎内に於ける双生児《ふたご》の形を指して言うのだったよ。所で熊城君、大体双胎児▼149と云うものが、母の子宮内でどんな恰好をしているものか、恐らく知らぬ筈はないと思うがね。必ず一人が逆さになっていて、一人の頭ともう一人の足と云うような、つまり、恰度トランプの人物模様みたいに、頭尾相《あい》同じと云う恰好なんだよ。そこで、

▼148　伊呂波
いろは歌に基づく平仮名四十七文字の並べ方。

▼149　双胎児
同時に二つの胎児を妊娠している状態。双生児、ふたご。胎内で巴形の配置をつくっている場合もある。

pとdとを抱き合せて見給え。アルファベットの中にもてっきり双生児《ふたご》の形が出来るじゃないか、そして、それに第一節の解釈を加えれば、当然pかdかその孰《いず》れかが、アルファベットのaの位置を占めるに違いないのだ。然し、まだそれだけでは、要するに別個の暗号を作るに過ぎないし、また、bとqでも同じようだけれども、それでは解答が、釘文字《キュネビフォルム》▼150か波斯文字《ネスキイ》みたいになってしまうのだよ。』

それから一息入れた体《かたち》で、冷たくなった残りの紅茶を不味《まず》そうに流し入れてから、法水は一気に語り続けた。

『所で、それが済んで第三節以降になると、始めてそこで、pとdとが区分されるのだ。つまり、最初に生れたのが女で次が男——なんだから、頭を下に向けているdがエバで、pがアダムに当る訳だろう。それから、第五節にある子と云う語と七節の母と云う語《ことば》を、各々《それぞれ》に子音または母音と解釈するのだ。つまり、此処までの所ではdが母音pが子音の、各々《それぞれ》冠頭を占める文字に当て嵌《はま》る事になるけれども、然し、第四節と第六節でもって、それを更に訂正しているのだ。

（作者より——。次の行から現われる暗号の説明が、幾分煩瑣《はんさ》▼151に過ぎるかと思われますので、相互の識別を容易ならしむるために、暗号の部類に属する欧文活字を、ゴシック体▼152で現わして置きました。どうかそのお積りで）

所で、第四節には臍《ほぞ》と云う一字があるけれども、それを全体の中心と云う意味に解釈するのだ。つまり**p**を子音の首語である**b**に当てて、**bcdf**……の下へ**pqrs**と符合させて行くと、**n**に当る**b**が、**p**から最終の**n**までの、何方《どっち》から数えても恰度中央に当る理窟になる——それが臍と云う一字に表徴をなしているのだ。そうすると、第四節の前半には、臍から上の影は自然の形で背後に落ちる——とあるのだから、**b**から**n**——即ち**p**から**b**までは、依然自然の儘で差し支えないのだ。けれども、続く後半になると、変化が起ってくる。

---

▼150 釘文字　cuneiform, cuniform
古代バビロニアを中心に使われた、楔形文字。

▼151 煩瑣
面倒でわずらわしいこと。

▼152 ゴシック体　Gothic
日本では、明朝体に対して、縦横の太さが均等なものをゴシック体と呼ぶ。古代ローマ書体を尊重する十五世紀イタリアにおいて、欧州北部で中世以来使用された、手書きのごつごつした書体（ブラックレター）を蔑称して「ゴシック」と呼ぶようになったのが語源。

臍より下の影が、差してくる陽に逆って前方に投影すると云う文章の解釈は、影――即ちABC《アルファベット》の順序を、今度は逆にしろと云う暗示に相違ないのだ。そこで前半の排列をその儘に進めて行けば、当然nの次のpに符合するのが、**b**の次の**c**になる順序だ。けれども、それを転倒させて、最終のzに当る筈の**n**を、pに当てるのだ。従って、pqrsに対して**cdfg**――とする所を、**nmlk**……と、尻から逆立ちした形で符合させて行く。だから結局、子音の暗号が、次のような排列になってしまうのだ。

bcdfghjklmnpqrstvwxyz
**pqrstvwxyzbnmlkjhgfdc**

それから、続いて第六節では、エバ妊《みごも》りて女児を生む――と云う文章に意味がある。と云うのは、エバ即ちdの次の時代――つまりabcdと数えて、dの次のeを暗示しているのだ。そして、それに第七節の解釈を加えると、eが母音の首語aに当る事になるのだから、aeiouを**eioua**と置き換えたものが、結局母音の暗号になってしまうのだ。そうすると、あの秘密記法《クリプトメニツェ》の全部が、crestless stone《クレストレッス ストーン》――となる。それで、まず解読が終ったと云う訳さ。』

『なに、クレストレッス・ストーン!?』と検事は思わず、頓狂な叫び声を立てた。

『そうなんだ、曰《いわ》く紋章のない石――さ。君は、ダンネベルグ夫人が殺された室《へや》の壁炉が、紋章を刻み込んだ石で築かれていたのに気が付かなかったかね。』と法水はそう云って出しかけた莨《たばこ》を再び函《ケース》の中に戻してしまった。その瞬間、凡ゆるものが静止したように思われた。

遂に、黒死館事件の循環論の一隅が破られて、その鎖の輪の中で、法水の手がフ

アウスト博士の心臓を握ってしまったのだった——ああ閉幕《カーテン・フォール》。▼153
それが恰度六時の事で、戸外には何時しか煙のような雨が降り始めていた。

その夜黒死館には、年一回の公開演奏会が催されていて、毎年の例によると、約二十人程の音楽関係者が招待される事になっていた。会場はいつもの礼拝堂で、特にその夜に限り、臨時に設備された大装飾灯《シャンデリヤ》が天井に輝いているので、何時か見た微かにゆらぐ灯の中から読経や風琴《オルガン》▼154の音でも響いて来そうな——あの幽玄な雰囲気は、その夜何処へかけし飛んでしまったように思われたのであった。

然し、その扇形をなした穹窿《きゅうりゅう》の下には、依然中世的好尚は失われていなかった。楽人は悉く仮髪《かつら》▼155を附け、それに、眼の覚《さめ》るような宮廷楽師《カペルマイスター》▼156の衣裳を着ているのだった。恰度法水一行が着いた時は曲目の第二が始まっていて、クリヴォフ夫人の作曲に係わる変ロ調の竪琴《ハープ》▼157と絃楽三重奏が、その第二楽章に入ったばかりの所だった。竪琴《ハープ》は伸子が弾いていて、その技量が、幾分他の三人——即ち、クリヴォフ、セレナ、旗太郎に劣る所は、云わば瑕瑾《かきん》▼158と云えば瑕瑾だったろうけれども、然し、それを吟味する余裕《ゆとり》はないのだった。と云うのは、色と音とが妖しい幻のように、入り乱れている眼前の光景には、たった一目で充分感覚を奪ってしまうものがあったからだ。

法水等は最後の列に腰を下していて、陶酔のうちにも演奏会の終了を待ち構えていた。が、そのうち竪琴《ハープ》のグリッサンド▼159が、夢の中の泡のように消えて行って、旗太郎の第一提琴《ファースト・ヴァイオリン》が主題の旋律を弾き出すと、——その時、実に予想もされない出来事が起ったのであった。

不意に装飾灯《シャンデリヤ》の灯りが消えて、堂内《しつない》が漆黒の闇になった。と、恰度それと同時に、何者が発したものか、演奏台の上で異様な呻き声が起ったのである。続いて、ドカッと床に倒れるような響がしてそれに、投げ出したらしい絃楽器が、絃《つる》と胴とをけ

---

▼153　閉幕　curtain fall
事件の終焉を演劇的に表す。この言葉に代表されるように、虫太郎の演劇趣味は『黒死館』に横溢している。

▼154　風琴　reed organ
穴の開いた平板に穴を開け、フリー・リードの端を穴の脇に固定して並べておく。穴の反対側から空気を出し入れして音を出す楽器。構造が簡単丈夫で、また鍵盤楽器としては小型のため一般に普及した。

▼155　仮髪
つけまげ、あるいは鬘（かつら）。近世ヨーロッパ宮廷の公的な場では、男性にもかつらが流行した。モーツァルト以前の音楽家の肖像のほとんどは、かつらを着けている。英国においては現代でも法廷で使用されている。

▼156　宮廷楽師　Kapellmeister
指揮者。また楽団、宮廷や市の作曲家や編曲者。十五世紀以降の官職としての宮廷楽長制度の代表には、ハイドンやサリエリがいた。

▼157　竪琴　harp
湾曲した枠に弦を張り、音階をペダルで変化させながら両手で奏する高雅な音色の楽器。起源はエジプトやメソポタミアまで遡る。

▼158　瑕瑾
完璧な仕上げにできた、わずかな傷。

▼159　グリッサンド　glissando
ハープやヴァイオリンなどの弦楽器で、広い音域を急速に滑るように奏する方法。

たたましく鳴らせながら、階段を転げ落ちて行く音が続いた。そして、その音が杜《と》絶《だ》えてからは、誰一人声を発する者もなく、堂内は暫く不気味な沈黙に包まれてしまった。

然し、法水が凝然《じつ》と動悸を押えて耳を澄ましていると、何処かこの室《へや》の真近からまるで、瀬にせせらぐ水流のような微かな音が聴えて来るのだった。と、その時、演奏台の上から一本の燐寸《マッチ》の光りが降りて来て、それが、やがてある一点に止まった。すると、その赭黒《あかぐろ》い光りの中に、暈《ぼ》っと泛《うか》び出された一人の顔があったのだ。

その瞬間、法水はウームと呻いて、思わず前方の椅子の脊《せ》に身体《からだ》を支えねばならなかった。

（次号完結）

黒死館殺人事件
小栗虫太郎

## ◇主要人物（前号まで）

| | |
|---|---|
| 法水麟太郎 | 非職業的探偵 |
| 支倉　肝 | 地方裁判所検事 |
| 熊城卓吉 | 捜査局長 |
| 乙骨耕安 | 鑑識課医師 |
| 降矢木旗太郎 | 黒死館の継承者 |
| グレーテ・ダンネベルグ | 第一の犠牲者 |
| オリガ・クリヴォフ | ヴィオラ奏者 |
| ガリバルダ・セレナ | 第二提琴奏者 |
| オットカール・レヴェズ | チェルロ奏者 |
| 田郷真斎 | 執事 |
| 紙谷伸子 | 故算哲の秘書 |
| 押鐘津多子 | 算哲の姪 |
| 押鐘童吉 | 津多子の夫 |
| 久我鎮子 | 図書掛り |
| 川那部易介 | 第二の犠牲者 |
| 降矢木算哲 | 先主（故人） |
| クロード・ディグスビイ | 建築技師（故人） |

## ◇前号までの梗概

神秘に鎖された中世風の館――黒死館に、突如奇怪な殺人事件が起った。家族の一人ダンネベルグ夫人が、全身に屍光を放ち紋章様の創紋を刻まれて毒殺され、尚現場には、同館で悪霊視されている人形の名を記した、被害者自筆の紙片が落ちていた――以上が事件の発端である。続いてその事件は、久我鎮子が呈示した屍様図と、犯人が犯行の表徴とするファウストの呪文とで、愈々《いよいよ》神秘的に解釈され、その後法水は、不思議な倍音を発した鐘鳴器《カリルロン》の音に依って、異様な死を遂げている易介を、拱廊内の具足の中で発見した。そして、その時犯人は鐘楼の中に潜むと目されていたが、そこには再度ファウストの呪文と、易介の咽喉《のど》を抉《えぐ》った鎧通しを握って、紙谷伸子が失神しているのみであった。然《しか》し、続いて故人ディグスビイの病的な性格が曝露されたり、或は不可解な意味を有する乾板の破片が、裏庭にある二条の足跡に挟まれているのが発見されたのみで、事件の第一日は風雪の中に暮れて行った。そして、夜に入ると、法水の超人的な推理に依って、古代時計室の中から、昏倒している押鐘津多子を発掘したのだった。以上は、第一日の記録であって、その二日後に、法水は易介の死因を闡明し、更にクリヴォフを犯人に指摘したのだったけれども、その推定は立ち所に、同夫人が火術弩で狙撃されたと云う報知が覆えしてしまった。続いて法水は、伸子に虹の目撃を証明して嫌疑から解放し、更に驚くべき事と云うのは、久我鎮子との対決中に、算哲生存説が濃厚になって来た事であった。然し、十二宮秘密記法解読に依る大階段裏《ビハインド・ステイアス》——の調査は、遂に失敗に終り、ディグスビイが酷烈な意志を記したところの一冊を発見したに止まったのである。また押鐘博士を威喝しての遺言書の開封も同様で、引き続き法水は、伸子が留守中の室を調査した。が、その際の発見が、法水にレヴェズを詰問せしめるに至った。そして、遂にレヴェズの口から、伸子に対する求愛とダンネベルグ夫人との秘密な恋愛関係が吐かれたのであった。然し、法水の詭弁はレヴェズを犯人に擬して、忽ち彼を窮地に陥れたが、法水の真意は寧ろ心理分析にあって、その際の応答に依って、未だ現われていない地精《コボルト》の札を、伸子の机の中から発見した。然し、その時伸子は、ピロカルピンに依って迷濛状態を作られていたので、引き続き温室の調査となり、最近そこに、旗太郎とセレナ夫人とが出入していた事が明かとなった——以上が事件第二日の記録である。そして、その二日後に、法水が再びクリヴォフ夫人を犯人に指摘したのだったけれども、その夜は、黒死館年一回の公開演奏会だった。所が、その最中に不意に電灯が消されて、暗中に壇上から墜落したような音が起った。斃《たお》されたのは——四回目の犠牲者は誰だろうか？——。

（以下本号）

# 第八篇　降矢木家の壊崩

## 一、ファウスト博士の拇指痕《ぼしこん》

下髪《さげお》▼1の短いタレイラン▼2式の仮髪《かつら》に、シュツウィンゲン▼3風を模した宮廷楽師《カペルマイスター》の衣裳――。その色濃く響《ひびき》の高い絵は、まさに燃え上らんばかりの幻であり、また眩惑の中にも、静かな追想を求めて止《や》まない力があった。それには、テムズ河上に於けるジョージ一世▼4の音楽饗宴が――即ち、バッハ▼5の「水楽《ワッセル・ムジイク》」▼6初演の夜が髣髴となって来るのだった。しかも、煌々《こうこう》と輝く大装飾灯《シャンデリヤ》の下では、まず如何なるファウスト博士と雖《いえど》も、乗ずる隙は万が一にもあるまいと信じられていた。所が、そうして安泰と陶酔とが続いている最中《さなか》に、思いがけなくも灯《ともしび》が消されて、色と光と音とが、一時に暗黒の中へ没し去った。すると、その瞬間、聴衆の間から物凄まじい激動が湧き上り、またそれと同時に、舞台が薄気味悪い暗転を始めたのであった。

呻吟《しんぎん》と墜落の響――。たしか四人の演奏者中で、そのうちの一人が斃されたに相違ない。そして、投げ出された絃楽器の絃《いと》が、暫《しばら》く闇の中で顫《ふる》えはためいていた――それが最後の音だった。それなり堂内には声も杜絶《とだ》えて、云いしれぬ鬼気と沈黙とに包まれてしまった。すると、その矢先、壇上の一角に闇が破られて、一本の燐寸《マッチ》の火が、階段を客席の方へ降りて来た。それから、ほんの一瞬《ひととき》ではあったが、血が凍り息窒《いきづ》まるようなものが流れ始めた。然し、その光りが妖怪めいたはためきをしながら、頻りと床上を模索《まさぐ》っている間でも、法水の眼だけはその上方に睜《ひら》かれていて、鋭く壇上の空間に注がれていた。そして、闇の中に一つの人容《ひとがた》を描いて、

---

▼1　下髪
うしろに垂れ下げた髪、お下げ髪。タレイラン風というのは、前髪を上げ、左右の裾に細かいカールをつけた長髪のかつら。ジェラール原画モウデュイソン作の肖像で有名。

▼2　タレイラン　Talleyrand-Périgord, Charles Maurice de 1754-1838
フランスの政治家、オータンの司教。革命勃発後、憲法制定議会で活躍し教会財産の国有化を提案。教皇に破門されたが、ナポレオン一世およびルイ十八世の外相を務め、ウィーン会議では自国領土の保全に成功した。

▼3　シュツウィンゲン　Schwetzingen
シュヴェッツィンゲン宮殿。前出第一回註107「マンハイム選挙侯カール・テオドル」の居城。イタリア主導だったバロック音楽はドイツのこの城に引き継がれ、完成された。

▼4　ジョージ一世　George I 1660-1727
ハノーヴァー公イギリス王、在位1717-1727。先王に実子がなく、王位継承権を持つハノーヴァー選帝侯ゲオルクがドイツから呼ばれた。英語はほとんどしゃべれず、政治の実権は内閣に委任した。ロンドンに移る際、宮廷楽長ヘンデルを呼んだ。

▼5　バッハ
Bach, Johann Sebastian 1685-1750
ドイツで活躍したバロック音楽の重要な作曲家。作品は多数あるが、『水楽』はヘンデルの作品。

▼6　水楽　Wasser Musik
『水上の音楽』Water Music 1740は、ジョージ一世死後の作品。虫太郎はドイツ語で表記しているが、一般的には英語表記である。作曲者へ

じいっと捉まえて放さない幻があったのだ。

仮令《よしんば》犠牲者は誰であっても、その下手人は、オリガ・クリヴォフ以外にはない。しかも、あの皮肉な冷笑的な怪物は、法水を眼下に眺めているにも拘らず、悠々《ゆうゆう》一場の惨鼻劇を演じ去ったのである。恐らく今度も、矛盾撞着が針袋のように覆うていて、あの畏懼《いく》と嘆賞▼7の気持を、必ずや四度《よたび》繰り返す事であろう。然し、擲弾《てきだん》の距離は次第に近附いて来て、既に法水は、相手の心動を聴き、樹皮のような中性的な体臭を嗅ぐまでに迫っているのだ。所が、その矢先――焔《ほのお》の尽きた煨《おき》が弓のように垂《しな》だれて、燐寸《マッチ》が指頭から放たれた。と、キアッと云う悲鳴が闇をつんざいて、それが伸子の声であるのも意識する余裕《ゆとり》がなく、法水の眼は、忽ち床の一点に釘付けされてしまった。

見よ――そこには、硫黄▼8のように薄《う》っすら輝き出した、一幅の帯がある。そして、その下辺のあたりから、幾つとない火の玉がチリチリ捲き縮んで行って、それが、現われてはまた消えて行くのだった。それに眼を止めた瞬間、法水の凡ゆる表情が静止してしまった。彼の眼前に現われた一つの驚くべきもの以外の世界は――座席の背長椅子《バルダシン》も、頭上に交錯《くみかわ》している扇形の穹窿《きゅうりゅう》も、まるで嵐の森のように揺れ始めて、それ等がともどもに、彼の足元に開かれた無明の深淵の中へ墜《お》ち込んで行くのだった。実に、その消え行く瞬間の光は、斜めに傾いで仮髪《かつら》の隙から現われた、白い布《きれ》の上に落ちたのである。それは擬《まぎ》れもなく、武具室の惨劇を未だに止めている額の繃帯《ほうたい》ではないか。ああ、オリガ・クリヴォフ。再度法水の退軍だった。斃されたのは誰あろう、彼の推定犯人クリヴォフ夫人だったのだ。

斯《こ》うして、再びこの狂気双六《きちがいすごろく》▼9は、法水の札を旧《もと》の振り出しに戻してしまった。然し、その悲痛な瞬間が去ると同時に、法水には再び落着きが戻って来た。けれども、その耳元に、代り合って這《は》い寄って来たものがあったのだ。と云うのは、先刻《さっき》から

ンデル Händel, Georg Friedrich 1685-1759 は、ドイツ時代にハノーヴァー公の宮廷楽長に就任し、ロンドンとドイツを往復、後英国に永住。英国帰化1726。

▼7 嘆賞
褒めたたえ、感じいる。

▼8 硫黄
硫黄の粉末は、着火すると青い火をあげて燃え、二酸化硫黄を発生する。Sulphur はラテン語で「燃える石」の意。

▼9 狂気双六
絵を描いた紙の各所にマスを配置し、サイコロを振って出た数で駒を進め、上がりを競うゲーム。法水の推理が迷走し、登場人物が事件に翻弄されるさまを形容している。

或は幻聴ではないかと思われていた、その水流のような響だったのである。恐らく角柱のような空間を通ったり、或はまた、それに窓硝子《ガラス》の震動なども加わったりする所以《せい》もあるだろうが、今度は以前にも倍増して、宛《さなが》ら地軸を震い動かさんばかりの轟《とどろ》きであった。そして、そのおどろと鳴り轟く響きが、陰惨な死の室《へや》の空気を揺すり始めたのである。それこそ、中世独逸《ゲルマン》▼10の伝説——「魔女集会《ヴァルプリギス》▼11」の再現ではないだろうか。幾つかの積石と窓を隔てて、たしか、この館の何処かに瀑布が落ちているのだ。それが、目前の犯行に直接関係があるかどうかは兎も角として、或は、ファウスト博士特有の装飾癖か壮観嗜《この》みであるにもせよ、到底そのような荒唐無稽な事実が、現実に混同していようとは信じられぬのである。ああ、その瀑布の轟き——華美《はなやか》な邪魁《グロテスク》▼12な夢は、まさに如何なる理法を以ってしても律し得ようのない、変《へん》畸狂態《ききょうたい》▼13の極《きわ》みではないか。然し法水は、その狂わしい感覚を振り切って叫んだ——『開閉器《スイッチ》を、灯《あかり》を！』

すると、その声に初めて我に返ったかの如《ごと》く、聴衆はドッと一度に入口へ殺到した。その流れを、暗黒と同時に扉《ドア》を固めた熊城が制止したので、暫《しばら》くその雑沓混乱のために、開閉器《スイッチ》の点火が不可能にされてしまった。予め観客の注意を散在せしめないために、階下の一帯を消灯して置いたので、廊下の壁灯が仄《ほん》のりと一つ点いているだけ、広間《サロン》も周囲の室《へや》も真暗《まっくら》である。その喧囂《けんごう》▼14たるどよめきの中で、法水は、暗中の彩塵《さいじん》▼15を追いながら黙考に沈み始めた。そこへ検事が歩み寄って来て、クリヴォフ夫人が背後から心臓を刺し貫かれ既に絶命していると云う旨を告げた。

然し、その間に法水の推考が成長して行って、遂に洋琴線《ピアノ》▼16のように張り切ってしまった。そして、目前の惨事に最初から現われて行った事象を整理して、その曲線に、一本の切線《カッティング・ライン》▼17を引こうと試みた。——第一、演奏者中にレヴェズがいないと云う事だ（然し、聴衆の中にも彼の姿は見出《みいだ》されなかったのである）。それから、

---

▼10　中世独逸　Germania
現在の欧州中央部の古代ローマ人による呼び名。ゲルマン民族の領有地。

▼11　魔女集会　Walpurgis-nacht
ヴァルプルギスの夜。四月三十日より五月一日にかけての夜、ドイツ中央部ハルツ山塊のブロッケン山に魔女が集会して歓楽を尽くすという伝説がある。

▼12　邪魁　grotesque
ひどく異様なさま、怪奇なさま。

▼13　変畸狂態
常軌を逸したきちがい沙汰。

▼14　喧囂
がやがやとやかましいこと。

▼15　彩塵
光を浴びて色付いた塵。

▼16　洋琴線
ピアノの弦に使われたことによりこの名がついた。炭素鋼で作られた金属線、ワイヤーやコイルばねの材料。

▼17　切線　tangent line
曲線上の二点を結ぶ直線があるとき、一点を限りなく他の点に近づけた極限の直線を、この曲線の他の点における切線という。接線。cutting line は切断線。図面上で部品の切断する位置を示す。

暗黒と同時に、この室《へや》が密閉されたと云う事――つまり、事件の発生前後の状況が、共に同一であると云う事だった。所が、最後の開閉器《スイッチ》を捻《ひね》ったのは誰か――云い換えれば、最も重要な帰結点であるところの消灯の件《くだり》になると、それに端なくも、法水は一道の光明を認め得たのであった。と云うのは、装飾灯《シャンデリヤ》が消える直前に、津多子が入口の扉《ドア》に現われて、その扉際《とぎわ》にある開閉器《スイッチ》の脇を通ってから、その側の端に近い最前列の椅子を占めたからである。

事実それに、法水の発見した最初の坐標があったのだ。それは、アベルスの「犯《フエル》罪　現　象　学《ブレッツヘリッシュ・モルフオロギイ》」の中に挙げられている詭計の一つで、蓋附き開閉器《スイッチ》に電障▼18を起させるために、氷の稜片《りようへん》▼19を利用すると云う方法である。つまり、把手《つまみ》に続いている絶縁物▼20に稜片の先を挟んで置くので、把手《つまみ》を捻ると、接触板▼21が微かに触れる程度で点灯される。が、その直後、把手《つまみ》に腕を衝突させるのが狡策であって、そうすると氷の先が折れて、稜片の胴が熱のある接触板の一つに触れる。従って、そうして溶解した氷の蒸気が陶器台の上に水滴を作れば、当然そこに電障が起らねばならない。しかも、溶解した氷は、そのまま消失してしまうのである。即ち、この場合開閉器《スイッチ》の側を過《よ》ぎる際に、もしその奸計を津多子が行ったのなら、当然消灯は、彼女が座席についた頃に実現されるであろう。そして、その時間の隔《へだた》りに依って、悠に暗影の一隅を覆う事が出来るのである。

押鐘津多子――あの大正中期の大女優は、それ以外のどんな鎖の輪にも姿を現わしていないにもせよ、既に事件最初の夜古代時計室の鉄扉を内部《なか》から押し開いていて、ダンネベルグ事件に拭うべからざる影を印しているのである。しかも、事件中人物の中で最も濃厚な動機を持ち、現に彼女は、最前列の座席を占めていたではないか。斯《こ》うして、幾つかの因子《ファクター》を排列しているうちに、法水は噴《ふ》っと血腥《ちなまぐさ》いような矢叫びを、自分の呼吸の中に感じたのであった。然し、召使《バトラー》に燭台を用意させて、

---

▼18　電障
回線の短絡、切断などによる通電障害。ショート。

▼19　稜片
とがった欠片。

▼20　絶縁物
ケーブルの被覆や回線に使う、陶磁器やビニールなど電気を通さない絶縁体。

▼21　接触板
通電用の金属部品。

開閉器《スイッチ》の側《かたわら》に近附いてみると、そこに思いがけない発見があった。と云うのは、開閉器《スイッチ》の直下に当る床の上に、和装の津多子以外のものではない、羽織紐の環が落ちていたからだった。

『夫人《おくさん》、この羽織紐の環は、一先ずお返し《かえし》て置きましょう。然し、多分貴女なら、この開閉器《スイッチ》を捻《こ》ったのが誰だか——御存知の筈ですがね。』とまず津多子を喚《よ》んで、法水は斯う速急に切り出した。けれども、相手には一向に動じたような気色もなく、寧ろ冷笑を含んでいて、津多子は憶する色もなく云い返した。

『御返し下さるなら、頂いて置きますわ。ですけど法水さん、やっとこれで、善行《ムタ》悪報の神《ビヌチオ》の存在が私に判りましたわ。何故かと申しますなら、暗闇の中から呻吟《うめき》の声が洩れた瞬間に、私の頭へこのスイッチの事が閃《ひら》めいたのでした。もし、人手を借らず把手《つまみ》が捻れるものでしたら、必ずこの蓋の内部に、何か陰剣な仕掛が秘められていなければなりません。また、それがもし事実だとすれば、恐らく闇を幸いに、犯人がその仕掛を取り戻しに来るだろうと思いました。そう考えると、それまでは思いも依らなかった決意が泛《うか》んで参りまして。そこで私は、逸早《いちはや》く座席を外して、この場所に参ったので御座います。そして、自分の背でこの開閉器《スイッチ》を覆うていて、いま貴方《あなた》がお見えになるまで、ずうっとこの場所に立っていたので御座いました。ですから法水さん、私がもしディシャス▼22（沙翁の「ジュリアス・シーザー▼23」の中でブルタス▼24の一味。）でしたら、さしずめこの場合は、羽織の環に斯《こ》う申す所でしょうよ。一角獣は樹によって欺かれ、《ザット・ユニコーンス・メイ・ビイ・ビトレイド・ウイズ・トリース・》熊は鏡により、象は穴によって《エンド・ベアス・ウイズ・グラッセス・エレファンツ・ウイズ・ホールス》▼25——と。』

そこで、取り敢《あ》えず開閉器《スイッチ》の内部《なか》を調べる事になった。所がその結果は予期に反して、それには電障の形跡がないばかりでなく、把手《つまみ》を捻って電流を通じても、大装飾灯《シャンデリヤ》は依然闇の中で黙したままである。実に、それが紛糾混乱の始まりとなって、遂に問題は礼拝堂を離れてしまった。法水も、本開閉器《メインスイッチ》の所在を津多子に訊《ただ》す前に、

---

▼22　ディシャス　Dicius, Decimus, Junius Brutus Albinus BC85頃-BC43
デキムス。共和政ローマ期の軍人・政治家。カエサルの腹心の一人であったが、ブルトゥスに誘われ暗殺に参与した。

▼23　ジュリアス・シーザー
Ceasar, Julius BC100-BC44
ガイウス・ユリウス・カエサル Cæsar, Gaius Julius。共和政ローマ期の政治家・軍人。欧州中部に居住していたガリア人を制圧し、欧州のほとんどをローマの属州とした。ローマ内戦を終決させて終身独裁官となり、後の帝政の下敷きをつくった。反発した共和主義者たちによって多くの刺傷を受け暗殺された。シェークスピアの劇詩 *The Tragedy of Julius Caesar* 1599。

▼24　ブルタス
Brutus, Marcus Junius BC85-BC42
ブルトゥス。ローマの政治家・軍人。カエサルの部将でその暗殺の首謀者といわれる。

▼25　一角獣は樹によって欺かれ、熊は鏡によって、象は穴によって
Dicius. for he loves to hear ／That unicorns may be betray'd with trees, ／And bears with glasses, elephants with holes, ／Lions with tolis and men with flatters;「ディシャス（略）何故なれば、彼れ、平生、犀は立樹を以て欺くべく、熊は鏡を以て欺くべく、象は陥穽（おとしあな）を以て、獅子は罠を以て、人は追従を以て欺くべしという格言を聴くことを好んでいます、」「ジューリヤス・シーザー　第二幕　第一場」『新修シェークスピヤ全集　第二十六巻』

何より彼の早断を詫びなければならなかった。津多子は気勢を収めて、卒直に答えた。

『その室《へや》は、礼拝堂から廊下一重《ひとえ》の向うに御座いまして、以前は殯室《モーチユアリー・ルーム》▼26（中世貴族の城館で、塗油式▼27を行う前に屍体を置く室）だったので御座います。然し、現在では改装されて居りまして、雑具を置く室になって居りますが。』

所が、広間《サロン》を横切って廊下を歩んで行くにつれて、水流の轟きは愈々《いよいよ》近くに迫って来る。そして、目指す殯室《モーチユアリー・ルーム》の手前まで来ると、その——耶蘇大苦難《クルシフイクシヨン》▼28聖《セント》パトリック十字架▼29のついた扉《ドア》の彼方から、おどろと落ち込んでいる水音が湧き上って来た。と同時に、彼等の靴を微かに押しやりながら、冷《ひ》やりと紐穴から這い込んで来たものがあった。

『あっ、水だ！』と熊城は、思わず頓狂な叫声《さけびごえ》を立てたが、跳び退いた機《はず》みに蹌《よろ》踉《め》いて、片手を左側にある洗手《あらいて》台《だい》で支えねばならなかった。然し、それで万事が瞭然となった。即ち、扉《ドア》向うの壁に三つ並んでいる洗手台の栓を開け放しにして、そこから溢れて来る水に、自然の傾斜を辿らせたのだった。そして、扉《ドア》の閾《しきい》に明《あ》いている漆喰の欠目から導いて、その水流を殯室《モーチユアリー・ルーム》の中へ落ち込ませたに相違ないのだ。そこで、扉《ドア》を開く事になったが、それには鍵が下りていて、押せど突けども、微動《みじろぎ》さえしないのである。熊城は、恐ろしい勢《いきおい》で扉《ドア》に身体《からだ》を叩き付けたのだが、僅かに木の軋《きし》る音が響いたのみで、その全身が鞠《まり》のように弾き返された。すると、熊城は身体《からだ》を立て直して、宛《さな》がら狂ったような語気で叫んだ。

『斧だ！　この扉《ドア》がロッビア▼30だろうが左甚《ひだりじん》五郎《ごろう》▼31の手彫りだろうが、僕は是が非にも叩き破るんだ。』

そうして斧が取り寄せられて、まず最初の一撃が、把手《ノッブ》の上のあたり——羽目《パネル》を目がけて加えられた。木片が砕け飛んで、旧式の槓杵錠《タンブラー》▼32装置が、木捻《もくねじ》▼33ごとダラリと

---

坪内逍遙訳、中央公論社、1934。本文の訳は虫太郎自身によると思われる。

▼26　殯室　mortuary room
病院などの死体置き場、霊安室。殯室、屍室はmortuary house。

▼27　塗油式
特別の地位、祭司や王に指名された人物の頭の上に、少量の油を注ぐ行為。臨終の病者に行ったのは終油の秘跡。

▼28　耶蘇大苦難　Crucifixion
キリストの磔刑、及びそれを描いた絵図。またそこから苦しい試練をいう。

▼29　聖パトリック　Saint Patrick 387-461
アイルランドの使徒・守護聖人。ブリテン島のケルト系ローマ人の身分高い家に生まれたが、アイルランドに奴隷として売られた。脱走してヨーロッパに渡り、神学を学び司教となる。アイルランドに再上陸して、布教の旅を続け、三十年間でほぼ全島のケルト人を改宗させた。布教の際に使用した円を組み合わせた十字架を、後世ケルト十字架と呼ぶ。また縦棒に二本の横棒を組み合わせた十字をパトリック十字と呼ぶ場合もある。

▼30　ロッビア
Robbia, Luca della 1400頃-1482
イタリアの彫刻家・陶芸家。テラコッタの浮彫に釉薬を施して彩色する技法を創始。

▼31　左甚五郎
江戸初期の建築彫刻の名人。日光東照宮の「眠り猫」などを彫り、多くの逸話で知られるが、伝説的人物と考えられる。

▼32　槓杵錠　tumbler

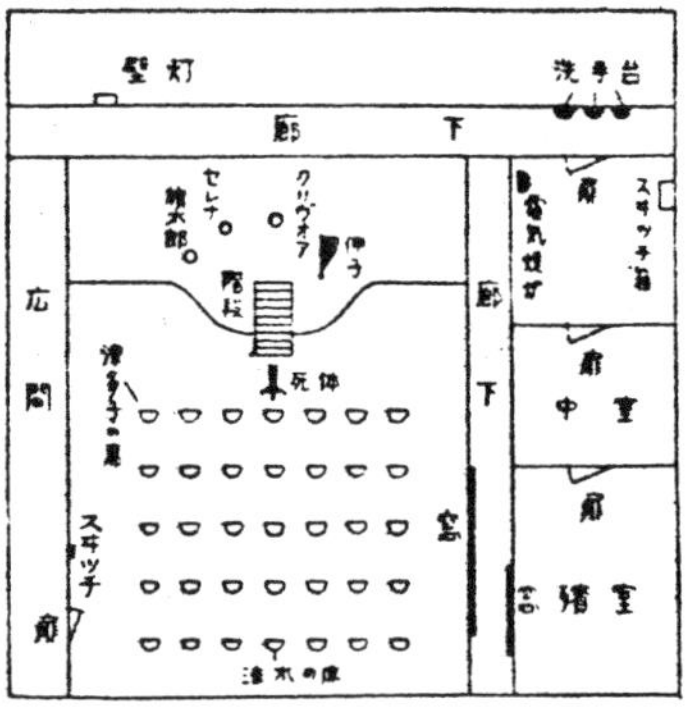


ぶら下った。すると意外にも、その楔形《くさびがた》をした破れ目の隙から、濛々《もうもう》たる温泉のような蒸気が迸《ほとばし》り出たのだった。

その瞬間、一同は阿呆のような顔になって、立ち竦《すく》んでしまった。その湯滝の蔭に、たとい如何なる秘計が陰されていようと、それはこの場合問題ではない。また、幻想を現実に強いようとするのが、ファウスト博士の残虐な快感であるかも知れないけれども、ともあれ眼前の奇観には、魂の底までも陶酔させずには措《お》かない妖術的な魅力があった。扉《ドア》が開かれると、内部《なか》は一面の白い壁で、宛から眼球を爛《ただ》らさんばかりの熱気である。然し、その時熊城が、扉《ドア》の側にある点滅器▼34を捻り、また、その下の電気煖炉《ストーブ》▼35に眼を止めて差込《プラグ》みを引き抜いたので、やがて、濛気と高温とが退散するにつれて、室《へや》の全貌が漸く明らかになった。

つまりこの一劃は、殯室《モーチユアリー・ルーム》で云うところの所謂《いわゆる》前室に当るもので、突き当りの扉《ドア》の奥が、公教《カトリツク》の戯言《ぎごん》で霊舞室《おどりば》▼36と呼ばれる中室になっていた。そして、隅に明いている排水孔から、落ち込んだ水が流れ出たのだった。また、中室との境界《さかい》には、装飾のない厳《いか》めしい石扉《ドア》が一つあって、側《かたわら》の壁に、古式の旗飾りのついた大きな鍵がぶら下っていた。その扉《ドア》には鍵が下りてなく、石扉《ドア》特有の地鳴りのような響きを立てて開かれた。所が、不思議な事には、前室が爛れんばかりの高温にも拘らず、今や前方に開かれて行く闇の奥からは、まるで穴窖《あなぐら》のような空気が、冷《ひ》やりと触れて来るのだ。そして、扉《ドア》が一杯に開き切られたときその薄明《うすあかり》の中から、法水は自分の眼に、眩《くら》み転《まろ》ばんばかりの激動をうけたのだった。パッと眼を打って来た白毫《はくごう》

---

門・戸・窓を締める差し錠。かんぬき、ボルト、締めくぎ。

▼33　木捻
木捩子。螺旋状の木材を止めるねじ釘。

▼34　点滅器
スイッチ。電流を通したり止めたりするための器具。

▼35　電気煖炉　stove
暖炉 fireplace とは室内に作りつけられた暖房装置。一方ストーブは暖房器具のうち移動可能なものをいう。

▼36　霊舞室
前出第八回註26「殯室」参照。「おどりば」という用語は不詳。

▼37　白毫色
びゃくごういろ。白毫は仏の眉間に生えた、光を放つ白い巻き毛をいう。仏像では、白い宝玉で表す。

▼38　僧院作り
僧の住居する建物。中世の石造修道院風。

▼39　白蚯蚓
ミミズ。目も手足もない、紐状の環形動物。生物学的には、白蚯蚓不詳。

▼40　紋章模様　blazonry
紋章の図柄。美観、誇大な装飾。

▼41　ゴテスシャルク
Gotteschalk, Gottschalk 生没年不詳
ゴットシャルク。第一次以前の民衆十字軍1096の指導者。趣旨に反しユダヤ人迫害を繰り返したため、ユダヤ人保護の領主によってハンガリー領内で殲滅された。

▼42　聖イエロニモの幻

色《しょく》▼37の輝きがあって、思わず彼は、前方の床を瞶《みつ》めたまま棒立ちになってしまった。それは決して、この僧院作り▼38特有の、暗い沈鬱な雰囲気《ムード》が、彼に及ぼした力ではなかったのだ。

そこの床上一面には、数十万の白蚯蚓《しろみみず》▼39を放ったかと思われるような、細い短い曲線が無数にのたうち交錯していて、それが、積り重なった埃《ほこり》の上で地の灰色を圧していて、清冽な——然し見ように依っては、妙に薄気味悪く粘液的にも思われる白光を放っているのだった。——それは、瞶《みつ》めていると視野に当る部分だけが、荘厳な紋章模様《ブレゾンリー》▼40のような形になって、宙に浮び上り、パッと眼に飛《とび》ついて来るのだ。その光りは宛《さな》がら、ゴテスシャルク▼41（第一十字軍以前の先発隊を率いた独逸の修道僧）の見た聖イエロニモの幻▼42のように思われるのだった。しかも、その無数の線条は、殆んど室《へや》全体の床に渉《わた》っていて、濛気で堆塵《たいじん》の上に作られた細溝には相違ないけれども、不思議な事に、天井や周囲の壁面には、それと思《おぼ》しい痕跡が残されていない。そればかりでなく、更に床を横合から透しみると、まるで月世界の山脈か沙漠《さばく》の砂丘としか思われぬような起伏が、そこにもまた無数に続いているのだった。それ等は、如何なる名工と雖《いえど》も到底及び難い、自然力の微妙な細刻に相違ないのである。

その室《へや》は石灰石の積石で囲まれていて、艱苦《かんく》▼43と修道を思わせるような沈厳《ちんげん》▼44な空気が張っていた。突き当りの石扉《ドア》の奥が屍室《ししつ》で、その扉面《ドア》には、有名な聖パトリックの讃詩《ヒム》▼45——「異教徒の凶律に対し、また女人・鍛工及びドルイド呪僧の呪文に対して」《アゲンスト・ブラックロウス・オヴ・ゼ・ヒイズン・エンド・アゲンスト・ゼ・スペルス・オヴ・ウイメン・スミス・エンド・ドルイズ》▼46——の全文が刻まれていた。然し、床上には足跡がなく、恐らく算哲の葬儀の際にも、古式の殯室儀《ひんしつぎ》▼47は行われなかったものらしい。そうして、前室より先には誰一人入らなかった事が判ると、疑題の凡てはそこに尽きてしまった。つまり、水を洗手台から導いて階段を落下させたと云う目的は、極めて推察に容易ではあるが、次の煖炉《ストーブ》の点火と云う点になると、その意図には皆目見当が附かないのだった。勿

---

聖ヒエロニムス Hieronimus, Eusebius Sophronius 340頃-419頃は、キリスト教の聖職者・神学者。古典研究の後、神学の研究に生涯をささげ、シリアの砂漠で隠遁生活を送ってヘブライ語を学んだ。虫太郎の読みはJerome, Geronimoなどイタリア名の誤読。また幻については、悪天候などで船のマストの先端が発火する「セントエルモの火」という現象がある。

▼43　艱苦
精神や肉体的につらく苦しいこと。艱難辛苦。

▼44　沈厳
おごそかで落ち着いた印象。

▼45　讃詩　hymn
賛美歌、聖歌、賛歌。

▼46　異教徒の凶律に対し、また女人・鍛工及びドルイド呪僧の呪文に対して　Against the black laws of heathens, Against the spells of women, and smiths, and druids,
聖パトリックによって書かれたというが、実際には七、八世紀に成立した、護身用の呪文lorica「牡鹿の叫び若しくはパトリックの胸当て」Deer's Cry or Patrick's breastplateからの抜粋。実際に騎士の盾や胸当てにこの呪文が書かれた。

▼47　殯室儀
死に赴く人の額・目・口などに聖油を塗り、生前の罪に対する許しを神に乞い、祝福を与える。

論、壁の開閉器函《スイッチばこ》は蓋が明け放されていて、接触刃《ナイフ》[48]の柄がグタリと下を向いていた。検事は、その柄を握って電流を通じたが、足元は開いている排水孔を見やりながら、知見を述べた。

『つまり、洗手台の水を使って、階段から落下させたと云うのは、床の埃の上に附いた足跡を消すにあったのだよ。すると、どうしても根本の疑義と云うのが、この室《へや》の本開閉器《メイン・スイッチ》を切ったのと、それから扉《ドア》に鍵を下して室外に出てから、クリヴォフを刺した——その一人二役にあると云う訳になるがね。然し、どうあっても僕には、レヴェズがそんな、小悪魔《ポルターガイスト》の役を勤めたと信じられんよ。必ずその解答は、君の発見した紋章のない石《クレストレッス・ストーン》——にあるに相違ないのだ。』

『成程、明察には違いないが、』と法水は、一端卒直に頷いたけれども、続いて憂わし気に瞬《またた》いて、『然し、この際の懸念と云うのは、却《かえ》って、レヴェズの心理劇[49]の方にあるのだよ。と云ってまた、この室《へや》の鍵の行衛《ゆくえ》が、案外見えなかったレヴェズに関係があるのかも判らんし……』とパッパッと烈《はげ》しく莨《たばこ》を燻《くゆ》らしていたが、熊城の方を向いて、『とにかく、犯人が何時までも身につけている気遣いはないのだから、まず鍵の行衛を捜す事だ。それから、レヴェズを見付けて連れて来る事なんだ。』

漸《や》っと悪夢から解放されたような気持になって、旧《もと》の礼拝堂に戻ると、再びそこには、装飾灯《シャンデリヤ》の燦光《ひかり》が散っていた。その下で、聴衆は此処彼処《ここかしこ》に地図的な集団を作って固まっていたが、壇上の三人は、各々《それぞれ》に旧《もと》いた位置から動かされなかったので、それでなくても不安と憂愁のために、追いつめられた獣のように顫え戦いていたのであった。クリヴォフ夫人の死体は、階段の前方に殆んど丁字形をなして横《よこた》わっていた。それが俯向《あおむ》きに倒れ、両腕を前方に投げ出していて、背の左側には、槍尖《ランス・ヘッド》[50]らしい桿状《かんじょう》の柄が、ニョキリと不気味に突っ立っていた。死体の顔には、殆んど

▼48　接触刃　knife switch
刃型開閉器、電源の入切を行う取っ手のついた大型スイッチ。

▼49　心理劇
サイコドラマ。本来は、患者にさまざまの表現活動や創造体験を通して自己の内面を吐露させ、相互に洞察し変容させていく心理療法だが、ここではレヴェズの内面の動きを捉えて法水が使う喩えである。

▼50　槍尖　lancehead
騎士の持つ槍の刃先。

恐怖の跡はなかった。しかも、奇妙に脂切《あぶらぎ》っていて、死戦時[51]の浮腫[52]の所以《ゆえん》でもあろうか、いつも見るような棘々《とげとげ》しい圭角《けいかく》的な相貌が、死顔では余程緩和されているように思われた。殆んど、表情を失っている。けれども、その——一見安らかな死の影とも思われるものは、同時にまた、不意の驚愕が起した虚心状態とも推察されるのだった。そして、死体の背窪《せくぼ》を一杯に覆うて、凝結した血が、指差している手の形で大きな溜りを作っていて、尚薄気味悪い事には、その指頭が壇上の右方に向けられていた。が、それ等の光景の中で、最も強く胸を打って来るのは、その殺人事件に適《ふさ》わしからぬ対照であった。槍尖《ランスヘッド》の根元に滲み出ている脂肪が金色《こんじき》に輝いていて、それと宮廷楽師《カペルマイスター》の朱色の上衣《うわぎ》[53]とが、この惨状全体を極めて華やかに見せていたのである。

法水は仔細に兇器の柄を調査したが、それには指紋の跡はなかった。そして、柄の根元にはモントフェラット家[54]の紋章が鋳刻されていて、引き抜くと果してそれが、二叉に先が分れている火焔形の槍尖《ランスヘッド》だった。然し、兇行の際に現われた自然の悪戯《いたずら》は、最も肝腎な部分を覆うてしまった。と云うのは、壇上からその位置までの間に、一向血滴が発見されない事だった。云う迄もなく、その原因と云うのは、刃がすぐ引き抜かれなかったと云う点にあって、勿論、それがために瞬間の迸血《ほうけつ》[55]が乏しかったからである。然し、それに依って、何より犯行を再現するに欠いてはならない、連鎖が絶たれてしまった。つまり、クリヴォフ夫人が壇上のどの点で刺され、そうしてまた、どう云う経路を経て墜落したか——と云う二つの絡《つなが》りを、最早知り得べくもないのだった。法水は検屍が終えると、聴衆を室外に出してしまってから、階段を上って行った。すると、伸子がまず、夢に魘《うな》されたような声で叫び立てた。

『あのファウスト博士は、まだまだ私を苦しめ足りないのですわ。最初に地精《コボルト》の札を、私の机の中に入れて置いたばかりでは御座いません。今日も、あの悪魔はまた

---

▼51　死戦時
死戦期。死に至る直前の状態。下顎は下垂し、口唇も弛緩する死相が現れる。

▼52　浮腫
むくみ、腫れもの。

▼53　朱色の上衣
宮廷楽人のお仕着せ。モーツァルトの肖像で有名。

▼54　モントフェラット家
Marchesato del Monferrato
イタリア、ポー川沿いのピエモンテ南部とトリノ東部にあった侯国、あるいは侯爵領。

▼55　迸血
血がほとばしり出ること。

私を択《えら》んで、人身御供《ひとみごくう》の三人の中に加えるんですもの。』と背後に廻した両手で竪琴《ハープ》の枠を固く握りしめて、それを激しく揺ぶった。『ねえ法水さん、貴方は、クリヴォフ様が演奏壇の何処《どこ》で刺されたか、また、どっちの側から転げ落ちたものか――お知りになりたいのでしょう。けれども、ほんとうに私、何も知らないのです。ただ竪琴《ハープ》の枠を摑んで、凝然《じっ》と息を詰めていたので御座いますから、ねえ旗太郎様、セレナ様、貴方がたは、多分それを御存知でいらっしゃいましょう。』

『いいえ、私がグイディオン▼56（ドルイド呪教に現われて、暗視隠▼57▼58形に通じていたと云われる大神秘僧）でしたら、知っていたかも知れませんわ。』とセレナ夫人は、戦きの中《うち》に微かな皮肉を泛《うか》べた。するとそれに言葉を添えて、旗太郎が法水に云った。

『事実そうなんです。生憎《あいにく》僕等には、昆虫や盲者《めくら》が持ち合わせているほど、空間に対する感覚が正確ではないのですよ。それに、何しろ衣裳が同じなものですからね。伸子さんが燐寸《マッチ》を擦って顔を照すまでは、一体誰が斃されたのか、それさえも明瞭《はっき》りしていなかったと云うくらいで……。いやいっそ、何も聴《きこ》えず、気動にも触れなかったと申しましょうか。』と早くも、事件の局状《シチュエーション》が法水等に不利なのを察したと見えて、彼の瞳の中を、圧するような尊大なものが動いて行った。『所で法水さん、一体本開閉器《メイン・スイッチ》を切ったのは、誰なんでしょうか。その鮮《あざや》かな早代りで、一人二役を演《や》ってのけた悪魔と云うのは？』

『なに、悪魔ですって!?　いや、黒死館と云う祭壇を屋根にしている――人生そのものが、既に悪魔的なんじゃありませんか。』と眼前の早熟児を、薄気味悪いほど瞶《みつ》めながら、法水は最後の言葉を捉えた。『実は旗太郎さん、僕は旧派の捜査法を――つまり、人間の心細い感覚や記憶などに信憑を置くのを、聖骨▼59と呼んで軽蔑しているのですよ。所が、今日の事件では、殯室《モーチユアリー・ルーム》の聖パトリックを守護神にして、僕はドルイド呪僧と闘わねばならなくなったのです。貴方は、あの愛蘭土《アイルランド》▼60の傑

---

▼56　グイディオン　Gwydion
イギリス、ウェールズに伝わるマビノギオン伝説に登場する、女神ダヌの息子で知恵と魔法の神。直接ドルイド教とは関係ない。

▼57　ドルイド呪教　Druidism
古代ケルト民族が創始し、ガリア・イギリスなどで行われた宗教。霊魂の不滅と輪廻転生を信じ、死の神を世界の主宰者と信じた。

▼58　暗視隠形
暗闇でも物が見える状態で、呪術によって身を隠すことか。

▼59　聖骨
前出第四回註224「遺物筐」参照。法水は古臭く当てにならないと揶揄している。

▼60　愛蘭土　Ireland
ヨーロッパ北西アイルランド島の六分の五を占める国家。人口の多くをケルト系のアイルランド人が占める。

僧がデシル法▼61——（註）に似た行列を行うと、それがドルイド呪僧を駆逐して、アルマー▼62の地が聖化されたと云う史実を御存知でしょうか。』

（註）ウェールスの悪魔教ドルイドの祭儀で、祭壇の周囲を太陽の運行と同様に、即ち、左から右に廻る習俗。

『デシル法!?　それを、どうしてまた貴方が……』とセレナ夫人は、臆したように面《おも》を曇らせたが、その口の下から問い返した。『ですけど、聡明な聖パトリックは、布教の方便として、あの左から右へ廻る行列法を借りたのでは御座いませんこと。』『左様、それが今日《こんにち》の事件では、もの云う表象《テル・テール・シムボル》▼63——だったのです。然し、呪術の表《シム》象《ボル》を他に移すと云う事は、呪僧それ自らを滅す事なんですよ。』と意地悪《わ》るげな片《かた》笑《わらい》を泛《うか》べて、法水は陰性な威嚇を罩《こ》めたような言葉を云い切った。ああ、もの云う《テル・テール・》表象《シムボル》。——とは何であろうか。その解《ほぐ》れ切れない霧のようなものは、妙に筋肉が硬《こわ》ばり、血が凍り付くような空気を作ってしまった。所が、そのうちセレナ夫人の眼が異様に瞬かれたかと思うと、最初法水を見、それから、伸子に憎々し気な一瞥を呉れたが、すぐにその視線は、壇下の一点に落ちて動かなくなってしまった。そこには、云いようのない不吉な署名があった。法水が、右から左へと云うもの云う表《テル・テール・シム》象《ボル》——恰度それに当るものが、クリヴォフ夫人の脊《せ》に現われていたのだ。その指差している手の形をした血の溜りが、あろう事か指頭の方向を、右方の壇上——即ち伸子の位置に向けているのである。のみならず、或は気の所為《せい》かは知らないけれども、何となくその形が、竪琴《ハープ》にも似ているように思われるのだった。一同は云いしれぬ恐ろしい力を感じて、暫くその符号に釘付けされてしまった。やがて、伸子は竪琴《ハープ》に顔を陰《かく》して、肩を顫わせ激しい息使いを始めたが、法水は、それなり訊問を打ち切ってしまった。三人が出て行ってしまうと、熊城は熱のあるような眼を法水

---

▼61　デシル法　deiseal
「島の庶民は今でもドルイドの住居に多大の尊敬の念を示し、けっして古代の石塚のところへは来ないが、太陽の運行にしたがって、東から西へその回りをまわる。このような南向きの神聖な回り方は、デイシール deiseal と呼ばれている。これは、右、理解、手を意味する deas と、太陽を意味する soir がもとになってできた言葉である。」『英語世界の俗信・迷信』船戸英夫、大修館書店、1991。

▼62　アルマー　Armagh
アーマー。アイルランド北部。五世紀半ば、ローマ教皇からケルト人にキリスト教を布教する命を受けた聖パトリックはアーマーに布教活動拠点となる教会を設立した。このとき彼はケルトの宗教観を否定するのではなく、二者を融和させる形で布教した。

▼63　もの云う表象　tell tale symbol
具体的なはっきりとした象徴。

に向けて、

『やれやれ、此奴《こいつ》もまた結構な仏様だ。どうだい、この膳立ての念入りさ加減は。』とファウスト博士の魔法のような彫刀《のみ》の跡に、思わず惑乱気味な嘆息を洩らすのだった。検事は溜らなくなったような息付きをして、法水に云った。

『すると、結局君は、この暗号を、この人を見よ《エセ・ホモ》▼64——と解釈するのかね。』

『いやどうして、それは自然の儘にして、しかも流動体なり《ヒック・エスト・ナツーレ・エト・アクワ》▼65——さ。』と法水は飽《あ》っ気《け》なく云い放って、その突然の変説が検事を驚かせてしまった。『無論そうなると、あの三人は、完全に僕の指人形《ギニョール》▼66になってしまうのだよ。いまに見給え。必ずあの三匹の深海魚は、自分の胃腑《いぶくろ》を、僕の前へ吐き出しに来るに相違ないのだから。』とそれから法水は、彼が演出しようとする心理劇が、如何に素晴らしいかを知らせるのだった。『そこで、僕がデシル法を譬喩《ひゆ》にした本当の意味を云うと、それが、旗太郎と提琴《ヴァイオリン》との関係にあったのだよ。君は気が附かなかったかね。あの男は左利いにも拘らず、現在弓を右に、提琴を左に持っていたじゃないか。つまり、それがデシル法の、左から右へ——の本体なんだよ。然し支倉君、真逆《まさか》にその恒数《コンスタント》が、偶然の事故じゃあるまいね。』

　その時、クリヴォフ夫人の屍体が運び出され、それと入れ代って、一人の私服が入って来た。勿論全館に渉る捜査が終ったのであったが、その齎らせられた報告には、思わず驚きの眼を瞠《みは》るものがあった。と云うのは、殯室《モーチユアリー・ルーム》の鍵は勿論のことで、それにあろう事かレヴェズの姿が、曲目の第一を終って休憩に入ると同時に消えてしまったと云うのだった。尚それに伴って、恰度惨事が発生した時刻当時には、真斎は病臥中、鎮子は図書室の中で、著作の稿を続けていたと云う事も判った。然し、それを聴くと、法水の顔には唯ならぬ暗影が漂い始めた。彼は最早凝然としていられなくなったように、焦《もど》かし気な足取りで室内を歩き始めたが、突然立ち止

---

▼64　この人を見よ　Ecce Homo
前出第三回註4「此の人を見よ」参照。
▼65　自然の儘にして、しかも流動体なり　hic est nature et aqua
出典不詳。
▼66　指人形　guignol
フランス、リヨンの人形師ムールゲL. Mourguet 1769-1844の考案した、三本指で操る指人形劇の花形の名前。のちに指人形劇の総称となった。

って、数秒間突っ立ったままで考え始めた。そのうち、彼の眼に異常な光芒が現われたかと思うと、ポンと床を蹴って、その高い反響《こだま》の中から、挙げた歓声があった。

『うんそうだ。レヴェズの失踪が、僕に栄光を与えてくれたよ。現在僕等の受難たるや、あの男の物凄い諧謔《ユーモア》を解せなかったにある。ねえ熊城君、あの鍵は　殯《モーチュアリー・》室《ルーム》の中にあるのだよ。廊下の扉《ドア》は、内側から鎖されたんだ。そして、レヴェズは奥の屍室の中に姿を消したのだよ。』

『な、何を云うんだ。君は気でも狂ったのか!?』と熊城は吃驚《びっくり》して、法水を瞶《みつ》め出した。成程、殯　室《モーチュアリー・ルーム》の中室の床には、足跡らしい摺《かす》れ一つなかったのだ。また、横廊下の屍室の窓には、内部から固く鍵金が下されていた。然し、遂に法水は、レヴェズに飛行絨緞《フライング・カーペット》▼67を与えてしまったのである。

『すると、前室に湯滝を作ったのは、何のためだい。そして、中室の床に美《うつ》くしい幻の世界を作って、その上の足跡を消してしまったのは？』と狂熱的な口調でやり返して、最後に、演奏台の端をガンと叩いた。そして、彼の闡明は、あの幻怪極まる紋線模様《ブラゾンリー》▼68をして、遂にレヴェズの檻たらしめたのだった。

『所で熊城君、君はよく、莨《たばこ》の烟《けむり》をパッパと輪に吐くけれども、それを気体のリズム運動と云うのだよ。所が、それと同じ現象が、両端の温度と圧力に差異《へだたり》がある場合には、中央に膨《ふく》みのある洋灯《ランプ》のホヤ▼69や、また鍵孔《かぎあな》などにも現われるのだ。それから、あの場合もう一つ注意を要するのは、中室の周壁をなしている石質なんだ。それが、バシリカ風▼70の僧院建築などによく使われた石灰石なんだが、当然永い年月の間には気化されているだろうからね。従って、堆塵《たいじん》の中には、水に溶解する石灰分が混っていると見て差支えないのだ。そこで、レヴェズはまず、前室に湯滝を作って濛気を発生させたのだ。すると、時間が経つにつれて、次第に前後二つの室《へや》の温度と圧力に隔たりが出来て来るのだから、そこに、丁度《ちょうど》恰好な状態が作られる。そ

---

▼67　飛行絨緞　flying carpet
アラビアンナイトなどに登場する、目的地に速やかに移動する便利な敷物。魔法の絨毯。

▼68　紋線模様　blazonry
前出第八回註40「紋章模様」参照。

▼69　ホヤ
火屋。ランプやガス灯などの火を覆うガラス製の筒。

▼70　バシリカ風　basilica
バジリカ。側廊のついた広い本堂と西側の一端に玄関廊（ナルテクス）とを具えるカトリック教会堂。古代ローマの裁判所や取引所などに使用した形式を流用した。イタリア、ラヴェンナのサンタポリナーレ・イン・クラッセ聖堂がその最初期の例。

して、鍵孔から吐き出される輪形の濛気が、中室の天井を目がけて上昇して行ったのだよ。』

『成程、輪形の蒸気と石灰分とでか。』検事は判ったように頷いたが、その間も微かに身を顫わせていた。

『そうなんだ支倉君。そうして、その蒸気が天井の堆塵に触れると、何よりまず、その中の石灰分に滲透して行く。従って、内部《なか》に当然空洞が出来るだろうから、終《しま》いには支え切れず墜落してしまうのだ。つまり、その物質が、床の足跡を覆うた事は云う迄もあるまい。しかも、その魔法の輪が、多量の石灰分を吸収した後は砕けたので、それが、あの絢爛《けんらん》たる神秘を生むに至ったのだよ。所が支倉君、恰度これによく似た現象を、史実の中にも発見出来るのだがね。例えば、エルボーゲン▼71の魚文字《イクチス》▼72（註）の奇蹟が……』

（註）一三二七年未だカル・スバート温泉▼73が発見されぬ頃、同地から十哩《マイル》を隔てたエルボーゲンの町外れに、一つの奇蹟が現われた。それは、廃堂の床に、基督教《キリスト》の表象《シムボル》とされている魚と云う文字が、ものもあろうに希臘語《ギリシヤ》で現われたのだった。然し、それは多分、鉱泉脈の間歇噴気に依るものならんと云わる。

『いや、それは何れまた聴くとして。』と慌てて検事は、似非《えせ》史家法水の長広舌を遮ったが、依然半信半疑の態《てい》で相手を瞶《みつ》めている。『成程、現象的には、それで説明がつくだろう。また、奥の屍室の中に、或は紋章のない石《クレストレッス・ストーン》の一端が現われるかも知れん。然し、仮令《たとえ》それで、一人二役が解決するにしてもだ。どうしても僕には、隠さずにいい姿を隠した、レヴェズの心情が判らんのだよ。多分あの男は、自分の洒落に陶酔し過ぎて、真性を失ってしまったのだろう。』

『オヤオヤ支倉君、君は津多子の故智を忘れたのかね。では試しに、屍室の扉《ドア》を開

---

▼71　エルボーゲン　Elbogen
現チェコ、ロケットLoket。保養地カルロヴィ・ヴァリ、カールスバートの近郊。

▼72　魚文字　ichthys
ΙΧΘΥΣ、イクチス。ギリシャ語で「魚」の意を表すと同時に、Ι Iesous イエス、Χ Christos キリスト、Θ Theou 神の、Υ Uios 子、Σ Soter 救世主、の頭文字を並べたものとして初期キリスト教徒の隠れシンボルとなった。

▼73　カル・スバート温泉　Karlsbad
カールスバート。チェコ、ボヘミア地方の温泉保養地。第二次大戦前は、オーストリア領。エルボーゲンの奇蹟については不詳。

かずに置こうか。そうしたら屹度《きっと》あの男は、僕等の帰った頃を見計って、横廊下に当る聖趾窓《ピイド・ウインドウ》▼74から抜け出すだろう。そして、大洋琴《グランドピアノ》▼75の中にでも潜り込んで、それから催眠剤を嚥《の》むに違いないのだよ。サア行こう。今度こそ、あの小仏小平《こぼとけこへい》の戸板▼76を叩き破ってやるんだ。』

斯《こ》うして、法水は遂に凱歌を挙げ、やがて、中室の奥——聖パトリックの讃詩《ヒム》を刻んである屍室の扉の前に立った。彼等三人には、既にレヴェズを檻の中に発見したような心持《ここち》がして、その残忍な反応を思う存分貪《むさぼ》り喰いたいのだった。所が、恐らく内部から鎖されていて、武具室の破城槌《バッテリングラム》の力でも借りなければ——と信じられていたその扉が、意外にも熊城の掌《て》を載せたまま、すうっと後退《あとずさ》りしたのだった。内部《なか》は湿っぽい密閉された室《へや》特有の闇で、そこからは、濁り切っていて妙に埃っぽい、——咽喉を擽《くすぐ》るような空気が流れ出て来るのだ。そして、懐中電灯の円《まる》い光の中には、果せる哉《かな》、数条の新しい靴跡が現われ出たのだった。その瞬間、闇の彼方にレヴェズの炯々《けいけい》たる眼光が現われ、彼が喘《あえ》ぎ凝《こ》らす、野獣のような息吹が聴えて来た——と思われたのは、彼等の彩塵が描き出した幻だったのだ。その足跡は、奥の垂幕の蔭に消え、最奥の棺室に続いているのである。所が、その折彼等に思わず片唾《かたず》を嚥《の》ましたと云うのは、垂幕の裾から、床の隅々にまで送った光の中には、僅かに棺台の脚が四本現われたのみで、そこには人影がないのだった。紋章のない石《クレストレッス・ストーン》——既にレヴェズは、この室《へや》から姿を消してしまったのであろう。と、熊城が勢よく垂幕を剝いだ時に、突然彼は、何者かに額を蹴られて床に倒れた。それと同時に、垂幕の鉄棒が軋む響が頭上に起って、検事の胸を目掛けて飛んだ固い物体があった。彼は思わずそれを握りしめた——靴。然しその瞬間、法水の眼は頭上の一点に凍り付いてしまった。見よ。そこには、一本の裸足と靴の脱げかかったもう一本——それが、鈍い大振子《ふりこ》のように揺れているのだった。

---

▼74　聖趾窓　pede window
足窓。教会全体を十字架と見た場合磔刑のキリストの足に位置する、西端の大きい窓をいう。本文のような屋内の部屋の小窓ではない。

▼75　大洋琴　grand piano
地面と水平にフレームと弦を配した大型のピアノ。

▼76　小仏小平の戸板
鶴屋南北『東海道四谷怪談』の登場人物。岩の実家、民谷家の下男だったが、伊右衛門が岩を殺害した際に秘蔵の薬を盗んだとして、伊右衛門に殺害される。岩と一緒に戸板に打ち付けられて川に流されたが、後に伊右衛門が釣りをする砂村隠亡堀に流れてくる。歌舞伎では、戸板の裏表の早変わりで有名。

宛《さな》がら脳漿《のうしよう》▼77の臭いを嗅ぐ思いのする法水の推定が、遂に覆《くつが》えされてしまった。レヴェズは発見されはしたものの、垂幕の鉄棒に革紐を吊って、縊死《いし》を遂げているのだった。閉幕——恐らく黒死館殺人事件は、この飽っ気ない一幕を最後に終ったのであろう。然し、この結論が決して法水を満足させるものでないにせよ、それは、不思議なくらい彼を狼狽させた。熊城は、私服に下させた屍体の顔に、灯《あかり》を向けて云った。

『やれやれ、これでファウスト様の事件は終ったらしいね。決して喝采をうけるほどの終局じゃないけれども、真逆この洪牙利《ハンガリー》の騎士が犯人とは、思いも寄らなかったよ。』それ以前既に、棺台の上が調査されていた。そして、そこに残されている靴跡から判断すると、その端に立ったレヴェズが両手を革紐にかけ、足を離しながら、首を紐の上に落した事は疑うべくもなかった。その——てっきり海獣を思わせるような屍体は、同じく宮廷楽師《カペルマイスター》の衣裳を附けていて、胸の辺りが僅かに吐瀉物▼78で汚されている。尚、推定時刻は一時間前後で、略々《ほぼ》クリヴォフの殺害と符合していたが、革紐は襟布《カラー》の上からそのなりに印されていて、それが、頸筋《くびすじ》に無残なほど深く喰い入っていた。勿論凡ゆる点に渉って、縊死の形跡は歴然たるものだった。のみならず、それを一面にも立証しているのが、レヴェズの顔面表情だった。その黝《くろ》ずんだ紫色に変った顔には、眉の内端がへの字なりに吊り上り、下眼瞼《したまぶた》は重そうに垂れていて、口も両端が引き下っている。勿論それ等の特徴は、所謂《いわゆる》落ちる《フォール》と呼ぶものであって、それには到底打ち消しようもない、絶望と苦悩の色が漂っているのであった。然し、その間検事は、頸筋の襟布《カラー》を指で摘《つま》み上げて、頻りと後頭部の生え際の辺りを瞶《みつ》めていた。が、そうしているうちに、その眼が不気味に据えられて来た。

『僕は、レヴェズに対するゴシップが、余り酷評に過ぎやせんかと思うのだ。どう

---

▼77　脳漿
脳などを満たしている液。脳脊髄液。

▼78　吐瀉物
嘔吐および下痢によって体外に排出された消化管の内容物。

▼79　索溝
縊死者の首に残る紐・縄の痕を索状痕といい、特に溝状に陥没したものを索溝という。

▼80　背馳
食い違うこと、背くこと。

▼81　瑣事
取るに足らないつまらないこと。些事。

▼82　フォン・ホフマン
Hofmann, Eduard von 1837-1897
チェコ、プラハ出身、オーストリアの医師。現行法医学の開拓者。四百体以上の法医学解剖によって解剖による死因究明に尽力した。『法医学教科書』*Lehrbuch für gerichtliche Medizin* 1878。

▼83　一眼鏡　monocle
前出第四回註184「片眼鏡」参照。

▼84　クニットリンゲン　Knittlingen
ドイツ、バーデン＝ヴュルテンベルク州の北西部にある町。魔法博士ファウストについては以下を参照。「Dr.Johannes Faust は、実際には Georg F.らしい。1480頃-1540頃クニットリンゲン或いはヴュルッテンベルグに生れて、魔術を研究した。ファウスト伝説には、多くの記録があり、サクソグラマチクスやメランヒトンなどもこれに触れている。最も古いのは、一五八五年にフランクフォルトで出版せられた冊子 Historia von D. Johann Fausten で、それが一

だろう法水君、この胡桃《くるみ》形をした無残な烙印《やきいん》には、たしか、索溝《さくこう》▼79の形状《かたち》と背馳《はいち》▼80するものがあるように思われるんだが、』とてっきり胡桃の殻としか思われない結節の痕《きず》が、一つ生え際に留められているのを指し示して、『成程、索状が上向きにつけられている。そうしたら、こんな結節の一つや二つなんぞは、恐らく瑣事《さじ》▼81にも過ぎないだろう。然し、古臭いフォン・ホフマン▼82の「法医学教科書」の中《うち》にも、斯《こ》う云う例が一つあるじゃないか。それは——床に落ちた書類を拾おうとして、被害者が身体《からだ》を跼《かが》めた所を、その一眼鏡《モノクル》▼83の絹紐で、犯人が後様《うしろざま》に絞め上げたと云うのだ。無論そうすれば、索溝が斜《なな》め上方につけられるので、後で犯人は、その上に紐を当《あて》がって屍体を吊したのだよ。所が、頸筋にたった一つ結節が残されていて、遂々《とうとう》それが、終いには口を聴いてしまった——と云うのだがね。』そう云ってから検事は、レヴェズの自殺を心理的に観察して、この局面の最も痛い点に触れた。

『それに法水君、例令《たとえば》レヴェズが本開閉器《メイン・スイッチ》を消し、それから、僕等の知らない秘密の通路を潜って、クリヴォフ夫人を刺したにしてもだ。大体、クニットリンゲン▼84の魔法博士ファウストともあろうものが、何故最後の大見得を切らなかったのだろうか。あれ程芝居気たっぷりだった犯罪者の最後にしては、凡てが余りに飽っ気ないほど、サッパリし過ぎているじゃないか。』と到底解し切れないレヴェズの自殺心理が、検事を全く昏迷の底に陥《おと》し入れてしまった。彼は狂わし気に法水を見て、

『法水君、この自殺の奇異《ふしぎ》な点だけは、君が、十八番のストイック頌讃歌《ペニギリック》▼85からショーペンハウエル▼86まで持ち出して来ても、恐らく説明は附かんと思うね。何故なら、目下犯人の戦闘状態たるや、完全に僕等を圧しているんだ。そこへ持って来て、余りに唐突な終局なんだ。ああ、憐むべき萎縮じゃないか。どうして、この男の想像力が、あのサルヴィニ▼87（表情演技の誇大な伊太利俳優の典型）張りの大芝居だけで、尽きてしまったとは信じられんよ。時の選択を誤まらないためにか、それとも、誇らし気に死ぬためか

---

五九〇年に英語に訳せられると、まもなくクリストファー・マーローのファウスト博士の悲史が現れた1604。」『神話伝説大系6F独逸篇九五ファウスト物語』後註、松村武雄編、近代社、1928。

▼85　ストイック頌讃歌　stoic panegyric
stoicはストア学派の。panegyricは賛辞、形式ばった賞賛の辞。抑えながらも真摯な賛辞をいう状況の喩え。

▼86　ショーペンハウエル
Schopenhuer, Arthur 1788-1860
ドイツの哲学者。プラトンのイデア論および、インドのヴェーダ哲学の影響を受け、厭世観を思想の基調としている。

▼87　サルヴィニ
Salvini, Tommaso 1829-1915
イタリアの俳優。十九世紀後半から二十世紀初めの約五十年間、イタリア劇壇で重きをなした。ことにオセロに扮して絶妙な演技を示した。

……。いやいや、決してその孰《ど》っちでもない筈だ。』

『或は、そうかも知れんがね。』と莨《たばこ》で函《ケース》の蓋を叩きながら、法水は妙に含む所のあるような、それでいて、検事の説を真底から肯定するようにも思われる――異様な頷き方をしたが、『そうすると、さしずめ君には、ピデリット▼88の「擬容と相貌学《ミミク・ウント・フイジオグノミイク》」でも読んで貰う事だね。この悲痛な表情は落ちると云って、到底自殺者以外には求められないものなんだよ。』そう云ってから垂幕《フオール》を強く引くと、頭上に鉄棒の唸りが起った。『ねえ支倉君、ああして聴えて来る響が、この結節を曲者《くせもの》に見せたのだったよ。何故なら、レヴェズの重量が突然加わったので、鉄棒に弾みがついてしない始めたのだ。すると、その反動で、懸吊《つる》されている身体《からだ》が独楽《こま》みたいに廻り始めるだろう。勿論それに依って、革紐がクルクル撚《よじ》れて行く。そして、それが極限に達すると、今度は逆戻りしながら解《ほど》けて行くのだ。つまり、その廻転が十数回となく繰り返《か》えされるので、自然撚《よ》り目の最極の所に結節が出来、それが、レヴェズの頸筋を強く圧迫したからなんだよ。』

そうして、事象としては完全な説明が附いたものの、何となく法水には、それが独り占いのように思えてならなかった。彼は依然暗い顔のままで、無暗《むやみ》と莨《たばこ》を烟《けむ》にしながら考えに耽《ふけ》っていた。――博士《ドクター》ファウスト別名《エーリアス》▼89オットカール・レヴェズが、人生を煙《けむ》りのように去った。然し、それは何故であるか。

それから、一応此処で検死を行う事になったが、まず前室の扉《ドア》の鍵が、衣袋《ポケツト》の中から発見された。所が、その直後――ひしゃげ潰れたレヴェズの襟布《カラー》を外した時に、思いがけなく、その下から三人の眼を激しく射返したものがあった。遂に、レヴェズの死が論理的に明らかとなった。恰度軟骨の下――気管の両側の辺りに、二つの拇指《おやゆび》の痕《あと》が、まざまざと印されていたのである。しかも、その部分に当る頸椎に脱臼が起っていて、疑いもなくレヴェズの死因は、その扼殺《やくさつ》に依るもので……、恐ら

▼88　ピデリット
Piderit, Theodor 1826-1912
ドイツの医師・作家。『擬容と相貌学』*Mimik und Physiognomik* 1886。

▼89　別名　alias
前出第三回註1「異名」参照。

く、そうしてから犯人が、絶命に刻々と迫って行く身体《からだ》を、吊し上げたのであろう——と断ぜねばならなくなってしまった。既に明白な他殺である——局面は再び鮮かな蜻蛉《とんぼ》返りを打った。然し、それには右指の方に極立った特徴があって、その方にのみ、爪の痕が著《いちじ》るしく印されている。そして、指頭の筋肉に当る部分が薄《うつ》すらと落ち窪んでいて、それが、何か腫物でも切開した跡らしく思われるのだった。然し、勿論それで、レヴェズの自殺心理に関する疑念だけは、一掃されたけれども、一方鍵の発見に依って、疑問は更に深められるに至った。

既に此の局面には、否定も肯定も一斉に整理されていて、そこには幾つかの、到底越え難い障壁が証明されているのだった。恐らく犯人は、レヴェズを前室に引き込んで扼殺し、その屍体を奥の屍室の中に担ぎ入れたのであろう。然し、前室の鍵が、被害者の衣袋《ポケット》の中に蔵《しま》われているにも拘らず、その扉を、如何にして犯人は閉じたのであろうか。また、屍室に残されている足跡にも、レヴェズ以外のものがないばかりでなく、顔面表情も自殺者特有のもので、それに恐怖驚愕と云うような情緒が、欠けているのは何故であろうか。尤も、横廊下に開いている聖趾窓《ピイド・ウィンドウ》には、その上段だけが透明な硝子《ガラス》にはなっているけれども、一面に厚い埃の層で覆われていて、それには、脱出の方法を想起し得る術《すべ》もないのだった。従って、紋章のない石《クレストレッス・ストーン》——に、解答の凡てがかけられてしまったのも是非ない事だった。検事は屍体の髪を摑んで、その顔を法水に向けた。そして、彼が曾ってレヴェズに対して採ったところの、酷烈極まる手段を非難するのだった。

『法水君、この局面の責任は、当然君の道徳的感情の上に掛って来るんだぜ。成程、あの際の心理分析から、君は地精《コボルト》の札の所在《ありか》を知る事が出来た。また、危く闇から闇に葬られる所だった——この男とダンネベルグ夫人との恋愛関係も、君の透視眼が剔抉《てっけつ》したのだ。けれども、レヴェズは君の詭弁に追い詰められて、自分の無辜《むこ》を証明しようとした結果が、護衛を断ったんだぜ。』

それには、法水も真向《まつこう》から反駁する事は出来なかった。敗北、落胆、失意——希望の凡てが彼から離れてしまったばかりでなく、宛《さな》がら永世の重荷となるような暗影が、一つ心の一隅に止まってしまったのだった。多分その幽霊は、法水に絶えず斯《こ》う囁《ささや》く事だろう、——お前がファウスト博士をして、レヴェズを殺させたのだ——と。然し、レヴェズの気管を強圧した二つの拇指痕は、この場合、熊城に雀躍《こおど》りさせた程の獲物だった。それで早速、家族全部の指痕を蒐集する事になったが、その時、一人の召使《バトラー》を伴った私服が入って来た。その召使《バトラー》と云うのは、以前易介事件の際にも証言をした事のある古賀庄十郎と云う男で、今度も休憩中に、レヴェズの不可解な挙動を目撃したと云うのだった。

『君が最後にレヴェズを見たと云うのは、何時頃だね。』と早速に法水が切り出すと、

『はい、たしか八時十分頃だったろうと思いますが、』と最初は屍体を見まいとするもののように顔を外《そむ》けていたが、云い始めると、その陳述はテキパキ要領を得ていた。『曲目の第一が終って休憩に入りましたので、レヴェズ様は礼拝堂から御出《おいで》になりました。その時私は広間《サロン》を抜けて、廊下をこの室の方に歩いて参りましたが、その私の後を跟《つ》けて、レヴェズ様も同様歩んでお出でになるのでした。然し、それなり私は、この室の前を過ぎて換衣室の方に曲ってしまいましたけども、その曲り角で不図後を振り向きますと、レヴェズ様はこの室の前に突っ立ったままで、私の方を凝然《じっ》と見ているので御座います。まるでそれは、私の姿が消えるのを待っているかのようで御座いました。』

それに依ると、レヴェズが自分からこの室《へや》に入ったと云っても、それには、寸分も疑う余地がないのであった。法水は次の質問に入った。

『それから、その時他の三人はどうしていたね？』

『それは御各自《ごめいめい》に、一応はお室《へや》に引き上げられたようで御座いました。そして、曲目の次が始まる恰度五分前頃に、三人の方はお連れ立ちになって、また伸子さんは、それから幾分遅れ気味にいらっしゃったように記憶して居りますが、』

それに、熊城が言葉を挟んで、『そうすると君は、その後に、この廊下を通らなかったのかい。』

『はい、間もなく二番目が始まりましたので。御承知の通り、この廊下には絨緞《じゅうたん》が敷いて御座いませんで音が立ちますものですから、演奏中は表廊下を通る事になって居りますので。』とレヴェズの不可解な行動を一つ残して、庄十郎の陳述はそれで終った。所が、終りに彼は、不図思い出したような云い方をして、『ああそうそう、本庁の外事課員▼90と仰言《おっしゃ》る方が、広間《サロン》でお待ち兼《か》ねのようで御座いますが。』

それから、殯室《モーチュアリー・ルーム》を出て広間《サロン》に行くと、そこには、外事課員の一人が、熊城の部下と連れ立って待っていた。勿論その一つは、黒死館の建築技師――ディグスビイの生死如何《いかん》に関する報告だった。然し、警視庁の依頼に依って、蘭貢《ラングーン》の警察当局が、多分古い文書までも漁《あさ》ってくれたのであろう。その返電には、ディグスビイの投身した当時の顛末が、可成り詳細に渉って記されてあった。それを概述すると、――一八八八年六月十七日払暁五時、彼斯女帝号《エムプレス・オヴ・ペルシャ》▼91の甲板から投身した一人の船客があった。そして、多分首は推進機に切断されたのであろうが、胴体のみはその三時間後になって、同市を去る二哩《マイル》の海浜に漂着した。勿論その屍体がディグスビイであると云う事は、着衣名刺その他の所持品によって、疑うべくもないのだった。

次に熊城の部下は、久我鎮子の身分に関する報告を齎らした。それに依ると、彼女は医学博士八木沢節斎《せっさい》の長女で、有名な光蘇▼92の研究者久我錠二郎《じょうじろう》に嫁ぎ、夫とは大正二年六月に死別している。勿論鎮子をその調査にまで導いて行ったものは、い

---

▼90　外事課員
海外における犯罪を捜査・調査する部署の職員。

▼91　彼斯女帝号　Empress of Persia
船名としては不詳。

▼92　光蘇
ヒカリゴケ。洞穴や倒木の根元などに生育するコケ植物。自家発光ではなく、レンズ状細胞が光を反射することで緑色に光る。

つぞや法水が彼女の心像を曝《あば》いて、算哲の心臓異変を知る事の出来た心理分析にあったのだ。また、鎮子がそればかりでなく、早期埋葬防止装置の所在までも算哲から明かされているとすれば、当然両者の関係に、主従の墻《かき》を越えた異様なものがあるように思われたからである。然し、八木沢と云う旧姓に眼が触れると、突然法水は異様な呼吸を始め、惑乱したような表情になった。そして、その報告書を攫むや物も云わずに広間《サロン》を出て、その足でつかつか図書室の中に入って行った。

図書室の中には、アカンザス形をした台のある燭台が、ポッツリと一つ点されているのみで、その暗鬱な雰囲気は、著作をする時の鎮子の習慣であるらしかった。然し彼女は、一向何の感覚もなさそうに、凝《じ》っと入って来た法水を瞶《みつ》めている。その凝視は、法水に切り出す機会を失わせたばかりでなく、検事と熊城には、一種の恐怖さえも齎らせて来た。やがて、彼女の方から、切れぎれな、しかも威圧するような調子で云い出した。

『ああ、判りましたわ。貴方がこの室《へや》にお出でになったと云う理由が……。ねえ、多分あれなんでしょう。いつかの晩、私はダンネベルグ様のお側に居りましたわね。またその後惨事が起るその都度にも、私は一度だって、この図書室から離れていた事は御座居ませんでしたねえ、法水さん、いつか貴方が、その逆説的効果にお気附きなさらずにはいまいと考えて居りましたわ。』

その間、法水の眼が一秒毎《ごと》に光りを増して、相手の意識を刺し通すような気がした。彼は身体《からだ》を捻じ向けて、鳥渡《ちよつと》微笑みかけたが、それは中途で消えてしまった。『いや決して、そんな甘い挿話《エピソード》ではないのです。僕は貴女の所へ、これが最後と思って来たのですよ。所で八木沢さん……。』と——八木沢と云う姓を法水が口にすると、それと同時に、鎮子の全身に名状すべからざる動揺が起った。法水は追及した。『たしか貴女のお父上八木沢医学博士は、明治二十一年に、頭蓋鱗葉部及《りんようぶおよび》顳顬《せつじゆ》窩《か》崎形者の犯罪素質遺伝説を唱えましたね。すると、それに、故人の算哲博士が駁論を挙げたでしょう。所が、不審な事には、その論争が一年も続いて、正しく高潮に達したと思われた矢先に、それがまるで、黙契でも成り立ったかのように消え失せてしまいましたね。そこで、試しに僕は、過去黒死館に起った出来事を、年代順に排列して見ました。そうすると、次の明治二十三年には、あの四人の嬰児《あかんぼ》が、遥々《はるばる》海を渡って来たではありませんか。ねえ八木沢さん、多分その間の推移に、貴女がこの館にお出でになった理由があると思うのですが。』

『もう、何もかも申し上げましょう。』と鎮子は沈鬱な眼を挙げた。心の動揺がすっかり収まったと見えて、一端は見分けもつかぬ深みへ落ち込んでしまった顔の凹凸が、再び恐ろしい鋭さでもって影を擡《もた》げて来た。『私の父と算哲様があの論争を中止致しましたのは、つまりその結論が、人間を栽培する実験遺伝学▼93と云う極論に行き詰ってしまったからで御座います。そう申し上げればあの四人が、たかが実験用の小動物に過ぎないと云う事はお判りでしょう。そこで、四人の真実の身分を申しますと、各々《それぞれ》に紐育《ニューヨーク》エルマイラ監獄▼94で刑死を遂げた、猶太人《ジュウ》、伊太利人《ディエゴ》▼95などの移《エミ》住民《グラント》▼96を父にしているので御座います。つまり、刑死体を解剖して、その頭蓋形体を具えた者が居りました際には、その都度その刑死人の子を、典獄ブロックウェー▼97を通じて手に入れたのでした。そして、遂にその数が、国籍を異にするあの四人になって……ですから、ハートフォード福音伝導者《エヴァンジェリスト》誌の記事も、また、大使館公録のものでさえも、みんな算哲様が金に飽かした上での御処置だったので御座います。』

『そうすると、この館にあの四人を入籍させて、動産の配分に紛糾を起させたと云うのも、つまりが、結論を見出さんがための筋書だったのですね。』

『左様で御座います。あの方の御父上も同様の頭蓋形態だったそうですが、それも御座いましたのでしょう、算哲様は御自分の説に、殆んど狂的な偏執を持っていら

▼93　実験遺伝学
世代を超えて形質が伝わっていく遺伝現象を研究する生物学の一分野。実験は主に植物や昆虫などで行われるが、算哲たちは人間で行おうとしていた。

▼94　エルマイラ監獄　Elmira Prison
ニューヨーク郊外エルマイラにある少年院。

「酒が犯罪と関係あることは言う迄もないが、両親が酒客であるときその子孫に犯罪者が多い。紐育州エルミラの監獄に来た四千人の犯罪者についての統計に依るに約四割は両親が酒客であった。」「殺人論」『小酒井不木全集1』改造社、1929。

▼95　伊太利人　Diego
スペイン人に多い名から転じて、イタリア人やスペイン、ポルトガル人への蔑称。デイゴDago。

▼96　移住民　immigrant
イミグラント。生活の場を地理的に離れた場所に移す人々。移民。

▼97　典獄ブロックウェー
Brockway, Zebulon Reed 1827-1920
アメリカ、コネチカット州ウェザーズフィールド刑務所の看守を経て、エルマイラ少年院の所長に就任。生涯を通じて非行少年教化に努めた。エピソードは不詳。また典獄は監獄の業務管理を指示する地位、刑務所の長。

っしゃいました。然し、あの方のような異常な性格な方には、我々の云う正規の思考などと云うものは問題では御座いません。没頭――それが生命の全部であり、遺産や情愛や肉身などと云う瑣事は、あの方の広大無辺な知的意識の世界にとると、僅かな塵《ちり》にしか過ぎないので御座います。そこで、私の父と算哲様は後年を約して、その成否を私が見届ける事になりました。所が、その際算哲様は、頗る陰剣な策動をなさったので御座います。と申しますのは、クリヴォフ様に就いてで御座いますが、あの方が日本に到着すると間もなく、剖見《ぼうけん》の発表が取り違えられていたと云う通知が参りました。そこで、算哲様は一計を案じて、四人の名を「グスタフス・アドルフス」伝の中から採ったので御座います。つまり、その頭蓋に依る遺伝素質のないクリヴォフ様には、暗殺者の名を。他の三人には、暗殺者ブラーエの手に狙撃された、ワルレンシュタイン軍の戦没者の名を附けたのでした。そして、この書庫の中から、グスタフス王の正伝を悉く省いてしまって、それに「リシュリュウ機密《ブラック・》閣《キャビネット》史」を当てたのでしたけれども、恐らくその人名は、家族の者にも、また貴方がた捜査官にも、何等かの使嗾《しそう》を起さずにいまいと考えられて居りました。ですから法水さん、これで、何時ぞや貴方に申し上げた霊性《ガイスチヒカイト》と云う言葉の意味が――つまり、父から子に、人間の種子《たね》が必ず一度は彷徨《さまよ》わねばならぬ、あの荒野《ヴュステ》の意味がお判りで御座いましょう。そうして、今日クリヴォフ様が斃されたのですから、そうなると、当然算哲様の影が、あの疑心暗鬼の中から消えてしまうでは御座いませんか。ああ、この事件は凡ゆる犯罪の中で、道徳の最も頽廃した型式なので御座います。そして、その黝《くろず》んだ溝《どぶ》臭い溜水の中で、あの五人の方々が喘ぎ競《せめ》いでいたので御座いますわ』

　斯《こ》うして、四人の神秘楽人の正体が曝露されると同時に、過去に於ける黒死館の暗流には、ただ一つ二つの変死事件のみが残されてしまった。それから、何時も訊問室に当てているダンネベルグ夫人の室《へや》に戻ると、そこには、旗太郎とセレナ夫人とが、四五人の楽壇関係者らしいのを従えて待っていた。所が、法水の顔を見ると、温雅な彼女に似げない命令的な語調で、セレナ夫人が云い出した。

『私共は明瞭《はっきり》した証言をしに参りました。実は、伸子を詰問して頂きたいのですが、』

『なに紙谷伸子を!!』と法水は鳥渡《ちょっと》驚いたような素振りを見せたけれども、その顔には、陰《かく》そうとしても陰《かく》し得ようのない会心の笑が浮んで来た。

『そうすると、あの方が、貴方がたを殺すとでも云いましたかな。いや、事実誰かれにも、到底打ち壊すことの出来ない障壁があるのですよ。』

それに、旗太郎が割って入った。そして、相変らずこの異常な早熟児は、妙に老成した大人のような柔か味のある調子で云った。

『法水さん、その障壁と云うのが、今まで僕等には心理的に築かれて居りましてね。現に津多子さんが、最前列の端にいられたのを御存知でしょう。所が、その障壁と云うのを、此処にいられる方々が打《ぶ》ち壊してくれたのでした。』

『私は、装飾灯《シャンデリヤ》が消えるとすぐに、竪琴《ハープ》の方から人の近附いて来る気配を感じました。』とそう云いながら、多分評論家の鹿常充《しかつねみつる》▼98と思われる――その額の抜け上った四十男は、左右を振り向いて周囲の同意を求めた。そして続けた。『サア、それは気動とでも云うのでしょうかな。それより、絹が摺れ合うと唸りが起りますから、多分それではないかとも思うのです。然し孰《いず》れにしても、その音は次第に拡がりを増して参りました。そして、それがパッタリ杜絶《とだ》えたかと思うと、同時に壇上で、あの悲痛な呻き声が発せられたのです。』

『成程貴方の筆鋒《ペン》には、充分毒殺的効果はあるでしょう。』▼99と法水は、寧ろ皮肉な微笑を洩らして頷いた。『ですが、斯《こ》う云うハックスレイを御存知ですか。――証

---

▼98　鹿常充
独特の音楽理論で当時著名だった評論家、牛山充（うしやまみつる）1884-1963がモデルだと思われる。

▼99　ハックスレイ　Huxley
文学者オルダス、生物学者ジュリアンなど数名の候補はあるが不詳。

拠以上に出た断定は、誤謬と云うだけでは済まされない。寧ろ犯罪《クライム》である——と。ハハハハ、どうせ音楽の神《ミューズ》▼100の絃《いと》の音《ね》までも聴けるものでしたら、そんな風に、鶏《とり》の声でイビクス▼101の死を告げると云うのはどうですかな。却って僕は、アリオン▼102を救った方が、音楽好きの海豚《いるか》の義務ではないかと思うのですよ。』

『なに、音楽好きの海豚ですって!?』居並んでいる一人が憤激して叫んだ。その男は左端に近い旗太郎の直下にいた、大田原末雄《おおたわらすえお》▼103と云うホルン奏者であった。『よろしい、アリオンは既《とう》に救われているんですぜ。然し、僕の位置が位置だったので、鹿常君の云うその気配と云うのは聴えませんでした。けれども、却ってこのお二人に近かっただけに、完全な動静を握っていると云っても過言ではないのですよ。法水さん、僕もやはり異様な唸りを聴きました。それは、呻き声が起ると同時に杜絶《とだ》えましたけれども……、然しその音と云うのは、旗太郎さんが左利《ひだりきき》でセレナ夫人が右利《みぎきき》である限りは、弓《キュー》の絃《いと》が斜めに擦れ合って起ったものに相違ないのですよ。』

その時セレナ夫人は、皮肉な諦めの色を現わして法水を見た。

『とにかく、この対照の意味が非常に単純なだけに、却って、皮肉な貴方には評価が困難で御座いましょう。けれども、御自分の慣性以外の神経でもし判断して頂けるのでしたら、屹度《きっと》あの賤民《チゴイネル》に、クラカウ▼104（伝説に於けるファウスト博士が、魔術修業の土地）の想い出が輝くに相違御座いませんわ。』

そうして、一同が出て行ってしまうと、熊城は難色を現わして、法水に毒付いた。

『いやどうも呆れた事だ。寧ろ与えられたものを素直に取る方が、君に適《ふさ》わしい高尚な精神だと思うんだがね。それより法水君、今の証言で、君が先刻《さっき》云った武具室の方程式を憶い出して貰いたいんだ。あの時君は、2−1＝クリヴォフだと云ったね。然し、その解答のクリヴォフが殺されたとしたら……。』

『冗談じゃない。あんな賤民の娘《チゴイネル・ユングフラウ》が▼105、どうして、この宮廷陰謀▼106の立役者なもん

---

▼100 音楽の神　Muse
ギリシャ神話で知的活動を司る女神たち。現在は詩や音楽の神とされる。ギリシャ語名ムーサイ。

▼101 イビクス
Ibycus of Rhegium　前六世紀頃
レギオンのイビュコス、ギリシャの叙情詩人。伝説では盗賊に殺されたが、その場に飛んでいた鶴に復讐を求め、のちにコリントの劇場で一人の盗賊が鶴を見た時の告白で犯行が露見したといわれる。「イビュコスの鶴」とは神の仲立ちで犯罪が露見することをいい、鶏は誤用である。

▼102 アリオン　Arion　前七、六世紀頃
ギリシャ、レスボス島で生まれた詩人・楽人。音楽好きの海豚については以下を参照。「海賊に殺されそうになったアリオン、琴を象牙のばちでかき鳴らすと、いつの間にかたくさんのいるかが船のまわりに集まって来て、その妙音に聞きほれているようだった。アリオンはやがて海へとびこんだ、すると一ぴきのいるかが彼を背に受けて、ラコニアの岬タイナロスへ運んで行った。」『星の神話・伝説集成』野尻抱影、恒星社厚生閣、1955。

▼103 大田原末雄
昭和初期、西洋音楽の普及に努めたディレッタント大田黒元雄（おおたぐろもとお）1893-1979がモデル。彼は『新青年』と関係も深く、音楽に興味があった虫太郎にとっては、煙たい存在だったのではないか。

▼104 クラカウ　Kraków
クラクフ。ポーランド南部の都市。かつてはポ

か。』と法水は力を罩《こ》めて云い返した。『成程、伸子と云う女は頗る奇妙な存在で、ダンネベルグ事件と鐘鳴器《カリルロン》室を除いた以外は、完全に情況証拠の網の中にあるのだ。然し、あの標本的な人身御供があるがために、ファウスト博士は陽気な御機嫌を続けていられるんだよ。第一伸子には、動機も衝動もない。例えばどんな作虐性犯罪《ザディス》者《ト》[107]でさえも、そう云う病的心理を引き出すに至る動因と云うのは、必ずあるものなんだよ。現にいま、あの好楽の海豚共が……』

と法水が何事かに触れようとした時、先刻調査を命じて置いた拇指痕の報告が齎らされた。然し、結果は徒労に終って、それに該当するものは、遂に現れ出て来なかった。法水は疲れたような眼をして、暫く考えていたが、不図何と思ったか、広《サ》間《ロン》の煖炉棚《マントルピース》の上に並んでいる忘れな壺《ポッツ・オヴ・メモリー》[108]を持参するように命じた。それは総計二十余りもあって、既に故人となり離れ去った人達のもあるけれども、この館に重要な関係を持った人達には凡《あま》ねく作らせて、回想を永遠に留めんがためであった。表面には西班牙《スペイン》風の美麗な釉薬《ゆうやく》[109]が施されていて、素人の手作りの所《せ》以《い》か、何処か形に古拙な所があった。法水はそれをずらりと卓上に並べて云った。

『或は、僕の神経が過敏過ぎるのかも知れないがね。然し、この、館のような精神病理的人物の多い所では、押捺《おうなつ》した指痕などと云うものに信頼を置くのが、第一間《ま》違《ちがい》だと思うのだよ。何故なら、時偶《ときたま》外見に現われない発作があるからね。その時強直なり羸痩《るいそう》[110]なりが起った場合に、僕等は飛《と》んでもない錯誤を招かんけりゃならんのだ。然し、この壺の内側には、必ず平静な状態の時に捺《お》された拇指《おやゆび》の痕がある筈だよ。熊城君、君は、此処にある壺を巧く割ってくれ給え。』

そうして糸底[111]の姓名と対照して割って行くうちに、遂々《とうとう》二つが残されてしまった。「クロード・ディグスビイ」……割られたが、然し、あのウェールス猶太《ジュウ》のものとは異なっていた。次に、降矢木算哲……熊城の持った木槌が軽く打ち下されて、胴

---

ーランド王国の首都として繁栄。ドイツ語名クラカウ Krakau。後世ルター派の神学者メランヒトンによるとヨハン・ファウストはクラクフ大学で学んだという。前出第八回註84「クニットリンゲン」参照。

▼105　**賤民の娘　Zigeuner Jungfrau**
前出第六回註155「賤民」参照。
このイメージにはドイツ映画「国なき人」1912主演の女優アスタ・ニールセンを重ねている。

▼106　**宮廷陰謀**
暗殺・謀反など宮廷を巡って起きるはかりごと。
黒死館一連の事件を形容した。

▼107　**作虐性犯罪者　sadist**
前出第一回註192「淫虐的」参照。

▼108　**忘れな壺　pots of memory**
遺灰・遺骨等を入れた壺のことと思われるが、一般的な名称ではない。

▼109　**西班牙風の美麗な釉薬**
うわぐすり。素焼の陶磁器の表面にかけて装飾と水分の吸収を防ぐために用いる一種のガラス質。スペイン風とは多く有色の陶質素地に白色不透明な錫釉を施し、金属光彩の図画で飾ったもの。

▼110　**羸痩**
代謝の亢進などにより痩せること。精神疾患ではない。

▼111　**糸底**
いとぞこ。陶器や磁器の底についている低い台。

体にジクザクの罅《ひび》が入った。そうして、それが二つに開かれた次の瞬間、三人は全く悪夢のようなものを摑まされてしまった。恰度縁《へり》から幾分下方に当る所に、疑うべくもない拇指痕が、レヴェズの咽喉《のど》に印されたのと同一の形で現われた。流石《さすが》に検事と熊城も、この衝撃には言葉を発する気力さえも尽きてしまったらしい。そのうち熊城は、恰度眠りから醒めたような形で、慌てて莨《たばこ》の灰を落したが、

『法水君、問題は、これで奇麗さっぱり割り切れてしまったよ。もう猶予する所はない。算哲の墓窖《はかあな》を発掘するんだよ。』

『いや、僕は飽くまで正統性《オーソドキシイ》を護ろう。』と法水は異様な情熱を罩《こ》めて叫んだ。『あの疑心暗鬼に惑わされて、算哲の生存を信ずると云うのなら、君は勝手に降霊会でも開き給え。僕は紋章のない石《クレストレッス・ストーン》――を見付けて、人間様の殺人鬼と闘うんだ。』

それから壁炉の積石に刻まれている紋章の一つ一つを辿って行くと、果して右側の積石の中に、それらしいものを発見した。そして、法水が試みにそれを押すと、奇妙な事には、その部分が指の行くが儘に落ち窪んで行く。すると、それと同時に、その一段の積石が音もなく後退《あとずさ》りを始めて、やがて、その跡の床に、パックリと四角の闇が開いた。坑道――ディグスビイの酷烈な呪咀の意志を罩《こ》めたこの一道の闇は、壁間を縫い階層の間隙を歩いて、何処へ辿り付くのだろうか。鐘鳴器《カリルロン》室か礼拝堂か或は殯　室《モーチユアリー・ルーム》の中にか、それとも四通八達▼112の岐路に分れて……。

## 二、法水よ、運命の星は汝《なんじ》の胸に

足許《あしもと》には小さい階段が一つあって、そこから漆のような闇が覗いている。永年外気に触れた事のない陰湿な空気が、宛《さな》がら屍温▼113のような薄気味悪いぬくもりと、一種名状の出来ぬ黴《かび》臭さとを伴って、ドロリと流れ出て来る――文字通りの鬼気だっ

---

▼112　四通八達
縦横に通路が拡がる状態。

▼113　屍温
死後降下しても死体に残る体温。

た。法水等三人は、早速懐中電灯を点して、肩を挟《せば》めながら階段を下りて行った。すると、そこは半畳敷程の板敷になっていて、其処まで来ると、今迄は光線の加減で見えなかったスリッパの跡が、床に幾つとなく発見された。然し、その中には極めて新しい一つがあって、それが一直線に階段の上まで続いているけれども、その小判形の痕《きず》には、多分静かに歩いた所以《せい》でもあろうか、前後の特徴さえ残っていないのである。従って、果してそれが階段から下りて来たものか、それとも、奥の坑道から辿り来《きた》ったものか、勿論その識別は不可能なのであった。その時、周囲を照らしていた熊城がアッと叫んだ。見ると、右手の上方に、凄愴な生え際を見せた悪鬼バリ[114]（印度クルスナ古典の中[115]に現われる悪魔の名）の木彫面が掛っていて、その左眼の瞳が、五分ばかり棒のような形で突き出ている。それを押すと、反対に右の方が持ち上って来て、上から差込む光線が挟められて行った。——積石が旧《もと》の位置に戻ったからである。それから法水は、そのスリッパの跡と歩幅の間隔とを計ってから、前方に切り開かれている短冊形の闇の中へ入って行った。実にそれからが、往昔羅馬《おうせきローマ》皇帝トラヤヌス[116]の時代に、総督プリニウス[117]が二人の女執事《デアコノ》[118]を使って、カスリスタス[119]地下聖廊を探らせた際の光景を髣髴とするものであった。

坑道の天井からは、永年の埃の堆積が鍾乳石[120]のような形で垂れ下っていて、呼吸をする毎《ごと》に細塵が飛散して来て、咽喉《のど》が擽《くすぐ》られるような咽《む》せっぽさだった。それでなくても空気が新鮮でないために、妙に息苦しく、もしこの際松火《たいまつ》を使ったとしたら、それは、輝かずに燻《くす》ぶり消えるだろうと思われた。それに、館中の響がこの空間には異様に轟いて来て、時折岐路《えだみち》ではないかと思ったり、また、人声《ひとごえ》のようにも聴えたりして、胸を躍らすのも屢々《しばしば》であった。然し、スリッパの跡は何処までも消えずに彼等を導いて行った。その足許には、雪を踏みしだくような感じで埃の堆積が崩れ、それを透して、櫟《かし》の冷たい感触が頭の頂辺《てっぺん》まで滲み透るのだった。斯《こ》うし

---

▼114　**悪鬼バリ　Bali**
マハーバリMahabali。インド神話に現れる地底の王。全世界を統治していたが、ヒンドゥー教の神ヴィシュヌVishnuの怒りを買い地底に戻る。悪鬼ではない。

▼115　**印度クルスナ古典　Krishna**
クリシュナはヒンドゥー教の神格で、半神半人の英雄。ヴィシュヌが転生化身した十の姿のうちの一つで、前出バリと関係ができた。

▼116　**羅馬皇帝トラヤヌス　Trajanus 53-117**
古代ローマの皇帝、在位98-117。五賢帝の一人。

▼117　**総督プリニウス**
Gaius Plinius, Caecilius Secundus 61頃-113頃
小プリニウス。大プリニウス（前出第三回註124）の甥で養子。古代ローマの法律家・政治家。

▼118　**女執事　diákonos, diakonisse**
女助祭。初期のキリスト教会で祭事を補佐する。

▼119　**カスリスタス　Callistus I ?-222**
古代ローマの法王。殉教後、地下墓所に埋葬されたことから、サン・カリスト・カタコンベLe Catacombe di San Callistoの名称がついた。墓所は「地下聖廊」の名にふさわしい大規模なものだが、探検の話は不詳。

▼120　**鍾乳石**
洞窟の壁や天井からつらら状に垂れ下がるもの。前出第四回註182「石筍」参照。

て、この隧道《トンネル》旅行は彼此《かれこれ》二十分余りも続いた。坑道は右に左に、また、或る部分は坂をなし、殆んど記憶出来ぬほど曲折の限りを尽していて、最後に左に曲ると、そこは袋戸棚▼121のような行き詰りになっていた。そして、そこにも悪鬼バリの面が発見された。ああ、その石壁一重《ひとえ》の彼方は、館の何処であろうか。法水は片唾《かたず》を呑んで面の片眼を押した。すると、その石の扉《ドア》は、熊城の肩を微かに掠《かす》って開かれたが、前方にも依然として闇が続いている。然し、何処からとなく寛《ゆるや》かな風が訪れて来て、そこが広い空間であるのを思わせるのだった。

法水は前方の空間を目がけて、斜めに高く光を投げた。けれども、その光は、闇の中を空しく走ったのみで、何も映らなかった。それで、今度は一歩踏み込んで、頭上に向けると、そこには、醜い苦渋な相貌をした三人の男の顔が現れた。法水はそれに依って、一切を知る事が出来たのである。聖パウロ▼122、殉教者イグナチウス▼123、コルドバ▼124の老証道人《コンフエッサー》ホシウス▼125……と壁面の彫像柱《カリアテイデ》▼126を、三つまでは数えたが、その声に俄然顫《ふる》えが加わって来て、

『墓窖《クリプト》▼127だよ、遂々《とうとう》僕等は算哲の墓窖《クリプト》にやって来てしまったんだ。』と狂わし気に叫んだ。

その声と同時に、熊城は二三歩進んで行って、円い灯で前方を一の字に掃《は》いだ。すると、その中に幾つかの石棺の姿が明滅して、明かにこの一劃が、算哲の墓窖《クリプト》に相違ない事が判った。三人は切れ切れに音高い呼吸を始めた。いつぞやレヴェズが法水に云った、地精よいそしめ《コボルト・ジッヒ・ミューヘン》——の解釈が、今や幻から現実に移されようとする。しかも、スリッパの跡は、中央にあって一際巨大な算哲の棺台を目がけて、一文字に続いているのだ。その蓋には、軽鉄▼128で作られた守護神聖《セント》ゲオルヒ▼129が横《よこた》わっていて、それは軽く擡《もた》げられた。恐らく、その時三人の心中には……、算哲の棺台のみに脚がなくて、それが大理石の石積で作られている事から、たしか棺中にはファウスト

---

▼121　袋戸棚
引き出しや棚のない物入れ。クローゼット。

▼122　聖パウロ　St. Paulus ?-64頃
初期キリスト教の大伝道者。特に異邦人に伝道し、エルサレムで捕縛され、裁判のためローマに送られた。皇帝ネロの時代、ローマで殉教したとされる。

▼123　殉教者イグナチウス
St. Ignatius of Antioch 35-107頃
アンチオケの司教、聖イグナチオ。野獣の餌食となる刑を受けるためにローマに護送され、トラヤヌス帝の治世のもとで殉教した。

▼124　コルドバ　Córdoba
スペインの都市。かつての西カリフ帝国、後ウマイヤ朝の首都で、イスラム時代の文化を伝える建築物や街路が遺されている。

▼125　老証道人ホシウス
St. Hosius the Confessor 256頃-358
スペインの聖職者、コルドバの司教。ニカイア会議の開催を実現させ、アリウス派の排斥に努めた。confessorは、迫害にも屈せず信仰を守った信者。

▼126　彫像柱　caryatid
ギリシャ建築で軒を支える女人像柱。男像柱の場合はatlantesと呼ばれる。前出第三回註109「女像柱」参照。

▼127　墓窖　crypt
前出第六回註92「地下墓窖」参照。

▼128　軽鉄
薄手の鉄で加工した下地材で、内装や天井に使用される。

▼129　聖ゲオルヒ　St. Georg

博士の姿はなくて、そこからまた、地下に続く新しい坑道が設けられているように思われていた。

　所が、蓋が擡げられて、円い光がサッと差し入れられた時に、三人は慄然としたものを感じて、思わず跳び退《の》いた。見よその中には、異形な骸骨が横わっているではないか。静臥している筈の膝が高く折り曲げられていて、両手が宙に浮き、指は何物かを掻《か》かんとするもののように、無残な曲げ方をしている。しかも、三人が跳び退いた機《はず》みに、それがカサコソと鳴って、おまけに尚薄気味悪い事には、肋骨の端が一二本ポロリと欠け落ちて、それも灰のようにひしゃ潰れてしまうのだった。然し、左肋骨には創傷の跡が残っていて、明らかにそれは、算哲の遺骸に相違ないのだった。

『算哲はやはり死んでいたのだ。すると、一体あの指痕は、誰のものなんだろうか。』と熊城を顧《かえり》みて、検事は唸るような声で呟いた。がその時、法水の眼に妖しい光りが閃めいたかと思うと、顔を算哲の胸骨に押し付けて動かなくなってしまった。実に意外な事には、その胸骨を縦に刻まれている文字があったのだ。

　PATER《パテール》！　HOMO《ホモ》　SUM《スム》！

『父よ、吾《われ》も人の子なり――』と法水は、その一行の羅甸《ラテン》文字▼130を邦訳して口誦《くちずさ》んだが、異様な発見は尚も続けられた。と云うのは、その彫字の縁に、所々金色《こんじき》をした微粒が輝いているのと、もう一つは、欠け落ちた歯の隙に、多分小鳥のらしいと思われる骸骨が突込《つっこ》まれている事だった。法水はその微粒を手に取って暫く眺めすかしていたが、

『ああ恐らくこれが、ファウスト博士の儀礼《パンチリオ》なんだろうがね。然し熊城君、この文字は乾板で彫ってあるのだよ。父よ、吾も人の子なり《パテール・ホモ・スム》――って。それに、歯の間に突っ込まれている小鳥の骸骨らしいものは、多分早期埋葬防止装置を妨げたと云う、

---

前出第一回註47「聖ゲオルグ」参照。

▼130　羅甸文字　latin alphabet
ラテン語を表記する単音文字。その書体。アルファベットの原型。

山雀の死体に違いないのだ。ねえ怖ろしい事じゃないか。つまり、一端算哲は棺中で蘇生したのだが、その時犯人は、山雀の雛を挟んで電鈴《ベル》の鳴るのを妨げたのだよ。』

　法水の声のみが陰々と反響《こだま》しても、それがてんで耳に入らなかったほど、検事と熊城は、目前の戦慄すべき情景に惹き付けられてしまった。その姿体は、明白に棺中の苦悶であり、その結論は生体の埋葬に相違なかった。然し、そうは云うもののまたファウスト博士にとれば、算哲が棺中で蘇生してから狂ったように合図の紐を引き、しかも救《たす》けは来ず、力も漸く尽きようとして頭上の蓋を掻き毟《むし》っている有様と云うのが恐らくまた残虐な快感を齎らせたものだったかも知れないのである。そうして、犯人の冷酷な意志は、山雀の屍骸と父よ、吾れも人の子なり《パテール・ホモ・スム》——の一文にとどめられるのであるから、当然久我鎮子が、道徳の最も頽廃した形式と叫んだのも無理ではないかも知れない。所謂《いわゆる》黒死館殺人事件と呼ばれて、酷烈惨鼻を極めた流血の歴史よりかも、既にそれ以前に行われていて、しかも眼の当り、遺骸の形状《かたち》にもそれと頷かれる恐怖悲劇の方が、胸を塞いで来る強い何者かを持っていたのは事実だった。それから、スリッパの跡の調査を始めたが、それは聖窟《クリプト》[131]の階段を上り切った頭上の扉口《ドア》——即ち墓地の棺龕《カタファルコ》まで続いている。然し、此処まで来ると漸くその前後が明らかになって、犯人がダンネベルグ夫人の室《へや》から坑道に入り、それから裏庭の棺龕《カタファルコ》の蓋を開けて地上に出たのを知る事が出来た。またそれ以外にも、埃《ほこ》りに埋《うず》もれかかった足跡らしいものが散在していて、既《とう》からあの明けずの間に、異様な潜入者のあった事は疑うべくもなかった。調査が終ると、三人は愴惶《そうこう》に石棺の蓋を閉じて、この圧し狂わさんばかりの鬼気から遁《のが》れて行った。そして、道々法水は、幾つかの発見を綜合整理して、それを鎖の輪のように繋げて行った。

**一、父よ、吾も人の子なり《パテール・ホモ・スム》の考察——。**既にそれは、如何んとも否定し難い物云う表徴《テルテール・シムボル》であ

▼131　聖窟　crypt
前出第六回註92「地下墓窖」参照。

る。然し、算哲が自説の勝利に対する狂的な執着からして、四人の異国人を帰化入籍させたのみならず、常軌を逸した遺言書を作ったり、また屍様図を描き魔法典焚書を行ったりして、犯罪方法を暗示したり捜査の攪乱を予め企《くわだて》たと云う事が、果して、三人のうちのどの一人に衝動を与えたか――その決定は勿論疑問なのだった。と云うものの、その父《パテール》――の一語は、明白に旗太郎もしくはセレナ夫人を指していて、或は旗太郎が、遺産に関する暴挙に復仇したものか、それともセレナ夫人が、何等かの動機から算哲の真意を知る事が出来て――それには、法水の狂的な幻影としか思われない屍様図の半葉が暗示されて来るのであるが――もしそうだとすれば、夫人の矜持《きょうじ》▼132の中に動いている絶対の世界が、或は、世にもグロテスクなこの爆発を起させたかも知れないのだった。そうして、その意志表示が、吾も人の子なり《ホモ・スム》――の一句に相違ないのだけれども、仮りにもしそれが偽作だとすれば、今度は押鐘津多子を、この狂文の作者に推定しなければならない。

**二、犯罪現象としては押鐘津多子に――**。既に明白なのは、神意審問会の際張出縁に動いていた人影と、最初乾板を拾いに来た園芸倉庫からの靴跡、それに薬物室の闖入者《ちんにゅうしゃ》――と以上の三人が、算哲を斃しあの夜ダンネベルグ夫人の室に侵入した人物と同一人だと云う事だった。そうすると、当然問題がダンネベルグ事件に一括されて、それに否定すべからざる暗影を持っている押鐘津多子が、動機中の動機とも云うべきものを引っさげて、登場して来るのだった。勿論確実な結論として律し得ない限りは、それ等の推測も、無の中の一突起に過ぎないではあろうが。

再び旧《もと》の室《へや》に戻って、椅子の上に落ち付くと、法水は憮然と顎を撫でながら驚くべき言葉を吐いた。

『実は、算哲の屍骸の中に、二つの狂暴な意志表示が含まれているのだがねえ。一度はディグスビイの呪咀のために殺され、そうして蘇生した所を、今度はファウスト博士が止めを刺したのだ。つまり、あれは二重の殺人なんだよ。』

---

▼132　矜持　自負、プライド。

『なに、二重の殺人!?』と熊城が驚きの余り問い返すと、法水は大階段の裏《ビハインド・ステイアス》――を、実に三度転倒させて、愈々《いよいよ》最終の帰結点を明らかにした。

『そうじゃないか熊城君、有名なランジイ（仏蘭西の暗号解読家）の言葉に、秘密記法《クリプトメニツエ》の最終は同字整理《シラブル・アジヤストメント》▼133にあり――と云うのがあるからね。そこで、その同字整理《シラブル・アジヤストメント》を紋章《クレスト》のない石《レッス・ストーン》に試みて、sとs、reとle、stとstを除いてみた。すると、それがCone《コーン》▼134（松毬《まつかさ》）と云う一字に変ってしまったのだよ。所が、その松毬《コーン》の形と云うのが、寝台の天蓋にある頂飾《たてばな》▼135にあって、それがまた、薄気味悪い道化師《クラウン》▼136なんだがね。』とそれから帷幕《とばり》の中に入って、蒲団《マット》の上に、卓子《テーブル》や椅子を一つ一つ積み重ねて行った。そうして、最後に立簞笥《キャビネット》が載せられた時に、検事と熊城は思わず息を嚥《の》んだ。と云うのは、松毬《コーン》の形をしたその頂飾《たてばな》が口を開いて、そこからサラサラと白い粉末が溢《こぼ》れ出たからであった。すると、法水の舌が、黒死館の過去を暗澹とさせていたところの、三つの変死事件に触れて行った。

『これが、暗黒の神秘――黒死館の悪霊さ。それを修辞学的《レトリカル》▼137に云えば、さしずめ中世異端の弄技物とでも云う所だろうがね。然し、その装置の内容と云うのは、過去の三変死事件が、各々同衾《それぞれどうきん》中▼138に起ったのを考えれば判るだろう。つまり、二人以上の重量が法度《はっと》▼139で、それが加わると松毬《コーン》の頂飾《たてばな》が開いて、この粉末が溢《こぼ》れ出すのだよ。それも、以前マリア・アンナ朝▼140時代では、これに媚薬▼141などを入れたものだが、この寝台では桃花木《マホガニー》の貞操帯になっているのだ。と云うのは、この粉末が確かストラモニヒナス（註）――殆んど稀集に等しい植物毒だろうと思うからだよ。それが鼻粘膜に触れると、狂暴な幻覚を起すのだから、最初明治二十九年に伝次郎事件、それから三十五年に筆子事件――と二つの他殺事件を起して、遂に最後の算哲を、人形を抱いたあの日に斃してしまったのだ。つまり、このディグスビイの呪咀と云うのが、「死の舞踏《トーテン・タンツ》」に記されていた、奢那宗徒は地獄の底に横わらん《ジャイニスツ・アンダーライ・ビロウ・インフェルノ》――の本体なん

---

▼133　同字整理　syllable adjustment
同字整理とは換字式暗号での文字対応頻度を分析する技法。虫太郎が読みに使用しているシラブル・アジャストメントは音節の調整を意味し、暗号解読と対応していない。

▼134　Cone
針葉樹の果実、毬果。松ぼっくり。

▼135　頂飾
頂華。通常は切妻屋根や尖塔などの頂点部に置かれる装飾。

▼136　道化師　clown
滑稽な行動、言動などをして他人を楽しませる者。寝台柱の機能をからかった喩え。

▼137　修辞学的　rhetorical
美辞麗句の、誇張の多い語り口。

▼138　同衾
一つの寝具を共にすること。

▼139　法度
禁じられていること。掟。

▼140　マリア・アンナ朝
メアリ二世MaryII 1662-1694はイングランドおよびスコットランド女王。名誉革命後、夫と共同君臨。続くアンナは、前出第三回註194「女王アン」参照。

▼141　媚薬
相手に恋慕の情を起こさせるという薬。惚れ薬。

▼142　ゲオルヒ・バルティシュ
Bartisch, Georg 1535-1607
ドイツの外科医、眼科手術の先駆者。*Ophthalmodouleia Das ist Augendienst* 1583で多数の画像を使い眼病や手術器具を説明した。ストラモニヒナスとの関連は不詳。

だよ。』

（註）後日法水は、ストラモニヒナスが遂に伝説以上のものだったに、驚いたと云っている。それは、ゲオルヒ・バルティシュ▼142（十六世紀ケーニヒスブルックの薬学者）の著述の中に記されているのみで、近世になってからは、一八九五年にフィッシュ▼143と云って、稀に印度大麻▼144の栽培を奨励した、独領東亜弗利加会社▼145の伝導医師のみ。そして、印度大麻にストリヒナス属▼146（矢毒クラーレ▼147の原植物）が寄生すると、その果実を土人が珍重して呪術に用ゆるけれども、恐らくそれではないか――と云う報告を一つ齎らせたのみである。多分黒死館の薬物室にあった空瓶と云うのも、ディグスビイから、与えられるのを算哲が待っていたからであろう。

この闡明を最後にして、黒死館を覆うていた、過去の暗影の全部が消えた。然し検事は、亢奮の中《うち》に軽い失望を混えたような調子で、

『成程、君は喋《しゃべ》った――然し、現在の事件に就いては、何も判らなかったのだ。それより、この矛盾を、君はどう解釈するかね。扉《ドア》から室《へや》の中途までは、敷物《カーペット》の下に、人形の足型が水で印されていた。所が、一端坑道の中に入ってしまうと、今度はそれが人間のものに化けてしまったんだ。』

『所が支倉君、それが＋－《プラスマイナス》なんだよ。最初から人形の存在を信じていない僕には、それを口にする必要がなかったのだ。然し、この一事だけは、到底偶然の暗合として否定し去る事は出来まいと思うよ。何故なら、坑道にあるスリッパの跡を人形の足跡に比較すると、その歩幅と足型の全長とが等しく、またスリッパの跡が、人形の歩幅と符合するのだ。それが熊城君、実に面白い例題なんだよ。』とそれから煖炉《ストーブ》の前で、法水は紅い熾《おき》に手をかざしながら続けた。（以下四〇頁参照）

『所で、あの人形の足型と云うのは、元来僕が、敷物《カーペット》の下にある水滴の拡がりを測って出来たものなんだ。そして、上下両端の一番鮮かだった――つまり云い換えれ

▼143　フィッシュ　Fisch, Samuel Rudolf 1856-1946
スイスの宣教医師。アフリカ東部ガーナでマラリア治療に携わる。眼科の論文を発表1885。大麻との関連は不詳。

▼144　印度大麻
麻から精製した麻薬。栽培種の花からとったものをガンジャ、野生の花や葉からとったものをマリファナ、雌株の花と上部の葉から分泌される樹脂を粉にしたものをハシーシュといい、総称して大麻という。

▼145　独領東亜弗利加会社　Deutsch-Ostafrikanische Gesellschaft
ドイツ東アフリカ会社は、カール・ペータース Peters, Carl が設立した1885。後のブルンジ・ルワンダ・タンガニーカ（タンザニアの大陸部）の三地域を合わせたドイツ帝国の植民統治組織、ドイツ政府に売却され直轄統治となった1891。

▼146　ストリヒナス属　Strychnos
マチン科ストリクノス属の幹・皮・種子などに含まれるストリキニーネは、苦味のあるアルカロイド性猛毒である。アマゾン川やオリノコ川流域の原住民が使う矢毒の一種。大麻との共生は不詳。

▼147　矢毒クラーレ　curare
南米の原住民が矢毒に用いる植物性猛毒物質。多くはツヅラフジ科コンドロデンドロン属の樹皮から採る。成分のツボクラリンは、脊椎動物の運動神経末端で伝達作用を阻止し骨格筋を麻痺させる。

ば、水滴の量の最も多い部分を、基準としての話だったのだったからね。……そこで、僕が＋　－《プラスマイナス》と呼ぶ詭計を再現出来るんだよ。で、それは外《ほか》でもなく、スリッパの下にもう二つのスリッパを仰向けに附けて、またその二つのスリッパを、互い違いに組み合わせるのだ。そして、それに扉《ドア》を開いた水をタップリと含ませてから、最初に後の方の覆《カヴァ》を、強く踵で踏む。すると、覆《カヴァ》の中央に、稍《やや》小さい円形の力が落ちる事になるから、当然その圧《お》し出された水が、上向き括弧（︶）の形になるじゃないか。また、次に前のあの覆《カヴァ》を前踵部《つまさき》で踏むと、今度はそこの形が馬蹄形をしているので、中央より両端に近い方の水が強く飛び出して、それが下向き括弧（︵）の形になってしまうのだ。そして、その上下二様の括弧形をした水の跡を、左右交互《かわるがわる》に案配して行ったのだよ。つまり、犯人は予め、常人の三倍もある人形の足型を計って置いた。そうしてから、歩幅をそれに符合させて行ったので、当然その二つの括弧に挟まれた中間が、人形の足型を髣髴とする形に変ってしまったのだ。従って、そのスリッパの全長が、ヨチヨチ歩く人形の歩幅に等しくなって、そこで、陽画と陰画の凡てが逆転してしまったと云う訳なんだよ。』

斯《こ》うして、犯人の奇矯を絶した技巧が明らかにされて、人形の姿が消えてしまうと、当然屍光と創紋――と孰《いず》れか二つのうちに、犯人がこの室に闖入した目的があるのではないかと思われて来た。既に、十一時三十分――。然し、夜中に何とかして解決まで押し切ろうとする法水には、一向に引き上げるような気配もなかった。そのうち検事が、嘆息とも付かぬような声を出して云った。

『ねえ法水君、この事件は、凡てが、ファウストの呪文を基準にした同意語《シノニム》▼148の連続じゃないか。水と水と水、風と風……。だが然しだ。あの乾板だけは、その取り合わせの意味がどうしても嚥《の》み込めんよ。』

『成程、同意語《シノニム》!?　そうすると君は、この悲劇を思惑に結び付けようとするのか

---

▼148　同意語　synonym
語形は異なっても同じ意味を表す語。同義語。

ね。』と法水は稍々《やや》皮肉を交えて呟いたが、いきなりその言葉を鋭く中途で截《た》ち切って、『アッ、そうだ支倉君、同意語《シノニム》――乾板。ああ何だか僕に、あの創紋の生因が判って来るような気がして来たよ。』と不意に飛び上って叫んだが、そのまま風のように室《へや》を出て行ってしまった。然し、間もなく彼は、幾分上気したような顔で戻って来たが、その手には、前日開封された遺言書が握られていた。そして、上段の左右に二つ並んでいる紋章の一つを、創紋の写真に合わせて電灯で透かし見ると、その途端に、思わず二人の口から呻きの声が洩れた。実に、その二つが、寸分の狂いもなく符号したからであった。法水は、召使《バトラー》が持参した紅茶をグイとあおってから、云い出した。

『実際無比《ユニーク》▼149だ。犯人の智的創造たるや、実に驚くべきものなんだ。この書簡箋《せん》は、既《とう》に一年も前に、現在のものに変えられたと云うのだからね。勿論それ以前に――あの乾板が、事件の蔭に隠《かく》れている、狂気《きちがい》染みたものを映して取っていたのだよ。何故なら、それには、押鐘博士の陳述を憶い出して貰いたいのだ。それでなくても、現在これでも見る通りに、算哲は遺言書を認め終ると、その上に、古風な軍令状《オードナンス・》用《レター》▼150の銅粉を撒《ま》いたのだった。ねえ熊城君、銅には、暗所で乾板に印像すると云う自光性▼151があるじゃないか。あああの序幕《アインライツング》▼152――この恐怖悲劇の序文《アインライツング》。さて、その朗読をやる事にするかな。あの夜算哲は、破り捨てた方の一枚を下にして、二枚の遺言書を金庫の抽斗《ひきだし》に蔵《おさ》めた――所が、それ以前に犯人は、予めその暗黒《まつくら》な底に乾板を敷いて置いたのだ。そうすると、翌朝になって算哲が金庫を開き、家族を列席させた面前でその印像を取られた方の一枚を焼き捨ててから、更に残りの一枚を再び金庫に蔵《おさ》めるまでの間に、何人《だれ》か、その全文を映し取った乾板を取り出した者がなけりゃならん訳だろう。実に、その僅かな間隙と云うのが、ファウスト博士に悪魔との契約《パクト》を結ばせたのだったよ。それを、直観と予兆とだけで判断しても、当然

▼149　無比　unique
唯一の、他に比べるものがないこと。

▼150　軍令状用　ordnance letter
軍用の手紙を書くための用紙。

▼151　銅の自光性
現在では銅の化合物の一部で発光性が認められるが、おそらく戦前は発見されていなかった。一方銅には感光性があり、写真原板として使用できる。

▼152　序幕　einleitung
序言、発端、序奏、序曲。

焼き捨てられた一葉が、僕の夢想している屍様図の半葉に当るのだし、またそれが坐標となって、あの幻想的《ファンタスチック》な空間に怖ろしい渦を捲き起したのだったよ。』

『成程、その乾板は無量の神秘だ。然し、当然結論は、その席上から、誰が先に出たか――と云う事になるがね。』と云ったが、熊城は両手をダラリと下げて、濃い失望の色を泛《うか》べた。『無論今となれば、その記憶も恐らくさだかではあるまい。では、あの創紋と乾板との関係は？』

『それが、ロージャー・ベーコン▼153（一二一四―一二九二、英蘭土の僧。魔法錬金士の名が高いけれども、元来非凡な科学者で、火薬その他を既に十三世紀に於いて発明したと伝えられる）の故智さ。』と法水は静かに云った。『所で、アヴリノの「聖僧奇跡集」を見ると、ベーコンがギルフォード▼154の会堂で、屍体の背に精密な十字架を表わしたと云う逸話が載っている。けれどももまた一方、発火鉛▼155（酒石酸を熱して密閉したもの。空気に触れ▼156ると、舌のような赤い閃光を発して燃える）を硫黄と鉄粉とで包んだと伝えられる、ベーコンの投擲弾▼157を考えると、そこに、技巧呪術《アート・マジック》の本体が曝露されなければならない。と同時にこの事件にも、それが、創紋の生因を明らかにして呉れたのだよ。熊城君、君は、心臓停止の直前になると、皮膚や爪に生体反応が現われなくなるのを知っているだろう。また、衝動的《ショック》な死に方▼158をした場合には、全身の汗腺が急激に収縮する。そして、その部分の皮膚に閃光的な焔《ほのお》を当てると、そこには、解剖刀《メス》で切ったような創痕《きずあと》が残されるのだ。勿論犯人は、それをダンネベルグ夫人の断末魔に、乾板へ応用したのだったよ。で、その方法を云うと、まず二つの紋章を乾板から切り取って、その輪廓なりに、橄欖冠《かんらんかん》を酸で刻んで行く。それから、その二つを筋なりに合わせて、その空洞の中で発火鉛を作ったのだ。だから、手早くそれを顳顬《こめかみ》に当てさえすれば、発火鉛が閃光的に燃えて、溝なりにあの創紋が残ると云う道理じゃないか。どうだね熊城君、うんざりしたろう。勿論技《アー》巧呪術《ト・マジック》そのものは、幼稚な前期化学に過ぎないさ。けれども、その神秘的精神たるや、暫くのあいだ、化学記号を化して操人形《マリオネット》たらしめていた程だからね。』

---

▼153 **ロージャー・ベーコン** Bacon, Roger 1214頃-1292頃
イギリス中世の哲学者・フランチェスコ会修道士。近世自然科学の先駆となる思想・業績を遺し驚嘆的博士Doctor Mirabilisと呼ばれた。火薬を製造したという説もある。

▼154 **ギルフォード** Guilford
イギリス、サリー州にある町。ロジャー・ベーコンとの関係は不詳。

▼155 **発火鉛**
自然発火性鉛。乾燥した酒石酸鉛をガラス管に入れて蒸気が出なくなるまで熱し、管の開口部をバーナーで封印する。その管を割って中身を空中で振り出すと、赤い閃光をあげて燃える。

▼156 **酒石酸**
葡萄などの果実中に多く含まれる有機化合物。ワイン樽に沈殿する酒石から製する。水に溶けやすく、水溶液は爽快な酸味を持つ。清涼飲料水の製造・医薬・染色などに用いる。

▼157 **投擲弾**
手榴弾。十三世紀初頭、元寇で使われていたが、ベーコンとの関係は不詳。

▼158 **衝動的な死に方** shock
主に外傷などで末梢血液の循環不全が起き、血圧低下・意識障害の急激な進行で死に至ること。ショック死。

そうして、人形の存在が、夢の中の泡の如くに消えてしまうと、当然その名を記したダンネベルグ夫人自署の紙片を、犯人が、メモや鉛筆と共に投げ込んだものと見なければならなくなった。然し、あの特異な署名を、どうして犯人が奪ったものだろうか。また、乾板を飽くまで追及して行くと、是が非にも神意審問会にまで遡《さかのぼ》って行って、出所を其処に求めねばならなかったのである。法水は暫く黙考していたが、何と思ったか、夜中にも拘らず伸子を喚《よ》んだ。

『お喚びになったのは、多分これだと思いますわ。』と伸子の方から、椅子につくと切り出した。その態度には、相変らず、明るい親愛の情が溢れていた。『昨日レヴェズ様が、私に公然結婚をお申し出でになりました。そして、その諾否を、この二つで回答して呉れと仰言《おつしや》って……』と彼女は語尾を萎《すぼ》めて、余りに慌ただしい、人生の変転を悲しむが如くであった。が、やがて、懐中から取り出したものがあって、その時ならぬ豪奢な光輝が、思わず三人の眼を動かなくしてしまった。それは二本の王冠《クラウン》ピン▼159だった。そして、その上に、一つには紅玉《ルビー》▼160一つにはアレキサンドライト▼161が、各々《それぞれ》に百二三十カラットもあろうと思われるマーキーズ形▼162の凸刻面を、白金の台座の上で輝かしていた。伸子は弱々しい嘆息をしてから、舌を重たげに動かして往《い》った。

『つまり、親愛な黄色――アレキサンドライトの方が吉で、紅玉《ルビー》の血は勿論凶なので御座います。そして、この二つを諾否の表示《しるし》にして、どっちかを、演奏中私の髪飾りにしていてくれ――とあの方は仰言《おつしや》いました。』

『では、云い当てて見ましょうか。』と狡猾《ずる》そうに眼を細めて云ったが、然し、何故か法水は、胸を高く波打たせていて、『いつぞや、貴女はレヴェズを避けて、樹《ボル》皮亭《ケンハウス》に遁《のが》れていましたっけね。』

『いいえ、レヴェズ様の死に、私は道徳上責任を負う引け目は御座いません。』と

---

▼159　王冠ピン　crown pins
髪留めなどのピンの頭部に、装飾的な王冠の形をした部品をつけたもの。

▼160　紅玉　ruby
鋼玉（コランダム）の変種。紅色を帯びた透明または透明に近い宝石、七月の誕生石。石言葉は情熱。

▼161　アレキサンドライト　alexandrite
金緑石chrysoberylの一種で太陽光下では緑色、人工光下では赤紫色を呈する。六月の誕生石、石言葉は秘めた思い。

▼162　マーキーズ形　marquise
宝石のカット方法の一つ、原石が細長い石の場合に用いられる両端が尖った楕円形。十八世紀にルイ十五世が愛人ポンパドゥール夫人に侯爵夫人marquiseの位を授けた頃、このカットが流行したことから命名された。

伸子は、息を荒らげて叫んだ。『実は私、アレキサンドライトを付けました。それで、あの方と二人で、このヘルツの山（妖魔共が、所謂ヴァルプリギス饗宴を行うと云う山）▼163を降《くだ》る積《つも》りだったのですわ。』

それから、法水の顔をしげしげ覗き込んで、哀願するように、『ねえ、真実《ほんとう》の事を仰言《おつしや》って下さいまし。もしや、あの方自殺なされたのでは、いいえ決して、私がアレキサンドライトを付けた以上……』

その時法水の顔に、サッと暗いものが掃いて、見る見る悩まし気な表情が泛《うか》び上って往った。その暗影と云うのは——、たしか彼の心中に一つの逆説《パラドックス》があって、それを今の伸子の言葉が、微塵と打ち砕いたに相違なかった。

『いや、正確に他殺です。』と法水は沈痛な声で云ったが、『然し、此処へ貴女をお呼びしたのは、外ではないのですが、昨年算哲博士が遺言書を発表した席上から、一体誰が先に出たのでしょうか。』

既に一年近くも経過しているので、勿論伸子は、一も二もなく頸を振るものと思われていた。所が、その如何にも意味あり気な一言が、伸子に何事かを覚らせたと見えた。いきなり、彼女の全身に異様な動揺が起った。

『それは……あの……あの方なので御座いますが、』と伸子は苦し気に顔を歪めて、云うまい云わせようの葛藤と凄烈に闘っている様子であったが、やがて、決意を定《き》めたかのように毅然《きっ》と法水を見て、

『いま私の口からは、到底申し上げる事は出来ません。けれども、後程——紙片でお伝え致しますわ。』

法水は満足そうに頷いて、伸子の訊問を打ち切った。熊城は、今日の事件に於いて最も不利な証言に包まれている伸子に対して、法水が些《いささ》かも、その点には触れようとしなかったのが不満らしかったが……然し、乾板に陰《かく》れている深奥の秘密を探

---

▼163　ヘルツの山、ヴァルプリギス饗宴
Walpurgis-nacht
前出第八回註11「魔女集会」参照。

る最後の手段として、愈々《いよいよ》神意審問会の光景を再現する事になった。勿論それ以前に法水は、鎮子に私服を向けて、当時七人が占めていた位置に就いて知る事が出来た。所でその配置を云うと、ダンネベルグ夫人一人のみを向う側にして、その間に栄光の手《ハンド・オヴ・グローリー》（絞死体の手を酢漬けにして、それを更に乾燥したもの）を挟み、その前方には、左から数えて、伸子・鎮子・セレナ夫人・クリヴォフ夫人・旗太郎——と以上残りの五人が、相当離れて半円形を作っていて、独りレヴェズのみは、半円形の頂点に当るセレナ夫人の前面に、稍々《やや》跼《かが》み加減で座を占めていた。そして、六人の位置は、入口の扉《ドア》を背面にしていたのだった。

以前行われた時と同じ室に入って、鉄筐《てつかまち》▼164の中から、熊城が栄光の手《ハンド・オヴ・グローリー》を取り出したとき、その指の顫えに無量の恐怖を感じさせるものがあった。それは、曾つて人体の一部であったのを、嘲笑《あざわら》うかのように、それらしい線や塊《マッス》▼165は何処にも見られなかった。ただただ、雑色と雑形の一種異様な混淆であって、或は、盆景▼166的に矯絶▼167な形をした木の根細工▼168のようでもあり、その——一面に細かい亀裂の入った羊皮紙▼169色の皮膚を見ると、和本の剥がれた表紙を見るような気もするのだった。既にそれは、肉体的な類似を求めるのが、困難な代物だったのである。また、その指頭に立てる屍体蠟燭には、一々向きと印《しる》しがついていて、それは稍々《やや》光沢の鈍いような感じはするけれども、外見は一向に、通常の白蠟と変りはなかった。そして、端から火を移して行くと、ジイジイっと、まるで耳馴れた囁きを聴くような音色を立てて点《とも》り始め、赭《あか》ばんだ——恰度血を薄めたような光線が、室《へや》の隅々へ拡がって行った。そうしているうちに、ダンネベルグ夫人の位置にいた法水の視野を、異様に朦朧としたものが覆い始めて来た。それは、一種特別な臭気を持った、霧のようなもので、次第に根元からかけて五本の蠟身を包み始め、やがて、焔が揺れ始めて瞬き出すと、室内は、スウッと一段下降したように薄暗くなった。その途端、法水の手が差し伸

---

▼164　鉄筐
鉄製の箱。

▼165　塊　mass
不規則な形状のかたまり。

▼166　盆景
石・苔・草木などを配置して、盆の上に自然の景色のミニチュアを作ること。

▼167　矯絶
奇矯。並外れていて予想外であるさま。

▼168　木の根細工
流木や埋もれ木を材料とする彫刻の部類。

▼169　羊皮紙
羊の皮を加工して筆写の材料としたもの。薄茶色く獣皮の乾いた色。

べられて、屍体蠟燭を一つ一つに調べ始めた。すると、五本ともその根元から——即ち、中央の三本は両側に一つ一つ、両端の二本は、内側にのみ一つ——、不可解な微孔が発見されたのだった。それを見て、熊城が点滅器を捻ると、その異様な霧が、今度は、法水の病的な探究の雲に変って行った。やがて、彼はニタリとほくそ笑んで、二人を顧みた。

『この微孔の存在理由《レーゾン・デートル》▼170は、或る意味では隠衣《かくれごろも》▼171であり、また、一種の水晶体凝視《クリスタル・ゲージング》▼172を起すにもあったのさ。各々《それぞれ》芯孔《しんこう》に通じているので、そこから導かれて来た蠟の蒸気▼173が、蠟身を伝わって立ち上って行く。然し、そうなって、ダンネベルグ夫人の顔前に蒸気の壁が出来、更に、それが中央の三本の焔を瞬かせて、光を暗くさせるとだ。当然、円陣の中央《まんなか》にいる一人の顔は、異常のない両端の光から最も遠くなる。従って、その顔が、ダンネベルグ夫人からは全然見えなくなってしまうのだ。また、同時に両端の二本も、内側から上って来る蒸気に煽られて、焔が横倒しになる。そして、光の位置が更に偏《かたよ》るので、当然両端にいる二人の顔も、この位置から見ると、光に遮られて消えてしまうのだよ。つまり、旗太郎・伸子・セレナ夫人——と、斯《こ》う数えた三人と云うのは、仮令《たとえ》中途でこの室から出たにしても、その姿を、ダンネベルグ夫人は当然見る事が出来なかったろう。また、それ以外の人達も、この異常な雰囲気のために、恐らく周囲の識別を失っていただろうからね。気附かない方が寧ろ当然だと云いたい位なのだよ。そうすると、ダンネベルグ夫人が倒れてからすぐ、伸子が隣室から水を持って来たと云う事が、或は伸子に疑惑を齎すかも知れない。つまり、それ以前既《とう》に彼女は室《へや》を出ていて、予めこの事を予期していたために、水を用意していた——とも云えるだろう。けれども、勿論この推測は、或る行為の可能性を指摘したまでの話で、当然証拠以上のものでないのだよ。』

『たしか、この微孔は犯人の細工には違いあるまいがね。』と検事は深く顎を引い

---

▼170　存在理由　raison d'être
ある物が存在することの意義。存在価値。

▼171　隠衣
隠れ蓑。着ると姿を隠すことができるという衣。実体を隠すための手段。

▼172　水晶体凝視　crystal gazing
透明なガラス球を凝視し、そこに映る幻像を見て未来を予言する。水晶占い。

▼173　蠟の蒸気
蠟燭の燃焼に伴う油分の蒸発と周囲の熱せられた空気によって起きる映像の歪みを、水晶体凝視に喩えたものであろう。

たが、問い返した。『けれども、あの時ダンネベルグ夫人は、算哲と叫んで卒倒したのだったぜ。多分それが、あの女の幻覚ばかりの所以《せい》じゃあるまいと思うよ。』

『明察だ。決して、単純な幻覚ではない。ダンネベルグ夫人は、たしかリボー▼174の所《いわ》謂《ゆる》第二視力者《セカンド・サイター》▼175——つまり、錯覚からして幻覚を作り得る能力者だったに違いない。それは、聖テレザ▼176にも乳香入神▼177などと云われているんだが、薫烟や蒸気の幕を透して見たものには、凹凸が一層鮮かになって、その残像が、時折奇怪な像を作る事があるのだ。つまり、この場合は、両端の蠟燭から見て内側にいる二人——つまり、鎮子とクリヴォフ夫人との顔が、凝視のために複視的に重なり合ったのだろう。そして、恐らくその錯覚が因《もと》で、ダンネベルグ夫人が幻視を起したに相違ないのだよ。それを、リボーは人間精神最大の神秘力と云って、殊に中世紀では、最も高い人間性の特徴と見做《みな》されていたのだ。ああ、屹度《きっと》ダンネベルグ夫人には、曾《かつ》てのジャンヌ・ダルク▼178や聖テレザと同じに、一種の比斯呈利性《ヒステリー》幻視力▼179が具わっていたに違いないのだよ。』

　斯《こ》うして、法水の推理が反転躍動して行って、あの夜張出縁に蠢《うごめ》いていて乾板を取り落した人物に、既往の津多子以外にも、旗太郎以下の三人を加える事が出来た。まさにその時、法水の戦闘状態は、好条件の絶頂にあった。或は、事件が今夜中に終結するのではないかと思われた程に、彼の凄愴な神経運動《ナーヴァシズム》が——その脈打ちさえも聴き取れるような気がした。それから、暗い廊下を歩いて、旧《もと》の室《へや》に戻ると、そこには、先刻《さっき》伸子が約束した回答が待っていた。神意審問会の索輪《つなわ》の中で、濃厚な疑惑に包まれていて、しかもそれが、ピッタリと現存の四人。その一群に、最後の切札が投ぜられたのだ。法水は唇が涸《かわ》き、封筒を持つ右手が怪しく顫え出した。そして、心の中《うち》で叫んだ——運命の星は汝の胸にあり！

（次号完結）

▼174　リボー
Ribot, Théodule Armand 1839-1916
フランスの心理学者。第二視力者に関する記述は不詳。

▼175　第二視力者　second sighter
透視力、千里眼を持つ者。

▼176　聖テレザ
St. Teresa de Jesús 1515-1582
スペインの神秘思想家、聖女。神秘的体験を得て回心した。ベルニーニを始めスペイン・イタリアバロック期に芸術の題材となった。

▼177　乳香入神
乳香を焚き、その香を嗅ぐことで得られる恍惚とした状態。エクスタシー。

▼178　ジャンヌ・ダルク　Jeanne d'Arc
1412頃-1431
前出第三回註60「奇蹟処女」参照。

▼179　比斯呈利性幻視力　hysterie
戦前の精神病理学では次のような見解がある。
「ジャンヌは聖母の神託を享けた時から、ヒステリーの夢遊症Somnanbulismusに陥ったらしい。そして二重人格が現れて来たのであろう。」
「変態心理学上より観たるオルレアンの少女」
佐多芳久『変態心理　第三号』1917/12。

黒死館殺人事件
（終篇）
小栗虫太郎

## ◇主要人物及びその説明（前号までに就いて）

**法水麟太郎**　非職業的探偵

**支倉　肝**　東京地方裁判所検事

**熊城卓吉**　捜査局長

**乙骨耕安**　鑑識課医師

**降矢木旗太郎**　黒死館の後継者。先主算哲の奇異を絶した遺産配分に依って、押鐘津多子と共に最も濃厚な犯罪動機を持つ一人。然《しか》し、常に殺人事件の圏外にいて、伸子を昏倒させたヤポランジイのある温室に入った以外は、何処にも彼の影は現われていなかった。けれども、算哲の遺骸に彫られた、父よ吾も人の子なり《パテール・エセ・ホモ》――の一文が発見された事に依って、俄然その地位が転倒するに至った。彼もまた、神意審問会に於いて脱出し得る位置にあった一人である。

**グレーテ・ダンネベルグ**　第一提琴奏者（第一の犠牲者）。全身に屍光を放ち紋章様の創紋を刻まれて毒殺されていたが、彼女等四人の外人の前身が、犯罪型の頭蓋形体を具えた刑死者の子である事が判明した。

**オリガ・クリヴォフ**　ヴィオラ奏者（第三の犠牲者）。これも、算哲の処置に依って益された一人。法水は専心に彼女を追及したが、遂に再度の土壇場で彼女は犯人に斃《たお》され、法水を啞然たらしめるに至った。

**ガリバルダ・セレナ**　第二提琴奏者。旗太郎と共に、家族中生き残った一人。彼女の事件に於ける地位は、遺産配分に於いてのみ反対の位置にある以外、凡てに渉って旗太郎のそれに符合している。

**オットカール・レヴェズ**　チェロ奏者。（第四の犠牲者）。遺産に関する権利を擲《なげう》ってまで伸子と結婚しようとしたが、恰度クリヴォフ夫人と同一時刻に別の場所で斃された。

**田郷真斎**　執事。礼拝堂の惨劇当時は重病にて病臥中。

**紙谷伸子**　故算哲の秘書。動機に就いて何等目すべきものがないにも拘らず、現象的な疑惑に絶えず繞らされ、その都度法水に救われ続けて来た。

**押鐘津多子**　算哲の姪でありながら遺産の配分を拒まれ、尚且《なおかつ》、幽閉されたと見せた古代時計室の扉を巧妙に開いていて、ダンネベルグ事件に最も濃い暗影を投じている。

**押鐘童吉**　慈善病院を経営している医学博士――津多子の夫。

**久我鎮子**　図書掛り。算哲と頭蓋形体に関する遺伝説論争を行った八木沢博士の娘。算哲の意図を知り尽していた唯一人の人物。

**川那部易介**　給仕長（第二の犠牲者）。鎮子と共にダンネベルグ夫人に兇行の夜附き添っていて、その翌日斃されるに至った。

**降矢木算哲**　先主（故人）。彼の偏異な性格と自己の学説に対する狂的な執着とが、今日殺人事件を起すに至る、根本の因子を作ったのだった。

**クロード・ディグスビイ**　黒死館の建設技師。算哲にテレーズを奪われた事から、彼の子孫までも呪咀しようとし、遂に算哲を斃したのみならず、所謂《いわゆる》既往の三変死事件を作った。そして、蘭貢《ラングーン》に於ける彼の死は、頭部のなかった事以外、凡てに於いて確認されるに至った。

# 第八篇　降矢木家の壊崩

## 三、父よ、吾も人の子なり《パテール・ホモ・スム》

伸子よ、運命の星は汝の胸に横わる《イン・ダイネル・ブルスト・ルーン・ダイネス・シックサルス・シュテルネ》！▼1

昨年問題の遺言書が発表された席上から逸早《いちはや》く出て、算哲が其処へ達しない以前に、金庫の中から、焼き捨てられた一葉の全文を映し取った乾板を、取り出した人物がなければならなかった。そうであるからして、その人物の名を印した伸子の封書を握りしめて、法水が、心の中《うち》でそう叫んだのも当然であると云えよう。然《しか》し、封を切って内容《なかみ》を一瞥した瞬間に、どうした事か彼の瞳から耀《かがや》きが失せ、全身の怒張が一斉に弛《ゆる》んでしまって、その紙片《かみきれ》を力なげに卓上に抛《ほう》り出した。検事が吃驚《びっくり》して覗き込んでみると、それには人の名はなく、次の一句が記されているのみだった。

——昔ツーレ▼2に聴耳筒《ラウシユレーレン》▼3ありき。

註（一）ツーレ——。ゲーテの「ファウスト」の中で、グレートヘン▼4が唱う民謡の最初の出。その時ファウストから指環を与えられたのが開緒となって、彼女の悲運が始まったのである。

（二）聴耳筒——。西班牙《スペイン》宗教審問所▼5の牢獄に設けられたのが最初。ウファ映画▼6「会議が踊る」▼7の中で、メテルニッヒ▼8がウェリントン▼9の会話などを盗み聴くあれがそうである。

『成程、聴耳筒《ラウシユレーレン》か——。その恐ろしさを知っているのは、独り伸子のみならずさ。』

---

▼1　伸子よ、運命の星は汝の胸に横わる！　In deiner Brust sind deines Schicksals Sterne.
「君の言う星辰の運命というのは、君自身の胸にこそ宿ってるのが分からないのか？」『ヴァレンシュタイン』第二部第二幕第六場、フレデリック・シラー、濱川祥枝訳、岩波文庫、2003。*Wallenstein* 1796-1799, Schiller, Friedrich. ルビ、ルーンは、虫太郎の誤引用。

▼2　ツーレ　Thule
古代ギリシャで北極圏内にあると信じられていた伝説上の島。Es war ein König in Thule／Gar treu bis an das Grab,「昔ツウレに王ありき。／死のみぎわまで愛深き」『ファウスト悲劇第一部　夕（ゆうべ）』ゲーテ、秦豊吉訳、新潮社、1927。

▼3　聴耳筒　lauschröhren
盗聴管。lauschen立ち聞きする、röhren 管を付けた、筒を装置した。伝声管 Flüstertüte の原型で peaking tube, voicepipe とも呼ばれる。

▼4　グレートヘン　Gretchen
ゲーテ『ファウスト』のヒロイン、マルガレーテの愛称。ファウストに捨てられ、投獄されて死亡するが、最後にファウストを許す。清純と寛容の象徴。前出の歌の後、メフィストフェレスの用意した装身具を見つけて身に着ける。科白中に指環という言葉はない。

▼5　西班牙宗教審問所
前出第五回註115「宗教裁判」参照。

▼6　ウファ映画　UFA
戦前ドイツ最大の映画会社、万国映画株式会社

と法水は、苦笑を交えながら独り頷きをして、『事実も事実、ファウスト博士の隠《おん》形《ぎょう》　聴耳筒《ラウシュレーレン》たるや、時と場所とに論なく、僕等の会話を細大洩らさず聴き取ってしまうのだからね。だから、当然迂勝《うかつ》な事でもしようものなら、伸子がグレートヘンの運命に陥《おち》るのは判り切った話なんだよ。必ず何かの形で、あの悪鬼の耳が陰剣な制裁方法を採らずに置くもんか。』

『まず、それはいいとしてだ……。所で、くどいようだけれども、君がいま再現した神意審問会の光景だがね。』とその声に法水が見上げると、検事の顔に疑い深かそうな皺が動いていた。『君は、ダンネベルグ夫人を第二視力者《セカンド・サイター》だと云って、しかも驚くべき事には、犯人がその幻覚を予期していたと結論している。けれども、そう云うような精神の超形而上的[10]な高級型式が、仮りにもし、軽々と予測され得るものだと云うのなら、君の論旨は到底曖昧以外にはないな。決して深奥だとは云えない。』

法水は鳥渡《ちょっと》身振りをして皮肉な嘆息をしたが、検事をまじまじと見詰め始めて、『どうして、僕はヒルシュ[11]じゃあるまいし……、ダンネベルグ夫人をそれほど神秘的な英雄めいた――例えばスウェーデンボルクや聖テレザやオルレアンの少女《おとめ》[12]みたいな、慢性幻覚性偏執症《パラノイア・ハルツイナトリア・クローニカ》[13]だと云う訳じゃないのだよ。ただ、夫人の或る機能が過度に発達しているので、時偶《ときたま》そう云う特性が有機的な刺戟に遇うと、その感覚に技巧的な抽象が作られてしまう。つまり、漠然と分離散在しているものを、一つの現実として把握してしまうのだ。それに支倉君、フロイド[14]は幻覚[15]と云うものに、抑圧されたる願望の象徴的描写――と云う仮説を立てている。勿論夫人の場合では、それが算哲の禁断に対する恐怖――つまり云うと、レヴェズとの冒してはならぬ恋愛関係に起源を発していたのだ。それだから、犯人が夫人の幻覚を予期し得る条件としては、当然その間の経緯《いきさつ》を熟知していなければならない。また、引いてはそれが

---

Universum-Film-Aktiengesellshaft の略。

▼7　会議が踊る
Der Kongress Tanzt 1931
『会議は踊る』ドイツＵＦＡ制作。リリアン・ハーヴェイ、ウィリー・フリッチェ主演の音楽映画。虫太郎偏愛の映画の一本。

▼8　メテルニッヒ　Metternich, Klemens W.L. Fürst von 1773-1859
メッテルニヒ。オーストリアの政治家。外相・首相として四十年間国政を掌握、ウィーン会議を主宰した。

▼9　ウェリントン　Wellesley, Arthur 1st Duke of Wellington 1769-1852
初代ウェリントン公爵、イギリスの軍人・政治家。ナポレオンをウォータールーにて破り、ウィーン会議で英国の主席全権を務めた1815。

▼10　超形而上的
形のない観念的な存在を考証するのが形而上学だが、それさえも超える超自然的な思考。

▼11　ヒルシュ　Hirsch, William 生没年不詳
主著 *Religion and Civilization: The Conclusions of a Psychiatrist* 1912、後出佐多引用参照。

▼12　オルレアンの少女
オルレアンはフランス中央部、ロアール川沿いの都市。百年戦争時、英国軍によって包囲されたが、ジャンヌ・ダルク率いるフランス軍によって解放された。その功績により、ジャンヌはオルレアンの少女と呼ばれた。前出第三回註60「奇蹟処女」参照。

▼13　慢性幻覚性偏執症
Paranoia hallucinatoria chronica
「既にウィリアム・ヒルシュはジャンヌを慢性

一案を編み出させて、屍体《したい》蠟燭に水晶体凝視《クリスタル・ゲージング》を起すような微妙な詭計を施し、それで夫人を軽い自己催眠に誘ったのだったよ。所が、支倉君、その潜勢状態▼16と云う観念が、僕に栄光を与えてくれた……』

そう鋭く言葉を截《た》ち切って、それから黙々と考え始めたが、そのうち幾つかの莨《たばこ》を換える間に、法水は一つの観念を捉え得たらしかった。彼は、旗太郎・セレナ夫人、伸子の三人を至急喚《よ》ぶように命じてから、再び礼拝堂に降りて行った。人気《ひとけ》のないガランとした礼拝堂の内部には、如何にも侘びし気な陰鬱な灰色をしたものが、一杯に立ち罩《こ》めていて、上方に見透しもつかぬほど拡がっている闇が、天井を異様に低く見せた。その中《うち》に光と云えば、聖壇に揺れている微かな灯《あかり》のみで、それが、全体の空間を尚一層小さく思わせた。そこから暗く生暖《なまぬる》い、まるで何かの胎内ででもあるかのような——それでいて、妙に赭《あか》みを帯びた闇が始まっていた。おまけに、その絶えずはためいている金色《こんじき》の輪には、見詰めていると眼を痛めるような熾烈な感覚があって、宛《あた》かもそれが、法水の酷烈を極めた熱意と力——成敗をこの一挙に決し、ファウスト博士の頭上に——地獄の礎石円柱を震い動かさんばかりの刑罰——を下そうとする、それの如くに思われるのだった。やがて、六人は円卓《テーブル》を囲んで座に着いた。その夜の旗太郎は、平常《ふだん》なら身ごなしに浮き身をやつす彼には珍らしく、天鵞絨《びろうど》の短衣《たんぎ》のみを着ていて、絶えず伏眼になったまま、その美くしい薄気味悪いほどの光を持った、白い手を弄んでいた。その側に、伸子の小さい甲斐甲斐《かいがい》しい手が——その乾杏《ほしあんず》のような健康そうな艶《つや》やかさが、可愛《かわい》らし気に照り映えていた。然し、セレナ夫人を見ると、相変らず恋の楯▼17でも見るような、如何にも紋章的な貴婦人だった。けれども、その箍骨《たがぼね》張り▼18の腰衣《スカート》▼19に美斑《いればくろ》▼20とでも云いたい古典的な美しさの蔭には、やはり、脈膊《みゃくはく》の遅い饒舌を忌み嫌うような、静寂主義者《キエティスト》▼21らしい静けさがあった。が、一座の空気は、明らかに一抹の危機をはらんでいた。それ

幻覚性偏執病Paranoia hallucinatoria chronicaに罹って居たものとなし、其の偉績を病的産物であると断定し、田中香涯氏も亦既に吾人と殆ど同様の意見を発表して居られる。幸に吾人の批評が、ジャンヌを解するに何等かの暗示となり得ば幸いである。」「変態心理学上より観たるオルレアンの少女」佐多芳久、『変態心理　第三号』1917/12。

▼14　フロイド
Freud, Sigmund 1856-1939
フロイト。オーストリアの精神分析学者・精神科医。催眠療法の権威シャルコーの発見した無意識の観念を深め、精神分析による精神医療の分野を創始した。

▼15　幻覚
フロイトの理論によれば、幻覚とは、無意識中に抑圧された願望や衝動が形を変えて意識に出てくる現象であるとされる。

▼16　潜勢状態
内部に秘めて外に表れない勢い。

▼17　恋の楯
恋人や家族の肖像を入れた、蓋つきの装飾品。ロケット。

▼18　箍骨張り
竹や鯨筋で作られた、近代のスカートを傘のように拡げる筋。

▼19　腰衣　skirt
ロココ時代の宮廷衣装が起源の裾のたっぷりした衣装。

▼20　美斑
美容のために引くつけぼくろ。beauty spot

▼21　静寂主義者　quietist

は強《あなが》ち、津多子を除外した法水の真意が、奈辺にあるや疑うばかりでなく、各々《それぞれ》に危懼と劃策を胸に包んでいると見えて、鳥渡《ちょっと》の間だったけれども、妙に腹の探り合いでもしているかのような沈黙が続いた。そのうち、セレナ夫人がチラと伸子に流《ながし》眄《め》をくれると、恐らく反射的に口を突いて出たものがあった。

『法水さん、証言に考慮を払うと云う事が、大体捜査官の権威に関しますの。先刻《さつき》の方々は確かに、伸子さんが動いた衣摺《きぬず》れの音を聴いたのでしたわ。』

『いいえ、竪琴《ハープ》の前枠に手をかけていて、私は、そのまま凝《じ》っと息を凝らして居りました。』と伸子は躊《ため》らわずに、自制のある調子で云い返した。『ですから、長絃だけが鳴ったと云うのなら、また聴《きこ》えた話ですけど……。とにかく、貴女様の寓喩《アレゴリー》は、実際とは全然反対なので御座います。』

　その時旗太郎が、妙に老成したような態度で、冷たい作り笑いを片頬に泛《うか》べた。

『さて、その妖冶《ようや》▼22な性質を、法水さんに吟味して頂きたいですがね。——抑々《そもそも》、あの時竪琴《ハープ》の方から近附いて来た気動と云うのが、何を意味するか。所が、その楽音《クリング》喞喨《クランゲ》▼23たるやです。美しい近衛胸甲騎兵《ガルドキュラシイル》▼24の行進ではなくて、あの無分別者揃いの、短《ヤ》上衣《ツケ》▼25をはだけて胸毛を露《む》き出して、ぷんぷん鹿が落した血の跡を嗅ぎ廻ると云った、黒色猟兵《シュワルツ・イエガー》▼26だったのです。いや屹度《きつと》、あいつは人肉《フライツシュ》▼27が嗜《す》きなんでしょうよ。』

　そうして、追及される伸子の体位は、明かに不利だった。その残忍な宣告が、永遠に彼女を縛りつけてしまったかと思われたが、法水は鳥渡《ちょっと》熱のあるような眼を向けて、

『いや、たしかそれは、人肉《フライツシュ》ではなくて魚《フイツシュ》▼28だった筈ですがね。然し、その不思議な魚《フイツシュ》が近附いて来たために、却《かえ》ってクリヴォフ夫人は、貴方がたの想像とは反対の方向に退軍を開始したのでしたよ。』と相変らず芝居気たっぷりな態度だったけれども、一挙にそれが、伸子と二人の地位を転倒してしまった。

---

十七世紀頃から始まった、自己内部に沈潜瞑想し、そこに神を発見しようとした宗教的神秘主義。

▼22　妖冶
あだっぽく美しい。

▼23　楽音喞喨　klingklang
楽音喞喨（りゅうりょう）。楽器の音などの澄んでよく響くさま、リンリン鳴る音の形容。喞（しょく）とは、すだく、虫などの鳴くさま悲しみ嘆くさまをいう。

▼24　近衛胸甲騎兵　garde Kürassier
近衛兵とは君主を警衛し、儀仗の任に当たる兵士。騎兵。

▼25　短上衣　jacke
ジャケットのドイツ語読み、短衣。

▼26　黒色猟兵　schwarz Jäger
旧式戦闘において、猟銃を使いなれた猟師は歩兵として重用された。黒色の形容は不詳。

▼27　人肉　Fleisch
フライシュは、ドイツ語で一般的には獣の肉だが、人間の肉体を表す場合もある。人肉は、魚との対比のための強調。

▼28　魚　Fisch
直前の「フライッシュ」と韻を踏んでいる。

『所で、装飾灯《シャンデリヤ》が消えるほんの直前でしたが、その時たしか伸子さんは、全絃に渉ってグリッサンドを弾いて居られましたね。すると、その直後灯が消された瞬間に、思わず機《はず》みを喰って、全部のペダルを踏みしめてしまったのです。実は、その際に起った唸りが、恰度踏んで行ったペダルの順序通りに起ったものですから、それが、迫って来る気動のように聴えたのですよ。つまり、韻のまだ残っているうちにペダルを踏むと、竪琴《ハープ》には唸りが起る――。貴方がたは、あの悪ゴシップのお蔭で、そんな自明の理を僕から講釈されなければならないのです。』と瓢逸《ひょういつ》▼29な態度が消えてしまって、法水は俄然厳粛な調子に変った。

『所が、そうなると、クリヴォフ事件の局面が全然逆転してしまうのです。もし、夫人がその音を聴いたとすれば、当然貴方がた二人の方に後退《あとずさ》りして行くでしょうからね。そこで旗太郎さん、その時、弓《キュー》に代って貴方の手に握られたものがあった筈です。いや、寧ろ直截に云いましょう。大体装飾灯《シャンデリヤ》が再び点いた時に、左利《ひだりぎき》であるべき貴方が何故、弓《キュー》を右に提琴《ヴァイオリン》を左に持っていたのですか。』

と法水の悽愴な気力から迸《ほとばし》り落ちて来たものに圧せられて、旗太郎は全く化石したように硬くなってしまった。それは恐らく彼にとっては、それまで想像もつかぬほど意外なものであったに相違ない。法水は、相手を弄ぶような態度で、悠《ゆ》ったり口を開いた。

『所で、旗太郎さん、波蘭《ポーランド》の諺《ことわざ》に、提琴奏者《ヴァイオリニスト》は引いて殺す――と云うのがあるのを御存知ですか。事実、ロムブローゾが称讃したと云うライブマイル▼30の「能才及び天才の発達」を見ると、その中《うち》に、指が麻痺して来たシューマン▼31やショパン▼32や、それから改訂版では提琴家《ヴァイオリニスト》のイザイエ▼33の苦悩などが挙げられていて、尚且、音楽家の全生命たる骨間筋▼34（指の筋肉）にも言及しているのです。それに依るとライブマイルは、急激な力働▼35がその筋に痙攣を起させる――と説いています。然し、勿論それは、こ

---

▼29　瓢逸
瓢逸。周りを気にせず、のんびりしたさま。

▼30　ライブマイル
Reibmayr, Albert　生没経歴不詳
『能才及び天才の発達』
*Die Entwicklungsgeschichte des Talentes und Genies* 1908

▼31　シューマン
Schumann, Robert Alexander 1810-1856
ドイツ、ロマン派の作曲家。

▼32　ショパン
Chopin, Frédéric François 1810-1849
ポーランドのロマン派音楽を代表する作曲家・ピアニスト。

▼33　イザイエ　Ysayé, Eugene 1858-1931
ウジェーヌ・イザイ。ベルギーのヴァイオリニスト・指揮者・作曲家。

▼34　骨間筋
手足の指を動かす筋肉。手足とも掌側、甲側の二箇所で作用する。

▼35　急激な力働
局所の痙攣は集中的な筋肉の疲労や、体内の水分不足による血管収縮が原因で起きる。

の場合結論として確実なものではありません。けれども、貴方が演奏家である限りは、到底その慣性を無視する事は出来まいと思われるのです。多分あの後には、左手の二つの指で、弓《キユウ》を持つのが不可能だったのではありませんか。』

『す、すると、もうそれだけですか――貴方《あんた》の降霊術《テイシユリユツケン》[36]と云うのは？　机の脚をがたつかせて、厭《いや》に耳障《みみざわ》りな……』とあの不気味な早熟児は、満面に引っ痙《つ》れたような憎悪を燃やせて、漸《や》っと嗄《か》すれ出たような声を出した。然し、法水は更に急追を休めず、『いやどうして、それこそ正確な中庸な体系《ジュスト・ミリユウ・ジステム》[37]――なんですよ。それから、貴方《あんた》は人形の名を、いつぞやダンネベルグ夫人に書かせましたっけね。』と驚くべき言葉を放って、その大見得《おおみえ》[38]が、一座を亢奮の絶頂にせり上げてしまった。

『実は、先刻《さつき》神意審問会の情景を再現してみたのですが、その場で端なくも、ダンネベルグ夫人が驚くべき第二視力者《セカンド・サイター》であり、彼女に比斯呈利《ヒステリー》性幻視力[39]が具わっていたのを知る事が出来ました。そうなると、当然発作が起った場合、あの方の麻痺した方の手には、自働手記[40]（心理学者ジャネーの実験に端を発したもので、知らぬ間に筆を持たせた方の痺れた手を、気付かぬように握って、両三回文字を書かせると、その握った手を離した後でも、その通りの文字を自分の筆跡で認める――と云う、一種の変態心理現象。）[41]が可能になるではありませんか。然し、あの場合はそれがもう一段蜻蛉《とんぼ》返りを打って、更に異様な矛盾を起してしまったのでした。と云うのは、利手《ききて》の異なる方の手で刺激を与えた場合には、時折要求した文字《もんじ》ではなく、それに類似したものを書くと云う事なんです。勿論あの夜は、伸子さんが花瓶を倒し、それと入れ代りにダンネベルグ夫人が入って来て、しかも激奮に燃えた夫人は、寝室の帷幕《カーテン》の間から右肩のみを現わしていました。ですから、時やよしと、貴方が自働手記を試みたのでしたね。然し、結果に於いて夫人が認《したた》めたものは、貴方が要求したそれとは異なっていたのでした。』と卓上の紙片《かみきれ》に、法水は次の二字を認め、特にその中央の三字を円《まる》で囲んだ。

Th [ére] se　S [ere] na

---

▼36　降霊術　Tischrücken
降霊術において、霊媒の意思によって机が勝手に動き出すこと。table turning 前出第一回註239「神意審問の会」参照。

▼37　正確な中庸な体系
juste milieu système
典拠不詳。

▼38　大見得
際立った演技を強調するための大げさな動作。

▼39　比斯呈利性幻視力
宗教的な奇跡としての幻視を、ヒステリーの一症状として、精神医学的に解釈する場合の名称。前出第八回註179にジャンヌ・ダルクの例。

▼40　自働手記
自分の意識とは無関係に文字を書くなどの動作を行うこと。自動筆記 automatism。お筆先やダウジングもこれに含まれる。

▼41　変態心理現象
変態とは正常を意味する常態の対語である。現代では異常心理による行動をいうが、二十世紀初頭の心理学では、現代でいう超心理学の分野も含んでいた。

　途端に一同の口から、合《あわ》したような唸《うめ》きの声が洩れた。殊にセレナ夫人は、憤《いきどお》ると云うよりも、寧ろ余りに意外な事実なので、茫然《ぼんやり》旗太郎を瞶《みつ》めたまま自失してしまった。旗太郎はタラタラと膏汗《あぶらあせ》を流し、激怒が全身を鞭索《むちなわ》のようにくねらせ、声が波打って行った。

『法水さん、貴方《ヴォルゲボーレン》――いや閣下《ホオホヴォルゲボーレン》！▼42　この事件の恐竜《ドラゴン》▼43と云うのは、取りも直さず貴方の事だ。然し、オットカールさんの咽喉《のど》に印されていたと云う父の指痕は――あの恐竜《ドラゴン》の爪痕《そうこん》は、一体貴方の分身なのですか。』

『恐竜《ドラゴン》!?』と法水は、噛むように言葉を刻んで、『成程、恐竜《ドラゴン》と云えるものが、あの殯室《モーチュアリー・ルーム》にいた事は事実確かなんです。然し、その一人二役の片割れは蘭の一種――衒学的《ペダンテイツク》に云えば、竜舌蘭《リネゾルム・オルキデエ》▼44なんですがね。』と云って、懐中から取り出したレヴェズの襟布《カラー》を引き裂くと、その合せ布《ぎれ》の間から、縮み切っていて褐色をした網様の帯が現われた。更に、その前面には、それがまた、幾重《いくえ》にも重ね編まれていて、恰度拇指《おやゆび》の形に見える楕円形をしたものが、二つ附いていた。その上にトンと指頭を落して、法水は云い続けた。『斯《こ》うなれば、一見して既に明白です。勿論水分さえ吸えば、竜舌蘭《リネゾルム・オルキデエ》の繊維は、全長の八倍も縮むと云われるのですから、当然殯室《モーチュアリー・ルーム》の前室に湯滝を必要とした理由は云う迄もないでしょう。所で、犯人は最初、その繊維を本開閉器《メイン・スイッチ》の柄にからげて、収縮を利用して電流を切ったのです。そして、柄が下向きになると、そこからスッポリと抜け水流の中に落ちたのですから、当然排水孔から流れ出してしまう訳でしょう。それから、次は云うまでもなく、拇指痕《ぼしこん》の形を竜舌蘭《リネゾルム・オルキデエ》の繊維で作った襟布《カラー》を利用して、レヴェズの咽喉《のど》を絞めて行ったのでした。つまり、レヴェズの死は他殺ではなく、自殺なんですよ。それで、大体その径路を想像してみますと、最初レヴェズが奥の屍室に入った所を見届けて、犯人は湯滝を作ったのでした。ですから、徐々に湿度が高まって竜舌蘭《リネゾルム・オルキデエ》が収縮

▼42　貴方　Worgeboren
閣下　hoch Worgeboren
貴人への呼びかけ。hoch 高貴な。

▼43　恐竜　Dragon
前出第六回註30「化竜」参照。

▼44　竜舌蘭
リュウゼツラン科リュウゼツラン属 Agave の大形常緑多年草。メキシコ原産。葉の繊維から作った縄は、水を吸うと急激に収縮する。ルビのオルキデエは蘭科の総称 Orchidaceae の誤用だが、リュウゼツランは別種で、蘭科ではない。リネゾルムは不詳。

を始めたので、レヴェズは次第に息苦しくなって行きました。ここへ、あの男に自殺を必要とする、何か異常な原因が起ったのです。従って、当然レヴェズの死には、二つの意志が働いていると云う訳で、算哲に似せた拇指痕の上に、あの男の悲痛な心理が重なって行ったのでしたよ。』とそこで言葉を截《た》ち切って、法水は鋭く旗太郎を見据えた。『然し、この襟布《カラー》には、勿論誰の顔も現われてはいません。けれども、何れこの事件の恐竜《ドラゴン》は、鎖の輪から爪を引き抜く事が出来なくなってしまうのでしょう。』

　汗塗《あせまみ》れになった旗太郎には、この僅かな間に、胆汁▼45が全身に溢れ出たのではないかと思われた。既に怒号する気力も尽き果てていて、茫然《ぼんやり》あらぬ方を瞶《みつ》めていた。が、やがて、フラフラ揺れている身体《からだ》が棒のように硬くなったと思うと、喪心した旗太郎は、顔を水平に打衝《うちつ》けて卓上に倒れた。それを法水が室外に連れ去らせると、セレナ夫人も軽く目礼して、その跡に続いた。そうして、伸子一人が残された室内には、暫《しばら》く弛《ゆる》み切った気懶《けだる》い沈黙が漂っていた――ああ、あの異常な早熟児が犯人だったとは。そのうち、歩き廻っていた法水が座に着くと、組んだままの腕をズシンと卓上に置き、意味あり気な言葉を伸子に投げた。

『所で、あの黄から紅――にですか、僕は飽《あ》くまでその真実を知りたいのですよ。』

　すると、その途端彼女の顔が神経的に痙攣して、恐らく侮蔑と屈辱を覚えたとしか思われぬような、潔癖さが口をついて出た。

『それでは、私に聯想語をお求めになりますの。黄から紅《くれない》に――そうすると、それが黄橙色《オレンジ》になるでは御座いませんか。黄橙色《オレンジ》――ああ、あのブラット洋橙《オレンジ》の事を仰《おっ》言《しゃ》るのでしょう。それで、屹度《きっと》貴方は、私が嚥《の》んだ檸檬水《レモナーデ》の麦藁《ストロー》から、石鹸玉《シャボン》が飛び出したとでも……。いいえ私は、麦藁《ストロー》を束にして吸うのが習慣なので御座いますわ。でもそうなったら、その束が一度に弦へは、番《つが》らないでは御座いませんか。』

---

▼45　胆汁
肝臓で作られる液体で、脂肪やタンパク質を乳化し消化吸収作用を進行させる。アルカリ性で苦みを持つ。肝機能障害で血流に混じって全身を巡る場合を黄疸という。

と伸子の皮肉が、猛烈な勢いで倍加されて行った。『それから、あのダン——丁抹《ダンネ》国旗《ブローグ》▼46が悲しい半旗▼47となったと云う事が、あのダンネベルグが私に何の関係が御座いますの。そして、青酸加里《かり》が一体どんな……』

『いや、決してそんな……。寧ろその事は、僕が津多子夫人に対して云うべきでしょう。』と法水は微かに紅を泛《うか》べたが、静かに云った。

『実は、その黄から紅に——と云うのが、アレキサンドライトと紅玉《ルビイ》の関係なんですよ。ねえ伸子さん、たしかあの時貴女は、拒絶の表象《シムボル》——紅玉《ルビイ》をつけたのではありませんか。』

『いいえ、決して……』と伸子は法水を凝《じ》っと見詰めて、声に力を罩《こ》め、『その証拠には、演奏が始まる直前でしたけども、旗太郎様が私の髪飾りを御覧になって、一体レヴェズ様のアレキサンドライトをどうして——とお訊ねになったのを憶えて居りますわ。』

その伸子の一言は、依然レヴェズの自殺の謎を解き得なかったばかりではなく、更に法水へ苛責《かしやく》と慚愧《ざんき》とを加え、彼の心の一隅に巣喰っている永世《とこよ》の重荷を、益々重からしめた。然し、法水は遂にこの惨劇の神秘の帳《とばり》を開き、あれほど不可能視されていた帝王切開術《カイゼル・シュニット》▼48に成功した。既に、その時は夜の刻みが尽きていて、一つ二つ鶫《つぐみ》▼49が鳴き始め、やがて、美《うつ》くしい歌心の湧き出ずにはいられない曙《あけぼの》が、堡楼《ほろう》の彼方からせり上って来ると、小男が胸の釦《ボタン》に角灯《かどび》を吊して、門衛小屋から出掛けて来た。法水は伸子と窓際に立って、パノラマ▼50のような眺望を恍惚《うつとり》と味わっているうちに、彼女の肩に手を置き、無量の意味と愛着とを罩《こ》めて云った。

『伸子さん、既に嵐《とう》と急迫の時代は去りましたよ。この館も再び旧《もと》の通りに、絢爛《けんらん》たるラテン詩▼51と恋歌《マドリガーレ》▼52の世界に帰《か》える事でしょう。所で、ああして響尾蛇《ガラガラヘビ》▼53の牙は、すっかり抜いてしまったのですから、貴女は懼れず僕に、例の約束を実行して下さる

---

▼46　丁抹国旗　Dannebrog
デンマーク国旗の名称ダンネブロとダンネベルグを掛けている。

▼47　半旗
弔意を表すために旗竿の途中まで旗を上げた状態。

▼48　帝王切開術　Kaiserschnitt
子宮を切開して胎児を取り出す手術方法。カイザーは帝王の意味ではなく、古代ローマの「遺児法」Lex Caesareaから来ている。

▼49　鶫
中型の冬鳥。黒褐色で、腹部は白地に小さな黒斑が散っている。鋭いピッピッという鳴き声を上げる。

▼50　パノラマ　panorama
見晴らしのよい風景。またそれを写真や絵画などを使い大画面で表現したもの。

▼51　ラテン詩
主として紀元の前後約七百年間に、ローマ帝国の周囲でラテン語で書き表された詩歌。ウェルギリウス叙事詩『アエネイス』、『牧歌』、オウィディウス『転身譜』など。

▼52　恋歌　madrigale
前出第六回註48「牧歌的風景」参照。

▼53　響尾蛇
毒蛇として恐れられており、危険を感じると尾の脱皮殻を震わせて音を出し、威嚇する。南北アメリカ大陸に生息する。

でしょうね。もう、何も終って、新しい世界が始まるのです。この神秘的な事件の閉幕を、僕は斯《こ》う云うケルネル▼54の詩で飾りたいのですよ。色は黄なる秋、夜の灯《ともしび》を過ぎれば紅《あか》き春の花とならん――』

所が、その翌日の午後になると、伸子の打札《うちふだ》▼55がヒュッと風を切って飛び来ると思いの外《ほか》、意外にも検事と熊城が訪れて来て、当の本人伸子が、拳銃で狙撃され即死を遂げたと云う旨《むね》を告げた。それを聴くと、事件を全然放擲《ほうてき》し兼ねまじい失意を法水が現わしたばかりでなく、折角《せっかく》見出《みいだ》した確証を摑もうとした矢先に、その希望が全然截《た》ち切られてしまって、最早この事件の刑法的解決は、永遠に望むべくもないのだった。それから三十分後に、法水は暗澹とした顔色を黒死館に現わした。そして、今や眼の辺り伸子の遺骸を見ると、事件の当初からファウスト博士の波濤のような魔手に弄ばれ続けて、とどのつまりが、生命の断崖から突き落されたこの今様グレートヘン▼56が……、何となく、死因に対する法水の道徳的責任を求めているように思われて来て、はてはそれが、止《と》め度《ど》ない慚愧と悔恨の情に変ってしまうのだった。所が、現場《げんじょう》伸子の室に一歩踏み入れると、そこには、鮮《あざや》かにも残された犯人の最後の意志――Kobold sich mühen《コボルト ジッヒ ミューヘン》（地精《コボルト》よいそしめ）が印されていた。

しかも、それはいつものような紙片《かみきれ》にではなく、今度は、伸子の身体《からだ》に印されていた。と云うのは、その――投げ出した左手から左足までが一文字に垂直の線をなしていて、右手と右足とが、くの字形にはだけ、何となくその全体の形が、Kobold《コボルト》のKを髣髴とするもののように思われたからである。それが、扉口《とぐち》から三尺ほど前方の所を足にして、斜右《はすみぎ》に仰向けになって横《よこた》わり、しかもレヴェズやクリヴォフ夫人と同じように、悲痛な表情をしていて、それには些《いささ》かも恐怖の影はなかった。屍体には、右の顳顬《こめかみ》にひどい弾丸《たま》の跡が口を開いていていて、敷物《カーペット》の上に、流れ出た血がベットリとこびり付いているが、外出着を着て手袋までもつけた所を見ると、或は、

---

▼54　ケルネル
Kerner, Justinus 1786-1862
ドイツの医師、ロマン派の詩人。続く詩文が不詳のためこの人物とは断定できないが、虫太郎の嗜好から推して最も可能性が高い。

▼55　打札
手持ちの札から場に出す札。

▼56　今様グレートヘン
前出最終回註4「グレートヘン」参照。伸子に対する形容。

法水の許《もと》を訪れようとした所を、突然狙撃されたのではないかとも思われた。尚、兇行に使用された拳銃は、扉《ドア》の外側——把手《ノツブ》の下に捨てられていて、その扉《ドア》には、外から起倒閂《かんぬき》▼57が掛っていた。けれども、この局面には一つの薄気味悪い証言が伴っていて、それから陰々と蠢《うご》めくような、ファウスト博士の衣摺れを聴く思いがするのだった。

——恰度二時頃銃声が轟《とどろ》いたので、館中がすくむような恐怖に鎖されてしまって、誰一人現場に馳せつけようとするものはなかった。すると、それから十分ほど経つと、隣室で慄えていたセレナ夫人の耳に、扉《ドア》を閉めて掛金を落した音が聴えたと云うのである。そうなって、ファウスト博士の暗躍が明らかにされると同時に、その一向単純な局面にも拘らず、さしもの法水でさえ傍観する以外に術《すべ》はなかった。勿論拳銃に指紋の残っていよう道理はなく、家族の動静も、当時の状況が状況だけに一切不明なのだった。そして、恐らく法水との約束を果そうとした事が、事件中一貫して、不運を続け来ったこの薄倖の処女に、最後の悲劇を齎らせたのではないかと推測されたのである。

斯《こ》うして、最後の切札伸子までも斃れてしまい、悪鬼の不敵な跳躍につれておどろとはね狂う潮《うしお》の高まりには、遂に解決の希望が没し去ったとしか思われなくなった。所が、その夜から翌日の正午《ひる》頃までにかけて、法水は彼特有の——脳漿《のうしよう》が涸《か》れ尽すと思われるばかりの思索を続けたが、端なくもその結果、伸子の死に一つの逆説的効果を見出した。その日、昼食《ちゆうじき》が終って間もなく、法水を訪ねた検事と熊城が書室の扉《ドア》を開いた時、突然その出合いがしらに、法水の凄まじい眼光に打衝《ぶつか》った。彼は、両手を荒々しく振って室内を歩き廻りながら、物狂わし気に叫び続けている。

『ああ、このお伽噺的建築《メエルヘン》▼58はどうだ——。犯人の異常な才智たるや、実に驚くべき

▼57　起倒閂
バネ仕掛けの掛け金式かんぬき。

▼58　お伽噺的建築
märchenhaft Architektur
ロマンチックな、童話風の。虫太郎の表現派への興味が強く表れた言い回し。

ものじゃないか。』と立ち止って不気味に据えた眼で、或は半円を描き、またそれを大きくうねくらせながら、縦の波形に変えたかと思うと、『この終局《フイナーレ》の素晴しさ——幕切れに大向《おおむこう》▼59を唸らせるファウスト博士の大見得——この意表を絶した総懺悔《ゲネラル・バイヒテ》の形容を見給え。ねえ支倉君、地精《コボルト》・水精《ウンディネ》・火精《サラマンダー》——とその頭文字をとって、それに、この事件の解決の表象《シムボル》を加えると、それがKüss《キユッス》（接吻）になってしまうんだ。ああ、たしか広間《サロン》の煖炉棚《マントルピース》の上に、ロダンの「接吻《キッス》」▼60の模像が置いてあったじゃないか。サア、これから黒死館に行こう。僕は自分の手で、最後の幕の緞帳《どんちょう》を下すんだ。』

三人が黒死館に着いた時は、恰度伸子の葬儀が始まっていた。その日は風が荒く、雪でも含んでいるらしい薄墨色をした雲が、低く樹林の梢《こずえ》間際にまで垂れ下っていて、それがいつまでも動かなかった。そう云った荒涼たる風物の中で、構内は人影も疎《まば》らなほどの裏淋《うらさび》しさ、象徴樹《トピアリー》の籬《まがき》が揺れ枯枝が走りざわめいて、その中から湧《ゆう》然《ぜん》と捲き起って来るのが、礼拝堂で行われている御憐憫《ミゼルコルジディア》▼61の合唱だった。法水は館に入ると、独りで広間《サロン》の中に入って行ったが、そこで彼の結論が裏書きされた事は、再びダンネベルグ夫人の室で、二人の前に現われた時の顔色で判った。そして、いまや礼拝堂に、家族の一同から押鐘博士までも加えた関係者の全部が集っている事を知ると、法水は何と思ったか、葬儀の発足を暫く延期するように命じた。それから、

『勿論、犯人が礼拝堂の中にいるのは確かなんだよ。しかも、もう絶対に動く事の出来ぬ状態にある。けれども、僕は伸子に、——殊にその遺骸が地上にある間に、犯人の名を告げなければならぬ義務があると思うのだ。』と云って暫く口を噤《つぐ》んでいたが、やがて、錯雑した感情を顔に泛《うか》べて云い出した。

『所で支倉君、さしもの巨人の陣営が掻き消えてしまって、この館は再び白日の下

---

▼59　大向
芝居小屋の舞台から離れた階上の席。芝居好きの通人が通う場所。

▼60　接吻　Küss 1887
ロダンの彫刻作品。裸体の男女が熱い接吻を交わす彫像。cf.『世界美術全集　第三十一巻　後期印象派（上）と清朝及明治末期』平凡社、1927-1930

▼61　御憐憫　misericordia
ミゼリコルディア。使われた曲はバッハ作曲のマニフィカト（宗教音楽）二長調第六曲「その憐れみは世々に限りなく」Magnificat. Et misericordiaと思われる。

に曝《さ》らされる事になった。そこで、まず順序通りに、最初のダンネベルグ事件から説明して行く事にしよう。然し、あの時夫人が何故ブラット洋橙《オレンジ》のみを取ったかと云う点に、僕は今まであの最短線《ジオデスイク・ライン》▼62――サントニン▼63（駆虫剤）の黄視症▼64を疎《おろそ》かにしていたのだ。あの視野一面を黄色に化してしまう中毒症状が、軽い近視の所以《せい》も手伝って、果物皿の上から、梨もそれ以外の洋橙《オレンジ》も、皿の地と同じ一色《ひといろ》に塗り潰してしまったのだよ。従って、特異な赤味を帯びているブラット洋橙《オレンジ》のみしか、ダンネベルグ夫人の眼には映らなかったのだ。それにまた、サントニン中毒特有の幻味幻覚などが伴なったので、あれほど致死量を遥かに越えた異臭のある毒物でも、ダンネベルグ夫人は疑わず嚥下してしまったのだよ。けれども、その思い付きと云うのは、決して偶然の所産ではない。根本の端緒を云えば、やはり、犯人に課した僕の心理分析にあったのだ。然し、もう一つ、側面から刺戟して来たものがあって、奇妙な事にその一つのサントニンが、犯人にも影響を与えていて、その両面を合わせてみると、まるで陰画と陽画のようにピッタリ符合してしまうのだよ。と云うのは、外《ほか》でもない、あの園芸靴の靴跡なんだ。それは既《とう》に、僕の解析から偽造足跡である事が判明したけれども、その復路の中途で何の意味もなく、当然踏めばよいとしか思われない、枯芝を大きく跨《また》ぎ越えている。所が、その危く見逃がす所だった微細な点――云わば毛程《ラナ・カプリウエ》▼65のものとも云うものに、実を云うと、犯人の死命を制した一つの盲点があったのだよ。そこに僕は、因果応報の神《ネメシス》▼66の魔力を、しっかと捉える事が出来た。この運命悲劇では、犯人がボルジアの助毒として用いたサントニンに依って、終局《フィナーレ》には自らが斃されなければならなかったのだ。何故なら支倉君、犯人はダンネベルグ夫人と同じに、自分もサントニンを嚥《の》まなければならなかったのだから、当然そう判ると、あの枯芝を何故跨がねばならなかったか――と云う意味が、判然とするだろう。つまり、それは一種の脳髄上の盲点で、自分には些程《さほど》の黄視症状も起

▼62　最短線　geodesic line
ジオデシック・ライン。曲面上の二点を結ぶ最短曲線、測地線。

▼63　サントニン　santonin
古くから知られる蛔虫・蟯虫駆除剤。白または無色の結晶で甘い。セメンシナ Artemisia cina など植物の花から精製する劇薬で、多用すると頭痛・腹痛を起こす。またボルジアの助毒という法水の言葉については、ブルクハルトの『イタリア・ルネサンスの文化』第一章に当時の歴史書からの引用として、ボルジア家の使用した「まっ白な、味のよい粉薬」というサントニンを思わせる証言が書かれている。

▼64　黄視症
サントニンを服用して数時間もすると、見るものすべてが黄色に見えてくる。サントニンの副作用の一つで、人によっては、嗅覚や味覚に異変の起こることもある。

▼65　毛程のもの
ラナ・カプリナ lana caprina。元は山羊の羊毛、毛織物のことで、あり得ない事物をたとえる時に用いる。あるいは、lanaria「山羊の毛、取るに足りないもの」との混同か。

▼66　因果応報の神
前出第七回註32「復讐神」参照。

▼67　瀝青　chian turpentine
原油から抽出されたタールから得られる残滓。ピッチ、アスファルト。

▼68　ウラニウム　uranium
ウラン。放射性元素。ドイツのクラプロートが発見1789。原子番号92U。

▼69　ピッチブレンド　pitchblende

っていないに拘らず、当然黄視症が発していると信じてしまったのだ。そして、あの——夜目に黄色く光って見える枯芝を、水溜りが、黄視症のために黄色く見えた——と錯誤を起したからなんだよ。然し、サントニンが腎臓に及ぼした影響が、一方あの屍光の生因を、体内から皮膚の表面へ擡《もた》げ上げてしまったのだ。』

それから、法水は帷幕《とばり》の中に入って、寝台の塗料《ニス》の下にグイと洋刀《ナイフ》の刃を入れた。すると、下にはまた瀝青《チャン》▼67様の層があって、それに鉛筆の尻環を近附けると、それが、微かながらさだかに見える蛍光を発した。

『今までは、寝台の附近に、屍体のような精密な注視を要求するものがなかったので、それで、自然気が附かれなかったに違いないがね。勿論この瀝青《チャン》様のものが、ウラニウム▼68を含むピッチブレンド▼69である事は云うまでもあるまい。そして、僕がいつぞや指摘した四つの聖僧屍光（二三一頁参照）それが悉くボヘミア領を取り囲んでいるのだ。勿論それは、新旧両教徒の葛藤が生んだ示威的な詭策に過ぎないだろう。けれども、それが地理的に接近しているのは、恰度その中心に、主産地であるエルツ山塊▼70があるために外ならないのだ。然し、要するに、あの千古の神秘は、一場の理化学的瑣戯《さぎ》▼71に過ぎないのだよ。所で支倉君、君は砒食人《アーセニック・イーター》▼72と云う言葉の意味を知っているだろうね。殊に、中世の修道僧が多く制慾剤▼73として砒石を用いていた事は、ローレル媚薬▼74（ローレル油に極微の青酸を加えたもの。痙攣を発して一種異様な幻覚を起す自瀆剤）▼75▼76などと共に著名な話なんだ。所が、ロダンの「接吻《キッス》」の中から、僕がいま発見した内容にも記されている通りで、ダンネベルグ夫人もやはり砒食人《アーセニック・イーター》——常日頃神経病の治療剤として、夫人は微量の砒石を常用していたのだ。そうすると、永い間には、組織の中にまでも砒石の無機成分が浸透してしまう。従って、サントニンに依って浮腫や発汗が皮膚面に起ると、当然、そこに凝集している砒石の成分層が、ピッチブレンドのウラニウム放射能をうけなければならないだろう。』

---

瀝青ウラン鉱。非晶質でピッチ様の塊状のもの。ウラン・ラジウムの重要な鉱石。

▼70　エルツ山塊　Erzgebirge
エルツ山脈。ザクセンとボヘミア地方の境をなす山脈。鉄鉱石・ニッケル・コバルトなどの採掘、十九世紀後半からはウラン鉱の採掘も行われている。

▼71　瑣戯
些細な仕草、いたずら。

▼72　砒食人　arsenic eater
「州のある一地方にありては砒石を多量に食する所謂砒素貪食者アーセニックイーターが沢山住（すま）っている。（略）かの有名なメイブリック毒殺事件に於て、メイブリックが『自分に取りては亜砒酸は疲労を休むる甘露である』と自白したことは、決して不思議なことでなく、裁判官を始め毒殺事件に携わるものはこの事情をよく考慮しなければならぬ。」「毒と毒殺　毒と体質」『小酒井不木全集　第一巻』改造社、1931。

▼73　制慾剤
修道僧が用いた性欲を抑える処方薬だが、砒素との関連は不詳。制欲剤の有効なものとしては、中世に使われたグァバの根や、現代ではホップの小茎ホップ腺に含まれるルプロンが知られる。

▼74　ローレル媚薬　laurel aphrodisiac
「ラウリル脂（月桂脂）皮膚病等に塗布し有効である。是等のことからして、往事に於ては、春薬（引用者註：媚薬のこと）の基礎薬として使用せられていたのである。尚、近年の性薬の種々の用途に使せられている。」『東西薬用植物考』川端男勇、文久社、1934。

『勿論現象的には、それで充分説明が付くだろうがね。また、どんなに表現の朦朧たるものでも、たしかに新しい魅力には違いない。だが然しだ。君の説明は、故意に具体的な叙述を避けているように思われる。一体犯人は誰なんだ?』と、検事は指を神経的に絡ませて、グッと唾《つばき》を嚥《の》み込んだ。『たしか、あの時伸子は、ダンネベルグ夫人と同じ檸檬水《レモナーデ》を嚥《の》んだ筈だったがね。然し、あの女は既《とう》にファウスト博士の手で、旧《もと》の元素に還《か》えされてしまってるんだ。』

　その間法水は、生気のない鈍重な、生命の脱殻《ぬけがら》のようになって突っ立っていて、寧ろその様子は、烈《はげ》しい苦痛の極点に於いて勝利を得た人の如くであった。既《とう》に整頓の楔点《けいてん》▼77が近附いた所以《せい》か、その急激に訪れた疲労は、恐らく何物にもまして、魅惑的なものだったに違いないであろう。然し、そのうち烈しい意志の力が迸《ほとばし》り出て来て、

『うん、その紙谷伸子だが。』とガクリと顎骨が鳴り、瞬間の新しい気力が生気を吹き込んで来た。『それが取りも直さず、クニットリンゲンの魔法使いさ。』

　実に黒死館の幽鬼ファウスト博士こそ、紙谷伸子だったのだ。然し、それを聴いた刹那、一端は理法と真性の凡てが蜻蛉返りを打ってケシ飛んでしまったように、検事と熊城には思われたけれども、少し落ち着いて来ると、それには寧ろ、真面目な反論を出すのが莫迦らしくなったくらい、不思議なほど冷静な、反響一つ戻って行かないという静けさだった。第一、それを否定する厳然たる真実の一つと云うのは、伸子は既《とう》に五人目の人身御供に上っていて、その歴然たる他殺の証跡は、法水の署名を伴って検屍報告書に記されているのだ。それから家族以外の彼女には、動機と目すべきものが何一つなく、しかも法水の同情と庇護を一身に集めていた伸子が、どうして犯人だったと信ぜられようか。それ故《ゆえ》熊城には、それが得てして頭を痛めているものの罹《かか》り易い、或る病的な傾向と見て取ったのも無理ではなかった。

▼75　ローレル油　laurel oil
月桂樹の葉や実から絞った油。古代中東・地中海地方が発祥。調味オイル・石鹼などに使用される。

▼76　自瀆剤
じとくざい。何らかの快感を得るために使用する薬剤。幻覚剤。

▼77　楔点
けってん。互いの接合を強固にするために、くさびを打ち込む点。

『まるで、気が遠くなりそうな話じゃないか。それとも、真実君が正気でいるのなら、たった一つでも、僕はそれに刑法的価値を要求する。まず何より、伸子の死を自殺に移す事だ。』

『所が熊城君、今度は、毛程のもの《ラナ・カプリウエ》――と云うが扉《ドア》の羽目《パネル》にあって、それを君に、実際証拠として提供しよう。』と法水は、相手の無反響を嘲けり返すかのように、力を罩《こ》めて云った。『所で、例《ため》しに、斯《こ》う云う場合を考えて見給え。予め、針に竜《リネ》舌蘭《ゾルム・オルキデエ》の繊維を結び付けて、一方の扉《ドア》に軽く突き立てて置き、その一端を鍵穴の中に差し入れて、そこへ水を注《つ》ぎ込む。すると、当然あの繊維が収縮を始めて、扉《ドア》の開きが次第に狭められて行くだろう。その時、顳顬《こめかみ》を射った拳銃が、手許から投げ出されて、そうした機《はず》みに、二つの扉《ドア》の間へ落ちたのだ。そうして、何分か後に扉《ドア》が鎖されると、前以って立てて置いた掛金が、パッタリと落ちる。いや、それよりも扉《ドア》の動きが、拳銃を廊下へ押し出してしまうじゃないか。勿論竜舌蘭《リネゾルム・オルキデエ》の繊維は、針を引き抜いて、それごと鍵穴の中に没して行ったのだ。』と言葉を切って、長く深く、慄え勝ちな息を吸い込んだ。そして、真黒な秘密の重荷と共に、再び吐き出された。

『所が熊城君、そうして他殺から自殺に移されると云う事になると、そこに、どんな光によっても見る事の出来ない、伸子の告白文が現われて来るんだ。それは気紛《きまぐ》れな妖精めいた、豊麗な逸楽的な、しかも、或る驚くべき霊智▼78を持った人間以外には、到底その不思議な感性には触れる事は出来ないのだ。伸子は、あの陳腐極まる手法に、一つの新しい生命を吹き込んだ……』

『なに、告白文!?』と検事は、まるで脳天までも痺れ切ったような顔をして、莨《たばこ》を口から放し、茫然《ぼんやり》法水の顔を見詰めている。

『うん、焔《ほのお》の弁舌だよ。しかも、その焔は決して見る事は出来ないのだ。しかも、

---

▼78　霊智
人の及びもつかない知恵。

ファウスト博士の最後の儀礼《パンチリオ》で、それは一種の秘密表示《サイファアリング・エキスプレッション》[79]なんだ。ねえ支倉君、例えば、髪・耳・唇・耳・鼻――と順々に押えて行くと、それがHair. Ear. Lips. Ear. Nose《ヘーア・イーア・リップス・イーア・ノーズ》で結局、Helen《ヘレン》になる――そう云う秘密表示《サイファアリング・エキスプレッション》の一種を、伸子は、他殺から自殺に移って行く転機の中に、秘めて置いたのだ。所で、その最初は、屍体で描いたKの文字だが、それは伸子が自企的に起した、比斯呈利《ヒステリー》性麻痺の産物だったのだよ。その幾多の実例が、グーリュとブロー[80]の「人格の変換」の中にも記されている通りで、或る種の比斯呈利《ヒステリー》病者になると、鋼鉄を身体《からだ》に当てて、その反対側に麻痺を起す事が出来るのだ。つまり、左手を高く挙げて、一方の扉《ドア》の角に寄り掛っていた所へ、右頰へ拳銃を当てたのだから、当然左半身に強直が起るだろう。そして、そのまま発射と共に、床の上に倒れたので、垂直をなしている左半身が、例の薄気味悪いKの字を描かせてしまったのだ。然し、勿論それは、地精よいそし《コボルト・ジッヒ・ミュー》め《ヘン》――の表象《シムボル》ではない。その二つの扉《ドア》を結んで竜舌蘭《リネゾルム・オルキデエ》繊維がなした半円と云うのは、どう見てもU字形じゃないか。それから、扉《ドア》に押されて拳銃が動いて行った線が、あろう事かSの字を描いているんだ。ああ、地精《コボルト》、水精《ウンディネ》、風精《ジルフェ》……。そして、最後に、あの局状《シチユエーション》の真相Suicide《シユイサイド》（自殺）を加えると、その全体がKüss《キユッス》となってしまって、そこに、奇矯を絶したファウスト博士の懺悔《ざんげ》文が現われて来るのだ。勿論伸子は、それ以前に或る物体を、「接吻《キッス》」の像の胴体に隠匿して置いた……』

それには、二つの異常な霊智が、生死を賭してまで打ち合う壮観が描かれていた。検事は、腐れ溜った息で窒息しそうになったのを、危く吐き出して、

『すると、当然その竜舌蘭《リネゾルム・オルキデエ》の詭計が、鐘鳴器《カリルロン》室の扉《ドア》や十二宮《ゾーデイアック》の円華窓《えんげまど》にも行われたのだろうがね。然し、あの時旗太郎が犯人に指摘されて、自分自身は勝利と平安の絶頂に上り詰めた所で、伸子は不思議にも自殺を遂げているのだ。法水君、その到底解し切れない疑問と云うのは……』

---

▼79　秘密表示　ciphering expression
暗号化された表現。この場合は、後段で述べられている人体で単語を構成させる技法。

▼80　グーリュとブロー
ブールBourru, Joseph Henri 1840-1914
フランス、ボルドーの海軍医。
ブローBurot, Prosper Ferdinand 1849-1921
フランスの医師。
『人格の変換』La suggestion mentale et le Variations de la personnalité 1895。

『それが支倉君、あの夜僕が最後に伸子に云った——色は黄なる秋、夜の灯《ともしび》を過ぎれば紅き春の花とならん——と云うケルネルの詩にあるんだよ。まさにその瞬間、伸子は悲惨な転落を意識しなければならなかったのだ。何故なら、元来アレキサンドライトと云う宝石は、電灯の光で透かすと、それが真紅《まっか》に見えるからだ。そこで僕は、伸子がレヴェズにあの室《へや》を指定して、自分はアレキサンドライトを髪飾りにつけ、それに電灯の光を透過《すか》させて、レヴェズを失意せしめた——と解釈するに至った。ねえ支倉君、この警句はどうだろうね。レヴェズ——あの洪牙利《ハンガリー》の恋愛詩人《ツルバール》は、秋を春と見てこの世を去った——と。』と法水は、二人が惑乱気味に嘆息するのも関《かま》わず、一息深く莨《たばこ》を吸い込んでから云い続けた。

『所が、あの黄から紅——には、なおそれ以外にも別の意義があって、勿論僕が、サントニンの黄視症を透視したと云うのも、決して偶然の所産ではなかったのだよ。何故なら、それから犯人の潜勢状態を剔抉《てつけつ》したからだ。それを他の言葉で云うと、兇行によってうけた犯人の精神的外傷——つまり、その際に与えられた表象《シムボル》や観念の、感覚的情緒的経験の再現にあったのだ。勿論僕は、神意審問会の情景を再現した際に、何となく伸子の匂《におい》が強く鼻を打って来たのだ。それで試みに、譏詞《きし》[81]と諷刺のあらん限りを尽し、お座なりの揑造を旗太郎に向けて見た。云うまでもなくそれは、伸子の緊張と警戒を取り去るためだったのだが、不図黄から紅に——と云う一言を、アレキサンドライトと紅玉《ルビー》の関係の、寓喩《アレゴリー》に使ってみた。所が、意外にも、それが全然異なった形となって、伸子の心像の中に現われてしまったのだ。と云うのは、ブールドン[82]の「抒情詩の快不快の表出」と云う著述の中に、ハルピン[83]の詩「愛蘭土星学《アイリッシュ・アストロノミー》」の事が記されていて、その中《うち》の一句——聖パトリック云いけらく《セント・パトリック・セエッド・エ・》、獅子座彼処にあり、二つの大熊《ライオン・ライス・ゼア・ツウ・ベアス》、牡牛、そうして巨蟹が《エ・ブル・エンド・キャンサー》——とその巨蟹《キャンサー》（Cancer）と云う個所に来ると、朗読者は突然、それを運河《キャナラー》[84]（Canalar）と発音したと云うの

---

▼81　譏詞
あざけりの言葉。

▼82　ブールドン　Bourdon（新潮社版単行本では「ラインハルト」Reinhard, Eugen 生没年不詳）
『抒情詩の快不快の表出』*Der Ausdruck von Lust und Unlust in der Lyrik* 1908、本書の著者はラインハルトが正しい。ハルピンとの関係は不詳。

▼83　ハルピン
Halpine, Charles Graham 1829-1868
ニューヨークタイムズ紙のワシントン特派員・編集者を務め、一時期は陸軍准将となる。機知に富んだ戦争詩やエッセイによって人気を博した。『愛蘭土星学』*Irish Astronomy* 1884
「聖パトリック云いけらく、獅子座彼処にあり、二つの大熊、牡牛、そうして巨蟹が」St. Patrhick said, "A Lion's there, ／Two Bears, a Bull, and Cancer" *Irish Astronomy* 'Ireland's Martyrolog' 1884。

▼84　運河　Canalar
火星の不明瞭な線条溝に対してcanalという語が使われたため「運河」と誤解されてきたが、実はイタリア語canaliの誤りと後に判明した。canalerは運河貨物船のことだが、Canalarは不詳。

だ。つまり、その朗読者が、それまで星座の形を頭の中に描いていたからで、所謂《いわゆる》フロイドの云う――言い損《そこな》いの表明▼85にこびりついている感覚的痕跡――に相違ないのだ。また、一面には聯想と云うものが、その一字一字には現われず、全体の形体的印象――つまり、空間的な感覚となって現われたとも云えるだろう。然し、伸子の場合になると、それが、ダンネベルグ事件から礼拝堂の惨劇に至るまでの、都合四つの事件を表出化してしまったのだ。何故なら伸子は、洋橙《オレンジ》と云った後で、麦藁《ストロー》を束にして檸檬水《レモナーデ》を啖《の》む――と云う言葉を吐いた。当然それには、鐘鳴器《カリルロン》に並んでいる鍵盤の列が、その印象に背景をなしていると思われた。それから、続いてダンネベルグ夫人の名を、丁抹国旗《ダンネブローグ》（Dannebrog）と云い損ったのだが、それには明《あか》らさまに、武具室の全貌が現われていたのだ。と云うのは、あの時伸子は、前庭の樹皮亭《ボルケンハウス》の中にいて、レヴェズの作り出した虹の濛気《もうき》が窓から入り込んで行くのを、眺めていた。所が、あの樹皮亭《ボルケンハウス》の内框には、様々な詩文が刻み込まれていて、その中にフィッツナーの、その時霧は輝きて入りぬ《ダン・ネーベル・ロー・グクテン》（Dann, Nebel-Loh-gucten）――の一文があったのだ。つまり、その際の混淆《こんこう》された印象が、丁抹国旗《ダンネブローグ》と云う、相似した失語になって現われたのだよ。そうすると支倉君、あの四句に分れていた伸子の言葉の中《うち》で、鐘鳴室《カリルロン》と武具室と――斯《こ》う二つの印象だけが、奇妙にも、真中《まんなか》に挟まれている。となると……』と言葉を切って、その驚くべき心理分析に、法水は最後の結論を与えた。

『すると当然、その首尾にある黄と紅――。その二つからうけた感覚が、最初のダンネベルグ事件と、終りの礼拝堂の場面でなければならないだろう。そうして、最後の紅《あか》が、絢爛たる宮廷楽師《カペルマイスター》の朱色の衣裳だとすれば、何故伸子は、最初のダンネベルグ事件から、黄と云う感覚をうけたのだろうか。』そのあいだ検事と熊城は、宛《さな》がら酔えるが如き感動に包まれていた。が、稍々《やや》あってから、熊城は徐《おも》ろに不明

---

▼85 言い損いの表明
個人の抑圧された意図や願望が表れるというフロイト的失言Freudian slipのこと。フロイト『精神分析入門』に詳しい。

な点を訊ねた。

『然し、礼拝堂で暗中に聴えたと云う二つの唸りには、伸子か旗太郎が——その孰《いず》れかを決定するものがあるように思われるんだが。』

『それは、死点《デッドポイント》と焦点《フォーカス》▼86の如何《いかん》——つまり、音響学の単純な問題に過ぎないのさ。多分クリヴォフ夫人の位置が、伸子がペダルで出した唸りに対して死点《デッドポイント》。旗太郎の弓《キュー》が擦れ合って起った響には、あの微かな囁《ささや》きさえも聴き取れると云う、焦点《フォーカス》だったに相違ないのだ。そして、夫人が伸子の方に寄った所を、背後《うしろ》から刺し貫いたのだ。ねえ支倉君、これ以上論ずる問題はないと思うが、唯々《ただただ》憐憫《れんびん》を覚えるのは、伸子に操られて鞠沓《まりくつ》を履かせられ、具足まで着せられた暗愚な易介なんだよ。』

そう云ってから法水は、最初から順序を追って、伸子の行動を語り始めたが、それが終ると、恐らく疑義中の疑義とも云う——どんなに考えても到底窺知《きち》し得なかった伸子の殺人動機に触れた。それは無言の現実だった。ロダンの「接吻《キッス》」の胴体から取り出したものを、法水が衣袋《ポケット》から抜き出した時、思わず二人の眼がその一点に釘付けされてしまった——乾板。そして、幾つかの破片をつなぎ合せて見ると、それには次の全文が現われていたのである。

一、ダ□べ□砒石の□。
一、川那部□、胸腺死の危□。
（特異体質の個条は、その二つにのみ尽きていて、それ以前のものは不明だった。）
一、余は、吾児《わがこ》□犠牲とするに忍□を以って、生れた女児を男児に換えて、生長後余が秘書として手許□紙谷伸子なり。それ故、旗太郎は□血系には全然触れざるものなり。

斯《こ》うして、紛糾混乱を重ねた黒死館殺人事件は、遂に最終の幕切れに於いて、紙谷伸子を算哲の遺子として露《あら》わすに至った。そうなると、勿論算哲の悶死は、伸子

▼86　焦点　focus
鏡・レンズなどで、平行な光線が反射あるいは屈折して集まる点。

の親殺し《ヴァテールテーツング》[87]であり、父よ、吾も人の子なり《パテール・ホモ・スム》——の一文は、当然その深刻を極めた復《ふく》仇《きゅう》の意志に相違なかったのだ。然し、その乾板と云うのが、法水の夢想の華——屍様図の半葉であったとは云え、要するに現存のものは、その一部のみであって、他は落した際に微塵《みじん》となったか、それとも、伸子が破棄してしまったものか、孰《いず》れにしても二人以外の特異体質の闡明《せんめい》などは、久遠の謎として葬られなければならなかった。やがて検事は、夢から醒めたような顔になって訊ねた。

『勿論伸子をして、残忍な慾求の母たらしめたものは、当然、自分が当主でありながらも、今更どうにもならぬのに起因した、嗜血癖《しけつへき》なんだろうがね。然し、犯行の都度に、恐らく人間の世界を超絶しているとしか思われない、怪異美と大観[88]を作り出したのは——。法水君、それを心理学的に説明してくれ給え。』

『それは、一口に云えば遊戯的感情——一種の生理的洗滌《カタルシス》さ。人間には抑圧された感情や乾き切った情緒を充《みた》すものとして、何か一つの生理的洗滌《カタルシス》が要求される。ねえ支倉君、ザベリクス[89]（若きファウストと呼ばれ、十六世紀の前半、独逸圏内を流浪した妖術師）やディーツ[90]のファウスチヌス僧正[91]などが精霊主義《オクルチスムス》に堕ち込んだと云うのも……。凡て、人間が力尽き反噬《はんぜい》する方法を失ってしまった時には、その激情を緩解《かんかい》するものが、精霊主義《オクルチスムス》だと云うじゃないか。それにあの畸狂《ききょう》変態の世界を作り出した種々《いろいろ》な手法には、さしずめ、書庫にあるグイド・ボナットー[92]（十三世紀伊太利のファウストと云われた魔術師）の「点火術要論《アルテ・デラ・ピロマンティ》」[93]やヴァザリ[94]の「祭礼師と謝《フェスティヴォリ！》肉祭装置《エト・カルナヴァレ・アパラティ》」などの影響が窺われるね。もともと伸子は、あの乾板盗みを、不図した悪戯気《わるさげ》から演《や》ったのだろう。けれども、その内容を知った時に、恐らく伸子は、魔法のような物凄い一種の月光を感じたに相違ない。その突如として起った、絶命——喪心——宿命感、そう云う感情が十字に群がって来て、それまで心の平衡を保たせていた、対立の一方が叩き潰されたのだ。そして、それが、あの破壊的な神聖な狂気を駆り立て、世にもグロテスクな爆発を惹き起させたのだよ。然し、僕

---

▼87　親殺し　Vatertötung
ファテール・テーツング。成長過程で現れる親子の葛藤を示す精神分析用語。エディプス・コンプレックス。

▼88　大観
雄大な景色。

▼89　ザベリクス　Sabellicus, Johann Georg Faust 1480?-1540?
十六世紀のドイツの錬金術師。虫太郎註の逸話は、*A Book of Marionettes* 1920 Joseph, Helen Haiman からの引用。

▼90　ディーツ　Diez
ドイツ西部の町。

▼91　ファウスチヌス僧正　Bishop Faustinus of Diez
この逸話について、前出*A Book of Marionettes* に以下のような記述がある。「また彼はサイモン・マグスに道を踏み外すよう誘惑されたディーツのファウスティヌス僧正と同一人物かもしれないし、さらにマインツの印刷業者で魔術師と訴えられたヨハン・ファウストとも同一人物かもしれない。」

▼92　グイド・ボナットー　Bonatti, Guido 1210頃-1300頃
グイド・ボナッティ。フリードリッヒ二世に仕えた占星術師で中世占星術の重要人物。フローレンス・シエナ・フォリを術によって救った。主著*Liber Astronomicus*。

▼93　点火術要論　Arte de la Pyromanty
ピロマンティとは点火術のことで、古代ギリシャで重要視され、ルネッサンス魔術界では、七大魔術の一つに挙げられていた。書名としては

は決して伸子を、悖徳狂《モーラル・インサニティ》▼95とは呼ばないだろう。あれは、ブラウニング▼96の云う運命の子《チャイルド・オヴ・デスチニィ》▼97、この事件は、或る生きた人間の詩――に違いないのだ。』そう云って法水は、澄み切った聡明そうな眼色で検事を顧みて、『ねえ支倉君、せめて、伸子の最後の送りだけでも、この神聖家族の最後の一人に適《ふさ》わしいように、飾ってやろうじゃないか。』

斯《こ》うして、メディチ家の血系、妖妃カペルロ・ビアンカの末裔《まつえい》、神聖家族降矢木の最後の一人紙谷伸子の柩《ひつぎ》は、フィレンツェの市旗に覆われ、四人の麻布《まふ》を纏《まと》った僧侶の肩に担がれた。そして、湧き起る合唱と香煙の渦の中を、裏庭の墓窖《ぼこう》へ運ばれて行ったのであった。――閉幕《カーテン・フォール》。

（終り）

---

不詳。

▼94　ヴァザリ　Vasari, Giorgio 1511-1574
イタリア、ルネサンス末期の画家・建築家。当時の画家の職分として、雇主の祝祭の演出を行っていた。書名は不詳。

▼95　悖徳狂　moral insanity
道徳に背く性格。好んで背徳の道を選ぶ性質。

▼96　ブラウニング
Browning, Robert 1812-1889
イギリスの抒情詩人。劇的な作風で性格解剖や心理描写を試みた。

▼97　運命の子　child of destiny
ブラウニングでは確認できなかったが、次のアイルランドの詩人の神話詩に同名の詩がある。
*Collected Poems by A. E 1913 Russel,* George Williaml 1867-1935

# 資料1 「猟奇耽異博物館」の驚くべき魅力について

## ――小栗虫太郎君を称う――

江戸川乱歩

内外古今の探偵小説は勿論《もちろん》、その他の如何《いか》なる文学と雖《いえど》も、この作者程勇敢にペダントリイに陶酔したものは、その類例がないと思う。従来の諸作でもそうであったが、「黒死館」の第一回を熟読して、僕は更《さら》に痛切にそのことを感じた。このペダントリイこそ、小栗君の作風のあらゆる長所をひっくるめて最大の長所である。

この人の作風とペダントリイとは、外国作家に例を求むれば、エドガアポオに、チェスタートンに、ヴァン・ダインに、夫々《それぞれ》の意味で含まれているものだが、ペダントリイ丈《だ》けについて云えば、この三人をひっくるめてぶッつかっても、小栗君の足元へもよりつけないであろう。例えば（その雰囲気が甚《はなは》だ似通っている意味で）ポオの「アッシア館」に羅列されている、マキアベリ、スエデンボルグ、カンパネラ等々の猟奇文献の数量と、「黒死館」第一回に並べられた猟奇的人名書名の数量とを比較して見ただけでも、このことははっきり云えると思う。

ヴァン・ダインの様に、少しびくびくしながらのペダントリイは、却《かえ》っていやみであるが、小栗君まで徹底し陶酔してしまえば、そこから一種別様の比類なき魅力が湧上って来る。これはミスティシズムと、オッカルティズムと、（小栗君の好きな言葉を加えれば）デモノロジイとの、汲めども尽きぬビブリオグラフィである。それも決して並々のものではない。僕はイギリスの好事家《こうずか》が編纂した「オッカルティズム百科辞典」というものを所持して、その頁《ページ》を繰ることを楽しんでいるのだが、そういう百科辞典さえも、小栗君の作品に比べては、平俗に貧弱に見えるのだ。

又、この作品は、神秘宗教と、呪術と、占術と、煉金術《れんきんじゅつ》と、中世宗教美術と、古代家具と、犯罪学と、毒物学と、法医学と、切支丹文献と、明治初年の異国趣味と、その他あらゆる好ましき猟奇骨董の見事な博物館である。恐らくは大英博物館でも、それ程猟奇耽異の陳列品を、目まぐらしく楽しむことは出来ないであろう。又例えばLe Peau de Chagrin▼1でのバルザックの骨董陳列諸描写の饒舌も、恐らくは小栗君に及ばないであろう。

小栗君の作品は、つねに「謎」探偵小説であるが、その謎解決の経路は、ペダントリイの重圧に覆い隠されていて、非常に注意して拾って行かないと、ともすれば見失いがちである。その意味で、このペダントリイは、探偵小説自体に取っては、大き過ぎる邪魔物であるかも知れない。併《しか》し、僕の好みから云えば、この美しい中世趣味のアラベスク模様の覆物《おおいもの》を取って、強いて「謎」の筋立てを露出することはないと思う。小栗君の作品の最大の魅力はペダントリイの覆物にこそあるのだから。そのディクショナリイ、スタイルにこそあるのだから。

この猟奇博物館に一歩足を入れた読者は、作者がしつらえた薄暗い、多分はロシヤ製石油ランプによって照明されたラビリンスの迂余曲折を、右に左に頭をめぐらしながら、応接にいとまない珍奇の陳列品に夢中になって、それ丈けですっかり堪能してしまって、迷路の奥の院に何が飾ってあろうと、そんなことは問題でなくなってしまうに違いない。小栗君のペダントリイが描き出す世界こそは、猟奇耽異の徒があこがれの夢であろう。詩でさえもあろう。

（「新青年」一九三四年五月号）

▼1　バルザック「あら皮」1831

# 資料2　昂奮を覚える

甲賀三郎

小栗君の「黒死館殺人事件」は久し振で昂奮を覚えさせられた作品である、先に久し振で江戸川君の登場があり、「悪霊」では確かに十分昂奮させられたけれども、それが竜頭蛇尾に終りそうな今日では、それは取消されなくてはならないから、「黒死館殺人事件」が久しく沈滞を嘆かれていた探偵小説界の惰眠を破る最初の長篇であり、江戸川君の挫折を十分補えるものだと思う。

いつもながら驚かされるのは、この作者の特異な物識《ものしり》である。かつて博文館で発行されていた「太陽」に連載された南方熊楠先生の底知れない土俗学的な博識、例えば、新年号にその年に因んで、辰《たつ》の話を始めて貰《もら》うと、それが巳《み》の年にあっても、未だ終わらない位の博識に、驚威の眼を見張りながら、貪《むさぼ》り読んだ記憶があるが、小栗君は深さに於《おい》ては南方先生に敵わないまでも、広さに於ては匹敵しやしないかと思われるほど、色々と変わった事を知っている。序篇に盛られている内容だけでも大したものだと思う。

考証学という言葉は当嵌《あてはま》らないと思うけれども、他に適当な短い言葉を思いつかないから、やはりその言葉を借りるが、小栗君の考証の広さは到底ヴァン・ダインの及ぶ所ではない。只《ただ》、稀にヴァン・ダイン以後に出た為に、恰《あたか》もヴァン・ダインの模倣のように思われるかも知れないが、もしそうだったら、作者は大へん不幸だと思う。小栗君に親しく聞いては見ないが、こうした作品を書こうという考えは、ヴァン・ダインが日本で喧《やか》ましくいわれる以前からあったかも知れないと思うのだ。と、こんな事を考えるのは、私にも同じような経験があるからで、即ち「手塚龍太」を世に出した時に、私の考えは、名探偵というと、多少の例外はあるが、大抵瀟洒《しょうしゃ》たる紳士で、道徳家に極《きま》っているから、一つ型を変えて、醜い容貌で非道徳家の探偵を拵《こしら》えようと思ったのだったが、それが偶然にルブランの「バルネ探偵」と同工悪曲になって終《しま》った。むろん私は「バルネ探偵」の存在は知らないで「手塚龍太」を世に出したのだった。そんな経験があるので、一層小栗君の事が気になるのだ。然《しか》し、多くの読者は決してヴァン・ダインの模倣などとは思いはしないだろう。ヴァン・ダインなどが到底考えつきそうもない作品なのだから。

　尤《もっと》も、この作品も二三の欠点がないとはいえない。その一は、探偵小説で最も尊ばれる所の、フェア・プレイについてであるが、この作者はむろんフェア・プレイの重要性は十分認めていて、而《しか》も十分それを実行しているのだけれども、作品に盛ってある所が一般読者の常識の範囲外の事が多く――さりとて、さして専門的な事ではないのだが――与えてあるデータがよく呑み込めない為に、推理を働かす暇がなく、ただもう作者の特異な物識さに舌を捲《ま》きながらついて行く――従って、別個の而も十分価値のある面白さはあるが、探偵小説的な面白さを稀薄にする恐れが可成《かなり》あると思う。

　第二の欠点は文章の難解さ――といっても、寧《むし》ろ之《これ》は内容から来る難解さなのだから、もう少し分り易《やす》く説明されてもいいと思う。文章が何となく混雑するのは、地の文章は兎《と》も角《かく》、会話がいけないのだと思う。会話は地の文章のオアシスであって、そこへ来るとホッとしなくてはならないので、却《かえ》って難解さを深めているのは考えものだ。もう少し会話を工夫して、むしろ、簡短に平易にして、地の文章の方を多くして、グングン書いて行く方がいいのではないかと思う。

　第三の欠点は、いつもこの作者が好んで用いるのだが、背景《バック》が西洋臭いということだ。むろん、エラリ・クイーンが探偵小説の一因子として、十分ノ一の価値を背景《バック》に置いている位で、私はいつも小栗君の使う背景《バック》には感心し敬服しているのだが、一般読者には頭に這入《はい》り悪《にく》いかも知れないと思う。例えば「完全犯罪」にしても、私は蒙古の奥地という背景《バック》が非常にいいと思っていたのだが、やはり内地の出来事の方がいいという議論もあったし、中にはあれを翻案じゃないかといった人さえあったのだから、私としては然し、西洋の中世紀的なこの作品の背景《バック》は大へんいいと思っている。何はあれ、黒死館殺人事件は、素晴らしい作品だと思う。むろん、そんな事はないと思うが、「悪霊」のように中途で挫折することなく、悠々と彼岸について貫いたいと思う。

（「新青年」一九三四年五月号）

# 校異

【凡例】

・本校異は、雑誌「新青年」掲載の『黒死館殺人事件』を底本とした本文と、世田谷文学館所蔵の著者自身（と補助者による数カ所）の手稿および連載第一回、第二回の校正ゲラを照合したものである。ただし、底本の旧漢字・歴史的仮名遣いについては新漢字・現代仮名遣いに改めた。
・本校異においては、作者によって単語および文の変更された箇所のみを取り上げた。誤植の指摘は省略した。
・校異中のルビは基本的に略したが、ルビが含まれる校異に関しては入れた。
・本書中の単語および文の頁・行数を記し、山括弧〈 〉でくくった。
・手稿のみに登場し、本文に脚註として取り上げていない語彙については、註を付す。
・新潮社版の単行本も参照した。一部文節の移動もあるが、校異としては、「新青年」版と語彙が修正された三カ所のみを取り上げた。

タイトル　〈黒死館殺人事件〉
手稿　〈黒死［病］館殺人事件〉
　手稿で〈病〉の字が抹消されている。

6頁6行目　〈黒死館〉
手稿　〈黒［疫］死館〉
　手稿に鉛筆書き（作者以外の文字）で〈疫〉の字を抹消、〈死〉に修正。「こくしかん」のルビあり。

6頁19行目　〈プロヴァンス〉
手稿　〈プロヴァン〉

6頁19行目　〈壁廓〉
手稿　〈繞壁〉

6頁20行目　〈事実、〉
手稿　〈全く〉

7頁3行目　〈黒死館〉
手稿　〈黒［疫］死館〉
　鉛筆書きで〈疫〉の字抹消。〈死〉に修正。

7頁4行目　〈しまうのだった〉
手稿　〈しまうのも無理からぬ事であろう〉

7頁8行目　〈廃寺〉
手稿　〈廃墟《はいでら》〉

7頁11行目　〈明治三十五年に〉
手稿　〈大正三年の〉

7頁12行目　〈十月程前〉
手稿　〈三年程前〉

7頁12行目　〈後継者旗太郎が十七の年少なのと〉
手稿　〈未だに遺産の所属が決定しないのと〉

7頁19行目　〈その時既に水底では、静穏な水面とは反対に〉
手稿　〈静穏な水面とは反対に、水底で

は〉
7頁21行目　〈行こうとした。しかも、〉
手稿　〈行こうとしたのである。〉
7頁22行目　〈法水麟太郎は、それがために〉
手稿　〈それがために法水麟太郎は、〉
7頁23行目　〈闘わねばならなかったのである〉
手稿　〈闘わねばならなくなってしまった〉
8頁2行目　〈黒死館〉
手稿　〈黒［疫］死館〉
　鉛筆書きで〈疫〉の字抹消。〈死〉に修正。
8頁5行目　〈轟〉
手稿　〈瀑布の響〉
8頁16行目　〈カロリング朝〉
手稿　〈メロヴィング朝▼1〉
▼1　ゲルマン人による最初の王朝。481-751。

8頁22行目　〈紋章学秘録〉
手稿　〈紋章学秘跡〉
9頁1行目　〈橄欖冠で包んである〉
手稿　〈月桂冠で包んだ〉
9頁8行目　〈聖餐式〉
手稿　〈聖餐礼〉
9頁10行目　〈寺領〉
手稿　〈御堂〉
9頁19行目　〈聖バルトロメオ斎日〉
手稿　〈聖バルトロメオ祭〉
10頁5行目　〈『成程、とかく法律家は詩に箇条を附けたがるからね。』法水は検事の皮肉に苦笑したが〉
手稿　〈「満更ない事もないさ。」法水はその皮肉に微笑して〉
10頁6行目　〈シャルコー〉
手稿　〈ヒュヘランド▼2〉
▼2　C. W. Hufeland（1762-1836）ドイツの医師、医学者。扶歇蘭度フーフェランドの別名。『扶氏経験遺訓』緒方洪庵等訳、1857他。

10頁6行目　〈ケルン〉
手稿　〈ドゥイスオルグ▼3〉
▼3　Duisburgデュイスブルクか？　ドイツ北西部の都市。ケルンの北。
10頁7行目　〈聖ゲオルグ〉
手稿　〈聖《サン》ジョルジュ〉
10頁16行目　〈「マンチェスター郵報《クウリア》」紙〉
手稿　〈マンチェスタークウリア紙〉
10頁20行目　〈エクスター教区監督〉
手稿　〈倫敦中西部教区主管〉
11頁8行目　〈黒死館〉
手稿　〈黒疫《ペスチレント》▼4館《やかた》〉
▼4　pestilence　疫癘、とくにペストなどの異常発生をいう。pestilentは致命的の意。
11頁13行目　〈十三使徒の一人なんだ。所が、その一派は無暴にも羅馬教会に大啓蒙運動を起して、結局異端者として十三人は刑死してしまったのだが〉
手稿　〈十四使徒の一人で、その没後羅

馬教会に大啓蒙運動を起した結果、使徒のうち十三人は刑死してしまったのだが〉

12頁13行目　〈ブザンソン〉
手稿　〈ナント〉

12頁14行目　〈地域はサヴルーズ谷を模し〉
手稿　〈外壁はプロヴァン繞壁を模し〉

12頁18行目　〈プロヴィンシア繞壁〉
手稿　〈プロヴァン繞壁〉

12頁18行目　〈黒死館〉
手稿　〈黒疫館〉
　鉛筆書きで〈疫〉の字抹消。〈死〉に修正。黒疫館にペスチレントとルビ。

13頁11行目　〈頭蓋鱗様部及顳顬窩畸形者〉
手稿　〈前頭葉偏癱性犯罪者〉
　ゲラ修正〈脳底凹陥部異常〉から再度修正。再校での修正と思われる。

13頁16行目　〈黒死館〉
手稿　〈黒疫館〉

14頁1行目　〈黒死館〉
手稿　〈黒疫館〉

14頁6行目　〈三十何年〉
手稿　〈十何年〉

14頁6行目　〈去年の三月〉
手稿　〈一昨年に〉

17頁5行目　〈『フム、相続者が殺されたのなら話になるがダンネベルグじゃ、』と検事は小首を傾げたが、『所で、今の調書にある人形と云うのは。』〉
手稿　〈「フム、」検事は打たれたものがあったらしかったが、「だが、今度は遺産と云う主役がある。所で、今の調書にあった人形と云うのは、」〉

17頁17行目　〈一九〇一年二月号の「ハートフォード福音伝道者《エヴァンジェリスト》」誌〉
手稿　〈一八九八年版の「少年合唱隊の訓練《トレイニング・オヴ・コアヤ・ボーイス》」▼5と云う一冊〉

▼5　George Edward Stubbs, *Practical Hints on the Training of Choir Boys*, 1897

17頁19行目　〈教会音楽の部〉
手稿　〈日本の部〉

23頁22行目　〈といって、姓名さえ聞こうとしないのだから結論の見当が茫漠としてしまって、この一事は、彼が提出した謎となって残されてしまった〉
手稿　〈と云うのだから、結論の見当が茫漠としてしまって、この一事は、彼が提出した謎となって残された〉

24頁17行目　〈錣を見れば判るが、位置の高い若武者が冠る獅子嚙台星前立脇細鍬という兜だ〉
手稿　〈錣を見れば判るだろう。あれは、位置の高い若武者が冠る獅子嚙座星金具の細鍬形の兜だ〉
　ゲラ修正〈獅子嚙座星白〉から再度修正。再校での修正と思われる。

26頁21行目　〈コブト織の敷物〉
手稿　〈波斯《ペルシャ》絨緞〉

26頁21行目　〈櫨の木片〉
手稿　〈蠟石〉

28頁11行目　〈蜿くって行く影〉
手稿　〈蜿くって行く跡〉
29頁17行目　〈二十八葉橄欖冠〉
手稿　〈四十二様月桂冠〉
29頁19行目　〈二、テレーズ吾を殺せり〉
手稿　〈二、毒死者の犯人告知〉
30頁8行目　〈諭すような調子で、〉
手稿　〈諭すような調子で、軽く云い返した。〉
30頁9行目　〈ウン、如何にも神速で、陰剣で、兇悪極りないよ。然し、僕の云う理由は〉
　ゲラでの加筆。
30頁12行目　〈二分足らず〉
手稿　〈一分足らず〉
30頁17行目　〈溢血〉
手稿　〈毛細管破裂〉
31頁1行目　〈その新しい戦慄のために、検事の声は全く均衡を失っていた。『万事剖検を待つとしてだ。それにしても、屍光のような超自然現象を起しただけで飽き足らずに、その上降矢木の烙印を押すなんて……。僕には、この清浄な光が非度く淫虐的に思えて来たよ。』
『いや、見物人は欲しかないんだ。犯人は、君が感じたような心理的な障害を要求している。決して病理的な個性じゃない。実に創造的だが、然し最も淫虐的にして独創的なものを、ハイルブロンネルは小児だと云っているぜ。』〉
手稿　〈検事も熊城も。このモヤモヤした空気から逸早く遁れたいらしかった。検事が言った。
「万事剖検を待つ事にするさ。それにしても、犯人はどうしてそんな短い時間のうちに、これだけ複雑した紋様を仕上げたものだろうか？　また、何故降矢木の烙印を押さなければならないのだろう？法水君さえあの紋章を教えてくれなければ。」
「知らなくても、創が紋様をしていなくても、生理学の不思議だけは残ってしまうよ。」〉
31頁8行目　〈暗く微笑んだが〉
手稿　〈皮肉に微笑んだが〉
31頁17行目　〈易介《えきすけ》〉
　手稿ルビなし、ゲラで追加。
32頁9行目　〈僕はそんな意味で云っていやしない。青酸に洋橙と云う痴面を被せているだけに〉
手稿　〈僕はそんな意味で云ってるのじゃないよ。毒物の扮装に洋橙を使っているだけに〉
32頁11行目　〈用いている〉
手稿　〈盛っているんだ〉
32頁13行目　〈こんな魔法のような効果〉
手稿　〈驚くべき効果〉
32頁15行目　〈つまりその驚くべき撞着と云うのが、毒殺者の崇拝物的な誇りなんだよ。〉
手稿　〈そこに、毒殺者の誇りがある！〉
32頁20行目　〈二人共に、変事を知らなかったのだ〉

手稿　〈二人共にそれまで変事が起こっていた事も、〉
32頁21行目　〈なかったと云うし、〉
手稿　〈なかったと云うよ。〉
32頁22行目　〈家族の動静も一切不明だ。〉
　ゲラでの加筆。
34頁10行目　〈大粒のブラット種〉
手稿　〈洋橙〉
34頁11行目　〈唆るのみで、無論〉
手稿　〈勿論〉
35頁5行目　〈『やはり法水君、奇蹟は自然の凡ゆる理法の彼方にあり――かね。』〉
手稿　〈「まだ屍体について君の意見を聴かなかったね。」〉
35頁6行目　〈テル〉
手稿　〈ギョーム・テル〉
35頁9行目　〈補強作用で、その道程に欠いてはならない深遠な学理だと見て差支えない〉
手稿　〈補強作用だと見て差支えない〉
35頁13行目　〈そうなると、クライルじゃないが、無理でも〉
手稿　〈そうなると、無理でも〉
35頁23行目　〈それから屍体の光は、〉
手稿　〈それに屍体の光は、〉
36頁1行目　〈『成程、坊主なら、人殺しに関係あるだろう。』〉
手稿　〈「そんなものが関係あるもんか。」〉
36頁5行目　〈昨夜この空室に被害者を入れた時だが、その時〉
手稿　〈昨夜《ゆうべ》はこの空室に被害者を入れた時、〉
37頁1行目　〈粉砕されてしまうんだ〉
手稿　〈粉砕されるよ〉
37頁2行目　〈人物が忍んでいたのだ。それを、洋橙を口に含んだ瞬間に知って、ダンネベルグ夫人が僕等に報らそうとしたのだよ〉
手稿　〈忍んでいた事は確かじゃないか。ダンネベルグ夫人が、洋橙を口に含んだ瞬間に知って僕等に報らそうとしたのだ〉
37頁5行目　〈文字を見て〉
手稿　〈文字を見た時〉
37頁10行目　〈引合わせてみて〉
手稿　〈引合わせてみた時に〉
37頁10行目　〈犯人は正しく人形を使ったに違いないのだ。〉
　ゲラでの加筆。
37頁12行目　〈法水は相変らず衝動的な冷笑主義を発揮して、
『土偶と悪魔学――犯人は人類の潜在批判を狙っている。だが、珍らしく古風な書体だな。半大字形か波斯文字みたいだ。でも君は、これが被害者の自署だと云う証明を得ているのかい?』〉
手稿　〈法水は瞬間に落ち着いてしまって、寧ろ冷笑さえうかべていた。

「珍しく古風な書体だ。」〉

38頁1行目 〈出来る事なら幻覚と云いたい所さ〉

手稿 〈どうしても幻覚と云いたい所さ〉

38頁4行目 〈見せられているのだからね〉

手稿 〈見せられている矢先だからね〉

38頁11行目 〈二つ出来てしまったよ〉

手稿 〈出来たことになるぜ〉

38頁14行目 〈扉の方へ歩みながら、〉

ゲラでの加筆。

38頁21行目 〈との二枚は、有名なオットー三世福音書の中にある挿画なんだよ〉

手稿 〈とは、有名なオットー三世福音書挿画の中にある二枚なんだよ〉

39頁7行目 〈そこからフウッと吹き出した鬼気と共に、テレーズ・シニョレの横顔が現われたのであった〉

手稿 〈そこからテレーズ・シニョレの横顔が、まさに五体竦み上がらんばかりの鬼気と共に現われたのであった〉

39頁13行目 〈息を窒めたのも〉

手稿 〈声を密めたのも〉

39頁16行目 〈――この死物の人形が森閑とした夜半の廊下を。〉

ゲラでの加筆。

40頁4行目 〈法水は考証気味な視線を休めずに、〉

ゲラでの加筆。

40頁6行目 〈『まるで騎士埴輪か鉄の処女としか思われんよ。これがコペツキーの作品だと云うそうだが〉

手稿 〈「まるで騎士埴輪じゃないか。」法水は考証気味な視線を休めずに「コペツキーの作品だと云われるが〉

40頁13行目 〈『ウンウン驚くべきだ。然し、この人形が犯人の意志で遠感的に動く訳じゃあるまい。』〉

手稿 〈「ウン。所が人形以外には誰もやる者はない。」〉

40頁16行目 〈二回往復した四条の跡〉

手稿 〈四条の二回往復した跡〉

41頁4行目 〈『それが洪積期の減算なんだよ。』〉

手稿 〈「それがまさに洪積期さ」〉

41頁16行目 〈新しい趣向ではない。〉

ゲラでの加筆。

45頁8行目 〈途方もない質問を発した。〉

ゲラでの加筆。

45頁9行目 〈『支倉君、君はボードの法則を知っているかい。海王星以外の惑星の距離を、簡単な倍数公式で現わすのを。もし知っているなら、それを、この拱廊でどう云う具合に使うね。』
『ボードの法則!?』検事は奇問に驚いて問い返したが、重なる法水の不可解な言動に熊城と苦々しい視線を合わせ、『それでは、あの二つの画に君の空論を批判して貰うんだね。どうだい、あの辛辣な聖書観は。フォリエルバッハは君みたい

な飾弁家じゃないんだ。』〉〉
手稿　〈『支倉君、君はユークリッド▼6の幾何を、この拱廊でどう云う具合に使うね。』と、途方もない質問を発した。『ユークリッドの幾何!?』検事は奇問に驚いて問い返したが、重なる法水の不可解な言動に溜まらなくなったらしく『それではあの二つの絵に、君の空論を批判して貰うんだね。どうだいあの辛辣な生物学的聖書観は!』と極めつけて、熊城と苦々しい視線を合わせるのだった。〉

▼6　Euclidアレクサンドリアのエウクレイデス紀元前三世紀?、古代ギリシアの数学者・天文学者。

47頁4行目　〈扉が静かに開いて、最初呼ばれた図書掛りの久我鎮子が〉
手稿　〈扉《ドア》が開いて、図書掛りの久我鎮子が静かに〉
47頁6行目　〈三、屍光故なくしては〉
手稿　〈三、殺人方法予言図〉
47頁11行目　〈久我鎮子の総身から滲み出て来る、精神的な深さと物々しい圧力に〉
手稿　〈久我鎮子から滲み出て来る、精神的な深さに〉
48頁12行目　〈お附きですか。個人的な暗闘なら兎も角あの四人の方には〉
手稿　〈お附きですか?　大体あの四人の方に〉
49頁4行目　〈紙谷伸子〉
手稿ルビ指定「かみたにのぶこ」。
49頁13行目　〈息苦しい瞬間〉
手稿　〈息詰った瞬間〉
49頁17行目　〈と思うと、バタリとその場へ〉
手稿　〈そして、その場へ……〉
49頁18行目　〈余りに劇的な皮肉ですね〉
手稿　〈余りにも皮肉ですね〉
50頁11行目　〈何か精神異常らしい所が。貴女はヴルフェンを読みましたか〉
手稿　〈何か精神に異常らしい所でも〉
50頁14行目　〈左様、五十歳変質説もこの際確かに一説でしょう。それに、〉
手稿　〈成程、それも一説でしょう。〉
50頁19行目　〈相変らず煩瑣派ですわね。〉
手稿　〈莫迦らしい、〉
51頁13行目　〈だが、寝室には隠れ場所がないのですから、その額に〉
手稿　〈だが、その額に〉
51頁14行目　〈『それより、飲んだ残りは?』〉
手稿　〈「大体、寝室は何処にも陰れる場所がないのですからね。それより、そのレモナーデの残りは?」〉
51頁15行目　〈そう云う御質問はヘルマン(十九世紀の毒物学者)が嗤います。〉
ゲラでの加筆。
51頁17行目　〈もし、それでいけなければ、青酸を零にしてしまう中和剤の名を伺いましょうか。砂糖や漆喰では、単寧で沈降する塩基物を、茶と一所に飲むような訳には参りませんわ〉

手稿〈それがいけなければ、青酸の中和剤の名前を伺いましょうか。単寧で沈降するアルカロイドを、お茶と一所に飲むような訳には往きませんわ〉

53頁17行目〈そして、埃の層が雪崩のように摺り落ちた時だった。〉

手稿〈埃の層が雪崩のように摺り落ちた時〉

53頁18行目〈第一肋骨の上でそれを〉

手稿〈それを第一肋骨の上で〉

53頁19行目〈なければならない〉

手稿〈なけりゃならない筈だ〉

54頁4行目〈こう云うヴェルレーヌの詩が〉

手稿〈シェレー▼7の詩に……〉

▼7 本文第六回註21参照。

54頁5行目〈二年の年月が〉

手稿〈三年の年月が〉

54頁8行目〈コプト織〉

手稿〈絨緞〉

54頁9行目〈大体そんな下に?〉

手稿〈大体その下に何が!?〉

54頁10行目〈死点は音響学ばかりじゃないからね〉

手稿〈細毛を除れば折り目は割合粗いものなんだよ〉

54頁10行目〈織目の隙から〉

手稿〈そこから〉

54頁11行目〈敷物〉

手稿〈絨緞〉

54頁11行目〈そこの床には垂直からは見えないけれども、切嵌の車輪模様の数が殖えるにつれ、微かに異様な跡が現われて来た。その色大理石と櫨木の縞目の上に残されているものは、正しく水で印された跡だった。全体が長さ二尺ばかりの小判形で、暈とした塊状であるが、仔細に見ると、周囲は無数の点で囲まれていて、その中に、様々な形をした線や点が群集していた。そして、それが、足跡のような形で、交互に帷幕の方へ向い、先になるに従い薄らいで行く。〉

手稿〈そこには垂直からは見えないけれども、横から透かし見た光線の中で、微かに異様な跡が現われていた、正しく水で印された跡だった。全体が長さ二尺ばかりの小判形で、形状の判らない暈とした塊状を作っていて、点状のもので囲まれた中に、様々な形をした線や点が群集していた。そして、それが中心から計ると三尺程の間隔を置いて、交互に帷幕の方に続き、先になるに従い薄らいで行く。熊城は、色大理石と蠟石の縞を交互に組んだ、床の車輪形のモザイクを暫く瞶めていたが、〉

54頁19行目〈熊城はすっかり眩惑されたが、〉

ゲラでの加筆。

54頁20行目〈『要するに、陰画を見ればいいのさ。』と法水はアッサリ云い切った『コプト織は床に密着しているものではないし、それに、パルミチン酸を多量に含んでいるので、櫨木には弾水性があるからだよ〉

手稿〈「要するに、陰画を見ればいいの

さ。絨氈は床に密着しているものではないからね。」と法水はアッサリ云い切った「それには、蠟石に弾水性があるからだよ〉

54頁23行目　〈その下が櫨木だと〉

手稿　〈その下が蠟石だと〉

55頁1行目　〈変えて行くのだから、何度か滴り落ちるうちには、終いに櫨木から大理石の方へ移ってしまうだろう。だから、大理石の上にある中心から一番遠い線を、逆に辿って行って、それが櫨木に〉

手稿　〈変えて行くのだよ。だから、何度か滴り落ちるうちには、繊毛の床に触れている部分が、蠟石から大理石の方へ移ってしまうのだからね。一番中心から遠い大理石の上にある線を、逆に辿って行って、それが蠟石に〉

55頁4行目　〈つまり、水滴を洋琴の鍵にして毛が輪旋曲を踊ったのだよ。〉

　ゲラでの加筆。

55頁6行目　〈と検事は頷いたが、〉

手稿　〈、すぐ怪訝な顔になって〉

55頁7行目　〈鎮子が云うと、〉

手稿　〈鎮子は意地悪そうな微笑を湛えて云った。〉

55頁7行目　〈法水は面白そうに笑って『紀長谷雄卿の故事さ。鬼の娘が水になって消えてしまったって。』所が、法水の諧謔は、決してその場限りの戯言ではなかった。〉

　ゲラでの加筆。

55頁11行目　〈繰り返しながらも、得体の知れない水を踏んで現われた人形の存在は、斯うなっては厳然たる事実と云うの外にない〉

手稿　〈繰り返していた、テレーズ人形の存在も、斯うなっては既に厳然たる事実と云うの外はない〉

55頁14行目　〈横えられてしまったのであった。こうして、〉

手稿　〈横わっているのは、何とした事であろう!?〉

55頁16行目　〈再び座に付いて、〉

　ゲラでの加筆。

55頁20行目　〈鰐府《クロコディロポリス》にある〉

手稿　〈クロコディロポリスの〉

56頁2行目　〈『少なくとも三つの事件までは……。』と鎮子の言を譫妄のような調子で云い直してから、〉

手稿　〈「最後の一人までは……。少なくとも三つの事件までは……」鎮子の言を訂正する、譫妄のような事を呟いてから〉

56頁3行目　〈然し、〉

　ゲラでの加筆。

56頁7行目　〈矢先だったので〉

手稿　〈矢先〉

56頁9行目　〈法水に対する剣のような〉

手稿　〈氷のような法水に対する〉

56頁12行目　〈僧正ウォーターとアレッオ、弁証派のマキシムス、アラゴニアの聖ラケル……もう四人程あったと思いま

す。然し、それ等は〉
手稿〈ウォーター僧正と聖アルフリダ、聖テルタリアン、聖マキシムス・・・・もう三人程あったと思います。然し、そういうものは〉
56頁15行目〈一八七二年十二月蘇古蘭インヴァネスの牧師屍光事件は？〉
手稿〈一九〇六年加奈陀オッタワのウォルカット牧師殺害事件は？〉
56頁17行目〈（西区アシリアム医事新誌）。〉
手稿〈一九〇六年十二月一九日、〉
56頁17行目〈ウォルカット牧師〉
手稿〈ウォルコット牧師〉
56頁18行目〈氷蝕湖カトリン〉
手稿〈氷滑地ブリン湖▼8〉
▼8 Lough Brin. アイルランド、ケリー州の湖。
56頁20行目〈雨中〉
ゲラでの加筆。
56頁21行目〈薄明〉
手稿〈日の出〉
57頁11行目〈日光で〉
手稿〈月光で〉
57頁23行目〈巻紙形〉
手稿〈大形〉
58頁4行目〈黒死館〉
手稿〈この館〉
58頁6行目〈栄光は故なくして放たれたのでは御座いません。〉
ゲラでの加筆。
63頁1行目〈第二篇　ファウストの呪文〉
手稿〈第二篇　古代時計室へ〉
63頁2行目〈一、Undinus《ウンディヌス》 sich《ジッヒ》 winden《ヴィンデン》（水精《ウンディヌス》よ蜿くれ）〉
手稿〈一、Undine《ウンディーネ》 sich《ジッヒ》 winden《ヴィンデン》（水神《ウンディヌス》よ蜿くれ）〉
63頁6行目〈その場で〉
手稿〈それから先の〉
63頁9行目〈恐らく内心の苦吟は、〉
手稿〈その内心の苦吟は恐らく〉
63頁9行目〈事実全く犯人のいない殺人事件――埃及艀と屍様図を相関させた所の図読法は、到底否定し得べくもなかったのである。所が意外な事に、やがて正視に復した彼の顔には、見る見る生気が漲り行き酷烈な表情が泛び上った〉
手稿〈が、やがて顔を上げると彼の顔には生気が漲り行き酷烈な表情が泛び上がり、鋭い語気で云った〉
63頁13行目〈この図の原理には、決してそんなスウェーデンボルグ神学はないのですよ。狂ったような所が、寧ろ整然たる論理形式なんです。また、凡ゆる現象に通ずると云う空間構造の幾何学理論が、やはりこの中でも、絶対不変の単位となっています。ですから、この図を宇宙自然界の法則と対称する事が出来れば、当然、そこに抽象されるものがなけりゃならんでしょう〉
手稿〈この図の原理は、決して貴女が信じられるようなスウェーデンボルグ神学ではないのですよ。この狂ったような図の中でも、宇宙自然界の法則は依然として絶対唯一のものなんです。いや、この図の本質を自然科学の法則の中に導いて行って、それを抽象する一つの公式さえあれば……。ですからこの六つのものは数学記号に外なりません〉

63頁18行目　〈前人未踏とでも云いたい所の〉

手稿　〈前人未踏とも云う〉

63頁19行目　〈啞然となってしまった〉

手稿　〈空いた口が塞がらなかった〉

63頁19行目　〈数学的論理は〉

手稿　〈数学は〉

64頁1行目　〈リーマン・クリストフェルのテンソルは、単なる〉

手稿　〈幾何のテンソル公式が、一つの〉

64頁6行目　〈ミンコフスキーの〉

手稿　〈一つミンコフスキーの〉

64頁7行目　〈加えたものを、一つ〉

手稿　〈加えて、それを〉

64頁13行目　〈それを法水は眦で弾いて、まず鎮子を嗜めてから、『所で宇宙構造推論史の中で一番華やかな頁と云えば、まず空間曲率に関するアインシュタインとヴァン・ジッターの間に交された、論争でしょうな。その時ジッターは、空間固有の幾何学的性質に依ると主張したのでしたが、同時にアインシュタインの反太陽説も反駁しているのです。所が久我さん、その二つを対比してみると、そこへ、黙示図の本流が現われて来るのですよ』と、次図を描いて説明を始めた〉

手稿　〈「マア、お聴きなさい。」と法水は嗜めるように云って、卓上の用紙に次の公式を書いた。

$$\frac{d\sigma}{dt} = c \cos x$$

「これが、ド・ジッターの宇宙論にある光速度の公式なんですよ。所がジッターはその著述の中でアインシュタインの反太陽説も反駁しているのですが、そこに黙示図の本流があるのです。」と更に次図を描き加えて、説明を続けた〉

64頁19行目　〈では、最初〉

手稿　〈所で、まず〉

65頁6行目　〈ジッターは〉

手稿　〈ド・ジッターは〉

65頁6行目　〈遠くなるほど〉

手稿　〈非常に遠い〉

65頁7行目　〈移動して行くので、それにつれ、〉

手稿　〈移動して行く事から、遠方へ行くほど〉

65頁8行目　〈それがため〉

手稿　〈そうして、〉

65頁13行目　〈ボリボリふけを落しながら〉

手稿　〈不満らしく〉

65頁14行目　〈サア、そろそろ〉

手稿　〈もう、そろそろ〉

65頁15行目　〈苦笑したが〉

手稿　〈苦笑しながら〉

65頁17行目　〈ジッターの説〉
手稿　〈ド・ジッターの説〉

66頁3行目　〈と云うと〉
手稿　〈すると〉

66頁5行目　〈ようなものや〉
手稿　〈ようなものでありましょう〉

66頁6行目　〈対称的に〉
手稿　〈理論的に〉

66頁7行目　〈しているからです。現に体質液派は、生理現象を熱力学の範囲に導入していますよ〉
手稿　〈しているからですよ。また自然科学の法則は、凡て幾何学理論に依って抽象されるのです〉

66頁19行目　〈微塵もないよ〉
手稿　〈何処にもないよ〉

66頁21行目　〈然し、〉
手稿　〈然し、それを失ってしまって〉

67頁2行目　〈捻れてしまう。そして〉
手稿　〈捻れてしまい〉

67頁7行目　〈マア、犯罪徴候学・・・・〉
手稿　〈うんざりしましたわ〉

67頁8行目　〈大体そんなものは〉
手稿　〈徴候学なんてものは、〉

67頁23行目　〈法水の直観的な思惟の皺から放出されて行くものは、黙示図の図読と云いこれと云い、既に人間の感覚的限界を越えていた。〉
　ゲラでの加筆。

68頁6行目　〈熊城は驚いてしまって〉
手稿　〈熊城はすっかり驚いてしまって〉

68頁12行目　〈刃形みたいな形〉
手稿　〈刀子の尖みたいな形〉

68頁14行目　〈、ナルマー・メネス王朝〉
手稿　〈第《メ》一《ナ》王朝〉

70頁6行目　〈ああ、何時までも〉
手稿　〈ああ、何時までも、貴方は〉

70頁6行目　〈それでは、これを・・・・〉
手稿　〈それでは、これを御覧下さいまし〉

70頁11行目　〈Undinus《ウンディヌス》〉
手稿　〈Undine《ウンディーネ》〉

70頁12行目　〈ゴソニック文字〉
手稿　〈サキソン文字〉

70頁14行目　〈が、これには女性のUndine《ウンディネ》にusをつけて、男性に変えてある。〉
　ゲラでの加筆。

70頁16行目　〈この館の蔵書の中に、グリムの「古代独逸詩歌傑作に就いて」かファイストの「独逸語史料集」でも、〉
手稿　〈この館にジュストンかローブレンツ[▼9]でも、言語学の蔵書があれば・・・・〉
▼9　ローレンツ Lorentz, Friedrich 1870-1937 ドイツの歴史家、言語学者。

70頁20行目　〈眼を伏せたままで、〉
手稿　〈眼を伏せたまま、神経的な態度

を続けて〉
71頁21行目　〈何となく私には、無機物を〉
手稿　〈私には、この建物の中に、無機物を〉
71頁22行目　〈ような気がしてならないのです。〉
手稿　〈に思われるのです、〉
73頁3行目　〈当時の状況ですが〉
手稿　〈当時の状況をお聴かせ願えれば〉
73頁4行目　〈移ったが、鎮子は腰を上げた。〉
手稿　〈移った。けれども、〉
73頁8行目　〈そして〉
手稿　〈と云って鎮子は腰を上げた。そして〉
73頁12行目　〈向うに消えると、論争一過後の室は恰度放電後の真空と云った空虚な感じで、再び黴臭い沈黙が漂い始め、樹林で啼く鴉の声や氷柱が落ちる微かな音までも、聴き取れるほどの静けさだった。〉
手稿　〈消えてしまうと、〉
75頁7行目　〈この一句は大して文献学的なものじゃない。〉
ゲラでの加筆。
75頁10行目　〈だから、不可解な性の転換があるので、裁断するものは言語学の蔵書以外にはないと思うのだよ〉
手稿　〈だから、言語学の蔵書の中からでも何か判って来るように思われるんだよ〉
75頁16行目　〈陳腐な残余法〉
手稿　〈ミルの残余法〉
75頁21行目　〈四つの要素〉
手稿　〈三つの要素〉
75頁23行目　〈それから三つ目が、既往の三度に渉る変死事件。そして最後が〉
手稿　〈そして三つ目が、〉
76頁8行目　〈急務と云うのは幾つかの因数を、モヤモヤした疑問の中から摘出する事なんだよ〉
手稿　〈急務と云うのはこれだ。この事件のモヤモヤした多くの疑問の中から、いくつかの因数を摘出する事なんだよ〉
76頁16行目　〈今度は鍵が紛失して居りません。それから拱廊では、円廊の方の扉が、左側一枚開いているだけの事でした。』〉
手稿　〈それが非常に堅固な金庫風の文字盤なんですよ。〉
81頁7行目　〈あの老学者を殺したのでしょう?〉
手稿　〈博士を殺したのです?〉
82頁19行目　〈まさか錬金術士の蒼暗たる世界が、前期化学特有の類似律の原理と共に〉
手稿　〈錬金術士の蒼暗たる世界が、〉
83頁1行目　〈肱掛を叩いた〉
手稿　〈肱掛を叩いて叫んだ〉
83頁9行目　〈立って歩く事の出来ない

人間――それが犯人だ〉
手稿〈犯人は立って歩くことの出来ない人間です〉

83頁20行目〈カルドナツォ家〉
手稿〈クリエッツリ家▼10〉

▼10 Crivelli? ルドヴィコ・イル・モーロの愛人ルクレツィアの家系。

85頁20行目〈召使が運び入れて置いた人形を寝台の上で見てから、鍵を下しに扉の方に向ったのでしょうが、それを追うて貴方の犯行が始まったのでしたね。まず、それ以前に、敷物の向う端を鋲で止め、護符刀を抜いて置く――そして愈々博士が背後を見せると、敷物の端をもたげて、縦にした部分を足台で押して速力を加えるので、敷物には皺が作られ、勿論その波は次第に高さを加える――そして背後から、足台を博士の膝膕窩に衝突させる。と、波が横から潰されて、殆んど腋下に及ぶ程の高さになってしまう――と同時に所謂イェンドラシック反射で〉
手稿〈人形を寝台の上に載せ、それから扉の方に向かったのですが、その時からそれを簡略の言で表して見ましょう。まず人形から護符刀を引き抜く――敷物の端をもたげて、縦にした部分を足台で押して速力を加えるので、敷物には皺が作られ、もちろんその波は次第に高さを加えて、博士の背後に達する頃には殆ど腋下に及ぶ程の高さにまでなってしまう――そして背後から、足台を博士の膝膕窩に衝突させる――勿論所謂ジェンドラスチック反射で〉

87頁5行目〈、殆んど杜絶れ勝ちながらも微かな声を絞り出した〉
手稿〈微かな声を絞り出した。が、それは殆ど杜絶れ勝ちだった〉

87頁15行目〈然し、法水は冷然と云い放った〉
手稿〈法水は心持蒼ざめたが、冷然と云い放った〉

89頁11行目〈知っているだろうと思うが〉
手稿〈知っているに違いないと思うが〉

89頁13行目〈元来、打附木材住宅（漆喰壁の上に規則的な木配りで荒削りの木材を打ち附ける英国十九世紀初頭の建築様式）特有のものと云われるが、〉
ゲラでの加筆。

90頁1行目〈つまり、その仕掛を作ったのが算哲で、それを利用して永い間出入りしていた人物が、犯人に想像されるんだ。〉
ゲラでの加筆。

90頁7行目〈もうあの鈴のような〉
手稿〈もう後は、あの鈴のような〉

90頁12行目〈様子が見えたが、『僕は、その点が両方に通じてやしないかと思うんだ。真斎の混乱はどうだ。あれは決して看過しちゃならん。』と熊城が云った。〉
手稿〈様子が見えたが、その時熊城が疑念を述べた。〉

90頁17行目〈斯う云う談法論を述べている。〉
手稿〈その教論談義の秘法として、〉

90頁22行目〈エディントン〉

手稿　〈エッディントン〉
90頁22行目　〈その中の数字に対称的な観念が、〉
手稿　〈数学が吾々の世界にあるものの延長に過ぎないと云う観念が〉
90頁23行目　〈ビネーのような中期の生理的心理学者でさえ、肺臓が満ちた時の精神の均衡と、その質量的な豊かさを述べている。無論僕は、まさに呼気を引こうとする際にのみ、激情的な言を符合させて行ったんだが、それと同時に、もしやと思った生理的な衝撃も狙っていたのだ。それが喉頭後《ミュールマン》筋搐溺《ちくでき》と云う持続的な呼吸障害なんだよ。ミュールマンは老年の原因の中で、それを筋質骨化に伴う衝動心理現象と説いている。勿論間歇性のものには違いないけれども、老齢者が息を吸い込む中途で調節を失うと、現に真斎で見る通りの、無残な症状を発する場合があるのだ。だから、心理的にも器質的にも、僕は滅多に当らない、その二つの目を振り出した訳なんだよ。とにかくあんな間違いだらけの説なので、一切相手の〉

手稿　〈呼気に関する説はビュフナー[11]のような初期の生理的心理学者でさえ吸気が満ちた際の精神の均衡と、その質量的な豊かさを述べている。無論僕は、その点に激情的な言を符合させて行ったんだが、それと同時に、もしやと思った生理的な効果も狙っていたのだ。それがトレンデンブルヒ[12]半栓塞[13]なんだよ。老齢になって機能が衰えてきた場合に、一端衝撃をうけて呼吸の調節を失ってしまうと、気道に異物の侵入を防ぐクレムペレル[14]膜搐搦が起って呼吸に半塞的な障害を来す場合がある。それが心理的なものか、器質的なものかは何れとしても、僕は幸運にもそれに当たる眼を振り出した訳だよ。とにかくあんな間違いだけの説なので、一切の〉

▼11　Büchner, Friedrich Karl Christian 1824-1899 ビューヒナー。ドイツの医師・自然科学者・哲学者・心理学者。
▼12　Trendelenburg, Friedrich 1844-1924 トレンデレンブルグ。ドイツの生理学者。肺動脈の塞栓摘除に成功1908。
▼13　管の中で血液やリンパ液の流れをふさいでいるもの。塞栓。
▼14　Kemperer, Georg 1865-1946 ドイツの内科医。

92頁4行目　〈頭上遥か扇形に〉
手稿　〈扉形に〉
93頁17行目　〈大きく呼吸をしながら、頗る芝居がかった身振をして云った〉
手稿　〈大きく一つ呼吸をして云った〉
94頁13行目　〈宙を瞶めていた。が、やがて呟くような微かな声で云った〉
手稿　〈して云った〉
94頁18行目　〈三、易介は挟まれて……〉
手稿　〈三、化形武者絵〉
95頁10行目　〈的中しているや否や〉
手稿　〈事実であるや否や〉
96頁12行目　〈倍音——即ちド・レ・ミ・ファと最終のドを基音にした、一オクターヴ上の音階〉
手稿　〈一オクターブ上の音階。即ち、ド・レ・ミ・ファ……と最終のドを基音にした。〉
99頁1行目　〈甲状軟骨[15]〉
手稿　〈会厭《ええん》軟骨〉

▼15　気管への飲食物の侵入を防ぐ、喉元にある軟骨、喉頭蓋。

99頁3行目　〈深さを連らねた形状が、〉
手稿　〈全体の形状が〉

102頁22行目　〈残余の現象は或る未知物の前件である――と云う、この原理以外には〉
手稿　〈残余の現象は残余の前件の結果である――と云う、原理以外には〉

103頁13行目　〈外気の中へ散開すれば残響が稀薄になるのだから、その音は明らかに、テラスと続いている〉
手稿　〈明らかに、その音はテラセに開いている〉

104頁16行目　〈易介の体が宙に浮くと、具足全体の〉
　ゲラでの加筆。

108頁13行目　〈無論僕等に対する挑戦の意味もあろうが。〉
　ゲラでの加筆。

108頁15行目　〈莫迦な。〉
手稿　〈莫迦な。君にも似合わんぜ。〉

108頁20行目　〈それから廊下の方へ歩み出しながら、〉
手稿　〈そうして、廊下の方へ歩み出しながら云った。〉

109頁4行目　〈何を見たのか、〉
　ゲラでの加筆。

109頁5行目　〈鍵盤の前で、紙谷伸子が倒れているのだ〉
手稿　〈鍵盤の前で倒れているのが紙谷伸子だったのだ〉

113頁1行目　〈第三篇　黒死館精神病理学〉
手稿　〈第三篇　ダマスクスへの道は〉

113頁2行目　〈一、風精……異名は？〉
手稿　〈一、幽霊演奏は誰の手で？〉

118頁3行目　〈電気睡眠《エレクトリシユ・シユラッシユヒト》〉
ルビ手稿になし。

118頁20行目　〈ベルフォーレ〉
手稿　〈ウォルハイム〉

133頁10行目　〈永田知足斎〉
手稿　〈宇田川榛斎▼16〉

▼16　1769-1834 江戸末期の蘭方医。大槻玄沢の弟子。

133頁22行目　〈デ・ルウジェの『葬祭呪文《リチュエル・フユリアレイル》』〉
手稿　〈ローデ▼17の「オルフィック密儀《ミステリオン》」〉

▼17　Rohde, Erwin 1845-1898 ドイツ十九世紀の古典学者。書名は不詳だが、ローデの著書*Psyche* 1890-1894 は古代ギリシャ秘教の研究。

134頁10行目　〈ボーデン『道徳的痴患の心理《ディ・プシコロギイ・デル・モラリッシエ・イディオチエ》』〉
手稿　〈グロッスの「犯罪捜査法《クリミナル・ウンテルジュフング》」〉

134頁15行目　〈グラムマチクスの『丁抹史《ヒストリア・ダニカ》』〉
手稿　〈「英雄記《ヘルデンブッフ》」▼18〉

▼18　*Heldenbuch*　十五、六世紀に成立した中世英雄詩集成。

135頁8行目　〈レッサーの「死後機械的《ユーベル・デイ・フォルゲ・》

暴力の結果に就いて《デル・ポストモルタラー・メカニシエル・ゲヴルタインヴィルケンゲン》」〉
手稿〈バルドウィン博士の「死刑立会《エ・ウイットネッ》人の回想《スズ・メモリー》」〉
135頁21行目〈レッサーの名著さ〉
手稿〈「一死刑立会人の回想《エ・ウイットネスズ・メモリー》」さ〉
136頁18行目〈バルドィン〉
手稿〈レッサー〉
137頁1行目〈「死後機械的暴力の結果に就いて」〉
手稿〈「一死刑立会人の回想」〉
137頁16行目〈賢者の石《スタイン・デル・ヴイセン》〉
手稿〈哲学者の石《フイロソフアーズ・ストーン》〉
139頁15行目〈法水は此処でもまた彼が好んで悲劇的準備と呼ぶ奇言を弄ぼうとする。〉
手稿になし。
152頁22行目〈僧正テオリディアル〉
手稿〈僧正テオドリッヒ〉
153頁12行目〈単位!? 無論四重奏団としては、一団をなして居られたでしょうが〉
手稿〈無論一団をなしておられましたけれども、それは但し、四重奏団としてだけでしょう〉
153頁15行目〈あっても、あれほど整美され切った人格が、真性の孤独以外に求められようとは思われませんな〉
手稿〈あったにしても、それは真性の孤独以外には到底求めようのない、ある一つの整美された人格だと云い得ましょうな〉
153頁22行目〈烟をリボンのように吐いて、ボードレールを引用した〉
手稿〈烟をリボンのように吐いて莞爾とした。そして、〉
154頁1行目〈『それでは、吾が懐かしき魔王よ——でしょうか。』〉
手稿〈「それでは、吾が懐かしき魔王よ——でしょうか。」とボードレールを引用した。〉
154頁5行目〈と云いかけたが、急にポープの「髪盗み」を止めて、「ゴンザーゴ殺し」(ハムレット中の劇中劇)の独白を引き出した。『結局、汝真夜中の暗きに摘みし茶の臭き液よ——でしょうからね。』『どうして』と真斎は頸を振って、『三たび魔神の呪詛に萎れ、毒気に染みぬ——とは決して。』と次句で答えたが、異様な抑揚で、殆んど韻律を失っていた。のみならず、何故か周章いて復誦したが却ってそれが、真斎を蒼白なものにしてしまった。〉
手稿〈「いや決して、一人は譬喩で殺《ワン・ダイド・イン・メタファー・》され、また唄でも《エンド・イン・サング》▼19——」と真斎は頸を振って次句で答えたが、異様に抑揚格《トローキー》を欠き、韻律を失した部分が現れた。〉
▼19 One died in metaphor and in song, *The Rape of the Lock*, 'CANTO V'
154頁19行目〈それまで、陰性のものが〉
手稿〈それまで、何か陰性のものが〉
156頁4行目〈僕等の偏見を溶かしてしまうものは、この場合、遺言状の開封以外にないじゃないか〉
手稿〈偏見を溶かしてしまう媒剤と云うのが、遺言状の開封じゃないか〉

158頁15行目 〈第一、財産がなければ、僕には生活と云うものがないのですからね。』〉

手稿 〈第一、財産と云うものがなければ、僕の生活は瀕んでしまうのですからね。」〉

159頁3行目 〈何故かその場で釘付けされたように立ち竦んでしまい、そこから先へは一歩も進めなくなってしまったのだ。それは、単純な恐怖とも異なって、非常に複雑な感情が動作の上に現われていた〉

手稿 〈何故かその場で釘付けされたように立ち竦んでしまったのだ。〉

167頁19行目 〈その場合の事もお考え遊ばせな。屹度貴方だって、私共と同様な行動に出られるに極ってますわ〉

手稿 〈屹度貴方も、私共と同様な行動に出たでしょうからね〉

168頁8行目 〈頂いている。その優雅な姿を見たら、誰しもこの婦人が〉

手稿 〈頂いている所を見たら、誰しもこの優雅な夫人が〉

168頁12行目 〈ところの感じは寧ろ懊悩的で、一見心の何処かに抑止されているものでもあるかのような、〉

手稿 〈ところの感じは、寧ろ懊悩的で、一見心の何処かに抑止されているものがあって、それがため悶え悩んででもいるかのような〉

170頁13行目 〈『その戒律をです。多分お聴かせ願えるでしょうな?』〉

手稿 〈「そりゃ、また何故です?」〉

170頁20行目 〈やがて乗り出すように足を組換えて、薄気味悪い微笑を浮べると、〉

手稿 〈やがて薄気味悪い微笑を浮べて、〉

171頁13行目 〈かしこ涼し気なる隠れ家《シャイント・ドルト・イン・キューレン・》に、不思議なるもの覗けるが如くに見ゆ《シャウエルン・アイン・ゼルトザメス・ツ・ラウエルン》――〉

ルビ手稿になし。

173頁3行目 〈また真昼を、野の火花が《ウント・ミタハス・ウエン・デイ・ゾンネ・》散らされるばかりに、日の燃ゆるとき《グリュート・ダス・ファスト・デイ・ハイデ・フンケン・スプリュート》――〉

ルビ手稿になし。

173頁22行目 〈その悲しめる旅人は伴侶《アイン・リユベル・ワンドラー・フインデット・》を見出せり《ヒエル・ゲノッセン》――〉

ルビ手稿になし。

174頁11行目 〈最近に〉

手稿 〈曾て〉

175頁8行目 〈どうした事か、胸の所が寝衣の両端をとめられているようで、また、頭髪が引っ痙れたような感じがして〉

手稿 〈どうした事か、頭髪が引っ痙れたような感じがして〉

176頁18行目 〈吾れ直ちに悪魔と一つに《ウアス・ヒエルテ・ミッヒ・ダス・》なるを誰が妨ぎ得べきや《イヒス・ニヒト・ホイテ・トイフエル》――〉

ルビ手稿になし。

176頁20行目 〈短剣の刻印に吾が身は《ゼッヒ・シユタムペル・シユレッケン・ゲエト・》慄え戦きぬ《ドウルヒ・マイン・ゲバイン》――〉

ルビ手稿になし。

177頁14行目〈確かそこにあるは薔薇なり、その附近には島の声は絶えて響かず《ドッホ・ローゼン・ジンデス・ウォバイ・カイン・リード・メール・フレテット》——〉
　ルビ手稿になし。

177頁20行目〈詰るところ僕等は、人身擁護の機械なんですから、護衛の点で、〉
手稿〈僕等は、人身擁護の機械なんですから、護衛の点では万事遺漏のないつもりです。〉

179頁4行目〈異常な驚愕に違いないのだった。が、畢竟する所〉
手稿〈異常な驚愕だった。が、必竟する所〉

180頁4行目〈第四篇　詩と甲冑と幻影造型〉
手稿〈第四篇　ダマスクスへの道は…〉

180頁13行目〈単純失神《トランス》〉
手稿〈単純失神《ジンコーペ》〉▼20

▼20　syncope 卒倒。

181頁17行目〈一つに尽きるんだよ〉
手稿〈にあるんだよ〉

182頁12行目〈『所がねえ、』〉
手稿〈「所がねえ、乙骨君」〉

182頁12行目〈恐らく廻転椅子の位置や〉
手稿〈寧ろ廻転椅子の位置や〉

182頁13行目〈一顧する価値もあるまいよ。けれども一説として、僕はヒステリー性反覆睡眠に思い当ったのだ〉
手稿〈僕は一説として、ヒステリー性反覆睡眠を考えていた〉

182頁17行目〈モルヒネに対する抗毒性が亢進するものだよ。然し、皮膚の湿潤だけはどうあっても〉
手稿〈モルヒネに対する抗毒性が亢進するものだが、どうあっても皮膚の湿潤だけは〉

183頁9行目〈それを聴くと、法水は一端自嘲めいた嘆息をしたけれども、続いて彼には稀らしい懆狂的な亢奮が現われた〉
手稿〈然し、一端法水は自嘲めいた嘆息をしたが、彼には稀らしい懆狂的な調子になった〉

185頁4行目〈然し、結局廻転椅子の位置は…あの倍音演奏はどうなってしまうんだ?〉
手稿〈が、その実何も判ってはいないのだ!〉

186頁13行目〈伸子の先例は、オフィリアに求められるだろうね〉
手稿〈伸子はオフィリアではないだろうか〉

186頁16行目〈降矢木と云う頗る劇的な姓を冠せて〉
手稿〈降矢木と云う意表外の姓を冠せて〉

194頁3行目〈口から吐かせようとしたからなので、——つまり、詩語には特に強烈な聯合作用が現われるという——ブールドンの〉
手稿〈口から吐かせようとしたからなのです…。つまり、ブールドン(「原語表情説」の著者)やライヘルト(「抒情詩朗誦に於ける快不快の表出」の著

者）の〉

194頁14行目　〈その一語には〉

手稿　〈その三たび《スライス》と云う一語には〉

194頁19行目　〈ヘカテ伝説〉

手稿　〈蘇古蘭伝説〉

195頁17行目　〈吾今直ちに悪魔と一つになるを誰か妨げ得べき《ウアス・ヒエルテ・ミッヒ・ダス・イヒス・ニヒト・ホイテ・トイフェル》〉

手稿　〈一つになるを誰か妨げ得べき〉

ルビ手稿になし。

195頁18行目　〈短剣の刻印に吾身は慄え戦きぬ《ゼッヒ・シュタンペル・シュレッケン・ゲエト・ドゥルヒ・マイン・ゲバイン》〉

ルビ手稿になし。

196頁1行目　〈ヴァルプギリスの森林〉

手稿　〈フォーゲーゼン〉▼21

▼21　Vogesen アルザス地方の山地。仏名ヴォージュ山地。

198頁14行目　〈羅針儀式《マリナース・コムパス》〉

手稿　〈中隊行進式《トループ》▼22〉

▼22　Troop 軍事用語で騎兵中隊。動詞としては、式典で分列行進をするの意。

203頁10行目　〈ホーヘンシュタウフェン家祖フレデリック・フォン・ビュレンの〉

手稿　〈ホーヘンシュタウフェン家の〉

209頁16行目　〈その位置から見ただけでは徒らに色彩が分裂しているのみであり、しかも眩ゆいばかりの眩耀で覆われているのですから〉

手稿　〈眩ゆいばかりの眩耀で覆われているのですから〉

209頁18行目　〈仰天に価いする〉

手稿　〈侵入者にとると仰天に価いする〉

212頁20行目　〈テラ・ベルゲルの奇蹟〉

手稿　〈モリー・ファンチャーの奇蹟▼23〉

▼23　ハルトマン『生体埋葬』1895 第一章症例二。

212頁20行目　〈高熱を発せりと云うファレルスレーベンの婦人〉

手稿　〈高熱を発せしと云うブルックリンの婦人〉

213頁5行目　〈今回の発表が、単に対称的法医学の埒を越えている死因の推定にのみ止まっていて〉

手稿　〈今回の発表は、死因の推定のみに止まっていて〉

225頁6行目　〈ああ、僕だってそうじゃないか〉

手稿　〈そして、服装や嗜好の凡てに悪くどい装飾癖があり、鬚髯を貯えたツィガン▼24猶太でさえ、赤に近い襟布を附けたがると云う、一種の祭日的人種なんだよ。ああ、僕だってそうじゃないか〉

▼24　ツィガンはロシア語でジプシーを現し、風貌の描写からユダヤ・ラビ（僧侶）と思われるが、ユダヤ教との関係は不詳。

225頁9行目　〈赤い眼《シリウス》の視差《パララックス》〉

手稿　〈赤い眼《シリウス》の離角度▼25〉

▼25　ある地点から見た二つの天体の距離。

229頁19行目　〈ボヘミア領コニグラッツ〉

手稿　〈コルポニッツ〉

230頁16行目　〈丈の短い四本を周囲に並べて、その中央に全長の半ば程の蠟を取り除いて長い芯だけにした一本を置き、

それを囲ませなければならぬ〉
手稿〈丈の短い四本で、全長の半ば程の蠟を取り除いて長い芯だけにした一本を囲ませなければならなかったのだ〉
231頁19行目〈コニグラッツ事件〉
手稿〈コルポニッツ事件〉
234頁4行目〈その奇矯な推論から、まず〉
手稿〈まず彼の奇矯な推論から、〉
234頁21行目〈時代は十五世紀の末五代目のフェルナンド朝だが、（中略）宗教裁判長のバルバロッサは、〉
新潮社版240頁5行目〈時代は十六世紀の中葉フィリップ二世▼26朝だが、（中略）宗教裁判副長のスピノザ▼27は、彼を生地サントニアの荘園に送り還してしまったのだ。所が、それから一、二ケ月後に、スピノザは〉
▼26 第4回註218「フィリッペ二世」参照。
▼27 スピノザ Diego de Espinosa y de Arévalo 1502-1572はフェリペ二世時、スペインカトリック教会の重鎮、最晩年にはスペイン宗教裁判所の長官を務めていた1566-1572。

---

238頁1行目〈紙撚水〉
手稿〈星花火〉
238頁13行目〈視差《パララックス》〉
手稿〈離角度〉
248頁4行目〈猶太労働者組合〉
手稿〈猶太労働者組合《ブント》▼28〉
▼28 Bund（独）同盟。
265頁1行目〈第六篇　法水は遂に逸せり〉
手稿〈第六篇　法水は遂に逸せり?〉
295頁12行目〈Girl locked in kains.〉
新潮社版305頁13行目〈Quean▼29 locked in kains.〉
▼29 暗号成立のために虫太郎が単語（頭文字）を修正した。quean は古英語で、おてんば娘、あばずれ女の意。
295頁14行目〈少女〉
新潮社版305頁14行目〈尻軽娘〉
301頁21行目〈神経的なものが去らずに〉
手稿〈神経的なものが去らなかった。〉

---

冷た気に法水の顔を見遣りながらも〉
303頁21行目〈期待しているらしく思われた〉
手稿〈期待していると見えて、当時の状況を微細に穿っていった〉
304頁6行目〈帷幕の蔭にいたのを〉
手稿〈帷幕の蔭にいたのを貴女は〉
402頁22行目〈証拠以上のものでないのだよ〉
手稿〈証拠以上のものでない事は云うまでもないのだよ〉

校異の趣旨とは若干異なるが、『新青年』初出と、新潮社版に大きな異同が二箇所ある。第三回の「莫迦、ミュンスターベルヒ」の章が途中で未完となり、第四回の冒頭に続いているが、単行本化に際しては分断なく第三章として纏《まと》められている。

また、本書第七回末尾の360頁7行目から、第八回冒頭361頁20行目が、単行本化の際、第七章末尾へと移動され大幅な加筆、修正が行われている。詳述は避けるが、新潮社版準拠の各版をお持ちの方は比較して頂きたい。

（作成：山口雄也）

# 解題

山口雄也

本書は『黒死館殺人事件』の初出誌「新青年」（一九三四年四月号から十二月号掲載）を底本とし、世田谷区立世田谷文学館所蔵の小栗虫太郎自身の手稿と照合した上で校訂、註釈を加えたものである。

『黒死館殺人事件』は本書発行以前より、多くの出版社から若干の異同を含みつつ刊行されてきたが、基本的には新潮社版（一九三五年刊）を、唯一の著者本人の校訂を経た底本としてきたと言ってよい。そしてこれまでも、有為の先人によって、本文の検討作業が行われてきたが、著者の早逝や戦後の混乱もあって、手稿の存在が明らかにされない状態での、不十分な作業となってきたことはやむを得なかった。

筆者は一九七〇年以降「黒死館語彙」の蒐集調査を続けてきたが、故・松山俊太郎氏の慫慂《しようよう》を請け、一九七六年、教養文庫版『黒死館殺人事件』の校訂に協力させて頂いた。その編集方針は、初めて「新青年」版との本文校訂を行った上で、正確を期すということであった。しかしながら、その際も多くの問題点を著者の誤謬、捏造として処理せざるを得なかった。筆者は教養文庫版刊行以降も、黒死館の諸相について調査を続けてきたが、そうした疑問点を残したまま現在に至った。幸いにもその後、手稿旧蔵者が判明し、世田谷文学館が入手したため公開閲覧が可能となり、今回の企画が成立した。

まず、今回使用した手稿の状態について述べておく。第一回、第二回については入稿までの余裕がそれなりにあったからであろう、事前の推敲が行われており筆跡も整っているが、入稿直後までタイトル、館名が決まっていなかった。タイトルは最初作者の筆跡で「黒死病館殺人事件」と書かれているが、編集の段階で「病」の字が乱雑に塗りつぶされている。また本文中の館名は、第一回の手稿ではすべて「黒疫館」と書かれていたが、編集者によって鉛筆書きで「疫」を「死」に変えられ、ルビも「こくしくわん」と修正されている。さらに本文中、二番目から四番目の「黒疫館」には虫太郎により「ペスチレントやかた」とルビが振られていたが、これも掲載時には抹消されていた。

　また著者校ゲラは連載の最初の二回分のみ現存するが、こちらにはそれぞれ原稿用紙三枚分を超す大幅な追加情報が、細かいルビを振られて別紙で貼付されている。

　第三回以降の手稿でも、原稿用紙の正規の文字数を遥かにしのぐ大量の文字がルビつきで細かく書き込まれ、さらに多くの情報が別紙で貼付されている。第六回からは夫人による清書が多数含まれ、第七、八回に及ぶと前半のほとんどが夫人の清書である。そこへ虫太郎自身による修正が加筆された。

　虫太郎の特異な語彙が鏤《ちりば》められた下書きを清書させられる夫人も大変だったと思うが、目を通す作者にとっても神経をすり減らす作業であったろう。語彙修正のみならず、新たなエピソードや文章を追加していきながら、自分の知り得た情報を隙間なく作品に充填させていくという、気が遠くなるような工程を経て執筆されていることがわかった。

　こうして、初出誌と文字通り迷宮のような手稿との校合作業を行った結果、新潮社版を精査しただけでは解明できなかった疑問の多くが、誤植によるものと判明した。かつては作者の誤謬や捏造ではないかと疑われた語彙は、雑誌掲載時及び新潮社版における著者校を逃れて生き残ってしまった誤植、もしくは他者（夫人）による清書時の写し間違いであったのだ。これらは、薄暗い作業場で、虫太郎お得意の煩雑なルビを含めて植字を行う困難さを考えれば、当然まぬかれえない誤植であったともいえるだろう。

　顕著な例を挙げると、第五回註230に登場する「秘密築城風景」には、今までの版では「ボーデルヴィッツ」というルビが振られていた。そしてこのルビを元に註釈者は、かつてBodelwitzというドイツの地方都市を候補として挙げていた。しかし手稿には「ポーデルヴィッツ」と明確に書かれており、Podelwitzは実際に彼の使用した資料である『グスタフ・アドルフ伝』に登場していたのである。しかもその村には、秀吉の「一夜城」のようなエピソードが残されていた。

さて本書の重要な特徴である註釈作業であるが、筆者は前述の通り、約四十年前より「黒死館語彙」の迷宮に徒手空拳で入り込み、抽出と調査を続けてきた。語彙の調査は、辞典、辞書、年表を手がかりに、各分野における『黒死館』執筆当時の専門書を参照しながら進行した。

まず外来語であるが、基本的に訳語の親字に対して原語がカタカナでルビとして振られていることが、原綴を発見する糸口となった。また引用と思われる事項や語彙を、国語別やジャンルによって分類することによって、大まかな傾向を摑むことができた点も、探索のヒントとなった。

外国語別では、ドイツ語が約三十パーセントを占め、次いで英語二十五パーセント、フランス語十パーセント弱、その他イタリア語、ラテン語等が使われている。虫太郎自身、独英の原書を読めるほどの語学力があったことに加え、文学以外にもドイツ語が群を抜いて多かったのは、医学・科学の分野を多く扱っているため、当時最先端の文献がこれに拠っていたことに関係しているだろう。

分野については正確な区分は難しいが、文学が三十五パーセント、ついでオカルティズム、医学、歴史がそれぞれ十五パーセントを占める、残り二十パーセントは、芸術、宗教、科学に分類される語彙である。オカルティズム関係の語彙が多いのは、黒鏡魔法《ブラックミラー・マジック》などの、トリックへの寄与を考えれば当然かもしれない。また、こうした分野の偏向は、虫太郎が大正から昭和初期のグロテスク趣味的風潮を受け、読者との距離が広がることは覚悟の上で、作品に重厚さや怪奇味を与えようと意図したことによっている。

また調査にあたり、能《あた》う限り往時の資料を参照するよう心がけてきたのには、理由がある。というのも、特に心理学・医学に関しては、作者の執筆時と戦後における語彙の意味が大きく異なることが判明したためだ。

例を挙げると、第二回註162に登場する「サントリニ静脈」は、戦前においては本文の記述通り頭蓋部にある血管の呼称だが、現在の医学用語では前立腺周辺にある血管叢を指すのである。

さらにこうした資料の中には、明らかに虫太郎が参照したと思われる文献も含まれていた。例えば、巴陵宣祐《はりようのぶすけ》訳著『古代医術と分娩考』（武侠社、一九三一年）では、「暗視野照輝法」（第四回註237）をはじめとして五十余りの項目で一致をみた。この他、当時の平凡社版『世界美術全集』等、数点の参考資料が発見できた。一部脚註に反映させているので、ご参照いただきたい。

その後、ネット環境が整ったことにより、デジタル検索も充実し、紙資料では及ばなかった古い洋書籍の閲読も可能となって、調査を大きく進展させることとなった。

さて、これらの語彙検証と併せて、手稿との校異で見えてくる虫太郎の特異性といえば、ほとんど作品の流れとは無関係に頻出する語彙の異同である。こうした変遷は、言語装飾に取り憑かれた作者の、異様な執念のなせる業《わざ》といえる。

語彙の必然性がいかに並外れて低いか、その例を見てみよう。

虫太郎の重要な参考資料の一つであるハルトマン（第四回註256）の『生体埋葬《バリード・アライヴ》』に書かれているとされる「テラ・ベルゲル」という人名だが、実際の資料には記載がない。ところが手稿では「モリー・ファンチャー」となっており、この名前ならば『生体埋葬』で取り上げられているのだ。この変更は、語感を重要視する虫太郎の意図であって、英語では得られない異国の趣に重きをおいた結果と考えられる。

もう一つ重要な点は、ストーリーに関わる長い詩文《センテンス》の引用に、作者の恣意によって改竄がなされているということだ。ゲーテ『ファウスト』、ポープ『髪盗み』、ミルトン『失楽園』などは、程度の違いはあっても、すべて彼の手が入っている。

その最たるものは「ゴットフリート」の作品として取りあげられたものである（第四回註59）。作品名も明らかでなく、おどろおどろしい詩文のみが二度引用されているのだが、実は十九世紀ドイツの詩人メーリケの詩の、重要な語彙を改竄したものであった。メーリケの原文中「Was hielte mich, daß ich's nicht heute werde?」の「werde」という動詞を、「töfel」（悪魔）と言い換えているのである。さらに二回目の引用においては、手稿で当該部分を「神」としていたものを、掲載時は一回目と同様に「悪魔」と修正している。

かように、虫太郎は引用した語彙を自在に置換しながら、はたまたエピソードに合わせて原文を改変しながら「黒死館」という幻の楼閣を築きあげていったのであろう。

そうした彼の創作姿勢を端的に示した例として、黒死館の所在地である「葭刈の在」や、建築様式「ケルト・ルネサンス式」が挙げられる。この二点については以下に、脚註で書ききれなかった註釈として記しておきたい。

## 補註1「葭刈の在」（第一回註79）、「私鉄T線」（第一回註113）

降矢木家釈義中「当世零保久礼《ちよぼくれ》博士」に登場する高座郡という郡名は神奈川県に実在する。黒死館建造に近い一九〇七年発行の『高座郡地誌』によると、南は現在の藤沢、茅ケ崎両市に始まり、北は相模原市に終わる、相模川と境川にはさまれた県央を縦断する広大な地域を指す。当時、町を名乗っていたのは藤沢町ただ一つ、旧高座郡で一番面積の広い相模原市は、まだ、相原、田名、溝、大沢、麻溝、大野、新磯の七カ村にわかれていた。その大部分は火山灰台地のため農耕に適さず、一部に果樹等を栽培するほかは雑木林の多い地目であった。

また大山街道は、東京市内では青山街道と呼ばれ、赤坂見附を起点に三軒茶屋を通り、二子の渡しを抜けて長津田（現・横浜市）を経由し、高座郡を斜めに横切って厚木へとつながっていた。その別名、矢倉沢往還は相模国の物資輸送の幹線で、水運の要となる相模川との結節点にある厚木とその対岸の海老名は、巨大な建造物を築くための石材等の資材の移動や、人材の集約に適した土地柄であった。しかもその周辺は荒蕪地《こうぶち》が多く、人口密度が低いために、人の噂になりにくい。まさに明治時代の高座郡北部は、黒死館のような建築がいつの間にかできていたとしても不思議ではない環境だったと思われる。

しかしながら問題の葭刈という地名については、高座郡内には実在しない。ヨシカリ、アシカリに似た語感を持つ地名といえば、足柄を想起させるが、それは実際に高座郡を通過する私鉄、小田急電鉄の終点である、箱根に近い場所である。そうすると、第一篇第一章の「もう神奈川県になっている」(18頁)という表現にそぐわない。また、第五篇第二章の記述にも、興味深い齟齬が存在する。「その惨事が発生してから僅《わず》か三十五分の後には、法水一行が黒死館に到着していた」(253頁)という一文は、当時の道路事情と自動車の性能を考え併せてみると腑に落ちない。都内にあるはずの法水の事務所から黒死館まで、たった三十分ほどで到着できるという点を重視するならば、虫太郎は、実はもっと身近な地域を想定していたとも考えられるのだ。

ここで、葭刈という地名を探す前に、作者自身の生活と関係の深い「私鉄T線」を考察してみよう。

首都圏の私鉄路線を検討する中で、本文の記述に最も合致すると考えられるのは、玉川電鉄である。この路線は渋谷を起点とし、大山街道を通って、多摩川河岸を終点とする路面電車であった。明治末期に多摩川沿いの砂利運搬用に作られたが、沿線の都市化とともに旅客輸送に変更された路線である。最長時は、山手線の内側に位置する天現寺橋を起点に、渋谷、三軒茶屋を経由し、二子玉川を渡って対岸の神奈川県側の溝の口までを結ぶものだった。現在では、大山街道の地下を通って溝の口市街を越え、神奈川県の中心部へと繋がってゆく東急田園都市線と呼ばれる路線となっている。

この路線は作家活動を始めてからの虫太郎には縁が深く、「完全犯罪」から『黒死館』執筆期に暮らしていた太子堂の最寄り駅(三軒茶屋)でもあった。また彼の情報源であった九段の大橋図書館へは、渋谷で市電に乗り換えるだけで向かうことができた。しかし「葭刈」のイメージとしてふさわしいのは、渋谷と反対の多摩川方面なのである。例えば散歩好きであった虫太郎が、一日足を延ばしたとしよう。そこで見ることのできた光景はどんなものであったか。

玉川電鉄は、川崎東部の工業地帯と西部の多摩地区からの砂利、石灰石運搬用に開設された国鉄南武線の武蔵溝ノ口駅と接続していた。その一帯は、現在の商住密集する繁華な光景とは異なり、北東部は農業地帯、南西部は多摩丘陵の末端で形成された緑豊かな起伏地が、駅のすぐ裏手まで迫る地形だった。

駅裏側の昼なお暗いと言われた坂道は、実は先述の大山街道の神奈川ルートの始まりに合致する。街道を尾根道でたどっていけば、西に向かって広がる多摩丘陵の雑木林と谷間の耕作地が入り交じった、波状を描く変化に富んだ眺望を見渡すことになる。折り重なる尾根の中腹は古来から続く不動信仰の痕跡を色濃くとどめており、首都近郊とはいえ、こうした人家まばらな佇《たたず》まいは、下町暮らしの長い虫太郎にとっては、間近に出会ったエキゾチックな光景であったろう。

その奇妙な景観から、たまたま目にした風景写真の一枚、フランス東部の山深いジュラ地方の名勝、テレーズ生誕の地「サヴルーズ谷」を思い浮かべた可能性も高い。とはいえ、実際に彼が冒頭で描写する殺伐とした「赭土《しゃくど》褐沙《かっさ》」の光景は、シェークスピア『マクベス』で描かれたスコットランドや、英国南部の荒涼たる湿地帯「ダートムーア」といった、コナン・ドイルの描写の再現というほうが適確かもしれない。

想像の域は出ないが、以上を総合すると、玉川電鉄に揺られて休日に訪れた溝の口近辺の実在の光景と、虫太郎が若い頃耽読したゴシック趣味溢れるホームズものの長篇『バスカヴィル家の犬』の舞台を参考にした上で、多摩川対岸からそれなりに距離感のもてる「架空の」高座郡のイメージを膨らませて「葭刈」は生まれたと考えられるのである。

**補註2「ケルト・ルネサンス式」（第一回註4）**

まず戦前の最も広範な建築様式史を扱ったバニスター・フレッチャー、古宇田實・齋藤茂三郎訳『フレッチャア建築史』（岩波書店、一九一九年）を見てみると、アイルランドにおけるケルト風建築の紹介はあるものの、あくまでも小規模な宗教建築にとどまっており、「黒死館」に与えられたイメージに合致する広壮な様式は存在していないことがわかる。また十九世紀に起きた復古趣味の流れは、ゴシック・リヴァイヴァルをはじめ、ギリシャ、バロック、ロココ風など多くの建築様式に及んだが、ケルトという様式の復興は見あたらない。

つまり「ケルト・ルネサンス式」とは、『黒死館』を論評する諸家が必ず引用する重要な語彙でありながらも、正規の建築史には登場しない虫太郎の造語である。端的に言えばこれで終わってしまうのだが、彼がこの様式を考案するに至った動機や意図について、もう少し掘り下げて検討してみたい。もちろん、ここには彼一流の韜晦《とうかい》趣味もあっただろう。だが一方で、青年時代に文芸界を覆っていたアイルランド文学の香気や、大正時代に大きく花開いた表現主義映画からの影響もあったと考えられる。

ここで簡単にケルト文化の潮流を整理しておこう。

アイルランドのケルト民族は、歴史的、文化的には英本島のブリトン人と拮抗する背景を持ちながらも、十六世紀中頃の英国王による一方的なアイルランド王宣言以来、二十世紀初頭に至るまで、英国の地主たちの強力な武力支配によって簒奪《さんだつ》され続けてきた。それに加え、宗教こそカトリック信仰を黙認されてはいたが、アイルランド語は禁止され、集会さえも弾圧を受け、個人的な資産も所有できなかった彼らは、正規の建築史に「ケルト」を冠する様式を創り上げることはできうべくもなかったのである。

一方で十八世紀中頃、ジェームズ・マクファーソンが紹介した、中世ケルトの叙事詩『オシアン』が、英国内のみならず、ロマン主義に高揚するヨーロッパで話題となり、ケルト文化の見直しが一部で行われた。これを機に、英国内に暮らす、いわゆる外様《とざま》の英国人でしかなかったアングロ・アイリッシュというアイルランド系の文学者たちが、ケルト人としての矜持を抱き始めたのである。マクファーソンの『オシアン』は結局、古文献の再構成と加筆であると判明したが、その影響は緩やかに続き、ここに至ってケルト文化の復興は、文学上では一つの力強い成果を産み出した。それが十九世紀末から二十世紀に欧州を席巻するIreland's Literaly Revival（愛蘭文芸復興）となった。

アイルランドにあって、詩人のイェイツ、ダンセイニ、グレゴリー夫人等は民話伝承の発掘を行い、さらに、ケルト人気質特有の幻想味あふれる戯曲や小説、詩を相次いで発表した。これは別名「ケルティック・リヴァイヴァル」とも呼ばれ、芥川龍之介、菊池寛を筆頭に、大正期の日本文学界にも大きな影響を与えた。青年時代に受けたその運動からの影響が、虫太郎に「ケルト」という特別な語を選ばせたものだろう。


ここで呼称の言語的な問題を一旦離れ、「黒死館」執筆当時の文化を牽引していたもう一つの芸術運動、表現主義に着目したい。

異国趣味を育み、演劇青年となった虫太郎がケルト文芸と同等に関心を持ったのが、ゴードン・クレイグの舞台装飾であり、アドルフ・アピアの前衛的な照明術であった。これらは二十世紀初頭にドイツを中心に広がった表現主義芸術の一分野であって、絵画や演劇などが相互に刺激を与えあい、成熟していった。また同時に『カリガリ博士』（一九二〇年）や『吸血鬼ノスフェラトゥ』（一九二二年）などの映画の分野においても、最盛期を迎えていた。大の映画ファンであった虫太郎が受けたその影響は、「黒死館」における、ダンネベルグ夫人殺害の現場、易介の死んだ拱廊《そでろうか》、梯状琴《クラヴイチエムバロ》の置かれた大階段の裏、算哲の墓窖《ぼこう》など、沈鬱な色使いと光と影の効果的な対比によって、表現主義映画の技法を受け継ぐ形で投影されていったのである。

また表現主義の若い芸術家、例えばファイニンガーの絵画や、ブルーノ・タウトの実現不可能な建築は、当時主流の芸術観とされた古典様式一辺倒の表現に反発し、ゲルマン民族の精神的原点、つまり中世への回帰をはらんでいた。そこでは、現代建築へとつながる試行錯誤の一場面としてたしかに、ある種の精神主義を基調にした新しいゴシック精神が勃興していた。


ゴシックへの回帰という意味では、十八世紀半ば、英国の趣味人ウォルポールが、当時としては時代遅れな中世を複製し、紛《まが》いの形式でストロベリーヒルに自邸を造り上げた。前述のケルト文化の復興と軌を一にして、その形式は中世ゴシック様式の復活としてゲルマン系民族意識の高揚と共に、ヨーロッパ東部の諸国に広がった。それが「ゴシック・リヴァイヴァル」であった。しかし十九世紀も終わり近くなると、ロマンチックな民族意識は形骸化し、様式の混濁が起きて、都市の中心を占める建築の大勢は、紛いのローマ風、紛いのバロック風が占めるようになっていった。

そんな風潮の中で、英国産業革命によって起こった新興の中産階級が、自分たちの居場所を、改めて中世風のゴシック建築の中に見出したのである。当時の紡績工業地帯等で成功した、いわゆる成金たちは自分たちの別荘を、まるで絵画の中から抜け出したような古風らしく見える邸宅（ピクチャレスク）として競って建てていったのである。

さらにリヴァイヴァルの流れはヨーロッパを離れて、アメリカでも登場する。一部の富豪たちは、己の富を誇示するために、ヨーロッパの名建築を継《つ》ぎ接《は》ぎしたような、美しいとは言いかねる豪邸を建て始めていた。それが探偵作家ヴァン・ダインが羨み、かつ蔑《さげす》んだニューヨークのお屋敷群である。ただただ豪華さのみを追求する、矛盾だらけの建造物には、様式など不要であり、実質的に名づけることも不可能であった。虫太郎が『黒死館』執筆に際して大きく影響を受けたヴァン・ダインが、それらの邸宅における様式の混濁を『ベンスン殺人事件』で「ゴシック・ルネサンス」などと書いたとしても、彼の罪ではない。また『グリーン家殺人事件』に、正式な建築史に登場する「フランボワイアン・ゴシック」という様式を盛り込んだのも、美術評論家としての彼の良心だったかもしれない。『グリーン家』のお屋敷が、幽霊でも潜んでいそうな旧時代的でありながら、ニューヨークの一角に確かに存在するかもしれないと思わせる形式と構造をもつことができたのは、ヴァン・ダインが十分に建築の常識を弁《わきま》えていたからだし、読者も日常的にそれに近い建築を見聞きして、フィクションとして受け入れる下地があったからである。

そしてヴァン・ダインが「ゴシック・ルネサンス」と呼び、後に「フランボワイアン・ゴシック」

と言い換えた様式の揺らぎを、虫太郎は見逃していなかったはずである。この二つの名は、虫太郎が、彼なりに自分の世界を組み立てるに際して、「ケルト・ルネサンス」なる様式を考え出すための重要なヒントとなったのは確かだろう。

「黒死館」には、構造全体を現すような様式名を見つけてやらねばならなかった。といって、既存の様式では読者に不要な先入観を与えることになってしまう。何といっても一言で「黒死館」を現しながら、後から説明される全体構想を壊すものであってはならないのだ。そこで登場したのが、語彙の上では虫太郎の慣れ親しんだ「ケルト文化」、イメージの上では「ゴシック・リヴァイヴァル」という、二者の絶妙な融合体であった。何とも語呂のいい「ケルト・ルネサンス」とは、虫太郎が、己の吸収した知識と願望のすべてを注ぎ込んで造り上げた、過剰な建築へのこだわりを示したネーミングだったのである。

以上で膨大な語彙の洪水にたゆたいながら過ごした半生の作業を、取りあえず終えることとする。もちろんこれらの語彙の意味をいくら解明しても、虫太郎がわずか九カ月で築き上げた『黒死館』の高楼が揺らぐことはないだろう。とはいえ、この作業が小栗虫太郎という希有の存在を、改めて見直してみたいと後続の方々に考えていただく材料となるなら望外の喜びである。

ここで改めて、本書を世に出すためにご協力頂いた方々にお礼を申し上げたい。

長い間個人的に続けてきた黒死館語彙の蒐集作業を評価いただき、出版元をご紹介下さった平山雄一様、解説をいただいた新保博久様、素人作業を我慢強くここまで引っ張って下さった作品社の青木誠也様ありがとうございました。そして、個人誌の時代から知識の澱《よど》みでしかなかった筆者を叱咤奮励し、原稿の校正、資料の調査から訳出まで協力してくれた、家庭内プロデューサー絹山絹子に、教養文庫版の編集終了後も、遅々とした動きにもかかわらず、作業の完成を期待しておられた故・松山俊太郎氏に、心より感謝いたします。

# 解説　黒死館愛憎

新保博久

「どうも君は、単純なものにも紆余曲折の観察をするんで困る。」――支倉検事

この版で『黒死館殺人事件』なるものに初めて接する読者は稀だろう。少なくとも一、二度は読んでいるに違いない。あるいは――かつての私がそうだったように――「序篇　降矢木一族釈義」あたりで挫折してしまい、また改めて挑戦の意欲を掻きたてられてでもいるのだろうか。私自身、通読は今回で三度目だが、それまで読みかけては落ち、少なくとも序篇だけは十回くらい読んだような気がする。

とりあえず概要だけでも心得ている読者に、「日本探偵小説史上、もとい異端文学史上、もとい近代文学史上に屹立する異形の巨篇」だの、「小栗虫太郎一代の傑作」だのと能書きを垂れても始まらない。はた迷惑でも自分語りから書き起させてもらおう。

もう記憶が前後しているので資料に頼ると、『黒死館殺人事件』という題名を初めて見たのは、一九六八年の六月ごろだったはずだ（半世紀前！）。一年以上前に出た「ハヤカワ・ミステリ図書目録〔第2集の1〕」（一九六七年四月）という冊子が、当時まだ河原町三条下ルにあった文祥堂書店のレジに積んであるのが欲しくて、ただ貰《もら》うのも気がひけたから当時最新刊だったカーター・ブラウンの『宇宙から来た女』（一九六八年五月）を購《あがな》っている。この冊子は749番からの解説目録で、それ以前の既刊は末尾の著者別索引で書目を窺えるだけだが、居並ぶ海外作家の戦列に三人の日本人名が見出されて仰天した。誰なんだ、この人たちは。

三人のうち浜尾四郎『殺人鬼』というのは、まあ普通の名前、普通の題名で是非もないが、いちば

ん衝撃だったのは夢野久作『ドグラ・マグラ』で作者名も題名も変、『黒死館殺人事件』はその中間というところ、きっと黒死館なる屋敷で殺人が起る話だろうと思ったものだ（違っていなかった）。しかし、江戸川乱歩（日本作家で読んでいた数少ない一人）をも差し措いて殿堂入りした三作の題名は深く記銘された。

「夢野久作全集」が三一書房から刊行されたのはその翌一九六九年である。ほかの作品はどうでもいい、『ドグラ・マグラ』の正体を見きわめねばと、巻数順に配本される第四巻を待ちかねて購入したが、勇んで読み始めたものの、癖のある文体と複雑怪奇な小説構造とに手厳しく撥《は》ね返された。読めないまま大晦日を迎えて、師走の街へ繰出したとき同行の友人から、一万円札しか持ってないので何か本でも買ってくずしてくれと頼まれ、それなら五百円以上もする高価本でなければなるまいと、駸々堂本店か京宝（京都宝塚）店だったか平台の新刊を見渡すと、桃源社の「大ロマンの復活」シリーズ最新刊『黒死館殺人事件』が黒々と聳《そび》えていた。『ドグラ・マグラ』に挫折した高校生としては要心第一、一人だったら冒頭を立読みして、これは歯が立たぬと売場に戻したかも知れない。だが同行者に急きたてられ、中味も見ずに大枚六百八十円をはたき、帰って開いて忽《たちま》ち後悔した（そのときは）。

御覧のように本文は、「聖《セント》アレキセイ寺院の殺人事件に法水が解決を公表しなかったので」云々という冒頭からして、聖アレキセイ寺院の事件とは何なのか、法水とはホウムズの宛字《あてじ》だからたぶん名探偵なんだろうけど何者なのか、分らない読者は立ち入る勿《なか》れと峻拒《しゅんきょ》しているかの如《ごと》くだ。思うに、最初「新青年」一九三四年四月から十二月号まで『黒死館殺人事件』が連載された当時の読者は、それ以前の「完全犯罪」や、「後光殺人事件」をはじめ法水物に親しんでいたから（「夢殿殺人事件」、「失楽園殺人事件」は他誌だったけれども）、ここで門前払いを食うことはなかったのだろう。水谷準編集長は第二回掲載号の編集後記で、「前号から連載しはじめた『黒死館殺人事件』は期待通り異様なセンセーションを読書界に捲起《まきおこ》した。江戸川、甲賀両氏の批評（本書430〜433頁に再録）でも分る通り、本篇は号を逐《お》うて、ます〳〵その驚くべき馬力を発揮する筈《はず》。折角《せっかく》愛読を願いたい」（原文は正字正かな）

と意気軒昂だ。そういうウォーミングアップなしに黒死館に入館を試みるのは、準備体操せずに驚駭噴泉《ウォーター・サープライズ》に飛び込むようなものではないか。

「聖アレキセイ寺院の惨劇」は、『黒死館殺人事件』が復刊される二年半前、「ミステリマガジン」一九六七年五月号の半冊ほどを費やした「特集！　懐かしの『新青年』」に松野一夫の挿絵ごと復刻されていたから入手困難というほどではなかったものの、あいにく私はそんな特集どころか「ミステリマガジン」の存在すら知らなかった。そして同短篇を収録した立風書房の『新青年傑作選Ｉ　本格推理編』が刊行されたのは、年を跨《また》いで一九七〇年初頭だから、見事にアレキセイ空白期に当っている。ハヤカワ・ミステリに入った国産推理小説というのは、こんなのばかりなのかと乱歩の世界を懐かしんだものだ。

諦めて、だったか、とりあえずだったか澁澤龍彦の解説に目を通して、さしたる必然性もなく犯人名が明記されているのにも、読む気を阻喪《そそう》させられた。「……この『黒死館』では、トリックはあくまで装飾的かつ抽象的であり、読者をして謎解きの興味へ赴かしめる要素はほとんどないと思われるので、ここで私がよしんば犯人の名前をすっぱ抜いたとしても、それによって小説自体の興味が減ずるということは、まず有り得ないことと考えられる。はっきり言ってしまおう、――犯人は、（後略）」というのは確かに正論だったと今なら言えるが、当時『アクロイド殺害事件』や『ドルリイ・レーン最後の事件』を、犯人が誰か承知していてはなかなか手に取る気が起きなかった身としては困惑したものだ。この澁澤という人の文章は危なくて読めないとも感じた。不幸な出会い方をしたものだ。

そういう趣旨のことを書いたわけではないが、前後して「ミステリマガジン」に一度だけ投稿などしたところ、当時は投書子の住む所番地まで掲載される慣習だったため、京都の老舗ファンクラブＳＲの会から会誌購読のお誘いが届いた。『黒死館』を買ったときの同行の友人をはじめ、周囲にはミステリも何も、読書習慣のある者が極端に少なかったので、そういう話し相手が得られるかと喜んで申し込んだのだが、届いた会誌「ＳＲマンスリー」を読むと、こんなマニアックな人たちの仲間には到底、はいれないと痛感し、最初の半年過ぎると更新しなかった。高校生にとっては痛い会費を払うより、そのぶん本や雑誌を買って独り楽しんでいればいいと考えたようだ。ただ、折しもハヤカワ・ミステリ刊行千点突破特集が「ＳＲマンスリー」にあり、座談会での「ぼくは『黒死館』てのは読めなかった。腹がたった本だね」、「ぼくの友達が、あれを読んで『これは翻訳が悪いんです』と言ったのは傑作だったな。（笑）」という応酬には我が意を得、読めないのは自分だけではないんだと安心もした。

「『**黒死館殺人事件**』くらい、作家や読書人にショックを与えた小説はないし、いまでもそれがつづく。何回読んでもわからない、しかし面白い、というのが読後の誰しもがもの感想とされた」とは、九鬼紫郎『探偵小説百科』（一九七五年、金園社）の一節だが、これこそ『黒死館』の最大公約数的な受け取られ方だろう。この百科は先行邦語文献からの引き写しが多く、同時に写し間違いも少なくないので座右の便覧とするには要注意だが、著者が戦前戦後を通じて探偵小説誌「ぷろふいる」に作品を発表したばかりか編集にも携わり、小栗虫太郎とも交流があっただけに、虫太郎に関する証言は傾聴に価する。

「ぷろふいる」一九三六年七月号に紫郎は虫太郎の作家訪問記「負傷したコザック騎兵」を無署名で物しているが、そこで虫太郎は、「探偵小説も僕は書きましたが、これからはもっと大衆的な、新鮮なものを書こうと思ってるんです。難しいとされている『黒死館殺人事件』、あれは外《はた》から思うほど苦痛ではなかった。つまり、僕としちゃ、一番書き易い形式だからでしょうね。だがまあ『黒死館』は一つあればいいでしょう。書こうと思えば、ああしたものは幾つでも出来るし、割合にやさしいんですよ」と豪語している（引用は現代教養文庫版「小栗虫太郎傑作選」V『紅毛傾城』への再録による）。

虫太郎がこの発言をしたころは、主人公こそ『黒死館』と同じ法水麟太郎でも実質的には同名異人の活躍する『二十世紀鉄仮面』を連載中で、みずから新伝奇小説を標榜した路線へ転換するさなかの発言だから、額面通りには受け取れない。『黒死館』連載時の甚《はなは》だしい消耗ぶりは周囲の言からも傍証されているし、何より作品そのものを見れば作者も七転八倒して筆を執っていたことは明らかだろう。前掲の発言からは、もうあのときの地獄へ還らずに済むとの安堵の想いも聞き取れる。『探偵小説百科』にはまた、「後年に、訪れた雑誌〝ぷろふいる〟の編集員に、『黒死館を書いたときには悪魔でもとり憑いたんだ。もういっぺん、とり憑いてくれねえかナ』と笑う」と、おそらく九鬼氏が直《じか》に聴いたのだろう小栗語録も紹介されている。いくつでも書けるという発言と矛盾しているが、どちらもある意味で本音なのではないか。一九四六年に急逝したさい着手していた長篇に「悪霊」と命名したのも、その悪魔を招聘する手続きだったように見えるのだ。

斯《か》くの如く、読む側も大変、書く側も大変な小説を虫太郎は何のために書いたのだろうか。『黒死館』の前に「聖アレキセイ寺院の惨劇」など法水物の短篇があり、それに先立つ法水の前身的キャラクター、苗族共産軍の指揮官ワシリー・ザロフが探偵役（だが推理をしくじる）の「完全犯罪」が公式デビュー作とされているが、実際にはその六年前の一九二七年に「或る検事の遺書」（織田清七名義。この一度限りの別名は、後年の「人外魔境」の主人公折竹孫七を連想させ、折竹も作者の分身であると示唆している）を「探偵趣味」に投稿、その不評にも挫《くじ》けず、発表の当てもないまま長篇『紅殻駱駝の秘密』などを完成させた。『黒死館殺人事件』で時代の寵児となったあと一九三六年に刊行しているが、そのあとがきによると、「この長篇を書いたのは、たしか、大正十四年（一九二五年）の夏頃からだった」そうで、それ以前に「……たしか震災の年（一九二三年）か、もしくは、その前年だったと記憶する。はじめて、その時、日本人の書いた探偵小説を読んだ。作者の名前はお預りするが、現存〇〇〇〇〇氏の短篇であった。しかし、読んで、私は、こいつは下手《へぼ》だったと思った。それで、こんなものなら、吾輩でも書けると云うので早速二十枚ばかりの短篇をものにした」のが「或る検事の遺書」だという（引用は桃源社版による。伏字は原文、括弧内は引用者）。

またまた『探偵小説百科』を参看すると、〇〇〇〇〇氏とは江戸川乱歩、読んだのはそのデビュー作「二銭銅貨」（一九二三年）だという。これも虫太郎から直接聞いたのだろう。九鬼氏の断定を俟たずとも、一九三六年に「現存」作家だと手がかりが与えられているのだから、五文字の作家は小酒井不木（一九二九年没）でも平林初之輔（一九三一年没）でもない。掲載誌は「新趣味」或《あるい》は「新青年」

と書いているので前者でデビューした角田喜久雄もあり得るが、一九三六年当時の角田氏はむしろ時代小説家であった。そして九鬼氏が「或る検事の遺書」を『二銭銅貨』に劣ること数段という出来栄え」と評しているのは妥当な評価だろう。

虫太郎が創作を志した動機は、経営していた印刷所が左前になって女郎屋通いが出来なくなり、精力の捌《は》け口を執筆に求めたからだという。どこまで信憑性ある話か当てにならないが、その道がどういう曲折を経て黒死館に辿《たど》り着くのか。「二銭銅貨」を「下手《へぼ》」呼ばわりしたのは、のちに暗号に異常なほどの情熱を見せた虫太郎からすれば、作中の暗号が稚拙に見えたのかも知れない。あるいは、下宿屋、質屋、銭湯、煙草屋を回遊しているだけのような貧乏くささが、英米の探偵小説に原書で親しんでいた虫太郎には我慢ならなかったものか。東京人である虫太郎の目には、いかにも田舎者の小説と映っても無理はない。それが力業で日本に西洋館をもってこさせる原動力になったように思われる。一九二五年にはまだ書かれていなかった浜尾四郎の『殺人鬼』（一九三一年）にしても、単に西洋館というだけで、精細な描写に彩られているわけでもなかった。

前掲、九鬼紫郎の「負傷したコザック騎兵」によれば、『紅殻駱駝の秘密』は当初「黒死病《ペスト》館事件」と題されていて、登場する赤錨閣という建物が初稿では黒死病館と命名されていたという。後年「新青年」に初めて長篇連載を依頼されて、「降矢木一族吟味顚末」とか「鎮魂楽《レクイム》殺人事件」といった題名を提案したが容れられず、旧作に使用した「黒死病館事件」が水谷編集長の眼鏡に叶ったという。『黒死館殺人事件』の生原稿は何度か展覧に供されているが、確かに最初の題名は「黒死病館殺人事件」となっている。「しかし死、病、殺——と三字ダブルようじゃいかんし、では黒死館とやろう。——となった」由《よし》。続けて引用すると、「そりゃね『紅殻駱駝』の中の『黒死病館』は、そりゃチャチなものだったんで、何が故にその名が附けられたか、いわれ因縁もない。ただ徒《いたず》らに怪奇がって……つまり、日本の探偵小説の大正末期の悪弊だね。（中略）そいつが、僕にも感染していたんでしょう」

『紅殻駱駝の秘密』の赤錨閣は、煉瓦作りの「色が赤く、形が錨形をしているので、その名があった」というだけだから、旧稿に書かれていたはずの黒死病館の由来も推して知るべしだろう。だが少なくとも、カーター・ディクスンの『黒死荘殺人事件』（一九三四年）からのイタダキだという意見が全くの言いがかりであるのは明らかだ。

もちろん『黒死館殺人事件』が、ヴァン・ダインの『グリーン家殺人事件』（一九二八年）や『僧正殺人事件』（一九二九年）を念頭においていたことは隠れもないし、作者も隠してはいない。むしろ、『グリーン家殺人事件』への挑戦改善版だという都筑道夫説がほぼ定説化している某有名作品（一九三二年）のほうが、亡父の作った筋書に従って子が殺人を実行するという点で想起されるものの、そちらの初訳は一九三七年、『黒死館』が連載された一九三四年より後だ。もちろん初訳以前に虫太郎が原書で読んでいた可能性はあるが、生涯その作家作品に全く言及した形跡がないゆえに考えにくい（言及していないのはタネ本を秘匿するためだという考え方はもちろんあり得るが）。『黒死館』も某有名作品も、それぞれに『グリーン家』の改善を企図して、おのずと似たようなところに着地したというほうが納得できるだろう。

『グリーン家』では探偵ファイロ・ヴァンスが終章の四章手前で事件の経過と疑問点を百項目近く書き出して解決に資しているが、『黒死館』でも支倉検事が法水に要求されて第五篇で十三項目の疑問点（一項目に疑問点一つではない）を挙げている。だがヴァン・ダインのが事件と関係者とが醸《かも》す謎であるのに対して、支倉が疑問としているのは、あらたか法水の態度や言葉なのだ。法水は犯人と一緒になって謎を紛糾させる役にしか立っておらず、むしろ事後共犯者というにふさわしい。支倉は法水をこそ拘留すべきだった。そうしておけば、黒死館事件はあと一日二日早く解決し、犠牲者の数も減っていただろう。

今回三読してみて気がついたのは、大袈裟に言うほどでもないが、一つには食事のシーンが全くないことであった。法水らが莨《たばこ》を喫う程度。この黒死館では、生理的な欲求はほとんど起らないらしい。それだけに、失神した紙谷伸子が尿検査されるという箇所のみが妙に生々しい。澁澤氏が桃源社版の解説で、「極論すれば、いろんなタイプに描き分けられているかに見える『黒死館』の各登場人物にしてさえ、すべて情熱の欠けた人形なのであって、ともすると、テレーズ人形がいちばん人間らしく生き生きしている、と言い得るかもしれない」と指摘するように、食事も排泄もしないテレーズ人形は、人形としてよく描けているとも評されよう。

そしてまた、連続殺人のペースが乱調であるのにも今さらながら気づいた。最初の被害者ダンネベルグ夫人の死体発見から最後の死者が出るまで五日間に亙《わた》る事件だが、一日目に給仕長の川那部易介も殺されたあと、なか二日間は殺人が完遂されず、四日目にまた二人、五日目に五人目と配分が悪い。直接に関係ないはずの易介が殺されなければならない理由も分らず、犯人は殺害予定を中途で放棄して事件に終止符を打ってしまう。何のために殺戮の幕は切って落され、何ゆえに中止されたのか、曖昧なままだ。初読時、それらを不満に思わなかったのは、やれやれ、やっと終ってくれたかという安堵感が強かったせいかも知れない。

それにしてもこれは、一体どんな事件だったのだろう。平凡社の「名作挿絵全集」、戦前版の第十一巻（一九三六年）、戦後版の第八巻（一九八〇年）にはそれぞれ、松野一夫の挿絵のキャプションとして『黒死館殺人事件』の梗概が添えられているが、執筆者の苦心は思い遣られるとしても、作品を未読でこうした梗概から小説の内容を察知できる読者はいないだろう。むしろ東都書房の「日本推理小説大系」第五巻『小栗虫太郎 木々高太郎集』（一九六一年）の解説で、荒正人が披露した原稿用紙六枚にも及ぶ事件タイムテーブルのほうが一大力作で明快ながら、これまた見ただけで腑に落ちるというものでもない。この大系本はよく売れたらしく、古書店の棚で菊判黒背に白抜き文字の端本をよく見かけるし、古書価も高くないので熱心な読者は探してみられたい。これら物語の展開や、事件の時系列整理を逐った要約に比して最も呑み込みやすかったのは、私の目に触れた限り、原田邦夫ほかによる『物語の迷宮――ミステリーの詩学』（有斐閣、一九八六年。引用は創元ライブラリ版による）に掲げられたものだ（当然ながら、犯人名が明かされている）。

降矢木家の当主、算哲は事件の十か月前に自殺した。そのかれは生前、八木沢博士が唱える

「頭蓋鱗様《りんよう》部及び顳顬《せつじゅ》窩《か》畸形者の犯罪素質遺伝説」に反駁《はんばく》して論争を引き起こしたが、決着がつかず人間の栽培による遺伝実験を行うことになって、算哲はその特徴をもつ親から生まれた幼児を黒死館に四人集めて養育し、四重奏団を結成させている。算哲の息子旗太郎、秘書紙谷伸子もこの館に住んでいるが、算哲は実子の伸子を実験に巻き込むのを避けて籍を別にして、血統に繋がらない旗太郎を継嗣にしたのであった。伸子はこうした事情を偶然知り、また四重奏団全員が養子として入籍され、遺産相続の権利を得たことをも知る。そこで伸子はみずからの立場を鮮明にするために、算哲を殺害し、連続殺人を犯すのである。そしてそこには、算哲も八木沢の主張する犯罪者の特徴を備えていることが判明していた（※六一八頁）。その点では算哲は論争に破《ママ》れたということになる。

※創元推理文庫版による。

『黒死館』本文で動機が曖昧にされているだけに、「みずからの立場を鮮明にするために」というのが分明でないが、真犯人が算哲の相続人であることを証明するのは、算哲の遺書を写した乾板の断片しかない。そして他の相続人を鏖殺《おうさつ》して遺産を独り占めしようという形而下的動機でなかった証のように、まだ相続人が残っている段階で犯人は自裁してしまう。『黒死館』の連続殺人は、犯人が受益者であるとみずから証明するため犯したと逆説的に解し得るのだ。

　ところで『物語の迷宮』では、『黒死館殺人事件』と同じ一九三五年刊行の『ドグラ・マグラ』、戦後の中井英夫『虚無への供物』を加えて「ペダントリーの三大傑作」と称されている。これら三作は、こんにちミステリ界の三大奇書と呼び慣わされている。これは、いつ誰が言い始めたことなのだろうか。

　いつ、ということなら『虚無への供物』が出版された一九六四年以降でなければならないが、その新刊評（「週刊読書人」四月十三日号）で早くも都筑道夫が三作を並置している。都筑氏は、読者を選ぶ作品だが自分好みであると認めながら、「ただ正直なところ、（真相が）あまりひっくり返るんで、だれが犯人だろうが構わなくなって、この作品、黒死館やドグラマグラみたいに、読まれざる傑作になるんじゃないか、という危惧を感じた」と述べたものだ（引用は「別冊幻想文学」第一号「中井英夫スペシャル」による）。

『虚無への供物』は確かに一時期は入手困難になっていて、私も探し回ったくちだ。桃源社版『黒死館殺人事件』に少し先立つ一九六九年十月、三一書房の『中井英夫作品集』一巻本に収められていたと気づいたとき、もう講談社版「現代推理小説大系」に別巻として刊行される予定と知っていたから（この大系で一人で一巻を与えられている江戸川乱歩・横溝正史・高木彬光・松本清張と同格というわけでなく、長さのせいで一巻だというのが別巻たる所以《ゆえん》らしい）、高価な作品集を買うよりはと大系版の配本を待って一年半の我慢のすえ、漸《ようや》く『ドグラ・マグラ』、『黒死館』の轍を踏まずに一気に読了して堪能したが、その半年後、早くも文庫化されて誰もが容易に手に取れるようになったのは正直、口惜しかった。

これら三作がセットで語られるようになったのは、ある人に教えられたところでは、中井英夫の文庫版短篇集『銃器店へ』（一九七五年、角川文庫）巻末の齋藤愼爾「中井英夫論」において、埴谷雄高のコメントが紹介されたのがきっかけではないかという。齋藤氏が埴谷氏から聞いた言葉は「中井英夫をめぐる寄木細工」（本多正一編『KAWADE道の手帖　中井英夫』）でも再説されているが、一九六七年に両氏が山形に四日ほど旅行した車中のつれづれに、種々のジャンルの最高傑作を埴谷氏に挙げてもらった際、「推理小説では塔晶夫（初刊時の名義）の『虚無への供物』に尽きますね。二番目が夢野久作、三番目は差がかなりひろがるが小栗虫太郎かな」との答を得たそうだ。ここでは『ドグラ・マグラ』、『黒死館殺人事件』という具体的な題名は出てこない。どころか、この時点で埴谷氏は『ドグラ・マグラ』を未読だったはずなのである。

三一書房版「夢野久作全集」第六巻（一九六九年十二月）巻末の谷川健一との解説対談で開口一番、「ぼくは『ドグラ・マグラ』を今度初めて読んだんです」と告白している（ちなみにこの対談で、埴谷氏が『ドグラ・マグラ』から連想したが題名を思い出せないアメリカの作品というのは、ヘレン・マクロイの『殺す者と殺される者』ではないだろうか）。『ドグラ・マグラ』を読まずして、『黒死館』を擁する虫太郎に

「差をかなりひろげて」久作を上位におくというのは面妖だが、外野がとやかく言うことでもあるまい。とにかく埴谷氏が『虚無への供物』、『黒死館』、『ドグラ・マグラ』を三傑に推したという通説はかなり怪しくなる。

だが、これら三作をひと括《くく》りにして考えるのは、復刊が出揃った一九七〇年代には常識として定着したようだ。たとえば、雑誌「幻影城」にリレー連載された「全日本大学ミステリ連合通信」ではひところ、各大学のミステリ研による国産ベストテンを発表していたが、ワセダミステリクラブの回では正史、彬光、清張といった定番作家を外して戦後長篇十作を挙げたうえ、「これら百花繚乱のミステリー園を虚空の彼方から俯瞰している別格の三編」として『黒死館殺人事件』、『ドグラ・マグラ』、『虚無への供物』を加えて悪魔の一ダース（十三篇）としている（一九七六年三月号。この文責はまだ学生だった、のちに作家の山口雅也氏。本書の註・校異・解題執筆者である山口雄也氏とお間違いなきよう）。

さらに同誌では翌一九七七年三月号に次号より連載として竹本健治『匣の中の失楽』が予告され、おそらくは島崎博編集長の筆で「夢野久作の〈ドグラマグラ〉小栗虫太郎の〈黒死館殺人事件〉塔晶夫の〈虚無への供物〉半村良の〈石の血脈〉などに匹敵するこの大長編に御期待下さい」と、唐突に伝奇ＳＦ長篇『石の血脈』（一九七一年）が混じり込んでくるのはともかく、これも例の三作を聖別している。そしてこの『匣の中の失楽』が完結、刊行された際の友成純一の解説によれば、著者は「探偵小説？　そんなもん『ドグラ・マグラ』と『黒死館殺人事件』と『虚無への供物』しか読んだことないわい！」と豪語したそうだが、『匣の中の失楽』にはそれ以外のミステリも多々言及されていることを思えば韜晦《とうかい》にほかなるまい。

さらに『匣の中の失楽』の新刊評として、金田一郎（宮沢賢治「どんぐりと山猫」から借用した二上洋一氏の別名）は、「……日本探偵小説界の三大奇書と言えば、小栗虫太郎創る所の『黒死館殺人事件』、更には、夢野久作これを描く『ドグラ・マグラ』、次いで、塔晶夫こと中井英夫が生み出した『虚無への供物』を指し、更に又、『幻影城』主、島崎博編集長の言葉によれば、若きノヴェリスト竹本健治の『匣の中の失楽』を入れて、日本探偵小説四大奇書と呼ぶのだそうな」と記した（「幻影城」一九七八年十月号。引用は双葉文庫版『匣の中の失楽』による）。探偵小説ならぬ中国四大奇書なら『三国志演義』、『水滸伝』、『西遊記』、『金瓶梅』と決っているが、奇書は「世にも稀な傑作」の謂《いい》であり、必ずしも奇想天外な内容の書物を意味しない。ともかく島崎氏は、奇書というなら「四大」が相場だと考えて、『匣の中の失楽』完成以前には暫定的に『石の血脈』を入れていたようでもある。この二上氏の書評以前に、『黒死館』、『ドグラ・マグラ』、『虚無への供物』を「三大奇書」と称した例は寡聞にして知らない。すなわち第四の奇書（とは認めないという意見もあるらしいが、そこはそれ）『匣の中の失楽』が誕生して初めて、往年の三作が「三大奇書」と遡行規定されたようなのだ。

　三大でも四大でも結構だが、難解という点では『黒死館殺人事件』が図抜けているのは言うまでもない。桃源社版で復刊された直後に中井英夫氏は、「日本語で書かれたあらゆる書物のうち、天下無双の奇書を一冊選ぶとすれば——ああ、もうじき沼正三の『家畜人ヤプー』が出るらしいけれども、近代ではなおこの『黒死館殺人事件』が筆頭を占めることだろう」と述べている（「映画芸術」一九七〇年三月号。引用は幻戯書房刊『ハネギウス一世の生活と意見』による）。その作品成立に強い影響を与えたヴァン・ダインは、本国アメリカよりも日本で長く支持されてきたが、今や全十二長篇のうち『ベンスン殺人事件』、『グリーン家殺人事件』、『僧正殺人事件』が辛うじて手に入る程度で、それらとて新刊書店の棚で見かけることは滅多にない。いっぽう『黒死館』のほうは「大ロマンの復活」以降も、講談社版「現代推理小説大系」と「大衆文学大系」、筑摩書房版「昭和国民文学全集」、講談社文庫版、現代教養文庫版「小栗虫太郎傑作選」、桃源社版「小栗虫太郎全作品」、ハヤカワ・ポケット・ミステリ版の復刊、創元推理文庫版「日本探偵小説全集」、沖積舎版（新潮社の初刊本および桃源社版の覆刻）、河出文庫版と継続的に再刊され続けて、読もうとしても読めなかった時期はほとんどない（別な意味で読めなかった人は多いとしても）。ヴァン・ダインより出藍の誉と言うべきだろう。

　しかしその間、奇書だ、すごいと掛け声が高まるばかりで、「もしも『黒死館殺人事件』を、小栗がアメリカで書いていたら、とうにどこかの大学出版部あたりから、『校注・黒死館殺人事件』が出ているに違いない。いまは日本にいても、いくらでもオカルティズムの研究書が手に入る時代なのだから、だれか情熱を燃してくれないものだろうか」と都筑道夫氏が桃源社版の復刊直前に期待した（「中央公論」一九六九年八月号。引用は晶文社刊『死体を無事に消すまで』による）のには、平山雄一氏が私家版で試みたようなわずかな例外を除くと、半世紀近く応えられることがなかった。澁澤龍彥氏が夢想し、松山俊太郎氏が企図して果せなかったそれが、山口雄也氏と協力者によって漸く実現し、いまあなたが手にしているわけだ。この異形の偉業を、私の駄文が瀆《けが》していないことを願ってやまない。

**【著者／挿絵画家／註・校異・解題執筆者／解説執筆者略歴】**

**小栗虫太郎**（おぐり・むしたろう）

小説家。1901年東京生まれ。本名、小栗栄次郎。1927年、「或る検事の遺書」を、「探偵趣味」10月号に発表（織田清七名義）。1933年、「完全犯罪」を「新青年」7月号に発表。「新青年」10月号に掲載された「後光殺人事件」に法水麟太郎が初めて登場する。1934年、『黒死館殺人事件』を「新青年」4～12月号に連載。他の著書に、『オフェリヤ殺し』、『白蟻』、『二十世紀鉄仮面』、『地中海』、『爆撃鑑査写真七号』、『紅殻駱駝の秘密』、『有尾人』、『成層圏の遺書』、『女人果』、『海螺斎沿海州先占記』などがある。1946年没。

**松野一夫**（まつの・かずお）

洋画家、挿絵画家。1895年福岡県生まれ。1921年5月号で「新青年」の表紙絵を初めて担当。1922年3月号から1948年3月号までの26年間、同誌の表紙を描き続け、“新青年の顔”の異名をとった。『黒死館殺人事件』をはじめとして「新青年」掲載の作品に挿絵を提供したほか、児童文学の挿絵も数多く手掛けている。1973年没。

**山口雄也**（やまぐち・かつや）

1947年神奈川県生まれ。1970年、現代思潮社美学校第一期修了。1976～78年、松山俊太郎の下で現代教養文庫版『黒死館殺人事件』（社会思想社）校訂作業に従事。2005年以降、素天堂名義で個人誌「黒死館逍遥」シリーズを発行。

**新保博久**（しんぽ・ひろひさ）

ミステリ評論家。1953年京都市生まれ。早稲田大学美術科卒。2001年、『日本ミステリー事典』（新潮社）により第1回本格ミステリ大賞を、2003年、『幻影の蔵 江戸川乱歩探偵小説蔵書目録』（東京書籍）により第56回日本推理作家協会賞を、それぞれ権田萬治、山前譲と共同受賞。著書に『ミステリ編集道』（本の雑誌社、2015年）など、編書に『泡坂妻夫引退公演』（東京創元社、2012年）などがある。

# 【「新青年」版】黒死館殺人事件

2017年9月30日初版第1刷発行
2023年9月19日初版第5刷発行

著　者　小栗虫太郎
挿　絵　松野一夫
註・校異・解題　山口雄也
解　説　新保博久
発行者　青木誠也
発行所　株式会社作品社
〒102-0072 東京都千代田区飯田橋2-7-4
TEL.03-3262-9753　FAX.03-3262-9757
http://www.sakuhinsha.com
振替口座00160-3-27183

装　幀　小川惟久
本文組版　前田奈々
印刷・製本　中央精版印刷株式会社

ISBN978-4-86182-646-7 C0093

【作品社の本】

**第43回日本シャーロック・ホームズ大賞受賞！**

# 〈ホームズ〉から〈シャーロック〉へ

## 偶像を作り出した人々の物語

**マティアス・ボーストレム　平山雄一 監訳　ないとうふみこ・中村久里子 訳**

元ドイルによるその創造から、世界的大ヒット、無数の二次創作、
「シャーロッキアン」の誕生とその活動、遺族と映画／ドラマ製作者らの攻防、
そしてBBC『SHERLOCK』に至るまで――
140年に及ぶ発展と受容のすべてがわかる、初めての一冊。ミステリマニア必携の書！
スウェーデン犯罪小説作家アカデミー　ベスト・ノンフィクション賞／
ドイツ・シャーロック・ホームズ協会　青いカーバンクル賞／
アガサ賞　ベスト・ノンフィクション賞／
ロンドン・シャーロック・ホームズ協会　トニー＆フリーダ・ハウレット文学賞受賞！

(…) これは「シャーロック・ホームズ」というキャラクターの創造と発展と受容を本格的に総合し俯瞰した、世界で初めての研究書なのだ。

コナン・ドイルの伝記は、彼が亡くなった一九三〇年で終わる。しかし本書では、ドイルの遺族たちがその後「シャーロック・ホームズ」に振り回される姿が、辛辣に描き出されている。また映画の研究書ではあまり描かれることがない、クランクインに至るまでの関係者の駆け引きや苦悩、さらに作られずに終わってしまった?末までが語られる。

そして今まで日本ではほとんど知られることがなかったのが、「シャーロッキアン」がどのようにして生まれ育っていったのかということだ。(…) 本書のおかげで、英米のシャーロッキアンたちがどのようにして「シャーロック・ホームズ」を受容し育てていったのか、そしてどのような騒動に巻き込まれ、道を阻まれようとしてきたのかが、わかるようになったのである。

(平山雄一「監訳者あとがき」より)

ISBN978-4-86182-788-4

【作品社の本】

# 世界名作探偵小説選

## モルグ街の怪声　黒猫　盗まれた秘密書
## 灰色の怪人　魔人博士　変装アラビア王

**エドガー・アラン・ポー、バロネス・オルツィ、サックス・ローマー** 原作
**山中峯太郎** 訳著　**平山雄一** 註・解説

『名探偵ホームズ全集』全作品翻案で知られる山中峯太郎による、
つとに高名なポーの三作品、
「隅の老人」のオルツィと「フーマンチュー」のローマーの三作品。
翻案ミステリ小説、全六作を一挙大集成！
「日本シャーロック・ホームズ大賞」を受賞した『名探偵ホームズ全集』に続き、
平山雄一による原典との対照の詳細な註つき。ミステリマニア必読！

『名探偵ホームズ全集』（全三巻、作品社）に引き続き、山中峯太郎が翻案した探偵小説をご紹介できるのは、喜ばしいことこの上ない。
（…）峯太郎の功績はホームズだけにとどまるものではない。『名探偵ホームズ全集』の解説にも書いたように、最初は「世界名作探偵文庫」の一部としてホームズは始まり、峯太郎はホームズ以外にも筆をとっていたことは、児童書やミステリのマニアしか知らない。さらにホームズの余勢を駆って、「ポー推理小説文庫」というシリーズも発行されたのだが、残念ながらこちらは志半ばで中絶してしまっている。
　本書では、それら「ホームズ以外」の峯太郎翻案の探偵小説を集め、原典と比較をし、彼特有の手法を明らかにするとともに、今一度翻案の楽しさをご紹介したい。
（平山雄一「解説」より）

エドガー・アラン・ポー「モルグ街の怪声」／エドガー・アラン・ポー「黒猫」／
エドガー・アラン・ポー「盗まれた秘密書」／バロネス・オルツィ「灰色の怪人」／
サックス・ローマー「魔人博士」／サックス・ローマー「変装アラビア王」／
平山雄一「解説　山中峯太郎の探偵小説翻案について」

ISBN978-4-86182-734-1

ISBN978-4-86182-469-2

【作品社の本】

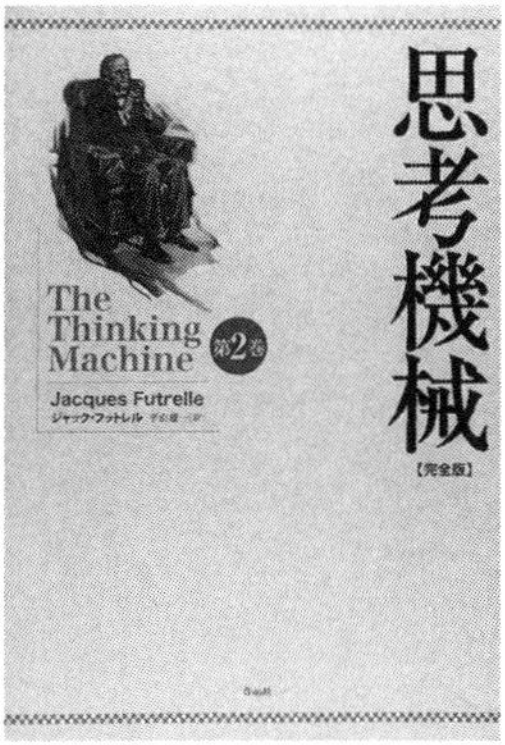


# 思考機械【完全版】（全二巻）

**ジャック・フットレル　平山雄一 訳**

**バロネス・オルツィの「隅の老人」、**
**オースティン・フリーマンの「ソーンダイク博士」と並ぶ、**
**あまりにも有名な“シャーロック・ホームズのライバル”。シリーズ作品数50篇を、**
**世界で初めて確定！　初出紙誌の挿絵120点超を収録！**
**著者生前の単行本未収録作品は、すべて初出紙誌から翻訳！**
**初出紙誌と単行本の異同も詳細に記録！**
**第二巻にはホームズ・パスティーシュを特別収録！　詳細な訳者解説付。**

隅の老人シリーズは、一作を除いて全作品が単行本に収録されているのに比べ、思考機械は多くの作品が単行本未収録のまま、作品数がどれだけあるかもはっきりしない時代が長かった。今回全作品を収録するとともに、作品数を確定し、版による異同も確認をした。おそらく、英米で出回っている思考機械の書籍よりも詳しい内容だろう。

思考機械シリーズは、フットレルの生前に短篇集が二冊、長篇が一冊、一篇のみを収録した本の計四冊が単行本になっているが、はるかに単行本未収録作品のほうが多い。現在海外では数種類の「思考機械全集」が出版されているが、ほとんどは出典が明示されておらず、また解説もないといっても過言ではない。本書では（…）初出雑誌に当たった。単行本に収録されている場合はそちらを決定稿とみなし、それらと雑誌初出時との異同を指摘した。また、生前に単行本未収録の作品は、雑誌初出版を決定稿とした。さらに、作品によっては入手したイギリスでの雑誌初出版との違いがあるので、その場合には、それも指摘している。またメイ夫人の協力のもと、二十世紀半ばの「エラリー・クイーンズ・ミステリ・マガジン」に数篇が掲載されたが、これらとの異同も確認した。

（平山雄一「訳者解説」より）

ISBN978-4-86182-754-9（第一巻）
ISBN978-4-86182-759-4（第二巻）

【作品社の本】

# マーチン・ヒューイット【完全版】

アーサー・モリスン　平山雄一 訳

バロネス・オルツィの「隅の老人」、ジャック・フットレルの「思考機械」と並ぶ
“シャーロック・ホームズのライバル”「マーチン・ヒューイット」。
原書4冊に収録されたシリーズ全25作品を1冊に集成！　本邦初訳作品も多数！
初出誌の挿絵165点を完全収録！　初出誌と単行本の異同もすべて記録！
詳細な訳者解説付。

マーチン・ヒューイットは、ホームズの「ライヴァル」というよりも、ホームズ・シリーズが「最後の事件」をもって「ストランド・マガジン」の連載を終了したあと、その穴を埋めるべく連載が始まったものなので、「シャーロック・ホームズのピンチヒッター」と呼んだほうがいいのかもしれない。挿絵も、ホームズと同じくシドニー・パジェットが担当し、描かれたマーチン・ヒューイットの姿形がホームズの兄マイクロフト・ホームズにそっくりで、しかも氏名の頭文字がどちらも「M・H」だったので、二人は同一人物なのではないかという奇説まで飛び出した。

マーチン・ヒューイット・シリーズは、全四冊の単行本からなっている。

幸い、すべての作品がこれら四冊の単行本に収録されているので、多くが単行本未収録だった「思考機械」とは違って、楽に作品を蒐集することができた。また「隅の老人」のような大幅な書き換えもなく、三つの中では訳出する上で一番苦労が少なかったかもしれない。だが、最初の二冊の収録作には既訳が多くあるものの、あとの二冊はほとんど手つかずで、特に『赤い三角形』は本書がすべて本邦初訳である。

（平山雄一「訳者解説」より）

ISBN978-4-86182-855-3